검은머리 미군 대원수 7

명원(命元) 대체역사 소설

EugeneKim

KB058470

일러두기

- 이 책은 문피아, 네이버시리즈에서 연재된 《검은머리 미군 대원수》를 바탕으로 편집, 제작되었습니다.
- 단행본, 일간지 이름은 《 》로, 노래 제목, 영화, 방송국, 글의 소제목 등은 〈 〉로 표기했습니다.
- 전화, 라디오 등 전파 매체를 통한 대사는 '—'로, 편지 등 문자 매체를 통한 대사는 '[ ]'로 표기했습니다.
- 인명 및 지명은 일부 표준어로 등재됐거나 용례가 존재할 경우를 제외하고 모두 연재본의 표기를 따랐습니다.
- 내지에 삽입된 지도는 웹소설 연재본에 삽입된 지도를 단행본 인쇄방식에 맞게 편집부에서 재편집했습니다.

목차

1장 ● 대붕괴 [336-341화] - 5

2장 ● 연합국의 검 [342-347화] - 61

3장 ● 아미앵그라드 [348-355화] - 119

4장 ● 백일 천하 I [356-360화] - 193

5장 ● 백일 천하 II [361-365화] - 241

6장 ● 내려갈 나라는 내려간다 [366-368화] - 287

7장 ● 수확의 계절 [369-376화] - 315

8장 ● 케이크 가르기 [377-384화] - 389

9장 ● 케이크는 거짓말이야 [385-388화] - 459

1장

대붕괴

대붕괴 1

'총사령관, 실신!'

미군은 이 일을 최대한 조용히 덮으려 했지만, 세상일이 어디 그렇게 쉽게 덮어지던가. 더군다나 사건이 발생한 곳은 제7군. 언제나 끝내주는 특종이 쏟아지는 패턴이 있는 곳. 기자들의 안테나가 없길 바라는 게 사치였다. 게다가 유진은 자신이 직접 관리하는 몇몇 기자들에게 의미심장한 멘트까지 던졌었다.

"각 사령부를 돌면서 지휘권과 향후 전략에 대해 심도 있는 토의를 할 예정입니다."

"제7군… 제7군 말입니까. 당연히 가야지요. 제가 직접 가서 이번에 있었던 설화(舌禍)에 대해 논의하고 최종 결론을 내리겠습니다. 그러니 다들 안심하고 공식 발표를 기다려 주십시오. 괜히 취재한답시고 염탐들 마시고."

"하하. 혹시 압니까. 서로 열받아서 싸움박질하다가 총이라도 맞을지."

특종의 예감이 온다! 미군의 희망 사항과는 정반대로, 이미 곳곳에 눈이 숨어 있던 탓에 언론의 촉수는 야멸차게도 이 특급 기밀을 탐지하고 말았다. 보통 이 하이에나 같은 기자들을 어르고 달래며 정말 유출되어서는 안 될 것들을 관리하는 것은 총사령관과 그 부하들의 일이었겠지만, 그 총사령관이 쓰러지지 않았는가.

설상가상, 엎친 데 덮친 격이라고 하던가. 패튼 건으로 총사령부는 기자회견까지 잡아 놓았었고, 당연히 이것을 느닷없이 취소하면서 기자들의 의심은 확신으로 변했다.

"뭔가 있는 것 같은데."

"처칠 총리와 몇 시간씩 마라톤 면담을 하기도 했었고."

"그러니까……"

수십, 수백 명의 기자들이 달라붙자 퍼즐의 조각이 하나둘 끼워 맞춰지고 서서히 사건의 윤곽이 보이기 시작한다. 그 결과.

[유진 킴 총사령관, 건강 이상?]

[야전 사령관과 정치권의 대립, 곳곳에서 보이는 적신호!]

[특종! 총사령관 혼수상태!]

"호외요, 호외! 킴 총사령관이 아들의 사망 소식을 받아들고 혼절했답니다!"

"총사령관 중태! 중태랍니다!!"

"얼마야! 제길, 빨리 신문부터 내놔!"

그 누구도 막지 못했다. 이미 조기에 입을 틀어막기엔 컨트롤타워가 무너져 있었으니. 항상 전쟁 소식에 굶주려 있던 연합국 국민들이었던 만큼, 찍어내면 곧장 돈으로 바뀌는 이 매력적인 소재를 저버릴 수 있는 언론은 그 어디에도 없었다.

[총사령관이 심장마비로 죽었다 카더라.]

[루즈벨트 전 대통령에 이어 총사령관마저 죽어버린 탓에 이를 은폐하려고 용을 쓴다더라.]

[독일 간첩이 커피에 독을 탔다더라.]

[드골 암살 미수에 이은 총사령관 암살 미수?!]

황색 언론들은 미쳐 날뛰다시피 하며 더더욱 장작을 던져댔고, 결국 각국 정부가 언론 탄압이란 소릴 감수하고 가차 없는 검열의 철퇴를 날리며 이 혼란의 카오스를 진정시킬 수 있었다.

"킴 총사령관이 쓰러졌다는 보도는 일부 사실이 포함되어 있습니다. 그러나 이는 심각한 기저질환에 따른 병환이 아닌 일시적인 일에 불과하며……."

"장관님! 대관절 한창때 나이인 성인 남성이 갑자기 기절을 한답니까?"

"질문은 받지 않겠소! 차례를 지키시오, 차례를!"

미국 전쟁부의 공식 논평은 다음과 같았다.

[오랜 격무로 인해 몸과 마음이 많이 지쳐 있던 상태에서 비보를 들은 탓에 감정이 격해져 실신하였다. 킴 사령관의 건강엔 일절 문제가 없으나, 만약을 고려하여 정밀 진단을 시행하고 있다.]

반론은 받지 않았다. 이 뜨거운 불길에 어맛 뜨거라를 외치며 불 끌 궁리에 바쁘던 각국 정부는, 이제 역으로 이 입 가벼운 언론을 즈려밟을 궁리만 하고 있었기 때문이다.

"다시 한번 묻겠습니다. 정말 킴 사령관이 건강상의 어떠한 문제도 없는 것이 사실입니까? 그렇다면 금방 복귀할 예정입니까?"

"군사 기밀입니다."

"국민의 알 권리를 이렇게 침해할 수는 없습니다! 무수한 가족들이 자식을 전장에 보냈습니다. 이들을 이끌고 싸워야 할 인물의 안위를 묻는 것이 어떻게 군사 기밀이란 말입니까?"

"그는 건강하다고 하지 않았소! 지금 당신네들이 하는 행태를 보시오. 정말 건강한지를 묻는 게요, 아니면 제발 어디 좀 중병이라도 걸렸으면 하고 기도하는 태도요? 꼭 괴벨스에게 금괴라도 받은 것처럼 굴고 있잖소."

'너 간첩이지?'

효과는 탁월했다! 마침내 함부로 써먹으면 안 되는 양날의 검까지 쓴 끝에, 간신히 논란은 종식되었다.

"지금 장성들의 연배를 보면 아들 하나둘쯤 전쟁터에 보내지 않은 이가 드물고, 그 아들의 전사 통지를 받고 가슴 찢어지는 고통을 느낀 이도 적지 않다. 그런데 총사령관이라는 자가 공과 사도 구분 못 한다니. 과연 그 막중한 임무를 부담할 정신적 성숙함이 있는 걸까?"

"조금 말의 수위가……."

"내 말이 틀렸나? 남의 자식 수백만을 사지에 밀어넣는 사람이 제 자식 하나 죽었다고 혼절을 해? 거참 눈물겨운 부성애구먼."

몽고메리 원수가 술자리에서 한 말이 하마터면 새어나갈 뻔하기도 하였다. 이게 온 사방에 뿌려지는 날엔 대서양을 사이에 두고 다시 한번 폭풍이 몰아칠 것이 불을 보듯 훤하였으나, 윤전기가 돌아가기 직전 영국 경찰들이 들이닥쳐 전원을 내리고 편집장을 스코틀랜드 야드 지하실로 끌고 가는 선에서 상황을 종결지었다.

하지만 그것 말고도 문제는 첩첩산중. 당장 총사령부는 재편 중에 있었으며, 전략과 편제를 가다듬으며 대규모 인사이동 또한 시행 중인 상태였다. 그래서, 총사령관을 교체해야 하는가? 교체한다면, 누굴 앉혀야 하는가?

"킴은 금방 자리를 털고 일어날 수 있습니다."

"하지만 몸에 문제가 있어 보이는데, 만약 대규모 작전을 지휘하던 도중 이번처럼 쓰러진다면 어떡합니까?"

"왜 쓰러진다는 가정하에 이 논의를 해야 합니까?"

"그래서 쓰러지면 미국이 책임지는 겁니까?"

수라장에 연이어 수라장. 맥아더 장관은 이러다 진짜 자신도 FDR의 뒤를 따라가는 게 아닌가 하는 불안감마저 들었다.

새 인물에게 총사령관직을 맡겨야 하는가? 미군 장성 중 연합군 총사령관이 될 만한 인물이 있는가? 있다면 지금 그 사람은 무얼 하고 있으며, 그 사람을 총사령관으로 보낸 뒤 그 빈자리는 어떻게 메꿀 수 있는가? 가장 좋은 건 유진 킴이 툭툭 털고 일어나 다시 지휘봉을 잡는 것. 하지만 항상 '만약'이라는 걸 고려하지 않으면 안 된다.

가장 먼저 차기 총사령관으로 떠올릴 수 있는 인물은 당연히 조지 마셜이지만, 그러면 또 참모총장 인선을 놓고 골머리를 썩여야 한다. 맥네어도 똑같은 이유에서 탈락. 그나마 오마르 브래들리가 임명 가능한 범주 안에 들지만, 영국의 반발이 클 것으로 예상된다. 그 아래 야전군 사령관이나 군단장급이면 말할 것도 없고. 여기에 FDR 사후 격화된 국내 정쟁까지 고려한다면, 차기 총사령관은 도저히 고를 수 없다. 따라서 맥아더가 외칠 말은 정해져 있었다.

"유진 킴 이외의 총사령관은 일말의 고려조차 불필요합니다. 이 염치없는 인간들 같으니. 3시에 잠들고 6시에 기상하며 제 임무에 매진하던 사람이 자식의 부고를 듣고 혼절했다고 해서 끌어내릴 궁리부터 합니까?"

"끌어내린다니, 그럴 리가 있겠습니까. 장관께서 너무 깊게 생각하시는 듯합니다."

"프랑스 또한 건강상의 문제가 없다는 전제하에 해방의 영웅 중 한 명인 킴 원수가 계속 연합군 총사령관의 임무를 수행하길 희망합니다."

미국인 장성 중 앉힐 만한 인물이 마땅찮다. 그렇지만 영국인이 총사령관 자리에 앉는 꼴은 더더욱 용납 못 한다. 치열한 줄다리기 결과는 결국 '킴 원수 유임'으로 끝났다. 그러나 여기에 또 어깃장을 놓는 인물이 있었으니.

"일각에서 나오는 말과 같이 전 자식을 잃고도 마음을 단단히 하긴커녕 볼썽사납게 쓰러지는 사람입니다. 이런 소인배가 어찌 임무를 감당할 수 있겠습니까?"

"그런 헛소리는 귀담아들을 가치도 없네. 오히려 그놈들은 자네가 도망치길 바래서 그딴 소릴 떠들고 다니는 게 아닌가! 맞서야 해! 도망치지 말고!"

"죄송합니다. 조금… 시간이 필요합니다."

직접 영국으로 날아와 목격한 유진의 몰골은 말이 아니었다. 한동안 면도도 하지 않았는지 이리저리 수염이 제멋대로 삐쳐 있었고, 눈두덩은 폐인처럼 퀭해졌다.

"수백만 장병들을 이끌고 싸워야 할 사람이 대체 이게 뭔가."

"죄송합니다… 죄송합니다."

"부탁입니다, 장관님. 저 사람에겐 조금 시간이 필요해요."

소식을 듣자마자 모든 걸 내팽개치고 런던으로 날아온 킴 여사까지 그에게 통사정하자, 천하의 맥아더도 결국 뜻을 꺾을 수밖에 없었다.

"하나만 말해주게, 유진. 이대로 지휘봉을 내려놓을 생각은 아니겠지?"

"물론입니다. 반드시 복귀하겠습니다. 하지만 몸과 마음을 좀 추스를… 시간을 주십시오."

"알겠네. 수습은 다 내가 할 테니 푹 정양하고 있게."

말은 그렇게 하면서도, 맥아더는 그대로 떠나는 대신 치료를 전담하고 있는 군의관을 찾아갔다.

"총사령관의 몸 상태는 좀 어떤가?"

"혈압이 다소 높은 걸 제외하면 두드러지는 중병은 없습니다."

"치료는?"

"환자가 극렬하게 거부하고 있습니다. 의학에 대한 불신인지, 아니면 저희가 무언가 잘못한 건지… 일단 마음의 상처를 가라앉히실 동안 기다려보려고 합니다."

"…알겠네."

장남 헨리 킴의 실종. 원래 정이 많던 후배였던 만큼, 그 충격도 이만저만이 아니리라. 게다가 가문의 후계로 키우던 아이가 아닌가. 늘그막에 아이를 본 그조차 애 키우는 재미에 정신을 못 차렸는데, 어쩌면 저게 당연한 인지상정일지도 모른다.

맥아더는 복잡한 심경을 애써 가다듬으며 자리를 떠났다.

솔직히 말해서, 미칠 것만 같다. 아니, 미치고 싶다.

첫 며칠은 자다가도 벌떡벌떡 깨어나고 거의 발작이 올 것만 같아 돌아버릴 뻔했다. 밥을 씹어도 모래알갱이처럼 느껴졌고 앉아만 있어도 세상이 빙글빙글 돌았다. 도로시가 오지 않았다면 진짜 내 대가리를 권총으로 날렸을지도 모른다.

"헨리는 살아 있을 거야."

"응……."

작전 중 실종이다. 사망 확인이 아니다. 물론 웃기는 말장난에 불과하지만… 적어도 사망이 확인되기 전까진 나 스스로에게 최면을 걸 수밖에 없었다. 내겐 아빠를 기다리고 있을 아이들이 더 있고, 수백만 명의 다른 집 아들들이 내게 목숨을 걸었다. 내 머리통을 날리는 건 한참 뒤에, 다 끝나고 나서도 늦지 않는다.

"실례합니다, 사령관님. 혹시 잠시 시간을 내주실 수 있으신지……."

"죄송하지만, 도저히 그러고 싶지 않네요. 나중에, 나중에 제가 좀 안정되면 먼저 말씀드리겠습니다."

"알겠습니다."

이번에도 어김없이 의사가 진료를 보려 했지만, 나는 가차 없이 까버렸다. 미친 새끼들. 피를 뽑아서 혈압을 낮춰? 그런 짓을 해버렸다간 진짜 난 죽어버리고 말 거야. 끄엑 하고 죽어버린다고!

엄마가 도로시 편으로 김치를 보내줬다. 역시 뻐킹김치맨의 멘탈을 치유하는 덴 김치만 한 물건이 없지. 아무리 사악한 영국인들이 날 음식으로 암살하려 해도 쌀밥 위에 스팸 얹고 배추김치 곁들이면 죽을 일도 없다. 내 일본 출장 최대의 성과는 역시 배추씨를 가져온 게 아닐까? 문익점도 울고 갈 이 놀라운 성과를 보라. 양배추로 김치 해먹던 재미 한인들을 이 유진 킴이 구원한 것이다…….

열심히 밥을 퍼먹던 내 모습이 좀 추해 보였는지, 도로시가 손수건을 들고 다가왔다.

"밥 먹는 중인데 왜 이래."

"이 인간아. 먹다 말고 우는 사람은 내가 처음 봐서 그래."

"울긴 누가 운다고. 김치가 짜서 그런 거지."

"그렇다고 치자."

나는 결국 숟가락을 내려놨다. 영국은 참 공기가 안 좋다. 하늘은 여전히 누렇다.

* * *

같은 시각. 태평양.

"도대체 몇백 킬로미터를 떠밀려 오신 건지 모르겠습니다."

"아무튼 살았잖습니까. 아무래도 제가 악운에 좀 강한 모양입니다."

"도쿄를 뒤덮었던 대지진도 킨 장군을 털끝만큼도 해하지 못했으니, 실로 아마테라스 여신께서 킨 가문을 가호하는 듯합니다. 아직도 기억이 새록새록 나는군요. 무너진 집에 깔려 죽음만 기다리고 있는데, 킨 장군께서 한 무리를 이끌고 나타나 저와 가족을……."

"역시 사람의 선행은 돌고 도는 모양입니다."

"더러운 해군 놈들이 몇 달째 보급선을 보내주지 않았습니다. 그 탓에 보시는 바와 같이, 이 망할 무인도에서 나무뿌리 뜯어 먹다 다 죽게 생겼습니다."

"걱정 마십쇼. 제가 이 섬에 있다고 무전만 접수하면 미군이 벌떼처럼 달려올 겁니다. 장담합니다."

"아무쪼록 잘 부탁드립니다. 귀축미제가 저흴 잡아먹기라도 하면…….”

"아, 사람 안 먹는다니까요?"

현지인(?)들과 친분을 다진 헨리 킴은 연신 웃음을 터뜨리며 통신장비를 이리저리 만져댔다.

대붕괴 2

　꿈을 꾸었다. 아주 편안한 꿈. 널찍한 정원을 갖춘 그림 같은 집에서, 귀여운 개를 기르며 낮에는 산책을 즐기고, 밤에는 날 따르고 존경하는 이들과 교양 있는 시간을 보내고, 더 이상 속세에서 고통받지 않고, 여생을 그렇게 전원에서 보내는 삶.

　하지만 알 수 있었다. 이건 단지 꿈에 불과하다고. 이 꿈 밖의 세상에선 여전히 전쟁이 이어지고 있다. 오직 나만이, 저 끔찍한 전쟁에서 승리를 보장할 수 있다.

　나를 믿는 무수한 장병들, 전쟁터에 가족을 보낸 가족들의 간절한 기도. 나라를 위해, 평화를 위해 침략자에 맞서 싸우러 떠난 그 무수한 사람들을 저버릴 수 없었다.

　꿈은 꿈일 뿐. 내게 달린 책임을 저버리고 방황해선 안 된다. 이 전쟁을 승리로 매듭지은 후에야, 비로소 꿈과 같은 안온한 삶이 나를 기다리고 있으리.

　역사가, 그리고 민족이. 모든 대업을 끝낸 그를 영원히 칭송할 그 날까지. 쉴 수는 없었다.

"…드십니까, 각하! 정신이 드십니까?!"

"목이, 따갑군."

"물, 물 여기 있습니다. 드시지요."

몸이 잘 말을 듣지 않는다. 차가운 유리의 냉기가 손끝을 타고 올라오고, 마침내 쩍쩍 갈라진 목구멍에 서늘한 냉수가 퍼부어진 끝에야 시야가 되돌아오고 불빛이 동공을 자극한다.

"내가, 얼마나 정신을 잃었지."

"그리 오래되진 않았습니다."

"다행이군."

몸 여기저기 느껴지는 통증에 눈살을 찌푸리며, 나는 천천히 고개를 돌렸다.

"고맙네. 내 목숨을 구해줬군."

"주치의로서 당연한 일을 했을 뿐입니다."

모렐 박사의 그 평온한 모습에, 절로 안심이 되었다. 아돌프 히틀러는 깨어났다.

* * *

총통 복귀의 소식이 전해짐과 동시에, 독일제국 고관들의 모든 신경이 일시에 베를린으로 쏠렸다. 가장 먼저 달려간 사람이 괴링이었음은 당연한 이야기였고.

"죽여주십시오!!"

"내가 쓰러진 동안 그대가 대행한 것은 그럴 수 있다 치자. 하지만 어째서! 어째서 레벤스라움의 원대한 이상을 달성하긴커녕 전선을 뒤로 물렸나, 괴링?"

"저는 총통 각하와 같은 번뜩이는 통찰력도, 아리아인을 이끌 지도력도 없습니다. 누가 반역자고 누가 배신자인지 한 치 앞을 구분하지 못하는 상황에서, 제가 고를 수 있는 선택지는 그것뿐이었습니다!"

괴링은 눈물을 줄줄 쏟으며 '역도'들로부터 제국을 지키는 일이 얼마나 버거웠는지를 하소연했고, 괴링을 임시정부 수반으로 지지한 이들 또한 한마음 한뜻으로 괴링에겐 죄가 없음을 탄원했다.

"저는 뼈저리게 깨달았습니다. 제국을 이끌어나갈 수 있는 이는 오직 총통 각하뿐이십니다!"

"총통께서 쓰러지자마자 이 나라는 무질서와 혼란, 공포로 뒤덮였습니다. 저희에겐 오직 총통의 영도만이 필요할 뿐입니다!"

결국 히틀러 또한 괴링의 판단이 '총통이 아닌 일개 개인으로서' 최선의 판단이었음을 인정했고, 고작 인간계 레벨에 불과한 괴링이 정무를 맡을 수밖에 없었던 시국을 한탄함으로써 대강의 책임 논의가 정리되었다. 단, 이것이 모든 일을 불문에 덮는다는 뜻은 아니었다.

"이 끔찍한 반역 시도로 확실해진 것이 있다. 바로 이 나라 중추에 변절자들이 그득그득하다는 사실이다! 나라를 팔아 일신의 안녕을 도모하는 자들! 입을 다물고 불의를 못 본 체한 자들! 그들 모두 잠재적 반역도가 아닌가!"

"그렇습니다!!"

그동안 히틀러가 깨어나기만을 기다렸던 만큼, 숙청은 신속했다. 콧대 높고 오만하기 그지없던 융커들과 국방군 또한 서슬 퍼런 히틀러의 분노 앞에선 모래성이 되었다.

"하일 히틀러!"

"국방군은 나치즘에 충실하며, 나치당의 하나뿐인 영도자인 총통께 충성합니다!"

4성, 5성 장군들이 모여 자리를 털고 일어난 히틀러 앞에서 충성 맹세를 하고, 그동안 자신들이 얼마나 잘못된 사고관에 빠져 있었는지 자아비

판을 줄지어 늘어놓았다.

군과 당, 민간을 막론하고 끝없이 재판이 열리고 무수한 사람들이 처형당했다. 죄가 있는 자들은 그 가족까지 멸족당했고, 죄 있는 자를 친구로 둔 이들 중 침묵을 택한 이들 또한 처형장의 이슬로 사라졌다.

마침내 독일 내의 특권계층이던 융커들은 히틀러를 절대적 지배자로 받들게 되었다. 이제 그 누구도 그의 권위에 도전할 수 없었다. 그의 견해에 반대 의사를 표하는 것만으로도 처형장에 끌려갈 불경죄였다. 집권 이후 지긋지긋할 정도로 융커들과 신경전을 벌이던 히틀러는 마침내 전제군주를 뛰어넘는 권력을 쥐게 되었고, 그 힘으로 곧장 전쟁 지도에 착수했다.

"…이상입니다."

"내가 없는 동안 다들 조국을 지키기 위해 훌륭히 봉사하였군. 그 노력을 치하하네."

마음에 들지는 않는다. 하지만 현실을 인정해야 했다.

"괴링의 판단을 이해할 수 있네. 끝없이 첩자들을 침투시키는 게 볼셰비키들의 상투적 수단이고, 당장 클루게 같은 이조차 반역도와 결탁하지 않았나. 내부의 배신자가 소련군과 호응할 가능성이 없지 않았던 이상, 이 후퇴는 어쩔 수 없지."

"……"

"하지만, 이로써 레벤스라움은 한 걸음 더 멀어졌네. 이렇게 멀리 후퇴한 이상, 저 더러운 슬라브족들은 다시 새끼를 치고 병력을 쏟아낼 거야. 지금의 우리는 모스크바를 불태울 여력이 충분치 않아."

"그렇다면……."

"우선 프랑스부터 다시 밀어낸다."

모든 조건은 갖춰져 있다.

"그놈들이 군을 재건하기 전에 다시 서유럽을 제패해야 우리에게 승산이 있어. 아직 모르겠나? 그래서 내가 그토록 현지사수를 지시했는데! 너희들이······."

"총통 각하의 놀라운 통찰력을 따라가지 못한 저희의 죄입니다."

"죄송합니다, 각하!"

"명심들 하게. 서방연합군은 우리가 생각한 만큼 강하지 않아. 발칸 주둔군이 합류하면서 충분히 공세를 걸 만한 병력이 확보되었고, 놈들의 보급선은 끝없이 길어지고 있어. 지금이 아니면 언제 공세를 펴겠나?"

아리아인의 레벤스라움. 그 원대한 이상을 이룩할 수 있는 유일한 위버멘쉬. 반역도들의 가장 야비하고도 정교한 음모조차 그를 죽일 수 없었단 사실이, 역설적으로 히틀러에게 자신감을 불어넣어주었다.

"괴링."

"예, 각하."

"루프트바페는 출격할 수 있나?"

"그렇습니다. 영국은 어렵지만, 프랑스라면 단숨에 제공권을 빼앗을 수 있습니다."

"구데리안."

"예, 각하!"

"신형 전차의 배치는?"

"5호 전차 '판터'의 초도 생산분이 보급되고 있습니다. 또한 티거의 구동계 개선 작업이 진행 중입니다."

"서부 전선에 우선적으로 신형 전차들을 할당하도록."

보병의 질적 우위. 백중세의 항공력. 장담할 순 없지만 대대적으로 강화되는 기갑전력. 보급의 유리함. 거기에 유대인들의 하수인이던 FDR이 뒈졌고, 오이겐 킴은 쓰러졌다.

"미영연합군은 반드시 자신들의 보급 소요를 책임져 줄 항구를 노리고 올라올 수밖에 없다. 다른 방향에서의 공세는 무의미할 뿐이지."

"총참모부 또한 각하의 판단이 전적으로 옳다고 생각합니다."

"우리는 다시 한번 벨기에 방면에서 놈들을 격멸하고! 파리로 나아가 프랑스인들에게 뼛속까지 공포를 심어다줄 것이야!"

쾅!

그가 힘껏 테이블을 두들겼고, 장군들은 마치 단두대가 떨어지는 듯한 집단 환각에 시달렸다.

"모델(Otto Moritz Walter Model) 장군."

"예."

"연합군을 격멸할 수 있겠나?"

"어렵습니다."

히틀러가 막 무어라 고함치려던 찰나, 모델이 부연했다.

"지금 우리가 공세를 편다면 연합군은 이를 방어한 뒤 각하의 말씀대로 벨기에 방면으로 올 것입니다. 하지만 그들 또한 초조하긴 마찬가지일 테니, 우린 앉아서 적을 기다린 후 반격에 나서면 됩니다."

"적이 공세를 오리란 보장은?"

모델이 잠시 입을 다물자, 히틀러는 자리에서 일어나 주변을 서성거리기 시작했다.

"아니지. 올 수밖에 없어. 연합군은 온다! 오이겐 킴이 복귀하기 전에 전공을 세우고 싶은 놈들이 없을 리가 없어. 공세는 필연적이며, 그 방향은 벨기에가 될 수밖에 없다!"

"그렇습니다, 각하."

"방어, 그리고 역습에 필요한 모든 준비를 밀어주도록 하지."

"각하. 혹시 적이 모략을 꾸몄을 가능성에 대해서는……."

"만약 오이겐 킴의 와병이 모략이었다면 놈들이 쳐들어올 리 없다. 앉아서 우리의 공세에 맞서려고 하겠지. 그놈은 그런 놈이니까."

이번에야말로. 이번에야말로 그놈의 덜미를 잡을 기회다. 독일 민족의 위업을 위해 선택받은 아돌프 히틀러를 위해 온 세상이 도와주고 있는 지금이야말로.

"명심하도록. 기회는 지금뿐이야!"

연합군을 끝장낼 찬스니까.

* * *

그리고 같은 시각, 베르사유에서도 똑같은 논의가 흘러나오고 있었다.

"벨기에와 네덜란드 일대에서 눈 뜨고 볼 수 없는 참상이 벌어지고 있다고 합니다."

몽고메리는 한껏 거들먹거리며 제 언사에 취해 있었다.

"연합군의 보급난을 해소하고, 자유와 정의라는 연합군의 역할에도 부응하는 공세. 그건 바로 벨기에 해방뿐입니다."

"문제는 벨기에행 공세를 펼 여력이 있냐겠지요."

브래들리는 떨떠름한 기색을 떨쳐내지 못한 채 조곤조곤 자신의 논지를 전개해나갔다.

"아군은 마르세유와 노르망디라는 두 축선에서 보급을 받고 있으며, 이 두 곳에서 트럭과 항공을 통해 당장 하루하루 필요한 보급을 수급하기에도 버겁습니다."

"그러니까 새 항구를 확보하기 위해 벨기에를 쳐야 할 것 아니오."

"단순히 벨기에 방면으로만 북상할 경우 측면을 크게 노출하게 됩니다. 프랑스 전역을 동시에 해방시키며 모두 함께 진격해야 벨기에를 큰 손실 없이 획득할 수 있을 듯합니다."

"하. 말꼬리만 자꾸 잡고 있구만. 대체 그만한 분량의 보급을 언제 확보한단 말이오?"

"전쟁을 우리 희망사항에 따라 전개할 순 없습니다! 현실을 인정해야 합니다. 우리는 지금 공세 역량이 없어요."

"잠시."

연합군 부사령관이자 총사령관 대리, 해롤드 알렉산더 원수가 말을 꺼내자 두 사람은 입을 다물었다.

"브래들리 장군."

"예."

"미안하게 됐소만, 공세는 시행되어야 하오. 이건 결정사항이니."

브래들리는 대답 대신 천장만 올려다보다 나지막하게 내뱉었다.

"그렇군요."

"미군 중 일부가 일시적으로 몽고메리 장군의 집단군에 편입될 것이오. 다시 말하지만 이는 일시적인 것이니 너무 염려치 마시구려. 브래들리 장군께선 몽고메리 장군의 측면을 잘 엄호해 줄 것을 당부드리오."

연합군 부사령관. 분명 명예로운 자리였다. 그러나 알렉산더는 이 명예롭기만 한 자리에 있기보다는 조연이어도 좋으니 한 전역의 지휘관으로 남고 싶었고, 그래서 이탈리아행을 택했었다.

하지만 상황이 변했다. 그는 이탈리아 전역 총사령관으로 부임하는 대신, 예정에도 없던 연합군 총사령관 대리가 되었다.

'이건 너무하지 않습니까?'

'부탁이오. 지금 총사령관이 부재중인 마당에 부사령관까지 교체할 순 없소.'

'후우.'

'우리에겐 영웅이 필요하오. 그리고 몽고메리는 그 영웅의 자리에 가장 가까이 있지. 한 번만 더 그를 밀어줍시다. 벨기에가 해방되는 대로 귀관을 재배치하겠소.'

영국 육군참모총장이 사정하는 통에 결국 승낙해야 했지만, 알렉산더로서는 자신의 역할에 회의감이 드는 것을 참을 수 없었다.

그에겐 별 뾰족한 권한도 없었다. 이미 대전략은 정치인들끼리의 협상으로 정해졌다. 세부 지휘는 저 몽고메리의 '자율'이 보장되었고. 몽고메리가 대승리를 거둔다면, 그에겐 더 높은 곳으로 향할 계단이 천상에서 내려오리라. 패배한다면 그 책임은… 별로 생각하고 싶지 않았다. 아무튼, 이 자리가 그의 자리는 아닌 모양이니.

얼마 후, 벨기에 해방전의 서막이 올랐다.

대붕괴 3

1941년 5월 11일, 대군주 작전 개시. 6월 25일, 파리 해방.

역사서에 단 두 줄로 남을 이 짧은 기간. 그사이에 무수한 사람들이 어마어마한 피를 흘렸으며, 히틀러는 염라국 입구에서 서성대다가 간신히 사바세계로 돌아왔고 루즈벨트는 돌아오지 못할 강을 건너고 말았다. 그리고.

"본 사령관이 전한다. 적은 형편없이 약하며, 끝없이 도망갈 뿐인 머저리들에 불과하다."

마침내 모든 견제를 무력화시키고 본인이 원하던 전권을 거머쥔 몽고메리는 자꾸만 솟아오르는 입꼬리를 억눌러야만 했다.

"저 야만스러운 훈족들은 우리 영국군이 모습을 드러내기 무섭게 도망쳐야 했고, 우리가 가는 곳엔 오직 승리뿐이었다. 이제 저 도적 떼는 선량한 민간인을 학살하며 약탈에 여념이 없고, 놈들이 짓밟은 저지대는 날마다 런던으로 로켓을 쏴 올리는 기지로 전락하고 말았다."

그러니 공세를 해야 한다. 어리석은 이들은 보급 문제를 제기하며 그의 발목을 붙들려 했다. 그러나 그와 참모부의 계산에 따르면 현재의 보급 문제는 어디까지나 수백만 연합군과 재건 중인 프랑스군을 모두 먹여 살려야 한다는 어리석은 가정으로 인해 빚어진 '서류상의 보급난'이었을 뿐이었다.

구태여 지금 당장 프랑스 동부에 배치된 미군에게 보급을 동등하게 해줄 필요가 있는가? 보급난의 근본적 해결 방안은 결국 멀쩡한 항구를 점령하는 것이오, 멀쩡한 항구는 오직 벨기에와 네덜란드에만 있다. 너무나도 당연히, 저 두 나라를 해방하면 양키 놈들도 보급에 숨통이 트이지 않겠는가. 양키들도 이 간단한 계산을 못 할 리가 없다. 외면한 거지. 곧 죽어도 모두가 평등하게 보급을 받아야 한다니, 소련과 동맹을 맺었다고 혹시 대가리에 빨간 물이라도 들어버린 건가? 하긴, 미국의 새 대통령이 빨갱이라는 소문은 이미 런던의 어린애도 알고 있는 이야기. 빨갱이 대통령을 섬기려고 지금부터 미리미리 《자본론》과 《공산당 선언》을 탐독하고 있을지도 모른다.

"미리 축하드립니다, 원수님. 이제 더 높은 곳으로 올라가시겠군요."

"이미 작전은 90%쯤 성공한 것이나 다름없습니다. 벨기에 방면의 독일군은 반쯤 와해되었으니, 포크로 케이크를 찍어 먹듯 간단할 듯합니다."

"다들 낯짝도 두껍군. 그렇게 아부가 하고 싶나?"

몽고메리는 그에게 아첨하는 이들에게 일갈했지만, 그것으로 끝이었다. 작전에 반대하는 것은 물론, 부정적 의견을 피력하거나 적의 강력함에 주의를 기울여야 한다 주장하던 참모들은 얼마 지나지 않아 전출명령서를 받았다. 또한 몽고메리라는 인물을 겪을 만큼 겪은 참모부 장교들은, 몽고메리가 말로만 저럴 뿐 얼마나 아첨을 좋아하는지 이제 이골이 날 만큼 학습했다.

"뭐, 그럴 만도 하지. 이제 우린 역사에 길이 남을 대승리를 목전에 두고 있다. 나를 따라 제 임무만 똑바로 수행한다면, 귀관들도 내 찬란한 성과 옆에 자신들의 이름 한 자 남길 순 있겠지."

"그렇습니다!!"

"히틀러를 몰아내는 건 우리 영국군입니다!"

끝없는 낙관, 낙관, 낙관.

"유진 킴은 난처해지겠군요. 푹 쉬고 돌아왔더니 자기 자리가 사라져 있을 테니까요!"

"⋯⋯."

"⋯⋯."

"하하. 사령관님께서 넓은 아량으로 그를 품어주시지 않겠습니까?"

"그럼요, 그럼요. 적당히 참모장쯤 시키면 딱이겠군요."

"그거 재밌군."

갑자기 한 놈이 분위기를 싸늘하게 만들 뻔했지만, 몽고메리의 험악한 심기를 캐치한 다른 이들이 얼른 새로운 메들리를 불러대자 그의 표정도 다시 편안해졌다.

유진 킴. 위대한 명장, 버나드 몽고메리의 전과를 훔쳐 간 대도(大盜). 악연의 시작은 북아프리카 전역이었다. 이집트를 정복하고 추축국의 완벽한 승리를 노리던 롬멜. 다른 무능한 똥별들은 롬멜 앞에서 온갖 추태를 보였지만, 그 누구보다 준비된 장군 몽고메리가 지휘봉을 잡기 무섭게 대영제국의 아들들은 투지와 인내로 롬멜을 막아낼 수 있었다. 전략적 관점에서 보았을 때, 몽고메리가 롬멜의 그 정신 나간 돌격을 저지한 시점에서 아프리카 독일군의 파멸은 정해져 있었다. 어디까지나 병사들을 아끼고 무익한 살생을 싫어하는 그였기에, 롬멜과 무리해서 싸우기보단 싸우지 않고도 이기는 방법을 택했을 뿐.

그런데. 그런데 미군이 나타났다. '사막의 여우'를 사냥하고 한니발을 거꾸러뜨린 스키피오가 되어야 했는데, 저 몽골리안이 그의 영광을 가로채버렸다! 수천 킬로미터씩 사막을 이리저리 싸돌아다니며 모든 전력을 소진한 롬멜은 실로 무력하게 무너졌고, 유진 킴은 일약 대스타가 되었다. 그런 주제에, 마치 먹고 떨어지라는 듯 그를 향해 공허한 찬사 몇 마디.

혐오스러웠다. 전투력은 개판인 주제에 벼락출세한 졸부처럼 으스대는 양키들도, 당연히 그 자신의 몫이어야 할 영광을 훔친 주제에 위에서 내려다보는 그 총사령관도. 시칠리아에서도, 이탈리아에서도 이 불쾌함은 사그라들지 않았다.

이탈리아에서 그는 다시 한번 롬멜을 격파했다. 하지만 이미 그 거품 같은 명성이 꺼져버린 롬멜을 격파한들, 그가 응당 받아야 했을 찬사를 받을 순 없었다. 대중들은 그가 얼마나 우아하고 완벽하게 군을 운용하고 영국에 승리를 바쳤는지에 관심을 가지긴커녕, 총사령관인 주제에 졸레졸레 유고로 기어갔다 독일군의 놀림감만 된 저 빌어먹을 놈만을 바라보았다. 나날이 콧대가 치솟아 오르던 저 몽골리안은 마침내 대놓고 그를 깔아보기 시작했다.

대군주 작전을 보라. 유진 킴은 영국군과 몽고메리를 숫제 자기 뒤 닦아주는 놈처럼 부려먹었고, 미군이 파리를 탈환하며 화려한 스포트라이트를 받는 동안 영국군은 그림자 속에 파묻혔다. 더 이상은 참을 수 없었다. 처칠과 몽고메리는 의견의 일치를 보았다.

'히틀러가 쓰러지고 혼란에 빠진 독일군은 예전만 못하다.'

'지금이 아니면 미국인들은 주도권을 탈환할 기회를 주지 않으려 할 것.'

실제로 양키들은 결코 순순히 영국군 위주의 공세를 받아들이려 하지 않았고, 기어이 이번 공세에 미군 일부를 끼워 넣었다. 어떻게 해서든 숟가락 얹으려는 작태가 놈들의 투명한 속내를 그대로 보여주고 있지 않은가? 조지 패튼, 그 미친개는 그냥 미국인의 솔직한 마음을 토로한 것이다. 그렇기에 승리가 절실했다. 버나드 몽고메리의 승리가 곧 대영제국의 미래를 보장한다!

7월 13일. 영국 제21집단군이 주도하는 새로운 공세는 그렇게 그 성대한 막을 올렸다.

영국군 약 50만. 캐나다를 비롯한 타국군 약 20만, 미군 10만. 1만 대에 육박하는 전차, 수천 문의 야포와 수천 대의 항공기, 바다를 차지한 대영제국 왕립해군까지. 물론 이는 비전투병력을 모두 따졌을 때의 숫자였고 실제로 전장에 투입되는 전투병력은 그에 훨씬 못 미쳤다. 그러나 제21집단군은 분명 과장 섞어 백만 대군. 끌어모을 수 있는 보급을 영혼까지 모조리 끌어올리고, 벨기에와 네덜란드 일대를 단숨에 해방시키기 위한 대공세!

"볼로뉴, 칼레, 됭케르크, 그리고 앤트워프까지! 이 항구들을 확보하는 순간 전쟁은 끝이야!"

이 항구들을 설마 하나도 확보하지 못할 리가 없다. 하나라도 제대로 된 항구를 손에 넣으면 지금 브리튼섬에서 이제나저제나 기다리고 있을 막대한 물자가 곧장 쏟아지고, 보급선이 단축되면 다시 한번 네덜란드를 향해 도약할 수 있다. 네덜란드마저 해방한다면? 그다음은 바로 루르. 독일의 핵심 산업지대. 이 시점에서 대중들은 어리석은 겁쟁이 대신 누가 진짜 존경받아 마땅한 명장인지, 제대로 된 판단을 할 수 있으리라.

* * *

"적군이 대대적으로 진격해 오고 있습니다."

"대규모 항공 세력 투입 확인!"

"브뤼셀에서 향후 방침을 묻고 있습니다. 어찌하면 되겠습니까?"

지휘소 안은 숫제 시장통 한가운데를 방불케 하듯 시끌벅적했다. 그리고 발터 모델은 그 소란 한가운데에서도 말을 아끼고 있었다.

"내줄 수 있는 곳은 전부 내준다."

"정말… 괜찮겠습니까?"

"총통께는 이미 허락받았다. 승리를 위해 잠깐 내려놓는 것이니, 금방 되찾으면 돼."

서방연합군의 움직임은 솔직하게 평하자면 기대 이하였다. 지도상에 배치된 놈들의 움직임을 보고 있노라면, 그 작전 목표가 너무나도 빤히 보인다. 애초에 그럴 수밖에 없는 전역이긴 했지만.

"놈들은 불로뉴부터 시작해 해안에 있는 항구를 점령하는 것을 최우선 목표로 두고 있을 게 틀림없어."

"그렇습니다."

"이곳들은 절대 내줄 수 없다. 기뢰 작업은?"

"조금 더 시간이 걸릴 듯합니다."

"내준다 하더라도 놈들에게 멀쩡한 항구를 안겨줄 순 없다. 무슨 일이 있더라도 항구로서의 기능을 파괴해야만 해."

총통 또한 다른 곳은 몰라도 이 항구들만큼은 결코 적의 손에 떨어져서는 안 된다고 열변을 토했다. 그 점만큼은 그 또한 동감이었다.

"브뤼셀은 정말 그대로 내주시렵니까?"

"그러면?"

"브뤼셀도 명색이 벨기에의 수도 아닙니까. 그곳에서 시가전을 벌인다면 제법 오래 적들의 발을 묶고 큰 피해를 강요할 수 있습니다."

"귀관은 대국을 보는 눈을 더 길러야겠군."

전술적으론 타당한 선택지지만, 전략적으론 엉터리. 모델 교수는 눈앞의 참모에게 D 학점을 매겼다.

"민간인에게 피해를 끼치지 마라. 브뤼셀을 내주고 병력을 온존한다. 주둔군에게는 드잡이질 적당히 하고 빨리 철수하라고 전해. 다시 한번 강조하지만, 우린 지금 적을 더 끌어들여야 한다."

사자의 아가리로 힘껏 달려오고 있는 연합군. 내륙의 도시는 얼마든지 내줘도 좋다. 연합군이 해방자를 자칭하는 이상, 도시를 해방하면 해방할수록 놈들은 거대한 난민들을 부양할 의무를 떠안게 된다. 놈들의 보급 역량에 과부하를 걸면서도, 끝없이 패퇴하는 모습을 보여 연합군의 진격을 더더욱 부채질한다.

"명심해라. 적당하다, 적당히. 적들이 승리의 기쁨을 한껏 누리게 해주면서 서서히 뒤로 물러난다."

"알겠습니다!"

1870년, 보불 전쟁. 1914년, 제1차 세계대전. 독일은 언제나 프랑스를 상대로 싸웠다. 프랑스가 강할 때, 독일은 수백 조각으로 토막 나 존재감을 잃어버렸다. 프랑스를 꺾자 마침내 독일은 유럽의 패왕이 되었고, 그 프랑스에게 발목이 잡히자 결국 패전의 쓴맛을 보았다.

그러니 독일제국의 군대가 프랑스를 제1적국으로 간주하는 것은 너무나 당연한 일이었고. 독일의 장교는 일개 소위부터 저 꼭대기의 원수에 이르기까지, 그 뇌에다가 프랑스—베네룩스—독일 지도와 교통로에 대해선 인두로 지질 듯 뚜렷하게 박아놔야만 했다.

지형적 요소는 너무나 아군에 유리하며, 적은 시간제한과 보급이라는 이중고에 시달리고 있다.

"앤트워프."

"네?"

"우리는 앤트워프까지 적을 끌어들인다."

놈들의 공세가 한계에 다다를 시점. 앤트워프는 연합군의 스탈린그라드가 될 것이고. 적들에겐 참으로 유감스럽지만, 이번엔 도망칠 됭케르크가 없으리라. 모델의 머릿속에서 연합군은 이미 거대한 포위망에 갇혀 소멸하고 있었다.

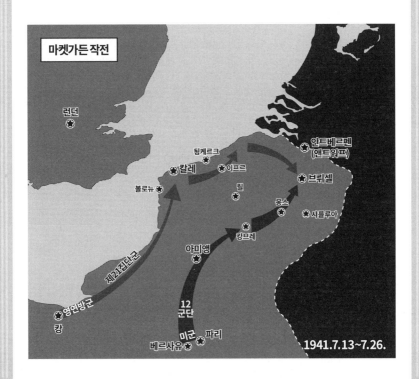

물의백작 님이 제공해주신 지도를 기반으로 제작했습니다.

대붕괴 4

1941년 7월 14일.

[롬멜을 패퇴시킨 명장, 버나드 몽고메리 원수가 이끄는 제21집단군이 마침내 프랑스 북부를 수복하기 시작했습니다.]

[고속 기동하는 영국군이 벨기에 국경을 넘었습니다. 히틀러가 유럽을 집어삼킨 뒤 몇 년 만에 마침내 그의 몰락이 목전에 다가온 셈입니다.]

[이프르, 그리고 파스샹달. 지난 대전쟁의 끔찍한 상처로 우리에게 각인된 이름입니다. 수십 년 전, 연합군은 독일제국의 침략에서 이곳들을 탈환하기 위해 크나큰 희생을 치러야 했습니다. 하지만 지금! 영국군은 털끝만큼도 상하지 않은 채 독일군을 몰아냈습니다! 마침내, 마침내 우리가 해낸 것입니다!]

이틀 후, 7월 16일.

[됭케르크, 연합군은 마침내 됭케르크의 입구를 두들기고 있습니다.]

[프랑스를 지키기 위해 싸웠던 영국인들은 됭케르크에서 거국적인 협력 끝에 우리의 애국자들을 따뜻한 브리튼섬으로 귀환시킬 수 있었습니다. 바

로 그 됭케르크가 해방을 목전에 두고 있습니다. 프랑스인들이여, 조금만 기다리십시오! 유니언 잭이 그대들을 압제에서 풀어줄 것입니다!]

7월 17일.
[영국군이 마침내 브뤼셀에 입성했습니다!]
[놀라운 진격! 역사에 길이 남을 대공세! 시대를 풍미한 레드코트의 후예, 영국 육군이 마침내 벨기에에 빛을 되찾아줍니다!]
[독일군이 무너져내리고 있습니다! 전쟁기계, 유럽을 모조리 휩쓸던 훈족들은 제 주인 아틸라를 잃고 양 떼처럼 이리저리 도살당하기에 바쁩니다!]

"기자들은 잘 보도하고 있나?"
"그렇습니다. 지금 본토에 있는 교회란 교회는 죄다 종이 다 너덜너덜해지도록 매일같이 승리 감사 예배를 올리고 있답니다."
"전 세계에 우리의 승리를 널리 알려야 한다. 단순히 독일을 물리치고 끝나는 전쟁이 아냐. 대영제국의 미래가 달린 일이다."
하지만 몽고메리의 마음은 그리 편치만은 않았다. 그의 마음이 편안해지는 사령부를 벗어나 총사령부에만 가면 온갖 음해가 쏟아지고 있었기 때문이다.
"브뤼셀이라니? 대체 언제부터 작전 목표에 브뤼셀이 추가되었습니까?"
"앤트워프로 간다는 건 알고 계셨잖소. 브뤼셀을 확보한다면 막대한 전략적 이점을 취하게 됩니다. 실제로 별 타격도 없었고."
"몽고메리 사령관. 이래서야 미군이 측면을 지원해드리기 어렵습니다. 너무 돌출되고 있어요."
가증스러운 브래들리는 작전이 시작되기 전부터 앵무새처럼 어렵다는 말만 반복하고 있었다. 유진 킴에게 특명이라도 받았나? 적이 버리고 간 벨기에의 수도를 방기하자니. 맨정신으로 할 말은 아닌 것 같은데. 몽고메리는 브래들리의 비상식적인 말에도 영국군 원수로서 기품을 지켰다.

"조금만 더 분발해 주시지요, 브래들리 대장. 앤트워프가 목전에 다다랐습니다. 제가 지금 독일 본토를 공략해 달라고 협조 요청을 한 것도 아니잖습니까."

"…혹시 기억이 가물가물해졌나 싶어서 말씀드리는데, 현재 대다수 미군 야전부대는 고작 3일분의 보급 여유만을 확보하고 있습니다. 이번 '마켓가든' 공세를 위해 제21집단군에 거의 모든 물자가 우선 할당되었기 때문이지요."

엄살하고는.

"무주공산인 벨기에 땅으로 올라오는 게 그토록 미군에겐 버거운 일이란 말이오?"

"무주공산일 리가 있겠습니까! 부사령관님. 멈춰야 합니다. 이쯤에서 이번 작전의 본질인 항구 확보에 전념하고 전선을 가다듬어야 합니다. 독일군이 우리를 유인하고 있는 게 너무나 빤하지 않습니까?!"

브래들리의 말에 저 어리석은 알렉산더는 고민씩이나 하고 있었다. 대체 뭘 고민하는 거지? 유진 킴이 우리에게 했듯 찍어누르면 될 일 아닌가!

"몽고메리 사령관."

"예."

"어떻소. 언뜻 듣기로는 브래들리 장군의 말에도 일리가 있어 보이는데……"

"독일군이 주요 항구에서 완강히 저항하고 있고, 확보한 항구가 멀쩡할지 여부에 대해 확신할 수 없는 형국입니다. 하지만 놈들도 앤트워프를 잿더미로 만들진 못할 테니, 적어도 그곳까지는 진격해야 합니다."

"적이 우릴 끌어들이고 있다는 주장에 관해서는 어찌 보시오?"

"하! 서부 전선에 그럴 역량이 남아 있었다면 파리를 지켰겠지요! 애초에 프랑스를 내주고 벨기에에서 대규모 작전을 진행한다는 발상부터가 너무 억지잖소."

"어떻소, 브래들리 장군?"

"…알겠습니다."

다행히 어설픈 알렉산더의 중재로도 브래들리쯤은 잠재울 수 있었다. 이제 남은 일은 오직 하나. 앤트워프에 유니언 잭을 게양하고 벨기에 대부분을 해방하는 일뿐!

그리고, 몇 주가 지났다.

독일군의 미미한 저항을 짓밟으며 진격한 영국군은 마침내 앤트워프 근교에 다다랐고, 거기서부터 비로소 방어라 부를 만한 무언가가 모습을 드러내기 시작했다.

"놈들이 앤트워프 방어에 몰두하고 있습니다."

"폭격을 더 요청하도록."

"앤트워프의 항만 시설을 사용하려면 스켈트(Scheldt)강과 그 하구도 모두 점령해야 합니다만, 독일군이 요새화를 완료하고 완강히 저항하고 있습니다."

"대관절 캐나다군은 뭘 하고 있나? 이래서야 원."

답답하다. 네덜란드를 지나 독일 본토에 첫발을 디뎌야 하는데, 겨우 첫 저항다운 저항을 만나자마자 지체되다니.

벨기에의 도로 사정은 최악이었다. 수십만 대군이 사실상 도로의 끝에서 끝까지 늘어져 있었고, 독일군은 군데군데 벌레가 과일을 파먹듯 교량을 끊어버리며 안 그래도 숨 막히는 교통을 더더욱 옥죄었다. 추석의 대한민국 고속도로를 아득히 상회하는 끔찍한 교통 정체가 일상적으로 일어났고, 헌병들은 악을 쓰며 트럭과 전차를 전방으로 보내려 했지만 그 노력이 결실을 맺는 일은 없었다. 앤트워프 인근에 다다른 부대들은 어디 하나 가릴 것 없이 하나같이 탄약이 부족하다며 아기새처럼 입을 쩍쩍 벌려댔고, 후방의 부대는 나아갈 수가 없어 손가락만 빠는 형국.

그러니 앤트워프를 함락시켜야 한다. 일단 수운을 개통시킬 수만 있다면, 그럴 수만 있다면!

"보고드립니다. 독일군이 관측되었는데……."

"그런데?"

"최소 세자릿수의 타이거 탱크가 목격되었다고 합니다."

"미쳐버린 거 아닌가? 일선에선 그딴 보고를 검증도 하지 않고 올린단 말인가?"

우습지도 않다. 하지만.

— 독일의 아들들에게 전한다. 05:00을 기해 전 전선에서 반격을 개시한다. 반복한다. 05:00을 기해 전 전선에서 반격을 개시한다. 연합군은 길바닥의 자갈처럼 벨기에 전역에 널브러져 있다. 한 놈도 남김없이 쓸어버릴 것. 이상.

그가 미처 눈치채기도 전에 전장의 흐름은 급변해버렸다.

* * *

준비물은 모두 갖춰졌다. 우선, 미합중국 육군 원수의 권능으로 주방에서 징발한 작은 알감자를 껍질째 곱게 씻고, 소금과 오일을 부은 뒤 푹 삶아준다. 그다음은 감자 껍질을 깐 뒤, 버터와 식용유를 두른 후라이팬에다 구우면 된다. 어때요, 참 쉽죠?

후라이팬이 달궈지는 동안, 나는 잠시 지금 진행되고 있는 작전에 관한 보고서를 읽기 시작했다. 혹시 이제 뒷방 영감이라고 '아프다고 드러누운 환자는 군사 기밀에 접근할 수 없습니다.' 소리 들을까 봐 걱정했는데, 그래도 아직 인정머리라는 게 남아 있긴 했는지 재깍재깍 서류를 내주더라고.

참으로 감사한 일이다. 그나저나, 돌아가는 꼬락서니를 보니까 이거 완전.

"지금 뭐 해? 후라이팬 다 타잖아!"

"괜찮아, 괜찮아. 내가 할 수 있어. 안심하고 기다리고 있으면……."

"이미 늦었잖아! 닦고 다시 처음부터 해야 하는데 기다리긴 뭘 기다려!"

앗, 아앗. 돌려주세요. 제 지휘보… 후라이팬을 돌려주세요!

"그냥 내놔. 내가 할게. 구워서 설탕 뿌리면 되지?"

"…네, 주인마님."

백전불패의 신묘한 지략을 발휘하던 상승장군 유진 킴 원수, 감자제국을 상대로 충격의 대패. 패장은 추하게 물러나고 도로시 커티스 킴 대원수께 지휘봉을 넘깁니다.

"세상에. 버터를 둘러놓고 그걸 다 태워먹으면 어쩌잔 건지 원."

"요리 좀 못할 수도 있지! 내가 마지막 야전취사 했던 게 대체 언제 적인데!"

라면 이외의 요리를 시도하려 했던 내가 어리석었다. 두고 보라지. 지금 연구소에서 개발 중인 샌―프랑코 식품사의 세계 최초의 인스턴트 라면이 공장에서 숨풍숨풍 튀어나오는 순간 전 세계 자취생과 홀아비들은 예수의 이종사촌 세인트 유진 킴의 제단을 쌓고 하루 세 번 절하게 되리니.

전시 관계로 물자가 통제되고 있지만, 뭐 어쩌란 말인가. 라면에 계란 풀고 김치 얹어 먹고 싶다는 내 야망을 막을 순 없었다. 전쟁이 끝나고 폐허가 된 유럽과 아시아 전역을 샌―프랑코 라면이 휩쓸 날도 멀지 않았단 뜻이지. 크헤헤헤. 구호물자 품목에 라면을 끼워 넣는 로비만 성공하면 돈방석이다. 돈에 파묻혀 질식사할 수 있단 말씀!

그런데 그 돈을 물려받아야 할 망할 놈 하나가 없어졌다. 어디서 뭘 하고 있는지 모르겠다. 아니, 이제 나도 진실을 수용했다.

헨리는 죽었다.

기어이 이 개좆같은 전쟁이 내 아들을 잡아먹었다. 다른 집의 무수한 아들들처럼, 내 아들 또한 빼앗아 가버렸다. 며칠 전 도로시가 자다 말고 또 울었다. 꿈에 헨리가 나왔는데 그 멍청한 놈이 다 해진 군복, 그것도 쪽바리들 군복을 입은 채 해맑은 표정으로 제 놈은 건강히 잘 지내고 있다고 하더랜다. 뭐지? 저승에 히로히토를 보내달란 뜻인가? 더 이상 밥은 잘 챙겨 먹고 있는지, 춥지는 않을지 같은 고민은 하지 않는다. 그저 시신이라도 발견해 묘에 안장이나마 할 수 있길 기도할 뿐이다.

어니스트 킹은 인격파탄자에, 섹스 중독자에, 취미는 폭음, 도박, 부하들 와이프와 밀통하기고 정치인과 야합해 제 꼴리는 대로 구는 게 특기인 인간쓰레기다. 하지만 그런 후레자식이더라도, 사위가 실종되었는데 수색도 하지 않을 정도로 인간말종이란 생각은 하지 않는다. 그랬다간 내가 무슨 수를 써서라도 그놈을 죽여버릴 테니까.

요컨대, 못 찾을 만해서 못 찾았단 뜻. 그제야 나는 현실을 받아들이기로 했다. 난 결국 작전의 강행을 막지 못했다. 더 많은 희생을 막겠다는 명목하에, 눈앞의 작은 희생을 보면서도 눈을 감았다. 결국 나 또한 숫자로 전쟁을 바라보는 부류가 되었다. 그런데 어쩌란 말인가. 이제 나도 아들 잃은 애비가 되었다. 양심의 가책이고 나발이고 그딴 게 남아 있을 것 같나?

대체 어디 사는 뉘신지는 모르겠지만, 참 축하한다. 이제 나도 당신들과 동급으로 굴러떨어졌으니.

"당신도 좀 먹어."

"이미 먹고 있어. 맛 괜찮네. 이거 이름이 뭐라고?"

"알감자 버터구이. 음. 추억의 그 맛이야."

"시부모님은 모르시던 것 같던데?"

그보다 훨씬 더 옛날 추억이라 그래.

이 짜고 달고 부드러운 맛이 입가에 감도니, 조건반사적으로 몸의 털이 곤두서고 머리 한쪽이 차가워진다. 이것도 PTSD의 일종인가. 도로시가 감자의 맛을 음미하는 동안, 난 감자 포대에 끼어 있던 쪽지 하나를 슬쩍 펴

손바닥에 넣고 읽었다.

[버나드 몽고메리 원수가 사석에서 나눈 대화 중 다소 문제의 소지가 있는 발언이……]

우리 몬티는 장병들을 못자리에 파묻으러 달려나간 주제에 입방정도 많이 떨었구나? 숫고이. 대단해.

도대체 몽고메리는 무슨 근거로 몇십만 명이나 되는 병력을 벨기에에 처박았을까? 내게 아주 약간의 동정심이나 다른 무언가가 남아 있었다면, 당장 자리 털고 일어나서 총사령관 자리를 되찾은 뒤 후퇴를 명령했을지도 모른다. 물론 그랬다간 영국인들은 자신들의 영웅 몽고메리를 지키기 위해 필사의 실드를 칠 게 뻔하다.

[아, 다 이긴 판이었는데 유진 킴이 후퇴 명령 내려서 전선이 난잡해지고 그 틈에 패한 거다.]

[영국군의 전과가 너무 대단하자 열등감이 폭발한 유진 킴이 이를 억눌렀다!]

[저렇게 털고 일어날 수 있는 거였다면 애초에 별로 안 아프던 거 아닌가?]

뻔하지. 눈 감고 봐도 아주 훤하다 훤해. 솔직히 몽고메리가 저 병력을 진짜로 싹 다 날려먹으면 뒷감당을 어떻게 해야 하나 정신이 아득해지긴 하는데, 저딴 소릴 평생… 아니, 역사가 남아 있는 동안 대대손손 음모론 비스무리하게 저딴 소릴 들을 걸 생각하면 정이 싹 달아난다.

절대 내가 먼저 일어나면 안 된다. 완벽하게 작전이 실패할 때까지. 파멸이 명백해져 그 누구에게도 책임을 전가할 수 없을 때까지 기다려야만, 내가 여기 드러누워 있을 만한 가치가 생긴다.

환자의 암을 제거하겠다고 배를 쨌는데, 아직 암을 꺼내지도 못한 상태에서 '출혈이 너무 심하니 그냥 닫읍시다.' 하고 봉합해버리는 짓 따위, 이젠 못 한다. 너무 늦었다.

그래. 마지막 순간까지, 난 이 병실에서 팔짱 끼고 앉아만 있겠다. 꼬우면 내 아들 살려내든가.

대붕괴 5

연합군의 마켓가든 공세가 개시된 지 정확히 2주 뒤. 1941년 7월 27일. 노르망디에 연합군이 첫발을 내디딘 이후 최초로, 동쪽에서부터 한 무리의 항공기가 떼를 지어 나타났다.

"히틀러가 몸이 달았나보군."

"그러게 말입니다. 루프트바페를 지금 꺼내다니."

"공군에 알려라. 항공 엄호 요청. 시큼하기만 한 크라우트 주제에 감히 제공권을 빼앗으려 하다니."

하늘은 연합군의 것. 프랑스가 무너지고 됭케르크로 내몰리던 시절 이후로, 단 한 번도 무너진 적 없는 확고부동한 전제였다. 하지만 해가 동쪽에서 뜨는 것처럼 당연하게 여기던 전제가 무너질 때야말로 가장 큰 충격이 오는 법.

"적이 너무 많다!!"

"대편대, 상식을 뛰어넘는 대편대다!"

"사령부에 알린다! 엄청난 수효의 적 항공기! 이럴 수는… 크아악!!"

독일의 제2인자, 헤르만 괴링이 자식처럼 보살피며 키우던 루프트바페.

괴링의 권력욕이 다소 시들해지며 전쟁 초기처럼 육해군에 갈 자원마저 싸그리 빨아먹지는 못했지만, 원래 부자는 망해도 3년은 가는 게 정석이다. 그동안 착실히 영국 공군의 본토 폭격을 막으며 공대공 전투 역량을 쌓아 오던 이들은, 그동안 쌓인 울분을 모조리 토해내며 막힌 둑이 터지듯 벨기에와 북프랑스 일대를 휩쓸었다.

"하늘에서 연합군 전투기를 모조리 치웠습니다. 창공은 게르만 민족의 것입니다."

"토미 놈들은 이제 걸어다니는 과녁판에 불과하다! 폭격 개시해!"

날벼락. 끔찍한 사이렌 소리가 하늘 곳곳에 쩌렁쩌렁 울려 퍼지자, 몇 년 전 불타는 벨기에와 프랑스를 뒤로한 채 뒹케르크를 통해 도망쳤던 영국군 최고의 숙련병들은 얼굴에서 핏기가 싹 사라지고 말았다.

"슈, 슈, 슈투카다!"

"아악! 아아아악!! 엄마! 엄마아아아!!"

"도망쳐! 우리는 다 죽는다! 우리는 다 죽는다아악!!"

그때 그 전장. 이번엔 다르다고 몇 번을 되뇌며 돌아왔지만. 어째서 똑같단 말인가?

"이프르를 지나온 게 실수였어! 이프르에서 죽은 옛 대전쟁의 망령들이 동지를 찾고 있다고!"

"제리가 또 전차를 끌고 온다! 똑같잖아! 3년 전 그때랑 똑같다고!"

보이지 않는 아군 항공기. 하늘을 날아다니는 것은 새 아니면 적 항공기. 이 참담한 상황에서 가장 먼저 대처해야 할 것은 당연히 대공포병. 하지만 연합군의 대공포 부대는 하나같이 자신들의 역할이 과연 적 폭격기 요격인지 아니면 대전차전인지 정체성의 혼란을 겪던 와중이었다.

"대공포는 뭐 하고 있나! 당장 저 빌어먹을 날파리들 좀 쫓아내버려!"

"대공포란 대공포는 죄다 전방에 끌어다 놓았으면서 지금 이러시면 어쩌란 말입니까!"

"대전차 임무는 다른 부대에 넘기고, 지금 당장 본연의 임무에 매진하도록! 적들이 교량을 파괴하면 정말 끝장이야!"

그동안 전차도 날리고, 보병도 날리고, 토치카도 날리고, 집도 날려봤지만 정작 독일의 항공기를 향해 쏴본 경력직 대공포병들은 매우 극소수. 어쨌거나 야전교범이란 바로 이럴 때를 위해 존재하는 것. 허겁지겁 낡은 매뉴얼의 먼지를 털고 대공작전에 돌입하자, 적 공군을 완전히 내쫓지는 못하더라도 적어도 반격은 가할 수 있었다. 반격은.

"이 정도면 우리 루프트바페가 충분히 귀하를 위해 조력해 준 것 같소만."

"물론입니다. 아주 만족스럽습니다. 앞으로도 잘 부탁드리겠습니다."

"교량은 어째서 타격하지 말라고 하셨소? 이미 도로 곳곳에 칠면조가 그득하오. 그냥 날아가서 폭탄을 떨군 후 기총을 느긋하게 갈겨대면 토미 놈들이 돼지 멱 따는 소리를 내며 뒈져나가는데."

"교량을 다 부수면 부교를 설치할 테니까요."

교량이 남아 있는 한, 후퇴하는 적들은 당연히 교량을 이용하려 할 테고, 그 병목현상이야말로 모델과 독일군에겐 잔칫상과 매한가지였다.

"적은 대공포를 죄 하늘을 향해 치켜세웠다. 지금이야말로 공세 시점이란 뜻이지."

"기갑부대를 밀어넣으면 되겠습니까?"

"물론. SS에도 즉시 연락하도록. 전과 확대의 시간이다! 다들 진급하고 싶으면 이번 기회에 실컷 전공 좀 세워 보라고."

이미 몇 차례 화려한 성과를 거둔 티거. 거기에 든든하게 몰아받은 신형 전차 판터. 신형 전차의 기계적 신뢰성에 대해선 여전히 의문 부호가 남아 있었지만, 적어도 구형 4호 전차로 저 막강한 기갑 전력을 자랑하는 서방연합군과 드잡이질을 할 순 없잖나. 그렇게 모델이 지휘하는 대규모 기갑부대가 연합군의 부드러운 오른쪽 옆구리를 강타했고.

"적 기갑 전력 매우 강력함! 전선을 유지할 수 없다! 당장 지원을……!"

— 본 사령부는 현장의 보고에 다소 혼선이 있다고 여기고 있다. 군단에선 현장을 제대로 파악하고 있는가?

"빌어먹을, 빌어먹을, 빌어먹으으을!! 너희! 너희 영국인들이 우릴 다 죽이고 있잖아! 이 개자식!"

— 상관 모욕은 군법 재판에 회부될 수 있는 중대한 문제입니다, 양키. 해당 발언을 철회할 것을 요구하는 바입니다.

"군법 재판 좋지! 그 판사가 독일군을 쏴죽일 수만 있다면야!"

그 부드러운 오른쪽 옆구리. 브뤼셀 남쪽에 반쯤 방치되어 있던 미합중국 육군 제12군단은 모델의 첫 일격을 정면에서 얻어맞고 말았다.

"당신네들이 우리 군단의 모든 역량을 훔쳐 갔잖아! 기갑사단도! 전차대대도! 대전차자주포도! 심지어 트럭까지! 우리 애들이 땅바닥을 기어다니다 제리 새끼들의 전차에 깔려 죽어가고 있다고, 이 애미 없는 새끼야!"

— …….

"베르사유에 앉아서 지도만 만지작거리는 새끼들이 현장 파악이 어쩌고저쩌고. 좆이나 까라고 해라."

탕!

신경질적으로 무전기를 집어 던진 군단장은 당장이라도 얼굴이 폭발할 듯 시뻘겋게 달아올랐다.

"상황은?"

"독일군이 급속 기동하며 주요 교통로를 점거하고 있습니다."

"이미… 아군의 기동력이 심각하게 감퇴된 관계로, 제대로 된 후퇴가 가능할지는……."

"후퇴는 없다!"

그는 고함을 버럭 내질렀다.

"대체 우리가 어떻게 후퇴를 한다고? 보면 모르겠나. 이건 최소한 집단군급 공세야. 놈들이 다시 한번 대규모 포위망을 구성하고 벨기에에 진입한 연합군을 통째로 싸먹으려 들고 있잖아!"

"그럼……."

"후퇴하려 해봤자 군 조직만 붕괴되고 산산조각날 뿐이다. 우리는… 여기에서 죽는다."

참모 몇몇의 눈시울이 붉게 달아오르기 시작했고, 그 모습을 본 군단장 또한 치를 떨었다.

"브래들리 장군과 총사령부에 통신을 연결해봐."

"제21집단군이 아니라 그쪽으로 말입니까?"

"영국인들이 우릴 사지에 내몰았다. 하지만 우리는 바로 그 영국인들을 위해 마지막 순간까지 싸우다 사그라들어야 한다. 씹어먹을 개자식은 몽고메리지, 앤트워프로 달려간 병사들이 아니니까."

그는 쓰고 있던 모자도 대충 바닥에 툭 던져버리며 중얼거렸다.

"예하 사단에도 전파해라. 각 부대별, 상황에 맞추어 재주껏 싸우다… 여력이 없으면 항복하라고."

"알겠습니다."

과연 며칠을 버텨줄 수 있을까. 아니, 그보다 우리가 버틸 동안 주력군은 퇴각을 선택할까.

"신이시여. 부디 우리의 아들들을 지켜주소서."

결국 마지막에 할 수 있는 건 기도뿐이었다.

3일 후, 제12군단은 소멸했다.

* * *

프랑스 베르사유, 연합군 총사령부.

"적들이 반격을 가해 오긴 했으나, 이는 충분히 극복할 수 있는 성질의 공격이었습니다."

몽고메리는 누가 칼이라도 들고 쫓아오는 것처럼 빠르게 단어와 단어를 주워섬겼다.

"하지만 후측면을 방비해 줘야 했을 미 육군 제12군단이 우리가 예상한 것보다 훨씬 빨리 무너지면서 기존의 작전을 고수하는 것이 매우 어려워졌습니다."

"지금 미군에 책임을 전가하는 겁니까."

"책임 전가라니. 이 와중에도 끝끝내 책임 소재를 따지는 겁니까? 웃기지도 않는군. 그들은 작전 목표를 수행하지 못했고, 그 탓에 상급부대의 계획이 흔들리고 있습니다. 이게 바로 명확한 현실입니다."

그는 재빨리 두어 번 좌중을 훑어보았다. 그의 말에 동의하고 지지해줘야 할 사람들은 가만히 입을 다물고 있었고, 미국인들은 팔짱을 낀 채 어디한번 떠들어보라는 듯 그를 응시하고 있었다.

"캐나다군 또한 실망스럽기 그지없었습니다. 이들이 스켈트강의 독일군을 밀어냈다면, 독일군의 측면기동은 오히려 자살행위가 되었으리란 사실은 누가 봐도 명확합니다. 그랬다면 우린 앤트워프를 통해 보급을 받으며 겁 없이 난입한 독일군을 역포위할 수 있었을 테니까요."

"지금 우리가 듣고 싶은 건 자기변명이 아니오, 몽고메리 원수. 대책을 묻고 있는 거지."

포위망이 완성되기 시작했다. 제12군단의 처절한 사투를 뛰어넘은 독일군은 단숨에 벨기에 남부를 돌파했고, 샤를루아―몽스를 지나 릴(Lille)을 타격하고 이프르를 향해 나아갔다.

벨기에로 진입한 제21집단군의 탈출로는 시시각각 좁아지고 있었고, 교통 상태를 고려했을 때 과연 몇 명이나 살아서 저 포위망을 빠져나올 수 있을진 짐작조차 되지 않았다.

"너무 걱정할 것 없습니다. 칼레와 됭케르크를 공략하던 부대를 빼내 이프르 방면 독일군을 저지하고, 랑스(Lens)에 있던 병력이 곧장 돌파를 시도하는 독일군을 격파할 겁니다."

"몽고메리 장군."

"영국군은 미군과 다릅니다. 미국인들의 임무 실패로 작전에 큰 지장이 생겼지만, 결국 우리는 벨기에에서 승리를 거둘 겁니다. 이럴 줄 알았다면 미군 대신 정예 병력을 그 자리에 배치했을 텐…."

"몽고메리 씨."

"뭐? 지금 뭐라고 했소?"

"몽고메리 씨라고 말했소."

브래들리는 천천히 팔짱을 풀었다.

"제12군단이 내지르던 그 비명을, 우리 모두가 들었소."

"제기랄. 아주 감성들 충만하시군. 혹시 여기가 학생들 재롱잔치 자리였소? 그깟 비명 좀 지른다고 해결될 문제라면……."

"예하부대의 전력을 차출하는 건 상급부대 지휘관의 정당한 권리 행사요. 내가 입을 떼선 안 되지. 하지만 그렇게 기둥뿌리를 뽑아가 그들의 파멸에 일조해 놓고서 이제 본인의 책임까지 떠넘기려 하다니."

점점 말이 빨라져 가던 몽고메리와 달리, 브래들리는 오히려 가면 갈수록 더욱 느릿느릿, 한 글자 한 글자를 되새김질하고 있었다.

"한 번만 더 그 입에서 당신네들을 위해 죽은 미군 장병들을 모욕하는 말이 나온다면."

"나온다면? 나오면 어쩔 게요?"

"너는 오늘 살아서 이 회의장을 못 나간다. 이 개자식아."

그 순간 브래들리의 양팔이 쑥 몽고메리의 멱살로 뻗어나갔고, 순식간에 회의장은 개판이 되었다.

"잡아! 잡아!"

"이 양키들이 내 원대한 작전을 다 말아먹은 주제에, 임무 수행에 실패했으면 부끄러운 줄이나 알아야지……."

"그게 네 유언이냐? 받아 적어 주마."

"장군님, 참으십쇼! 참아야 합니다!"

벤치클리어링을 방불케 하는 한바탕 소란 끝에, 몽고메리는 엉망이 된 옷을 대강 털고는 다시 말을 이어나가려 했다.

"지금부터가 중요합니다. 적이 대대적으로 항공력을 동원한 만큼 우리 또한 이번에 루프트바페를 격멸할 기회를 잡았습니다. 놈들의 어리석은 돌파 시도는……."

"실례합니다! 급히 전해드릴 말씀이 있습니다!"

이번에도 몽고메리는 끝까지 자신의 포부를 늘어놓지 못했다.

"이프르 일대에서 연합군이 크게 패했습니다. 아군은 퇴각하고 있으며……."

"그럴 리가! 독일군이 그만한 역량이 남아 있었다고? 뭔가 착오가, 착오가 있는 것 같군. 우리 영국군이 그리 무력하게 당할 리가 없는데."

"아무래도… 포위망이 완성된 것 같구려? 웨스트포인트에선 그렇게 가르쳐 주던데, 혹시 영국 육군은 좀 다르게 배웁니까?"

아무도 브래들리의 마지막 말에 반박하지 않았다. 제21집단군의 허리가 잘렸다. 이 끔찍한 침묵을 털어버리려는 듯, 알렉산더가 브래들리를 바라보았다.

"브래들리 장군. 미군이 즉각 북상해서 포위망의 완성을 저지하는 건……."

"탄약도 기름도 없는 약체 미군이 무슨 수로 북상하겠습니까? 그 물자는 지금 전부 벨기에에 가 있잖습니까. 탄약 그득한 영국군이 가셔야지요."

그리고 돌아오는 것은 브래들리의 냉랭한 답변뿐. 넋이 나간 몽고메리를 뒤로한 채 브래들리는 회의장 문을 열어젖혔고, 그의 뒤를 따라 미군 참모진들이 일제히 자리를 빠져나갔다. 이들이 총사령부 정문을 빠져나오자, 기다리고 있던 기자들이 순식간에 덕지덕지 달라붙어 어떻게든 한 토막 뭐라도 듣기 위해 안간힘을 쓰기 시작했다.

"브래들리 장군님? 《데일리 텔레그래프》입니다! 혹시 벨기에 탈환전 상황에 대해 뭔가 저희가 들어도 될 이야기가 있는지……."

"몽고메리 씨는 기자 여러분과 친하게 지내던데, 그쪽에 문의해야 하지 않겠습니까?"

"최근 갑자기 정규 브리핑이 폐지되어서 말입니다. 하하."

"저런. 그거 곤란한 일이군요. 하긴, 우리 몽고메리 씨는 전사통지서 50만 장을 써야 해서 좀 바쁘답니다."

"네, 네?"

"그럼 이만."

오마르는 기자를 뿌리치고 자신의 차량에 몸을 실었다. 잠시 눈만 끔뻑끔뻑거리던 기자들은 방금 자신들이 무슨 이야기를 들었나 다시금 생각을 정리해야 했고.

"이런 미친!"

"영국군이 패했다고? 아니, 전멸이라고?!"

"당장! 당장 뛰어! 빨리 단신 기사부터 송고해, 당장!!"

지옥문이 열렸다.

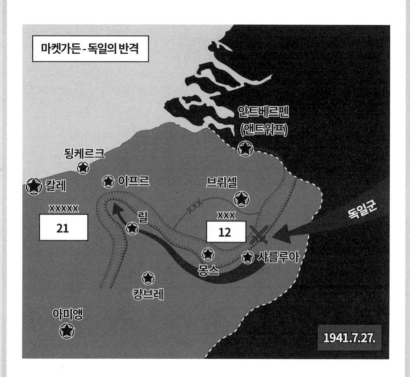

물의백작 님이 제공해주신 지도를 기반으로 제작했습니다.

대붕괴 6

윈스턴 처칠 대영제국 거국내각 총리가 천당에서 지옥으로 떨어지는 데는 그리 오랜 시간이 필요하지 않았다.

"그게 무슨 소리요. 내가 지금 잘못 이해했나 싶은데."

"죄송합니다, 총리님. 대영제국 육군 역사상 최악의 상황이 벌어지고 있습니다."

"나폴레옹이 전 유럽을 석권했을 때도, 히틀러가 우리의 아들들을 됭케르크로 내몰았을 때도 우린 버텼소. 지금이 그때보다 더 심각하단 말이오?"

"그렇습니다."

육군 참모총장을 위시한 이들은 모두 그에게 무언가를 바라고 있었다. 그 '무언가'가 무엇인지 파악 못 할 만큼 처칠은 무능하지 않았다.

"제21집단군이 통째로 포위되었다니. 몽고메리 원수는, 원수는 대체 뭘한 게요? 이 공세는 내가 3년 전에 봤던 것과 별반 차이가 느껴지지도 않는데, 이런 짓을 했다고? 그와 같은 우수한 장군이?"

"3년 전과 다른 점은, 아군은 보급이나 퇴각을 수행할 만한 항구가 없다는 점입니다."

"그 대신 미군이 있지. 우리는 연합군이잖소. 당장 브래들리 장군의 제
12집단군에 구원을 요청합시다. 그러면 이 건방진 독일 놈들의 포위 시도
를 무력화하고 아군을 구할 수 있겠지."

총장은 그 말에 기쁜 듯 고개를 끄덕이긴커녕, 그걸 우리가 몰라서 이러
고 있겠냐는 듯 형언할 수 없이 일그러진 모습으로 천천히 가로저었다.

"제21집단군의 공세를 위해 상당량의 보급 물자가 우리 쪽으로 전용되
었습니다. 브래들리 장군이 움직이려면 보급 문제가 해결되어야 합니다."

"그러니까… 수십만 장병들이 포위되었다고? 벨기에에? 또?!"

처칠은 이 순간 제 머리통을 그냥 날려버리고 싶다는 끔찍한 충동에 휩
싸였다. 여기가 1층만 아니었다면 당장 유리창을 깨고 바깥에 몸을 날려버
렸으련만, 현실은 너무나도 냉엄했다. 그는 당장 멎을 것만 같은 숨을 애써
들이쉬고 내쉬며, 최대한 조리 있게 말을 해보려 용을 썼다.

"그래서."

"……."

"틀림없이 몽고메리 원수는, 모든 게 잘 풀리고 있고 벨기에 해방이 눈
앞이라고 전했소. 그 망할 브리핑도, 온갖 언론 보도도 그래서 진행했지. 난
조금 전까지 벨기에 해방 기념 연설문을 작성하고 있었고. 그런데 지금 와
서 내게, 내게 갑자기, 이딴 현실을 들이밀고는… 뭘 원하는 게요?"

"저희는 각하를 보좌하는 군부의 일원으로서 각하께 현 상황에 대한
보고를 드렸습니다. 이제 각하께서 판단하셔야 합니다."

"판단은 무슨. 사임할까 자살할까에 대한 판단이겠지."

웃고 싶은데 웃음이 나오지 않는다. 목이 바싹바싹 마르다 못해 사하라
사막처럼 쩍쩍 갈라진다. 처칠이 애써 정신을 부여잡으려는 제스처를 이리
저리 취해도, 총장은 가타부타 대답하지 않았다.

대영제국엔 전쟁영웅이 필요하다며 몽고메리를 크게 부각시킨 이도 처

칠, 몇 번이고 현장에서 마찰이 일어났지만 몽고메리를 전적으로 지지한 이도 처칠, 지금이야말로 군사적 승리를 쟁취하고 전쟁을 빠르게 종식시켜야 한다며 마켓가든 작전을 푸시한 이도 처칠.

의도는 좋았다. 부정하지는 않겠다. 하지만 원래부터 뜯어말리기 어려운 황소 같은 인간이었던 처칠은, 몽고메리라는 지지자를 얻으면서 절대 꺾을 수 없는 인간이 되어버렸다. 처칠이 가슴에 폭탄을 품은 채 귀가할 때였다.

"호외요, 호외!!"

"영국군 대패! 영국군 대패!!"

"벨기에서 몽고메리 참패! 전멸이 예상된답니다!!"

그는 자신의 차 뒷좌석에서 신문팔이 소년들이 미친 듯이 신문을 사방에 뿌려대는 모습을 목격했다. 신문을 받아들고 절규하는 이들, 분노로 가슴을 두드려대는 이들로 큰 대로가 꽉 틀어막히고 있었다.

"처칠이 또 '갈리폴리'했다!!"

"총리는 책임져라!!"

"우리 아들들을 돌려내라!!!"

끝장이다. 이렇게 터져버린 이상, 여론을 서서히 연착륙시키는 것조차 불가능해지지 않았나.

그리고 1941년 8월 1일. 다우닝가 10번지, 총리 관저. 사방엔 텅 빈 술병이 나뒹굴고 있었고, 치워도 치워도 바퀴벌레처럼 샘솟은 담뱃재가 곳곳에 내려앉아 을씨년스러운 광경에 더러움을 한층 더해준다.

그렇다고 관저 바깥이 깨끗한 것도 아니었다. 무수히 많은 군중들이 몰려와 총리가 사는 곳을 향해 돌을 던져댔고, 대영제국 총리의 뚝배기가 깨지는 사태만큼은 막기 위해 군인들이 다급히 경호에 나서야 했다. 그 모습을 지켜보며, 단 며칠 사이 처칠은 불이 꺼진 담배꽁초처럼 사그라들었다.

"몬티… 육군을, 육군을 돌려줘… 부탁이네, 제발……."

어째서냐. 정말 이프르의 망령들에게 홀리기라도 한 거냐. 틀림없이 항구를 확보하기 위한 작전 아니었나? 어째서, 어째서, 어째서.

그렇게 흐느낌과 비명 사이, 언어로 정제되지 못한 몇 토막 어절만을 내뱉으며 악몽 속을 헤매던 처칠에게 보좌관 한 명이 다가갔다.

"총리님. 괜찮으십니까?"

"아직도 내가 총리인가?"

"…버티셔야 합니다. 대영제국은 아직 총리님을 필요로 합니다."

"십자가에 걸 제물 말이군."

그는 잠시 머뭇거리다, 전해야 할 말을 전하기로 결심했다.

"애틀리가 킴 장군을 만나고 있습니다."

"애틀리? 애틀리… 그래, 그 친구가 내 후임이 되겠지. 그야 당연하지. 킴, 킴은, 누구더라. 런던의 킴이……."

"유진 킴 총사령관 말입니다."

잠시 침묵. 갑자기 두 눈을 번쩍 뜨고 의자에서 솟구치듯 일어선 처칠은 언제 그랬냐는 듯 활활 불타오르고 있었다.

"유진 킴."

"예? 예, 그렇습니다."

"아직 끝난 게 아냐. 유진 킴이 있어."

"잠시 진정하시고……."

"진정은 무슨 놈의 진정인가! 그래. 우리의 총사령관은 아미앵의 수호신이지. 이 시대 최고의 명장. 그가 남아 있었어. 우리 눈엔 보이지 않아도 그에겐 뭔가 보일지도 모른다고! 구출하면 돼, 구출하면 끝이야. 아직 무너지진 않았어. 희망이 있다고."

처칠의 그 처절하기까지 한 절규는 사실보다는 희망사항에 훨씬 더 치우쳐져 있었지만, 보좌관은 최소한 열기를 되찾은 총리의 초를 칠 정도로 멍청하진 않았다. 죽은 자의 몸에 생기가 돌아오듯, 곱추처럼 굽어 있던 처칠의 허리가 반듯해지고 백지장처럼 새하얘져 있던 얼굴은 관우처럼 핏기가 철철 솟아난다.

"그러고보니 건강은? 그는 건강한가?"

"따로 들은 바는 없습니다."

"당장 차량 준비하게. 내가 직접 가지."

"우선 씻고 옷부터 갈아입으심이 어떻겠습니까?"

"무슨 멍청한 소린가. 씻으라니."

그는 성큼성큼 옷장으로 다가가 가장 아끼던 정장을 찾은 뒤, 인정사정 없이 바닥에 내팽개치고는 신발로 쿵쿵 짓이기기 시작했다.

"각하?"

"멍청하게 거기서 뭐 하나? 자네도 즈려밟게. 어서."

"네, 네!"

순식간에 옷은 넝마가 되었고, 처칠은 아주 만족스러운 표정을 지은 채 그 넝마를 걸쳐입었다.

"어떤가?"

"엉망이군요."

"아니. 아직 부족해."

그는 보좌관을 향해 손짓했다.

"자. 얼른 갈기게."

"무슨 말씀이신지요?"

"답답해 죽겠네. 빨리 내 얼굴에 주먹 한 대 갈기라고! 또 멍청하게 네? 네? 거리면 자넨 해고야!"

말이 끝나기가 무섭게 보좌관의 진심 가득 펀치가 처칠의 얼굴에 작렬 했고, 다짜고짜 일격을 얻어맞은 처칠이 발라당 엎어졌다.

"괜찮으십니까?"

"이 친구 쌓인 게 많았구만. 멍이 들겠어."

"죄, 죄송합니다."

"멍으론 안 돼. 피멍이 들어야 한다고. 한 대 더 갈기게."

빠악, 빠아악!

"좋아. 이래야지."

누가 봐도 볼썽사나운 모습. 그가 바라던 코디가 완성되었다. 그 숨통이 끊어지기 전까지, 승부사 처칠은 결코 판을 포기하는 인간이 아니었다.

윈스턴 처칠. 누구보다 많이 똥을 싸지르는 정치가였지만. 어찌어찌 똥을 닦는 것도 그였다.

* * *

"좀 어때 보여?"

"조금만 더 눈을 살짝 감아 봐."

"이렇게?"

"좋아. 지금 그 상태."

나는 거울 앞에 선 채 도로시의 코칭을 받고 있었다.

요 며칠 햇빛도 제대로 쐬지 않았고, 주방에서 차려주는 식단도 싹 거절했다. 그 대신 쌀밥에 스팸으로 배를 채웠지. 김치는 걸리는 순간 이 코쟁이 놈들이 기절할 게 뻔해 꼭꼭 숨겼고.

"지금 그 모습으로 나가면 딱이야. 어딘지 모르게 처연하고 쓸쓸한 모습. 음. 완벽해."

"지금 즐기고 있지."

"들켰네."

도로시는 날 뒤로 휙 돌린 뒤 등을 떠밀었고, 나는 그대로 방을 나섰다. 밖엔 이미 재떨이 하나를 가득 채운 우리 전쟁부 장관님이 기다리고 있었다.

"후배님."

"제게 대체 또 무슨 이야길 하시려고 이러십니까."

"상황이 좋지 않아."

"제가 복귀한다 해도 나아지리라는 보장은 없습니다. 잠깐 걸으실까요?"

맥아더의 눈은 충혈되어 있고 수염이 듬성듬성 난 것이 나와 꼬락서니가 오십보백보였다. 거참, 왜 이러신담. 하지만 아직 나보단 덜 엉망이다. 우리는 바깥에 놓인 벤치에 대강 걸터앉았다.

"애틀리가 조금 전에 떠났네. 내가 적당히 돌려보냈지."

"감사합니다."

"뭘. 내가 면전에서 온갖 폭언을 다 했는데도 꿈쩍도 하지 않더군. 저쪽도 절박해. 무척."

"이걸 제가 무슨 수로 뒤집습니까. 지금 영국인들이 저러는 이유는 간단합니다. 제게 뭔가 수가 있을 거라는 막연한 기대감이지요. 그런데……."

"자네가 지면, 그 기대가 배신감으로 뒤바뀌어 더 물어뜯으려 들겠지. 책임도 떠넘기고."

"몬티가 우리 미군에게 책임을 떠넘겼다고 들었습니다."

"미친놈이지. 제가 끝장이다 싶으니 뒷생각을 포기한 거야."

머리가 지끈거린다. 내가 면상을 일그러뜨리고 있자니, 맥아더는 그 끝없는 자신감과 에고이즘은 어디로 갔는지 변명조의 말을 몇 마디 주워섬겼다.

"누가 이런 일이 벌어질 줄 알았겠나?"

"제가요."

"…내가 후배님의 말에 더 귀를 기울였어야 했는데, 그러지 못했지."

"괜찮습니다. 그러지 않은 사람은 어차피 장관님 한 명이 아니니까요."

모두가. 정치인들도, 외국인들도, 심지어 나와 몇십 년을 같이 일했던 사람들조차 독일이 곧 무너지고 올해 크리스마스가 끝나기 전 결판이 나리라

근거 없는 자신감에 차 있었다. 그렇기 때문에 내가 극약처방까지 동원해야 했던 것이고.

"제12군단이 소멸했단 말, 들었나."

"예."

"그동안 보도를 통제했지만 이제 한계야. 지금쯤이면 본국도 난리가 났겠지."

나는 대답 대신 그의 뒷말을 기다렸다.

"지금은 책임 소재나 시시비비를 따질 때가 아니야. 우리가 이 전쟁에 뛰어든 이후 최악의 상황이 와버렸어. 그리고 나는, 우리는 후배님이 필요해."

"다시 처음으로 되돌아가는 것 같지만, 저 또한 이번에 벌어진 참사에 대해 무척 당혹스럽습니다. 그리고 그런 일이 벌어지는 동안 부재중이었던 제 책임 또한 거론되겠지요. 딱히……."

"그런 일은 없을 걸세. 내가 맹세컨대 자네의 책임이네 뭐네 하며 떠드는 놈들이 있다면 그 모가지를 남겨두지 않을 거야. 그러니, 복귀해주시게."

"단순히 책임 문제가 아닙니다. 만약 제가 또 쓰러지거나 하면."

"부탁이네. 제발. 무릎이라도 꿇겠네."

진짜 꿇을 기세길래 나는 얼른 그의 팔뚝을 붙들었다.

"뭐 하시는 겁니까, 이게 대체?!"

"지금 사람들에겐 영웅이 필요해. 가장 부족한 게 뭘 것 같나. 총알? 빵? 아냐. 희망이야! 승리할 수 있다는 희망! 그 상징인 자네가 필요하다고!"

그 처절한 외침에, 나는 잠시 눈을 감았다. 내가 원하던 판이 거의 완성되었다. 몬티는 내 예상을 한참 뛰어넘어 어마어마하게 꼬라박았지만, 그래도 아직 괜찮다. 이 전쟁은 독일군이 초대박 로또 한 번 터뜨렸다고 뒤집힐 정도로 만만한 판이 아니니까.

하지만 죽은 이들. 그리고 앞으로 죽을 이들. 그 어마어마한 무게를 생각하니 절로 현기증이 난다. 다음 수를 어디서 어떻게 둬야 할지, 가장 명확한 승리의 공식은 무엇일지… 이제 내 역량으로 이 위기를 헤쳐나가야 한다.

무겁다. 무섭다. 하지만 맥아더의 말마따나, 내가 나설 수밖에 없다.

막 내가 입을 열려던 그 순간, 굉음을 내며 차 한 대가 달려오더니 내 앞에 한 남자가 나타났다.

"총사령관."

"…총리님?"

길 가다 어디 뒷골목에서 린치라도 당한 건가. 떡이 된 머리, 퉁퉁 불어 터진 오징어짬뽕 같은 상판대기, 곳곳에 채 털지 못하고 선명하게 남아 있는 발자국. 처칠의 모습은 내가 본 것 중 가장 처참했다.

젠장, 맥아더랑 나보다 더하다니. 당신이 이겼어. 우리 둘 다 눈두덩에 피멍을 박아넣지는 않았거든. 그리고 그의 행동 또한 가장 처참했다. 털썩, 하는 소리가 울려 퍼졌고.

"부탁이오, 총사령관. 영국의 아들들을 제발 살려주시오."

"일어나십쇼. 이게 무슨 짓입니까."

"부탁이오, 킴 장군! 몽고메리 그 졸장이 우리 아들들을 사지로 내몰았소! 내가 구두라도 핥을 테니 부디, 부디!!"

그는 일어서긴커녕 내 바짓가랑이를 힘껏 붙잡더니 그대로 대성통곡을 하기 시작했다.

드디어 협상할 자세가 되셨구만. 아주 좋아.

2장
연합국의 검

연합국의 검 1

정말정말 놀랍게도, 처칠은 짤리지 않았다. 당장은.

'여전히 거국내각의 대의는 사그라들지 않았습니다. 이번 일은 분명 끔찍한 비극이지만, 총리에게 책임을 묻는 것보다 앞서서 우리가 해야 할 일이 너무 많습니다.'

거국내각을 파토낼 권능을 가진 노동당 타노스 애틀리 님의 의견에서 허례허식과 가식을 떼고 보자면, 결국 요약하면 이거였다.

'너네가 처칠의 모가지를 원하면 모가지 칠게. 약속함. 근데 그 인간이 총리 자리에 처발라놓은 똥이 너무 많거든? 다음에 그 자리 앉는 사람도 똥쟁이가 되는데?'

우리는 이미 이와 유사한 케이스를 맛본 적 있다. 그래, 우유원정군 당시 후버 대통령과 똑같다. 다만 후버에게 대공황이란 천재지변에 가까웠다면, 처칠은 스스로 불러온 재앙이라는 점이 살짝 차이가 있고. 어쨌거나, 영국 노동당 측은 '정권 뺏어봐야 우리도 같이 엿 먹는데, 처칠 모가지 치는 건 우리도 크게 힘쓰는 거다?'라는 입장을 밝혔다. 어차피 내게 필요한 건 즈그 이득과 위신을 위해 꼴리는 대로 굴지 않을, 연합국의 대의에 충실한 정치인들이었다.

그러니 그 처칠이 이토록 비굴한 자세를 보이는 이상… 일단은 내버려 둬도 괜찮아 보인다. 무엇보다, 나는 우리의 몬티가 얌전히 집에 돌아갈 것 같지가 않거든. 애틀리도 총리 취임하자마자 남이 싼 똥 닦고 몽고메리랑 피 터지게 싸우다 보면 얼마나 억울하고 서럽겠나. 차라리 이런 건 원조 잉글리쉬 불독 처칠에게 맡기는 게 낫지.

물론 나는 처칠을 그리 신뢰하지 않는다. 하지만 정치가 처칠은 신용한다. 내가 약점을 드러내면 곧장 한입충처럼 물어뜯겠지만, 반대로 지금 이 시점엔 주둥이 여물고 있어야 한다는 사실도 모를 정도로 빡대가린 아니다. 그치만 밑밥은 깔아놔야지.

"포위된 제21집단군의 구출은 장담할 수 없습니다."

"…나 또한 그 점은 알고 있소. 정녕 방법이 없겠소? 그들이 전부 죽으면 영국은 정말 끝장이오."

"저 또한 최선을 다하겠습니다. 하지만 제가 예수님도 아니고 기적을 찍어낼 순 없는 노릇 아닙니까."

"노력? 노력… 노력……"

처칠에게 약속할 수 있는 건 어디까지나 '노력'하겠다는 수준. 지금은 할 수 있다, 라는 말을 자신 있게 할 수 없다. 그런 말 했다간 고스란히 내 약점을 늘려주는 작태니까. 애초에 그러고 싶지도 않고.

포위망 안의 병력이 팻감으로 유용할까? 아니면 일찌감치 없는 셈 치고 포기해야 할까? 허무하게 날려버리면 아깝긴 하지만, 없어도 이길 수는 있다. 근데 저건 솔직히 내 책임 아니잖아. 어쩌라고.

목 놓아 부르짖던 처칠은 결국 행복회로가 과부하되어 폭발해버렸고, '유진 킴이 우리 애들 구출해 준다고 했습니다!' 같은 기적의 탈룰라는 엄두도 못 내게 되었다. 하여간 정치인들이란 좀만 힘 빼면 곧장 상투를 잡으려고 해요.

그는 그 짧은 시간 안에 더욱 멍이 엉글어 불쌍해 보이는 모습으로 돌아갔고, 나는 멀리서 그의 차량에 짱돌이 끝없이 박히는 모습을 감상하며 혀를 찼다.

"후배님."

"예."

"제12군단에 어떤 일이 벌어졌는지, 본국의 시민들이 알면 알수록 여론이 요동칠 걸세. 그래도 처칠을 남겨 놓는 게 좋을까?"

"무슨 소리 하십니까. 그래서 자리에 남겨 놓은 거 아닙니까."

"이야기가 그렇게 되나."

"그렇지요."

원래 불꽃놀이는 축제 마지막에 하는 법이다. 애초에 축제 주제가 불꽃 축제면 또 몰라, 이것저것 행사 다 한 다음 마지막에 삐융빠슝 하면서 쏴 올리는 거 구경한 뒤 귀가하는 게 정석이라고.

처칠은 제 자리에 싸지른 똥 본인 손으로 다 치운 뒤, 아직 실상을 정확히 모르는 영국과 미국 국민들이 피에 굶주린 콜로세움 관람객으로 변신해 'KILL! KILL! KILL!'을 외칠 때 엄지손가락을 밑으로 슬쩍 내려주면 된다. 상식적으로 자기가 끝장 확정이라는 사실을 알아버리면 누가 성실히 일하겠나. 그냥 놔버리지. 조금의 희망은 남겨 줘야 우리 1등급 옹고집 홀슈타인 소가 일을 하지 않을까?

처칠의 실각은 사실상 확정됐으니. 이젠 몽고메리다.

* * *

프랑스, 베르사유.

제21집단군 사령부의 분위기는 가면 갈수록 흉흉해지고 있었다.

"명령을 하달해. 즉시 앤트워프에서 이탈해 퇴각한다."

"사령관님."

"충분히 해볼 만하다. 자력으로 포위망을 뚫고 탈출하기만 하면 되는 일이야. 서서히 뒤로 물러나 전열을 재정비하고……."

"사령관님."

버나드 몽고메리 원수의 몰골은 원한 깊은 사람이 보아도 이 사람이 과연 제정신인가 염려될 정도로 엉망이었다. 정작 본인은 그렇게 생각하지 않는 듯했지만.

"뭣들 하는 거야! 당장 전하라고!!"

"포위망에 갇힌 부대와 교신하기가 어렵습니다."

"그럼 런던 경유로 항공기를 날려! 전령을 보내면 되잖아!"

"사령관님……."

이미 몽고메리는 끝났다. 모두가 그 사실을 잘 알고 있었다. 지도자의 권위가 무너진 이상, 그의 명령은 공허한 메아리에 불과하다. 그 누구도 몽고메리가 자리를 유지할 수 있으리라 생각하지 않았고, 추후 새로 부임할 불운한 인간이 누가 될지에 촉각을 세우고 있었다. 예스맨만 모아놓은 결과는 참혹했다.

"실례합니다. 런던에서 긴급히……."

"지원 요청에 대한 응답인가?"

몽고메리는 얼른 부하의 손에서 종이를 뺏다시피 낚아챘다.

[몽고메리 원수를 제21집단군 사령관직에서 해임하며, 즉시 런던으로 복귀할 것을 명령함. 후임자 인수인계를 위한 준비를 24시간 내 완료한 후 즉시 귀국할 것.]

쾅! 콰아앙! 쾅!

"어째서, 어째서!!"

책상에서 굉음이 울려 퍼지고 그 위에 있던 펜대가 바닥에 떨어졌지만 그는 전혀 개의치 않았다.

"뭐 하나 똑바로 해준 것도 없는 놈들이! 총리, 총리가 또 애먼 군사 전문가를 버리려고 해!"

그는 곧장 바깥으로 뛰쳐나갔다. 아무도 그를 붙잡지 않았다. 한참 달려 사령부 바깥, 대로변으로 나서자 그의 예상대로 기자들이 장사진을 친 채 대기 중이었다.

"몽고메리 장군?"

"말씀 여쭙겠습니다. 이번 작전이 대실패했다는 이야기가 사실입니까?"

"한 말씀 부탁드립니다!!"

"갈리폴리 이후 전대미문의 참사라는 말에 대해 어떻게 생각하십니까?"

"장군!"

"장군!!!"

"제 이름을 걸고, 진실만을 말하겠습니다."

몽고메리가 나지막하게 한마디 하는 순간, 펑펑 터지던 플래시가 멈추고 모든 기자들이 그의 입에 집중하기 시작했다.

"여러분도 다들 아시다시피, 현재 프랑스에는 멀쩡한 항구가 거의 없습니다. 그래서 브리튼섬의 항구라는 항구에는 무수한 보급품이 가득 쌓여 있지만 정작 일선 장병들에겐 거의 전달되지 못하고 있습니다. 이번에 진행된 작전은 이를 타개하기 위해 계획되었습니다."

"장군님, 지금 궁금한 것은……."

"끝까지 듣지 않을 거면 이 자리에서 꺼져."

그는 주먹을 꽉 쥐며 외쳤다.

"나는 일개 집단군 사령관에 불과합니다. 이 작전은 갈리폴리 상륙작전, 노르웨이 침공, 디에프 상륙작전으로 유명한 윈스턴 처칠 총리께서 무척이나 희망했던 작전이며, 연합군 부사령관이자 현 총사령관 대리직을 수행하고 있는 해롤드 알렉산더 원수의 명령으로 개시되었습니다."

"일설에는 집단군 사령관들의 자율권이 대폭 늘어났다고 하던데, 이에 대해서 부정하십니까?"

"사지로 뛰어드는 작전에 자율권이 늘어났다 해서 무슨 의미가 있겠소? 혹자는 말합니다. 어째서 벨기에 안쪽 깊숙이 진격했냐고. 그렇다면 우리 연합군이 고통받는 벨기에인을 저 크라우트 새끼들의 손아귀에서 방치해야 했단 말입니까?

이 작전은 정치가들의 욕심, 개인적인 사유로 자리를 이탈한 총사령관, 자기 보신에만 관심이 있던 부사령관이라는 삼박자가 어우러져 일어났습니다. 저는 장병들을 구출하고자 끊임없이 노력했지만, 롬멜에게 패한 웨이벌 장군을 헌신짝처럼 내던진 바로 그 작자들이 다시 한번 저를 버리려 하고 있습니다!"

내 탓이 아니다. 모두 처칠 탓이다. 몽고메리가 열변을 토하자 새로운 특종감을 얻은 기자들은 희희낙락하며 정신없이 받아쓰기에 바빴다.

그리고, 다시 한번 여론은 폭발했다.

* * *

나는 몬티 하나 대가리 날려버리겠다고 수십만 명을 사지에 밀어넣는 사이코패스가 아니다. 물론 몬티의 머리통이 샴페인 코르크 마개처럼 튀어오르는 광경은 참으로 장관이겠지만.

가끔 와인을 따르려고 할 때, 코르크가 다 삭아서 제대로 빠지지도 않고 병목에 딱 붙을 때가 있다. 이러면 정말 처치곤란이다. 내가 무슨 무림 고수여서 병목을 뻥 날려버리고 마실 수도 없는 노릇이고, 따개 붙들고 백날 용써봐야 파스스 가루가 된 코르크만 흩날리고, 최악엔 마개가 와인 안에 퐁당 빠져버려서 하나째로 버려야 하고.

몽고메리는 바로 이 코르크와 같은 인간이었다. 처칠이라는 와인을 잘 틀어막을 땐 참으로 도움이 되었지만, 지금 시점에선 처칠의 풍미마저 해쳐 버리는.

[몽고메리 원수의 항변!]

[총리의 책임은 어디까지인가?]

[미스터 갈리폴리의 해임 명령… 그가 또 해냈는가?]

개판이다. 아직 삶에 대한 욕구가 충만했었는지, 몽고메리는 얌전히 끌려가는 대신 처칠을 상대로 같이 죽자를 시전했다. 처음 이 소식을 접하자마자 처칠은 당장 몬티를 군법재판에 보내버려 날려버리려 했다. 하지만 천하의 대명장 몽고메리께서 설마 진출로와 퇴로 생각도 안 하고 작전을 펼쳤겠나. 마켓가든도 아닌데.

"킴 원수! 좀 도와주시오!"

"몽고메리를 해임했으니 끝 아닙니까?"

"아무도 내 말을 믿어주지 않잖소?!"

양치기 소년 처칠. 군사 기밀을 모르는 일반 대중이 봤을 때 '영국 최고의 명장' 몽고메리가 이런 병신 같은 작전에 꼬라박았다는 게 더 그럴듯해 보이겠나, 아니면 '미스터 갈리폴리' 처칠이 꼬라박았다는 게 더 그럴듯해 보이겠나? 처칠 본인만 현실 인지를 거부했을 뿐, 우리 모두에겐 빤히 보였다.

하지만 몽고메리 또한 착각한 점이 있었으니. 본인의 인망 또한 그리 썩 훌륭하진 못하다는 점이었다.

"몽고메리 장군이 작전을 준비하는 과정에서 고의로 정보를 누락했습니다."

"집단군 사령부는 아첨꾼과 예스맨만으로 이루어져 있었습니다. 작전에 조금이라도 부정적인 반응을 보이거나 적의 반격에 대해 염려할 경우 즉각 보복이 들어왔습니다."

파도 파도 괴담. 몽고메리에게 학을 뗀 무수한 하급자들의 증언이 나이

아가라 폭포처럼 콸콸 쏟아졌고, 이 증언들만으로도 몬티는 확실히 나락 확정이다. 문제는 군의 내밀한 속사정을 민간인들에게 낱낱이 까발리는 건 좀 그렇단 말이지. 결국 처칠은 사태 수습을 위해 다시 한번 내게 양보를 해야 했다. 역시 남겨 놓길 잘했어. 맛집이라니까?

그리하여. 나는 파리에 돌아왔다.

"킴 장군?"

"뭐?"

"킴 원수님!! 킴 원수님!!!"

"건강은 회복되신 겁니까?!"

기자들도, 군중들도 난리가 이런 난리가 없었다. '연합군 중대발표'라고만 성명을 내놓았고, 내가 복귀한단 이야기는 일절 없었으니까. 하지만 내가 단상에 착착 오르자 이들은 말 그대로 눈깔이 확 뒤집혀선 뭐 하나라도 들으려고 야단들이었다.

"존경하는 파리 시민 여러분, 그리고 이 자리를 통해 제가 말을 걸고 싶은 전 세계 자유 시민 여러분. 유진 킴입니다."

"유진 킴! 유진 킴!!"

더 환호해라. 더더. 더. 국회의원 하나만 출마해도 이 선거뽕이라는 게 사람을 돌아버리게 한다던데, 누구보다 스웩 넘치는 파리 시민들의 끝없는 떼창을 즐기지 않을 자 그 누가 있겠는가?

"제가 잠시 자리를 비운 사이, 많은 일들이 있었습니다. 저는 정치인들의 압력을 이기지 못했고, 끝끝내 실행된 이번 작전이 파멸로 이어질 걸 알면서도 이를 저지하지 못했습니다. 총사령관으로서의 책임을 다하지 못한 점, 사과드립니다."

어느새 거대한 광장에는 침묵만이 깔렸다. 그야 물론 내가 영어로 떠들고 있으니까… 는 아니라고 믿는다.

"아이에게 먹일 마지막 빵 한 조각까지 벨기에인의 손아귀에서 빼앗아가는 독일군. 그 아이들을 지키기 위해 물러설 수 없었던 영국군. 결코 독일군이 강대했기 때문에 이번 전투에서 패한 것이 아닙니다. 저들은 인간으로서의 마지막 존엄성마저 내팽개쳤고, 영국군은 사람으로서의 숭고한 의무를 다했습니다. 저들은 영국군을 포위했으나, 영국인들의 인간성과 숭고함을 꺾지는 못했습니다.

이 자리에서 저는 여러분들에게 약속하겠습니다. 연합군은 결코 물러서지 않을 것입니다. 독일군은 북아프리카에서, 이탈리아에서, 그리고 이곳 프랑스에서 끝없이 패배하였습니다. 이번 작전 또한 독일군의 마지막 몸부림일 뿐 결코 전세를 뒤흔들 수는 없습니다.

우리의 2백만 대군은 여전히 건재하며, 자유를 사랑하는 프랑스인들은 두 번 다시 침략자의 공포에 굴하지 않으리란 사실 또한 저는 익히 알고 있습니다. 저 머나먼 동쪽에서는 러시아인들이 수만 대의 전차를 끌고 서진하고 있으며, 이 세상 그 어디에도 독일인과 친구가 되고 싶은 나라는 남아 있지 않습니다.

독일의 멸망은 이미 정해졌습니다. 그 누구도 하나님의 심판 앞에서 자유로울 수 없으며, 그들의 행각은 그 기나긴 죄목에 한 줄을 더 보탤 뿐입니다.

적들은 이곳, 파리로 올 것입니다! 인간의 행복을 시기하고 자유를 멸시하는 히틀러는, 결코 이 파리에 연합국의 깃발이 휘날리는 것을 좌시할 수 없기 때문입니다!

저는 여러분들에게 다시 한번 약속하겠습니다! 연합군은, 우리는, 최후의 한 명이 남는 그 순간까지 파리를 지키겠습니다! 우리는 여러분을 지키기 위해 싸웁니다. 연합국의 모든 수장들은 사소한 이익 다툼을 내려놓고, 대의를 위해 협력하기로 결의를 다졌습니다. 저는 단 한 번도 패하지 않았으며, 이제 이 단결된 연합국의 힘으로 적들을 모두 분쇄하겠습니다.

시민 여러분들께서는 부디 저희를 믿고, 여러분의 아들들을 믿어주시기 바랍니다. 감사합니다."

"킴 장군!"

"몽고메리는 어떻게 되었습니까?"

"독일군이 파리로 온다면 피난 계획은 어떻게 됩니까?!"

나는 당장이라도 날 17등분할 기세로 달려들 것만 같은 기자들을 뿌리치고 곧장 차량에 탑승했다. 옆좌석에서 날 기다리고 있던 알렉산더는 샐쭉한 얼굴로 날 쳐다봤다.

"참 인상적인 연설이었소, 킴 장군."

"감사합니다."

"그래서, 독일군을 어떻게 분쇄할 계획이오? 뭔가 계획이 있으면 공유를……."

"없는데요."

미안해. 전부 뻥카야. 근데 히틀러는 있다고 믿지 않을까?

연합국의 검 2

"각하. 다시 한번 말씀해주시겠습니까?"

발터 모델 상급대장은 원수봉을 받았다. 육군 원수라는 계급이 결코 가벼운 것은 아니었지만, 지금 그에겐 아무짝에도 쓸모없는 요식행위에 불과했다.

특히 총통의 폭탄발언을 들어버린 지금은.

"제21집단군에 대한 공세에 전념하기보다는 파리로 가게."

"그건 어렵습니다."

"어째서?"

"놈들에 대한 공세를 멈춘다면 어찌 될지 모릅니다. 더군다나 파리라니요. 단순 거리로만 약 3백 킬로미터입니다."

"내가 작전 개시 전부터 강조하지 않았나. 적의 섬멸은 중요치 않아. 우리는 파리를 되찾기 위해 이 작전을 계획했고, 적이 훨씬 많이 달려와 준 덕분에 파리를 노릴 천재일우의 기회가 생겼어! 그런데! 왜 그깟 토미들 따위에 집착한단 말인가!"

대체 어째서 독일군엔 이리도 인재가 없단 말인가. 얼마 전까지 수백 명의 목을 매달고, 군복을 벗기고, 자살을 종용한 총통은 그렇게 가슴을 두드리며 한탄했다.

"모델 원수."

"예, 각하."

"눈앞의 자잘한 이득에 집착하지 말고 대국을 보게, 대국을."

히틀러는 프랑스 지도를 가리키며 말했다.

"지금도 연합국의 무수한 상선대가 마르세유를 향하고 있을 거야. 그렇지 않겠나?"

"그렇습니다."

"그렇다면 당연히! 놈들의 보급난은 얼마 지나지 않아 해소될 걸세. 내가 결단을 내렸기 때문에 그 짧은 순간 연합군에게 일격을 가할 수 있었던 것이고!"

"그렇습니다!"

"총통 각하의 탁월한 지도가 없었다면 우리는 버티지 못했을 겁니다!"

"각하께서 눈을 뜨시자마자 연합군 놈들 수십만을 격멸했으니, 저희가 어찌 각하의 지도력을 의심하겠습니까?"

순식간에 곳곳에서 아첨꾼들이 기회는 지금이라는 듯 열심히 파리로 진화하지 않는 게 이상하리만치 열심히 손바닥을 비벼대었고, 히틀러는 눈을 지그시 감고 그 열렬한 떼창을 음미했다. 총통이 제 잘난 맛에 취해 있는 사이, 아첨꾼들의 시선은 홀로 고개를 뻣뻣이 쳐들고 있는 모델에게로 쏠렸다. 그 소름 끼치는 압력에 마지막까지 버틸 수는 없었다.

"총통 각하의 말씀이… 옳습니다."

"그래. 그렇지. 그걸 알아줬으니 내 말의 본질을 이해했겠군. 반대로 생각하게, 반대로. 우리가 파리를 노릴 수 있는 기회는 얼마 남지 않았어. 바로 귀관이 토미 놈들을 붙들었기 때문이지."

"각하께서 대국을 보았기 때문에 가능했던 일입니다."

히틀러는 모델의 대답에 만족한 듯 다시 자리에 앉았다.

"오이겐 킴이 복귀했네."

"저 또한 그 소식은 들었습니다."

"자네들은 잘 모르겠지만, 이 지구상에 그 유대인의 하수인과 지략 대결을 벌여 이길 수 있는 이는 오직 나뿐이야. 그 간교한 놈의 술수에 휘말려 패배한 이들이 부지기수지만… 내 눈을 피할 순 없지."

킴의 복귀 연설은 이미 수많은 이들이 달라붙어 단어 하나, 철자 하나에 이르기까지 낱낱이 해부되었다. 거기다 히틀러 또한 밤을 지새우며 그의 연설문을 읽고 또 읽으며 그 의미를 해석하고자 했다.

"지금 놈에게 필요한 건 시간이야."

"……."

"영국군을 구출하겠다는 말은 단 한마디도 하지 않았어. 그 대신 파리를 지키겠노라 말했지. 그 몽골리안이 내게 미치지는 못하지만, 나를 따라잡을 만하다는 걸 잘 알 수 있었네. 그놈은 이 전쟁이 결국 우리 아리아인의 손에서 파리를 지켜낼 수 있느냐로 판가름 나리라는 사실을 깨달은 거야."

"그걸 온 세상에 대고 말하는 건 이상하지 않습니까."

모델은 그 말을 내뱉은 뒤에야 아차 싶었지만, 기왕 입을 연 것 끝까지 다 하기로 결심했다.

"적들이 아무리 보급에 어려움을 겪고 있다지만, 방어가 부족할 수준은 아닐 겁니다. 여전히 미군은 수백만 대군이며, 공격자가 방어자보다 더 병력이 적은 상태로 수백 킬로미터에 걸친 공세를 하는 건 자살행위입니다."

"그건 미군이 우리 게르만족의 군대와 전투 능력이 동등하다고 여겨서 생긴 착시현상에 불과하네. 미군은 제대로 된 실전 경험이 없어. 햇병아리들로만 가득하지. 오이겐 킴의 사기, 공갈과 협잡, 야바위놀음에 현혹되지 말고 본질을 보게."

노르망디에 상륙한 미군은 순식간에 프랑스 전역을 해방시켰다. 하지만, 그의 탁자에 무수히 쌓인 전투보고서는 전혀 다른 이야기를 하고 있었다. 중대 대 중대, 대대 대 대대. 소부대의 충돌에서 미군은 고전을 면치 못했다. 어째서 오이겐 킴은 병사 하나하나의 목숨에 관심을 기울이는 덕장 이미지를 만들었는가? 히틀러는 확신했다. 놈은 자신의 약점, 정면 대결에 약한 미군의 현실을 잘 알고 있기 때문이라고.

"정면 힘 대결로 들어가면 미군은 절대 우릴 이길 수 없어. 그래서 놈들은 시간을 끌길 원하지. 더 많은 병력, 더 많은 전차가 보충될 때까지."

"각하……."

"놈은 그래서 그 연설을 한 거야! 이 아돌프 히틀러를 현혹하려고! 그렇게 대놓고 파리를 지키겠노라 떠드는 걸 보니 무언가 술수를 부렸을지도 모른다고, 우리가 지레 겁먹고 파리 공세를 머뭇거리기만을 바란 거야!"

그놈의 상투적인 수법 아닌가. 아가리질. 없으면 있는 척. 있으면 없는 척. 승부해 볼 만하다고 판단했으면, 아미앵 전투 때처럼 약자 행세를 했으리라. 정말 병력에 여유가 있고 전투력이 충분했다면, 복귀 연설 같은 너저분한 짓거리를 하는 대신 갑자기 최전방에 혜성처럼 나타나 한 무리의 군을 이끌고 포위망 돌파작전을 개시했으리라.

하지만 전부 아니었다. 파리로 돌아갔고, 파리를 지키겠노라 연설을 행했다. 오이겐 킴에겐 가진 손패가 없다.

"명령이네. 공세를 개시하게."

"…알겠습니다."

모델은 총통에게 인사를 올린 후 회의실을 나섰다.

"…만슈타인에게 전해. 동부의 땅은 더 이상 한 치도 내줄 수 없다. 자신이 반역자가 아니라는 걸 증명하고 싶다면 후퇴하지 않는 그 결의를 보이라고 해."

"알겠습니다!"

이길 수 있을까. 이제부터는 그도 자신이 없었다.

* * *

마켓가든의 대참사로, 나는 절대적인 지휘권을 얻었다.

먼저 우리 미국. 나는 맥아더 장관을 통해 무척이나 정중하게 메시지를 전달할 수 있었다.

'우리 애들 다 뒤지니 이제 좀 속이 시원하십니까? 이제 왜 반대했는지 견적 좀 잡히십니까?'

'내가… 잘 전하도록 하겠네.'

아무튼 정중했다. 아무튼. 처칠은 사실상 단두대에 붙들린 채 몽고메리와 꼴찌 최종 결정전 엘 꼴라시코에 버금가는 숨 막히는 투쟁 중이었으니 구태여 설명할 것도 없다. 복잡한 정치 쪽 문제는 우리 장관님이 잘 해결할 테니, 나는 눈앞에 닥친 이 거대한 화재 진압에 전력을 다할 수 있었다.

"부사령관님. 제가 자리를 비운 동안 참으로 고생이 많으셨습니다."

"어리석은 작전을 막지 못했으니 내가 무슨 할 말이 있겠소? 해임 명령을 겸허히 기다릴 따름이오."

"죄송하게 되었습니다."

알렉산더가 바지사장이었다는 걸 내가 어찌 모르겠나. 하지만 원래 윗사람이라는 건 책임을 져야 하는 자리. 그 또한 잘 알고 있으리라.

"이 시간부로 원수님께선 부사령관직에서 물러나 주셔야겠습니다."

"알겠소."

"그리고, 몽고메리의 후임으로 제21집단군 사령관을 맡아주십시오."

그는 무겁게 고개를 끄덕였다. 이미 너덜너덜해진 부대. 이걸 맡는 건 솔직히 괴롭힘 수준이겠지만… 어쩔 수 없다. 누구도 맡고 싶지 않은 자리니까.

"포위망 바깥에 있는 부대가 제법 있지 않습니까?"

"그렇소. 칼레, 랑스, 아라스… 긁어모은 병력이 있소. 릴(Lille) 탈환 및 포위망 돌파를 위해 몽고메리가 모아 두었지."

"뺍시다."

"구출을 포기하겠다는 게요?"

"이 보 전진을 위한 일보 후퇴라고 합시다. 포위망 바깥의 영국군은 절대 쉽사리 낭비할 수 없는 귀한 카드 아닙니까."

"더 자세한 설명을 해준다면 고맙겠소만."

"히틀러는 파리로 옵니다."

"그러잖아도 그 부분이 궁금했소. 독일군이 제21집단군의 섬멸 대신 파리로 달려오리라고 확신할 수 있소?"

"그야 독일군은 파리로 올 테니까요."

내가 '경기가 좋아지면 불경기에서 탈출할 수 있다.'라는 투의 말을 아주 여상스럽게 하자 알렉산더의 표정이 참으로 희한해졌다. 이런 당연한 말을 풀어서 설명해줘야 한다니. 다들 야매심리학 3학점씩 수강해야겠어. 매주마다 히틀러 심리변화 퀴즈라도 하나씩 내면 좀 나아지려나.

"히틀러는 그냥 일개 병사 출신입니다. 그런 놈의 대가리에 세계정복의 마스터플랜이 있다는 둥, 원대하고 웅장한 비전이 있다는 둥 하는 개소리는 집어치웁시다. 그놈은 그냥 사기, 공갈, 협박과 나라를 통째로 판돈에 얹는 정신 나간 베팅으로 승승장구한 도박중독자 새끼입니다."

"…일단 그렇다고 합시다."

몇 년 만에 전 유럽을 정복한 위대한 정복자를 그냥 방구석 찌질이로 격하해버리려고 하니 반응이 신통찮은 것도 어찌 보면 당연한 일. 하지만 히틀러를 그렇게 올려치면 올려칠수록 저 새끼의 야바위질에 당하기 딱 좋은 상태가 된다. 저 새낀 그냥 병신이라니까?

"히틀러라는 놈은 주도권을 내주는 걸 끔찍하게 싫어합니다. 항상 제가 판을 휘두르고, 먼저 행동하고, 상대에게 강요하는 게 히틀러의 주특기지요. 그렇다면 전지적 히틀러 시점에서 한번 생각해봅시다. 제21집단군을 모조리 섬멸하면 독일에 주도권이 돌아옵니까?"

"일시적으로는……"

"그렇습니다. 일시적으로. 어차피 프랑스군이 재건되고 항구 수리가 끝나 보급이 더욱 활성화되면 독일의 처지는 예전보다 나아질 게 없습니다. 영국의 척추는 꺾을 수 있을지언정, 연합군을 물리칠 수는 없습니다!"

이게 핵심.

"따라서, 독일군이 이 전쟁에서 이기고 싶으면 죽으나 사나 파리를 함락시킨 후, 연합군을 다시 대서양으로 처넣고 서부 전선을 완전 종결 지어야 합니다."

"그건 불가능한 일이오. 아무리 포위당했다지만 등 뒤에 수십만 대군을 남겨둔 채로 파리로 남하한다니!"

"아까 말했잖습니까, 도박중독자라고. 그 새끼의 사고방식을 아직도 이해 못 하셨군요. 그놈은 그 정신 나간 발상을 '적의 의표를 찌를 수 있다.'로 포장질해서 강요할 놈입니다."

3년 전 낫질 작전이 딱 그 꼴 아닌가. 당시 서방연합군이 그 가능성을 염두에 두고 약간의 대비만 했더라면 독일군을 저지할 여지는 충분했다. 애초에 그 작전을 감행한 것 자체가 히틀러라는 인간이 성공 확률보다는 성공했을 때 딸 판돈에 주목한다는 확고부동한 증거인데, 더 생각할 게 뭐가 있나.

"히틀러는 궁지에 몰릴 때마다 전 재산에 사채까지 끌어들여서 슬롯머신 앞으로 달려가던 새끼입니다. 근데 참 희한하게도, 그놈이 슬롯머신 레버를 당기기만 하면 잭팟이 터졌어요."

"으음……"

"그러다 야금야금 재산을 꼴았고, 이제 파산이 눈앞에 다가왔습니다.

이 도박중독자 새끼는 과연 남은 자산을 견실하게 운용하려 할까요, 아니면……."

"또 레버를 당기겠지요."

"바로 그겁니다."

드디어 배우셨군. 배우고 또 익히면 즐겁다는 건 공자 가라사대 틀린 말이 아니야.

"따라서, 놈은 파리로 옵니다."

얼마 후. 독일군은 남하하기 시작했다.

나는 히틀러를 화나게 했다! 나는 감정을 지배할 수 있다! 크헤헤헤!

"신임 부사령관님께 간곡히 부탁드릴 일이 있습니다."

"무엇이든 말씀만 하시지요."

영국에서 새로 보내준 부사령관은 아서 테더(Arthur William Tedder) 공군 대장. 한마디로, 육군은 영국군 내부 파워게임에서 나가리 났다고 봐야겠지. 설상가상으로 테더 대장은 몽고메리와 사이가… 매우 좋지 않았다. 불쌍한 몬티. 어쩌자고 온 사방에 어그로를 뿌려서는.

"일단 제공권부터 되찾읍시다. 영국 공군은 준비되어 있습니까?"

"우린 육군처럼 무능하지 않습니다. 염려 마시지요."

일단 최악의 상황은 면했다. 독일 놈들이 남하해 온다면 보급로는 우리 쪽에 유리해지고, 제공권 다툼도 한결 수월해지며, 프랑스군을 써먹기도 좀 더 편해진다. 어디까지 끌어들여야 하나. 그건 이미 정해져 있었다.

"독일군을 아미앵까지 끌어들입시다."

어디 한번 죽어라 뛰어와봐라.

연합국의 검 3

"독일군이 아라스로 오고 있습니다."

"규모 미상의 독일군 병력이 발랑시엔(Valenciennes)을 거쳐 캉브레 북동 쪽에 전개되고 있습니다."

다 아는 지명들이구만.

돌고 돌아 다시 벨기에와 프랑스 북부. 지난 제1차 세계대전 당시 독일 제국군이 프랑스를 무너뜨리기 위해 준비했던 '슐리펜 계획'. 1절, 2절을 넘 어 뇌절의 경지에 접어들고 있지만, 지리적 조건이라는 걸 무시할 수 없는 만큼 이 뇌절은 전술적으로 합리적 선택이었다. 문제는 내 손패가 딱히 재 미없단 점인데.

독일군에 맞설 준비. 이 거대한 한판을 따내려면, 나는 우선 프랑스 땅을 밟은 지 얼마 되지도 않은 주제에 온갖 적폐와 부패가 판을 치는 이 개노답 연합군을 수술대에 올려야 했다. 나는 정말 물 대신 커피를 들이켰고, 내가 그렇게 카페인을 물먹는 하마처럼 빨아대자 밑의 사람들 또한 질 수 없다 는 듯 카페인을 빨아댔다.

에스프레소에 얼음을 넣고 거기에 또 찬물을 부어 멍 때리며 빨대를 쭈

압쭈압거리기 완벽한 김치맨의 상징 '아이스 아메리카노'를 처음 주문했을 때, 총사령부가 자리 잡은 트리아농 펠리스(Trianon Palace) 호텔 직원들은 반쯤 미친놈 보듯 날 바라봤다.

'이건 커피에 대한 모독입니다!'

'그래요? 그럼 커피가 아니라 카페인 보충제라고 합시다.'

대머리 아저씨가 덜덜 떨면서, 울먹거림을 애써 억누른 채 내게 통사정을 하더라. 누가 보면 내가 독일군인 줄 알겠어. 하지만 얼마 지나지 않아 온 미국인 참모들은 죄다 나에게서 깊은 영감을 얻은 듯 이 아아의 참맛을 깨달았고, 이제 직원들은 커피의 미학 따위 내다 버린 채 내 입맛에 완벽히 세팅된 아아를 제공해주고 있었다. 커피 하나 내 입맛대로 먹는 것도 이 지경인데, 다른 일들은 어떻겠나?

그 첫 삽을 뜨기 위해, 나는 한밤중에 파리로 불시에 들이닥쳤다.

"병참 사령관은 어디에 있나?"

"지금 숙소에 쉬고 있습니다."

"숙소가 어디지?"

"조지 5세 호텔입니다."

"몇 호실?"

다 알고 왔는데 왜 이리 대답이 느려. 하늘 같은 5성 장군 앞에서 이리 로딩에 시간이 걸리다니. 그 마빡의 하드디스크를 뽑고 SSD를 달아줘야 하나?

"몇 호실."

"저도 정확히는 모릅니다."

"지금 장난하나?"

"그, 호텔 전체를 사령관이 쓰고 있기 때문에……."

"불러. 당장. 잠옷 차림이든 뭐든 상관 안 하니 당장 튀어나오라고 해."

병참 사령관 존 리(John Clifford Hodges Lee) 장군은 보급 임무의 스페셜리스트였다. 얼마나 스페셜리스트냐면⋯ 마른걸레도 물티슈로 만들 수 있는 노예주 마셜이 인정한 특급 스페셜리스트지. 마셜에게는 참으로 유감스럽지만, 나는 오늘 그를 탈탈 털어버릴 작정으로 나왔다.

"총사령관님, 이 늦은 밤에 어인 일로⋯⋯."

"벨트부터 똑바로 차시지요."

그는 잠시 당황하더니 옷을 정리했고, 나는 그 모습을 지켜보며 주머니 안에 있던 럭키 스트라이크 담뱃갑을 꺼냈다. 피우면 피울수록 어째 정이 들긴커녕 눈살이 찌푸려진다. 이게 그 에스컬레이트되는 분노인가 뭔가인가.

"예. 말씀하시지요."

"내가 틀림없이 수송 역량이 부족하니 병참 사령부는 추후에 옮기자고 말했었는데, 왜 그 잠깐 사이에 사령부가 파리에 새 둥지를 튼 겁니까?"

"알렉산더 총사령관 대리가 허가했습니다. 보급 역량 극대화를 위해, 약간의 딜레이를 감수하고⋯⋯."

"지금 일선 야전 부대는 보급품을 수령하지 못해 난리인데 그게 그만한 가치가 있소? 뭐, 있을 테니 알렉산더가 허가했겠지. 그럼 이 호텔을 통째로 혼자만을 위해 전세 낸 것도 그가 허락한 일입니까?"

그는 당혹스러운 기색이 역력했다. 왜, 이런 사소한 일로 트집 잡으니까 어처구니없어?

"제가 이 호텔을 쓰고 있는 건 맞습니다만, 각종 회의나 문서 작업을 위해 쓰고도 있습니다. 어디까지나 효율상의 문제로⋯⋯."

"그렇구만. 그 말대로라면 사람들이 꽤 많이 들락거릴 텐데, 주차장은 또 통제하셨다면서요? 아무튼 다 필요해서 한 거라고 치겠습니다."

나는 부하들 보고 잠시 나가 있으라고 손짓한 뒤, 그에게 다가가 어깨를 천천히 주물러 주었다. 왜 이렇게 경기를 일으키셔. 고생 많다고 이 총사령관이 몸소 친절을 베풀어주고 있는데.

"리 장군."

"예."

"잘 아시겠지만, 영국군은 마켓가든의 대실패에 대한 책임을 지기 위해 몽고메리를 제물로 바칠 예정입니다."

"…그렇군요."

"그런데 말입니다. 이 국제—외교라는 것이 참 묘해서, 연합군이 잘 굴러 가려면 너무 상대방의 체면을 상하게 하는 것도 좀 곤란해요. 그렇다고 몬 티의 대가리를 안 자를 수도 없으니, 보통 이럴 때는 '아, 우리도 약간 잘못 이 있군요.' 하면서 좀 급수 되는 사람의 목을 같이 자르는 게 가장 베스트 랍니다."

"저는 맡은 임무를 충실히 했습니다!"

그가 반쯤 비명처럼 항변했지만, 내 귀엔 들리지 않았다. 요즘 영국에 오래 있어서 그런가, 미국식 영어가 귀에 잘 박히질 않네.

"어쨌거나 보급에 문제가 발생한 건 사실 아닙니까. 충실히 하셨다면 이런 일이 안 일어나지 않았을까요?"

"이건 억울합니다."

"며칠 전에 내가 직접 파리의 암시장을 좀 둘러봤습니다. US ARMY 마크가 선명한 말통이 온 사방에 굴러다니고, 시장통에 오고가는 상품들이 하나같이 우리 육군 군납품이던데."

"병사 개개인이 안 쓰는 물건을 내놓거나 일부 잡놈들이 횡령하는 것까지 제가 어찌할 순 없습니다! 잘 아시잖습니까?"

"아. 그야 잘 알지요. 그래서 내가 이렇게 장군을 찾아와서, 음… '양해' 를 구하는 것 아니겠습니까. 개인적인 유감은 없어요."

어깨를 주무르는 손에 점점 더 힘이 들어간다. 내가 응? 이 마성의 지압 능력으로 아저씨들 어깨도 풀어주고, 우리 도로시 여사님도 풀어주고. 어어. 자꾸 왜 어깨에 힘이 들어가. 풀어, 풀라고.

"이 산제물이라는 게 말입니다. 원래 아랫사람들의 원망과 미움을 많이 받은 사람의 대가리를 잘라서 제단에 바쳐야 그 효과가 탁월해요. 기강도 잡고, 울분도 풀어주고, 사기도 끌어올리고. 이게 그 동양의 《손자병법》에도 나오는 스킬인데……."

"이럴 수는 없습니다! 대체 왜 이러시는지 차라리 이유라도 알려주십쇼! 그런 영문도 모를 소리 말고 제대로 된 이유!"

"에이. 왜 이러십니까. 부상병들 가득한 야전병원 시찰 나가셔서 팔다리 날아간 우리 애들까지 사열시켰다면서요? 도대체 얼마나 업보를 가득 채우셨으면 나한테 투서가 다 날아옵니까."

실은 투서 따위는 없었다. 대신 프랑스가 좀 많이 꼴받았지. 미군 행패가 이만저만이 아니라고 내가 오자마자 툴툴대는 소리부터 들었다.

"본국으로 돌려보내 드릴까요?"

"…앞으로, 불미스러운 일이 없도록 더욱 신중을 기하겠습니다."

"신중을 기하면 어떡합니까. 잘하셔야지요. 잘."

"옙."

"귀관의 인성에 관해선 전혀 궁금하지 않습니다. 나는 패튼도 써먹는 새끼니까. 대신, 그건 인성을 메꿀 능력이 있을 경우에만 한합니다. 《타임스》 헤드라인을 블링블링하게 장식할 제물로 쓰는 게 귀관을 그 자리에 앉혀 놓는 것보다 더 값어치 있겠단 생각이 고쳐지지 않는다면… 별로 재미없겠죠?"

"물론입니다. 지금 당장 현지 민심을 수습하고 전방으로의 보급이 원활하도록 모든 프로세스를 개선하겠습니다."

나는 그의 어깨에서 손을 뗐다.

"그럼, 앞으로 잘 부탁드립니다."

"총사령관님의 기대에 부응토록 하겠습니다."

"입에 묻은 립스틱 자국 지우시고. 밤에 너무 힘쓰면 뼈 삭습니다."

나는 재떨이에 꽁초를 대강 비비고는 자리에서 일어났다. 기름을 가득 쳤으니, 이젠 일이 매끄럽게 돌아가는지 지켜볼 시간이다.

* * *

프랑스에 발을 디딘 미군 2백만 중 실종자의 수가 급증하고 있다. 12군 단의 참극은 제외하고, 전선에서 교전 중 실종된 이들도 제외하고… 후방에 서 뿅 하고 사라진 놈들이 다 어디로 갔겠나. 탈영이다. 당연히 탈영한 새끼 들이 어디 건전한 사회인으로 거듭날 리는 없으니, 어디 촌동네에서 춘식이 가 되어 농장일 하고 있으면 또 모를까 상당수는 범죄자로 새 삶을 시작한 것으로 추산. 노르망디의 항구에 하역되어 일선으로 향하던 군용 담배 중 450만 보루가 '증발'했다. 중간중간에 누군가가 다 짬짜미 꺼억한 것이다.

가볍고, 필수품에 가까우며, 경제가 무너진 세계 어느 곳이든 사실상 기 축통화로 통하는 담배야 뭐 그렇다 치자. 없으면 죽을 것 같지만 진짜 죽는 것도 아니니.

기름. 이 빌어먹을 새끼들이 기름에도 손을 대고 있다. 잡히면 진짜 히틀 러식 수제 비누로 만들어버릴라. 프랑스 현지의 민심도 수습하고 범죄조직 도 소탕할 겸 대대적인 검거작전이 진행되었고, 아예 군인 범죄만을 취급하 는 별도 조직을 신설해 내 바로 아래에 두었다. 진짜 못 해먹겠네 시벌.

"몸은 좀 괜찮으시오?"

"염려해주신 덕택에 많이 나아졌습니다."

국무부 직원들을 닦달하고 D.C.에 마음의 편지를 신나게 쏴댄 끝에, 프 랑스 경찰과 군이 미국인 범죄자를 '일시적'으로 억류할 수 있도록 권한을 부여할 수 있었다. 머리털 다 뽑히겠네. 이만큼 프랑스에 듬뿍 선물을 안겨 줬으니, 이제 오가는 정을 좀 실현할 시간이었다.

"독일군이 다시 한번 마른강의 기적을 맛보고 싶어서 달려오고 있지만,

너무 걱정하진 마시지요. 저놈들을 금방 따끈따끈한 프랑스 포로수용소로 신속 배달하겠습니다."

"킴 장군을 믿고 있으니 걱정하지는 않고 있소."

"하하. 제가 얼마나 프랑스를 사랑하는지 잘 아시잖습니까. 안 그래도 꿈에 놀렛 장군께서 나와 '유진아… 나다. 유진아, 일어서라. 상대는 나치스야. 이 샤를 놀렛을 죽인 나치스야! 어서 일어서!' 하면서 막 채근을 하시던데…."

"적을 아미앵까지 끌어들인다 하셨습니다. 다시 한번 아미앵의 영웅이 되겠군요."

내가 암만 분위기를 가볍게 하려 해도, 또 국토가 짓밟히게 생긴 드골의 얼굴이 펴질 리는 없었다.

"그래서 말입니다. 이제 프랑스군도 침략자에 맞서 싸울 준비가 되셨습니까?"

"물론이오. 프랑스 제1군이 완편되는 즉시 적들을 격퇴하기 위해 움직일 게요. 우리 군을 선봉에 세워준다면 참으로 고맙겠소만."

"안 그래도 그 부분에 대해 상의드릴 점이 있어서 말입니다."

이리저리 빙글빙글 말을 돌리고 또 돌린 끝에 내가 용건을 꺼내자, 찌푸려진 드골의 얼굴은 이제 엉망진창으로 구긴 휴지마냥 참으로 그로테스크해졌다.

"보급품을 내놓으라고? 줬다 뺏겠단 게요?"

"실은… 요청하신 것보다 물자가 더 오지 않았습니까?"

"설마."

"설마가 사람 잡는 법입니다. 크헤헤. 어차피 미군에 줘봐야 못된 몬티가 다 훔쳐 갈 게 뻔한데, 굳이 거기에 미군 꺼라고 마킹해 놓을 필요 있겠습니까?"

"이, 이, 이!! 처음부터 말을 해줬으면!!"

"그럼 영국인들 귀에도 들어갔겠지요. 보급만 재개되면 다시 빵빵하게 채워드리겠습니다. 뭐, 무기나 식량이 급한 게 아닙니다. 탄약 일부랑 기름만 좀 밀어주시지요."

그 많던 물자가 다 어디 갔을까? 물론 몽고메리가 한 큰술 떠가고, 이런저런 범죄자 잡놈 새끼들이 작은 스푼으로 열심히 떠가기긴 했지만… 털릴 걸 뻔히 알면서도 곧이곧대로 보급하는 건 내 취미가 아니거든.

"이럴 수는 없소! 우리가 정당하게 대가를 지불하고 구입한 물자 아니오!"

"그, 서류상으로 무상 증여했다고 표기된 품목도 제법 있을 겁니다. 거, 다 아시면서……."

"그럼 우리는? 우리는 기름 대신 올리브 오일이라도 넣으란 말이오?"

"어차피 지금 상당수는 신편 중이잖습니까. 남는 야포 상당수를 프랑스군 쪽으로 밀어드릴 테니, 차라리 1~2개 군단을 정예로 확실하게 편성하시죠. 마르세유에 새 물자 들어오는 대로 다 채워드립니다. 진짜로. 하나님 걸고."

노발대발한 드골을 어르고 달래길 몇 시간. 나는 이번에 확실하게 프랑스군을 챙겨준다는 약속을 한 후에 기름을 확보할 수 있었다. 음, 역시 사람은 기름이 있고 봐야 해. 괜히 천조국이 기름 나오는 땅을 찾아 민주주의를 배달한 게 아니라고. 총사령부로 복귀하기가 무섭게 오늘의 아이스 아메리카노가 배달되었고, 나는 원두의 맛을 음미하며 오늘의 신문을 집어 들었다.

[몽고메리의 어두운 민낯!]

["정신적으로 미성숙한 총사령관." 희대의 폭언!]

[그에게 인간미란 없는가? "눈물겨운 부성애." 상관에 대한 거침없는 조롱… '미스터 마켓가든'의 충격적 망언!]

아. 역시 엘 꼴라시코야. 보는 맛이 탁월해.

고증입니다

1919년 트리아농 궁전에서 베르사유 협약을 논의하는 장면

베르사유의 트리아농 팰리스 호텔은 1차대전 당시 연합군 총사령부로 쓰였으며, 이 호텔의 대연회장에서 베르사유 조약의 조건들이 논의되었습니다. 당시 프랑스 총리였던 조르주 클레망소의 이름을 따 지금도 이 호텔의 연회장 이름은 '클레망 소 볼룸'입니다.

2차대전에서 이 호텔은 영국 공군 사령부였다가, 프랑스 점령 후 괴링이 탐내 루프 트바페 본부로 쓰다가, 연합군이 상륙한 후 연합군 총사령부가 되었습니다.

파리의 조지 5세 호텔 또한 지금도 남아 있습니다.

연합국의 검 4

[1941년 8월 4일

제목 : 연합군 총사령관 지시서한 제6호

수신자 : 집단군, 군, 군단 및 기타 독립부대 지휘관 및 연합군 해, 공군 지휘관

1. 연합군 총사령부는 창설 이후 연합국 각 군의 자유로운 지휘권을 지향하였으며 다국적 군대의 충돌 방지 및 원활한 작전 지도에 주안점을 두었으나, 작전 환경의 변화와 이로 인한 급격한 전장 변화를 따라잡지 못하였음.

2. 이에 따라 미합중국 대통령, 대영제국 총리, 프랑스 대통령 등 각국 정부 수반의 동의 및 권한 위임을 전제하여, 연합군 총사령부는 현 시간부로 모든 연합군 소속 군대의 지휘권을 적극적으로 행사하여 독일 침략군의 저지 및 격퇴에 주안점을 두겠음.

3. 국적 또는 군종에 따라 차별을 두는 행위, 상급자의 지휘 및 인접부대의 협조 요청에 타당한 사유 없이 불응하는 행위, 충분한 토의와 검토 없이 지휘관의 통상적 임기응변을 벗어난 돌출행동, 기타 군법

에 저촉되는 모든 요소는 엄격하게 제한될 것이며 응분의 처벌을 받
을 것임.

유진 킴.

미합중국 원수.]

* * *

윈스턴 처칠. 오대양 육대주를 거머쥔 제국의 마지막 불꽃. 미스터 갈리
폴리, 미스터 나르비크, 미스터 디에프 등 무수한 별명이 있지만, 사람들은
의외로 저 온갖 똥을 다 싼 처칠이 정계에서 쫓겨나긴커녕 총리 자리에 본
드라도 바른 듯 찰싹 붙어 있다는 사실은 잘 인식하지 못한다.

그러니까⋯ 아무리 몽고메리가 이빨 좀 터는 군바리라고 해도, 산전 수
전 공중전 여론전 정치전 모두 다 겪은 대악마 처칠을 상대하기엔 좀 짬밥
이 딸린단 소리.

[저는 이번에 보도된 논란에 관해 처음 들었지만, 듣는 순간 제 직무와
책임을 떠나 한 사람의 아버지로서 경악을 금치 못했습니다. 우리는 국가에
대한 애국심과 자유를 지키고자 하는 열망으로 소중한 아들들을 군에 보
냈습니다. 직업군인은 이 소중한 요망에 부응해야 할 도덕적 책임이 있습니
다. 대영제국의 그 어떤 군인이라도 감히 이 책무에서 벗어날 수 없는 법인
데, 이번 논란은 국민들에게 크나큰 불신을 가져다줄 수 있다는 점에서 특
히나 엄중히 처결해야 할 필요성을 다시금 인식하게 되었습니다⋯⋯.]

극딜 봐라. 아주 잘근잘근 짓밟네. 멈춰, 몬티의 라이프는 이미 0이야!

원래 처음이 어렵지, 한번 물꼬가 트인 뒤는 순식간이다. 특히 지금 같은
전시에 저런 보도가 나왔다는 건, 아주 높은 곳의 누군가가 저걸 보도해도
좋다는 암묵적 승인을 얻은 거나 마찬가지. 그 말인즉슨, 몽고메리는 보호
받아야 할 신성불가침에서 물어뜯으면 신문이 팔리는 기적의 맛집으로 전

락했다는 뜻이다.

[몽고메리 망언 대해부!]

[속속 밝혀지는 충격적인 인성… 그의 영광 뒤편 가려진 그림자!]

온갖 자극적인 기사가 헤드라인을 도배하는 걸 보니, 처칠은 자신이 떠안아야 할 정치적 부담까지 모조리 인성 미달, 능력 미달의 몽고메리에게 떠넘기기로 작심한 듯하다. 그러게 왜 물주를 물어뜯어? 이미 몰락이 확정되었으니 밑져야 본전으로 질러버린 것 같은데… 나라면 그냥 얌전히 집에 갔을 거다. 아니면 머리통에 총알을 박든가.

몽고메리가 서서히 늪에 빠져 허우적거리는 모습을 감상하는 건 참으로 즐겁다. 몬티는 그… 마시멜로 같은 거다. 참았다가 나중에 먹으면 훌륭한 어른이 되고, 당장 먹고 싶다고 헐레벌떡 입에 넣어 버리면 큰 인물이 되지 못하는 법이라고. 옛날 어렸을 적, 그러니까 레토나에 치이기도 전, 병원 끌려갔다가 하도 땡깡을 부리니 엄마가 노마 에프 그 빨갛고 달달한 젤리 한 캔을 사준 적이 있는데…….

아니지. 지금 삼천포로 빠질 순 없지. 아무튼 나의 꿀잼과 자리보전을 위해 몬티는 쉽게 풀어줄 수 없다. 이 유진 킴 원수의 령도력에 불만을 제기하는 반동노무쉐리들이 튀어나올 때마다 몬티의 뚝배기를 댕댕 두들기면 되는데 얼마나 편리한가?

나는 파리, 베르사유, 런던을 싸돌아다니며 독일군을 상대할 대전략 마련에 착수했다. 천방지축 어리둥절 빙글빙글 돌아가는 내 하루, 정말 괜찮은가?

"동부 전선 공세해주세요."

"킴 장군님. 우리에게도 시간이 필요합니다."

"동부 전선 공세해주세요."

"아직 전선의 진흙탕이 제법 남아 있다고 합니다. 조금만 더……."

"동부 전선 공세해 달라고! 우린 너네 소원대로 서부 전선 열어젖혔잖아!"

"모스크바에서 전언을 받았습니다. 준비 중인 공세를 앞당기겠답니다."

안 믿어. 이렇게 쉽게 승낙하면 스탈린일 리가 없어. 보나마나 립서비스가 분명해.

"국내의 어리석은 자들이 매일같이 떠들어대고 있습니다. 사실 소련은 우리가 독일과 싸우며 피를 흘리길 바란다고요. 포위망 안의 영국군이 전부 비누가 되면 그들의 거짓말에 힘이 실릴까 염려됩니다. 허허."

"다시 한번 킴 장군님의 강력한 요청을 전달드리겠습니다."

"랜드리스는 제가 잘 말해 놓겠습니다."

어르고 달래기, 연속 뺨치기, 우는 애 사탕 주기. 뭐라 말해도 좋다. 나는 당장 붉은 군대가 움직이길 원하니까. 이제 스탈린이 벌떡 일어나게 구들장을 좀 더 뜨끈뜨끈하게 지져줄 시간이다.

"서부 전선에 가중되는 압력을 줄이기 위해, 발칸 전선을 열어야 할 필요성이 대두되고 있습니다."

내가 이렇게 운만 떼자 영국인들과 빨갱이들의 목이 귀신처럼 180도 휘까닥 제껴지는 모습이 참으로 보기 일품이었다.

왜 영국은 발칸에 환장하는가? 러시아 불곰 견제는 그냥 쟤들 본능 같은 거니까. 왜 소련은 발칸에 환장하는가? 발칸은 자기네 앞마당이라고 여기고 있으니까.

애초에 제1차 세계대전이 터진 이유가 뭔가. 그놈의 범슬라브주의 아닌가. 슬라브족의 터전인 발칸은 당연히 자기네 터전이라는 훌륭한 발상. 내가 황금 사과를 굴리기 무섭게 런던과 파리는 뒤틀린 황천으로 변모했다.

"발칸! 결코 다시 발칸!"

"발칸 공세는 누가 봐도 무리수입니다! 킴 원수, 이렇게 나오시면 곤란합니다!"

내가 조금 손들어주나 싶으니 처칠은 다시 발칸발칸 짖어대기 시작했지만… 나는 그런 걸 바라는 게 아냐.

"티토를 밀어줍시다."

"흠."

"뭐… 유고 파르티잔이라면, 검토해볼 여지가 있겠군요."

"그런데 그들을 지원해 줄 항구가 있습니까?"

"없으면 만들어야지요. 마침 발칸 주둔군 상당수가 빠져나가지 않았습니까."

연합군은 절대 물자가 모자라는 게 아니다. 진짜로 아나바다 운동 120% 전개 중인 독일과는 상황이 완전히 다르지. 이미 브리튼섬의 항구란 항구엔 전부 미제 군수물자들이 그득그득 쌓여 있고, 영국과 미국이 뽑어내는 무수한 상선들 또한 바다를 가득 메우고 있다.

프랑스 땅에 멀쩡한 항구가 얼마 없다. 셰르부르가 어느 정도 제 기능을 할 수 있게 응급 수리되었고, 마르세유 또한 거대한 항구이긴 하다. 하지만 이걸 최전방에 배달해주려면 결국 철도와 트럭이 필요하며, 트럭은 결국 도로 면적을 차지한다.

그러니까 어차피 먼지만 쌓이고 있는 물자. 그냥 잘 싸울 놈한테 밀어줘도 되지 않을까? 내 발상은 거기서부터였다.

"독일군에게 4면 전선의 악몽을 주입시킵시다."

노르웨이의 민심이 심상치 않다. 노르웨이 사람들에겐 굉장히 안타까운 이야기지만, 우리 처7 선생이 다짜고짜 선빵을 갈겨버린 탓에 어쩔 수 없이 독일 편에 붙었는데 그 독일은 학살 공장을 운영하는 희대의 사탄 새끼들.

이기면 또 모르겠는데, 망조가 빤히 보이네? 이러니 합리적인 정치가와 지식인이라면 슬슬 편 갈아타기가 매력적인 초이스로 보일 수밖에.

"스칸디나비아 국가들의 협조가 있다면 서부 전선에서의 승리가 훨씬 더 가까워질 겁니다."

"가능하겠소?"

"어지간하면 좀 도와주시면 좋겠는데요."

이번에도 걸려라!

'노르웨이가 연합군으로 이적하기로 물밑 합의를 마쳤고, 노르웨이군의 협조하에 연합군이 입성한 후 곧장 덴마크 상륙을 준비하고 있다.'

연합군 첩보 조직은 이러한 내용의 뻐꾸기를 날렸다. 믿든 안 믿든 상관은 없는데, 적어도 동부 전선에 끌고 간 노르웨이군을 믿기는 어려워지겠지. 노르웨이 본국에도 독일군 좀 더 박아 놔야 할 테고.

최대한 보수적으로… 노르웨이와 덴마크에 10만에서 20만, 발칸에 10만쯤 붙잡을 수 있다 치면 최소 20에서 최대 30만이다. 이 병력 중 일부만 서부 전선에서 빠져나간다 해도 1개 군단을 날려버린 셈. 내가 이렇게 부지런히 음모를 구상하는 동안, 독일군은 물밀듯이 프랑스 땅으로 쏟아져 들어오고 있었다.

이제 남은 건 저놈들을 막는 것뿐이다.

"방어선 준비는?"

"민간인들을 대대적으로 동원해 작업 진행 중입니다. 놈들이 올 때까지 제가 독일군이라도 자살하고 싶어질 만큼 지옥도를 만들어 놓겠습니다."

"아주 훌륭합니다."

아라스와 캉브레 방면에 있던 영국군이 결국 압력을 이기지 못하고 물러나기 시작했다. 괜찮다. 예상한 것보단 더 오래 버텼으니. 나는 한참 지도를 바라보며 고민하다, 수화기를 들었다.

"제7군 연결해."

— 총사령관님, 몸은 좀 괜찮으십니까. 제7군 장병들은 밤낮으로 총사령관님의 쾌유를…….

"패튼 장군. 뭐 죄지은 것 있습니까?"

— 아, 아니. 그럴 리가. 후배님의 건강을 염려하는 건 선배로서 당연한 일 아닌가.

"그래요? 참 다행입니다. 저는 사랑하는 선배님이 혹시 기름 좀 꼬불쳐 놓은 게 찔려서 그러는가 싶었거든요."

침묵. 이 양반 봐라? 설마 했는데 진짜야?

— 크흠. 꼬불쳐 뒀다니. 말이 좀 그렇구만. 그, 우리 보급 담당자가 그 뭐시냐. 단위를 좀 착각해서 말이지. 리터랑 갤런, 그, 어, 음, 알잖나? 그렇게 됐네.

"아무튼. 기름 좀 있다 이 말입니까?"

— 우리 쓸 것밖에 없어! 잘 알지 않나? 지금 온 부대가 기름 없어서 난리야!

"그럼 들고 있는 거 다 쓰십쇼. 베르됭과 메츠 일대에 공세 가능합니까?"

— 물론이지! 내가 제리 새끼들의 옆구리가 쫄깃쫄깃해지도록 만들어 놓음세!

"오마르에게도 제가 말해 놓겠습니다."

미친 광전사의 웃음소리가 수화기가 찢어질 기세로 쩌렁쩌렁 들리기에, 나는 잠시 귀를 떼고 수화기를 손으로 막았다. 온 사방에 불을 질렀는데, 우리 짝불알 콧수염은 어떻게 움직일까?

아니지 아냐. 아직 좀 더 불을 질러야 한다. 더 화끈한 곳으로.

* * *

[1. 현 시간부로 벨기에 포위망 내의 모든 군대를 제21집단군에서 분리하여 '저지대 집단군'으로 편성함.

2. 제21집단군 예하 영국 제2군 사령관이 저지대 집단군 사령관을 겸임하며, 해당 사령관에게 포위망 내 민사, 군사작전에 필요한 일체의 권한을 부여함.

3. 연합군 총사령부는 저지대 집단군의 보급 재개를 위해 모든 노력을 경주하고 있으며, 이를 위해 앤트워프와 스켈트강 일대에서 독일군을 제거할 수 있는지 확인 바람.]

벨기에에 포위된 영국군은 어느 순간 자신들을 향한 압력이 줄어들고 있다는 것을 깨달았다.

"축하합니다. 이제 집단군 사령관이시군요."

"축하는 얼어죽을. 여기서 죽으라는 건데 참 좋기도 하겠다."

"그래도 때깔은 곱지 않겠습니까? 집단군 사령관이면."

"애시당초 몬티가 폭주하는 걸 막지 못한 게 후회될 따름이지."

글러먹은 발상에서 우러나온 글러먹은 작전. 아니, 하다못해 그냥 평범하게 칼레와 됭케르크를 확보한다는 소규모 공세작전이기만 했어도 이런 뼈저린 대참사는 일어나지 않았으리라. 영국 육군의 장성이라면 모름지기 쇠고집 하나는 일품이지만, 이번엔 몽고메리의 고집이 가장 튼튼했기에 벌어진 일. 어쨌거나 작전을 막지 못했다는 일말의 책임 의식 때문에, 그는 자살 대신 자신의 책무를 다하기로 결심했다.

"총사령관께선 우리더러 스켈트강을 장악할 수 있나 묻고 있는데."

"공군 지원은 필수적입니다."

"충분한 지원이 있다는 전제하에, 우리 캐나다군은 작전 수행이 가능합니다."

"미군 제4기갑사단 또한 아직 작전 수행 가능합니다. 연료가 얼마 남지 않았다는 게 불안하긴 하지만……."

"강을 제압하기만 하면 금방 보급이 들어올 거야. 아니, 그러길 바라야지."

이리저리 쪼개져 산산이 박살 나나 싶었던 군대. 포위망이 형성되고 퇴로가 끊기자, 이들은 파리로 연결되는 도로에 주저앉는 대신 벨기에에 온 사방에 가득한 도시와 마을에 틀어박혀 결사의 방어 태세를 구축했다.

죽는 건 어쩔 수 없다. 하지만 우리를 죽이기 위해 덤벼드는 독일군도 그만한 대가를 치러야 한다.

과연 보급이 가능할까? 어차피 앉아서 죽는 결말이 정해져 있다면, 적어도 지렁이처럼 꿈틀거려보는 것도 나쁘지 않을지도 모른다. 무엇보다도, 여기의 병력이 있는 힘껏 꿈틀거릴수록 프랑스로 남하한 적군의 뒤통수가 뜨뜻미지근해질 것 아닌가. 감히 우리를 포위해 놓고 방치하다니. 이런 고얀 놈들에겐 쓴맛을 보여줘야 한다.

"한번 해보자고. 캐나다군, 내일부로 공세 개시하시오."

"알겠습니다."

클로드 오킨렉(Claude John Eyre Auchinleck) 사령관은 주사위를 던졌다. 아직 결정된 건 아무것도 없었다.

연합국의 검 5

벨기에, 브뤼셀. 폐허로 변해 가고 있는 벨기에의 수도에는 여전히 유니언 잭이 휘날리고 있었다.

"시민들의 불만이 이만저만이 아닙니다."

"우리더러 나가달라던가?"

"그건 아닙니다만……."

"캐나다군을 믿어. 아니면 우리 해군이라도 믿어. 보급만 재개되면 저 건방진 제리들에게 본때를 보여줄 수 있다. 조금만 더 인내해 달라고 시민들을 설득해야지."

영국 제30군단 군단장, 윌리엄 슬림(William Joseph Slim) 중장은 채 다듬지 못해 이리저리 삐져나온 턱수염을 매만졌다.

"비행장은?"

"독일군의 폭격 및 점령 시도가 몇 차례 있었지만 여전히 건재합니다."

유진 킴 총사령관의 연설문을 받아 본 직후, 영국군 장병들의 생각은 대동소이했다.

'총사령부는 우릴 버릴 심산인가?'

구출하겠다, 포위망을 뚫겠다는 언급이 그 어디에도 없다. 슬림 자신이 생각하더라도, 포위망 안 영국군이 모조리 죽거나 항복하기 전에 미군이 적을 격퇴하고 포위망을 무너뜨릴 수 있을지 여부는 미지수. 동요하는 부하들을 다독이면서도 주요 지휘관들 또한 반쯤 체념하고 있었지만, 총사령관은 말 대신 행동으로 보여줬다.

"그 귀빈들은 잘 계신다던가?"

"그 양반들이 와서 둘러본다 한들 뭐 나아질 게 딱히 있겠습니까. 그냥 유세 떠는 용도죠."

"그래도 런던에 처박혀 있는 것보단 낫지."

총사령관 복귀 직후, 포위망 안으로 몇 대의 수송기가 진입했다. 벨기에 망명 정부 인사들 상당수가 그 수송기 안에 탑승해 있었다. 최전방 전쟁터인 브뤼셀로 오지는 못해 약간 후방인 겐트(Gent)에 임시정부를 수립하긴 했지만, 그래도 그게 어디인가. 적어도 연합군이 벨기에를 포기할 생각은 전혀 없다는 확고부동한 결의의 표명이었다. 한창 빨갱이 레지스탕스가 판치고, 국왕이란 인간은 망명도 거절하고 얌전히 제 궁전에 있다가 독일 놈들에게 끌려가버린 이 나라에 정부 인사들이 복귀했다는 건 어쨌거나 호재. 문제는… 이제 정말 항복도 할 수 없게 되어버렸다.

"긍정적으로 생각해, 긍정적으로. 뭔가 수가 있으니 높으신 분들까지 보냈겠지."

이곳 벨기에 전역은 이제 소강상태가 되었다. 독일군의 주력은 남하했고, 영국군은 하루하루 초조하게 싸 들고 온 밥이나 까먹는 신세.

하지만 기회만 주어진다면 모든 판을 싸그리 엎어버릴 수 있다. 이곳의 병사들은 대영제국의 정예이자 최후의 군대. 늙고 병들어갈지언정 사자는 사자고, 그 이빨과 발톱으로 애먼 사람 한둘쯤은 찢어 가를 수 있다. 오늘도 브뤼셀에서는 총성이 울려 퍼지고 있었다. 아직 그 앞발을 휘두를 결정적인 기회는 오지 않았다.

* * *

　저 인간의 탈을 쓰고 온갖 흉참한 짓이란 짓은 다 저지르는 희대의 마귀들, 독일군이 자유세계의 군대를 하나씩 격파하며 내려오고 있을 동안. 자유를 사랑하는 전 세계의 무수한 사람들은 그 독일군을 3분 컵라면처럼 손쉽게 요리하던 기적의 명장, 유진 킴을 목놓아 부르니 그 권세와 명성이 하늘을 찔러 바벨탑을 세우고도 남은지라. 그런 전지전능한 이 몸조차 무릎을 꿇어야만 하는 상대가 있었으니.

　"내가 무슨 일이 있어도 보급 제대로 챙겨줄게! 쏘지만 말아줘!"

　"나도 돌아가는 사정은 잘 알고 있어, 진."

　"아냐. 쏴도 돼. 근데 나 말고 병참 사령관을 쏘면 어떨까? 사실 나는 그냥 누워만 있었잖아. 잠자는 숲속의 투탕카멘처럼. 그러니까……."

　"꼭 안 해도 되는 뒷말을 덧붙여서 매를 버는구나."

　말은 저렇게 했지만, 다행스럽게도 착한 브래들리는 날 향해 분노의 리볼버 6연발을 갈기진 않았다. 대신 바닥이 꺼지도록 한숨을 내쉴 뿐. 이 사람 좋은 친구에겐 참으로 미안하게 되었다.

　아니 그치만 내 말 좀 들어봐. 패튼 그 사기꾼 새끼가 상관한테는 입도 뻥긋 안 하고 제 몫 기름을 꼬불쳐 놨다니까? 이게 사람 새끼신가?

　원래 군대는 생산력이라곤 0이고 소비만 끝없이 하는 집단. 그러니 큰 부대 작은 부대를 막론하고, 어지간한 지휘관들은 무슨 다람쥐 도토리 쟁여 놓듯 습관적으로 각종 물자를 꼬불치기 마련이다. 당장 한국군 행보관이나 주임원사들만 봐도 서류상으로 없던 온갖 물자가 주머니 털면 술술 튀어나오지 않던가. 그런데 이 패튼이라는 인간은 참 간도 크게 얼마를 꼬불쳤는지 모르겠다. 이 인간, 그냥 좀 슈킹한 수준이 아니더만.

　거기에 친구라는 놈은 그걸 듣자마자 좋다고 둠칫 둠칫 춤을 추면서 일단 공세 명령 먼저 내리고 그 뒤에 이리 헛소리를 해대고 있다. 내가 브래들리였으면 솔직히 두 발 정도는 쏘고 나서 다시 마저 쏠까 말까 따져봤을지도 모른다.

"아무튼 잘된 일 아냐. 제7군의 작전에 다소 여유가 있다니, 나로서도 좀 면이 서네."

하지만 브래들리는 마치 득도한 싯다르타처럼 푸근하게 웃고 있었다. 이 인간미라고는 없는 또라이들 투성이인 총사령부에서 이토록 가슴이 따뜻해질 일이 또 있겠나. 저 웃음이 오욕칠정 해탈의 웃음이라고 생각하기는 싫다. 그냥 사람 좋은 거라고 믿자.

"그래서, 향후 작전은?"

"적을 최대한 끌어들여야지. 그 새끼들도 어디 한번 보급에 고통받아 봐야 할 거 아냐."

"이길 수 있을까?"

"이기긴 이기지. 얼마나 죽을지 감이 안 와서 문제지."

브래들리는 착잡한 기색이 역력했다. 제21집단군 부스러기 약간, 그리고 신병투성이인 제12집단군에서 패튼의 제7군이 빠진 군대로 독일군을 정면 상대해야 한다. 얼마나 죽어나갈지, 군이 견적 뽑아보지 않아도 잘 알 수 있다.

그러나 누군가는 해야 한다. 그리고 그 해야 할 사람은 브래들리밖에 없고.

"아미앵. 그리고 생캉탱(Saint—Quentin). 독일군의 다음 목표는 이 두 곳이라고 봐야 해."

"그 이름들을 다시 듣고 있으니 꼭 수십 년 전 그때로 돌아온 것 같단 말이지."

오마르는 아련한 추억을 회상하는 듯했다. 그땐 정말 지옥 한가운데를 횡단하는 것처럼 아슬아슬한 외줄타기였지만, 다 지나고 나서 생각해보면 이 또한 추억 아니겠나.

"네가 다짜고짜 영광의 전장이 있다고 꼬드겨서 불러와 놓고, 허허벌판에서 무에서 유를 창조해야 한다고 입을 털 때 알아봤지. 나는 이놈 때문에 피를 토하도록 고생해야 할 팔자구나, 하고."

"…응?"

"기껏 악착같이 사단 하나, 그것도 흑인 사단 편성이라는 전대미문의 업적을 세워놓고, 얌전히 지휘소에서 지휘해야 할 놈이 다짜고짜 지휘를 맡긴다며 뛰쳐나가더니 자동차를 몰고 기관총을 쏴대질 않나."

"쏜 건 하지야. 내가 아니라고!"

"조용히 해. 이 자식은 입만 벌리면 구라를 치고 있어."

"넵."

아무튼 하지다. 하지 잘못이다. 걔가 착한 유진 킴에게 사탄의 꼬드김을 늘어놔서 연약하고 마음 여린 내가 넘어가 버린 거야. 내 억울함을 알아주지 않은 채 브래들리는 한동안 추억 이야기를 늘어놓더니, 다시 자세를 바로 하고 진지한 모습으로 돌아갔다.

"제대로 싸우려면 제공권부터 확보되어야 해."

"그건 확실히 약속받았어. 걱정 마."

루프트바페와 연합군 공군의 대결은 다시 백중세에 돌입했다. 전역이 벨기에에서 프랑스 북부까지 확대되면서 놈들이 커버해야 할 영역은 훨씬 늘어났고, 연합군은 이제 프랑스 곳곳에 깔린 비행장에서 훨씬 더 짧은 거리만 비행하면 된다.

머스탱을 조금 뜯기긴 했지만 그 대신 다른 기종이 보급되었고, 어차피 빼앗긴 건 미 육군항공대 소속 머스탱이지 영국 공군이 가진 머스탱은 여전히 남아 있다. 만약 그거까지 털렸다면 정말 벨기에 방면은 손도 발도 못 내밀었을 텐데 그나마 다행인 셈인가.

"독일군이 아미앵을 무시하고 생캉탱에만 전력을 집중한 뒤, 곧장 콩피에뉴(Compiegne)나 수아송(Soissons)을 거쳐 파리로 남하할지도 모른다는 추측이 제기되고 있어."

"그 짓을 했다간 측면이 크게 노출될 텐데. 철도도 아쉽고."

"이미 놈들은 뒤가 없잖나. 우리 앞에 있는 적 지휘관은 대범하고 과감해. 충분히 해볼 만한 도전 아닌가."

"만약 그 짓거리를 한다면, 후방에서 올라오고 있는 병력을 아미앵으로 배치한 후 일거에 소탕할 수 있을 듯한데… 어지간하면 아미앵에서 한판 시원하게 붙는 편이 낫긴 하지."

나는 잠시 짱구를 굴리다 말했다.

"놈들이 절대 무시하지 못할 끝내주는 떡밥을 뿌려주면 어떨까?"

"안 돼."

"왜? 떡밥이 뭔지 말도 안 했는데?"

"네가 직접 간다는 소리 아냐."

와. 애꾸눈도 아닌 주제에 어떻게 관심법을 쓰지?

"들어봐. 이 아미앵의 수호자 유진 킴이 다시 한번 아미앵에 입성하면 얼마나 그림이 좋아? 거기다 재편 중인 93사단까지 불러서 아미앵에서 시가행진 한번 거하게 하는 거야. 기자들도 모아다가 히틀러의 속을 박박 긁어주면……."

"허벅지에 한 발 박아줄까?"

저건 진짜다. 진심이 가득 묻어 있어. 사실 내가 저 독일군을 지휘하고 있어도 아미앵에 들이박는 짓은 안 한다. 아니지, 애초에 나였으면 이딴 승산 없는 전쟁을 시작할 바에 히틀러 대가리에 납탄을 심어줬겠지. 이게 바로 구국의 결단 아닌가.

하지만 히틀러라면? 천하의 아돌프 히틀러께서, 독일의 영광을 다시 온천하에 각인시키고 두 번 다시 1차 대전의 상처가 언급되지 않도록 하겠다고 그토록 독일 국민들 앞에서 목놓아 부르짖던 인간이 '아미앵'을 외면할수 있을까? 원 역사의 히틀러는 전쟁이 장기화되면서 점차 군부 인사들을 제압했고, 현장 지휘관의 제대로 된 판단을 외면한 채 현지 사수 같은 똥볼만 차대기 시작했다. 마침 암살 음모 같은 화끈한 일도 벌어졌으니, 지금 이 시점에서 감히 히틀러가 요구하는 작전에 불응할 장성은 거의 없다고 봐도 무방하다. 운이 좋으면 파면이고 운 나쁘면 총살당할 텐데.

"한 달."

"후우……."

"한 달만 버텨 봐. 그러면 다 해결돼."

"그 한 달 때문에 이러는 거 아냐."

독일이란 나라의 사방에 불을 놓는다는 내 계획은 각국 정치인들이 개입하며 훨씬 스케일이 커졌다. 역시 밥 먹고 음모만 짜는 사악한 사람들은 뭔가 달라도 달라. 독일의 머리 위를 뜨끈뜨끈하게 해준다는 플랜은 영국과 소련의 협조하에 스웨덴과 핀란드에 대한 공갈로 진보했다.

'아아니, 스웨덴 여러분. 어떻게 사람도 아닌 독일 놈들에게 그토록 많은 철을 팔아먹습니까? 이거 적국에 대한 전쟁수행 협조 아닙니까? 너네 중립 아닌 것 같은데?'

'핀란드야, 핀란드야. 처맞고 나서 후회할래, 아니면 지금 총부리 돌릴래?'

핀란드의 지도자 만네르하임은 독일로 날아가 히틀러를 접견했지만, 또 뒷구멍으로는 소련과 열심히 뜨거운 밀담을 나누고 있었다. 저 집 외교 참 잘해.

한편 루마니아, 불가리아, 헝가리 역시 슬슬 동요하고 있고, 터키 역시 지속적인 러브콜을 받고 있다. 티토는 조만간 항구를 확보하기 위한 최대 규모의 작전을 벌일 계획이고.

"진, 그런데 말야."

"응."

"자네… 딸 말인데, 괜찮나?"

"뭐가."

나는 생각도 못 한 곳에서 명치를 얻어맞은 느낌이었다. 거, 꼭 굳이 지금 얘기를 해야 하나.

"너무 위험하지 않나? 후방으로 돌리는 게 어때?"

"걔가 선택한 일이야. 빠지고 싶었으면 내가 쓰러졌을 때 런던으로 올 수 있었어. 도로시가 불렀는데 거절했다더라고."

"아들 일은 참으로 유감이네만, 그래도 걔는 남자애도 아니고 군인도 아니야. 충분히 뒤로 돌릴 수 있어."

"나한테 묻지 말고 걔한테 물어봐야지."

무슨 심경의 변화가 있었는지는 모르겠지만, 다 큰 애들이 스스로 고른 일에 왈가왈부할 순 없다. 나는 대답 대신 딴말을 하는 수밖에 없었다.

"퍼싱 장군 아드님은 좀 어때?"

"어떻긴. 그냥 삐약이지. 여기 베르사유에 있는데, 불러줄까?"

"됐어."

남의 아들 봤다간 내 멘탈에 별로 도움이 안 될 것 같거든. 뜨끈한 두부에 김치 올려 먹고 싶은 날이다.

* * *

"어째서 아무도 안 오는 거지?"

"말했잖습니까. 여긴 아무도 신경 안 쓰는 섬이라고."

좌절한 헨리의 기운을 세워주기 위해, 나카무라 대위는 고이 아껴놓았던 술병을 들었다.

"장비도 얼추 고쳐진 것 같고. 몇 번이고 통신도 날렸고. 아니, 날 버릴 리는 없는데."

"자자. 다 잊으시고 일단 한 잔 쭉 마십시다."

이 외딴 절해고도에 버려진 일본군은 그동안 자신들이 보아 왔던 원주민으로 거듭나고 있었다. 뗏목을 만들고 총검을 작살로 개조해 물고기를 잡고, 섬 곳곳에 올무를 놔 산짐승도 잡고, 조개며 미역 비스무리한 해조류도 뜯어서 말리고… 한참 부어라 마셔라를 하며 알딸딸해진 나카무라는 문득 근거 없는 무한한 자신감이 샘솟는 것을 느꼈다.

"킨 도련님."

"예?"

"방법을 바꿔보는 건 어떻겠습니까?"

"뭐든 좋습니다. 우리도 다 살아서 나가야 할 거 아닙니까."

얼굴이 불콰해진 둘은 어깨동무를 한 채 다시 통신 장비 앞으로 다가갔다.

"여기는, 딸꾹, 자랑스러운, 대일본제국 황군! 킨 장군의 장남, 헨리를 붙잡았다!"

"끼아아악. 일본군 무서워. 넘무 무서워어."

"지금 당장 이 망할 섬에 루즈벨트—상의 맛 좋은 음식과 술을 보내주지 않는다면, 이 가엾은 포로를 인육구이로 만들어버리겠다!"

"끼에에에. 살려줘. 헬프 미. 끼에에."

둘은 한바탕 소란을 떤 후, 병사들이 저들끼리 스모를 벌이는 모습을 지켜보며 낄낄거리다 꽐라가 되어 잠들었다.

그리고 며칠 후. 미군 함대는 수백 명의 현지인과 헨리 킴을 픽업했다.

연합국의 검 6

유진 킴이 프랑스와 벨기에 일대에서 한바탕 푸닥거리를 치르는 사이, 미국 본토에는 헬게이트가 열렸다.

"행정부는 당장 해명해라!"

"이 빌어먹을 작전을 시행한 놈은 당장 나와서 말 좀 해보라고!"

"몽고메리! 우리는 몽고메리의 대가리를 원해!"

"우리 아들들의 목숨을 돌멩이처럼 취급한 책임자를 내놔라!"

전쟁터로 아들을 보낸 채 집에 앉아 하루하루 초조하게 신문만 들여다보고 있던 대다수 미국인들에게, 최근 몇 달은 이해할 수 없는 일의 연속이었다. 미국 시민들이 보았을 때, 전쟁은 너무나 손쉬운 일이었으니까.

진주만의 참사 이후 들리는 소식들은 하나같이 흉흉했었다. 유럽에서 외로이 버티는 섬, 영국. 모스크바 함락을 눈앞에 둔 소련. 홍콩과 싱가포르가 불타오르고, 필리핀이 무너졌으며, 일본제국은 그 깃발처럼 욱일승천하며 온 아시아를 몇 달 만에 정복해버렸다.

하지만 그것도 잠시.

[유진 킴 장군이 이끄는 미군이 롬멜의 전차군단을 물리쳤습니다! 그

누구도 막지 못했던 사막의 여우, 꼬리를 말고 도주! 역사에 남을 대승입니다!]

[태평양의 섬 과달카날에서 미 해군 함대가 호주 정복을 위해 진격해 오던 일본제국 함대를 격멸했습니다. 진주만을 공습했던 잽스의 항공모함이 불타오르고 있습니다!]

[아이젠하워 장군의 군대가 뉴기니 수호에 성공했습니다. 이제 다음 목표는 필리핀, 미국의 구원을 애타게 바라고 있는 필리핀입니다!]

[루즈벨트 대통령은 성명을 발표하여 '추축국의 종말이 눈앞에 다가왔다'고 밝혔습니다. 전 세계에 파멸과 죽음만을 불러일으키던 파시스트들은 이제 미합중국의 철퇴만을 기다리고 있으며……]

"크어어어!"

"뻑 예!"

"미국은 최강이며 이는 십계명에도 기록되어 있다!"

[노르망디 상륙 성공!]

[미군의 승리가도, 과연 그 누가 멈춰 세우랴?]

[프랑스에서 쫓겨나는 독일! 미합중국, 자유를 되찾아 주다!]

"독일이 그렇게 세다더니 순 허풍이었어."

"잽스는 말할 것도 없고."

"저런 놈들이 세계정복을 하겠답시고 진주만을 기습했다고? 순 버러지들이지."

승리의 기쁨은 잠시. 그 승리가 끝없이 이어지자, 기쁨은 오만으로 변질되었다.

"병사들과 그 가족들이 파병을 거부하고 있습니다."

"그게 또 무슨 소린가?"

"그… 이제 전쟁도 끝나 가는데, 구태여 더 병력을 증원할 필요가 있냐고."

"웃기지도 않는 소리군."

"필리핀 탈환 여론이 거세지고 있습니다."

"말세야, 정말 말세라고."

워싱턴 D.C.의 정치인들은 이제 유권자들의 보이지 않는 압박에 시달리게 되었다.

어째서 우리 아이들을 전쟁터에 보내야 하는가? 어차피 이길 텐데?

딱히 사리에 맞는 이야기라고는 할 수 없었지만, 적어도 유권자들은 그렇게 믿고 있었다. 그리고 표를 쥐고 있는 사람들의 압력에 정면으로 맞설 수 있는 정치인은 그리 많지 않다.

그 오만이 바벨탑을 세워서일까? 어느 순간, 풍향이 바뀌었다.

[루즈벨트 대통령 서거.]

[유진 킴 총사령관 중태?]

모든 것이 삐걱거리기 시작했다.

[제12군단 전멸!]

[미국 역사상 최악의 참사!]

[제4기갑사단, 적 포위망 한가운데 고립!]

"우리 아들들이 왜 이국땅에서 죽어야 했냐!"

"정부는 즉각 해명하라!"

그리고 기대가 배신당하고. 바벨탑이 무너지는 순간, 사람들이 자기반성 대신 원망할 상대를 찾아 헤매는 것 또한 당연한 인간사의 법칙.

하지만 FDR의 급사 이후 혼란에 빠져 있던 미국 정계는 그동안 곪을 대로 곪은 상처에서 진물이 질질 흐르고 있었고, 이 대홍수를 버틸 만한 컨디션이 아니었다.

"이번 참사는 순전히 공화당 책임 아닌가? 지금 전쟁부 장관이 어느 당 사람인지부터 생각해 봅시다."

"하하. 완전히 미치셨군. 대통령은 당장 책임을 지고 사임하세요! 이 대참사의 책임은 당연히 군의 통수권자인 대통령에게 있는 것 아닙니까?"

이 대혼란 속에서. 더글라스 맥아더는 칼을 뽑아 들었다.

"이 참사의 원인은 오직 하나, 취임 후 무엇 하나 똑바로 해내지 못한 현 백악관에 있습니다."

* * *

맥아더 전쟁부 장관에게는 여러 정치적 자산이 있었다. 맥아더는 사악한 후버에게 용기 있게 맞서고 시민의 생명을 지킨 참군인이었다. 맥아더는 선량한 대통령 하딩과 서민의 수호자 커티스의 뜻을 이어받은 올곧은 정치인이었다. 맥아더는 고립주의자로 가득하던 공화당 내에서 그 누구보다 정의를 위한 전쟁이 필요하다 목 놓아 외치던 개입주의자였다. 맥아더는 나치 독일과 일본제국의 야욕을 경계했으며, 그들이 합중국에 칼을 뽑아 들 것이라 예고하던 선지자였다.

진주만 기습 이후 (주)맥아더의 주가는 끝없이 상한가를 찍었고, 단숨에 대선 후보급 중량 인사가 되었으며, 감히 고립주의와 불개입을 신줏단지처럼 여기던 공화당 안의 그 누구도 그의 권위에 도전할 수 없게 되었다. 그 힘이 절정에 이르렀을 때의 맥아더가 한 놈을 가리키며 '저놈 독일 간첩이다!'라고 외치기만 하면 정치인생을 마감시킬 수 있었으니. 따라서 백악관의 대악마 루즈벨트가 대선에서의 정면승부 대신 당근과 채찍을 통한 거국내각이라는 편법을 선택한 건 딱히 틀렸다 말하기 어려웠다. FDR에게는 전시 대통령이라는 막강한 프리미엄이 있었지만, 전무후무한 3선 도전이라는 페널티 또한 있었으니.

반대로 말해 루즈벨트가 제대로 된 준비를 갖추지도 못하고 덜컥 요단강을 건넌 지금 이 시점에서, 월레스가 맥아더를 상대하기란 너무나 어려운 일이었다.

"이 어려운 시기에 루즈벨트 대통령과 같은 인물이 대통령으로 재임했다는 사실은 하나님께서 우리나라에 내린 큰 은총일 것입니다. 잠시, 그를 위해 기도하겠습니다."

"하지만 이제 그는 없습니다. 그리고, 그가 떠난 후 백악관은 엉망진창이 되었습니다. 전쟁을 끝내기 위한 명확한 비전 대신 온갖 정치적 협잡과 졸속 계획이 줄을 이었습니다. 어째서입니까? 그 어떠한 능력도 검증되지 않은 이가 추축국을 상대로 대전쟁을 치러야 하는 막중한 임무를 떠맡게 되었기 때문입니다."

"백악관은 육군과 해군을 조율하지도, 영국과 소련을 조율하지도, 정치권과 군을 조율하지도, 시민과 정부를 조율하지도 못하고 있습니다! 이번 대참사는 결코 천재지변이 아닙니다! 이는 컨트롤 타워가 제 역할을 못 했기에 벌어진 인재(人災)입니다!"

탁월한 명장은 위기를 기회로 만든다. 뛰어난 정치인 또한 위기를 기회로 바꾼다. 맥아더는 자신에게 쏠릴 책임론을 피하기 위해 월레스 행정부를 향해 총공세를 퍼부었다. 난데없이 대통령 자리에 올라 제대로 뭐 하나 해본 적 없는 월레스로서는 아닌 밤중의 홍두깨 같은 소리였지만, 대중의 반응은 달랐다.

"부통령이 그럼 그렇지."

"농사만 아는 샌님이 무슨 전쟁을 하겠어."

"킴을 해임하려고 했다면서? 대체 무슨 대가리로 그딴 발상을 한 거지?"

군사 기밀, 그리고 외교상 기밀을 접하지 못하고 신문과 라디오와 같은 검열된 언론 매체만 접하는 시민들의 시야는 어쩔 수 없이 좁아져 있었다. 그리고 그 좁은 시야로 봤을 때, 1차대전의 전우이자 우유원정군의 주역들은 당연히 한편이었고 월레스는 너무나 전형적인, 소설에 나올 법한 질투에 가득 찬 군알못 정치가였다.

[월레스가 FDR을 따르던 유능한 군인들을 모두 내쫓으려 한다더라!]

[나약한 월레스가 처칠의 감언이설에 넘어가 영국군 대신 미군이 죽어도 된다고 했다더라!]

[커티스를 배신한 월레스는 유진 킴의 얼굴을 보기가 부끄러워 이번 기회에 그를 잘라버리려고 했다더라!]

[백악관을 떠돌아다니는 하딩 유령이 월레스가 취임한 이후 종적을 감췄다더라. 그 무골호인 하딩조차 당적을 옮긴 배신자 얼굴은 보기 싫은 모양이다.]

그 자리를 채운 건 황색언론이 나발을 불어대며 뿌리는 온갖 듣도 보도 못한 희한한 소문이었고, 확증편향이 자리 잡기엔 이상적인 환경이 조성되었다.

이미 무를 수 없다. 맥아더로서도 이 상황은 양팔에 접시 30장씩 쌓고 외발자전거를 탄 채 앞으로 나아가는 것과 같은 형국.

"지금 저 배신자가 백악관에 입성했는데 우리끼리 싸울 순 없습니다. 우리 그냥 터놓고 말합시다. 12군단 전멸이 내 책임이 되는 순간 우리 당은 월레스가 다음 대선에서도 당선되는 모습을 구경해야 할 거요."

"틀린 말은 아니군요."

"지금은 거국적으로 월레스부터 잡아야 할 시점입니다. 당의 단결이 깨져서는 안 됩니다."

이와 정반대로 FDR 사후 혼란에 빠진 민주당은 단결하지 못했다. 취임한 지 얼마 되지도 않았건만, 월레스 정권은 시작과 동시에 최대 위기에 몰리며 정치적 동력을 상실하고 있었다.

* * *

미국 내부가 책임 문제라는 초거대 토네이도 앞에 기둥뿌리까지 뽑혀나가는 순간. 대서양 건너 파리는 고요하기 그지없었다.

"자원봉사자 모집! 자원봉사자 모집합니다!"

"독일군에 맞설 분을 모집합니다! 신체 강건한 성인 남성! 독일놈들에게 맞설 참호를 팔 용사가 필요합니다!"

독일군이 내려오면서 다시금 혼란에 빠지나 싶던 파리는 프랑스 당국과 연합군이 발맞추어 민심을 수습하면서 안정을 되찾을 수 있었다. 하지만 눈에 보이는 동요가 사라졌을 뿐, 사람들 가슴속 깊숙이 자리 잡은 공포는 여전히 남아 있었다.

"이번에는 지지 않겠지?"

"킴이 아미앵을 지키겠다고 선언했잖아."

"파리는 안전하다고 했으니, 피난은 안 가도 되겠지."

"그 말을 믿냐?"

"그러면 빨랑 피난이나 가든가. 난 그냥 있으련다."

입으로 그 어떤 말을 주워섬기건, 파리 전역에 깔린 묵직하고 끈적끈적한 공기를 떨칠 수는 없었다.

"럭키, 럭키 스트라이크."

"얼마?"

"20, 20달러."

"빌어먹을. 며칠 전 시세가 15달러였다고 이 양키 새끼야. 양심에 털 났냐?"

"휴가 금지됐다. 파리로, 휴가자 못 온다. 언더스탠?"

"너네가 PX에서 한 갑에 50센트에 사는 걸 뻔히 아는데 20달러라고, 이 날강도야?"

"꼬우면 됐다."

한 미군 병사가 해맑은 표정으로 다시 담배를 집어넣자, 중년 프랑스인은 신발 밑창에 깔아놓은 달러화 뭉치를 꺼내 내밀었다.

"자!"

"땡큐 베리 머치."

"야 거기! 너!"

"씨발."

헌병들이 연신 호루라기를 불며 병사들을 단속했고, 독버섯처럼 파리 곳곳에 퍼져나가는 사창가를 돌아다니며 군기 불량자를 때려잡고, 파리 경찰은 밀수에 손을 대는 범죄조직을 대강 붙잡아 현장에서 총살해댔다.

후방이 이 모양이니, 전방이라고 딱히 사정이 낫지는 않았다.

"신병 받아라!"

"시발, 또 삐약이야."

"쟤들은 몇 시간 만에 죽을까."

"그냥 바로 야포에 넣고 쏘면 안 돼? 그러면 시체 처리는 독일군이 해줄 텐데."

이제 일병이 된 설리번은 절로 나오는 한숨을 억누르며 어슬렁어슬렁 겁먹은 미어캣처럼 두리번대는 신병들을 향해 다가갔다.

"어이, 삐약이들."

"예!!"

"총은 쏴봤냐?"

"그렇습니다!"

"입으로 빵빵대는 거 말고, 실탄 쏴봤냐고."

"실탄… 말씀이십니까?"

"정말 전쟁터에서는 실탄을 쏩니까?"

"씨발."

가관이다. 가관이야. 그도 삐약이였던 시절이 있었고, 전우들처럼 죽음을 맞이하는 대신 운 좋게 살아남아 여기까지 올 수 있었다. 하지만 그는 이

제 이 신병들에게 공감하기보다는 그를 바라보던 선임의 시선으로 이들을 바라보고 있었다.

"너네 그럼 훈련소에서 뭐 배웠는데."

"가서… 쏘면 된다고."

"미군은 무적이니까 가서 적당히 쏘면 독일군이 항복할 거랬습니다."

"너네 박격포가 뭔지는 알아?"

"예, 압니다."

"그럼 그놈들이 박격포 쏴대고 철조망 뒤에서 기관총 갈길 때 어떻게 대처해야 하는지는 알아?"

"……."

"미치겠네."

얘들을 데리고 저 좆같은 제리들이랑 싸워야 한다고? 그의 고민이 현실로 다가온 것은 24시간도 채 지나지 않아서였다.

삐유우우우웅─

"엎드려! 엎드려 이 씨발것들아아악!"

"엄마! 엄마아아!!"

"아악! 아아악!!"

"대가리 바닥에 처박으라고!"

콰앙!!

"들어가! 크레이터로 들어가서 엎드려!"

"히이, 안에 들어가면, 포탄! 시체가!"

"한 번 떨어진 곳엔 포탄 착탄 안 하니까 그냥 들어가라고 이 병신들아!"

"쏴! 그냥 너네들은 쏘기나 해!"

"초, 총이 고장 났습니다!"

"그럼 빨리 고쳐!"

"어, 어떻게……."

나 때는 훈련소가 저 정도 수준은 아니었던 것 같은데, 대체 본국에서는 무슨 일이 일어나고 있단 말인가?

독일군을 상대하는 법은 간단했다. 대가릴 처박고 있다가, 놈들 면상이 보일 때쯤 총을 쏘면 된다. 참 쉽다. 하지만 이 신병이란 것들은… 대체 어디서 어떻게 손을 대야 한단 말인가? 이래서야 이길 수 있나?

설리번은 애써 차오르는 불안감을 억누르며 다시 방아쇠를 당겼다.

"킴 장군이 어떻게든 해주실 거야."

옆에서 누군가 나지막이 하는 말에 그는 고개를 연신 끄덕이는 수밖에 없었다. 다시 한번. 다시 한번 그가 아미앵의 기적을 선보여주리라. 잘은 모르겠지만, 아무튼 어떻게든 해주리라.

3장
아미앵그라드

아미앵그라드 1

"이 땅에 다시 발을 디디다니."

제7군을 이끌고 진격하는 패튼은 감회에 가득 차 있었다.

프랑스 동부. 그가 공격해야 할 베르됭과 메츠. 지난 제1차 세계대전 당시 미군은 베르됭 인근에서 대규모 격전을 벌였고, 역사는 그 공세에 '뫼즈—아르곤 전역'이라는 이름을 붙였다.

생미이엘, 아르곤 숲. 수십 년 전 최고의 용사들이 싸우던 바로 그곳에서, 다시 한번 똑같은 적을 상대로 역사에 남을 전쟁을 치른다. 뇌에 찢고 죽이는 즐거움만 가득한 천하의 광전사라 할지라도, 이 사실에 무언가 감흥을 느끼지 못할 순 없는 노릇. 다시 한번 스당으로 진격하라고 했으면 정말 백일 전투의 재탕이 되었겠지만, 총사령관은 스당을 통해 벨기에로 건너가는 루트를 개척하는 대신 메츠 공격을 명령했다.

메츠 또한 철도 교통의 핵심이자 프랑스 동부의 요충지. 메츠에서 위로 70킬로미터 정도만 북상하면 독일군의 우악스런 손길에 짓눌린 룩셈부르크가 있고, 동쪽으로는 야들야들한 독일 본토가 그들을 기다리고 있다. 총사령관은 필시 최초의 독일 본토 침공이라는 명예로운 임무를 그에게 맡기고 싶은 게 틀림없다! 저 미치광이 후배 코인에 탑승해 지극정성으로 투자한 결과가, 이토록 달달한 결실로 돌아올 줄이야! 이미 패튼의 머릿속에선 3시간짜리 장편 다큐멘터리 영화, 〈위대한 정복자 패튼〉이 UHD 화질로 재생되고 있었다.

'튀니지, 시칠리아, 파리, 베를린. 조지 패튼이야말로 최고의 명장임이 틀림없습니다.'

'한니발의 환생이지요. 알렉산더도 패튼에게서 기동을 한 수 배워야 하지 않을까요?'

무수한 여인들이 제발 패튼의 눈빛 광선 한 번을 받기 위해 꽃을 뿌리고, 히틀러와 나치 놈들이 이 용맹한 군인에게 자비를 구걸하기 위해 무릎을 꿇고 대기하는 광경. 몇 달만 있으면 조만간 현실이 되리라. 아니, 이미 반쯤은 현실이……

'제7군은 조공(助攻)입니다. 최대한 독일군의 신경을 분산시켜서 아미앵 방면에 투입할 여력을 빨아들여주십쇼.'

"후배님이 설마 나더러 엉덩이나 씰룩거리면서 제리 새끼들을 꼬시라는 계집애 같은 명령을 내렸을 리가 없지."

그렇다. 우리는 이미 장거리 텔레파시로 알아서 뜻을 유추할 수 있는 영혼의 듀오 아니었나. 원래 위대한 명장들끼리는 눈빛만 봐도 척척 통하는 법. 확실하다. 이건 룩셈부르크와 독일 일대를 석기시대로 되돌리라는 암시가 틀림없다.

"하루빨리 메츠를 점령해야 한다. 건방지게 프랑스에 그 못생긴 좆대가리를 쑤셔 넣은 훈족 새끼들을 참교육할 수 있는 건 오직 우리 제7군뿐이야!"

"독일군의 방어가 제법 튼튼합니다. 조금 더 차분하게……."

"아니! 느긋하게 공세를 폈다간 죽도 밥도 되지 않아! 지금 우리에게 가장 시급한 건 신속하고도 과감한 작전이야!"

"일선 병력의 숙련도가 너무 저조합니다."

"엿같군, 진짜."

참모들이 애써서 더 강력한 공세를 부르짖는 패튼을 억누르는 순간에도 최전방에서는 대환장 파티가 벌어지고 있었다.

쾅!

"크아아악!"

"지뢰다!"

"이 좆같은 새끼들!!"

포격이 착탄한 크레이터로 뛰어들어 포복 사격. 너무나 당연한 상식이었다. 하지만 이제 독일군은 그 상식을 이용해 곳곳에 파인 크레이터에 부비트랩과 지뢰를 매설하고 있었다.

"좌측! 좌측에 적 보이나!"

"총류탄 쏴! 놈들이 온다!"

"B.A.R.(브라우닝 자동소총)사수 뭐 하고 있어! 그냥 갈겨! 갈기라고!"

파리 해방의 주역이자 최고의 창끝이라고 자부하는 제7군은 제법 짬이 찬 숙련병들이 많은 편이었지만, 상대는 몇 달이 아니라 몇 년씩 총력전을 수행한 독일군. 대규모 병력 투입이 제한되고 소부대 간의 교전이 빈번한 지금 상황에서, 독일군과 미군의 교환비는 끔찍한 수준을 넘어서 처참한 수준까지 이르고 있었다. 그나마 불행 중 다행이 있다면.

"비행기다!"

"서쪽에서 오니까 우리 편 맞지?"

저 멀리서 빠른 속도로 항공기 몇 대가 날아오더니, 크라우트 놈들이 처박혀 있던 건물 몇 채에 묵직한 선물을 냅다 박아 넣었다.

콰앙!

"지금이다!"

"달려! 달려어!!"

"아군 전차가 간다. 3소대, 적 대전차포를 최우선으로 제거하라."

하늘은 다시 연합군의 것이 되었고, 루프트바페는 악을 쓰고 온몸을 뒤틀며 일부 핵심 구역에서 일시적으로나마 제공권을 빼앗기 위한 도전자로 전락했다.

전차 전력에서도 아미앵 인근, 신형 전차를 한가득 수령한 모델과 맞서는 브래들리 입에서는 연신 탄식이 터져 나오고 있었지만 부수적 전선인 이곳에선 셔먼과 잭슨이 구형 독일 전차를 쥐어패고 있었다. 그리고 언제나.

"돌격, 앞으로오오!"

"와아아아아아악!!"

물량엔 장사 없다. 메츠 함락은 시간문제였다.

* * *

최전방의 병사들과 간부들이 신병들의 끔찍한 상태에 대해 개탄하고 있는 걸 나라고 왜 모를까? 이 참담한 상태는 나도, 브래들리도, 펜타곤도 너무나 잘 알고 있었다. 대체 왜 미군은 이 모양 이 꼴인가. 답은 간단하다. 나라 꼬라지가 개차반이라서지.

우리의 그리운 친구, 루즈벨트가 통과시킨 징병법에 따르면 만 18세가 되는 생일을 맞이한 성인 남성은 신검을 받고 병역 판정을 받아야 한다. 만 18세. 한국 나이로 약 스무 살. 지금이 1941년이니, 걔들은 대강 1921년생.

그러니까, 걔들이 막 초등학교 들어갈 나이쯤 됐을 때 전 세계는 대공황이라는 전무후무한 대재앙 앞에 무릎 꿇고 말았다. 사회의 근간이 흔들리는 끔찍한 시기. 심지어 제2차 세계대전이 터진 지금조차 그 충격을 완전히 털어내지 못했다. 그러니 그 시기에 성장한 아이들이 어떤 상태겠나. 당장 21세기 대한민국을 떠올려 봐도 IMF 사태가 그만한 파장을 가져다줬다. 의료보험이니 의무교육 같은 사회 안전망이 있던 현대 국가조차 경제위기

앞에서 너덜너덜해졌다.

하물며 이 야생의 나라, 자유를 금과옥조로 여기며 국가 개입을 빨갱이의 국가 전복 시도로 간주하는 1920년대의 나라에서 큰 아이들이 IMF의 몇 배는 더 거대한 세계적 위기 속에서 성장했으니… 이 꼴이 될 수밖에 없다.

원래 징병제의 최대 강점은 고급 인력을 군대에 끌고 올 수 있다는 점이다. 한국군만 해도 징병제가 아니었으면 절대 S대생이네 의대생이네 하는 애들을 시장통 할머니가 파는 뽀삐보다 저렴한 가격에 부릴 수 없었다. 당장 일본 자위대만 해도 인생막장들만 가는 곳이라는 인식이 뿌리 깊은데.

그치만… 애초에 사회 초년생의 수준 자체가 박살이 나 있다면? 온 나라의 사지 멀쩡한 젊은이를 데려왔는데 죄다 초졸과 중졸투성이라면? 위대한 노예주, 마셜 농장의 주인이 감당해야 할 가장 큰 책무는 이 끔찍한 맨파워를 한 명의 군인으로 만들어내는 일이었다.

'아악! 놔주세요! 제게 뭘 하시려는 겁니까! 살려주세요!'

'입 좀 다물어 봐, 신병. 이건 '예방접종'이란 거다. 이걸 맞으면 병에 안 걸린다.'

'만독불침?!'

'아니. 몇몇 병만.'

'아앗! 중사님, 앞이! 앞이 보입니다! 놀랍습니다!'

'아아… 그건 '안경'이라는 물건이다. 눈앞의 독일놈이 보이게 되는 매직 아이템이지.'

'이건 무엇입니까?'

'그건 '칫솔'이라는 물건이다. 이 튜브 안에 든 치약이라는 걸 짜서 '양치질'을 해라. 세수할 때 같이 하면 된다.'

'양치질……? 들어본 것 같기도 한데.'

'자. 전부 날 따라 해라. 밥을 처먹은 뒤 이렇게! 이에 대고 브러시질을!'

정신이 아득해지지 않나? 과장이 아니다. 그냥 이게 우리의 현실, 훈련소에서 벌어지는 실시간 리얼스토리였다. 지난 제1차 세계대전 당시 나와 93사단이 기적을 이룰 수 있었던 가장 큰 요인. 그건 바로 고급 교육을 받은 병사들의 비중이 가장 높았단 점에 있었다.

반대로 말해서, 이 교육이라고는 제대로 받지 못한 수백만 명을 군인으로 만들려면 최소한의 교육이 필요했다. 텍사스 촌놈과 브루클린 양아치의 방언 차이가 극심해 서로 알아듣질 못하니 표준어를 가르쳐야 했다. 신무기인 바주카를 도입하면서 매뉴얼 책자를 함께 동봉했지만, 까막눈이 너무 많아 글자를 배제하고 최대한 그림으로 보여줘야 했다. 신병 훈련소엔 까막눈들을 위한 문맹 퇴치 코스가 급히 도입되었다.

육군에 징집된 약 1만 5천 명의 치과 의사들은 1천만 개가 넘는 이빨을 발치했고, 5천만 건이 넘는 치과 치료를 벌였으며, 백만 개가 넘는 틀니를 만들었다.

이 모든 일들이, 전쟁을 치르는 동시에 진행되어야 했다. 틀림없이 법적으로는 징병 대상엔 신체 관련 규정도 있었고, '읽기와 쓰기가 가능한 자'라는 항목도 있었고, '치아의 절반 이상이 온전한 자'라는 항목도 있었지만 아무튼 우리가 받은 맨파워의 현실은 이 모양 이 꼴이었다. 그런데 난 어째서 이 꼬락서니를 알면서도 훈련 과정에 개입하지 않았는가.

왜긴 왜야. 관료제 피라미드 때문이지. 하다못해 중견기업쯤만 되어도 공장에서 생산관리 맡고 있는 김 과장이 '어, 회계 그런 식으로 하면 안 되는데? 내가 좀 알려줘?' 같은 소리 했다간 매장당하기 딱 좋다. 하물며 여긴 군대다, 군대. 죄다 선후배 사이고 한 다리 걸치면 옆집 숟가락 몇 개 있는지도 다 알 수 있는 군대.

내가 전차 개발 하나만으로도 얼마나 지랄맞은 우여곡절을 겪었는지에 관해서는 책 한 권을 쓰고도 남는다. 그런데 여기서 전혀 뜬금없는 남의 부서 일인 훈련 파트에 개입한다고? 절대 뒷감당 못 한다.

하나를 잡으려면 하나를 포기해야 했다. 훈련교육 쪽에 손을 대려면 1차대전 이후 애시당초 훈련 분야 커리어를 쌓았어야지. 그랬으면 당연히 전차 개발을 못 했을 테고, 우린 별 희한끔찍한 강철 관을 타고 전쟁을 치러야 했을 게 뻔하다.

하지만 지금, 무소불위의 권한과 압도적인 권위를 휘두를 수 있게 된 지금이라면, 약간의 재량을 발휘할 수 있었다.

"지난 제1차 세계대전에서, 위대한 퍼싱 원수께서는 장병들의 훈련이야말로 최고의 처방이라는 확고부동한 진리를 알고 이를 밀어붙였습니다. 지금이라고 다르진 않습니다. 프랑스 주둔지 곳곳에 훈련소를 세우고 새로 전입된 신병은 물론 기존 병사들까지 다시 훈련을 시킵니다."

"지금은 시기가 별로 좋지 않은 듯합니다만……."

"아니. 지금이기 때문에 해야 합니다. 시기를 따지면 이 전쟁 끝날 때까지 절대 훈련 못 시켜요, 이 사람들아."

2백만 대군. 이 무시무시한 대가리 숫자를 모조리 최전방에 때려 부을 수는 없다. 애초에 그럴 공간이 나오지 않는다. 이게 무슨 저글링 블러드냐.

"본국의 신병 훈련을 비방하고자 하는 의도는 추호도 없으나, 현재 저 막강한 독일군을 상대하기에 신병들의 훈련도가 충분하지 않습니다. 먼저 후방 각 사단을 대상으로 훈련을 다시 합니다."

"구체적으로 어떤 것 말씀이십니까."

"사격 훈련. 앞으로 전장이 될 프랑스, 벨기에와 네덜란드, 그리고 독일의 주된 지형과 기후. 적이 주로 쓰는 무기와 전술. 지금 본국에서는 중대 단위 전투를 핵심으로 훈련시키고 있었죠? 여기서는 분대 단위 훈련 위주로 시행합시다."

한번 내가 물꼬를 터주자, 일선에서 개선 요청 사항이 말 그대로 둑이 터지듯 콸콸 쏟아졌다.

"마흔 살 아저씨를 소총수로 던져줬습니다! 미친 것 같아요!"

"환장해서 돌아가시겠네, 빌어먹을."

손대야 할 일은 아무래도 한두 가지가 아닌 듯했다.

퍼싱 장군님. 당신은 대체 어떤 싸움을 치러왔던 겁니까……

고증입니다

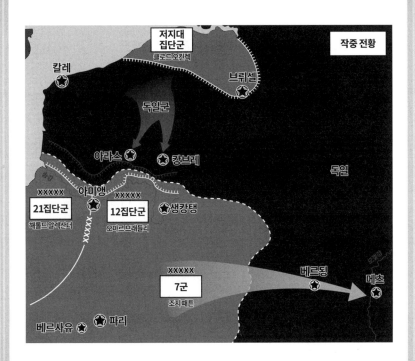

물의백작 님이 제공해주신 지도를 기반으로 제작했습니다.

아미앵그라드 2

암살 음모에 휘말려 한동안 의식불명 상태였던 아돌프 히틀러가 정신을 차리고 직무에 복귀한 후. 그의 관심사는 이제 동부 전선에서 서부 전선으로 서서히 옮겨 가고 있었다.

"첩보에 따르면 빨갱이들이 공세를 준비하고 있는 듯합니다."

"대규모 군사 이동의 징후가 탐지되었습니다."

"볼셰비키들을 물리적으로, 그리고 영구적으로 멸절시키는 일은 우리 아리아인이 맡은 가장 성스러운 책무지만, 그놈들을 모조리 죽여버리기 전에 일단 서부 전선부터 정리해 놔야 하네."

얼마 전까지 레벤스라움의 확보야말로 그 어떠한 것보다 우선시되어야 한다고 목이 다 갈라지도록 부르짖던 총통의 변심은 너무나 빨랐다.

"오이겐 킴이야. 그놈이 또 수작질을 부리고 있어."

"각하. 그는 일개 군인에 불과합니다."

"그렇습니다. 우리 독일은 총통 각하와 같이 만사에 능한 위대한 영도자를 얻어 단 한 명의 초인이 이끌고 있지만, 킴은 나약한 민주주의 제도하에서의 야전군인일 뿐입니다. 그는 정치인도, 외교관도 아닙니다."

곁에 있던 똘마니들이 히틀러의 말에 의문을 제기했지만, 그는 참으로 요지부동이었다.

"너희들은 그 장식품 눈깔부터 교체해야 해. 그놈이 쓰러졌을 때 연합군은 지리멸렬해져 벨기에로 멍청하게 달려들었고, 그놈이 돌아오자마자 온 사방에서 독일의 인내심을 시험하고 있지 않나? 그놈이야. 이 총통과 정면 대결하면 잃을 게 많아 보이니 또 그놈의 상투적인 수작질을 부리고 있다고!"

북아프리카 전역과 그 규모만 달라졌다 뿐이지 판박이 아닌가. 어째서 이놈들은 이 당연한 이치를 모른단 말인가? 개전 전부터 그토록 오이겐 킴의 전략을 공부하라고 입이 닳도록 말했건만.

"미군이 알제리에 상륙했을 때와 비교해보게. 놈들은 아프리카 서쪽 끝과 동쪽 끝에서 동시에 압력을 넣으며 항구와 같은 보급 거점만 확보해 나갔고, 막강한 우리 독일군과의 정면 대결을 최대한 회피하며 전략적 선택지 자체를 하나씩 소거해 나갔어. 지금과 다른 게 무언가?"

"……."

"없지! 없다고! 아리아인의 피를 공유하고 있는 스칸디나비아인들이 급속도로 불손해지고 있어! 제국의 철 공급을 유지하려면 이제 힘으로 옥박질러야 해! 그리고 남쪽 끝 발칸에선 저 냄새나고 역겨운 슬라브 놈들이 다시 꿈틀대고 있지. 석유를 지키려면 발칸에 다시 병력 투자하라고 그놈이, 그 빌어먹을 놈이 옥박지르고 있잖나!!"

"각하. 분노는 몸에 해롭습니다. 잠시 노여움을 푸시고 진정하시지요."

"내가 지금 진정하게 생겼나! 이 머저리들 하는 꼴 좀 보라지! 박사, 이놈들의 머리통부터 치료해주시오."

모렐은 애써 웃으며 히틀러의 기분을 달래주려 했고, 차마 생명의 은인에게 쌍욕을 퍼부을 수 없었던 히틀러는 연신 물만 들이켜며 투덜댔다. 총통의 노기가 살짝 누그러진 모습을 확인한 장성들은 그제서야 다가와 다시 브리핑을 이어나갈 수 있었고, 히틀러는 불만 가득 어린 표정으로 묵묵부답 그들의 보고를 듣기만 했다. 침묵에 잠겨 있던 그가 입을 연 것은 벨기에 방면에서 날아온 모델의 보고를 들으면서였다.

"…따라서, 현재의 공세는 조만간 공세종말점에 다다를 것으로 예상됩니다."

"내가 없는 동안… 독일의 장성이라는 자들이 죄다 패배의식에 물들었군. 모델 장군. 귀하조차 말이오."

"저는 대독일국에 충성하며 독일을 이끄는 총통 각하의 명을 받듭니다."

모델은 다른 딸랑이들처럼 대가리를 박고 손바닥을 비비는 대신, 결코 허리를 접지 않고 당당히 말했다.

"각하께서 명하신 바는 파리 점령이었습니다. 적은 우리보다 훨씬 수가 많으며, 파리는 결코 쉽게 함락되지 않을 것입니다. 지금으로서 최선의 수단은 아미앵 공략에 병력을 투입하기보다는 그곳을 우회하여 곧장 파리로 향하는 것뿐입니다."

"흠."

"저는 조금 전까지 총알이 빗발치는 전선을 보다 왔습니다. 각하, 저를 믿어 주십시오. 아미앵 일대는 프랑스의 그 어떤 곳보다 요새화되어 있습니다."

"아미앵을 공략하지 않고 간다면, 그곳에 주둔해 있던 병력에게 측면이 노출될 텐데?"

"…파리로 가기 위해선 감당해야 할 위험입니다."

여전히 모델은 벨기에에 포위된 영국군을 섬멸하는 것이 최상책이라고 확신하고 있었다. 저들은 결코 3년 전의 프랑스군처럼 얌전히 항복하지 않았고, 그 혼란 속에서도 기어이 아득바득 조직을 유지하고 군의 체계를 가다듬고 있었다.

하지만 군인에게 명령은 따라야 하는 것. 여태껏 불가능해 보였던 승리를 가져다준 총통이 승리는 오직 파리에 있다고 확언한 이상, 독일의 장성은 이를 실현시켜야 할 의무가 있었다. 이 굳건한 모습에 히틀러는 잠시 고민했다.

"아미앵을 방치하고도 파리로 갈 수 있나?"

"결코 방치가 아닙니다. 측면 돌파를 막고 해당 병력이 파리 방위에 동원되는 걸 막기 위해 양동작전을 수행하려 합니다."

모델은 도상에 깔린 말판을 움직이며 말을 이어나갔다.

"적들은 메츠를 위협하고 있지만, 이건 블러핑에 불과합니다. 요새도시인 메츠를 점령한 후 본토를 위협할 만한 전투 수행 능력이 남아 있으리라 기대하긴 어렵습니다."

"음."

"생캉탱을 거쳐 콩피에뉴로 가면 파리를 크게 우회해 포위하거나 직진할 수 있는 길이 열립니다. 거기서……."

"실례합니다."

"뭔가."

새로 들어온 친위대 참모 하나가 경례를 올린 후 경애하는 총통을 향해 몇 장의 서류를 내밀었다.

"아미앵에 오이겐 킴이 왔습니다. 연설을 하였는데, 아미앵을 반드시 수비하겠다고……."

"또 그놈인가. 아무래도 귀관의 말이 맞는 것 같구려, 모델 장군. 우리가 어지간히 아미앵에 들이박아주길 원하는 모양이야."

"그리고 93사단이 시가행진을 하였습니다. 붙잡힌 우리 포로들을 묶어 전리품처럼 다루며 사열을 행했다고 하는데……."

"이 빌어먹을 자식이! 대체 어디까지 우릴 능멸할 속셈이야!"

히틀러의 표정이 순식간에 붉으락푸르락해지더니 신경질적으로 책상을 두들겼다.

"그 비열한 놈에게는 최소한의 도덕도 없단 말이냐! 그토록 입만 열면 자유니 정의니 지껄이는 개놈의 자식이 국제법은 어디다 두고 그딴 짓을 저질러!"

"각하. 이런 저열한 도발에 넘어가시면 안 됩니다."

"알고 있네. 알고 있어. 반대지, 반대고말고. 장군의 뜻대로 하시오. 이 죗값은 오이겐 킴을 붙잡은 뒤 청산하면 되니."

파리만. 파리만 함락시키면 어떻게든 된다. 미국 국내가 어마어마한 혼란에 휩싸였다는 사실은 히틀러 또한 알고 있었다. 저 더러운 유대―볼셰비키들은 마침내 최소한의 가식조차 집어치우고, 스탈린의 노리개인 월레스라는 인물을 미국 대통령으로 세웠다. 어째서인가? 그만큼 미국 국내가 혼란하다는 반증 아니겠나.

"감히 우리와 싸울 엄두도 못 내게 처절한 손해를 강요하면, 미국은 더이상 전쟁을 지속해나갈 의지를 유지할 수 없게 될 거요. 그렇게만 되면 협상이 이루어질 테고, 50만 대군을 한순간에 날려버린 영국은 대륙에 영향을 끼칠 수 없으니 서부 전선이 종결되는 것이오."

"그렇습니다!"

"그리고 그 순간! 우리는 역으로 미국의 지원을 받아 볼셰비키를 멸종시키는 최후의 성전에 나설 수 있을 것이오! 미국인들이 유대 음모가들의 손에서 벗어나는 순간 그들은 적이 아닌 아군이 될 테니!"

히틀러의 장밋빛 미래에 모두가 격렬한 동의 의사를 표현했고, 모델은 거기에 장단을 맞추는 대신 자신의 지휘소로 복귀했다. 하지만 얼마 후.

"그게 무슨 소리인가?"

"총통께서 명령을 변경하셨습니다. 아미앵을 반드시 함락시키고 그곳을 폐허로 만들라고 하십니다."

"이럴 수는 없어. 이럴 수는 없다고."

모델은 명령서를 요모조모 뜯어보며 애써 현실을 부정하려 했지만, 그런다고 선명하게 박힌 글자가 바뀔 리는 없었다.

"대체 왜? 어째서!"

"프랑스 법원이 포로들의 재판을 연 후 대중들이 보는 앞에서 처형했다고 합니다."

"이, 이······."

"친위대가 민간인을 학살했다는 죄목이었는데, 이를 들은 총통께서 격노하셨습니다. 아미앵엔 쥐새끼 한 마리도 남겨두지 말라고 하십니다."

힘러인가? 아니면 누구지? 총통의 옆에 붙은 간신배들. 그놈들이 옆에서 바람을 넣은 게 틀림없다. 대체, 대체 어째서.

"절대 번복은 없다고 몇 번이고 강조하셨습니다. 어찌하시겠습니까, 장군."

묻는 말에 대답이 나오지 않았다. 어째서 그가 이토록 빠른 속도로 출세할 수 있었는가? 능력도 능력이지만, 무엇보다 융커 계급이 아닌 평범한 집안의 자식이란 점을 총통이 높이 평가했기 때문이다.

하지만 그 총통의 명을 거역한다면? 해임은 문제가 되지 않지만, 조금 전까지 그가 이끌었던 이 병사들은?

"···명을, 따르겠소."

어금니를 꽉 깨문 모델의 입안에서 진한 쇠 맛이 느껴졌다. 저 저주받을 도시로 가야만 했다. 어차피 방치하고 지나갈 수는 없는 곳이었다.

이기면 될 것 아닌가. 이기면.

* * *

"제발 와라, 개새끼들아."

목욕재계도 하고 기도도 열심히 드렸다. 아무래도 저번엔 여러 곳에다 기도를 드린 게 문제였던 것 같아 교회에만 갔다. 안 그래도 우리 군목이 날 병신 보듯 쳐다보더라고. 이렇게까지 무리수를 둬 가면서 어그로를 끌었는데, 아미앵을 스루패스하고 그대로 달리면… 조금 곤란해진다.

사실 전략적으로는 그게 더 낫다. 아미앵 방면군을 움직여 파리를 향해 달려오는 소 떼들을 싸 먹으면 되니까. 하지만 파리가 직접 위협받는 순간, 간신히 안정시키고 있는 프랑스와 연합국의 혼란이 더 심해진다. 나로서는 그냥 아미앵에서 시원하게 한 판 붙고 끝내는 편이 더 메리트 있는 선택지지. 불안한 마음은 우체국 택배 박스 5호 상자에 넣어 잠시 가슴 깊숙이 짱박아두고, 나는 한껏 근엄한 표정을 지은 채 새로이 창설된 훈련소 훈련 과정을 참관하고 있었다.

"사단 훈련소에 온 걸 환영한다, 이 머저리들아!"

"신병 훈련소에서 너희는 구더기를 졸업했다! 구더기에서 사람으로 거듭난 너희들은 이제 전쟁병기가 될 시간이다!"

"이곳을 수료하기 전까지 너희는 모두 올빼미다! 알겠나, 올빼미들!"

빨간 모자를 쓴 조교들이 눈을 번들거리며 기세를 제압한다. 음, 가슴이 따뜻해지고 있어. 이게 바로 그 브라더후드인가 그건가.

"올빼미, 강하!!"

"엄마아아아아아아!!"

"55번 올빼미! 그렇게 어설프게 기어가면 제리들 기관총에 케찹이 되어 버린다! 더, 더 몸을 바닥에 밀착시켜!"

"넵!!"

"허리 숙이고! 엉덩이 치켜들지 말고! 그 빌어먹을 엉덩이에 총알 꽂히기 싫으면 땅바닥에 네 소시지를 박는다 생각하고! 옳지! 잘한다! 잘 박을 줄 아는구나! 아들 셋은 낳을 수 있겠어!"

악으로 깡으로 버텨라, 이 삐약이들아. 그래도 대충 훈련받고 죽는 것보단 여기서 죽을 만큼 고생하는 게 조금은 낫지 않을까? 하늘 같은 총사령관이 참관하고 있으니 옆에 사단장이 바짝 얼어 있다. 이럴 땐 역시 나처럼 착한 사람이 긴장을 좀 풀어줘야지.

"이보게, 사단장."

"옙!"

"어떤가. 분대, 소대별 협동심이 좀 개선되고 있나?"

"그렇습니다. 총사령관님께서 말씀하신 바를 반영하여 한 분대가 한 몸처럼 움직일 수 있도록 훈련 과정 전반에 협동이 두드러지도록 조치했습니다."

음. 만족스럽구만.

"아무래도 전국 각지에서 몰려온 병사들이다보니 잡음이 생기지 않을까 걱정되는구만. 그냥 막 훈련시키지 말고, 적절히 동기를 유발하면서도 단결할 수 있도록 하면 좋겠군."

내 말에 참모들과 지휘관들이 주섬주섬 수첩을 꺼내 열심히 받아 적기 시작했다. 아니, 이래서야 그… 북쪽 김돼지 같잖아.

"지금 저기 각개전투하고 있나?"

"그렇습니다."

"어떤 식으로 진행하고 있지?"

"정확한 자세로 제 시간 내 움직일 수 있는가……."

"그러면 그냥 반복 숙달 아닌가. 쟤들도 사지 멀쩡하고 생각이란 걸 할 줄 아는 합중국 시민인데. 이 나라 인간들은 대가 없이는 뭐 하나 하지를 않아요."

나는 자갈 가득한 흙바닥에서 열심히 모래를 퍼먹고 있는 훈련병들에게 다가갔다. 악을 쓰던 교관과 조교들마저 갑자기 일시 정지 버튼을 누른 것처럼 각 잡고 기립 자세가 되었다. 거, 불편하게시리.

"잘들 하고 있나?"

"그, 그렇습니다!"

"그렇습니다아아악!!"

"그냥 하면 재미가 없지. 이봐, 교관. 제일 성과 좋은 분대 하나 선발해서 내 명의로 휴가 보내줄 수 있겠나?"

"물론입니다!"

"우수한 분대 선발해서 특식도 좀 주고. 다 나라 위해 이 머나먼 유럽까지 온 분들인데 최소한 성과에는 응당한 대가가 있어야지."

아랫놈들이 열심히 고개를 조아리며 나의 은덕을 칭송하고 있었지만, 저 모습을 보니 도리어 배알이 꼴리고 구둣발로 쪼인트를 까주고 싶다. 이게 그 '싫은데, 에베벱.' 정신인가.

"사단장. 훈련 기간은 얼마로 잡고 있나."

"4주로 잡고 있습니다."

"4주 한번 운용해보고, 6주로 늘리는 방안도 모색해보게."

갑자기 추가 업무를 떠맡게 된 사단장의 표정이 썩 좋아 보이진 않는다.

"만약 이 사단의 모델이 가장 우수한 것으로 확인된다면, 수백만 미군의 전투력을 대폭 증가시킨 셈이니… 별 하나의 값어치는 되겠지?"

"반드시 선정될 수 있도록 하겠습니다!"

"그럼 한 달 동안 기대하고 있지. 아참, 다른 부대 훈련소에도 똑같이 말해 놓을 테니 열심히 해보라고."

대가가 약속되자 그의 눈알에도 새로운 별이 아른거리고 있었다. 이등병이든 투 스타든 어차피 다 미국인 아닌가.

보고 있나 히틀러? 네 멱을 딸 튼튼한 G.I들이 이렇게 땅바닥에서 샘솟고 있다고. 백날 파리로 달려와 봐라. 니가 답이 있나. 답 없지.

아미앵그라드 3

발터 모델이 지휘하는 독일 육군의 거침없는 남하는 서서히 제동이 걸리기 시작했다. 아미앵 근교 곳곳에 알알이 흩어져 있던 작은 마을은 독일군의 피를 한 모금이라도 더 빨아 먹기 위한 미군의 작은 진지로 변모했고, 곳곳에 파인 참호선과 철조망은 미군이 얼마나 짧은 시간 동안 공을 들였는지 엿볼 수 있었다.

"적의 솜강 방어선이 무너지고 있습니다."

"무너지고 있다?"

"아미앵과 생캉탱을 잇는 직선 도로 상당수가 아군의 통제하에 놓여 있습니다. 일선 병력이 성공리에 도하작전을 수행하였으며, 적의 반격은 산발적입니다."

"이게 무너지는 것으로 보이나."

"…적은 착실히 병력을 온존하며 후퇴 중이나, 아군의 거센 공격에 제법 많은 손실을 보이고 있습니다."

"여전히 희망이 섞여 있긴 하지만, 그 정도면 되었네."

모델은 잠시 입을 다물고 고민에 잠겼다.

솜(Somme). 적과 아군 가리지 않고 수십, 수백만 명을 파묻은 악몽 속 이름. 1차대전의 악몽은 연합군에게만 흉터가 되어 남아 있지는 않았다. 여전히 후방에는 수십만 영국군이 항복은커녕 기세등등하게 저항하고 있었고, 제발 여기로 병력을 보내 달라는 듯 오히려 국지적인 역습마저 벌이고 있었다.

파리로 가는 길을 열기 위해 제압해야 할 두 곳. 아미앵과 생캉탱. 이 두 도시의 정 가운데로 독일군은 힘껏 침투했고, 미군은 산발적인 반격을 하며 서서히 뒤로 물러서고 있다. 이대로 전투가 계속되면 전선은 U자 모양을 취하게 될 테고, 여기서 한쪽으로 파고들어 두 도시 중 하나를 포위하거나 혹은… 연합군의 파도에 포위당하거나.

"생캉탱에 주공을 둔다. 포위되기 전 단숨에 격멸을……"

"사령관님. 죄송하지만, 총통 명령이 하달되었습니다."

"뭐지."

잠시 종이를 받아 든 그는 자신의 외안 안경을 매만지며 신음만 흘렸다. 총통 명령으로 적힌 이 명령서에서는 대관절 무슨 생각인지, 특정 대대마저 노골적으로 콕콕 지목하며 병력 배치를 '지시'하고 있었다.

이 명령에 따르면 아군은 아미앵 공세에 사활을 걸고 덤비게 된다. 그리고 모델은 머릿속의 교착 상태를 오래 유지하지 않았다.

"태워."

"네?"

"통신 불량으로 수신 못 했다고 해. 암호 장비에 이상이 생겼다고 하든가."

"그, 그렇지만……"

"해."

"알겠습니다."

나치 독일, 그리고 그 전신인 프로이센이 공통적으로 내포하고 있는 특징.

'아무튼 결과만 좋으면 다 된다.'

이런 소소한 부대 배치까지 총통 명령을 이행하기 위해 움직였다간 죽었다 깨나도 오이겐 킴을 꺾지 못한다. 모델은 명령을 묵살하고 자신의 뜻대로 병력을 배치하기 시작했다.

"48시간만 시간을 끌어보게."

"알… 노력해보겠습니다."

모델은 힐끗 하늘을 올려다보았다. 제대로 보이지는 않지만, 지금도 아미앵 상공의 제공권을 놓고 머리 위에선 루프트바페의 전투기와 연합군 전투기가 서로의 목숨을 노리고, 연신 곡예비행을 벌이고 있으리라.

"그럼 나는 전방으로 나가보겠네."

"지금은 위험합니다! 조금 더 전선이 안정된 뒤에…….."

"위험하니까 내가 직접 봐야지. 운전병! 출발하지!"

참모들과 일선 지휘관들이 들으면 가슴을 두드리다 피멍이 생길 말을 태연스레 남기고, 그는 곧장 떠나버렸다. 그들에겐 참으로 유감스러운 이야기겠지만 이날 루프트바페는 제공권 탈환에 실패했다. 최소한 완전히 빼앗기지 않은 것만으로도 사실 감지덕지한 일이었다.

* * *

제12 SS 기갑사단, '히틀러 유겐트'는 이 경이로운 돌파의 선봉에 섰다. 갓 편성된 이 신생 사단은 아직 훈련조차 마치기 전 노르망디 전역이 열리면서 그 혼란에 휩쓸렸고, 그대로 해산되나 싶었던 시절도 있었다. 하지만 나치의 핵심 조직인 유겐트를 근간으로 한다는 상징성에다 암살 음모 사건으로 궁지에 몰렸다 풀려난 친위대의 입지 등 여러 요소가 상호작용을 이룬 결과, 오히려 기갑척탄병사단에서 기갑사단으로 발돋움할 수 있었다. 그리고 그 믿음에, 이들 친위대의 듬직한 막내는 벨기에에서 대성과를 거둠으로써 증명해냈다.

"하낫 둘, 하낫 둘!"

"행군 중에, 군가 한다!"

젊은 프란츠 슈미트의 가슴 또한 마침내 증명했다는 자부심으로 가득 차 있었다. 그를 뽑아주신 총통의 은혜에 보답했다! 전장에서 침략자와 용감히 싸워 이겨 그분의 믿음에 보답했다!

몽스—샤를루아에서, 히틀러 유겐트 사단은 미 육군 제12군단 예하 제26보병사단과 격전을 치렀다. 그리고 그가 제대로 마주한 미군의 전력은 형편없었다.

처음 노르망디에서 맞닥뜨렸을 적, 아직 한 명의 전사로 담금질되지 못한 프란츠는 미군이 동원하는 방대한 항공기, 전차, 포병의 화력에 그만 얼어붙고 말았다. 하지만 막상 제대로 한 판 붙어보니, 놈들의 전력은 보잘것없었고 순전히 개인화기투성이였다. 순 공갈빵 아닌가. 아리아인의 정련된 분노 앞에 저 하등한 놈들은 벌레처럼 짓이겨졌고, 그들은 위대한 승리를 거두었다.

"와아아아아!!"

"고맙습니다! 고맙습니다!!"

"여러분은 이제 안전해졌습니다! 연합군의 손아귀에서 벗어나 자유를 찾았습니다!"

벨기에는 당연히 게르만족의 땅이었고, 독일어를 할 줄 아는 이들은 뛰쳐나와 하켄크로이츠 깃발을 펄럭이며 해방자들을 환대해 주었다. 이래도 정녕 우리가 해방자가 아니라 할 수 있겠는가?

나약한 미국인. 이 토악질 나오는 침략자들은 자신들을 지배하는 유대인들에게 강력하게 세뇌되어 있었고, 게르만족의 강역에 발을 디딘 주제에 입으로는 연신 자유와 정의를 부르짖었다.

'역겨운 놈들.'

그놈들의 어디에 자유와 정의가 있단 말인가? 전차 주포에 맞아 고기 토막으로 산산이 사방에 비산하는 순간에도. 폐허더미 속에 숨어 빌어먹을 '오이겐의 막대기'로 총통께서 하사하신 귀중한 전차를 잡으려 들 때도. 화염방사기의 맹렬한 불꽃과 함께 제 놈들이 흙발로 들어선 남의 가정집째로 불타오를 때도. 놈들은 마지막까지 그놈의 자유를 부르짖었다. 유대인의 노예로 살 자유라니, 그딴 자유라면 거름으로도 쓰지 않을 텐데.

하지만 이젠 다 지난 일이다. 놈들은 패배해 비참하게 죽었고. 우리는 승리해 영광을 손에 거머쥐었다. 남은 건 이 영광을 계속 꽉 쥔 채 전진하는 일뿐.

"잘 들어라. 우리 부대는 아주 막중하면서도 영광스러운 임무를 받았다."

행군을 멈추고 잠시 쉬는 시간. 헬멧을 벗어 던지고 삼삼오오 길가에 늘어져 있던 병사들은 간부의 말에 고개만 까딱여 그를 바라보았다.

"다들 들었겠지만, 우리는 저 치욕의 땅 아미앵을 불태우기 위해 이곳에 왔다."

아미앵! 이름만 들어도 치가 떨리는 곳. '아미앵의 치욕'을 모르는 이가 독일인 중 얼마나 있겠는가.

폰 그로덱이 이끄는 독일제국군 제208사단과 오이겐 킴의 미군 93사단의 대결. 이 싸움에서 208사단은 한순간에 숨통이 끊어졌고, 파리를 노리고 벌어졌던 독일군 최후의 공세는 허무하게 종결되고 말았다. 제1차 세계대전이 독일의 패배로 확정되는 순간이었다. 그리고 학교에서 선생님들이 가르쳐준 바에 따르면, 사실 그로덱은 유대인 간첩이었다고 한다. 폰 그로덱 가문은 오래전부터 독일 내에 숨어든 유대계 집안으로, 독일을 멸망시키기 위해 미국 유대—볼셰비키의 지령을 받고 고의적으로 208사단을 사지로 내몰아버린 것이 바로 저 '아미앵의 치욕'의 진상이었다. 그로덱은 애국

자들의 손에 끌려 나와 곤죽이 되도록 얻어맞고 그 추한 생을 마감했지만, 그놈을 패죽인다 한들 억울하게 희생당한 208사단 장병들이 살아 돌아오진 않잖은가.

"저 가증스럽고 역겨운 도살자, 피에 굶주린 오이겐 킴은 아미앵에서 자신이 승리하리라 공언했다. 우리의 앞에 있는 부대는 바로 93사단! 그 역겨운 깜둥이 부대다!"

"우-우-우!!"

"죽이자!!"

"게다가, 비열한 연합군 놈들은 우리더러 전쟁범죄자라고 주장하고 있다. 우리의 전우들, 포로가 된 가엾은 우리 친위대 장병들이 범죄자라며 졸속 재판 끝에 처형해버렸다! 어디서? 바로 저 아미앵에서!"

약 20여 명의 친위대 장병들이 93사단의 시가행진에 동원된 뒤, 재판을 거쳐 처형당했다. 이들은 노르망디 전역에서 패배 후 반쯤 탈영병화되었고, 허겁지겁 도망치다 한 시골 마을에서 약탈, 살인, 방화, 강간을 저지르고 붙잡혔다. 이들은 도주 과정에서 군복마저 벗어 던졌고, 프랑스 법원은 이 행위를 통해 '전투병으로서의 어떠한 표식도 없이 민간인을 대상으로 범죄를 저질렀으므로 이들은 제네바 조약 대상이 아님.'이라 판시하고 곧장 교수대에 매달았다. 드골과 유진 킴 모두 이 판결의 리스크를 인지했지만, 지금 당장 이걸 통해 얻을 수 있는 이익이 너무나 달달해 보였기에 결국 강행했다.

하지만 이들 친위대 장병들에게 이런 자세한 정보는 당연히 전해지지 않았고, 그다지 궁금하지도 않았다. 중요한 것은 걸핏하면 친위대를 대상으로 학대와 학살을 자행하는 미군이 또 추잡한 짓을 저질렀다는 사실뿐.

"우리는 아미앵 근교에 있는 모허이라는 마을을 점령하는 임무를 부여받았다. 공부를 열심히 한 장병 제군들이라면 잘 알겠지만, 208사단 예하 연대가 그곳에서 전멸당했다."

"복수!"

"복수를!!"

"그래, 복수다! 걸어 다니는 놈은 강아지 한 마리도 살려 두지 마라! 순국선열들의 복수를 해야 할 시간이다!!"

벨기에에서 아미앵까지 수백 킬로미터를 걸어와 군화는 점점 해지고 진물이 흐르는 발은 부르튼 지 오래지만, 여전히 아리아인의 애국심과 용기는 흘러넘쳤다.

"자, 가자! 적들의 씨를 말리러!"

프란츠와 전우들은 자리에서 일어나 다시 철모를 쓰고 남쪽을 향해 걸어갔다. 제3제국의 분노를. 비열한 이들에게 정의가 무엇인지 똑똑히 가르쳐주리라.

* * *

본격적인 교전이 시작되면서, 독일군과 연합군 모두 분주히 하나씩 수를 두기 시작했다.

브래들리는 독일군의 도하를 유도하고 거기서 재미를 보려 했다. 연합군은 도하를 시도하는 독일군 뚝배기 위에 연신 포격과 폭격을 때려 솜강을 새빨갛게 물들이고 싶었지만, 독일군은 악전고투 끝에 모든 방해 작업을 뿌리치고 미군의 예상보다 훨씬 빨리 도하에 성공했다.

모델은 적의 주력 전차인 M4 셔먼에 비해 우월한 기갑전력을 활용해 단숨에 기동전을 실현하고자 했다. 하지만 독일군 기갑부대는 목숨을 도외시하고 달려드는 연합군 항공기의 맹폭에 시달려야 했다.

"전방 도우보이 전차 2대!"

"철갑탄 장전. 포탑 돌려. 왠지 느낌이 셔먼이… 아닌 것 같은데."

M4 셔먼과 M10 잭슨은 동일한 차체를 공유하고 있다. 크게 봤을 때 다른 것은 포탑과 포신 정도. 따라서 독일군 전차병에게는 대가리만 보고 셔

먼과 잭슨을 구분할 수 있는 능력이 반드시 필요했고, 모두가 그 구분을 할 줄 알았다. 못 하면 다 죽었으니까.

"잭슨도 아니다, 저건……."

콰아앙!!

"빗나갔다! 빗나갔어!"

"우리도 반격을 가한다!"

"장전 완료!"

"쏴! 바로 철갑탄 다시!"

퍼싱. 티거에 맞설 수 있는 미국의 저승사자.

"명중! 명중!!!"

"안 죽었다! 퍼싱 안 죽었어! 기어 변속해, 후진! 후진인!!"

기갑의 선구자가 이끌고, 무수한 자동차를 컨베이어 벨트에서 뽑아내던 거대한 산업단지에서 무한히 쏟아져나오는 최강의 전차. 퍼싱 전차 세 대가 열을 맞추어 느릿느릿 전진해 오자, 동부 전선에서 잔뼈가 굵은 독일군 전차병들조차 심리적 압박에 숨이 멎고 있었다.

"저 빌어먹을 전차는 도대체가."

"쏘, 쏩니다!"

다시 한번 콰아앙 하는 포성이 뿜어져 나오고, 순식간에 판터 한 대가 새까만 연기와 불꽃을 뚜껑에서 토해낸다.

"여기는 2소대. 퍼싱 3대. 반복한다. 적 중전차 부대와 교전 개시했다. 3대, 아니, 정정한다. 5대, 6대 이상! 빌어먹을! 개같은 퍼싱이 끝도 없이 쏟아지고 있다!!"

"2호차가 당했습니다!!"

한편, 정반대편에서 퍼싱의 전차장석에 앉아 있던 김도경 소위는 전차장석이 허가하는 가장 거만한 자세를 취하고 있었다.

"크라우트 전차가 노릇노릇해졌습니다!"

"좋아! 나는 신이고 원수님은 무적이다! 좆같은 제리 새끼들, 우릴 상대로 기갑전을 벌이려는 그 발상부터가 글러먹었지!"

안락한 마이 홈, 북아프리카의 모래사장에서부터 함께했던 M4 셔먼은 이제 없다. 하도 삐약이들이 많다보니 대학물에 전쟁터 물까지 골고루 먹었던 김도경은 반강제로 소위 계급장을 받았고, 이제는 제법 소대장 태가 나고 있었다.

"이 새끼들아. 빨랑빨랑 가자. 소대장 타고 있는 전차가 한 대도 못 잡으면 좀 억울하지 않겠니?"

"그만 좀 보채십쇼!"

퍼싱 중전차가 아미앵의 땅바닥을 깊게 패며 연신 용트림을 해댔다.

이곳은 아미앵. 미군 기갑부대의 전설이 시작된 곳.

아미앵그라드 4

이 전쟁을 보는 모든 이들은 슬슬 제1차 세계대전의 환각이 다시 한번 머릿속을 어지럽히는 것을 느끼고 현기증에 시달리고 있었다.

"상황은 좀 어때."

"적의 예봉을 천천히 흡수하면서 최대한 지연전에 나서고 있네."

"자네 지휘엔 터치하지 않을 테니 걱정 말라고, 오마르."

왜 굳이 집단군 사령관과 연합군 사령관이 별개로 있겠는가. 눈앞에 쏟아진 독일군을 때려잡는 건 브래들리의 역할. 나는 여기까지 판을 짜고, 앞으로 크라우트들을 푹 절인 김장 김치로 만들 수 있도록 고무 다라이와 김장용품을 미리미리 세팅해주는 역할.

그러고 보면 옛날 한국엔 누가 시킨 것도 아닌데 각 집집마다 하나씩 있는 아이템들이 있었다. 그 큼지막하고 특유의 적갈색 컬러가 인상적이던 고무 다라이라거나, 어느 친구네 집을 가도 항상 보이던 델몬트 유리병 같은 것들. 이게 그 집단 무의식인가 뭔가인가? 사실 히틀러가 그토록 부르짖던 유대 프리메이슨의 정체가 델몬트였던 건가?

패튼의 제7군은 기세등등하게 메츠 공략전을 개시했지만, 며칠 만에 태세를 전환해 '폭격 좀 더해주세요.'와 '더 많은 야포용 포탄이 필요함.'이라는 메시지를 보내왔다. 애초에 저 요새지대에 포탄이 없으면 사람이 죽는 수밖에 없긴 하다. 차라리 제7군을 지금 쳐들어온 독일군의 측면 때리는 용도로 쓰면 더 좋았으련만… 항상 문제는 그놈의 도로다. 패튼까지 달려온다면 정말 교통체증에 시달릴 게 뻔하니까.

"그럼 앞으로의 계획은?"

"독일군이 이만큼 파고들었으니, 아미앵이나 생캉탱 둘 중 한 곳의 측후방으로 기동해 더 강력한 공세를 시도하지 않을까 싶네."

"쌈 싸 먹히기 딱 좋은 짓거리인데?"

"그 방법 외에 무슨 수로 저 도시들을 공격하겠나. 적은 숫자로 어설프게 도시를 포위하려 드는 것도 자살행위니."

조금 더, 그물이 끊어지기 직전까지 바짝 끌어들인 뒤 삼면에서 포위해 다구리를 쳐버리면 참으로 행복한 모양새가 연출되겠지만… 그게 될까.

찜찜하다. 상대 지휘관이 발터 모델이라는 걸 아니 약간 더 괜스레 찜찜해진다.

총통의 소방수. 방어의 사자. 그 모델이 얌전히 우리 아가리에 떨어져 준다고? 진짜?

하지만 잘 생각해보면 이미 역사가 뒤틀린 게 한둘이 아닌 마당. 원 역사에 비해 개전 자체도, 그리고 서부 전선 개막도 훨씬 빨라졌다. 모델의 성장이 늦어졌을지도 모르고 히틀러와의 신뢰 관계 형성이 덜 되었을지도 모르는 일 아닌가. 내가 당장 할 수 있는 일은 브래들리에게 더 많은 판돈을 대주는 것뿐이다. 브래들리와의 짧은 회의를 마친 후엔 곧장 런던으로 날아가 육해공 통합 회의를 진행해야 했다.

"저지대 집단군이 장악한 항구에 대한 대대적인 소해작전이 진행되고 있습니다."

"얼마나 더 시간이 걸릴 것 같습니까?"

"대영제국 왕립함대의 명예를 걸고 총력을 투입하고 있습니다. 다행스럽게도 벨기에 방면 루프트바페 상당수가 프랑스로 빠진 탓에 작업에 탄력이 붙고 있습니다."

예비용으로 준비하고 있던 조립식 항구 하나가 곧 투입이 가능해진다는 기쁜 소식 또한 들었다. 처음 예비용을 하나 확보하자 했을 땐 뭣 하러 그런 걸 굳이 준비해야 하느냐는 의견도 없잖아 보였지만, 당장 마켓가든 작전이 파국으로 향하는 순간 영국인들은 무에서 유를 창조하고 법사가 물빵을 뽑아내듯 순식간에 제작을 완료했다. 독한 놈들.

제2의 멀베리 항구를 벨기에에 밀어넣고 단숨에 무한한 스팸과 C레이션을 퍼붓는 방안. 캐나다군이 스켈트강에서 독일군을 축출하는 대로 앤트워프에 일단 보급품을 집어 던지고 생각해보는 방안. 공세를 펴고 있는 영국군 1개 군단에 대해 제한적인 공중 보급을 시행하는 방안. 별별 방안들이 논의되었고, 일단 전부 다 추진해보는 것으로 가닥이 잡혔다.

적어도 여기서 '안 될 것 같은데요.'라거나 '어렵겠는데.' 같은 말을 하면… 길 가다 지나가던 민간인한테 총 맞을 것 같기도 하고. 무엇보다 영국군과 캐나다군은 확실히 현 미군의 상태에 비하면 정예병이 맞다. 저 병력이 싹 전멸해버리면 피눈물 나게 아깝긴 하지. 회의가 끝난 후 다들 분주히 자리에서 일어나고 있건만, 단 한 사람만큼은 눈 하나 깜빡하지 않고 팔짱을 낀 채 제자리에 앉아 있었다.

"안 일어나십니까?"

"잠깐 사적으로 할 말이 있어서 말이오."

"음… 죄송한데 제가 귀하의 얼굴을 보고 있으면 조금 불편해집니다. 급한 이야기입니까?"

어니스트 킹 원수 나으리께선 마지막 한 사람이 나가며 문을 닫는 모습을 지켜보더니 입을 열었다.

"헨리 드와이트 킴을 구출했소."

"뭐라고요?"

"시신 인양이 아니오. 구출이오. 추락 지점에서 한참 멀리 떨어진 희한한 섬에 해류를 타고 떠밀려 갔더군."

"신이시여! 신이시여, 하느님, 부처님, 알라여, 젠장, 드디어 기도빨을 좀 받는구나. 아무튼 빌어먹게 감사합니다! 우리 애는 무사합니까? 어디 다친 곳은?"

"몸이 좀 야윈 것 외엔 별문제 없소."

이 인간은 제 사위가 살아 돌아왔는데 낯빛 하나 바뀌지 않는다. 아니, 이럴 땐 거 둘이서 같이 얼싸안고 감동의 눈물을 흘리면서 서로의 감정도 교류하고 그래야 하는 거 아냐? 바늘로 찔러서 피가 나오나 수은이 나오나 한번 구경하고 싶네. 수은 나온다에 5센트 건다. T—1000이야 아주.

"실은, 그거 관련해서 좀 논의하고픈 점이 있소."

"논의라니. 딱히 뭐 할 게 있습니까?"

"그 녀석과 함께 있던 잽스 1개 중대를 붙잡았소. 놈들은 헨리를 억류하지도 않았고… 그 웃기는 놈이 그 섬에서 잽스들과 친구를 먹은 모양이거든."

킹은 피식피식 웃으며 담배에 불을 붙였고, 내 머리가 갑자기 띵해졌다. 일본군과 친구를 먹어? 차라리 배구공과 친구를 먹지 그러니. 아니지, 아냐. 잡아먹히는 것보단 차라리 친구가 낫지. 치치시마 같은 곳 갔어봐. 어휴.

"우리 공보 담당자들이 이걸 어떻게 잘 미담이나 프로파간다로 조립해서 신나게 쪽바리들 면전에 대놓고 떠들어주고 싶어 근질거리는데, 댁의 아드님이 완강하게 반대하고 있소."

"왭니까?"

"그 짓 했다간 제 친구들 가족이 죄다 살해당할 거라더군."

"그건… 그럴 법하군요."

"이건 전쟁이잖소. 어떠한 손해도 없이 이득을 챙길 수 있는 일인데, 애비가 나서서 설득하면 그래도 원만히 끝낼 수 있지 않겠소?"

"유감스럽습니다만 저는 아들을 전적으로 지지합니다. 걔가 그렇게 판단했다면 그게 더 적절하겠지요."

"호오."

별로 좋은 반응이 아니구만. 하지만 내 아들을 빠대가리로 만드느니, 차라리 필사의 실드를 치는 게 낫겠지.

"어떠한 손해도 없이 이득을 챙길 수 있다. 맞는 말이긴 하지요. 하지만 그 잽스들을 우리의 충실한 조력자로 만드느냐, 아니면 원한을 가득 품은 놈들로 만드느냐가 걸린 문제 아닙니까?"

"…계속 말해보시오."

"그깟 프로파간다 안 떠들어도 어차피 우리 위대한 미합중국 해군은 잽스를 박살 낼 수 있잖습니까. 그러면 지금 목전의 승리가 아니라, 추후 우리에게 충실하고 전적으로 우리를 지지하는 따까리들을 키우는 게 훨씬 이득 아닐까요."

내가 신나게 해군을 올려쳐주자 이 대가리에 해군밖에 안 들은 놈이 입술을 꿈틀거린다. 좋아 죽겠단 거지.

"그리고 그 따까리들은, 헨리 킴의 든든한 졸개가 되어주겠군. 안 그렇소, 킴 원수?"

"당신 사위기도 하잖습니까, 킹 원수 각하."

"흐. 좋소. 밑엣것들에겐 내가 말해놓으리다. 그놈은 이제 비행기 더 이상 안 태울 거요. 그냥 선무공작에나 투입하는 게 땅개들 정신건강에 좋을 듯하니. 우리 귀하신 분, 또 쓰러지면 내가 총 맞을 것 같거든."

그놈의 총 타령은 다 똑같네.

"아무튼, 다시 한번 감사의 말씀 드리겠습니다."

"빚이라고 생각하거들랑 달아 놓으시오. 조만간 청구서 하나 끊어주리다."

그제야 킹 또한 고개를 한번 까딱이고는 자리에서 일어났다.

헨리가 살아있다니. 빌어먹을. 빌어먹을. 감사합니다. 감사합니다, 신이시여. 아무도 없는 회의실 한가운데에서, 나는 잠시 혼자만의 시간을 보냈다.

* * *

M26 '퍼싱'의 실전 데이터는 이미 엄청나게 쌓여 있었다. 틀림없이 떠나고 없는 사람인데 뻔질나게 이름이 언급될 수밖에 없는 우리 루즈벨트 전 대통령은 마셜을 포함한 군부의 강력한 반대에도 불구하고 랜드리스 품목에 퍼싱 전차를 포함시켰다. 그 대신 소련은 퍼싱 전차의 운용 관련 자료를 넘기기로 약속했고, 일부 장교들이 선발되어 옵저버로 동부 전선에 직접 나가기도 했다.

'현존하는 모든 독일군 전차와 교전할 수 있는 강력한 전차.'

'하지만 러시아 평원의 끔찍한 자연환경상 이 강력한 병기를 만전의 상태로 운용하기엔 많은 난점이 보였음.'

'높은 정비 소요, 잦은 고장과 같은 치명적 문제가 있으나 강력한 전투력은 이를 감수할 만한 가치가 있음.'

이렇게 착실히 데이터를 확보했으니, 운용 교리를 세우는 것도 나름 편하긴 했다. 하지만 단점이 있다면. 독일군 또한 퍼싱의 맛을 알고 대비책을 세울 수 있었단 것이다.

"적이 중전차를 대규모로 운용해 아군 기갑부대에 맞서고 있습니다."

"흠."

며칠간 벌어진 격렬한 전투에서, 독일군 참모와 지휘관들은 자신들이 미군을 얕보고 있었다는 사실을 깨끗하게 인정해야만 했다. 그들은 분명 숙련도가 부족한 신병 위주의 군대였다. 하지만 그 미숙함을 근성과 투지로 메꾸고 있었다. 붉은 군대의 이반들과는 또 다른, 바다 건너 남의 전쟁에 끼어든 이들이라고는 도무지 믿기 어려울 정도의 악과 깡 그리고 강력한 병기의 힘으로 전쟁기계 독일군의 공세에 맞서고 있었다.

물론 숙련도의 차이는 명확하다. 결국 독일군은 미군을 점차 밀어내고 전장 곳곳에서 승기를 잡고 있었다. 하지만 이 승리를 언제까지 더 유지할 수 있냐고 한다면 이야기는 또 달라진다. 어째서 제공권을 잡지 못하느냐고 성화를 부리려다가도, 한껏 얼굴에 그늘이 진 루프트바페 측 인사들의 그 축축한 면상을 보고 있노라면 굳이 안 물어봐도 상황을 빤히 알 수 있었다. 얇고 긴 실선처럼 구축된 보급망은 위태롭기 그지없었고, 그 보급의 양 또한 절대 만족스럽지 못했다. 이미 일선 간부들은 약탈 광경에서 눈을 돌리고 있다.

"아무래도 중대 결단을 내려야 할 것 같군."

"결심을 알려주시면 즉각 시행하겠습니다."

"적은 집요한 방어선 형성과 중전차 집중 운용으로 아군의 돌파를 저지하려 한다. 적어도 저 짜증 나는 중전차 부대는 완전히 날려버려야 아미앵이건 파리건 갈 수 있어."

모델은 판단했다. 지금 여기서 한번 크게 따야, 파리로 갈 실낱같은 희망이나마 보이리라고. 무작정 아미앵이나 파리로 자살 돌격을 하면 그게 무슨 의미인가? 결국 프로이센의 전통적인 전략이란 '상대의 전투병을 믹서기로 삭삭 갈아버리면 우리가 이김!' 아닌가.

그리고 딱 닷새. 독일제 고기분쇄기가 말 그대로 미군의 방어선을 갈아버렸다.

* * *

"이게 말이 돼?"

"뭐라고, 할 말이 없네."

"아니. 책임을 따지는 게 아냐. 이게… 이게 말이 되냐고. 현대전에서 이따위, 이딴……."

이 킬딸에 미친 놈들. 게임에서 희대의 구더기 캐릭터도 몇 년씩 각 잡고 후벼 파면 장인의 경지에 올라 칭송받기 마련인데, 하물며 수백 년 단위로 전술 레벨의 승리에 집착한 프로이센 놈들은 어떻겠나.

"연대, 아니… 대대 단위로 운용한 건가? 집단군을?"

전쟁이 무슨 스타크래프트 마린 메딕 컨트롤인가? 수십만 대군을 거느린 총사령부가 저 밑바닥에서 흙 퍼먹고 있는 수백, 수천 명을 직접 지휘해서 기어이 돌파구를 열고, 확대하고, 뚫고, 포위한다고? '르제프 고기분쇄기'는 나도 안다. 근데 그건 방어전이었잖아. 왜 공세에서 이 짓거릴 하냐고, 상도덕 없는 놈아.

안 돼. 내 연약한 멘탈이 터질 것 같다. 들립니까. 제 가슴속 내면의 스탈린 동지, 지금 강철의 멘탈이 필요합니다… 우크라이나 논밭에서 인민을 캐내는 그 근성… 근성이 필요합니다…….

브래들리의 참모들은 지금 자신들이 무슨 일을 당한 건지 너무 어이가 없어 멍해져 있다. 멘탈이 가출해 버린 것 같다. 여기 더 있어봤자 딱히 뭐가 나올 것 같지도 않고, 나는 곧장 내 전용차에 올라탔다.

"어디로 가시겠습니까?"

"최전방으로."

"다시, 말씀해주시겠, 쑵니까?"

"혀 씹지 말고. 최전방 가자. 지금 도대체 저기서 무슨 일이 벌어지고 있는 건지 확인 좀 해야겠어."

내 똥고집을 이기지 못한 부관은 결국 차를 몰라고 지시했고, 우리는 곳곳에서 포연이 피어오르고 있는 전방으로 향했다.

"씨발. 저게 뭐야."

곳곳에서 불타오르는 퍼싱 전차들. 무슨 일이 벌어진 건지 슬슬 견적이

나오고 있다. 빠르게 달려오고 있으니 그 유명한 88mm 대공포도 써먹기 어렵고, 슈투카 지원은 당연히 언감생심 바라지도 못한다.

그러니까… 퍼싱 싹 털어먹겠다고 이만한 판을 연출했다 이건가. 배알이 뒤틀린다. 존나게 뒤틀린다. 모델을 붙잡으면 내가 기필코 인간의 상상력 한계에 도전하는 온갖 치욕스러운 일들을 시켜주리라. 기필코.

그때였다.

끼이이이익!!!

"억!!"

"죄, 죄송합니다! 차가 갑자기 튀어나오는 바람에!"

"다치지 않았으니 괜찮네."

갑자기 길 한가운데로 불쑥 차 한 대가 튀어나왔고, 당황한 운전병은 얼른 핸들을 꺾은 모양이다. 안 그래도 교통사고로 순직한 장성들이 제법 있는데, 총사령관이 최전방 쫄레쫄레 나왔다가 교통사고로 골로 가면 대체 무슨 후폭풍이 일어날지 짐작도 안 되는구만.

우리는 아슬아슬하게 교통사고를 모면했지만, 상대는 그렇지 못한 모양이었다. 우리와 스친 저 막나가는 차는 그대로 길가의 나무에 꼬라박고 말았거든. 새까맣게 페인트칠한 지프차의 앞에서 모락모락 연기가 피어오른다. 장성들 중에 블랙 로터스 따라 한답시고 제 차량을 저렇게 칠하는 놈들이 많다곤 들었는데, 여기서 이렇게 불행한 만남을 가질 줄은 몰랐다.

"우리는 어디 다친 사람 없지?"

"예."

"저도 무사합니다."

"좋아. 저 차에 탄 사람들부터 어떻게 좀 해주자고."

나는 곧장 뛰쳐나와 상대 차 문짝을 쿵쿵 두드려댔다.

"이봐! 살아 있나?"

"운전수는 다친 것 같습니다."

"젠장. 연장 좀 들고 와. 문부터 따자고."

그때, 뒷좌석의 창문이 쓱 열리고 한 사람이 고개를 내밀었다.

어. 어디서 많이 본 얼굴이신데. 어. 어. 음. 그, 복장이, 혹시 코스프레? 리인액트인가 그건가?

"…오이겐 킴?"

"…아니, 당신이 왜 우리나라 차에 타 있어."

형이 여기서 왜 나와? 모델의 외알 안경엔 한껏 멍청한 표정을 짓고 있는 내 모습이 반사되고 있었다.

아미앵그라드 5

"씨발! 씨바아알!"

"총, 총!"

"꼼짝 마! 꼼짝 마!!"

"움직이면 쏜다, 쏜다!!"

근엄한 육군 원수는 어디로 가고, 남아 있는 건 악을 쓰는 중년 아저씨들뿐.

행복한 꿈을 꾸었다. 한⋯ 0.3초쯤. 교통사고로 똘마니를 다 잃어버린 모델을 생포한 뒤 머리에 고양이 귀 장식을 꽂아주고 목에는 '저는 가장 빨리 파리에 당도한 독일 장군입니다.'라고 적은 팻말을 걸어준 뒤 내 차 본네트에 매드맥스 피주머니처럼 꽂아 복귀하는 행복한 상상이 와장창 나는 덴 1초도 걸리지 않았다.

"야! 운전병! 총 어따 팔아먹었어!"

"차, 차 뒤에⋯⋯."

"손 들어!"

빌어먹을, 부관이 살아 있었네.

왜 뇌진탕 아냐?! 내 업보가 너무 크다. 밥 먹듯이 교통사고로 장성들이 죽어나간다는 걸 알고 있던 만큼 승객 안전, 특히 뒷좌석 안전엔 거의 강박적으로 소요제기를 했던 대가가 이렇게 돌아오다니. 의식 잃고 쓰러진 모델을 보쌈하는 훈훈한 엔딩이었으면 어디가 덧나나.

설상가상으로 누가 미제 차 아니랄까 봐, 모델의 부관으로 보이는 놈은 너무나 익숙한 샌—프랑코의 유서 깊은 아이템 그리스건을 허겁지겁 손에 쥐고 있었다. 거지 같은 놈들아, 나 덕분에 살았으면 최소한 감사하다고 라이센스비는 내야 하지 않겠니?

인원수는 3 대 2로 우리가 유리. 하지만 우리 운전병은 안타깝게도 총 대신 빠루 한 자루만 들고 있다. 내 부관은 권총. 저쪽 부관은 주유기. 재미없는데, 이거.

"부관, 그냥 쏴버려!"

"미치셨습니까? 각하께서 다치는 게 훨씬 손해입니다!"

"뭐 하는 거야, 빨리 오이겐 킴을 죽여!"

"원수님께서 쓰러지시면 저흰 끝장입니다!"

의외로 인간이란 것들은 거침없이 방아쇠를 당기지 못하는 동물이었다. 여기서 곧장 내 권총을 뽑아다 갈겨버리면 모델을 따는 게 먼저일까, 아니면 주유기에 내가 벌집이 되는 게 먼저일까. 돌아가시겠네 진짜.

나도 부관 해봤으니 잘 안다. 적의 수괴를 죽이기 위해 자기가 모시는 분이 총 맞게 만들었다고 하면 그 새낀 동서고금을 막론하고 매장 확정이다. 내가 우리 부관이었어도 솔직히 못 쐈을 거야. 당연히 뇌정지 오지.

아직 제 앞길 걱정이 가득한 부관들이 움찔움찔하고 있지만, 나나 모델이 손을 총 근방에 꼼지락대기라도 하는 순간 곧장 쏴버릴 게 뻔한 시츄에이션. 이 혼란 속에서 내 머리라고 딱히 멀쩡하게 돌아가는 것도 아니었지만, 정작 주둥아리는 뇌의 패닉과 별개로 제멋대로 움직이고 있었다.

"하하하하하하!!"

"……?"

"??"

"명성 드높은 모델 원수를 이렇게 뵙게 되니 기쁘군요. 유진 킴입니다."

나는 양손을 번쩍 들어 아무 무기가 없다는 걸 보여준 후 모델에게 슬며시 오른손을 내밀었고, 그는 기가 찬다는 듯 그 오른손을 뚫어져라 바라보더니 결국 자신도 오른손을 내밀었다.

"발터 모델. 대독일 국방군 육군 원수."

"그 차, 망가졌는데 일단 나오시죠. 해치지 않겠습니다. 귀하의 운전병, 수습이라도 해야 하지 않겠습니까."

갑자기 폭발이라도 하면 나도 죽잖아. 문명인답게 놀자고, 문명인답게. 하지만 모델은 대답하지 않았다.

"참 놀라운 우연이지만, 우연도 이 정도면 운명 아니겠습니까. 후세의 호사가들은 몇백, 몇천 년이 지나도 두 원수의 숙명적인 만남에 대해 떠들겠지요. 역사에 기록될 이 만남을 이토록 추하게 흘려보낼 순 없지 않겠습니까? 우린 쏘지 않을 테니, 일단 정리부터 합시다. 머리에서 피 흐르시는데 그것부터 먼저."

"……."

모델은 놀라울 정도로 말이 없었다. 쏠까 말까 고민하는 건가. 내가 무어라 다시 한번 말하려는 순간, 모델이 입을 열었다.

"…독어나 불어 할줄 아시오?"

"…예. 조금은."

아, 그래. 영어로 떠들어서 미안하게 됐습니다.

* * *

모델의 운전병도 죽지는 않았다. 정신도 차렸고. 다만 사고의 충격이 있는 만큼 양지바른 곳에 잠시 눕혀 놓았다. 두 중년 아저씨들은 무장해제. 저쪽 부관과 우리 운전병은 그리스건 한 자루씩. 독일어 할 줄 아는 내 부관은 살짝 멀찍이 떨어져서 중간중간 막힐 때마다 통역.

우리 운전병은 알까 모르겠다. 자기가 총만 챙겨 나왔어도 적 원수 포획이라는 희대의 대업을 이뤘을지도 모른다는 걸. 근데 빠루 챙기라고 한 게 또 나니까 뭐라 말도 못 하겠다. 아마 평생 속쓰림을 부여잡으며 술집에서 썰 풀지 않을까? '제리 5성 장군 붙잡을 뻔한 SSSSSul'이라니.

아, 저 인간 붙잡아다 끌고 가고 싶다. 아마 모델도 똑같은 생각을 하고 있겠지. 문제는 대관절 지금 여긴 어디고 누가 점령한 지역이냔 거다. 아무리 생각해도 모델이 이곳을 뿔뿔 싸돌아다닌 걸 보면 독일 놈들이 이 인근을 장악했을 확률이 높다. 당장 오면서 보던 게 불타는 퍼싱이고.

그러니 이쯤에서 장사 접고 빨리 내 한 몸 무사히 도망치는 게 베스트인데… 원래 이럴 때일수록 가오를 잡아야 한다. 내가 뻔뻔스럽게 어깨 펴고 있을수록 상대방도 '어? 혹시 미군이 유리한가?' 하고 혼란에 빠지지 않겠나.

나는 아쉬움이고 나발이고 싹 얼굴에서 지워버린 후 뻔뻔스럽게 차에 꿍쳐놓은 위스키까지 꺼내 한 잔씩 돌렸다. 제리 놈들의 어처구니없어하는 표정이 참으로 일품이었다. 알콜이 우리의 목을 축인 뒤에야, 참으로 어색한 정상회담이 시작될 수 있었다.

"도대체 이 마술은 어떻게 부린 겁니까?"

"마술이라니."

"어디 듣는 귀가 있는 것도 아니고 우리끼리 이야기니까 그냥 툭 터놓고 말합시다. 우리쯤 되는 레벨의 사람들이면 상대의 의표를 찌르는 도박성 전략전술 대신 알아도 못 막는 술책을 부려야 아, 저 새끼 전쟁 조까치 하는구나 하고 극찬을 듣잖습니까."

"풉."

애써 한껏 가오를 잡고 있던 모델이 웃었다. 모델이 웃었어! 내가 마침내 제리 수괴의 감정을 지배했다!

"여기로 오게 만든 시점에서 내가 이겼다. 최소한의 피해로 최대한의 전리품을 딸 수 있겠다… 그렇게 생각하고 있었는데, 지금 굉장히 한 대 맞은 느낌입니다. 뭐 어떻게 한 겁니까?"

"당신네 미군은 급속도로 확충한 군대라면 피할 수 없는 불치병을 앓고 있지. 초급 간부의 부재 말이오. 군문에 종사하며 잔뼈가 굵은 베테랑이 부족한 이상, 어쩔 수 없는 일이었소."

"어쩔 수 없다… 라."

"군사전통이라는 게 하루아침에 솟아날 순 없잖소. 미군 병사들 개개인의 투지는 나 또한 인상적이었지만, 그들을 이끌어줄 부사관과 장교가 얼치기라면 그 투지가 성과로 이어지긴 힘들지."

나는 잠시 고민하다 그의 몸을 쿡쿡 찔렀고, 내 가슴께 주머니를 가리켰다.

"뭐요?"

"담뱃갑 좀 꺼내주시죠."

"손 없소?"

"이 분위기에서 그, 주머니에 손 가져다 대면 좀 그렇잖습니까."

당신 부관, 눈빛만으로 사람을 찢어 죽일 수 있을 거 같다고. 모델은 손을 뻗어 내 가슴팍 럭키 스트라이크를 꺼내 내 손에 떨구어줬다.

"한 대 피우시겠습니까?"

"빌어먹을."

그는 살짝 당황스러움을 숨기지 못한 듯, 피 같은 장초 한 개비를 진흙 바닥에 떨군 끝에야 미제 담배를 입에 물었다. 이미 프랑스의 들판 곳곳엔 새까만 연기가 치솟아 오르고 있었지만, 우린 구태여 두 줄기의 연기를 거기에 더 보태고 있었다.

"그 결과가 이 눈에 보이는 전경이다, 이겁니까."

"유리한 점을 극대화하고 불리한 점을 은닉하는 것. 전쟁의 기본이잖소."

"그렇지요. 그래서 나 또한 이제 우리의 강점을 십분 활용할 계획입니다."

나는 입에 물린 빨간 담뱃불을 총구처럼 그의 가슴팍에 가리키며 말했다.

"이렇게 거하게 한탕하셨으니, 이제 물자가 쪼들리실 테지요?"

"……."

"이렇게 단위 제대 싸움으로 가면 귀하의 말씀대로 별 뾰족한 도리가 없긴 합니다. 하지만 2백만 미군은 이 싸움으로 약간 생채기가 났을 뿐이고, 프랑스군은 빠른 속도로 재건 중인 데다가, 귀하께선 죽이 되든 밥이 되든 파리로 달려오셔야지요. 하나 물어봅시다. 파리로 올 물자, 남아 있습니까?"

"물론이오. 없긴 왜 없소."

구라 치는 솜씨가 어설프다. FDR이나 스탈린 같은 인간들을 하도 많이 봐서 그런가, 모델의 어설픈 저 긍정이 훤히 티가 난다.

"그렇군요. 물자가 충분하다니 다행입니다. 실은 여기서 내빼면 그게 더 아쉽거든요. 절대 돌아가지 못할 만큼 깊숙이 들어와주길 오매불망 바라고 있습니다."

"즐거운 대화였소, 킴 총사령관. 이제 후세 사람들도 만족할 테니, 이쯤에서……."

"조금만 더 이야기합시다. 뭐가 그리 급합니까?"

나는 이제 실실 쪼개며 세상에서 가장 건방진 자세를 취했다. 드럼의 표정과 맥아더의 포즈를 합친 이 완벽한 모델 포즈야말로 이 유진 킴, 평생 갈고닦은 빡침 포인트.

"요즘 들어 독일 본토에 가해지는 전략폭격이 뜸해졌다는 사실, 알고 계십니까?"

"…그렇소. 아마 그 폭격기를 호위할 전투기가 전부 이 전역에 묶여 있기 때문이겠지."

"반은 맞는 말입니다. 실은, 우리 멍청한 물개 놈들이 서류상 착오가 있었는지 전투식량을 글쎄 1억인 분을 주문해 놓고 쩔쩔매고 있지 뭡니까?"

1억인 분이라는 말에 모델은 어이가 없는지 담배만 연신 매만졌다.

"벨기에 포켓에 그 남는 물자를 죄다 투하할 계획입니다. 독일군이 줍든, 지나가던 쥐나 새가 줍든 아무튼 그냥 쫙쫙 뿌릴 겁니다. 10퍼센트라도 벨기에인들의 손에 떨어지면 대충 포위망 안의 식량난은 해소되리라 기대하고 있거든요."

"군사 기밀 아니오?"

"곧 당신네들도 알게 될 텐데 뭘 숨깁니까. 거기다 노르망디에 세웠던 조립식 항구 역시 몇 개 더 완성되었습니다. 이제 그 포위망은 망치가 되어 파리로 달려온 여러분의 퇴로를 끊을 건데."

총사령관은 이래서 좋아. 기밀을 술술 풀어도 내게 뭐라 할 사람이 없거든.

"이거 참, 친절한 안내 고맙소. 빨리 포위망 내 영국군을 섬멸해버려야겠군."

"나야 손 안 대고 경쟁자인 영국인들을 죽일 수 있으니 그건 그거대로 좋습니다. 사실 내가 기대하던 바가 바로 그거거든요."

슬슬 모델이 날 미친놈 바라보듯 한다. 왜 그러십니까 대체.

"이미 견적 다 내셨으면서 왜 그러십니까, 크헤헤헤! 영국군이 섬멸된다면 나는 빗장 닫아걸고 한 2년에서 3년쯤 끝없이 전략폭격만 할 겁니다. 붉은 군대가 한 발짝씩 다가오는 걸 느긋하게 구경하며 독일의 모든 건물이란 건물은 죄다 폭격만 해버리면 전쟁 승리는 확정인데, 내가 왜 귀중한 우리 아들들을 전쟁터로 내밀겠습니까."

"이런 말을 굳이 내게 지껄이는 의도를 말해주시겠소, 킴 원수?"

"항복하시죠."

나는 그의 입에서 쌍욕이 나오기 전에 얼른 말을 이었다.

"슬라브인이라는 이유만으로 수백, 수천만을 학살하고. 유대인이라는 이유만으로 수백만 명을 가스실에 처넣고. 언제까지 군인은 충성을 다해야 한다는 그 얄팍한 이유 하나만으로 진실에서 눈을 돌리시렵니까?"

"군인의 가장 막중한 임무를 그렇게 매도하다니, 당신도 군인 아니오."

"옳고 그름 같은 구구절절한 이야기가 마음에 안 든다면 그건 집어치웁시다. 어차피 서로 온몸에 피 가득 묻힌 놈들이니. 그래서, 남의 집 귀한 아들들을 전선으로 밀어넣어서 더 나은 미래를 쟁취할 가능성이 보입니까?"

"대답할 가치가 없는 질문이구려."

그는 고개를 흔들며 입을 다물었다.

"지금 당신을 붙잡거나 아니면 쏴버리기만 해도, 당신이 말한 '더 나은 미래'가 눈앞으로 다가오지 않겠소."

"하하하. 큰 착각을 하시는군요."

모델의 눈에 살기가 번들거린다. 진짜 쏘겠네 저러다가.

"내가 죽으면 연합군이 흔들린다? 그럴 리가. 예수가 어디 살아서 온 유럽에 기독교를 퍼뜨렸습니까. 살아 있는 김유진보다 더 무서운 게 죽어서 신이 된 김유진일 텐데."

"연합군은 신앙을 얻는 대신 머리를 잃겠지."

"이제 우리의 대전략이 바뀔 일은 없소. 북유럽은 이반할 테고, 발칸의 당신들 따까리들도 매일같이 나와 새 친구를 먹고 싶어서 초인종을 눌러대고 있지. 나 하나를 죽인다고 해서 내가 깔아놓은 레일이 사라지진 않거든."

나는 킬킬대며 그의 어깨에 손을 턱하고 올렸다.

"반면 원수 나리께서 여기서 죽으면 어떨까요? 5성 장군께서 그토록 세밀하게 지휘하던 병력들이 갑자기 머리를 잃으면?"

"…손 떼시오."

"아무리 봐도 우리 둘이 서로 머리통을 날려버리면 내가 조금 더 이득인 것 같군요."

나는 껄껄 웃으며 내 차 뒷좌석에 올라탔다.

"얘들아, 뭐 하냐. 이제 가자!"

"예, 옙!"

"재밌게 잘 놀다 갑니다, 원수. 명심하시오. 지금 독일엔 책임져야 할 사람이 필요합니다!"

운전병이 부관에게 총을 넘겨준 후 다시 시동을 걸었고, 부관이 달달 떨면서도 그걸 받아 겨눈 채 내 옆에 탑승했다.

"다음에 봅시다!"

모델이 뭐라 말을 한 것 같긴 한데, 엔진 소리에 묻혀 잘 들리진 않았다.

"혹시 모델이 뭐라고 하던가?"

"좆 까라고 하던데요."

"매정한 양반이군. 빨리 가자. 저 새끼들 꼴받아서 총 쏘기 전에."

술에 술 탄 듯 흐물흐물 자연스럽게 떠나니 어어 하다 진짜 보내주는 것 보소. 거 참 고맙구만.

"이, 이래도 되는 거 맞습니까?"

"뭐가?"

"기밀을 전부 불었잖습니까!"

"그래서? 짝불알 콧수염한테 쫄래쫄래 가서 '제가 유진 킴과 일대일 면담을 해서 놈에게 군사 기밀을 전부 들었습니다.'라고 말하면 그 또라이가 '아하! 그렇구나!' 할 것 같나?"

내가 친절히 모든 진실을 알려줬지만, 모델쯤 되는 사람이 그걸 넙죽 다 믿을 린 없다. 하지만 시간이 지나면 깨닫게 되겠지. 정말 난 진실 그대로를 말해줬다고.

그다음은? 당연히 파리 진공 대신 빠른 퇴각을 모색할 테고, 그 시점에서 나와 모델의 만남을 베를린에 솔솔 뿌려주는 순간 그는 끝장이다.

"자결하거나, 처형당하거나, 항복하거나. 어지간하면 항복해주면 좋겠는데."

저 멀리 전차 굴러다니는 소리가 은은하게 들려오고 있었다. 안타깝게도 아군의 엔진음은 아니었지만. 이미 늦었다.

아미앵그라드 6

　기묘한 회담을 마친 후 아군과 합류한 모델은 곧장 새 차로 갈아타 후방으로 떠나야 했다. 적 총사령관이 그의 위치를 알게 된 이상 머뭇거릴 틈이 없다. 수단과 방법을 가리지 않고 이 인근에 포격이든 아니면 포격 요청이든 뭔가 저지를 테니까. 오이겐 킴쯤 되는 인간이 모델의 모가지에 얼마나 큰 역할이 부여되어 있는지 모를 리가 없다. 그는 반드시 이 지역을 떠나야만 했다.

　새 운전병이 자신이 육군 원수를 태웠다는 사실에 바싹 얼어붙어 목에 깁스라도 한 듯 빳빳하게 전방주시를 철저히 하는 사이, 모델은 옷의 목 부분을 붙잡고 팔랑이며 숨을 연신 들이쉬었다.

　"귀신에 홀린 기분이군."

　"각하… 어찌하시겠습니까?"

　"뭘 어쩐단 말인가."

　"그 운전병이야 후방으로 실려 갔으니 당분간 별말 못 할 겁니다. 저와 장군만 입을 다문다면……."

　"당연히 윗선에 보고해야지. 자넨 무슨 소릴 하는 겐가?"

"위험합니다."

부관의 말은 결코 빈말이 아니었다. 지금 후방에서 무슨 일이 일어나고 있는지, 원수의 부관쯤 되는 이가 모를 리가 없다. 적의 지휘관과 조우한 것만으로도 의심을 사기에 충분한데, 하물며 총통이 그토록 주시하는 오이겐 킴이라고? 하지만 모델의 생각은 정반대였다.

"왜 오이겐 킴이 극비로 다뤄야 할 군사 기밀을 술술 떠들었겠나?"

"…그야, 블러핑 아니겠습니까."

"블러핑이라."

"우리에게 혼란을 퍼뜨리려는 목적이겠지요."

"그 상황에서 블러핑이라고? 거짓말도 하나의 재주일세. 갑작스레 적과 마주했는데 크게 이상함을 느끼지 못할 거짓말을 술술 할 수 있으면 그게 사기꾼이지 군인인가?"

숨기고 싶다. 아무리 생각해도 이걸 이실직고해서 별로 좋은 꼴을 볼 것 같진 않았다. 천하의 모델이라 해도 이 사실을 모를 만큼 아둔하지는 않았다.

"그자의 언행을 잘 떠올려 보면 알 수 있지 않나. 그는 내가 제발 이 일을 비밀로 해주길 원할 거야."

"어째서… 아!"

"이해했나?"

"하지만, 그자가 먼저 떠들면 그걸 누가 믿겠습니까."

"믿게 만들겠지."

모델로서는 참 어이가 없어 웃음이 나오지만, 객관적으로 생각해봤을 때…….

"우연히 최전방으로 시찰을 나갔는데 어쩌다 오이겐 킴과 마주했고, 서로 교전 대신 술과 담배나 하다 돌아왔다고? 이걸 대관절 누가 순순히 믿어주겠나?"

"그도 그렇습니다."

역지사지로 따져봐도 그딴 흰소리를 믿어줄 사람은 별로 없을 듯했다. 지금처럼 험악한 시국이라면 더더욱. 차라리 자신의 입으로 말하는 게 낫지, 만약 저 음흉한 오이겐 킴이 총통의 근처에 그 맹독 같은 낱말을 풀어놓기 시작한다면 사태는 정말 걷잡을 수 없어지리라.

"비록 그가 나를 시험에 들게 하려고 던진 개소리라지만, 그중 일부만 진위 여부를 판가름할 수 있다면 우리에겐 크나큰 자산이 될 거야."

이게 맞다. 어려울 때일수록 정도를 걸어야 한다. 킴의 말이 전부 진실이라는 가정하에 모델의 머릿속에서 시뮬레이션이 최고 속도로 돌아가기 시작했다.

'연합군은 온갖 방안을 동원해 벨기에의 영국군에게 보급 루트를 확보한다.'

막을 방법. 존재하지 않는 것과 마찬가지인 해군으로는 저지할 수 없다. 이미 만신창이가 된 루프트바페 또한 연합군을 막을 수 없다. 따라서, 시기와 효율의 문제일 뿐 보급은 재개된다.

'연합군은 프랑스로 진입한 독일군의 섬멸을 원한다.'

영국군에 보급이 재개된다는 가정이 참이라면, 그 토미들이 얇디얇은 벨기에 방면의 독일 점령지를 다시 차단하는 것만으로 모델이 이끌고 온 군대는 퇴로가 막힌다.

'포위망 안의 영국군이 섬멸당했다면, 방어에 전념하며 다른 전선에서의 공세 및 전략폭격으로 독일의 전쟁 수행 능력을 갉아먹는다.'

독일에 장기전 역량이 얼마나 남아 있을까? 이미 독일은 막대한 병력을 동부 전선에서 빼 서부로 돌렸다. 지금 와서 다시 서부의 병력을 돌려 동부로 보낸다? 미영연합군이 과연 그 꼴을 보고서도 가만히 구경만 할까? 모델이 돌아오기만을 오매불망 기다리고 있던 참모들은 그의 폭탄 발언에 그만 넋을 놔버리고 말았다.

"오이겐 킴을 만났네."

"저도 만났습니다. 꿈에서 그놈을 붙잡고 파리에 당도했는데……."

"요즘 훈련소 표적지에 전부 그놈 얼굴 붙여놨잖습니까. 하하."

"정말 그놈과 대면했다니까? 교통사고가 났는데 상대방이 글쎄 오이겐 킴이더군."

정지. 심호흡. 비명.

모델이 처음부터 끝까지 쭉 있었던 일을 나열하자 참모들은 저마다 가장 독특한 자세로 자신들의 심리 상태를 표현하기에 급급했다.

"몸은, 괜찮으십니까?"

"혹시, 그, 그 흉악한 놈이……!"

"별일은 없었네. 다 들었잖나."

"위스키에 독을 탔을지 누가 압니까!"

"진정들 좀 하게. 지금 중요한 건 킴의 위스키에 독이 있냐 따위가 아냐. 국방군의 참모로서 할 일들을 해야지!"

그들을 진정시키는 건 어려운 일이었지만, 한번 불타는 회로를 식혀준 이후엔 비로소 프로이센의 핵심 코어다운 성능을 유감없이 선보이기 시작했다.

"오이겐 킴은 또다시 똑같은 수법을 쓰고 있습니다."

"질리지도 않는구만."

"우리의 전략적 선택지를 좁힌 후 사실상 자신이 원하는 방향으로 강요하고 있는데, 킴 또한 장군님을 만난 게 우연이었다고 가정하면 그렇게 완벽한 음모를 꾸미지는 못했을 겁니다."

정보를 분석하고, 가공한 후, 숨겨진 의도와 진위 여부를 가린다.

"포위망 안의 병력에겐 아직 보급이 시작되지 않았습니다."

"보급이 완료되었다면 이미 우리의 퇴로를 끊기 위한 공세를 개시했을 겁니다."

"지금 당장 포위망 안의 적을 무력화하거나, 그게 어렵다면 우리가 공세를 취해 적이 한가로이 보급을 받을 여력을 앗아버리면 됩니다."

그리고 도출되는 답안.

"하지만 그게 그놈이 원하는 바라면? 우리의 공세 역량을 벨기에에 소모하길 바란다면?"

"퇴로가 차단되는 것보단 낫습니다."

한참 난상토론이 벌어지고 있던 중, 참모장이 잠시 모델을 따로 부른 뒤 입을 열었다.

"당장 아미앵에 공세를 개시해야 합니다."

"그게 무슨 소린가. 지금 갑자기?"

"오이겐 킴은 명백히 사령관님의 실각을 바라고 있습니다. 아니, 지금 상황으로 보아 실각하지 않는 게 더 이상합니다. 총통 각하께서 아미앵을 잿더미로 만들라고 명시하셨는데, 그것조차 이행하지 않는다면⋯⋯."

"잘 이해했네. 하지만."

참모장은 대답 대신 다시 참모들이 열띤 토론을 벌이는 현장으로 되돌아갔고, 곧장 그들의 분위기를 휘어잡았다.

"내가 봤을 때 이제 우리는 슬슬 퇴로를 확보해야 하는 것 같다. 단순히 도망칠 궁리를 하는 게 아냐. 파리로 가려면 보급로가 지금보다 더욱 안정되어야 하니 이는 필수적인 일이야. 그렇지 않나?"

"참모장님의 말씀에 동의합니다."

"그렇다면 결국 아미앵 방면 미군의 힘을 쫙 빼놓아야겠군."

정치적 고려를 배제한 순수한 군사적 옵션. 참모들 또한 그의 의견에 대부분 동의 의사를 나타냈다. 모델은 그 모습을 보며 고개를 끄덕이는 수밖에 없었다.

"좋아. 나는 즉시 총통 각하를 만나 뵙고 오겠네. 아미앵을 공격하게."

"알겠습니다!"

아미앵 교외를 불태우던 전쟁의 불꽃은 이제 도심 한가운데로 옮겨붙기 시작했다.

* * *

발터 모델의 믹서기가 빙글빙글 돌아가면서 미군은 일시적으로 공황 상태에 빠졌다.

안 그래도 하역이 까다로워 보급이 쉽지 않은 퍼싱 중전차들의 떼몰살. 곳곳에 준비해 놓았던 방어 진지는 적의 영혼까지 끌어모은 대규모 공격 앞에 하나둘 제압당했고, 막심한 피해가 누적되며 최전방 부대가 허겁지겁 후퇴한 지금. 핏빛 카펫으로 아미앵 시가지로 가는 길을 활짝 연 독일군은 이제 얼룩이 진 그 군홧발로 아미앵을 향해 행군하고 있었다.

"독일군이다! 독일군이 온다!!"

"한 놈도 살려 두지 마라!"

"건방지게 두 발로 걷는 깜둥이를 모두 죽여라!"

캉 공방전에서 어마어마한 손실을 입고 뒤로 물러났던 미합중국 육군 제93보병사단은 본래대로라면 시가행진을 진행한 뒤 곧바로 다시 후방으로 빠질 예정이었다. 하지만.

'93사를 빼면 사기에 부정적인 영향을 끼칠 수 있습니다.'

'그래서, 저 반편이 부대를 전방에 던지자고?'

'아미앵 시민들뿐만 아니라 93사 장병들도 매한가지입니다. 위대한 대선배들이 전설을 쓴 곳에서 도망친다면 과연 이 부대에 자긍심과 애착을 가질 수 있겠습니까?'

'지휘관의 독단적인 생각입니까, 아니면 정말 말단 병사들도 그렇게 생각하는 겁니까.'

'전 이미 캉 공방전 당시 제 목을 걸었었습니다. 이제 와서 젊은이들 피

로 진급하고픈 욕망은 없습니다.'

그 결과, 93사단은 아미앵 방어의 한 축을 떠맡게 되었고. 끝없이 죽어 나가고 있었다.

"항복해라, 항복하면 살려주겠다!"

"크, 하, 항복. 항복하겠소."

타앙!

"아. 실수. 돌인 줄 알고 쏴버렸네."

"이 새끼 죽으면서 눈깔 꼬라지 봐라. 뭘 노려봐, 깜둥아. 꼽냐?"

이미 독일군 또한 눈이 뒤집혀 있기로는 매한가지. 벨기에에서 아미앵까지. 수백 킬로미터를 걷고 또 걸었고 승리에 승리를 거듭했지만 파리는 멀고도 멀었다. 가면 갈수록 보급은 부족해지고 있었고, 입에 들어가는 밥의 질은 점점 보잘것없어지매 군자도 사흘 굶으면 남의 집 담벼락을 넘는데 하물며 손에 무기를 든 군인이 참을 리가 없었다.

전장에서 잔뼈가 굵은 이들. 이들이 출발하면서 보급받은 것들 대부분은 진작 사라진 지 오래였다. 마치 자신들이 얼마나 잘 싸웠는지 그 공훈을 증명하려는 듯, 미제 겉옷과 군화를 신고 손에는 시가전의 친구 그리스건을 삼삼오오 꼬나쥔 이들은 그야말로 전쟁기계. 특히나 개개인의 역량이 빛을 발하는 이 시가전에서, 미군은 절대적으로 불리한 교환비를 안고 싸워야 했다. 아미앵이 불타는 동안, 인근의 다른 곳도 사정은 별반 다르지 않았다.

"온다!"

"조금 더 기다려, 조금 더… 조금… 발사!"

"발사!!"

은폐해 놓은 대전차포가 불을 뿜고, 펑 하는 소리와 함께 직격당한 독일 전차 한 대에서 연기가 치솟는다.

"아아악!!"

"살려줘! 살려줘어어!!"

바깥의 온갖 총탄으로부터 승무원들을 지켜주던 강철의 성채는 포탄이 직격당한 순간 강철의 관으로 변모해 안에 있는 독일 병사들을 지글지글 구워버렸다. 살아남은 이들이 포탄에 찢겨져 고기토막으로 바뀐 전우를 부러워하며 제 몸이 불타는 고통에 시달리며 지옥으로 떨어지고, 그 모습을 바로 곁에서 본 독일군은 분노가 치밀어올랐다. 하물며 그들은 SS 친위대. 분노를 정제하긴커녕 더욱 표출하는 이들.

"친위대가 오면 우린 다 죽는다!"

"샌드백! 샌드백 더!!"

모허이에 남은 주민들은 이를 악물고 미군을 도와 거의 모든 비전투 작업을 도맡아 하고 있었다. 수십 년 전. 독일제국군 제208사단 185연대는 모허이를 점령하고 무자비한 약탈을 자행했다. 하지만 208사단은 아미앵의 수호신 앞에서 철저하게 괴멸되었고, 그 놀라운 전과는 오늘날까지 길이길이 전해져 내려오고 있었다. 저 미치광이 친위대가 그 '참사'의 현장에 도달했을 때 신사적으로 굴 거라는 망상은 모허이 주민 그 누구도 하지 않았다.

이미 민간인 상당수를 소개(疏開)하긴 했지만, 독일군이 갑작스레 방어선을 돌파하고 진격해 오면서 이곳에 고립된 주민들 또한 제법 있었다. 그렇게 고립된 민간인 대부분이 노약자인 이곳에서, 자칫하면 대학살이 자행될지도 몰랐다.

"놈들의 공세가 거세지고 있습니다."

"숲에 배치해 둔 아군 부대의 소모가 심합니다."

"조금만 더 버텨. 숲을 내주면 정말 끝장이야. 예비대… 1개, 2개 중대를 더 보내자고. 그나마 숲을 끼고 있으니 교환이 되니까."

저놈들이 저토록 맹렬한 공세를 펴는 건 정말 단순히 상징적인 의미 때문일까. 아니면…….

"들키진 않았겠지?"

"언론 보도는 일체 나가지 않았습니다. 이 시국에 총사령부 지시를 정면에서 거역할 만큼 미친놈은 없을 겁니다."

"그래야지. 그래야지."

저 미치광이들 손에 행여나……. 지휘부의 그 누구도 섣불리 입을 열지 못했다. 어떤 소스를 통해 새어나갈지 모르는데, 괜히 주둥이를 열어 화를 자초하고 싶진 않았다.

"며칠만 더 버텨라. 적은 이미 한계다!"

그렇게 자신의 희망을 섞어, 지휘관은 그 어느 때보다 대범한 척 굴 수밖에 없었다. 유진 킴 총사령관은 절대 이곳을 버리지 않으리라.

아미앵그라드 7

발터 모델이 분주히 움직일 무렵. 유진 또한 벼락처럼 베르사유에 들이닥쳤다.

"이 미친놈아! 미친놈!"

"때리지 마! 악! 하극상이다, 하극상! 부관은 왜 멀뚱멀뚱 보고만 있나. 빨리 이 반란군을 체포해!"

"참으로 죄송합니다만, 저희 거기 붙잡혀 베를린 특급 편도열차 끊을 뻔했잖습니까? 총사령관님께선 몇 대 더 맞아도 괜찮다고 생각합니다."

저 부관 아주 싹수가 있네. 유진 저놈은 쫌팽이니까 혹시 보복할 것 같으면 내가 실드 좀 쳐줘야겠어. 브래들리는 그렇게 굳게 다짐하며 더욱 주먹에 힘을 줬다. 빡! 빠악!

"아야! 아! 뼈 맞았다!!"

"총 맞는 건 안 무섭고?"

머리가 지끈거렸다. 아무리 들어도 이성적으로 뭔가 정리가 되지 않았다. 지금이 무슨 중세 시대인가? 영주들끼리 만나 챔피언들 간의 결투로 매듭짓는 뭐 그런 거? 유진은 아이고 죽는다 하면서 실컷 엄살을 부리더니,

싱글벙글 미소를 지으며 담배 한 발을 장전했다.

"아미앵, 그냥 줘버려."

"혹시 모델한테 뭐 좀 받았냐?"

"그럼그럼. 유대인들에게서 뺏은 금괴 한 박스 받았지."

말을 내뱉고서도 아차 싶었지만, 이 망할 놈은 아직도 웨스트포인트 시절 예포 탈취하듯 장난기가 철철 넘치는 모습이었다.

"들어봐. 내 생각보다 놈들이 아미앵에 부여하는 가치가 커."

"그러면 더더욱 지켜야 하지 않아?"

"아니지. 아니야. 모델이라는 양반, 내가 만나보니 딱 군인이야. 천생 군인. 적은 몰라도 제 부하는 아끼더라고. 병사들이 무의미하게 소모된다고 판단하면 주저 없이 공세 때려치우고 철수할 가능성이 높아."

그러면 잘된 일 아닌가? 하지만 이놈은 원래 타짜였고, 4년 내내 웨스트포인트 다니면서 어떻게 하면 새 호구를 판에 앉힐까만 고민하던 놈이었다. 사고방식 자체가 같은 수업 들은 놈들과는 달랐다.

"그러니까 우린 모델의 손에 아미앵을 쥐여줘야 해."

"자, 명성 드높은 야바위꾼님. 나 같은 무지렁이도 이해할 수 있게 좀 말씀을 부탁드립니다."

"아니, 이 단순한 걸 이해를 못 하네."

때리고 싶지만, 일단은 참기로 했다.

"모델 장군은 전혀 아미앵에 관심이 없어 보였어. 이번에 벌어진 저 미친 전투를 떠올려보라고. 아미앵을 제압한 뒤 파리로 달리고 싶은 장군이 저토록 격렬한 전투를 벌였을까?"

"독일군의 보급이 넉넉하지 않다는 점을 고려한다면, 확실히 그럴 수 있지. 하지만 어차피 언젠가는 뚫었어야 할 곳이잖나."

"글쎄. 대화를 나누면서 느낀 거라 뭐라 표현하기 좀 그런데, 적어도 모델은 파리를 점령해 전황을 뒤엎는다는 그 망상에 집착하는 인물은 아니없어."

이놈은 손을 가만히 두지 못하고 연신 꼼지락거리며, 트럼프 카드 딜링하는 듯한 액션을 취했다.

"아미앵. 독일 놈들이 물 먹은 최고의 성지. 거기에 93사단까지 있고, 역겨운 친위대 새끼들의 처형식까지 벌였어. 그런데도 모델은 딱히 거기에 하켄크로이츠를 박고 영역 표시를 해야만 한다는 그, 뭐랄까, 불타는 신념이나 복수심 같은 걸 전혀 안 내비쳤단 말야."

"그렇다 치자고. 나야 그 자리에 없었으니."

"그럼 대체, 아미앵 점령에 관심이 많은 건 누구일까?"

유진은 대답을 기다리는 대신 한 손으론 번쩍 하고 나치식 경례를 취하며 반대쪽 검지손가락으로 콧수염 모양을 흉내 냈다.

"이 새끼지, 이 새끼. 군바리들은 관심이 없어도, 이 콧수염 새끼가 아미앵에 관심이 다대한 거야. 그러니 우리 킬딸에만 집착하는 프로이센 전쟁기계들이 구태여 아미앵 방면에 꼬라박는 거고."

"좋아. 그것도 이해했어. 정치가들의 셈법이다 이거지."

"쿵짝짝 쟈라쟈라. 자, 여기서 문제 나갑니다. 상금 백만 달러와 독일군 B집단군의 모가지가 걸린 문제. 나는 짝불알 시클그루버 씨의 의심병 증세를 한껏 부풀리려고 온갖 지랄을 다 떨 건데, 여기서 갑자기 모델이 작전 때려치우고 퇴각하겠다고 하면?"

"…의심이 깊어진다?"

"정답. 그런데 만약, 갑자기 연합군이 아미앵 방어를 포기하고 냅다 던져 준다면?"

모르겠다. 이놈은 대체 뭘 생각하고 있는 거지.

"정답은 하나야. '최후의 한 명까지 아미앵을 지켜라!' 크헤헤헤! 누구 맘대로 퇴각을 하려고!"

"아미앵을 그냥 넘겨주면, 히틀러가 퇴각을 허가하지 않는다?"

"그래. 바로 그거야. 상식적으로 보자고, 상식적으로. 적이 공짜로 그 엄청난 의미를 품고 있는 땅을 넘겨줬는데 유지 못 하고 토해내면 얼마나 모양새가 우스워지겠어? 히틀러는 절대 쉽게 아미앵 포기 못 해. 하지만 모델은 그랬다간 B집단군 장병들에게 파멸만이 기다린다는 걸 너무나 잘 알고 있지."

브래들리의 머릿속에서도 결론이 나왔다. 모델이 히틀러의 분노를 뒤집어쓴다. 아니면 B집단군이 아미앵을 껴안고 익사한다. 혹은… 둘 다거나.

"사탄이 여기 있었구만."

"무슨 소리야. 사탄이라니. 욕심을 비우기만 하면 이깟 함정, 절대 걸릴 일도 없다고. 그 욕심이 빵빵해서 문제지."

그 유명한 사탕 담긴 병을 탐내는 아기 이야기 아닌가. 주둥이 좁은 병에 사탕을 담아 두고 아이에게 건네주면, 멋도 모르고 병에 손을 쑥 집어넣고 사탕을 한 움큼 집었다간 주둥이에 손이 끼어 꺼낼 수 없게 된다. 욕심을 버리고 주먹을 풀면 해결될 일이지만, 애초에 파리를 정복하겠다는 거대한 욕심을 갖고 들이민 주먹이다. 아미앵조차 챙길 수 없다면 히틀러 어린이의 분노가 폭발해버릴 터.

"자. 이제 우리가 뭘 해야 할지 알겠지?"

"아미앵을 던져주는 건 그렇다 치자고. 하지만 다른 사람도 아니고 네가 직접 아미앵을 지키겠노라 떠들고 다녔잖아. 그건 어쩌려고?"

"나는 정치인도 아닌데? 거, 군인이 한 입으로 두말 좀 할 수도 있지."

유진은 꽁초를 휙 던졌다. 이미 불은 진작 꺼져 연기 하나 흐르지 않았다.

"거짓말이 제일 강력한 힘을 발휘할 때가 언제일 것 같아."

"언젠데."

"평생 진실만을 말하던 놈이 구라를 칠 때야."

유진 킴은 장병들의 목숨을 그 누구보다 아낀다. 연합군 모든 시민들은 물론 적들까지 알고 있는 명제.

"앞으로도 쭉 지켜나갈 수 있다면 너무너무 좋은 그림이겠는데… 별수 없지. 지금이야말로 그 신념이 가장 비싼 값에 팔릴 타이밍이니까."

그러더니 또 뜬금없는 소릴 꺼냈다.

"아니면 더 큰 일로 덮어버릴 수도 있고."

* * *

"아미앵에 적이 대대적인 공세를 퍼붓고 있습니다."

"예상했던 일 아닌가."

오마르 브래들리는 초조하게 상황판만 바라보고 있는 참모들을 보며 쯧쯧 혀를 찼다.

"현지 상황은?"

"독일군이 체계적으로 도심 구역 하나하나씩 무력화해나가고 있습니다."

"참모부의 예상보다 더 빠릅니다."

"그건 별로 기분 좋은 소식은 아닌데."

열강급 국가들이 총력을 투사한 시가전이라는 역사상 유례를 찾아보기 드문 전장환경은, 대다수의 예상과 달리 공격자와 방어자 모두에게 끔찍한 콘크리트 정글이라는 사실이 스탈린그라드 전투로 밝혀졌다.

그러나 상대는 썩어도 준치인 독일군이다. 이미 스탈린그라드에서 뜨거운 맛을 보고 대국을 그르칠 뻔한 그놈들이, 똑같은 방식으로 똑같이 뜨거운 맛을 보리라곤 기대도 하지 않았다.

유진의 추측대로라면, 적의 이 공세는 진심이 아니었다. 오히려 언제든 다시 벨기에 방면으로 물러나기 위해, 시간을 벌 요량으로 일단 크게 한 방 휘두르는 주먹에 가깝다.

정말일까? 정말 독일군이 파리 진군이라는 목적을 포기했을까? 그렇게 쉽게? 고작 '강행정찰 중 길가에서 교통사고' 같은 어처구니없는 일로 적장과 마주쳤다고 해서?

하지만 총사령관은 '맞다'라고 판단했다. 그렇다면 예하 부대의 사령관들은 그 전제조건에 맞추어 움직여야 한다.

"민간인 대피 작업은?"

"퇴거를 거부한 인원을 제외하면 95% 이상 완료되었습니다. 남은 이들은 공무원, 경찰, 정치인 등 특수한 인물들입니다."

"좋아. 그럼⋯ 아미앵을 내주자고. 다 퇴각시켜. 준비되는 대로 후퇴작전 개시한다."

모조리 내준다. 전열이 붕괴되는 척. 독일군의 맹공에 마침내 무너지는 척. 전장에서 한참 떨어진 베를린에서, 서류만으로 보았을 때 착시현상이 일어날 정도로 대대적으로 물러난다.

브래들리는 미리 맞춰놓은 시계를 보았다. 때가 되었다.

"이제, 영국인들을 믿어야겠군."

* * *

아쉽다. 아쉬워.

백마 여덟 마리가 모는 로마식 마차에 월계관을 쓰고 파리 한복판을 행진하며 위대한 원수 각하께서 친히 사로잡은 극악무도한 적 수괴 발터 모델을 끌고 다니는 모습을 만천하에 보여주고 싶었는데. 결과적으로는 도망치는 셈이 되었다. 하지만 그것도 좋아.

"원래는 내가 아미앵에 딱 박혀 있어야 저 새끼들이 빠지질 못하는데. 모델이랑 이야기해보니 딱 견적 나왔잖아?"

"독일 놈들이 상식적인 판단을 했다는 생각은 안 드십니까."

"응."

그… 프로이센 놈들은 전쟁도 그딴 식으로 하더니, 중세 기사도 문학 같은 걸 너무 많이 읽어서 머리가 단체로 돌아버린 건가?

'적 총사령관을 잡거나 사살하면 이긴다.'라니. 코에이 삼국지조차 적 군주 사로잡았다고 적의 항복을 받아내진 못한다. 하물며 난 군주조차 아니지. 하다못해 처칠이 V—2 로켓에 맞고 폭사하는 일이 벌어져도 승리 선언을 못 할 건데 대관절 그냥 군바리 대표인 나를 죽인다고 무슨?

하지만 모델의 말과 태도를 보아하니, 적어도 독일 놈들은 내 모가지에 굉장히 큰 가치를 부여하고 있는 모양이었다. 그토록 집착하는 아미앵과 엇비슷한 수준으로. 이걸 안 써먹으면 너무 아깝지 않은가.

"알렉산더가 잘해줘야 할 텐데."

브래들리의 제12집단군이 아미앵 방어선을 포기하고 대대적인 퇴각을 선택할 때. 알렉산더 원수가 지휘하는 영국 제21집단군이 브래들리의 좌측 방향에서 대대적인 공세를 개시했다. 이 공세의 목표는 바로 칼레와 됭케르크. 모델의 측면을 위협하는 동시에, 다시 한번 항구를 장악하고 저지대 집단군과 연계하기 위한 작전이다.

알렉산더의 21집단군과 오킨렉의 저지대 집단군이 이어진다면, 지도상으로 봤을 때 아미앵을 휘감는 거대한 C 자 모양 포위망이 생성되고 독일 놈들은 그 아가리 한가운데 놓인 모양새. 바둑에선 이런 형국을 호랑이 아가리, 호구(虎口)라고 부른다. 독일 놈들을 호구로 만들어야 하니 이게 그 언어유희인가 그건가.

사실 이 공세로, 저지대 집단군에 대한 보급이 가능하단 내 호언장담은 순 허세였다는 게 뽀록날 수밖에 없다. 모델이 그걸 캐치 못 할 리가. 공중수송의 한계는 아직 명확하고, 오랫동안 포위되어 접전을 치러오던 저지대 집단군의 전투력이 어느 수준인지 파악하기란 힘들다. 멀베리 항구를 다시 배송해 보급을 재개하네 마네 해도, 그게 말이 쉽지. 노르망디 상륙작전만 해도 폭풍 한 방에 와르르맨션되지 않았던가.

고로 정답은 육로 연결. 트럭이란 트럭은 박박 긁어모아 저지대 집단군에게 절실할 물자를 단숨에 그 입에 쑤셔 넣어준다. 그걸 위한 공세였다. 따라서 독일군은 즉각 포위망에서 탈출하며 12집단군과 저지대 집단군의 조우를 차단하는 것이 최고의 선택지겠으나.

아미앵 지키셔야지. 크헤헤헤헤!

그 순간, 피가 쏠리는 익숙한 기분과 함께 주변이 요동쳤다.

"착륙 성공했습니다. 내리시지요."

"그러지."

살짝 머리를 좀 다듬은 후, 나는 천천히 자리에서 일어났다. 비행기의 문이 열리고 햇빛이 들어온다. 바깥에 운집한 사람들의 모습. 온통 꼬질꼬질하고, 피로가 켜켜이 누적되어 그 모습은 엉망이지만 결코 눈빛만큼은 사그라들지 않았다.

"벨기에에 오신 것을 환영합니다, 총사령관님."

"이렇게 만나 뵙게 되어 반갑습니다, 오킨렉 사령관."

나는 그를 있는 힘껏 끌어안았고, 기다렸다는 듯 사방에서 플래시가 펑펑 터지기 시작했다.

"잘 버텨주셨습니다. 이제 복수의 시간만이 남았습니다."

흑의 대마를 따낼 시간이다.

아미앵그라드 8

　더 이상 모허이에서는 총성이 들리지 않았다. 마지막까지 마을을 사수하고자 했던 이들은 이제 방아쇠를 당길 수 없는 몸이 되었다. 독일제국의 스톰트루퍼들이 치욕스러운 패배를 당했던 모허이 숲은 새로이 친위대 병사들과 미군의 무수한 시체를 끌어안았다.

　미합중국의 선배들은 승리했지만 후배들은 버티지 못했던 이유 중 하나는, 이 숲까지 기어코 끌고 들어온 저 육중한 강철의 맹수들. 대전차포와 바주카, 대전차소총과 총류탄까지 모조리 긁어모아 최후까지 분전하던 미군은 피눈물을 흘리며 전우의 시체를 포기한 채 후퇴해야만 했다. 하지만 불과 연기, 매캐한 화약 내음과 함께 나타난 독일군은 여전히 그 두 눈이 시뻘겋게 충혈된 채였다.

　"우리 대독일국은 패배해 정복당한 프랑스인들조차 가엾게 여겨 분에 넘치는 대우를 해줬다. 그럼에도 불구하고 너희들은 적국에 부역해 우리에 대항하는 전투에 협조하였으니, 그 죄를 물어도 할 말이 없을 것이다. 틀렸나?"

　"무엇을 원하시오."

"연합군의 흑색선전과 달리 우리는 국제법을 준수한다. 너희들의 죄를 불문에 부칠 테니 지금이라도 우리에게 순순히 협조하라."

마을에 남아 있던 거주민들의 대표로 독일군을 만난 이는 이미 팔순을 넘겨 얼굴이 자글자글해진 노인이었다. 그는 잠시 소처럼 눈망울을 몇 차례 끔뻑거리더니, 천천히 입을 열었다.

"너희 독일 놈들은 하도 자주 와서 올해가 몇 년인지도 헷갈린단 말이지."

"영감. 헛소리하지 말고 묻는 말에 대답부터 해라."

"너희는 몇 번이고 우리를 짓밟고, 무수한 사람을 죽였고, 젊은 남자는 끌고 가고 여자는 겁탈했지. 설마 노인네까지 다 죽이지 않은 걸 보고 분에 넘치는 대우라고 말하는 거라면… 제정신들이신가?"

"저 개같은 놈이 뒈질려고!"

그 말을 듣던 친위대원 몇이 곧장 노인의 뼈 몇 개를 분질러주려고 했지만, 주변인들의 제지에 무위로 그쳤다. 하지만 그 모습에도 노인은 전혀 떨지 않았다.

"루이 나폴레옹이 너희들에게 붙잡혔을 때도, 독가스를 뿌리며 지난 대전쟁에서 쳐들어올 때도, 몇 년 전 파리를 무너뜨렸을 때도, 그리고 지금도. 너희는 번번이 그 흉악한 총칼을 들이밀었지만, 결코 프랑스의 자긍심마저 그 총칼 앞에 꺾인 적은 없다."

"노인네. 되먹잖은 추억 타령은 여기까지 해라. 마지막 경고다. 협조를 거부하면 결코 용서할 수 없다."

해야 할 일이 많다. 당장 이곳을 정리하고 다음 진출을 위한 교두보로 삼아야 하는데, 동원 가능한 인력은 다다익선. 하지만 그런 조급한 마음에서 나온 말은 오히려 노인의 분노에 기름을 끼얹었다.

"협조? 혀어업조? 미치광이들. 내가 이만큼 살면서 너희처럼 미쳐버린 놈들은 본 적이 없어! 이 정신병자들!"

"미친 영감쟁이가 어디서 아가리를 털어대!"

마침내 제지를 뚫고 뛰쳐나온 프란츠 슈미트는 저 버르장머리라곤 없는 노인네의 뺨따귀를 있는 힘껏 올려붙였다. 철썩하는 소리가 천둥처럼 울려 퍼졌지만, 노인은 주눅 하나 들지 않았다.

"너흰 전부 천벌을 받을 거야! 거기 장교. 이 솜털조차 채 사라지지 않은 어린애들을 남의 나라에 끌고 와서 보여주는 꼬락서니가 노인네 협박하는 모습인가? 이 애들에게 군복 입혀주고 노인을 두들겨 패라고 하는 게 너희 프로이센 놈들의 명예인가? 하나님 영전에 나아가 정녕 후회하지 않을 수 있겠나?"

"신께선 독일 민족에게 온 유럽을 지배할 권한을 주셨고 이는 총통 아돌프 히틀러 각하께서 거쳐 온 그 위대한 발자취로 증명된다. 후회는 지금 당신들이 해야 할 일이고."

"미쳤어. 너희는 전부 미쳤어. 거기 어린 병사들! 지금이라도 정신들 차려라. 전쟁 같은 건 할 게 못 된다. 당장 고향으로 돌아가서……."

탕.

장교의 손에 쥐여 있던 루거 권총에서 연기 한 줄기가 모락모락 피어오르며 노인의 혼백을 휘감았다.

"이 미친 노인은 마지막까지 우리에 대한 사보타주를 일삼았고, 나아가 독일 민족을 모욕하는 언행도 서슴지 않았다. 이 죄는 죽어 마땅하다. 그렇지 않나?"

"그렇습니다!"

"죽어도 쌉니다!!"

유겐트 부대원들은 서로 제 목소리가 파묻힐까 있는 힘껏 목에 힘을 주고 악을 썼고, 베테랑들은 그 모습을 보며 흡족한 표정을 지었다.

"이 저주받은 땅이 마침내 아리아인의 손에 들어왔다. 한 놈도 살려 두지 마라! 철저히 소각하고 소금을 뿌려 대선배들의 복수를 마무리하자! 하일 히틀러!"

"하일 히틀러!"

친위대원들은 모허이를 이 잡듯 뒤졌고, 숨어 있던 미군 패잔병과 민간인을 가리지 않고 눈에 띄는 자들은 모조리 벌집으로 만들었다.

"명심해라! 강자는 약자를 지배하고, 약자는 비참한 최후를 맞이한다! 이게 바로 세상의 원칙, 진화론의 법칙이다!"

"독일 민족은 위대하다! 패배자들의 말로는 이토록 비참하다! 우리가 패하면 우리 가족이 이렇게 비참해지니, 결코 적에게 자비를 베풀지 마라!"

"옙!"

지옥은 그리 먼 곳에 있지 않았다.

* * *

같은 시각. 벨기에.

빰빠빰! 빠빠밤!!

쾅! 콰앙!

대체 어떻게 지금까지 챙겨 놨는지, 군악대가 엄숙하게 북과 나팔을 불고 예포를 쏘아대며 연합군 총사령관을 환영한다. 그 누구보다 총검을 반질반질 손질해 놓은 정예 병력들이 지휘관을 기다리며 가지런히 오와 열을 맞춰 도열해 있고, 각지에서 목숨을 걸고 날아온 언론인들은 이 모습을 담기 위해 악을 썼다. 여전히 포위망은 풀리지 않았다. 당장 보급이 쏟아져 이들의 팔자가 편 것도 아니다.

그러나 군악대도, 도열한 병사들도, 영국과 캐나다군, 그리고 그 외 다국적 부대의 장병들은 하나같이 치솟는 입꼬리를 억누르기 위해 초인적인 노력을 기울여야만 했다.

그들의 앞에 있는 이가 누구인가. 그들이 표하는 경의에 답하고 있는 이가 누구인가.

"여러분은 버림받지 않았습니다."

그들을 이곳으로 떠민 이 대신.

"여러분은 이 전장의 패배자가 아닙니다."

그들과 함께하기 위해 온 이를 보라.

"여러분은 이 전장의 주인이 될 것입니다."

너덜너덜해진 그들의 자존심을 위로하는 저 사람을 보라!

"이프르의 진흙탕도, 브뤼셀의 폐허도, 됭케르크의 황량한 해변도 우리를 막을 수는 없습니다."

"와아아아!!"

"가장 어두웠던 시간은 지금 끝났습니다. 악이 승리하고 자유가 위협받던 거꾸로 되어 먹은 세상도 끝났습니다. 여러분의 인내가 결실을 맞이할 때가 왔습니다!

"이제 나와 함께 갑시다! 내가 여러분의 손에 승리를 쥐여드리겠습니다! 저 동쪽으로, 해가 떠오르는 곳으로, 베를린을 태양보다 환하게 밝혀주러 갑시다!"

"으아아아아아!!"

번갯불에 콩 볶아먹듯 정해진 식순이 착착 진행되었고, 그다음은 주요 인사 면담이었다.

"벨기에의 해방이 이제 머지않았습니다."

"우리 벨기에 왕국은 연합군과 보조를 맞추어 추축국 패망을 위해 모든 노력을 경주하겠습니다."

이런 알맹이 없는 선언들도 원래 다 중요한 법.

"우리 레지스탕스들의 공로를 인정해 주셨으면 합니다."

"저 또한 한 명의 군인으로서 여러분의 투쟁에 진심 어린 찬사를 보냅니다."

벨기에 레지스탕스들의 상당수는 빨간 맛이 강한 양반들. 솔직히 말하자면 이제 무장 해제하고 귀가하시거나 아니면 아예 벨기에군에 편입되어주면 좋겠는데, 이분들은 영 총을 쉽사리 놓질 않고 있다.

"그런 의미에서 여러분도 침략자에 대한 복수를 해야 하지 않겠습니까? 원하신다면 별도로 부대를 편성해 독일군의 등짝에 칼을 꽂을 기회를 드리겠습니다."

"우릴 사지로 몰아내려고 하시는 게요?"

"그런 짓을 했다간 모스크바에 사는 어떤 분이 제 머리통에 얼음송곳을 꽂을 것 같은데요. 하하하."

"하하하!"

나는 그래도 뒷배라도 빵빵하지, 포위당한 직후에 영국군이나 망명정부 사람들이 어떤 고초를 겪었을진 안 봐도 블루레이구만, 이거.

이런저런 협의 다음엔 곧장 벨기에 현지 민심 위무가 이어졌다. 시장 나가서 복스럽게 먹방도 좀 찍어주고, 어린이들 싸인도 해주고, 병원에서 사진 몇 장 찍고… 이상하다? 나 혹시 출마 준비하는 건가? 이게 아닌데? 이런 온갖 절차를 거친 뒤에야, 비로소 본격적인 회의가 시작되었다.

"현재 저지대 집단군의 공세 역량은 거의 소진되었습니다."

"여태 소멸해 항복하지 않은 것만으로도 여러분들의 의지와 능력을 실감하고 있습니다."

"브뤼셀 방어에 실패한 책임을 지겠습니다. 제 선에서 끝내주시기만 한다면 총사령관님의 자비를 칭송하겠습니다."

"그럴 순 없지요. 안타깝지만."

나는 오킨렉에게 잘 포장된 상자 하나를 내밀었다. 그가 상자를 열자 그 안엔 번쩍이는 계급장이 가지런히 놓여 있었고.

"축하드립니다. 귀관은 오늘부로 육군 원수입니다."

"…하."

"당연한 일 아닙니까."

상황은 충분히 처참했다. 항복을 고려해도 전혀 이상하지 않은 상태. 벨기에 시민들은 극도로 지쳐 한계까지 몰려 있었고, 이 참사를 부른 영국군을 해방자로 보긴커녕 웬수덩어리로 여기는 이들도 심심찮게 있었다.

독일군이 결코 공격을 등한시한 것도 아니다. 야금야금, 한 칸 한 칸 서서히 옥죄어 들어오며 저지대 집단군의 재편을 저지하려 노력했고, 그 탓에 영국군은 남쪽 탈출구를 만드는 방안을 포기하고 오히려 북상해 앤트워프 항구 장악을 노려야만 했다.

지금은 1분 1초가 귀한 시기. 군사적으로 생각해본다면 지금은 이런 잡스러운 행사를 진행하기보단 곧장 모델의 멱을 따는 데 총력을 기울이는 게 맞을지도 모른다.

하지만 그건 내 스타일이 아니지. 어차피 나야 대전략을 짤 뿐이고, 내가 현지를 다독이고 아군과 적군 모두에게 강력한 시그널을 보낼 동안 나와 동행한 참모들은 저지대 집단군 사령부와 미팅을 가지며 작전안을 공유하고 있었다.

"현재 제가 직접 지휘가 가능한 부대는 그리 많지 않습니다. 상당 부분 일선 하급부대 지휘관들에게 자율을 부여하였고……."

"이런 상황에서는 최선의 판단이지요."

모두 오케이. 어차피 포위당해 있던 곳, 머리의 명령이 말단까지 미치리라곤 볼 수 없다. 해롤드 알렉산더가 이끄는 영국군이 무시무시한 기세로 북진하기 시작했고, 독일군은 당장 눈앞에 닥친 포위망 붕괴 위기를 막기에도 급급한 상황. 지금이라도 파리 공세라는 헛된 꿈에서 깬 아미앵이고 나발이고 빤스런하는 게 최선의 판단이겠지. 그러니 나는 수단과 방법을 가리지 않고 최대한 적이 아미앵 일대 점령지를 붙들고 있게끔 유도해야만 했다.

"아미앵이 함락되었다고 들었습니다. 총사령관께선……."

"의도한 대로입니다. 제 추론대로라면 독일 놈들이 아미앵을 버린다는 선택을 쉽사리 고르지는 못할 겁니다."

"그렇습니까. 결국 문제는 알렉산더 장군께서 얼마나 빨리 저희를 둘러싼 포위망을 끊을 수 있냐에 달려 있겠군요."

보급 재개를 전제로 새로이 전략을 구성한다. 빼앗긴 브뤼셀의 탈환. 앤트워프에 밀집된 주력부대를 어디로 투사할 것인가. 보급을 재개할 항구의 확보. 항구에 하역될 물자를 어떻게 예하부대로 전달할 것인가.

뭐 하나 쉽게 돌아가는 일이 없다. 여태까지 포위되어 있었던 부대가 작전행동이 가능한 것부터가 이들의 정예함을 증명한다. 직접적인 망치 역할을 맡기기보단 아무래도 그냥 이들의 존재 자체로 적에게 억지력을 행사하는 방향으로 선회해야 할 듯했다.

하지만 그물은 착실히 조여지고 있다. 이제 시간은 우리의 편이지, 크라우트 놈들의 편이 아니니까. 펄떡이는 모델을 회로 뜰 그날이 오고 있다.

4장
백일 천하 I

백일 천하 1

발터 모델은 문을 열고 입장해 오른손을 번쩍 치켜들고 나치식 경례를 올렸다. 지난 암살 미수 사건 이후 생긴 변화 중 하나, 더 이상 통상적인 거수경례는 없었다. 말단 졸병부터 원수에 이르기까지 모두 나치식 경례를 올려야 했으니. 하지만 그는 거기에 대해 생각할 시간이 없었다.

"오이겐 킴과 만났습니다."

폭탄 발언. 처음 모델이 입을 열자, 잠시 자신이 무슨 소릴 들었나 고민과 깨달음의 시간을 거친 나치의 고위 관계자들과 군부 인사들을 막론하고 모두가 소스라치게 놀라 의자에서 굴러떨어질 뻔했다.

오이겐 킴과 마주했다고? 붙잡지도 못하고… 뭐 어째? 사이좋게 술담배 빨다가 그냥 살려 보냈다고?

모델은 국방군 원수였기 때문에 머리채를 잡히고 개처럼 질질 끌려나가는 대신 무슨 소리냐는 채근만 듣고 끝낼 수 있었다. 모델은 다른 장군들에 비해 히틀러의 호의를 얻은 입장이었기에 자신이 겪었던 일을 끝까지 쭉 읊을 수 있는 행운을 얻었다. 처음에는 보고로 시작된 모델의 이야기는, 끝에 이르러서는 사실상 고해성사 비스무리한 무언가가 되어 있었다.

"…따라서, 저와 B집단군 참모부는 아미앵에 밀집한 적을 한 차례 꺾은 후 곧장 퇴각해야 한다고 판단했습니다. 총통 각하의 재가를 요청드리는 바입니다."

"미친 소리!"

"장군의 충성심이 의심되는구려. 그 비열한 놈이 무얼 약속했소? 돈? 직위?"

"그를 사로잡을 수 있었다면 그렇게 했을 것이고, 죽일 수 있었다면 죽였을 겁니다. 킴 또한 마찬가지였고, 그 상황에서는 최선이었을 뿐입니다."

"그를 죽이고 같이 죽었어야지! 이 배은망덕한!"

"모델 장군. 무장을 해제하시오!"

이 아비규환 속에서 모델은 묵묵부답 히틀러만을 바라보았다.

"……."

하지만 총통은 침묵을 지켰고, 모델은 미리 작성해 두었던 오이겐 킴과의 대화록과 자신의 권총을 내려놓은 채 헌병들을 따라 나가게 되었다. 며칠간 강도 높은 취조를 당한 모델은 총통의 명으로 풀려나 다시 그의 앞에 섰다. 그러나 함께했던 그의 부관은 풀려나지 못했다.

"제 부관을 풀어주십시오. 그는 아무 잘못이 없습니다."

"그럴 수는 없지. 장군의 충성심은 몰라도, 그의 충성심은 명백히 의심스럽잖소?"

힘러가 그 못생긴 원숭이 면상을 이리저리 일그러뜨리며 끽끽대자, 모델은 잠시 어째서 저따위로 생긴 인간이 아리아인 제일주의를 주창하는 나치당의 고관인지 진지한 고찰을 하고 싶어졌다. 아리아인 여부는 모르겠지만 게르만족처럼 생기진 않았는데.

"무엇이 말입니까. 설마 저와 킴을 동시에 벌집으로 만들지 못했다고 그러십니까?"

"꼭 그런 것만은 아니고. 어째서 보고를 제때 하지 않았냐, 그거지."

"애시당초 왜 제 부관이 친위대에서 조사를 받고 있는 겁니까?"

"총통 각하를 모시는 우리 친위대가 이런 분야의 전문이니까. 더 길게 말할 것 없소. 조사해보고 죄가 없으면 풀어줄 테니."

벽에 대고 이야기하는 것 같다. 모델은 탄식하며 자리로 향했고, 논의가 시작되었다.

"오이겐 킴의 의도대로라면……."

"아미앵 일대를 타격한 후 철군하는 방향에 대해……."

"포위망 안 영국군을……."

공허하다. 무어라 입 가진 자들이 열심히 떠들고 있긴 하지만, 모델의 귀에는 잘 와닿지 않았다. 장내에 있던 모두가 한창 그렇게 떠들어댄 지 얼마나 시간이 지났을까. 안경을 낀 채 보고서를 응시하던 히틀러가 입을 열었다.

"모델 장군."

"예, 총통 각하."

"오이겐 킴과 처음 조우했을 때, 그자가 웃었다고 했소?"

"그렇습니다."

"그때 표정은 어땠소? 제스처는? 말하는 태도나 어투는?"

모델은 잠시 당황했지만 최선을 다해 총통의 질문에 답했다. 하지만 질문은 끝나지 않았다. 아니, 이제 시작에 불과했다.

"위스키? 위스키 종류가 뭐였나?"

"담배는 럭키 스트라이크. 흠."

"장군더러 '우리쯤 되는 사람'이라. 오이겐 킴, 그놈도 사람 보는 눈은 있나보군."

"파리로 올 물자가 남아 있냐고 물어봤다? 그건 떠본 말인 게 틀림없어. 이미 속으로 확신하고 있었을 거야."

"살아 있는 것보다 죽은 게 낫다. 신이 된 오이겐 킴… 신… 그럴 리가 있

나. 음흉한 놈. 또 속였군. 어떻게 인간이 밥 먹고 숨 쉬듯 거짓말을 늘어놓을 수가 있지?"

처음엔 장내의 모든 인물들이 총통의 질문 하나가 나올 때마다

'실로 예리한 질문이십니다.'

'오이겐 킴의 속내가 까발려지다니!'

'역시 총통께선 대단하십니다!'

하며 필사적으로 아양을 떨었다. 하지만 그게 몇 시간을 훌쩍 지나 해가 지고 저녁이 다가올 때쯤 되자 최고의 아첨꾼들마저 손과 혀가 저릿저릿해 도저히 추임새를 넣을 수 없었다. 하지만 총통은 그들의 코러스엔 일말의 관심조차 가지지 않았다. 그저 모델에게 연신 그 당시의 분위기를 캐물으며 대화록을 한 줄 한 줄 읽고, 적혀 있지 않은 행간을 상상하며 혼잣말을 중얼중얼할 뿐. 그리고 마침내 판결을 내렸다.

"조금 더 고민해봐야겠군."

"…알겠습니다."

"장군은 나와 같이 저녁 식사나 합시다. 그리고 오늘은 여기서 머무르시오. 혹여 궁금한 점이 있으면 좀 물어보리다."

'히틀러와의 식사'라는 말에 이미 그 악명을 들어 잘 알고 있는 모델의 얼마 남지 않은 멘탈이 바스러지고 말았다.

견뎌야 한다. 견디고 견뎌서 어떻게 해서든 총통을 설득해야 한다. 온통 풀떼기로 가득 찬, 술도 없고 고기도 없으며 담배는 엄두도 낼 수 없는 끔찍한 저녁 식사 시간 동안 모델은 경애하는 총통의 쉴 틈 없는 취조에 시달리며 밥이 입으로 들어가는지 코로 들어가는지 몰랐다. 오직 부하들에 대한 책임감만이 그의 정신을 지탱해줄 따름이었다.

하지만 모델의 간절한 바람은 이루어지지 못했다. 다음 날, 다시 회의가 시작되려는 찰나 들어온 보고가 모든 것을 뒤바꾸었기 때문이다.

"각하. 자랑스러운 우리의 아들들이 마침내 적의 방어선을 뚫고 아미앵

을 점령했다고 합니다!"

"그래! 바로 이거야!"

최근 딱딱하게 굳어만 있던 히틀러의 입에 함박웃음이 맺혔다.

"드디어! 드디어 아미앵을 점령했어!"

"이 모든 것이 다 총통 각하의 지도 덕택입니다!"

"그렇습니다. 국방군과 친위대 모두 각하가 없으면 불쏘시개에 불과합니다!"

"총통 각하. 지금이야말로 후퇴하기에 가장 적당한 시기입니다."

"무슨 소릴 하는 겐가, 귀관은."

"적은 우리의 후미를 잡을 역량을 상실했습니다. 지금이야말로……."

"우리가 마침내 오이겐 킴의 빛나는 업적을 시궁창에 처박았어. 그런데 그걸 무력하게 내준다고? 시민들이 대체 그걸 어떻게 생각하겠나?"

사사건건 독일 민족을 억압하기 위해 존재하던 나라, 프랑스를 처음 무너뜨렸을 때와는 다르다. 그깟 아미앵에 있던 조각상 좀 때려 부순들 뭐가 바뀌겠는가. 진정한 적은 아직 오지도 않았는데.

서방의 오이겐 킴. 그리고 역겨운 슬라브의 스탈린. 독일 민족의 레벤스라움을 이룩하고 세계의 패권을 잡기 위해 반드시 물리쳐야 할 두 거두. 그 사악한 유대인의 마름이 제 검둥이 졸개를 끌고 대서양을 건너 발을 디딘 지금, 아미앵은 다시 성지가 되었다.

세계를 암중에서 조종하는 유대—볼셰비키가 승리하느냐, 세계를 정복하고 다스릴 권리를 부여받은 독일 민족이 승리하느냐. 마침내 현세에 도래한 아마겟돈의 땅.

"아미앵은 이 전쟁의 분수령이 될 곳이야. 마침내 파리로 가는 길이 열리고 연합군이 처참히 바스러질 징조가 보이고 있어."

"그럴 리가 없습니다! 뭔가 이상합니다. 제가 본 아미앵 일대는 결코 쉽사리 무너질 곳이 아니었습니다!"

"그 명성 높던 오이겐 킴도 결국 내가 영도하는 독일을 이기지 못한다는 사실이 증명되었어. 그토록 아미앵을 지키겠노라 떠들던 킴이 제 말 하나 못 지키고 꼬랑지를 말았다고!"

대가리에 전투만 가득 찬 구태의연한 국방군 장성들과 달리, 대국을 볼 줄 아는 이 아돌프 히틀러와 그 맞수 오이겐 킴은 아미앵이야말로 서부 전선의 향방을 결정 짓는다는 사실을 꿰뚫고 있으렷다.

어째서 그놈은 모델을 만나 그토록 집요하게 입을 털어댔는가? 도저히 정공법으로는 아미앵을 지킬 수 없어서. 당연한 공식 아닌가. 그놈은 제발 독일군이 회군해주길 바라며 허장성세를 부린 게 틀림없다. 늘 그래왔듯. 하지만 양치기 소년의 거짓말은 결국 만천하에 탄로 나는 법.

이번에야말로, 이번에야말로!!

"아미앵 점령으로 가장 흔들리는 건 프랑스겠지. 우리가 살짝만 더 위협을 가하면 다시 친독 민병대가 떨쳐 일어나고 파리 시민들도 승산 없는 전투에 휘말리는 건 사양하고 싶어질 거야."

"그렇습니다. 자랑스러운 독일군이 행군하기만 해도 피난민이 쏟아지며 파리는 그 기능을 상실할 겁니다."

"그렇지. 바로 그거야. 프랑스를 다시 탈락시키고 그들에게 관대한 조건을 제시해 프랑스군과 미군을 상잔시키면 돼. 그러면 서부 전선의 최종 승리도 눈앞에 다가와."

"각하."

모델은 결심했다.

"B집단군의 사령관은 접니다. 저는 현장에서의 모든 정보와 징후를 종합해 지금은 숨을 골라야 할 시점이라고 판단했습니다."

"모델 장군. 귀관은 오이겐 킴의 세 치 혓바닥에 완전히 휘말려버렸군. 패배주의에 가득 물들어버렸어."

히틀러가 혀를 차자 주변의 간신배들은 당장이라도 모델의 몸뚱아리를 갈기갈기 찢을 듯 증오를 발산했다.

"하지만… 마지막으로 기회를 주겠네. 복귀해서 파리로 가겠나. 아니면 이곳에 남아 있겠나."

이곳에 남는다면, 아마 시체가 되리라. 다른 이들처럼. 거기다 명령을 뿌리치기에는, 그를 기다리고 있을 부하들을 도저히 버릴 수 없었다.

"복귀하겠습니다."

"지금 바로 돌아가게나."

모델은 직감했다. 이곳에 돌아올 일은 이제 두 번 다시 없으리라고.

* * *

기나긴 하루가 끝나고 달이 다스리는 밤이 돌아왔다. 하지만 아돌프 히틀러는 터질 것만 같이 두근대는 심장 때문에 도저히 잠들 수가 없었다.

"보았나."

그의 방 한쪽 구석, 미군 군복이 입혀진 마네킹 하나. 그는 그 마네킹을 뚫어져라 응시하며 중얼거렸다.

"나는 한때, 이 썩어빠진 세상을 엎어버리고 새로운 질서를 가져다줄 백마 탄 초인이 도래하리라 믿고 있었다."

어리석었던 시절. 위대한 이상을 품었지만 국력이 받쳐주지 못했던 무솔리니. 추악한 유대인들을 이기지 못하고 늙고 쇠잔해진 헨리 포드. 그리고… 거짓 선지자까지.

"바로 내가 그 초인임을 깨달은 시점에서, 이미 승부는 정해져 있었다. 알겠나?! 내가! 이 내가! 네 모든 거짓으로 점철된 명성을 시궁창에 처박고! 마침내 여기까지 도달했다고!"

고함치고 삿대질을 한다 한들, 마네킹은 당연히 묵묵부답이었다. 하지만 저 멀리 있을 연합군 총사령관은, 지금쯤 머리를 쥐어뜯으며 제 인생의 가장 처참한 패배를 곱씹고 있을 게 틀림없었다.

"얼마 남지 않았다. 네 옷가지 따위가 아니라, 네놈 자신이 이곳에 끌려와 박제당할 날이 머지않았다고!"

약자는 강자에게 잡아먹히고, 패자는 승자의 발밑에 무릎 꿇는다. 이것이 바로 세상의 법칙.

'베를린으로 전차를 끌고 와서 네놈들의 머리통을 다 날려버릴 텐데, 그날만 기다리고 계십쇼. 이 싹수 노란 인간아.'

"끌려오는 건 너다."

승리. 오직 승리.

그날 이후 몇 번이고 문득문득 뇌리에 떠오르는 그놈의 목소리. 저 저주받을 뱀의 혓바닥에서 해방될 날이 다가오고 있다. 크로노스가 우라노스를 쓰러뜨리고 옥좌에 앉았듯, 제우스가 크로노스를 쓰러뜨리고 옥좌에 앉았듯. 독일 민족의 신으로 영원히 숭배받기 위한 금자탑. 그 위대한 승리의 트로피가 그의 손에 떨어졌다. 히틀러는 편안한 마음으로 침대에 누워 잠을 청했다.

백일 천하 2

[영국군, 다시 한번 포위되다!]

[학습 능력이라곤 없는 연합군. 3년 전 그때 그대로 파멸!]

[루즈벨트, 오이겐 킴 연이은 사망과 와병 소식. 영국인들의 암살?!]

[영국군의 착취에 독일의 통치를 그리워하는 벨기에인들.]

[프랑스, 다시 한번 항복 고민 중… 서부 전선 종결 머지않아.]

['독일과 동맹해 소련을 막자.' 정의를 실현하기 위해 움직이는 연합국 시민들!]

괴벨스와 그 무리들의 선전선동은 정점에 다다르고 있었다. 독일인들 중 더 이상 괴벨스를 신뢰하는 이들은 사실 뼛속까지 나치 수준을 넘어 대뇌 피질에까지 하켄크로이츠를 박아 놓은 골수 중의 골수가 아닌 이상 없다고 해도 무방했다. 물론 밉살맞은 폴란드를 순식간에 무너뜨리고, 저 천하의 원수 프랑스를 발아래 무릎 꿇릴 때까지는 모두가 그 놀라운 업적을 찬양하고 히틀러를 신의 사자로 숭배했었다.

하지만 지금은? 영국은 그때부터 지금까지 항전을 이어나가고 있다. 소련을 물리쳐야 한다며 온 나라의 젊은 남자들을 죄 데려가 놓고선 어느 순간 '어디어디를 새로 정복했다.'라는 말이 전혀 흘러나오고 있지 않다. 이겼다는 말만 요란할 뿐. 사막의 여우라며 당장 이집트를 정복할 것처럼 떠들던 롬멜은 죽었는지 살았는지 소식조차 없다. 믿음직한 동맹이라던 이탈리아는 내란이 터져 나라마저 두 쪽이 되었다. 어두컴컴한 밤이 되노라면 저 서쪽에서부터 연합국의 폭격기가 떼로 몰려와 소중한 집과 공장에 폭탄을 떨어뜨려댔다. 그리고 수십 년 전 들었던 그 이름, 오이겐 킴의 검은 손길이 점점 다가오고 있다.

"나라 꼬라지 봐라."

"배급이나 늘려주면 좋겠어."

"매일 '제 머리통 위에 폭탄이 떨어지지 않게 해주세요.' 하고 기도 올리는 거랑 동부 전선에 자원병으로 나가는 거 중에서 뭐가 더 살아남을 확률이 높을까?"

"당연히 동부 전선이지. 거긴 미군 원수 괴벨스도 괴링도 없잖아."

대체 이 빌어먹을 전쟁은 언제 끝난단 말인가? 독일 국민들은 지친 지 오래였지만, 차마 연신 으르렁대는 나치가 두려워 입 밖으로 그 불만을 표하는 것조차 조심스러웠다. 하지만 이번에는 조금 달랐다.

[영국군 50만 포위 섬멸! 다시 한번 파리를 향해 진격!]

한동안 잠잠했던 대승리 소식을 저리 괴벨스가 까악까악대며 부르짖는 걸 보니 이겨도 보통 크게 이긴 것이 아닌 모양이었다. 그리고 마침내, 용의 그림에 눈동자를 그리듯 다시 한번 괴벨스가 성명을 발표했다.

[아미앵, 마침내 제3제국의 품으로!]

[대독일국의 자랑스러운 아들들은 간교한 악마 오이겐 킴이 이끄는 미군을 격파하고 마침내 아미앵에 입성했다.]

[우리는 다시 한번 과학적으로 게르만족의 우수성과 아리아인이야말로 세계를 지배할 자격이 있음을 증명하였다! 최후의 한 걸음, 적의 완전한 파멸까지 앞으로 한 걸음 남았다! 국민들이여, 일치단결하여 마지막 한 걸음

을 내딛자!]

오이겐 킴의 요새, 아미앵 함락! 지쳐버린 독일인들조차 이 경이로운 소식에는 잠시 고개를 들고 눈을 반짝였다. 정말, 정말 이길 수 있는 건가? 그렇다면 이 전쟁도 곧 끝나는 것인가? 어느 순간부터 날마다 오던 폭격이 갑자기 뜸해지기 시작했는데, 정말 이 지긋지긋한 전쟁이? 설마?

한편 괴벨스 또한 총통을 설득하기 위해 필사적인 노력을 하고 있었다.

"총통 각하. 국민들에게 모습을 드러내주셔야 합니다. 국민들은 각하를 그리워하고 있습니다!"

"됐네."

"각하……!"

"됐다니까!"

전쟁이 점차 불리해지면서 히틀러는 더 이상 연설을 하지 않게 되었다. 히틀러는 열차를 탈 때도 자동차를 탈 때도 두꺼운 커튼을 치거나 아예 야밤에만 이동했다. 공식적인 이유는 암살 위협 때문이라고 설명되었지만 총통의 측근들은 '폭격으로 엉망이 된 도시를 보기 싫어서.'가 진짜 이유임을 다 짐작하고 있었다.

하지만 이번만큼은 달랐다. 아미앵 점령에 흡족해진 히틀러는 괴벨스에게 연설 준비를 하라 지시했고, 이 충직한 사내는 열과 성을 다해 사상 최대의 거대한 선동을 준비했다.

그런 그들의 바람을 비웃기라도 하듯, 미영연합군은 괴벨스의 승리 발표 바로 다음 날 사상 최대의 항공력을 동원해 베를린에 뜨거운 사랑과 정열을 퍼부었다. 히틀러의 연설은 취소되었다. 여전히 베를린은 황폐했다.

* * *

아미앵 함락 소식은 무슨 대낮에 버섯구름 피어오르듯 전 세계를 강타

했다.

솔직히 말해서, 조금 과소평가했다. 물론 내가 기자들 만날 때마다 맥주 안주로 나온 볶은 땅콩 까먹듯 입만 열면 아미앵이 어쩌고 하면서 아미앵의 인지도와 어그로를 백 점 만점에 백사십 점으로 만들어놓긴 했지. 근데 그래도 그렇지, 내 입지가 이 정도였다고? 조금 많이 당황스럽거든요?

"대체 이게 어떻게 된 일이요, 총사령관!"

"자자. 분노는 고혈압의 원인이 되고, 고혈압은 심신 건강에 좋지 않습니다. 일단 차분하게 릴랙스, 릴랙스……."

"헛소리하지 말고!"

샤를 드골은 틀림없이 정치인이면서도 화를 다스리지 못하고 있다. 으음, 아직 정치 입문한 지 얼마 안 되셔서 그러시는구나. 조금 더 뻔뻔해지셔야 합니다. 자, 잠시 진정하고 제 말 좀 들어보세요.

"아미앵은 지금까지 토미, 양키, 제리, 잽스, 빠게뜨에 이르기까지 모든 국적의 유저들에게 사랑받는 곳이었습니다(캉브레를 선호하는 분들을 제외하면 말이죠). 문제는 아미앵의 인기가 넘사벽인 나머지 다른 전장의 선호도가 매우 떨어진다는 점이었습니다.

그래서 이 특급요리사 유진 킴과 연합군 총사령부는 서부 전선의 문제점을 단순하게 해결하기보다는 전혀 다른 방법으로 균형을 맞추고자 합니다. 우리는 아미앵의 가치를 인위적으로 낮추는 대신, 소속 단체를 미군에서 독일군으로 변경할 겁니다. 물론 아미앵의 전략적 가치는 그대로이기에 기존 유저들에게 영향은 적겠지만, 아미앵을 사랑하던 분들에겐 이제 조금 더 '까다로운 선택'이 필요하게 될 겁니다……."

"아미앵이 함락당했단 소식이 퍼진 직후, 내가 파리를 안정시키기 위해 얼마나 용을 썼는지 아시오?"

"물론 제 변경된 전략을 미리 말씀드리지 못한 부분에 대해서는 뭐라 드릴 말씀이 없습니다. 하지만 전 대통령 각하를 믿고 있었습니다. 하하하."

"웃지 마시오. 한 대 때리고 싶으니."

"허허허. 이거 한 대 피우시고 노기를 가라앉히시지요."

나는 예전에 드골에게 선물받았던 그 뭐시기 프랑스 담뱃갑을 꺼내 두 개비를 뽑아 들었다.

"그 와중에 '골루아즈' 한 갑 챙길 시간은 있었고?"

"챙기다니요. 제가 프랑스를 너무너무 사랑하는 데 시간이 왜 필요했겠습니까. 항상 준비되어 있는 걸요."

"기가 막혀서 원."

나의 혼신의 프레젠테이션은 그 뒤로도 계속되었다.

아미앵에 독일군을 밀어넣는다.

거대한 포위망을 만든다.

두들겨 팬다.

???

PROFIT!

처음엔 시큰둥한 기색이 역력하던 드골의 얼굴은 내 발표가 진행되면서 점점 상기되고 있었다.

"이 계획대로만 된다면 독일군도 끝장이겠군. 올해 크리스마스가 오기 전에 독일이 무너지겠어."

"그럴 리가요."

"그게 무슨 말이오. B집단군을 포위해 섬멸하면 저놈들에게 남은 병력이 뭐 얼마나 있다고?"

"저는 저 미치광이들이 고작 집단군 하나 섬멸되었다고 순순히 백기를 들 거라곤 전혀 생각할 수 없습니다. 항복하면 다행이겠지만."

"고작? 고작이라고?"

"제 개인적인 의견으로는… 절대 항복 안 할 겁니다. 마지막 순간까지. 최후의 한 명까지."

원 역사가 증명하지 않는가. 지난 제1차 세계대전 때와 달리, 연합국은 절대 '협상' 따위를 통해 이 전쟁을 끝낼 생각이 없다. 독일을 완벽하고도 철저하게 굴복시키지 않으면 2~30년 뒤 또 똑같은 전쟁을 치러야 할지도 모르잖는가.

그리고 독일 또한 그때와는 다르다. 카이저와 융커 대신 희대의 정신병자 집단인 낙지 새끼들이 나라 전체를 새까맣게 물들인 상황.

"아미앵을 허무하게 내준 건 무척 당황스럽고, 프랑스의 국가수반으로서 결코 좌시할 수 없지만……."

"거 불가항력이었다니까요. 거기서 미군 수십만이 갈려 나갔어야 만족하셨을 겁니까?"

"독일 놈들을 훨씬 효율적으로 죽일 수 있다는 점은 내 마음에 쏙 드는군. 그래서, 프랑스가 장군을 위해 뭘 해주면 되겠소?"

"프랑스 육군 제1군은 언제쯤 실전 투입이 가능해집니까?"

"아아. 누가 기름과 탄약을 빼앗아가는 바람에 조금 시간이 걸리는군."

와. 정말 쪼잔해. 쫌팽이야 쫌팽이. 좀 저처럼 마음씨 넓은 대인이 되실 수 없습니까?

* * *

누가 유럽짜장 아니랄까봐, 프랑스인이 옹졸한 건 정녕 종특이란 말인가? 아미앵 함락 이후 나는 정말이지 배 터지게 세계구급으로 욕을 먹고 있었다. 쓰러진 이후 퇴물이 되었다는 둥, 더 이상 믿을 수 없다는 둥, 사실 그동안이 다 거품이었다는 둥…….

더 떠들어라, 더. 당연한 말이지만, 저 승냥이 같은 언론의 찌라시들은 각국 정부와 연합군 당국이 반쯤 방임했기 때문에 나올 수 있었다.

적을 속이려면 먼저 아군부터 속여야 하는 법. 나는 최대한 '돔황챠!! 독일군이 너무 막강하닷!!' 하고 온갖 엄살을 떨어대며 정말 아미앵을 어쩔 수 없이 상실한 것처럼 필사의 헐리우드 액션을 벌이고 있었다.

갑자기 히틀러가 자다 일어나서 '아미앵은 함정이다! 전군을 물려라!' 해버리는 순간 나는 별 뾰족한 재미도 못 보고 명성만 깎인 멍청이가 되지 않는가. 도박장에서 호구를 위해 열심히 돈을 잃어줬는데 호구가 벌떡 일어나버리면 나만 새 되는 것과 똑같다.

"총사령관님! 말씀 좀 여쭙겠습니다!!"

"아미앵이 함락되었는데 어째서 장군께선 말이 없으십니까?!"

"해명을 부탁드립니다!"

"파리는? 파리는 안전합니까?"

"물론입니다. 다시 한번 말씀드리지만 파리는 그 어떤 도시보다 안전합니다. 시민 여러분들께선 저를 믿고 생업에 종사해주시기 바랍니다."

난리도 아니구만.

"몽고메리 장군이 킴 총사령관의 전략, 전술에 많은 문제가 있으며 이번 패배는 정해진 일이었다고 논평했습니다. 이에 대해 어떻게 생각하시는지?"

"아잇 씨ㅂ… 크흠. 답변하지 않도록 하겠습니다."

"장군님! 장군님!!"

아주 개판이야 개판. 내가 저 꼴을 만들긴 했지만 어째 배알이 살살 뒤틀리는구만. 베르사유의 총사령부로 돌아와 완전히 기자들의 시선에서 벗어난 뒤에야 난 한숨 돌릴 수 있었다.

"자. 작전 준비는 잘되고 있습니까?"

"물론입니다. 독일군은 확실히 끝장날 겁니다."

"다들 표정 관리 똑바로들 하시고. 기자들에겐 항상 다 죽어가는 면상으로, 세상 다 산 것처럼 구는 겁니다. 아시겠습니까?"

"예!!"

좋아. 역시 다들 스페셜리스트들이야.

"군수사령관?"

"예."

"다시 한번 강조드리겠습니다. 다가오는 추수감사절엔 연합군 전 장병이 1인 1칠면조를 뜯을 수 있어야 합니다."

"그게 그렇게나… 중요합니까?"

"당연하지요."

아니, 그 끔찍한 짬밥 먹고 살던 한국군도 명절엔 병아리 사이즈긴 해도 삼계탕 받았다고. 롬멜 때려잡을 때도 그랬지만, 원래 군대에선 먹을 거 잘 나오는 게 최고의 사기 관리 수단이자 정신공격이다. 포위망 안에 처박힌 독일군 친구들도 우리가 제공해주는 칠면조를 먹으면 참 좋겠는데. 포로수용소에서.

그리고 마침내.

'적의 강력한 저지선을 뚫고 알렉산더 원수의 영국군 제21집단군이 칼레 근방에 도달했음.'

'아미앵을 점령한 독일군 B집단군이 영국군의 측후방을 노리고 있음. 미 육군이 측면을 엄호하며 아미앵의 적과 교전 중.'

'패튼이 이끄는 제7군, 메츠 함락에 성공. 다음 지시를 요청.'

'미 육군 제6집단군, 북상 개시. 패튼이 점령한 메츠를 인수한 후 스트라스부르(Strasbourg)를 공격할 예정.'

결국 전쟁이라는 게 따지고 보면 뿌요뿌요와 다를 게 없다. 꾸역꾸역, 게임 터지기 직전까지 착실하게 뿌요를 쌓아 놨다가 한번에 다 콤보 격발하면서 빠요엔 빠요엔 빠요엔 하고 끝없이 날려줘야 이길 수 있지. 모델 같은 괴물을 상대하는데 깔짝깔짝 잽만 날려 보냈다간 무슨 꼴을 당할지 어떻게 알아? 당연한 말이지만 이런 류 게임의 끝은 항상.

["사상 최대의 포위망" 유진 킴의 대전략, 마침내 시동!]

["아미앵은 독일군을 위한 무덤이 될 것."]

["아미앵에 집착하는 이들은 별 달고 있을 자격 없어." 끝없는 질타!]

인성질이지.

백일 천하 3

1941년 7월. 마켓가든 작전이 개시되었다.

같은 7월 말에서 8월까지 발터 모델의 대반격으로 벨기에 포위망이 완성되었고, 프랑스 북부가 다시금 독일군의 손아귀에 떨어졌다.

그리고 9월. 파죽지세로 내려온 독일군은 마침내 연합군 방어의 최대 거점이자 역사에 영원히 박제당해버린 치욕의 장소, 아미앵을 함락시키고 파리를 짓밟을 만반의 준비를 다졌다.

잘했다. 참 잘했어. 장하다, 독일군! 와, 정말 대애단해!

중간중간 참 많은 일들이 있었다. 애초에 수립한 계획대로라면 아미앵에서 무난히 방어를 굳힐 수 있으리라 생각했는데, 모델과 독일군은 내 예상보다 훨씬 잘 싸웠다. 아니, 솔직히 그 정도로 갈려 나갈 줄 알았으면 내가 신이지 사람이냐?

물량과 기술력으로 찍어 누르면 이긴다. 졌다고? 그건 이길 만큼 충분한 물량이 아니라서 그렇다. 그러니 더더더더 때려 부으면 모델이고 모델 할애비고 답이 없을 건 명확하지만… 내가 붓는 그 물량은 인조인간도 안드로이드도 아니고 남의 집 귀한 아들들. 그렇게 꼬라박아도 아무 일 없으면 미군 원수가 아니라 붉은 군대 원수겠지. 아무튼 결과가 좋으니 정상참작의 여지는 충분하다.

"총사령관님. 칼레를 점령했다고 합니다."

"아주 좋군."

전우를 구하고 치욕스러운 패배를 설욕하겠단 투지로 활활 불타오르던 영국군은 내 예상대로였다. 처칠을 위시한 영국 지도부도 잘 알고 있는 사실이겠지만, 여기서 또 져버리면 정말 대영제국의 위신이 맨틀보다 더 아래 내핵을 향해 처박혀버린다. 그쯤 되면 두 번 다시 지상으로 못 나온다.

원래 투지란 건 충분한 보급과 서포트를 받을 때 비로소 버프가 되는 법. 투지만 갖고 다 되는 줄 아는 놈들을 전문용어로 '일본군'이라고 부른다. 당연히 영국의 국력을 바닥까지 박박 긁어모아 제21집단군을 강화했으니… 못 이기면 정말 밥숟가락 내려놓고 집에 가야 한다. 진짜로. 나는 고개를 살짝 돌려 상석에 앉아 계신 분을 바라봤다.

"어떻습니까, 총장님."

"야전은 자네 일이지 않나. 내가 괜히 간섭해서 지휘권을 흐트러트릴 순 없지."

"힘의 차이가 느껴지지 않습니까? 이게 바로 실력이란 겁니다, 실력. 크헤헤헤!"

"내일모레 쉰을 바라보는 녀석이 부하들 앞에서 그 경박한 웃음소리 좀 어떻게… 아니, 말을 말지."

우리의 노예주 조지 마셜 총장님께선 얼굴을 찌푸리다 말고 혼자 고개를 절레절레 흔들었다. 아니 왜?

"이보게, 참모님들."

"예, 사령관님!"

"제가 그렇게 위엄이 부족합니까?"

"아닙니다!"

"총사령관님의 위업이 전 세계를 뒤흔들고 독일 놈들이 독 안에 든 쥐 꼴이 났는데, 누가 감히 사령관님을 의심하겠습니까?"

있는 힘을 다해 내 치적을 칭송하는 이들을 바라보니 참으로 가슴이 벅차오른다. 내가 의기양양하게 가슴을 쭉 펴자 마셜의 눈에서 레이저 빔이 발사될 것만 같다.

"보십쇼. 저보고 경박하다고 하는 사람 아무도 없잖습니까, 악!"

"이게 피해?"

"아니, 말씀대로 제 나이가 내일모레 쉰이고 원수까지 달았는데 부하들 앞에서 쪼인트를 까이면 위엄이 바닥을 찍지 않겠습니까."

음. 여기까지 해야겠다. 내가 무슨 폭발물 처리반도 아니고, 여기서 마셜을 터뜨릴 순 없지.

어쨌거나 브리핑은 착실하게 진행되었다. 여기까지 이르게 된 과정, 신나는 마켓가든과 그 뒷수습, 발터 모델과의 뜨거운 사나이들 간의 만남, 아미앵 포기와 그 뒤를 잇는 대포위망까지.

이 놀랍고도 장엄한 한 편의 대서사시, 그리고 앞으로의 계획까지 신나게 미주알고주알 다 떠들고 나니 마셜 원수께선 마침내 촌평했다.

"미친놈."

"예?"

"잘도 여기까지 끌고 왔어. 귀관만이 할 법한 술수지만… 그래서 더 확실하군."

바른 생활 사나이 마셜에겐 이런 야바위놀음이 썩 좋게 보이지 않는 모양이었다. 솔직히 나도 도박은 별로 안 좋아하지만, 어쩌겠나. 시체로 탑을 쌓는 것보단 낫다는 게 내 지론이다. 꼬우면 짜르고 딴 사람 쓰든가.

"독일군의 포위망은 어떻게 할 셈인가? 제7군?"

"제7군은 메츠를 점령한 시점에서 재정비가 필요해 보입니다. 후방으로 돌려야겠지요."

패튼에겐 참으로 안타까운 일이지만, 제7군은 지금 너덜너덜하다. 파리 익스프레스부터 베르됭 돌파, 메츠 함락까지. 말 그대로 폭주 기관차처럼 쉼 없이 달렸다. 패튼 본인이야 여전히 힘이 넘치겠지만, 그 휘하 장병들은 어떨까?

"제7군을 돌리고."

"그 자리에 제6집단군 예하 제3군을 투입합니다."

"그래야겠지. 스트라스부르는?"

"프랑스 제1군을 제6집단군 예하에 배속시켰습니다. 거기, 알자스—로렌 쪽이잖습니까. 프랑스군의 손으로 탈환한다면 꽤 좋은 상징이 될 겁니다."

"또?"

뭐요. 또 뭐요. 내 초롱초롱하고 투명한 한우 같은 시선을 받고 있음에도 마셜은 미동 하나 없었다.

"네놈이 고작 그거 하나만으로 결정했을 린 없잖나."

"네놈이라니……."

"빨리 떠들게. D.C.에서 다들 목이 빠져라 기다리고 있으니."

"프랑스 북부가 다시 너덜너덜해졌잖습니까. 깻값은 줘야지요. 그리고 보급품 중 일부를 우리가 빌렸으니 그 보답도 해야 하고요."

"자네가 은혜를 갚는다고 하니 전혀 신뢰가 안 가는데. 정말 그 이유뿐 인가?"

"…라인강 넘으려고요."

"그럼 그렇지."

마셜은 그제야 배불리 밥 먹고 후식으로 아이스크림을 받은 것처럼 만족스러운 미소를 지었다.

"이미 메츠를 장악한 시점에서 우리는 갈 수 있는 곳이 많아졌습니다. 하지만 포위망을 닫으려면 제3군은 룩셈부르크와 벨기에 방면으로 전진해야 하지요."

"그러니 프랑스군이 독일 본토로 진격하게 한다?"

"방어선이 제법 견고할 테니 미군의 피를 뿌리기엔 좀 그렇잖습니까."

"라인강을 처음으로 건넌다는 명예를 프랑스에 넘겨줄 정도인가?"

"제가 이 자리에 있는 한, 그깟 좆같은 명예 타령 때문에 장병들을 기관 총 진지 앞으로 내모는 일은 죽었다 깨나도 없습니다."

절대 바뀌지 않을 철칙. 비록 상황이 급해 딱 한 번, 아미앵에서 이걸 꺾 었지만 그렇다고 해서 앞으로 내려놓을 생각은 없다. 내 개인의 명예, 혹은 지휘관의 명예를 위해 병사들을 사지에 내던지는 건 절대 사절이다. 수십 년 전, 쇼몽에서 한 결심을 그리 쉽게 접을 수가 있나.

물론 정치적 셈법이 있긴 있다. 당장 파리를 수복하기 무섭게 다시금 독 일군이 다가오고 있는 지금, 프랑스란 국가 입장에선 그 명예가 천금과도 같다. 거래 상대에게 귀한 걸 내주고 내게 필요한 걸 받아온다. 이게 바로 자본주의 시장경제의 근본 아닌가. 이게 아메리카지, 암.

"좋네. 야전 사령관의 지침이 그렇다면 당연히 받아들여야지."

마셜은 구태여 거기에 반론을 제기하는 대신 고개만 끄덕였다. 역시 훌 륭하신 분. 브리핑이 끝난 후, 우리는 장소를 옮겨 둘만의 자리를 마련했다.

"그런데 여기까진 어인 일로 행차하셨습니까."

"내가 오면 안 되나?"

"그건 아니고, 보통 무슨 일이 있으면 이런 데 얼굴 내미는 거 좋아하는 우리 장관님이 왔잖습니까."

"아아. 맥아더 장관은 지금 오스트레일리아에 갔다네. 태평양 전쟁 관련 협의가 꽤 많아서."

호주라. 합스부르크가 다스리는 그곳… 마침내 우리 장관님께서 캥거루 기병대를 창설하기로 한 건가?

"이건 요식이고. 다른 일이 있다네."

"중요한 일입니까?"

"필리핀 탈환전. 기어이 상륙 첫날 백사장에 발을 들이밀겠다더군. 어이가 없어서 원."

그래. 이러니까 유럽으로 병력이 안 오지. 우리의 친구 아이크는 열심히 일본군을 두들겨 패며 착실히 전진하고 있고, 마침내 필리핀 해방을 눈앞에 두고 있다. 선거가 다가오는 지금, 우리 맥 장관님께서 얼마나 몸이 달아 있겠나. 게다가 필리핀은 그분께 참 각별한 곳이니.

"그래. 내가 자네 앞에서 무슨 말을 하겠나."

"제가 왜요?"

"한반도로 간다고 하면 무슨 짓을 해서라도 낄 심산 아닌가."

"어허. 엄연히 제복군인인 제가 어찌 함부로 경망되이 움직일 수 있겠습니까?"

"웃기지도 않는 입에 발린 소리 그쯤하고. 아무튼 그리되었네."

마셜은 그 뒤로 본토 상황을 쭉 설명해주었고, 나는 주로 경청하는 입장이었다.

태평양에서 벌어지는 육군과 해군의 알력 다툼. 맥아더가 돌출되면서 해군이 밥그릇에 위협을 느끼고, 우리 성품 하나로는 전미 최고인 어니스트 킹이 빼에엑 하고 밥상을 엎고, 그걸 수습한다고 또 뺑이치고… 듣기만 해도 정신이 혼미해진다. 역시 야전이 최고야.

"아, 그리고 말일세. 그냥 궁금해서 하나 물어보고픈 건이 있네."

"무엇인지요?"

"자네가 그, 유럽 장병들에게 1인 1칠면조를 제공하기로 했다지?"

"혹시 군수 사령관이 총장님께 쪼르르 달려가 뭐라 하기라도 했습니까?"

이 새끼 봐라? 죽일까? 내 눈깔이 뒤집힐랑 말랑 하자 마셜이 서둘러 진화에 나섰다.

"그런 건 아니고, 그냥 궁금해서야."

"분대당 1마리라고 하면 너무 임팩트가 약하잖습니까. 1인 1마리. 얼마나 간단명료하고 보기 좋습니까? 칠면조 노릇노릇 익는 냄새에 독일 놈들억장도 노릇노릇해지지 않을까요?"

"그래도 좀 과한데."

"어차피 전선까지 운송되는 과정에서 상해서 못쓰게 되거나, 중간에 누가 빼돌리든 누락이 되든 손실분이 제법 생길 겁니다. 일단 발주는 그렇게해야 충분한 양이 잡히지요."

그냥 병사들 먹고 뜯어라, 가 끝이 아니다. 결국 핵심은 민사작전. 당장프랑스만 보더라도 암시장이 미쳐 날뛰고 담배가 공용화폐로 돌아다니는이 근본 원인은 결국 의식주가 충분하지 않기 때문이다. 든든한 배후지로기능해 줘야 하는 프랑스와 벨기에 일대의 민심을 수습하고 독일 본토로진격하려면, 이런 특별한 이벤트가 필요하지 않겠냐 이거지.

"그리고 그걸 정말 혼자 다 먹겠습니까? 천천히 요리해 먹고, 주둔지 인근 주민들에게도 나눠주고. 그렇게 하면서 서로 정도 싹트고 그러는 거지요."

"그렇구만… 그래."

그 순간, 마셜은 갑자기 어깨동무를 하더니 내 어깨를 꽉 쥐었다.

"혹시 샌―프랑코가 축산업에도 한 발 걸쳤나?"

"그럴 리가요. 오해입니다. 조사하면 다 나옵니다. 제가 설마 그렇게 1차원적으로 해먹겠습니까?"

"맥아더 장관의 지역구였던 캔자스가 노났다지? 자네 처가도 그러고 보니……."

"그… 거시기, 그, 이게 다 농촌 살리기의 일환입니다."

정말입니다. 진짜로. 믿어주세요.

* * *

같은 시각. 히틀러의 비밀 지휘소.

장내에는 독가스보다 더 무거운 침묵이 깔려 있었다. 하지만 말을 하지 않을 수도 없는 노릇. 결국 몇몇이 총대를 메고 간언을 올렸다.

"즉시 병력을 뒤로 물려야 합니다."

"각하. 결단을… 부탁드립니다."

"오이겐 킴의 헛소리에 넘어갈 셈들인가? 그자의 상투적인 수법을 내가 언제까지 설명해 줘야 하나?!"

"이번은 다릅니다."

"벨기에 포위망이 무너지기 일보 직전입니다. 이대로라면 아미앵으로 간 아군이 역으로 포위당……."

"놈은! 놈들은 그럴 역량이 없어! 없으니까 언론에 나와 떠든 거라고!!"

히틀러의 목소리는 거의 절규처럼 바뀌어 있었다.

"이제 얼마 안 남았어. 당장 모델에게 파리로 가라고 명령해."

"각하."

"모델 원수는 돌파에 실패했습니다. 전선은 교착되었고, 미군이 영국군 제21집단군의 측면을 단단히 엄호하고 있습니다."

"몸이 별로 좋지 않군. 모렐 박사를 불러. 잠시 쉬고 오겠네."

감히 총통께서 아프다는데 누가 더 떠들 수 있겠는가. 회의는 그렇게 불완전 연소되었고, 당혹감과 절망감에 사로잡힌 참모들을 내버려 둔 채 그는 자신의 방으로 향했다.

"오이겐… 킴."

불가능하다. 그놈이 제 명성, 일생에서 가장 빛나던 순간을 버렸다고? 영웅은 위대한 업적을 이루었기에 영웅이다. 자신의 금자탑을 버리는 정신병자가 있을 리 없다. 아미앵에서 그는 승리했다. 승리한 것이어야만 한다.

절대, 절대 1차 세계대전과 똑같은 방식의 함정에 당했을 리가 없잖은가.

"이길 수 있어. 모델 그놈이 무능해서야. 아니, 그놈이, 그놈이 매수당한 게 틀림없어."

"각하? 들어가도 되겠습니까?"

"…들어오게."

익숙한 목소리가 들려오자 그의 상념은 깨져버렸다.

"아직 완치되시지 않았습니다. 부디 몸을 챙기셔야 합니다."

"…아랫것들이 무능하니 윗사람이 고생할 수밖에 없잖소."

"모두 각하를 보필하고자 하는 충심으로 모인 사람들입니다. 울화는 몸에 좋지 않으니 부디 화를 푸시지요. 주사 놓겠습니다."

히틀러의 혈관 안으로 코카인과 모르핀을 비롯한 수십 가지 약재가 배합된 모렐 박사 특제 칵테일이 다시금 쏟아지기 시작했다. 하지만 어째서일까.

'베를린으로 전차를 끌고 오겠다.'

'네놈의 머리통을 날려주마.'

'그날이 다가오고 있다.'

"아니야."

"다시 말씀해주시겠습니까?"

"아니, 아니. 아무것도 아니오. 이만 나가보시구려."

모렐 박사마저 내쫓고 다시 혼자 남게 된 그는 창문을 힐끗 바라보았다. 방에는 아무도 없건만, 군홧발 소리가 저 멀리서 다가오고 있었다.

백일 천하 4

존 밀러 주니어 일병이 눈을 뜨자 하얀 천장이 그를 반기고 있었다.

'아아악! 아악!'

'제리가 온다! 쏴!'

'탄이 없습니다!'

'엎드려! 엎드려어어!!'

귓가에 들리던 그 끔찍한 소음들은 다 어디로 갔지. 아미앵 시가지의 가장자리 끝까지 몰려서도, 93사단 장병들은 마지막까지 포기하지 않았다.

양군의 야포는 시뻘겋게 달아오르다 못해 녹아내릴 정도로 밤낮없이 포화를 교환했고, 도시는 비명을 지르지도 못하고 죽어나가는 사람들과 궤도 굴러다니는 소리, 터지고 부서지고 박살 나는 소리로 며칠 내내 가득 차 있었다.

그런데 나는 왜 여기 있지. 이 천장을 봤던가? 꿈이었나? 아니다. 저기 구석에 보이는 자국이 꿈과 똑같다. 꿈이 아니다. 그러니까, 그러니까.

'후퇴! 후퇴한다!'

'탈출한다! 할 만큼 했다. 우리도 뜬다!'

'밀러! 엄호해!'

'밀러! 밀러?!'

그 순간, 누군가 그의 뒤통수를 망치로 갈긴 듯한 충격이 일시에 몰려왔다.

아프다. 사람을 억지로 뒤주에 쑤셔 넣고 그랜드 캐니언 꼭대기에서 굴려버린 것처럼 아프다. 온몸의 땀샘이란 땀샘에서 마지막 한 방울의 땀마저 뽑으려는 듯 식은땀이 콸콸 솟구치고, 말라비틀어져 침 한 방울 나오지 않는 목구멍 저 아래에서 시뻘건 고통이 용솟음친다.

"내 다리! 내 다리!"

"환자 눈 떴어요!"

"아, 아, 아아아악!! 아아악!!"

"혀 깨물지도 몰라! 입에 뭐 좀 물려!"

"아, 아파! 아파!!"

"모르핀 투여합니다."

"읍! 읍! 읍!!!"

주변이 부산스러워졌지만, 밀러는 그런 것에 신경 쓸 겨를이 없었다. 그저 약이 혈관을 타고 돌며 고통을 가져갈 때까지 비명을 지르고 흐느낄 뿐. 그를 진정시키기 위해 의사와 간호사들이 달려들어 꽉 붙들었지만, 그럴수록 밀러는 사지를 펄떡이며 더더욱 버둥거렸다. 그는 온몸을 까뒤집으며 바둥댔지만, 아미앵에 놓고 온 다리 한 짝이 돌아오지는 않았다.

* * *

"이봐, 영."

"…예."

김영옥은 무척 초췌해져 있었다. 몸통에 박힌 총알이 조금만 더 제대로 들어갔으면 그는 아미앵에서 살아 나오지 못했다. 참으로 다행스럽게도 그 총알은 약간의 자비를 베풀었고, 영옥은 가장 빨리 퇴원한 93사단 장병 중 한 명이 될 수 있었다.

"얼굴 좀 펴게. 우린 살아남았어. 그거면 된 거 아닌가."

"……."

"우리 대신 죽은 이들을 생각하게. 진정 그들을 위한다면 더 열심히 살아야지."

"머리로는 이해하고 있습니다만, 너무 어려운 일이군요."

그는 연대장의 말에 기계처럼 대답하며 자신의 앞에 놓여 있는 상자를 매만졌다. 퍼플 하트(상이군인훈장). 우리 부대원 중 이 퍼플 하트를 안 받을 사람이 있기나 할까?

"퍼플 하트는 당연한 거고, 은성무공훈장을 요청했네. 전쟁부의 멍청이들이 헛소리 늘어놓으면 내가 그 훈장을 놈들 아가리에 박아줄 테니까 걱정 말고."

"…감사합니다."

"나로서는 당연히 수훈십자훈장, 아니, 객관적으로 따져봐도 귀관의 공로는 명예훈장감이라고 생각하고 있네."

하지만 뒷말은 나오지 않았다. 그리고 영옥도 잘 알았다. 정말 객관적으로 평가한다면, 93사단이 받아야 할 훈장은 아마 기차 한 칸을 가득 채우고도 남을 테니까. 죽은 이들에게 가야 할 훈장을 위해서라면, 내 훈장의 급이 낮네 마네 따질 마음은 전혀 들지 않았다.

"귀관의 탁월한 지휘가 아니었다면 살아서 저 저주받은 도시를 빠져나온 장병의 수가 훨씬 줄었겠지."

"과찬입니다."

"그리고, 이제 부대를 떠나야 할 시간이야. 새로 배속받을 곳을 찾아주겠네."

"저는 93사단에 남고 싶습니다."

"웃기는 소리 하지 말고."

연대장은 말하다가도 울화가 치솟는지 담배 한 개비를 꺼내 물었다.

"사단장님은 중상. 연대장 두 명이 전사. 93사단은 끝이야. 물론 재편성하겠지만, 이 전쟁이 끝나기 전까지 작전 투입은 무리겠지."

"그래도……."

"지금 우리에겐 유능한 장교를 놀릴 시간 따위 없네. 이 거대한 병실에 남아서 재능을 썩히겠다고? 병실을 얼마나 더 키우고 싶단 건가. 가서 한 명의 병사라도 더 살리는 게 장교의 임무 아닌가."

정론. 그렇기에 영옥은 고개를 끄덕이는 것 외의 다른 행동은 전혀 할 수 없었다. 그렇게 중요한 논의는 대강 끝났다. 인수인계할 것도 없다. 죄다 죽었고, 장비는 다 아미앵에 놓고 왔으며, 이 부대는 무에서 새롭게 시작해야 할 판이니.

"그러고 보니, 자네 친구 하나 있지 않았나. 그 친구는 무사한가?"

"누구 말씀이십니까."

연대장의 기억에 남아 있을 사람이라면…….

"조니? 조니 파크 맞나? 사―무라이 파크 말일세."

"그 친구라면 본국으로 돌아갔습니다."

"왜? 무슨 문제라도 있었나?"

운이 좋다고 해야 할까, 나쁘다 해야 할까. 누구보다 전공을 갈구하던 그였다면 필시 아미앵 전투에 참여하길 원했겠지. 하지만 그렇게 목숨 내놓고 다니던 녀석이었다면, 아마 살아서 빠져나오진 못했으리라.

"그는 새로 창설된 의용군단에 참여했습니다."

"아아. 서류 써준 거 기억나는군. 잽스를 물리치러 태평양으로 갔댔지. 거기서도 잘 살았으면 좋겠군."

적어도, 한 명은 이 지옥에 뛰어들지 않았으니 아무튼 다행 아니겠나. 죽은 자들을 뒤로하고. 산 사람은 다시 사람을 죽이러 전장으로 가야 했다.

* * *

강철의 무덤. 김도경은 입에 문 담배가 다 타들어가도록, 절망을 넘어서 장엄하기까지 한 그 광경을 뇌리에서 잊어버리려고 용을 쓰고 있었다.

"뭐 하고 계십니까, 중대장님?"

"시발. 그 소리 들을 때마다 몸에서 두드러기 돋는 거 같다."

"왜 그러십니까, 중대장님? 중대장님이 중대장님인 게 무슨 문제라도 있습니까?"

"시발. 조종 똑바로 하라고 발로 하이바 까이던 게 얼마 전 일인데 내가 중대장이라니. 이 세상은 좀 미쳤어. 많이 미쳤다고."

"아시안 속담에 '주머니 속 송곳'이란 말이 있다면서요? 애초에 대학물 먹은 사람이 운전대 잡고 있던 것부터가 문제 아니었을지… 악!"

"옛 선임을 발로 깔 수 있다는 건 확실히 좋네."

힘껏 다리를 내지르니 아드레날린이 펑펑 돌고 기분이 아주 좋아진다. 모르핀 한 대 맞았을 때보다 더 짜릿짜릿하다고 하면 과장이 너무 심할까?

"'유진 킴의 재림'이란 소리도 나오던데."

"시발. 그만. 그만해."

"너무 그러지 마십쇼. 아무튼 덕택에 살아 나왔잖습니까. 중대장님은 여기서는 유진 킴 맞습니다. 도쿄 킴의 명성이 조만간 본국에까지 전해질 텐데, 예쁜 색싯감도 금방 구할 수 있겠네."

미 육군 제1기갑사단은 아미앵 근교에서 독일군과 대혈투를 벌였다. 처음에는 하드웨어 성능에서 우위를 차지하고 있는 퍼싱 중전차 위주로 독일군 전차의 뚜껑을 신나게 까부수며 승승장구했지만, 썩어도 독일군은 독일군. 적들은 완벽하리만치 아군을 상대로 우위를 점했다. 도경이 좁아터진 전차의 해치를 열고 앞만 보고 달리던 동안, 어느새 전후좌우 사방엔 독일군이 깔렸고 그 뒤로는 일방적인 폭력이 벌어졌다.

악전고투. 적은 중전차 부대를 무력화시킬 기회가 이번뿐이라는 걸 잘 알고 있었고, 미군은 어떻게 해서든 이 부대를 살리고 싶었다. 그리고 사흘 밤낮에 걸쳐 벌어진 격전 결과, 도경을 비롯한 소수 부대원들은 비록 전차를 포기하긴 했지만 살아서 포위망을 빠져나왔다.

"완전 총사령관님이랑 판박이잖습니까. 성도 같고. 저 전설의 '캉브레 탈출'을 다시 한번 선보였으니 이제 진급해서 독일 놈들 머리통만 다 날려버리면 되겠습니다?"

"킴 장군은 캉브레 탈출하고 사단장 달았잖아. 애초에 그 양반은 규격 외라고. 괴물이야 괴물."

안 그래도 이미 한차례 홍역을 치렀다. 살아 나오고 나발이고, 아무튼 독일군에게 졌다는 건 명확한 사실. 높으신 분들은 이 참패를 포장할 포장지가 필요했고, 그런 그들에게 김도경의 생환은 무척이나 멋져 보이는 컨텐츠였다.

[다시 한번 킴!]

[킴이 선보였던 캉브레의 기적, 젊은 아시안 장교의 손에서 되풀이되다!]

[326전차대대의 후예들, 다시 한번 독일군에게 굴욕을 선사하다!]

공보 담당 장교들에게 끌려다니며 온갖 인터뷰와 취재의 대상이 되었고, 한참을 쪽쪽 빨린 끝에 마침내 진짜 킴 장군이 화려하게 언론의 스포트라이트를 독점하며 아미앵 포위망을 공개하면서 그는 풀려날 수 있었다.

그동안 쌓인 게 꽤 많았는지 도경은 연신 투덜거리며 어째서 내가 왜 중대장이 돼야 하고 갑자기 영웅 소릴 들어야 하냐며 일장연설을 늘어놓았고, 그냥 한번 놀리려고 말 붙여봤던 병사는 귀에 고름이 차오르는 느낌을 받았다. 그런 그를 해방시켜 준 것은 저 멀리서 다가오는 열차의 기적 소리였다.

"오, 왔습니다. 왔어요."

"젠장. 또 일이구만."

도경은 한껏 해이한 자세로 양손을 주머니에 찔러 넣은 채 우아한 워킹을 선보였다.

"예쁜이들 왔다!"

"빨리빨리 하역해!"

"와."

"미쳤어, 정말 미쳤구만."

기관차에 실려 온 수십, 수백 대의 전차들.

"이거 다 퍼싱 아닙니까?"

"잭슨도 있네. 우리가 날려먹은 분량은 훌쩍 뛰어넘겠는데."

미합중국. 그리고 자랑스러운 별칭. 그 이름하야 민주주의의 병기창. 제1기갑사단은 소모한 전차와 트럭, 하프트랙을 순식간에 보충받았다. 오직 하나, 사람만 무사하다면 장비는 무한히 샘솟는 법이니까.

* * *

"내가 원래 계획했던 작전이었다."

"총사령관은 내 원대한 전략을 도둑질했다. 나였다면 아미앵을 내주지도 않았을 것이다."

"갑작스럽게 집단군 사령관을 교체한 저의가 뻔하지 않은가? 이건 전부 미국인들의 음모다. 자랑스러운 대영제국은 희생당한 거야."

"그, 그렇군요……."

런던에서 누군가 부지런히, 그리고 추하게 입 놀리는 건 무시하기로 하자. 미스터 갈리폴리는 차곡차곡 한 칼을 내지를 준비에 여념이 없다. 미스터 마켓가든은 아직 상황 파악이 덜 되시나본데, 저 업보를 어떻게 감당하려고 저러나. 아무튼 저 몽고메리가 갑자기 태세 전환을 했다는 사실만으로도 알 수 있듯, 이제 전황은 모두에게 뚜렷이 보이기 시작했다.

[사상 최대의 포위망!]

[아미앵에 갇히기 일보 직전의 독일군, 과연 그들에게 희망은 있는가?]

[파리 진군? 퇴로를 고민할 시간!]

[위대한 프랑스, 마침내 원한을 갚다!]

[알자스와 로렌 모든 땅에 삼색기가 휘날리는 그 날까지!]

연합국은 물론 여타 중립국의 모든 언론들까지 한목소리로 연신 떠들어 대고 있다. 모델 장군님, 들리십니까? 귀가 있으면 못 들을 리가 없겠지요?

독일이 취할 수 있는 선택지를 하나씩 깎아낸다. 탑—미드—봇의 모든 억제기를 순서대로 철거하듯, 설날 세배하러 몰려드는 조카님들을 순서대로 한 집의 하나씩 상대하듯, 지휘관 좀 시켜 달라고 손바닥을 비비는 우리 부하님들과 술 한잔하고 프렌드십 이즈 매직을 실천하듯.

룩셈부르크를 지나 벨기에로, 거대한 포위망의 뚜껑을 닫기 위해 움직이는 미군. 라인강을 건너 마침내 독일 본토를 불바다로 만들 수 있다는 희망에 프랑스군. 오랜 포위의 고통을 딛고 마침내 반격의 신호탄을 쏘아 올린 영국군. 여기서 합리적인 군인이라면 가장 먼저 노릴 곳은…….

"영국군 저지대 집단군."

"그렇지. 보급이 재개된다 하더라도 전투력이 곧장 차오르는 것은 아니니까."

몇 달 동안 굶주리다 이제야 스프를 입에 대기 시작한 허약한 친구들. 이 저지대 집단군의 팔다리를 분질러버리면 포위망은 완성되지 않고, 탈출은 꽤 쉬워진다. 나는 오마르에게 다시 아쉬운 소리를 하기로 결심했다.

"나의 친구 브래드여."

"니가 그럴 때마다 난 정말 살이 떨려."

"이것저것 견적을 내봤는데, 이 대포위망은 역시 위험해."

"그렇지."

"그러니… 네가 아미앵을 둘러싸는 작은 포위망을 하나 더 만들어 줘야겠다."

저지대 집단군을 공격할 시간을 줘서는 안 된다. 후방에 있을 예비 병력. 이들이 벨기에 방면에 투입되는 대신, 다시 한번 아미앵으로 달려오도록 유도해야 한다.

"힘들다… 고 말해도 안 들어주겠지?"

"미안하다. 근데 딱 한 번만, 이번만큼은 까라고 했으니 까줘야겠다."

"명령 접수했습니다, 총사령관님."

브래들리는 내게 경례를 올리고는 제 사령부로 돌아갔다. 결판을 내자.

백일 천하 5

1941년 9월. 나치당의 수장이자 독일 제3제국의 총통, 아돌프 히틀러의 영도력은 의심받고 있었다.

"서부 전선이 위기라던데."

"그토록 떠들던 아미앵이 사실은 함정이었다며?"

"쉿! 누가 듣고 게슈타포에 이를라. 입조심 좀 해. 요즘 난리도 아냐."

미영연합군의 폭격기 부대는 무자비하리만치 도시에 폭격을 퍼부었다.

[무고한 독일인은 없다.]

[우리는 '부수적인 피해'를 줄이기 위해 최선을 다하고 있으나, 피해의 발생 자체를 막을 순 없다.]

괴벨스는 이제 '무자비한 연합국'이라는 프레임을 짜기 위해 연합군의 폭격으로 희생당한 민간인 피해자들을 열심히 줌 업 했고, 연합군은 그 꼬락서니를 보자마자 새로운 방안을 준비했다.

[경고! 이 도시는 연합군의 폭격 목표로 지정되었습니다!]

[이 도시는 연합군의 조사 결과 전쟁 병기를 만드는 공업지대가 밀집한 것으로 확인되었습니다. 전쟁을 일으킨 나치 지도부는 여러분의 피해를 도

외시하고 있습니다. 지금 즉시 이 도시를 탈출하시어 소중한 인명을 보존하시기 바랍니다.]

폭격기들은 폭탄 대신 삐라를 흩뿌렸고, 도시는 말 그대로 난리가 났다.

"도망쳐!"

"연합군이 온다! 다 불태워버릴 작정이야!"

"도망치지 마라! 패배를 선동하는 놈들의 책략에 말려들지 마라!"

"아니, 우리도 살고는 봐야지!!"

친위대와 나치당 돌격대가 나서 시민들을 통제하려고 애를 썼으나, 수만 명이 일제히 짐을 꾸려 피난을 가려는데 이를 다 틀어막을 순 없었다.

그리고 며칠 후. 연합군은 루프트바페의 방공 엄호를 격퇴한 후 곧장 도시 하나를 불살라버렸다.

[우리는 허언을 하지 않는다.]

[우리는 목표로 삼은 곳은 반드시 불태운다.]

[괴링의 장난감은 우리를 막을 수 없다. 살고 싶으면 알아서 피하라.]

삐라 작전은 재미를 톡톡히 보았고, 연합군은 이제 폭탄이 떨어지기 전부터 도시 하나를 말 그대로 석기시대로 되돌릴 수 있었다. 당연한 말이지만, 독일의 산업 능력은 그 시점부터 저점을 갱신하기 시작했다.

"로켓을 발사해."

"총통 각하?"

"당장 놈들에게 본때를 보여줘! 감히 우릴 협박하다니, 놈들의 버르장머리를 당장 고쳐주라고!"

주변의 만류에도 불구하고, 늘 그렇듯 즉흥적인 결단을 내린 히틀러는 다시 한번 대대적인 로켓 공격을 감행했다. 네덜란드 곳곳에 지어진 V-2 로켓 발사대에서 화염이 치솟았고, 런던은 물론 스파이들을 통해 확보한 연합군 비행장과 기지 곳곳으로 이 '총통의 분노'가 내리꽂혔다.

"아. 당소, 당소 보고함. 로켓이 다발로 쏟아지고 있다."

— 확인.

"들판에 불이 치솟고 있다. 즉시 소방 인력 증원 요망."

유감스럽게도, 1941년의 독일은 첩보용 인공위성 같은 맵핵을 가진 게 아니었다. 도저히 숨길 수 없는 목표물인 런던은 로켓 공격에 불타올랐지만, 독일이 첩보 활동을 통해 확보한 '우선순위 공격 목표'들은 사실 대부분이 텅텅 빈 들판에 불과했다.

"병신들."

"그러게 말입니다. 하하!"

"내가 그 짝불알 콧수염이었다면 애초에 저딴 장난감에 돈을 들이진 않았겠지만, 기껏 만든 로켓을 왜 저따위로 소모하는지 모르겠군."

그리고 세계에서 가장 첩보력이 강력한 나라의 수장, 강철의 대원수께선 정말 맵핵을 켜놓은 듯 유럽 반대편 상황을 훤히 꿰뚫고 있었다. 전 세계 방방곡곡, 빨갱이가 없는 나라는 이 세상에 없다. 그리고 빨갱이들 중 '사상의 조국' 소비에트 연방을 위해 소소한 협력을 하지 않는 이들은 드물었다.

"그놈들은 정말, 자기네를 위해 목숨 걸고 첩자질을 할 놈들이 있다고 생각하나?"

"그런 헛된 희망을 갖고 있으니 파쇼질을 하는 것 아니겠습니까."

"마음 같아선 친애하는 히틀러 동무에게 진실이라도 알려주고 싶구만."

영국 놈들에게 본때를 보여줬다 자화자찬하고 있을 히틀러를 상상하노라면 자다가도 웃음이 실실 나오고 술을 마시지 않아도 취할 것만 같다.

"그러니, 이번 공세로 반드시 침략자들을 몰아내고 히틀러의 상판대기를 봐야겠소."

"붉은 군대는 서기장 동지의 명을 기다리고 있습니다."

"좋소. 이제 우리의 땅을 수복합시다."

1941년 9월. 소련군은 작전명 '쿠투조프'를 발령하고 일거에 전 병력을 동원해 동부 전선을 타격했다. 서쪽으로, 서쪽으로. 독일군에게 빼앗긴 땅을 한 뼘 되찾을 때마다 인민이 샘솟는다.

"러시아 만세!"

"스탈린 동지 만세!"

"흑흑, 구해주셔서 감사합니다. 독일 놈들을 다 죽여주세요!"

서방 국가들은 러시아를 가리켜 '논밭에서 바보 이반을 캐내는 나라'라고 부르곤 한다. 그리고 그 말 그대로였다. 이미 어마어마한 맨파워를 소모한 소련은 잃었던 땅을 되찾으며 현지의 국민들을 해방했고, 그들 중 입대가 가능한 연령대의 젊은이들을 모조리 즉각즉각 훈련소로 처넣었다. 전선을 뒤로 물리길 원했던 독일군과 괴링의 판단은 확실히 틀리지 않았지만, 그 '대후퇴'의 결과 소련군은 가장 부족했던 인력 문제에서 해방될 수 있었고.

"사령관님! 퇴각해야 합니다!"

"아, 안 돼."

"사령관님?"

"총통께선… 퇴각을, 불허하셨다. 조금만 더 버텨라! 조금만 더!"

엎친 데 덮친 격으로. 전쟁사에서도 손꼽히는 명장 만슈타인이 이끄는 독일군에게는 약간의 문제가 있었다.

"이대로는 다 죽습니다! 물러나야 합니다!"

"내가 그걸 모르겠나? 물러나면 나도 총살이지만 너희들도 다 같이 총살이야!!"

시뻘건 파도처럼 몰아치는 소련군은 두렵지 않다. 하지만 등 뒤에 있을 총통은 두렵다. 제아무리 만슈타인이라 한들, 전술적 선택지를 죄다 압류당한 상황에선 그 능력을 백 퍼센트 발휘할 수 없었다. 그리고.

"어째서 놈들이 물러나지 않지?"

"양키들이 알려준 대로다. 틀림없어. 놈들은 정복한 땅에 집착하는 허수아비들일 뿐이야!"

몇 년간 독일군의 쇠망치 세례에 가혹하게 담금질당한 붉은 군대. 앞으로 독일군, 뒤로 스탈린이라는 양면 전선에서 살아남은 붉은 군대의 장성들. 팔다리 다 잘린 만슈타인이 상대할 수 있을 정도로, 주코프를 비롯한 소련군 최고의 지휘관들은 만만한 상대가 아니었다.

* * *

아미앵 포위. 아무튼 총사령관이 까라고 하니 까게 된 미 육군 제12집단군은 즉각 상부의 명을 이행하기 시작했다. 12집단군을 구성하는 야전군은 넷으로, 각각 제1군, 제7군, 제9군, 제15군. 제15군이 한창 편성 진행 중인 서류상의 허깨비에 불과하며 패튼의 제7군이 너덜너덜해져 후방으로 물러났다는 걸 고려하면, 결국 2개 야전군으로 승부를 봐야 한다.

하지만 브래들리는 할 만하다고 판단했다. 독일군 또한 마켓가든에서부터 아미앵 시가전에 이르기까지 어마어마하게 소모되지 않았던가. 영국군의 측면을 지켜주기 위해 격전을 치렀던 제1군이 동쪽으로 진격하고, 아미앵 남쪽에 있던 제9군이 위로 치고 올라간다.

지휘관의 결심을 이행하기 위해선. 결국 말단 병졸들이 굴러야 했다.

"가자!"

"와아아아아!!"

미 육군 제1보병사단 병사들은 빈말로도 썩 좋은 상태는 아니었다. 입고 있는 군복은 피와 그을음, 흙먼지로 뒤덮여 엉망진창이었고 얼굴에 생채기 하나 나지 않은 병사는 없다 봐도 무방했다. 하지만 그들의 얼굴엔 한 줄기 자부심이 어려 있었다.

"우리는 천하무적이라 일컬어지던 독일군을 저지하고 우리의 전우 토미들의 등을 지켜내는 데 성공했다. 오직! 빅 레드 원(Big Red One), 우리 1사단

만이 해낼 수 있던 일이다!"

"와아아아아!"

"이제 저 좆같은 제리들을 끝장낼 시간이 왔다! 놈들은 킴 장군이 흔들어대는 낚싯바늘에 걸린 월척이다. 우리가 던져준 아미앵이란 털실에 미쳐 날뛰는 고양이 새끼지! 이제 그 고양이의 가죽을 벗기기만 하면 된다!"

명확한 목표. 간단한 비전.

"12군단을 기억하라! 93사단을 기억하라! 그들은 가장 어려운 순간, 단한 발짝도 물러서지 않았다. 최고의 부대인 우리 1사단이 그들의 용맹함에 밀릴 순 없다!"

"보통 격전이 아니었다던데."

"그 깜둥이 새끼들이 뭐……."

"주둥아리 좀 조심해, 새꺄."

"우리가 맞설 상대는 저 냄새 지독한 나치 쓰레기들 중에서도 최고의 쓰레기, SS 제1사단이다! 한 놈도 살려 둘 필요 없다! 전우를 학살해댄 그놈들에게 줄 건 오직 총알뿐이다!"

미군 참모부의 예상대로 독일군은 이미 지칠 대로 지쳐 있었다. 여전히 차량 대신 우마(牛馬)에 절대적으로 의존하는 보급 능력. 격전에 격전을 거치며 사그라든 인간의 육신. 압도적인 항공력 우세 속에서 독일군은 쉴 틈도 없이 폭격에 시달렸고, 그 와중에 분노로 불타는 영국군과 미군을 상대로 대규모 공세까지 감행했다. 아직도 여력이 넘치면 사람이 아니다. 그런 상태에서 미 제1군이 방어에 이은 역습을 감행하자, 모델이 아니라 모델 할애비래도 이 역습을 막아내기엔 역부족이었다.

"좆도 아닌 새끼들."

"이 새끼들은 무슨 타타르인이야? 왜 이 새끼들이 지나간 곳엔 시체밖에 없냐고?!"

"전부 찍어 놔. 이 말종 새끼들. 모두 기록으로 남겨야 해."

1사단의 진격은 신속했다. 그리고 친위대가 저지르고 채 은폐하지 못한 학살과 파괴의 흔적을 보며 치를 떨었다. 그렇게 전진에 전진을 거듭한 미군은 9월 어느 날, 목표로 잡은 지점에 다다르고 있었다.

"저기 맞나?"

"예. 지도를 제대로 읽었다면 저기가 빌레르—보카주(Villers—Bocage)입니다."

"방어 태세가 제법인데. 우리 기갑 부대는?"

"퍼싱 중전차의 소모가 큽니다. 잭슨도 그리 많지는 않고, 대다수는 셔먼인데……."

"별수 없나."

미군 고위 장성들은 퍼싱 중전차의 탁월한 성능에 만족을 표하고 있었지만, 아래로 내려가면 내려갈수록 퍼싱은 애증의 대상이었다.

느리고, 밥 많이 처먹고, 심심하면 뻗어버린다. 이 귀부인의 압도적인 탱킹 능력은 분명 반할 만했지만, 이토록 까탈스러워서 어쩌잔 말인가. 이미 병사들은 '늙으신 우리 원수님, 말년에 유럽에서 개고생한다네'라며 노래를 흥얼거렸고, 정비반은 날마다 악을 쓰며 파워팩을 더 보내 달라고 꽥꽥대는 게 일상처럼 자리 잡았다.

"그래도, 놈들 전차 전력이 그리 많진 않겠지?"

"그래 보입니다."

"좋아. 1대대부터 진격 개시. 저 마을을 장악한다."

연대장의 결심과 함께, 전투가 시작되었다.

* * *

"씨발! 씨바아아알!!"

로저스 병장은 사방에서 빗발치는 총성 앞에 몸서리를 치고 있었다.

"병장님!"

"엎드려, 이 병신들아!"

타탕! 탕!

"설리번 상병! 총류탄 남았나?"

"예!"

"11시! 2층 창문! 보이나!!"

"예에!!"

"그럼 갈겨, 씨발!"

총탄이 날아오는 방향을 향해 조준. 발사.

탕하는 소리와 함께 총류탄이 샴페인 코르크 마개처럼 퐁 하고 날아가고, 정확히 스트라이크……

쾅!

"잘했다!"

"쑤셔 박는 솜씨가 끝내주는구나!"

"크핫핫!"

"쪼개지 마! 재수 없어진다!"

독일군이라면 이제 넌더리가 난다. 저 또라이들은 무슨 기관총에 박는 취미라도 있는지 한 뭉텅이라도 모여 있으면 그놈의 '히틀러의 전기톱'을 끼고 살았고, 뭐만 했다 하면 저 전기톱이 불을 뿜어대니 노이로제가 걸릴 것만 같았다. 박격포반을 하염없이 기다렸다간 이 동네 길바닥 어드메에서 진작 시체가 될 판이니, 악으로 깡으로 전진할 수밖에 없었다.

"저기 보십쇼! 셔먼 옵니다!"

"씨발놈들. 진작 좀 올 것이지."

"보나 마나 차 안에서 한숨 퍼질러 자고 오겠지? 우리는 이렇게 조뺑이 치고 있는데……"

"쟤들도 뭐 사정이 있겠지. 아무튼 기도 팍팍 올려. 믿을 건 쟤들뿐이니까."

이런 지랄 같은 곳에선 전차야말로 예수님 동기 동창인 법. 이미 노르망디에서 뼈와 살이 된 교훈이었다.

"샅샅이 뒤져. 대전차포 있으면 난리 난다. 쟤들 좆되면 우리도 다 같이 좆되는 거야."

"없습니다."

"확실해?"

"확실합니다!"

"아아주 좋아."

그리고 저 예수님 동기 동창은 그 명성 그대로, 예수님 성전에서 채찍질하듯 제리들을 갈기갈기 찢기 시작했다. 신나게 기관총이 불을 뿜고, 저 우람한 75mm 전차포가 전능한 번개를 쏘아 올리니 제리들로 가득 차 있던 건물 한 채가 와르르 무너진다. 그 늠름한 궤도가 구르는 길에 적이라곤 없으니, 어설프게 쌓아 놓은 바리케이드 따위는 단숨에 뭉개지고 쥐새끼처럼 찍찍대며 폭탄을 던지러 달려오던 제리들은 인근에 있는 병사들 손에 걸레짝처럼 수십 발을 처맞고 뒈져버리나니. 아! 할렐루야!

"할렐루야!"

"할렐루야!"

로저스가 선창하고 부하들이 화답하노니, 하늘에 계신 아버지께서 보시면 누굴 예뻐하고 누구에게 천벌을 내릴지 명확하지 않은가? 로저스는 그 모습이 참으로 흡족했다.

"이 맛대가리 없는 초코바만 좀 어떻게 하면 좋을 텐데."

"그 안에 정력 감퇴제 들어있다던데요."

"넌 먹은 짬밥이 몇 끼는데 아직 그딴 걸 믿냐? 그리고 이거 보급품 아냐."

믿음과 신뢰의 샌—프랑코 아닌가. 원수님 이름 팔아서 장사하는 놈들이 설마 초코바에까지 그런 장사를 했으려고.

"그거 유진—바 아닙니까."

"그런데?"

"원수님을 뜯어 먹으면 재수가 없다던데."

"지랄 좀 작작해. 그랬으면 제품명을 아돌프로 바꿨겠다."

"저도 그거 들었습니다. 벨기에로 쳐들어간 토미 새끼들이 우리 몫 유진
—바까지 다 쌔벼가서 이번에 좆된 거라고 하던데요."

"혹시 나 없는 사이에 단체로 아편 빨았냐?"

로저스는 총알이 빗발치는 이 와중에 저딴 소릴 지껄이는 따까리들을
보며 갑자기 회한이 치밀었다. 이래서 사람은 공부를 해야 하는 법이다. 세
상이 어떤 세상인가. 우편으로 대학 공부까지 할 수 있는 이 시국에 대가리
가 텅텅 비었으니 저딴 소릴 하지.

"저거, 저거 뭡니까?"

"뭐?"

"전차에서 9시! 제리! 저 새끼 이상해!"

다 무너진 폐허에서 꼬물꼬물대는 독일군 한 놈. 제법 거리가 있어서 전
차에 폭탄을 던지기엔 어림도 없는데, 막대기 같은 걸 어깨에 걸치고…….

"저거 바주카 아냐?"

"제리들이 무슨 바주카가……."

피유우우우—— 펑!!

"맞았다!"

"아악! 아아아악!!"

치솟는 화염. 그리고 폭발. 셔먼 전차에 타 있던 병사 하나가 온몸에 불
이 붙은 채 손발을 허우적거리는 모습. 로저스는 씹고 있던 초코바를 퉤 하
고 뱉은 후 손에 쥐고 있던 걸 수류탄처럼 바깥에 내던졌다.

"하느님 씨발."

미신이 아니다. 과학이다.

5장
백일 천하II

백일 천하 6

독일군 B집단군 사령부.

"미군이 아미앵을 포위하려 움직이고 있습니다."

"아미앵 시가지로 진입하는 대신, 시 외곽의 주요 거점을 하나씩 점령하고 있습니다. 아군이 교전 중이긴 하지만, 완전 포위까지는 시간문제로 보입니다."

"아직 아미앵 북동쪽, 캉브레로 가는 방면은 포위망이 완성되지 않았습니다. 하지만……."

모델은 침묵했다. 참모들은 계속해서 보고를 이어갔다.

"생캉탱 방면 부대가 무너지고 있습니다. 미군이 대대적인 반격을 개시했습니다."

"적 기갑사단이 증원되었습니다. 돌파를 저지하지 못했으며, 적의 목표는 캉브레로 보입니다."

"캉브레가 점령당할 경우 포위망은 완성된 것과 매한가지입니다."

"아미앵 주둔군을 살리려면 즉각 북쪽 포위망을 돌파한 후 아라스까지 물러나야 합니다. 캉브레에서 아라스까지는 지척입니다."

다 아는 이야기. 참모들이 굳이 열거하지 않더라도, 지도만 보면 누구나 알 수 있는 사실의 나열들. 한참 지도를 응시하던 모델이 이윽고 입을 열었다.

　"만토이펠(Hasso von Manteuffel)은?"

　"됭케르크에서 물러나 릴과 랑스 일대를 확보하고 있습니다. 아직 토미들의 움직임은 보고되지 않았습니다."

　"…별도의 전투단을 분할해 아라스와 캉브레로 내려오라고 하게."

　"그곳들을 사수한다 하더라도 토미들이 릴을 탈취하면 여전히 퇴로가 차단됩니다."

　"영국군은 움직이지 못해."

　오이겐 킴과의 만남은 모델에게도 크나큰 자산 몇 가지를 남겨주었다. 그가 늘어놓은 요설 중 참과 거짓 일부가 밝혀진 지금이라면, 역으로 그의 사고 과정을 거슬러 올라가 숨겨진 진실을 찾을 수도 있었다.

　"킴은 조립식 항구와 공중보급을 통해 포위망 안의 영국군에게 보급을 해줄 수 있다고 했었지. 하지만 그건 거짓말이었어. 보급은 진행되었겠지만, 절대 충분하진 못했던 거야."

　"사령관님. 보급은 실제로 행해졌습니다."

　"조립식 항구 자체는 운송되었지만, 그걸 하역해 단위 제대에 배포하는 건 전혀 다른 문제 아닌가. 보급이 멀쩡했다면 영국군이 저렇게 진출할 이유가 없었어."

　포위망 안 영국군, 일명 저지대 집단군이 다시 충분한 전투력을 확보하기까지는 충분한 시간이 필요하다. 이미 막대한 손실을 강요받던 그 부대를 졸속으로 전장에 다시 투입한다? 모델은 특유의 직감으로 그 가능성을 낮게 잡았다. 그러니 그 충분한 시간이 지날 동안은 적도 저지대 집단군을 전투에 투입하지는 못할 터.

　"대규모의 미군이 메츠에서 북상해 룩셈부르크를 점령했습니다. 아울러 바스토뉴(Bastogne)가 공격당했으며, 최종 목표는 리에주 혹은 브뤼셀로 추측됩니다."

"총사령부에서는 놈들이 트리어(Trier) 일대로 올 가능성 또한 경계하고 있습니다."

"스트라스부르 인근에서 프랑스군이 목격되었습니다."

세 겹의 포위망. 아미앵시(市)를 둘러싸는 소규모 포위망, 캉브레와 아라스를 잇는 북프랑스 포위망, 벨기에를 반으로 가르는 벨기에—룩셈부르크 포위망.

파도가 연속해서 몰아치듯, 연합군은 한번 들어온 적들을 결코 내보내지 않겠다는 심산으로 움직이고 있었다. 아무리 바위가 단단해도 세찬 파도에 끝없이 부딪히고 또 부딪히면 깎여나가 백사장의 모래로 전락하는 법. 본국에서는 이 위기를 더 많은 대전차 병기, 더 강력한 전차, 더 빠른 로켓 따위로 극복하려 하고 있지만… 그게 될까? 과연 저 끝없는 생산력을 자랑하는 미국을 상대로 그런 얄팍한 수법이 먹히기나 할까?

모델은 잠시 바람 좀 쐬겠다고 말을 한 후 밖으로 나왔다. 어두컴컴한 밤하늘이 그를 기다리고 있었다.

"우리 좆된 거 아냐?"

"무슨 소리야 또."

"넌 눈이 없냐, 코가 없냐. 사방에 양키 새끼들이 깔렸는데 이걸 어쩔 거야."

"야, 찌끄레기들. 내가 동부 전선 있을 땐 말야, 사방에 이반 놈들이 깔렸는데도 좆됐단 생각도 못 했어. 왜인 줄 알아? 잡히면 무조건 뒤지거든. 그래도 양키 새끼들은 볼셰비키는 아니니… 다들 왜 얼었어?"

자신의 썰을 풀려고 막 자세를 잡던 고참 하나는 갑자기 주변의 다른 병사들이 나무토막처럼 뻣뻣해지자 본능처럼 자신도 각을 잡았다.

"쉬고 있었는데 미안하게 됐구만."

"아닙니다!!"

"아니기는, 긴장들 풀어. 담배 한 대 피울 텐가?"

병사들은 5성 장군이 손수 담뱃불을 붙여주자 나무토막에서 더욱 진화한 무언가로 변해 갔다. 이제 좀 가주면 좋으련만, 이 소탈한 장군님은 내친 김에 아예 흙바닥에 털썩 앉아버렸다.

"자네들은 나이가 어떻게 되나?"

"저는 스물입니다!"

"저는 스물하나입니다."

"곧 있으면 서른입니다!"

"다들 젊구만. 고향에 애인은 있고?"

허허 웃으며 가족 이야기를 짤막하게 늘어놓은 모델은 병사들에게 가족 소식은 듣느냐, 편지는 받고 있냐, 짬밥이 맛이 없긴 한데 그래도 잘 나오느냐 등 시시콜콜한 이야기만 잔뜩 물어보고는 자리에서 일어났다. 떠나가는 모델의 등판에 대고 병사들이 나치식 경례를 올리는 가운데, 그는 구름 자욱해 별빛 하나 보이지 않는 하늘을 바라보았다.

"결심했다."

"어찌하시겠습니까?"

담배 연기로 가득 차 너구리굴이 된 사령부엔 그를 기다리고 있는 참모들이 나갔을 때 자세 그대로 대기 중이었다.

"퇴각한다."

"…괜찮으시겠습니까?"

"이대로 있어도 다 죽는 건 마찬가지다."

그의 얼굴은 오랜 야전 생활로 제법 홀쭉해져 있었지만, 그 눈동자에서 만큼은 불꽃이 타오르고 있었다.

"미안하게 됐다. 다들 목숨 좀 걸어줘야겠다."

"장군님!"

"저흰 절대 후회하지 않습니다!"

"친위대 놈들에겐 내가 직접 연락하지. 그놈들도 여기서 앉아 있다간 뒤진다는 사실 정도는 이해하고 있을 테니, 내가 모든 책임을 짊어지겠다고 하면 앞에선 욕할지언정 명령을 거부하진 않을 거야."

입이 텁텁하다. 가족을 다시 만날 수 있으리란 희망도 차곡차곡 접어 저 담배 연기에 섞어 날려 보냈다.

"너희들도, 만약 향후에 이 결정에 관해 추궁당한다면 '모든 참모와 지휘관이 반대했으나 발터 모델의 독단으로 결정되었다'라고 진술해라."

"사령관님……."

"우리를 믿고 따라온 장병들은 독일의 미래야. 이런 승산 없는 싸움에 허비할 정도로 싸구려들이 아니라고. 아미앵 주둔 부대에 즉각 탈출하라고 전달하고, 퇴로를 확보하는 데 총력을 기울여라."

결심한 이상 망설일 틈은 없다. 단 한 명이라도. 프랑스를, 벨기에를 탈출해 조국의 국경 너머로 돌려보내야 승산이 있다.

"시작해."

모델은 주사위를 던졌다.

* * *

아미앵 북쪽, 빌레르―보카주.

결코 물러나지 않을 것 같던 독일군은 결국 미군의 맹공 앞에서 퇴각하고야 말았다. 제깟 놈들이 몸뚱이에 총알이 박히고도 어떻게 현지를 사수할 수 있겠나. 하지만 이곳에서 육신과 정신 모두 너덜너덜해지도록 치열한 접전을 벌인 미군에게 휴식이란 있을 수 없었다.

"빨리빨리 움직여!"

"매트리스란 매트리스는 전부 꺼내!"

"모자라? 없어? 없으면 통나무라도 달아 달라고!"

운 좋게 살아남은 독일군 포로들을 심문한 결과 저 도둑놈들은 바주카와 비슷한 판처 뭐시기뭐시기, 미군 일동이 명명하길 '짝불알의 막대기'를 얼마 전 지급받은 모양이었다.

"씨발놈들, 하여간 전쟁 참 좆같이 해요."

"그리스건도 훔쳐, 바주카도 훔쳐, 조만간 우리 불알도 훔쳐갈지도 몰라."

누구 하나 투덜이 스머프가 되어 불평불만을 늘어놓을 만도 하지만, 여기서 살아남은 이들 중 그럴 엄두가 나는 이는 아무도 없었다. 눈앞에서 병사 한 놈이 푸슝하고 셔먼을 할로윈 캠프파이어마냥 화끈하게 불타오르는 장작으로 만들어버렸다. 그동안 적 전차는 물론 토치카, 방어진지, 각종 건물에 바주카를 신명나게 쏴대며 폭발의 쾌감을 온몸으로 즐기던 미군으로서는 이제 그 즐거움을 제리 새끼들도 누리게 되리란 역지사지가 재깍재깍 될 수밖에 없었다.

"이거 붙인다고 전차가 살까?"

"시발롬아. 만약 저 빌어먹을 막대기 처맞고 전차가 터지면 전부 니 탓이야."

"왜?!"

"부정 탔으니까! 제발 기도나 하라고. 우리 전차 터지면 우리도 같이 터지는 거야."

한편 로저스 병장은 중대장에게 쪼르르 달려가 "이 미친 초코바를 당장 전부 회수해야 합니다!"라며 게거품을 물었고, 로저스보다 더 어린 중대장 또한 지극히 근엄한 어조로 '그 신성모독적인 싸제 물품을 당장 파기할 것.'을 명령했다.

"야. 니들이나 이거 다 처먹어."

"?!"

"그냥 처먹으라고. EAT. 우적우적. 오케이?"

"오케이, 오케이!!"

마을 구석탱이에 감금된 독일군은 이날 계를 탔다. 무려 '튀니지의 용사' 로저스가 저토록 열과 성을 다해 이 사탄의 초코바가 제리들의 총알을 유도하는 신비한 자력을 띠고 있다고 열변을 토하는데 누가 감히 주머니에 초코바를 꼬불치고 있으랴?

그렇게 한가득 수거한 '샌—프랑코의 유진—바'가 혼이 쏙 빠진 독일 포로들의 입에 쏙쏙 골인해 그 볼따구를 비버처럼 빵빵하게 만들었다. 이것이 바로 누이 좋고 매부 좋고 아니겠나.

"왜 저런 악마의 물건을 PX에서 파는 거지?"

"PX에 독일 간첩이 있는 게 틀림없어."

"허쉬의 음모야. 이 끔찍한 벽돌을 초콜릿이라고 세뇌시키기 위해 히틀러와 결탁한 거라고."

학식과 통찰력을 겸비한 미군 장병들은 참호를 파기 위해 허리가 끊어지도록 삽질을 했고, 가끔 담배 타임이 올 때마다 구석에서 초코바의 해악에 대해 열변을 토했다. 물론 이단자가 가끔 나타나기는 했다.

"그, 대관절 초코바 때문에 그 난리가 났다는 게 말이나 됩니까?"

"저리 꺼져, 조지. 그딴 소리 하던 놈들은 다 뒤졌다고."

"전차중대 애들이 한 말 못 들었어? 히틀러 막대기 처맞은 그 전차, 오는 길에 유진—바를 한 다스씩 쟁여놨대. 저기 전차에서 초콜릿 냄새 나지 않아?"

조지 설리번 상병은 그토록 이성과 용기로 충만하던 로저스 병장이 저깟 미신에 심취해 있다는 게 믿기지가 않았다.

"저거 그냥 매점만 가면 그득그득 쌓여 있잖습니까. 아니, 애초에 자원봉사하는 애들이 박스 단위로 던져줬는데 당연히 죽은 놈들 품에서 몇 개씩은 튀어나오죠. 이건 수학입니다, 수학."

"니가 뭘 몰라서 그래. 내가 그딴 불경한 생각을 갖고 유진—바를 씹는 순간 아까 그 막대기 든 제리 새끼랑 눈이 마주쳤다고!"

"미치겠네, 진짜. 우리 이런 개소리할 시간에 삽질 한번 더하면 총알을 좀 더 잘 피할 수 있지 않을까요?"

눈치 없는 놈 소리를 배 터지게 들은 설리번 상병은 그날 부들부들 치를 떨며 잠자리를 청했다. 그리고 그에겐 약간 불행한 일이지만, 그가 마침내 살풋 잠이 든 순간 끔찍한 폭음이 이 마을을 덮쳐버렸다.

"적이다!"

"포격이다! 다들 피해!!"

"제리의 포격이다!!"

서둘러 무기를 쥐고, 헬멧을 뒤집어쓰고 포격을 피하기 위해 참호로 뛰어든다. 부산스럽지만 익숙한 루틴대로 장병들이 척척 움직이는 그 순간, 1대대 병사들은 신의 역사함이 무엇인지를 보게 되었다.

"어, 저, 저기……."

"지저스."

"신이시여."

펑!!

황금 아치를 그리며 날아온 독일군의 포탄이 정확히 제 동족 포로들이 모여 있던 건물을 직격했다. 우르르르 하는 소리와 함께 제법 튼튼한 석조 건물이 고통의 신음을 내뱉었고, 모두가 눈을 휘둥그레 뜨고 있는 와중 가엾은 건물은 옥상에서부터 천천히 무너지며 돌무더기로 화하기 시작했다.

"쟤들, 쟤들!"

"그걸 먹어서 그래! 그걸 먹어서 뒈진 거라고!"

"아니, 거 씨발……."

"앞으로 우리 소대에서 유진—바를 사는 새끼는 없다!"

포탄은 몇 시간이고 계속해서 낙하했다.

"초코바 때문이야. 초코바 때문이라고."

"그럼그럼."

물론 다들 안다. 하지만 확실한 건, 초코바 이야기라도 떠들지 않으면 눈먼 포탄에 맞기 전 이 끔찍한 폭음에 질식해 버릴 것 같다는 사실.

"우린 아무도 '그거' 안 먹었지?"

"예."

"그래. 그럼 포탄 맞을 일 없다. 조만간 제리 새끼들이 올 모양이니 입에 뭐 좀 넣어놔라."

지축이 흔들리는 와중에도, 병사들은 주섬주섬 먹거리를 입에 대강 쑤셔넣었다. 전투식량 안에 든 초콜릿은 정말 맛이 없었다.

백일 천하 7

베르사유. 연합군 총사령부.

"B집단군이 아미앵에 약 1개 사단으로 추정되는 병력만을 남겨 둔 채 철군하고 있습니다."

"캉브레로 진격하던 제9군이 다수의 타이거 탱크를 동반한 적 기갑 부대의 반격을 받았습니다."

"빌어먹을. 자랑스러운 우리 미합중국 전차병들에게 제발 좀 티거랑 판터 구분해서 보고할 능력을 함양할 수 있는 친구가 있다면 내가 그 친구 특진시켜준다."

내 희망 섞인 탄식에도 불구하고, 대답은 돌아오지 않았다. 내가 피 끓는 이팔청춘 시절부터 조이고 닦고 기름치던 우리 전차부대는 대관절 어떻게 되어 먹은 노릇인지, 떡대 좀 있어 뵈는 전차만 나타나면 '타이거다! 타이거가 나타났다! 우에에엥, 퍼싱 보내줘. 잭슨도 좋아.' 하면서 경기를 일으켰다. 이해는 한다. 여전히 미 기갑 부대의 주력은 셔먼이고, 셔먼이 티거와 뜨거운 레슬링을 벌이면 그만큼 피해를 감수해야 하니.

하지만 지휘관 입장에선 답답해 돌아버리겠다. 티거 위주로 강력한 타격을 가해 온다면 독일 특유의 중전차대대가 틀림없다. 하지만 단순히 판터 정도라면 제법 보급 빵빵하게 받은 일반적인 독일군 사단 예하의 전차부대일 수도 있다. 답답해서 당장이라도 직접 최전방으로 시찰을 나가고 싶지만, 내 부관놈은 오마르에게 부귀영화를 약속받고 날 배신했다. 한 번만 더 그러면 맥주병으로 내 뚝배기를 깰지도 모른다.

나는 해결되지 않는 고민에 더 이상 몰두하는 대신 전황이 집약되고 있는 상황판과 지도를 바라보았다. 유감스럽게도 여기라고 해서 딱히 머리가 터질 것만 같은 상황이 없는 건 아니었다.

"모델이 도망친다."

내가 치를 떨며 한마디를 툭 던지자 모두의 시선이 내게로 집중되었다.

독하다. 독하다, 독해. 어떻게, 어떻게 사람이 이럴 수가 있지? 이렇게 정성껏 아미앵 붙들고 뒈지라고 온갖 설계를 다 해놨는데, 매정한 모델은 휘적휘적 가버리고 있지 않은가. 하지만 한국인의 정이란 조청유과만큼 끈끈한 법. 십 리도 못 가서 발병 나도록 뜨거운 항공력을 동원해 줘야 하지 않겠나.

연합군이 곱게 추격을 포기할 리 없다는 걸 모델도 당연히 잘 알 터. 보고를 종합해 보자면, 퇴각하기도 어렵고 덩치 큰 표적으로 전락해 가고 있는 기갑 부대가 후미를 사수하면서 최대한 병력을 벨기에 방면으로 탈출시킬 모양새로 추측된다. 10만, 20만 정도만 먹고 떨어져라. 일종의 트레이드 제안이었다.

"히틀러가 탈출을 허락했을까?"

"가능성은 반반 아니겠습니까."

"나는 50 대 50이라는 말이 싫어. 우리 집 뽀삐도 50 대 50은 맞출 수 있다고. 그건 추측이 아니라 무책임한 거야, 이 인간아."

용감히 입을 열었던 참모 하나를 침몰시켰다. 앞에 나설 용기는 있으나 논리가 이토록 개판이라니. 자네는 C일세.

"의견 좀 내봐. 오늘 먹은 짬밥 다 몰래 내다 버렸어?"

"허락을 해주든 말든 큰 관계는 없지 않겠습니까."

오. 뭔가 있어 보이는 말이 나왔어. 고개를 돌리자, 참모 하나가 초롱초롱하게 눈빛을 쏴대고 있었다.

"그러면?"

"이미 아미앵을 포기한 이상, 시클그루버가 다시 아미앵을 사수하라고 명령을 내린다 하더라도 상황을 되돌릴 수는 없습니다."

"그렇지. 그게 맞지."

"따라서 지금은 도망치는 적을 때려잡을 방법을 논의해야 하지, 그 판단의 이유는 그리 급한 게 아니라고 봅니다."

"마음에 들어."

그리핀도르에 5점 주겠어요, 오홍홍. 하지만 참모들이라면 모를까, 대국을 다뤄야 할 내가 그냥 아 그렇구나 하고 끝내버릴 순 없다. 감히 내 빅 픽쳐에 스크래치를 냈으면 대가를 치러야 하지 않겠나.

"브래드."

"예, 총사령관."

"아미앵을 방치하지."

"아미앵을 방치한다고? 향후 아군이 따라붙으려면 아미앵을 탈환하고 철도망을 확보하는 편이 낫지 않겠나?"

저런. 아직도 그 철도망이 남아 있을 것 같아? 그런 건 없어. 무슨 일이 있어도, 절대, 절대로, 우리 철도망은 안 돌아온다 이 말이야. 모델이 아니라손 쳐도 상식적인 지휘관이면 미쳤다고 그걸 남겨 놨겠냐.

내가 물끄러미 오마르를 쳐다보자 녀석도 내가 무슨 생각을 하는지 곧장 떠올린 듯했다. 음, 역시 동기 사랑 나라 사랑이야.

"물론 철도망을 못 쓰게 만들어 놓긴 했겠지. 하지만 결국 우린 진격을 해야 해. 하루 일찍 아미앵을 점령하면 그만큼 최전방의 장병들에게 더 많은 물자를 보낼 수 있다고."

"정론이구만."

"정론과 담을 쌓은 총사령관께선 어떤 지휘 의도를 갖고 계신지요?"

당연히 언론 플레이지. 매일마다 연합국의 모든 언론 매체가 부부젤라를 부우우 부우우 불어대면서 '오늘도 함락되지 않은 아미앵. 독일군은 전쟁의 신인가? 저들이 바로 오딘의 군세인가?'라고 아가릴 털어주는 거다. 이러면 잉어킹이 튀어오르기를 쓰듯 아무 일도 일어나지 않을지도 모른다. 사실 그게 정상이다. 하지만 운이 좋아서 뭔가 낚싯대에 걸린다면? 공짜로 즉석복권 긁는 거나 마찬가지인 일인데 안 하면 섭섭하지 않겠나?

한번 양심을 잠시 내려놓고 비열한 협잡질을 구상하기 시작하자 온갖 아이디어가 샘솟는다. 독일 총통 관저에 익명의 투서를 보내면 어떨까? 라인하르트 하이드리히가 사실 연합군과 내통하던 배신자였다는 증거물을 퀵서비스로 부쳐보는 거다. 역시 아무 일도 일어나지 않을 수도 있지만, 히틀러의 피해망상을 자극할 수만 있다면 재밌는 일이 일어나지 않을까?

행복의 나라로 떠나던 내 정신은 금세 퀘퀘하고 핏자국 그득한 현실로 끌려오고 말았다.

"바스토뉴에서 적의 저항이 완강합니다."

"예상치를 웃도는 맨파워 소모가 발생하고 있습니다. 실제로 대다수의 전방 부대가 병력 부족을 호소하고 있습니다."

"후… 얼마나요?"

"바스토뉴 공격의 선봉으로 투입된 제36보병사단의 경우 약 2천 명의 사상자가 발생했습니다."

2천 명. 정신이 아득해진다. 사망자를 10%만 잡는다 쳐도 2백 명이 죽고 나머지는 다쳤다는 뜻.

"사단장이 제대로 지휘한 것 맞나?"

"조사 착수할까요?"

"해야지요. 갑갑해 죽겠네. 제길."

맥 장관님께서 신병들을 죄다 필리핀에 때려 붓고 있으니 보충병이 말라 비틀어졌다. 나도 소련군처럼 우크라이나 감자밭에서 병력 캐내고 싶다고! 물론 이 말은 절대 입 밖으로 꺼내면 안 된다. 그동안 충분히 고통받았던 아이크가 정말 날 쏴 죽이러 찾아올지도 모르니까.

"2천… 2천……."

지저분한 숫자 다 떼고 심플하게 계산했을 때, 1개 보병사단에 약 1만 명. 그리고 사단 병력 1만 중 M1 개런드 소총을 들고 참호에서 돌격 앞으로 를 외치며 달려나가는 소총수들이 얼추 4천 명. 멀리 갈 것 없이 일반적인 회사들만 떠올려 보더라도 어디 회사에 공장 일하는 분들만 있던가? 영업 팀, 인사팀, 재무팀 등등 있잖은가. 한마디로, 교전에서 2천의 피해가 났다 는 건 저 주력이자 뼈대가 되어야 할 소총수 두 명 중 한 명은 전력 외가 되 었다고 봐도 큰 차이는 없다.

역시 프랑스군의 규모를 더 키우는 수밖에 없다. 아무리 생각해도 수지 가 맞지 않아. 지금 이 전쟁을 위해 기꺼이 더 많은 자국 젊은이들을 투입 할 나라는 유럽 짜장 프랑스뿐이다. 새로운 소식이 접수되고 전황이 요동치 기 시작한 것은 그리 멀지 않은 시점이었다.

"벨기에 남부 일대에 규모 미상의 병력 움직임이 탐지되었습니다."

"통신의 양과 길이 모두 대폭 늘어났습니다."

"독일이 병력을 더 동원했다니? 대관절 어디서 끌어온 거지?"

"진짜로 동프로이센 감자밭에서 병사를 캐왔나 저것들은."

판이 커졌다.

* * *

모두가 불을 보듯 빤하다고 생각했지만, 조금 달랐다. 모델의 독단적인 후퇴 결정을 들은 히틀러는 분노해 바락바락 고함을 지르는 대신 무척 무덤덤하게 고개를 끄덕였다.

"B집단군이 퇴각한다고."

"각하."

"모델 장군은 결코……."

"알았네. 이미 물러난 이상 어쩔 수 없지. 모델 원수의 지휘권은 그대로 두는 게 좋겠나, 아니면 교체하는 게 좋겠나?"

'히틀러의 예스맨'으로 이름 드높던 국방군 최고사령관 빌헬름 카이텔 원수는 암살 음모에서 중상을 입었음에도 살아남았으나, 도저히 격무를 치를 수는 없는 몸이 되었다. 그 자리를 계승한 장군, 알프레드 요들은 히틀러가 진짜 질문을 한 것인지 혹은 충성심 테스트인지 잠시 고민해야 했다. 하지만 그의 고민은 그리 길지 않았다.

"모델 원수를 유임하는 것이 좋다고 봅니다."

"어째서인가?"

"그가 만약 불경한 생각을 품고 있었다면 항복을 택했을 겁니다. 적어도 그가 마지막 책임을 다할 수 있도록 믿어주는 게 낫지 않겠습니까."

"그러도록 하지."

어째서인가? 왜 저토록 무덤덤한가? 안타깝게도 총통은 모두의 의문에 답해줄 의향은 전혀 없는 듯했고, 참모들은 분주히 모델의 퇴각에 맞추어 새로운 계획을 제출해야 했다.

"아미앵까지 진출한 아군 병력들이 돌아오는 건 무척 어렵습니다."

"캉브레를 위시한 북프랑스 포위망, 그리고 바스토뉴에서 뻗어 나올 벨기에 포위망이 완성되는 것만큼은 저지해야 합니다."

"그건 독일 본토까지 퇴각했을 경우를 상정한 것 아닌가. 아직 포기하기엔 일러. 벨기에에 고립된 영국군을 소멸시키면 전황을 역전시킬 수 있지."

"영국군, 말씀이십니까?"

"그래. 너희 국방군 장성이라는 것들은… 정말이지, 이 내가 독일 민족을 위해 아무리 뛰려 해도 항상 발목만 잡고 늘어지고 있지. 파리를 함락시키지도 못하고, 기껏 얻은 아미앵은 내다 버리다시피 하고. 대체 뭘 할 수 있다는 거야."

히틀러는 브뤼셀 방면을 가리키며 말했다.

"결국 핵심은 벨기에야."

"그렇습니다."

"후베(Hans-Valentin Hube) 장군에게 바스토뉴를 탈환하라고 명하게."

"각하. 죄송하지만 후베 장군의 부대는 아직 준비가 완료되지 않았습니다."

"누구보다 내가 더 잘 알고 있네. 하지만 그렇다고 벨기에 포위망이 닫히는 걸 두고 볼 수가 있나? 잔말 말고 후베를 보내."

총통은 떨리는 한쪽 손을 슬며시 뒤로 가린 채 자리에서 일어났다.

"괴벨스 박사가 지금 베를린에 있나."

"그렇습니다."

"그가 제안했던 그… '국민돌격대'의 상세한 안건을 준비해 이리로 오라고 하게."

농락당했다. 철두철미하게. 장군이란 것들은 하나같이 제멋대로였고, 기껏 찾아낸 승리의 돌파구마저 저 프로이센 돌대가리들이 날려먹고 말았다. 세계를 지배할 자격 따위, 이 개돼지와 벌레 같은 독일 민족에게 그런 자격 따위 사치에 불과했다.

내게도 오이겐 킴 같은 압도적 시드머니가 있었다면. 내게도 스탈린 같은 강철 권력이 있었다면. 나약한 독일 민족은 자신과 같은 위대한 영도자를 얻었음에도 불구하고 그 무엇 하나 제공해주지 못했다.

"강자가 살아남고, 약자는 죽어야지."

독일 민족은 존재할 가치가 없다. 이런 벌레들은 전부 죽어야 한다.

백일 천하 8

　한평생. 이 한평생을 오직 독일 민족의 영원한 영광을 이룩하기 위해 바쳤다. 패배를 선동하며 독일 민족의 등 뒤에 칼을 꽂던 유대인과 공산주의자들을 말살하면 가장 위대한 독일 민족이 최후에는 승리할 수 있다 여겼다.

　하지만 결과가 이게 무언가. 무능한 융커들 대신 중임을 맡긴 롬멜, 모델과 같은 인물들조차 그 믿음에 보답하지 못하고 형편없는 결과만을 가져다 주었다. 승리를 위해서라면 파리로 가야 함에도 불구하고, 마치 강가까지 억지로 끌고 간 당나귀가 한사코 물 마시는 걸 거부하듯 믿었던 이들마저 이 총통의 판단에 정면으로 반기를 들어버렸다.

　처음부터 틀렸을지도 모른다. 별로 대단한 독일 민족이 아니었을지도 모른다. 아니, 유대인과 볼셰비키들이 뿌려놓은 맹독이 너무 독했던 탓에 이 총통의 영도로도 체질이 개선되지 않았을지도 모른다. 히틀러의 명을 받고 서둘러 달려온 괴벨스를 만나서도 그의 망집은 도무지 사그라들지 못했다.

　"국내 분위기는 좀 어떠한가."

　"독일 국민들은 여전히 총통 각하의 영도에 따를 모든 준비가 되어 있습니다.”

“그런가?”

괴벨스도 히틀러도, 모두 진실을 알고 있었다. 더 이상 국민들은 나치의 선전과 선동에도 이렇다 할 반응을 보이지 않았다.

끝없는 폭격, 전장에 나가 돌아오지 않는 가족, 들리지 않는 승전보. 악마의 주둥아리라 불리며 나치 정권의 수립에 혁혁한 공을 세웠던 괴벨스조차, 이 무너져가는 제국을 주둥아리 하나로 건사할 수는 없었다.

“게르만 민족은 싸울 준비가 되어 있습니다. 국민돌격대가 편성되면 수백만 대군이 적을 감당하고도 남을 겁니다.”

“그래야지. 이게 다 나태해져서 그래. 옛 게르만 전사들처럼 적의 뜨거운 피를 뒤집어쓰며 전장에서 살아야만 아리아인의 자긍심을 되살릴 수 있지. 그렇고말고.”

단둘이 식사를 하며, 총통은 자신의 심경을 토로했다.

“박사.”

“예, 각하.”

“나는 마지막까지 와서 또 배신당하고 말았네. 승리를 위한 최후의 희망이 꺼지고 있어. 다른 누구도 아닌, 국방군 장성들의 손으로 말이야.”

“약해지시면 안 됩니다. 총통 각하께서는 언제나 마지막의 마지막에 승리를 쟁취하셨습니다! 각하께서 길을 알려주시기만 한다면 우리는 해낼 수 있습니다!”

부패하고 타락했지만 그 충성심만큼은 결코 누구에게도 뒤지지 않는 이가 열변을 토했다.

“각하께서도 말씀하시지 않았습니까. 서방 자본주의자들과 볼셰비키들은 결코 양립할 수 없습니다. 우리는 그때를 기다리며 버티기만 하면 됩니다.”

“그렇지. 그랬었지.”

하지만 누구보다 즉흥적인 예술형 인간 히틀러는 어느새 전혀 새로운 방향의 '탈출구'를 탐색하고 있었다.

"지금 세계를 다스릴 수 있는 자는 단 셋. 나, 스탈린, 그리고… 킴."

"…각하?"

"그는 항상 부정했지만, 그야말로 위버멘쉬의 자리에 가장 가까이 간 사내 아닌가. 어쩌면 내가 틀렸을지도 몰라. 그의 눈에는 독일 민족의 연약함이 보였을지도 모르지."

샐러드를 깨작거리다 말고 엉덩이를 들썩거리는 히틀러의 눈엔 이미 새로운 미래가 어른거렸다.

"예전에 힘러가 오이겐 킴을 조사한 적이 있네."

"처음 듣는 이야기군요."

"킴 가문의 시조는 고대에 왕국을 건국했는데, 인도 황녀와 결혼했다더군. 위대한 정복자 아리아인 중에서도 저 동방의 끝까지 발자취를 남긴 진정한 정복자의 혈통을 타고난 게야."

"그 귀한 핏줄을 타고났음에도 유대인의 하수인 노릇이라니. 민주주의가 얼마나 끔찍한 해악인지 잘 알겠습니다."

"하지만 그는 너무 도드라졌지. 머리가 달린 자라면 누구나 오이겐 킴이 혼자 지휘봉을 잡았을 때와 그렇지 않았을 때의 격차를 깨달아버리지 않았겠나."

저 간교한 유대인들은, 결코 위버멘쉬의 통치에 굴복하지 않으리라. 무수한 견제와 핍박으로 기어이 위대한 인물의 날개를 꺾어야 만족하겠지. 하지만, 이를 극복해야만 진정 세계를 지배할 자격이 있는 자 아니겠는가?

"이 전쟁이 끝나면, 그는 선택해야 해. 초원을 호령해야 할 사자가 풀을 뜯고 있던 시절로 돌아갈 수 없다고. 이 나처럼! 그 옛날, 도탄에 빠진 독일인을 구원하기 위해 내가 나서야만 했듯 그 또한 볼셰비키의 위협을 저지하기 위해 결국 저 백악관으로 갈 거야."

갑자기 왜 이렇게 그를 고평가한단 말인가. 어쩐지 꼭 옛날로 돌아온 듯한 느낌에, 괴벨스는 함부로 입을 놀리느니 그냥 침묵을 택했다.

"인간이 신이 되기 위해선 그만한 시련이 필요한 법이지."

이미 그는 앞에 앉아 있는 사람은 안중에도 없이 혼자만의 장광설을 정신없이 떠들었다.

"스키피오가 한니발을 이겼다 한들 그 명성이 한니발을 뒤덮었나? 나폴레옹을 꺾은 블뤼허는? 오이겐 킴이 신이 되려면 전 유럽의 정복자인 나를 물리쳐야겠지만… 내 명성은 영원할 거야."

"애초에 그럴 일이 없잖습니까. 각하께선 늘 그랬듯 최후의 승자가 되실 겁니다."

"그렇다면 나는 한니발이 아니라 알렉산더가 되겠지."

볼셰비키를 물리치고 세계를 다스릴 단 한 명의 지존. 아직 순순히 포기할 순 없다. 마지막 그 순간까지.

다음 날, 히틀러는 오전 일찍 일어나 채비를 한 후 군인들이 기다리고 있는 지휘소로 향했다.

"어제 심사숙고 끝에 결정을 내렸소. 앞으로 적들은 감히 독일에 대적한다는 것이 얼마나 끔찍하고 비극적인 일인지 뼈저리게 깨닫게 될 것이오."

"저희는 총통 각하의 명을 따를 뿐입니다!"

"또한 배신자들, 기회주의자들, 변절자와 내통자들은 우리의 분노 앞에 단 한 놈도 살아남지 못할 것이오. 총사령부의 의중을 거스르고 제멋대로 구는 자들, 현지 사수 명령을 거역하고 임의로 행동하는 자들은… 제발 죽여 달라고 빌게 해줄 것이오."

모두의 시선에 공포가 어리는 것을 보며 총통은 지극히 만족스러워했다.

"귀관들은 모두 내게 서약했소. 독일과 나치당에 충성을 다하겠노라 서약했고, 유대인과 슬라브인을 이 세상에서 멸종시키겠노라 서약했다고! 뒤늦게 갈아타려 한다 한들 유대인들 눈엔 당신들도 다 똑같은 놈들일 뿐이야. 이미 기회 따윈 없어. 행여나 허튼 생각 품고 있는 자들이 있다면 똑똑히 알아 두시오. 우리는, 죽는 그 순간까지 절대 떨어질 수 없다는 걸 말이오."

피에 젖은 손을 못 본 체하던 자들. 명령에 따랐을 뿐이라고 자위하던 자들. '합리적 수준의 협상 혹은 조건부 항복'을 꿈꾸던 자들. 그들 모두, 묵직한 족쇄를 찬 채 저 심연 아래로 끌려가는 듯한 기분을 맛봐야 했다.

"하지만 인간이란 것들은 꼭 본보기가 없으면 딴생각을 하더군. 힘러?"

"예, 각하! 친위대는 그 심장마저 꺼내 각하를 위해 바칠 준비가 되어 있습니다!"

"모델 일가의 신병을 확보하게."

"……! 알겠습니다."

"작전상 후퇴는 장군 나리들의 권리지만, 맥없이 적에게 항복하는 이적 행위를 저지른다면 명백히 반역이라고 볼 수 있겠지. 그자에게 전달해."

총통은 잠시 고민하다 지도의 어느 한 방향을 가리켰다.

"그리고 헝가리인들이 편을 갈아타고 싶어 한다던데."

"그, 그럴 리가 있겠습니까. 물론 헝가리에서 동부 전선에 배치된 부대를 본국 수비를 위해 빼고 싶단 요청을 넣긴 했습니다만."

"그놈들이 감히 어찌 우릴 배신하겠습니까!"

"아냐. 아냐. 나는 이제 누구도 믿지 않아. 요들 장군?"

히틀러의 새로운 지시가 떨어졌다.

"헝가리인들은 독일에서 탈출한 유대인들을 대거 받아들였었지. 발칸 방면의 군을 움직여 즉각 헝가리를 제압하고 그곳의 유대인들을 모조리 '정리'하시오."

독일이라는 나라가 존재하는 한. 멸망의 그 순간까지 가스실의 굴뚝은 연기를 내뿜으리라. 미치광이가 운전대를 잡은 나라는 마침내 도로를 벗어나 알 수 없는 곳으로 질주하기 시작했다.

* * *

"적 전투서열을 확보했습니다."

"바스토뉴 일대에서 제3군과 교전 중인 부대는 한스―발렌틴 후베 상급대장이 이끄는 '왈롱 집단군'으로 확인되었습니다."

"왈롱 집단군?"

"노르망디에서 패퇴하고 재편 중이던 부대에 발칸 주둔군과 신병들을 혼합해 편성된 것으로 보고 있습니다."

포위망 완성은 독일군 입장에서 절대 좌시할 수 없는 일이긴 하다. B집단군이 통째로 소멸되면 독일군의 역량은 크게 감소한다. 올해는 무리여도, 내년엔 무난하게 온 독일을 짓밟을 수 있겠지.

"하지몬… 아니, 제3군 사령관에게선 별다른 소식 없나?"

"최선을 다하겠다고 합니다."

"3군이 신병투성이라 불안하긴 하구만."

미군 2백만, 영국과 캐나다군 합쳐 50만, 빠르게 증강 중인 프랑스군 백만. 이 중 전선에 투입된 건 약 20만. 백만도 채 되지 않는 독일군을 때려잡기 위한 병력으로는 많아 보이지만, 질적 격차를 고려하면 사실 이래도 부족하다. 포위망이라고 하면 당장이라도 독 안에 든 쥐새끼들이 살살 쥐약 먹은 것처럼 고꾸라질 것만 같지만, 막상 현실은 그렇지가 못하다.

"제1군과 제9군이 적의 강력한 반격에 봉착했습니다."

"앤트워프 방면에서 적의 공세가 재개되었습니다. 캐나다군이 지연전을 펼치고 있습니다."

"저지대 집단군의 브뤼셀 탈환 시도를 차단하려는 의도로 분석됩니다."

난전. 서로의 의도가 충돌하는 가운데, 아미앵까지 왔던 독일군 B집단군은 용을 쓰며 벨기에 방면으로 돌아가려 필사적으로 싸우고 있었다. 모델이 각 잡고 싸울 때 어떤 일이 벌어지는지는 이미 아미앵에서 몸으로 겪어봤다.

하지만 그렇다고 해서 무조건 이길 수 있는 것도 아니오, 저 산골 읍내에 뚫린 비포장도로 같은 얇은 선을 따라 B집단군 수십만 명을 모조리 보낼 수 있는 것도 아니다. 솔직히 지금 상황은 모세도 어떻게 못 할걸? 홍해를 가르듯 포장도로를 깔 수 있으면 또 모르겠는데.

우리 육군항공대와 영국 공군은 해 뜨면 출격해 해 질 때까지 독일 놈들의 머리통에 폭탄을 신속 배달해줬고, 모델은 질 수 없다는 듯 플라나리아처럼 꿈틀거리며 아득바득 퇴각하고 있었다. 도마뱀 꼬리도 한 번 잘리고 나면 다시 솟을 때까지 쿨타임이 도는 법인데, 이미 프랑스 방면으로 진출했던 독일군의 절반 이상이 우리 군을 막기 위해 전장에 투입되었다.

요소요소에 주저앉아 기관총을 갈겨대며 우리의 발을 붙든다. 인명 피해를 강요하고, 실컷 두들겨 패 무력화하고 나면 또 새로운 독일군이 다시 우릴 막는다.

미쳤다. 이 짓을 해서 대체 뭘 얻고 싶은 건가, 상대는? 저 광기의 탈출 끝에 벨기에로 돌아갈 수 있는 병력이 끽해야 10만은 될까?

"전쟁 좆같이 하네, 시발."

"…네?"

"아니오. 혼잣말입니다. 혼잣말. 대체… 저럴 거면 항복이라도 시키지, 대체 왜 아득바득 돌아가겠단 건지."

하나는 성공했다. 이 포위망을 완성하고 포위망 안 독일군을 모조리 격멸시킨다 하더라도, 연합군은 올해 더 이상 전투를 지속할 여력이 없다. 악으로 깡으로, 없는 거 다 털고 기만에 사기에 별별 똥꼬쑈를 하면서 부랴부랴 벌였던 작전이다. 이걸 여기까지 끌고 온 것만으로도 나나 다른 장병들이나 할 만큼 했다.

"제21집단군, 그리고 저지대 집단군에 명령 하나 보냅시다."

"뭐라고 하면 되겠습니까?"

"별로 길게 말할 필요는 없고… 영국군의 힘을 보여 달라고만 합시다."

구구절절 작전 지시 내려봐야, 수백 킬로미터 떨어진 베르사유에 앉아 있는 내가 더 지휘 잘할 가능성은 그리 높지 않겠지. 차라리 그냥 마음의 부담이나 잔뜩 지워주고 독촉하는 편이 낫지 않겠나.

"프랑스 국경에서 벨기에로 퇴각할 수 있는 병력은 얼마쯤 될까요?"

"가장 많이 잡아도 20만에서 30만가량 되지 않을까 싶습니다. 물론 대부분의 장비는 퇴각 도중 망실하겠지요."

"그놈들 중 제3군의 포위망을 뚫고 본토까지 도망칠 수 있는 놈들은?"

"왈롱 집단군을 얼마나 빨리 무너뜨리느냐에 따라 달라지겠지만, 적어도 후베가 저지에 성공할 가능성은 없어 보입니다."

그렇지. 아무리 생각해도 그렇지. 그럼 대체 왜 얌전히 재편이나 해야 할 부대를 냅다 던졌을까? 그냥 미쳐서, 라고 하기엔 독일군 수뇌부도 전부 같이 미치진 않았을 거 아냐. 그리고 유감스럽게도 내가 틀렸다.

"헝가리의 호르티 섭정이 독일을 방문하였다가 억류되었습니다."

"독일군이 부다페스트에 진입한 후 학살을 자행하고 있답니다."

"이 새끼들은 진짜… 뭐지?"

그냥 사람을 더 많이 죽이고 싶은 건가? 혹시 뭐 666만 명을 제물로 바치면 디아블로라도 강림하는 건가? 후베가 밀려나고 브뤼셀 함락을 코앞에 둔 시점. 아라스와 캉브레가 위협받고 수십만의 난민 떼거리가 목숨만 건지려고 벨기에로 도망치는 지금 시점. 아무리 나라도 독일군이 무얼 노리고 있는지는 도저히 짐작할 수 없었고.

"전력을 집중시켜서… 포위망 안의 적을 끝장내시오."

내가 할 수 있는 일 또한 정말 아무것도 없었다.

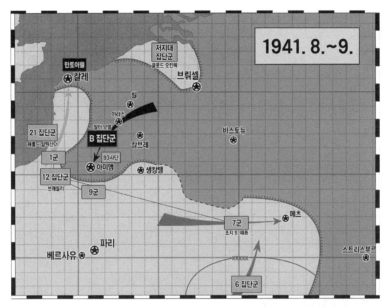

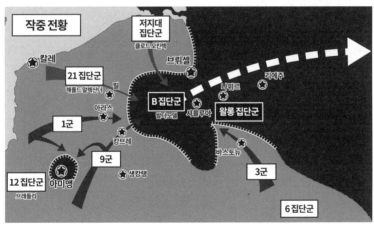

물의백작 님이 제공해주신 지도를 기반으로 제작했습니다.

백일 천하 9

1941년 10월. 역사의 한 페이지를 쓰고 있는 대전장. 월드 헤비웨이트 챔피언십 챔피언 벨트가 걸린 세기의 대결전이 벌어지는 동부 전선, 주코프 대 만슈타인의 전투. 비록 내가 미군이며, 서방연합군의 총사령관직을 수행하고 있긴 하지만 저 동부 전선의 규모를 보고 있노라면 혀를 내두를 수밖에 없다.

과장 없이 양군 합쳐 1천만 대군이 충돌하는 엄청난 규모. 거기에 스탈린주의와 나치즘이라는 극좌—극우 사상 대립의 끝판왕. 게르만과 슬라브 민족주의로 말미암은 인종청소가 거침없이 벌어지는 지옥도. 한 민족의 존망을 걸고 벌인 전대미문의 캐삭빵은 주코프의 압승으로 끝났다.

독일군은 그 자랑거리였던 기동방어는 어디다 팔아먹었는지 몰라도 각목처럼 뻣뻣해졌고, 머리부터 발끝까지 미제 15강 아이템을 둘둘 만 소련군은 쌓이고 쌓인 분노를 토해냈다. 하지만 우리의 정신머리는 드네프르강을 놓고 벌어진 저 대혈투보다는 전혀 엉뚱한 곳, 헝가리에 쏠려 있었다.

나로서는 대체 무슨 신묘한 나비효과가 일어나 '헝가리 침공'이라는 결론에 다다랐는지 짐작조차 가지 않는다. 하지만 히틀러가 자기 동맹인 헝가리를 침공하는 과정에서 입수된 첩보는 슬슬 내 야매심리학의 범위를 심각하게 이탈하고 있었다.

'독일은 헝가리의 지도자인 미클로시 호르티(Miklós Horthy)와 장관 다수, 육군참모총장 등을 초청한 후 억류하였음.'

'슈코르체니 특공대가 대낮에 헝가리의 지도자, 호르티의 아들을 수도 부다페스트 한복판에서 납치함.'

'호르티 정권 붕괴. 독일군은 호르티 정권하에서 불법으로 지정되어 탄압받던 반정부—극우 정당 '화살십자당'을 지원해주고 신정부를 설립.'

'독일군과 화살십자당은 정권 장악 직후부터 헝가리 전역에서 유대인을 색출 중. 어림잡아 수십만에서 백만 단위의 유대인들이 독일로 끌려가고 있음.'

야매심리학 학위 반납해야 하나. 동맹국 국가 원수와 장관과 군부 수장을 불러다가 납치 감금했다? 그거로 모자라 가족도 납치해서 인질로 잡았다? 그래 좋다. 나는 한없이 넓은 아량과 그 어떠한 상황 변화도 감당할 풍부한 상상력을 보유하고 있으니 그럴 수 있다 치자. 우리 연합국은 발칸의 여러 나라에 접촉해 살살 감언이설을 늘어놓고 있었다.

"지금이라도 편 갈아타면."

"살려주시는 건가요?"

"죽도록 처맞을 거 반 죽을 정도로만 처맞을 수 있어. 우린 자비롭거든."

솔직히 자비 그 자체지. 루마니아, 불가리아, 헝가리 같은 발칸의 쫄따구들이라고 동부 전선에서 학살을 안 한 것도 아닌데. 반만 죽여준단 말은 아무튼 살려는 드린단 뜻 아닌가. 헝가리는 그중에서도 가장 다가오는 재앙에서 발을 빼고 싶은 기색이 역력했지만, 이웃집 콧수염의 빠따가 두려워 몸을 사리고 있었다.

하지만 그 사리는 모습 자체가 짝불알 놈의 심기를 거슬렀다면, 헝가리를 밟아버리는 것도 이해는 할 수 있다, 이해는. 근데… 그렇게 밟아 놓고 제일 먼저 하는 일이, 유대인 수송? 너네 그렇게 여유로워?

물론 원인을 알 수 없다고 해서 대처를 못 하는 건 아니다. 어차피 사람들은 전기의 원리도, 내연기관의 원리도 모르면서 현대 문명 누릴 거 다 누리고 살잖아. 당연한 말이지만 헝가리가 털리기 무섭게 나는 발칸 전역에 더욱 힘을 싣기 시작했다. 스탈린을 배려해 진짜 상륙은 하지 않았지만, 인도에서 철수해 이집트로 넘어온 영국군 일부를 깔짝거리며 발칸에 상륙할지도 모른다는 헐리우드 액션을 적극적으로 취하기 시작했다. 폭격도 더 늘렸다. 티토는 미친 듯이 날뛰기 시작했고, 슬슬 유고 주둔 독일군과 정면 승부를 고려하기 시작했다.

헝가리의 비극을 보고서도 독일을 신뢰할 수 있으면 제정신이 아닌 새끼들이지. 루마니아와 불가리아도 꽤나 흔들리고 있다. 독일 놈들은 헝가리에 본때를 보여줘 따까리들의 기강을 잡을 수 있으리라 생각했겠지만, 실질적으로는 자해행위나 마찬가지. 이 의문의 백업을 뒤로하고 내 진짜 수작질이 지도 정반대 편에서 벌어지고 있었다.

'몰로토프 소련 외무장관 핀란드 극비 방문, 합의 완료.'

'준비가 완료되는 대로 소련―핀란드 평화 협상이 타결되고 독일에 선전포고 예정.'

'핀란드 평화 협상이 타결되고 독일에 선전포고 예정.'

'노르웨이 반독 쿠데타 준비 중. 국왕의 재가 득.'

'붉은 군대가 레닌그라드 밖으로 나가는 순간 핀란드인을 지구상에서 멸종시켜주마.'도 뭐… 협상이라면 협상인가? 러시아식 협상? 여기까진 좋다. 아주 좋다. 하지만 이 망할 벨기에 포위망을 매듭짓지 못하면 아무짝에도 쓸모없다.

"여긴 미쳤습니다."

"죽을 것 같습니다."

"한 걸음 전진하기 위해서 대체 몇 명이 죽는지 모르겠습니다. 빌어먹을,

혹시 올해가 1918년입니까? 그 저주받은 뫼즈—아르곤으로 돌아온 것 같 거든요!"

"이제 더 이상 숙련병을 달라고 조르지 않겠습니다. 그냥 신병이든 뭐든 좋으니 아무튼 보내주기만 하십쇼."

나는 바스토뉴를 지나기 위해 본인의 정신줄을 반쯤 포기한 하지를 위해 자상한 답변들을 많이 준비해 놓았다.

"괜찮아. 미친 건 거기가 아니라 전 세계니까."

"죽을 것 같다고? 이미 죽은 사람이 지천으로 깔렸는데 그런 말이 나와?"

"올해는 놀랍게도 1941년이야. 뫼즈—아르곤이 그리우면 중국으로 발령 내줄게. 우리 드럼 장군님을 배알하면 저주받은 쇼몽에 돌아온 기분이 물씬 들지 않을까?"

"나도 보내주고 싶다. 우리 총장님이 못 보내주면 그건 진짜 없는 거야. 우리는 소련이 아니라서 백날 논밭에서 굴러도 옥수수만 나오지 도우보이가 튀어나오는 게 아니라고!"

내 입으로 그 끔찍한 '공격정신' 같은 말을 하는 건 전혀 취향이 아니지만, 하지 역시 성격 한번 참 아름다운 싸움닭 파이터다. 내가 딱히 의도적으로 선발한 건 아니지만, 패튼—밴플리트—하지로 이어지는 이 놀라운 앵그리버드들과 치열하게 싸우게 된 독일 놈들에게 잠시 애도의 시간. 우리의 친구 오마르에게 기쁜 마음으로 맹견 조련사 타이틀을 달아줘야지.

처음 후베의 왈롱 집단군에 대한 첩보가 들어왔을 때, 베르사유 총사령부에 모인 우리 똑똑한 참모님들은 '제3군이 충분히 밀어낼 수 있을 것'이라고 판단했고 나 또한 동의했었다. 벨기에 남부, 왈롱 지역이 현재 가장 핫스팟인 프랑스 북부 쪽에 비해 다소 멀어 항공력 투사가 빡빡하단 점은 물론 마이너스 요소.

하지만 후베 군대의 상당수가 프랑스를 탈환할 때 울며불며 도망가던 바로 그 부대들이라는 걸 확인했고, 그 부대를 재편하고 다시 각종 무기를 조달하기엔 독일군의 여력이 빡빡하지 않을까~ 란 것이 우리의 생각이었다. 하지만 착각이었다.

— 적 신형 전차입니다!

"또 타이거냐? 시즌 666번째 뉴 타이거야?"

— 아닙니다! 구축전차! 적의 기갑 전력 상당수가 구축전차인데, 그중 처음 보는 소형 구축전차가 제법 섞여 있습니다!

생각도 못 한 곳에서 갑툭튀한 친구. 말년 제3제국의 기갑 물량을 책임져주던 명품 전차, '헷처(hetzer)'가 등판했다.

수십 년 뒤 이 전쟁을 하나의 콘텐츠로 즐길 수 있는 시대에야 '헷처 망헷처, 힝잉.' 같은 농담 따먹기 소재로 써먹을 수도 있겠지만… 썩어도 전차는 전차였다. 보병들이 상대하긴 당연히 버겁고, 작고 아담해서 눈에 잘 띄지도 않는 데다가, 작은 고추가 매운 것도 아니고 제법 튼튼하기까지 하다. 결론만 요약해서, 하지를 비롯한 제3군 지휘관들의 눈에서는 눈물이 마를 날이 없었다. 그럼 결론은 뭐냐.

헷처 전차

"저 빌어먹을 코딱지 전차가 온 사방에 매복하고 있습니다!"

"완전히 오판했습니다. 우리가 마주한 적은 제법 충실한 기갑 전력을 보유하고 있습니다. 시급히 항공력 투사를 요청드립니다!"

육항 띄워 달라고 징징대는 거지. 늘 그랬듯. 아무튼 하지는 입만 열면 연신 죽겠다고 비명을 질러댔지만, 자신의 부대가 어떤 역할인지 잘 알고 있는 만큼 우격다짐으로 기어이 후배의 부대를 두들겨 패고 한 발 한 발 전진해나갔다. 후배에게 두들겨 맞는 후배… 안 돼. 이런 짓을 계속하다간 미쳐버린다.

"제3군이 독일군을 밀어내고 북상하고 있습니다. 다음 목표는 리에주(Liege)입니까?"

"아뇨. 나뮈르를 거쳐 샤를루아 방면으로 진격해주시기 바랍니다."

전략적으로는 리에주가 더 좋다. 벨기에 끄트머리에 있는 저 도시를 점령하면 독일 놈들은 집으로 돌아가기 직전 '하하! 넌 못 지나간다!'라며 방패병에 막힌 불쌍한 꼬락서니가 되거든. 하지만 우리는 샤를루아로 가야 했다.

"최후까지 용맹하게 싸웠던 제12군단 장병 전원이 전사했을 린 없습니다. 샤를루아로 가서 생존한 장병들을 수습하고, 증언을 수집해서 혹여 독일 놈들이 아군 병사들을 상대로 헛짓거릴 하지는 않았는지 파악해주시기 바랍니다."

무조건 해야 한다. 전략적 우위고 나발이고, 이 정신 나간 대참사에 대한 사후 수습은 똑바로 해야 할 거 아닌가. 맨날 하는 이야기의 반복이지만, 남의 집 귀한 자식 끌고 온 민주 국가의 군대가 그 사기와 전의를 유지하기 위해선 국가가 역할을 다해야만 한다. D.C.에 드글댈 정치인들의 계산을 제외하고서라도 무조건 해야 한다.

캐나다군은 놀라운 투혼으로 앤트워프를 사수하고 역으로 진출해 독일군의 뚝배기를 깨버렸고, 포위망의 마지막 병뚜껑이라고 할 수 있는 브뤼셀은 저지대 집단군이 총력을 다해 두들기고 있다. 끝났다. 히틀러가 갑자기 달 뒷면 기지에서 우주전함이라도 끌고 오지 않는 이상 포위는 성공했다 봐도 된다.

"부사령관님?"

"예."

"삐라 좀 뿌려 봅시다."

그럼 당연히 인성질 해야지.

* * *

[즉시 항복하라!]

[연합군의 눈부신 공격 앞에 너희들은 비참하게 포위되었다.]

[유진 킴 총사령관은 연합군 전 장병에게 1인 1칠면조를 약속하셨다.]

[그대들은 진흙탕에서 죽음의 공포를 곁에 두고 순무를 씹으며 추수감사절을 보내고 싶은가? 아니면 따뜻한 온기가 감도는 곳에서 평화와 안식, 그리고 고기와 함께하고 싶은가?]

"빌어먹을 새끼들이 이렇게 장작을 주는구만. 오이겐 킴의 장작을 감사히 여기자고."

프란츠는 선임의 말에도 대답조차 할 기운이 없어 고개만 끄덕였다. 독일군을 덮치는 것은 끝없는 폭격, 악에 받친 미군, 강철의 파도뿐만이 아니었다. 굶주림이라는 파도에 이어 전염병이라는 파도가 덮치자, 제아무리 어려서부터 군사 훈련을 받으며 단련된 독일군 병사들이라고 해도 버틸 수 없었다. 반쯤 넋이 나간 프란츠는 기계적으로 군화를 벗고 발을 살폈다.

물집이 잡히고 터지고 다시 잡히고를 반복한 끝에, 이제 그의 양발은 프레스기에 찍히기라도 한 것처럼 끔찍하게 뒤틀린 살덩어리로 변해 있었다. 그래도 걸어야 한다. 죽기는 싫으니까. 집에 돌아가야 하니까. 지휘관들은 항상 어떻게 해서든 청결한 양말을 확보해 발을 감싸라고 했지만, 없는 걸 어떻게 만들겠나. 매번 민가를 찾을 때마다 식탁보부터 여자 속옷에 이르기까지 천이란 천은 모조리 약탈해 발을 감싸 매는 건 일상사가 되었다.

그렇게 하지 못한 이들은 며칠 내 낙오되어 사라졌다. 제대로 먹지도 못했는데 설사를 하는 이들 또한 얼마 안 가 사라졌다. 몸이 무너지기 전 마음이 망가져버린 이들 또한 사라졌다. 이 부류의 상당수는 도망치기 전 붙들려 즉결 총살당하곤 했다. 프란츠는 아직 죽기 싫었고, 찢어지는 고통 속에서도 걸을 수 있었기에 살아남을 수 있었다.

"이봐, 어디 가?"

"똥 싸고 오겠습니다."

"설사하면 바로 말해라. 남들 뒤지게 하지 말고."

이젠 더 이상 참을 수 없다. 대답 대신 조용히 풀숲에 숨은 그는, 저 깊은 곳에 숨겨 놓은 전리품 하나를 꺼내 들었다.

'San Fran―ko's Eugene Bar ― 마스(Mars)사 제조'

환히 웃는 빌어먹을 몽골리안의 낯짝이 그려진 개같은 포장. 신중하게, 그 웃는 얼굴을 정확히 반으로 갈라버리면서 포장지를 뜯자 탐스러운 갈색 초콜릿이 향긋한 내음을 선보인다. 한 입. 힘껏 깨물자 머리에서 폭죽이 터지고, 수십 일 만에 머리에 들어온 달콤함이라는 감각이 전신을 휘감는다.

"읍, 읍… 읍!"

더, 더더. 이로 채 씹지도 못하고 우걱우걱대며 단숨에 삼켜버리자, 1분도 되지 않아 이 마약 같은 순간은 순식간에 막을 내렸다. 어느새 구겨진 포장지만 남자, 프란츠의 가슴속엔 행복감 대신 원망과 한이 그득하니 쌓이기 시작했다. 어째서. 어째서 저 빌어먹을 놈들은 이토록 우릴 핍박한단 말인가. 마지막의 마지막에 몰리자, 입대 직전 아버지가 해주던 말이 그의 귓전에 아른거렸다.

'살아남는 자가 가장 강하다. 명심해라. 살아만 있으면 돼. 복수든, 후회

든, 속죄든, 체념이든. 무엇이든 좋다. 살아서 돌아오기만……'

'철십자 훈장을 한 아름 싸 들고 돌아오겠습니다, 슈미트 씨.'

이깟 훈장 따위, 초코바 하나랑 바꿀 수 있다면 10개는 던져줄 수 있으련만. 집에만 가면 된다. 따뜻한 벽난로와 가족이 그를 기다리고 있는 집으로만. 프란츠는 이 구석구석에 끼인 초콜릿을 마지막 한 점까지 남김없이 훑었다. 조금만 더 가면 된다.

백일 천하 10

1941년 10월. B집단군의 시련은 결코 끝나지 않았다. 매일같이 저 하늘에서는 어떻게 해서든 공중으로 보급품을 전달해주려는 루프트바페가 그야말로 필사적으로 연합군의 촘촘한 그물을 뚫기 위해 안간힘을 쓰고 있었다.

연합군은 어차피 수송기 약간으로 수십만 대군을 먹여 살릴 순 없다는 걸 잘 알고 있었기에 포위망을 바깥에서 저지하려는 후베의 왈롱 집단군에 화력을 집중했고, 운 좋은 수송기들은 B집단군에게 택배 서비스를 제공할 수 있었다.

"비행기다!!"

"젠장, 폭격 대신 착륙이라니. 이게 얼마 만이지?"

마침 타이밍 좋게 야지에 마련해 놓은 임시 비행장으로 수송기 몇 대가 착륙하자, 병사들은 굶주린 거지 떼가 되어 본토에서 온 신선한 보급품을 챙기려 달려들었다. 하지만 그들의 기대는 순식간에 배반당했다.

"이, 이게 뭐야?"

"빌어먹을! 먹을 건 안 주고 대체 왜!"

"야 이 새끼들아! 이딴 건 왜 들고 온 거야?!"

"우리도 뭐가 실렸는지 몰라! 목숨 걸고 날아온 거라고!"

한 병사 하나가 분노로 눈이 시뻘게져서는 수송기에 실려 있던 박스 하나를 힘껏 걷어찼고, 그 안에 담겨 있던 무수한 철십자 훈장이 좌르르륵 쇳소리를 내며 사방에 흩뿌려졌다. 그 누구도 그 철쪼가리에 관심을 기울이지 않았다. 다른 박스의 내용물을 확인하기 위해 아귀다툼을 벌일 뿐.

"콘돔? 코오온돔? 지금 장난해?"

"이것 봐. 반질반질한 철모야. 하하, 빌어먹을."

"냄비 대신에 보내줬겠지? 다음 박스엔 먹을 게 있겠지?"

하지만 마지막 박스까지 식량은 단 하나도 없었다.

* * *

기나긴 퇴각이 시작된 뒤 어느덧 한 달.

발터 모델은 더 이상 편히 잠들지 못했다. 교전이 일어나는 곳 사방을 돌아다니며 필사적으로 지휘했다. 공군력에서도, 화력에서도, 숫자에서도 부족한 아군을 한 명이라도 더 살리려면 그가 더 열심히 움직이는 수밖에 없었다. 저 천상의 문 앞에서 기다리고 있을 누군가를 만난다고 하더라도 모델은 이제 솔직하게 말할 수 있었다. 난 노력했노라고.

몇 번씩이나 목숨을 걸고 연합군이 차지한 하늘로 날아올라 공중 정찰을 감행했다. 노획한 미제 차량을 타고, 때로는 덜덜대는 케텐크라트를 타고, 때로는 말에 타고 수차례씩 폭격과 총격에 노출되면서도 수십 바퀴는 더 온 부대를 돌아다녔다. 부족한 잠은 무수한 각성제로 대체했다.

노력. 노력. 노력. 저 머나먼 러시아 땅에선 이보다 더 심각한 수적 열세에서도 승리를 쟁취했었지만, 지금 여기서 벌어지는 파멸은 고작 노력으로 막기엔 너무나 역부족이었다. 몇 번씩 함정을 파고, 적의 공세 역량을 날려버리기 위해 온갖 수작이란 수작은 다 부렸다. 할 수 있는 모든 걸 다 했고, 적은 몇 번이고 처절한 쓴맛을 보았다. 그러나 적은 집요했고 나날이 발전했으며, 하루에 피해를 크게 입히면 다음 날 더 많이, 더 독하게, 더 가열하게 다시 공격해 들어왔다.

"빌어먹을 나치 새끼들을 잡아 족치자!"

"12군단을 기억하라!"

"아미앵을 기억하자!"

"우리가 물러나면 맨해튼에 살인 공장이 지어진다! 가자!!"

적들은 저토록 꺾이지 않는 의지를 불태우고 있는데 정작 등 뒤의 아군은 무얼 하고 있는가.

'모델 원수. 총통께서는 독단적인 후퇴 명령에 대단히 진노하셨습니다.'

'독일 국방군 원수는 결코 적에게 항복하지도, 적과 내통하지도 않습니다. 그런 불명예스러운 일을 저지르는 원수는 있을 리 없으니까요.'

뭘 하긴. 협박을 하지. 이렇게 될 줄 모르진 않았다. 총통 암살 음모와 그 이후 벌어진 무차별적인 대숙청이 어떻게 진행되고 있는지 알면서도, 과연 이것이 어떻게 비칠지 뻔히 알면서도 단행한 일이니까. 하지만 모르지 않았다는 것과, 정말 자신이 그 숙청의 타깃으로 잡혀버린 건 이미 각오했음에도 어마어마한 차이가 있었다. 쏟아지는 수마(睡魔)를 이기지 못하고 살포시 눈을 감을 때면, 어김없이 어디론가 끌려가고 있는 가족들이 그의 정신을 어지럽혔다.

'살려주세요! 살려주세요!'

'아버지! 도와주세요! 이 사람들이 저흴 다 죽이려고 해요!'

그때마다 꿈속의 그는 보이지 않는 누군가를 향해 필사적으로 항변했다. 어째서 내게 이런 시련을 내리느냐고. 그러자 그들이 답했다.

'네 손에 피가 가득 묻었는데 어찌하여 죄가 없다 주장하는가?'

그는 답할 수 있었다. 조국의 아들들을 살리기 위해 군인의 본분을 다

하였을 뿐이라고. 명령에 따르는 것이 나의 임무였고, 할 수 있는 한 최선을 다했다고. 그러다 꿈에서 깨어나면 항상 등판은 식은땀으로 축축해져 있었다. 흘러가는 전황 또한 전혀 그의 편이 아니었다.

"후베 장군이 급전을 보냈습니다. 적의 강력한 공세에 심각한 타격을 입었다고 합니다."

"얼마나?"

"나뮈르에서 밀려났습니다. 리에주에서 저항을 준비 중입니다."

"포위망 바깥으로 탈출하고 있는 만토이펠 장군의 부대가 남아 있습니다. 적의 공격을 저지하면서……."

"…갈 사람들은 가야지. 최대한 장비를 보존해 빠져나가라고 하게."

손 하나로 거대한 댐의 구멍을 막으려 했던 것일까? 총통에 대한 반항이 너무 늦었던 것일까? 이미 프랑스를 향해 진격하던 시점에서, 이 파국은 결정되고 만 것인가? 알 수 없는 노릇이었다. 모델의 이성은 그에 대해 이미 결론을 내렸지만, 그 결론을 직시하는 순간 그는 버틸 수 없을 것 같아 스스로 외면했다.

"장군님."

"무슨 일인가."

"브뤼셀에서 더 이상 버틸 수 없다고… 합니다……."

"안 돼."

모델은 짤막하게 대답하고 매일같이 바라봤던 지도로 시선을 옮겼다.

"마지막 한 명까지 죽는 한이 있더라도 어쩔 수 없다. 그들에게는 잔인한 말이겠지만, 브뤼셀이 영국군의 손에 떨어지는 순간 수십만 명의 건아들이 최후를 맞이하게 돼."

"다시 한번 사령관님의 전언을 전달토록 하겠습니다."

크게 압박당하고 있는 브뤼셀과 샤를루아. 그사이, 유일하게 뚫려 있는 평야지대. 그 평지의 작은 마을에 모델의 시선이 멈췄다.

"이곳… 워털루 방면으로, 아군이 퇴각해야만 해."

전 유럽을 상대로 싸워 승리를 쟁취했던 선대 정복자 나폴레옹 보나파르트. 유럽을 정복한 그를 몰락의 길로 빠뜨린 것은 러시아 원정이었고, 그에게 최후를 선사한 전장이 바로 워털루였다. 이래서야 꼭 저 높은 곳에서 속세를 바라보는 누군가가 점지해 놓은 것 같지 않은가.

"장군님."

"…듣고 있으니 말하게."

"총사령부에서는 병력을 수습한 뒤 브뤼셀 방면, 적 저지대 집단군을 공격하여 다시 포위망을 갖추라고 하였습니다."

웃음도 나오지 않았다. 대체 이곳 상황을 알고나 있는 건가?

"마지막 여력을 모아 한 명이라도 더 벨기에에서 살려 보내야 한다. 브뤼셀이 버티는 동안 샤를루아에서 북상하는 미 육군 제3군을 타격해 시간을 벌어보지."

그들은 최선을 다했다. 마지막까지 있는 힘을 다 끌어모아 몸부림쳤다. 그리고 열흘 후 포위망이 완성되었다.

* * *

불길이 맹렬하게 모든 걸 집어삼키기 시작했다.

"이것도 전부……."

"집어넣게."

무수한 명령서. 작전지도. 각종 서적과 교리, 서류, 바인더. 개인적인 서신들. 들고 다니던 앨범. 모델과 부하들은 가끔 손을 멈칫하며 타오르는 불꽃을 응시하다, 이내 종이가 잘 타도록 탁탁 몇 번 털어준 뒤 다시 서류를 그 안에 던져 넣었다. 먹이를 제공받은 불꽃은 쉼 없이 종이를 잡아먹고 더욱 불을 키웠다.

"그렇게 막 던져 넣지 말고."

"네, 넵."

"저거 봐. 한 번에 너무 많이 던져버리니까 불꽃이 죽잖아."

나뭇가지로 몇 번 쑤셔주자 그제서야 다시 불이 피어오른다. 탁탁거리는 소리와 함께 종이가 오그라드는 모습을 지켜보던 모델은 자리에서 일어났다.

"마저 수고들 해주게."

"알겠습니다."

그가 만류했음에도 부하들은 천천히 기립하여, 나치식으로 손을 치켜드는 대신 경례를 올렸다. 모델은 무거운 마음으로 이에 화답한 뒤, 마지막으로 참모들을 만나기 위해 자리를 옮겼다.

"다들 미안하게 되었어."

"……."

"내 무능으로 공세는 실패했다. 이토록 처참한 패전을 당하다니, 프로이센의 장교로서 부끄럽고 수치스러워 차마 말이 나오지 않는다."

자리에 배석한 이들 모두 모델의 심경을 알고 있었다. 그의 가족들. 그들의 생사가 달린 이상, 모델은 결코 마지막 순간까지 솔직하게 말해서는 안 되었다. 따라서 그들은 모델의 육성이 아닌 그 마음에서 우러나오는 말을 듣고자 귀를 기울였다.

"한 명이라도 더 많은 장병들을 수습하고 싶었으나, 전세의 흐름을 뒤집을 수 없게 된 지금… 우리가 할 수 있는 일은 많지 않다."

"장군님."

"그대들의 분투에 경의를 표한다. 모든 책임은 내가 진다. 그대들에게 민폐를 끼치는 건 잘 알고 있지만, 내가 못다 한 마지막 뒷마무리를 부탁하네."

누군가 한 명이 흐느끼기 시작하자, 마치 신호탄이라도 된 듯 곳곳에서 머리를 처박고 우는 이들이 속출했다. 그 모습을 보는 장군은 머리가 터질 것만 같고 무어라 정제되지 않은 언어의 파편들이 튀어나올 것만 같았지만, 입안의 살점에서 피가 나오도록 꽉 깨물기만 할 뿐 결코 내뱉지는 못했다.

"제군들은."

그가 다시 말을 꺼낸 건 한참이 지나서였다.

"제군들은, 도이칠란트의 이름에 부끄럽지 않게 싸웠다. 마지막까지 그 자긍심을 잊지 말고, 그 어떤 상황에서도 당당해지길 기원한다. 이상."

마지막 말과 함께 흐느낌은 통곡으로 변했다. 테이블을 두드리는 이들. 욕지거리를 거침없이 외치는 이들. 이번에도 모델은 등을 돌려, 자신을 기다리고 있는 부관에게로 향했다. 운전병 하나 없이 부관은 직접 운전대를 잡았다. 새로 얻은 미제 차량은 드라이버의 마음을 아는지 모르는지 울퉁불퉁한 숲길을 매끄럽게 굴러갔고, 잠깐 사이에 아무도 없는 한적한 곳까지 승객들을 운송했다. 마침내 인기척이 사라지자, 옆자리에 앉아 있던 모델이 서두를 뗐다.

"부관. 내 가족들에게 전해줄 것이……."

"죄송합니다만, 그럴 순 없습니다."

"그런가. 하긴, 자네도 알고 있겠지만 원래 내 부관이었던 친구는 생사조차 알 수 없다네. 무리한 부탁은 하지 않겠네."

"그 뜻이 아닙니다. 살아 나가셔야 합니다. 왜 장군께서 책임을 져야 합니까? 이건 장군님의 잘못이 아닙니다!"

"하."

"항복하시지요. 원수님께서는 지휘관입니다. 포위망 밖으로 빠져나가지 못한 병사들을 지휘할 책임이 있습니다. 연합군 놈들도 장군의 사정을 안다면 당분간 생사여부를 숨겨줄지도 모르잖습니까. 그러니……."

"나더러 가족의 목숨을 걸고, 프로이센 원수의 명예를 걸어가면서 그 책임을 지란 말인가."

그는 천천히 고개를 저었다.

"그럴 수는 없어. 지금은… 우리 맞은편의 적이 꼬나쥔 총구보다 등 뒤의 총구가 더 무서운 상황 아닌가."

"그러니까!!"

"그러니까, 나로서는 항복할 수밖에 없게 된 장병들이 보복당하지 않도록 그 책임을 다해야 한다고 보네."

후방에서, 따뜻한 가정이 기다리고 있어야 할 곳에서 대관절 무슨 일이 벌어지고 있는가. 후퇴는 배신. 배신은 비열한 행위. 비열한 자에게는… 오직 처절한 보복만이.

라디오만 켜면 24시간 항상 흘러나오는 괴벨스의 그 광기 어린 목소리는, 라디오가 없는데도 불구하고 모델과 부관 모두에게 생생하게 들리고 있었다.

"다시 한번 부탁하지."

운전대를 꽉 잡고 바들바들 떨던 부관은, 천천히 심호흡을 하며 양손으로 모델이 건네주는 봉투 하나를 받아들어 제 품속에 고이 집어넣었다.

"따로, 전하실 말씀이 있으시다면."

"총통 각하께, 이 무능한 놈이 염치없지만 가족들에게만큼은 자비를 베풀어주십사 하셨다고 전해주게."

모델은 차 문을 열고 밖으로 걸어나갔다. 숲의 공기는 참으로 드물게도 화약 내음이라곤 느껴지지 않았다. 어디서부터 잘못 꿰었던 걸까. 파리 공세에 반대했더라면? 동부 전선에서 더 잘 싸웠더라면? 조금 더 부하들을 살렸더라면? 두 번째 전쟁 자체에 반대했더라면?

권총을 꺼내고, 머리에 가져다 대고, 방아쇠를 당겼다.

B집단군은 최후를 맞이했다.

발터 모델 장군

발터 모델은 원 역사에서도 항복하는 대신 B집단군 전체에 해산을 명한 후 자결했습니다. 너무 늙거나 어린 장병들에겐 전역증을 발급했고, 그외의 장병들에겐 항복할지, 포위망을 탈출할지 개인의 선택에 맡겼다고 합니다.

모델의 자살에 대해서는 해석이 갈립니다. 그를 긍정적으로 보는 이들은 나치 정권에 대한 실망과 회의감, 프로이센 원수로서의 자존심 등이 결부된 결과라고 봅니다. 반면 소련이 그를 라트비아 강제수용소 관련 전범 혐의로 기소했다는 소식이 영향을 줬으리라고 보는 이들도 있습니다.

6장
내려갈 나라는 내려간다

내려갈 나라는 내려간다 1

전 유럽이 사상 최악의 전쟁으로 불타오를 무렵, 지구 반대편 중화민국 또한 개전 이후 사상 최악의 위기에 봉착하고 있었다.

"막아! 무조건 막아!"

"침략자들의 마지막 발악일 뿐이야! 중화의 자존심을 걸고, 최후의 한 명까지 침략자에 맞서 싸워야 한다!"

양 갈래로 나뉘어 중경을 목표로 한 일본제국군의 대규모 공세. 그중 가장 위협이 되는 것은 험준한 검각을 뚫고 내려오는 무다구치의 부대였다. 마지막의 마지막. 더 이상 공간을 내주고 시간을 벌 수도 없다. 자랑스럽던 국부군은 결정적인 패배를 당했다. 미영연합군이 사상 최대의 상륙작전에 성공하고 파리를 압제자의 손에서 해방시켰을 땐 드디어 지원이 올 수 있나 김칫국을 들이켜기도 했었다.

하지만 루즈벨트 대통령의 서거, 거기에 뒤이은 유진 킴 총사령관의 의식불명이라는 악재가 따라왔다. 장개석은 아직 마켓가든이라는 전대미문의 대패가 기다리고 있다는 사실은 몰랐으나 이미 그가 봤을 때도 상황은 전혀 좋지 못했다. 절체절명의 궁지에 몰린 순간, 장개석은 결단을 내렸다.

"저는 이곳, 중경의 제 집무실에서 단 한 발자국도 움직이지 않겠습니다."

"중경이 함락된다 하더라도 우리가 패배하는 것은 아닙니다. 한 줌의 일본군은 살인, 약탈, 강간, 방화는 자행할 수 있어도 결코 이 땅을 영원히 지배할 수 없습니다. 우리는 반드시 승리합니다."

"하지만, 저는 이곳에서 죽겠습니다. 최후의 최후까지, 제가 직접 총을 쏘는 그 순간까지 싸우다 죽겠습니다! 중화의 인민들이여! 나와 함께 싸웁시다!"

그가 내린 선택은 스탈린과 무척 유사했으나, 중화민국과 소련의 상황은 사뭇 달랐다. 그렇지만 한 가지 유사한 점이 있었으니. 통제 여부가 의심스럽던 군부가 최고지도자의 결단에 크게 자극받았다는 점이다.

사천 지방은 하루아침에 중국 대륙의 변방에서 중화민국 국가수반이 머무르는 수도권이 되어버렸고, 이 지역의 군벌들은 장개석에게 언제 각종 권한을 뺏길지 모른다는 불안감과 의심에 시달리고 있었다. 하지만 지금.

"여기서 내뺐다간 한간으로 몰려 죽을 판이잖아?"

"빌어먹을, 결국 믿을 건 장개석뿐이야!"

"일본군이 진주하면 우리도 장학량처럼 근본 없는 병신으로 전락해버린다. 지금은 싸워야 한다!"

최악의 적을 상대로 중화민국은 그 힘을 집중할 수 있었다. 물론 장개석의 그 선택이 쉬운 선택은 아니었다.

"어떻소, 내 선택이."

"탁월한 결단이었다고 생각하고 있습니다."

"정말입니까?"

"물론입니다. 지금 그 누구보다 환히 빛나고 계십니다."

휴 드럼 원수의 말에 장개석은 안도의 한숨을 내쉬었지만, 정작 드럼의 멘탈 또한 그리 여유롭지는 않았다. 장개석의 위대한 결단을 칭송해주고,

연합국은 결코 중국의 인내와 투지를 잊지 않으리라 열심히 약을 팔고, 미국 참모진 또한 장개석과 함께라면 지옥까지 가겠노라 있는 말 없는 말 다 떠든 후 자신의 집무실로 돌아온 드럼은 사흘쯤 오뉴월 땡볕에 방치된 재활용 상추마냥 축 늘어지고 말았다.

"웨드마이어 장군."

"예, 원수님."

그동안의 경험으로 인해, 웨드마이어는 눈앞의 이 사람을 몇 마디 말로 행복하게 만들어주려면 '원수님'이라고 불러주면 된다는 사실을 터득했다. 그러나 이번만큼은 살짝 웃는 듯하던 드럼의 표정이 다시 죽을상으로 되돌아가 버렸다.

"저 미쳐버린 잽스를 몰아낼 수 있겠나?"

"무슨 소리십니까. 당연히 몰아내야 하잖습니까."

그는 잠시 고민하다 말을 꺼냈다.

"괜찮으시다면, 저희 고문단 일동이 임시로나마 지휘관 혹은 참모로 편제되는 것도 고려해볼 만한 것 같습니다."

"…내가 직접 나서는 건 어떻겠나?"

"물론 그렇게 하신다면 아군의 사기가 크게 오르겠습니다만, 미스터 장의 곁을 지키고 있는 것만으로도 큰 도움이 될 것 같습니다."

차마 드럼이 안 왔으면 좋겠다는 말을 할 순 없던 웨드마이어는 돌려 말할 수밖에 없었다. 그리고 무엇보다도, 그들에겐 조커 카드가 한 장 있지 않은가.

"참모장님이 확보한 그 군벌 연합체는 무조건 투입해야 합니다."

"그들 말인가?"

"무조건입니다. 기갑 연대가 어디 땅 파서 나오는 건 아니잖습니까?"

"그렇게 하지."

그렇게 휴 드럼 연합군 참모장이 사실상 중화민국군과 분리해 별도로 통제하고 있던 대한민국 임시정부 광복군의 다음 전장이 결정되었다.

* * *

이승만과 장개석의 협상은 그야말로 속전속결로 이루어졌다.

"조선, 아니 대한은 아시아에 문명이 발생한 이후로 항상 국제사회의 일원이었지요. 나는 그대들이 일본의 족쇄와 억압에서 벗어나기를 강력히 희망하고 있습니다."

"카이로에서 주석님께서 많은 도움을 주셨다고 들었습니다. 저 잔인무도한 놈들의 총칼 앞에 신음하는 3천만 동포들은 모두 주석님을 칭송할 겁니다."

미국은 여전히 '공식적으로' 대한민국 임시정부를 공인하지는 않고 있었지만, 영국의 눈치를 눈곱만큼도 보지 않고 거침없이 지지 의사를 표명하는 장개석을 매우 흐뭇하게 바라보고 있었다. 그리고 현 임정의 대통령은 조선의 독립운동가 중에서 누구보다 미합중국이라는 나라가 굴러가는 모양새를 가장 잘 알고 있는 이였다.

가장 급한 상황에 몰려 백지장이라도 들어줄 사람이 시급한 중국과, 가장 비싼 값에 은혜와 핏값을 팔아먹을 타이밍을 재고 있던 임정의 협상은 몇 시간도 채 걸리지 않았다.

"미니스터 파크?"

"예. 저희 광복군은 만전의 상태를 유지하고 있습니다."

사실상 전투에 대한 실권을 거머쥔 웨드마이어와 박용만 임정 군무부장의 협상 또한 당연히 프리패스.

"M3 '리' 전차로 구성된 제1기갑연대가 이번 반격작전의 핵심이 될 겁니다. 우리 고문단의 분석으로는 적에게는 야포 전력도, 대전차 전력도 크게 부족합니다."

"제2기갑연대는······."

"솔직히 말해 그 구형 전차투성이인 2연대가 얼마나 전과를 이룰 수 있을지는 미지수요. 하지만 피와 살로 이루어진 인간은 충분한 화력 없이 전차란 병기에 맞설 수 없지. 적절한 시기에 투입한다면 큰 전과를 거둘 수 있을 거라 믿습니다."

"광복군 장병 중 왜놈 앞에서 물러날 이는 아무도 없습니다. 걱정 마시고 마음껏 다뤄주시지요."

그리고 얼마 후 역사에 길이 남을 희대의 코미디, 사천 전역이 본격적으로 그 성대한 막을 올렸다.

"키아아아악!!"

"도망챠아아아!!"

"조센징들의 전차부대가 너무 강력하다!"

"물러서지 마라! 나약하고 열등한 조센징들 따위에게 물러서면 황군의 체면이 뭐가 되느··· 캬아악!!"

쾅 하는 소리와 함께 M3 전차의 포가 불을 뿜었고, 황군의 체면을 외치던 장교는 순식간에 그 체면과 함께 고깃덩이가 되고 말았다.

"신대한국 광복군의 백만용사야. 조국의 부르심을 네가 아느냐. 삼천 리 삼천만의 우리 동포들. 건질 이 너와 나로다!"

식칼로 잘 익은 스테이크를 썰 듯, 가위로 종이를 갈라버리듯, 도끼로 장작을 패버리듯. 중화민국 국부군의 저지선이라는 모루 앞에 얌전히 놓이게 된 일본군은 단 2개 기갑연대의 랜스 차징 앞에 단숨에 지휘부가 쪼개지는 대참사의 희생양으로 전락했다.

"이상한데."

"대승리이지 않습니까. 무엇이 이상하단 말씀이십니까?"

하지만 웨드마이어는 쉽사리 마음을 놓지 못했다.

"적은 최정예 부대일 텐데, 이렇게 쉽게 무너진다는 사실 자체가 기이하기 짝이 없습니다."

"허면, 함정이란 말씀이십니까?"

"그럴지도 모릅니다. 지금 기갑연대가 적의 심장부로 파고들었지만, 저들을 역으로 포위해 섬멸해버리면 신격이 용이해지리라는 판난하에 치밀한 유인을……."

"그럴 리는 없습니다."

"제너럴 지, 무언가 의견이 있다면 기탄없이 말씀해주십시오."

너무 쉽게 이겨버리자 오히려 초조해진 미군 고문단. 지청천은 웨드마이어에게 깍듯한 자세를 유지한 채 말했다.

"다들 아시다시피, 저는 일본 육군사관학교를 나왔으며 특히 일본군 기갑 전술을 깊게 연구했습니다."

"그렇소만."

"일본 육군의 교리에는 애초에 더 우월한 기갑 전력을 갖춘 적과 교전할 때를 상정한 케이스가 없습니다."

"What the……?!"

"항상 일본군은 적에 비해 유리한 전차 전력을 보유하고 있다는 가정하에 각종 전략전술을 준비했기에, 지금과 같은 상황이 벌어지는 건 필연적입니다."

그동안은 아무 문제도 없었다. 만주를 정복해 허수아비 괴뢰국인 만주국을 세우고, 상해를 침략하고, 난징에서 대학살을 벌이고, 화북을 정복하며, 중경을 향해 저돌적인 공세를 이어나가는 이 수십 년간. 단 한 번도 일본군의 전제 조건은 빗나간 적이 없었다.

조선미쓰비시─포오드트랙터회사의 컨베이어 벨트에서 뿜어져 나오는 막강한 황군의 전차는 전지전능 그 자체였고, 어설픈 중국의 탱켓이나 불쏘시개에 불과한 소련제 전차는 감히 황군 전차의 발끝도 따라오지 못했다.

'보아라! 세계 최고의 전차 전력과 야마토 정신의 정수가 결합된 기갑 전술의 정교함을!'

'킨 장군을 보라. 킨 장군조차 '전차는 전차로 상대해야 한다'라고 했고, 이를 증명하였다.'

'드넓은 지나를 정복하기 위해 필요한 건 더 많은 전차, 한 대라도 더 많은 전차다. 어째서 존재하지도 않는 적 전차를 상정해 대전차전력을 키워야 하는가?'

'자랑스러운 황군의 건아들에게 필요한 건 존재하지도 않는 적 전차에 맞서 싸울 보병용 대전차무기 따위가 아니다. 그들은 아편을 빤 채 싸구려 언월도 따위나 들고 달려드는 미개인들을 제압할 더 강력한 화력이 필요하다!'

틀린 말은 아니었다. 틀린 말은.

'더 많은 전차를 발주해주셔서 참으로 감사합니다!'

'허, 무슨 말씀이오? 이는 어디까지나 황국의 승리를 위함이오. 세상에, 보병 놈들의 군장 따위에 쓸 전비가 있으면 한 대라도 더 많은 전차를 뽑아야 승리할 수 있다는 사실을 누가 모른단 말이오?'

'역시 장군의 식견은 참으로 탁월하십니다. 무지몽매한 이들의 구태의연한 헛소리를 무시하고 이토록 나라를 위해 올곧고 힘든 길로 가시다니.'

'흠흠.'

'장군께서 가시는 힘든 여정에 약소하나마 도움이 되라고, 저희 사측에서 이렇게……'

'이것 참. 고맙게 쓰겠소. 나라를 위한 일일 뿐인데 이렇게 많은 금괴, 크흠, 성의를 표하다니.'

물론 이 의사 결정 과정에 약간의 금품 수수와 약간의 향응이 제공되긴 하였으나, 절대 충성심과 청렴결백으로 무장한 일본군 장성들의 판단력이 흐려지는 일은 없었다. 더 강력한 전차 전력 앞에서 뚝배기가 터져버리기 전까지는.

* * *

"대체 이게 어떻게 된 일인가."

"……."

"이게 어떻게 된 일이냐고! 저 기갑부대는 대관절 뭐야!!"

"장군님."

"나는, 나는 들은 적 없어. 기갑부대를 지원해줬어야지! 내게 1개 전차대대만 있었어도 저 조센징들의 전차부대를 모조리 섬멸하고 중경을 정복할 수 있었는데! 전부 후방의 무능한 놈들 때문이야!"

제아무리 일본군이 악과 깡, 안 되면 되게 하라 정신으로 뇌가 썩어 문드러져 있다 한들, 저 험준한 검각을 돌파해 전차를 보낼 수는 없었다. 개중 몇 안 되는 제정신인 참모들이 '적이 마지막 전차 전력을 박박 긁어모아 저지를 시도할 가능성'에 대해 검토를 요청하긴 했으나, '지나 놈들이 전차 같은 고급 병기를 보유했을 리가 없다.'라는 희망 사항만으로 무시해버렸다는 사실 또한 여기선 전혀 언급되지 않았다.

"그렇습니다. 상부에서 똑바로 알려주기만 했어도 이런 일은 없었습니다!"

"장병들의 보급이 한계에 이르렀습니다."

"어찌하시겠습니까, 장군……?"

일본군 교범에, 보병으로 적 전차를 상대하는 방법 이르길 '현장 지휘관의 자율적 판단과 임기응변을 존중'이라 적혀 있었으니, 무다구치 렌야는 이제 그 임기응변을 십분 활용해야 할 차례였다.

"야마토 민족의 정신력은… 무한하다!"

"예?"

"어찌하여 조센징들 앞에서 등을 보이는 이들이 내 부대에 있단 말인 가? 옥처럼 아름답게 산화하지는 못할망정!"

그리고 무다구치의 임기응변이라 하면 이미 정평이 나 있었다.

"예하 부대 지휘관들은 각자 본인들의 능력을 십분 발휘하여 조센징들을 격파하도록!"

짬 때리기. 그는 완벽한 결단을 내린 후 다시 기생집으로 향했다.

내려갈 나라는 내려간다 2

"대전차포, 발사!!"

군도를 뽑아 든 장교가 힘껏 검을 휘두르자, 기다렸다는 듯 일본제국 육
군의 91식 37mm 속사포가 불을 뿜었다. 이 대전차포로 말할 것 같으면 그
동안 소련군과 중국군을 상대로 준수한 화력을 뿜내며 충분한 대전차 능
력을 지원해주던 사실상 일본 육군 유일의 대전차 전력. 그러나 이들 속사
포의 전과는 이곳 사천 땅에선 영 신통치 못했다.

"튕겨냈습니다!"

"칙쇼! 측면, 아니, 궤도를 노려! 정면을 쏘지 말고 약한 부위를 노려라!"

"조센 전차는 주포를 쏘려면 차체를 돌려야 한다. 반드시 측면을 노출한
다……!"

M3 리 전차의 75mm 주포는 특이하게도 차체에 고정되어 있다. 따라서
그 화력을 활용하기 위해서는 당연히 온몸 비틀기를 해야 하지만…….

펑!! 퍼벙!

리 전차의 상부, 혹처럼 붙어 있는 37mm 부포 또한 보병 부대에게는
재앙이긴 매한가지였으며.

타타타! 타타타타타!!

그 부포의 위에 부착된 기관총에서 쏟아져 나오는 탄환 또한 불운한 병사들을 신속하게 삼도천으로 보내주기에는 충분하고도 남음이 있었다. 일본군이 필사즉생의 마음가짐으로 준비한 대전차작전이지만, 이미 동원한 대전차포의 대수보다 적 전차가 더 많은 시점에서 이게 성공할 확률은 썩 높지 않았다. 광복군의 전차가 무자비하게 모래주머니를 깔아뭉갰고, 대전차포에 달라붙어 있던 병사들은 키아아악대며 걸음아 나 살려라 도망치기에 급급했다. 일본군 회심의 작전이 오히려 몇 없는 대전차 전력만 다 날려먹는 참패로 종결되자, 당장 지휘부에서는 난리가 났다.

"에에에이! 그거조차 못 막으면 어쩌란 말이냐!"

"······."

"중경, 중경을 점령해야 한단 말이다! 천황 폐하의 성총에 보답하진 못할망정 조센징, 한낱 조센징들에게 당하다니!"

"적의 기갑 전력이 너무나 막강하여······."

"집어치워!"

무다구치는 이제 눈치조차 보지 않고 연신 술을 들이켜고 있었다.

"명심들 하도록. 모든 건 의지의 문제다."

"하지만 사령관님. 당장 보급부터가 제대로 이루어지지 않고 있습니다."

"현지 징발은?"

"더 징발할 것도 남아 있지 않습니다."

"이번 보급을 위해 틀림없이 우마차를 대거 투입하지 않았나? 그 소를 잡아먹으면 제법 식량을 보충할 수 있었을 텐데?"

"그렇게 하고도 모자랍니다, 장군."

무다구치는 이번에도 고심 끝에 탁월한 해결책을 내놓았다.

"일본인은 본디 초식동물이다."

"······??"

"우리 야마토 민족은 귀축영미와 달리 채식을 하던 식습관이 그대로 남아 있다. 진정 황국을 위해 용전분투할 힘이 남아 있다면, 길가의 풀을 뜯어 배고픔을 달랠 수 있지 않나. 징발할 식량이 남아 있지 않다는 것은 궤변에 불과하다."

장내에 있던 모두의 정신이 아득해졌지만 무다구치는 요지부동이었다. 언뜻 듣기엔 개소리였고 다시 들어도 개소리가 맞지만, 아무튼 무다구치의 주장을 따르자면 '보급 하나 제대로 조달 못 하는 너희가 무능해.'였다.

그렇다, 이번에도 짬을 때린 것이다. 이미 그의 멘탈은 명경지수와도 같았으니. 아Q도 울고 갈 정신승리 앞에 천하의 대일본제국 장교들마저 치를 떨고야 말았다. 아무튼 짬맞은 건 짬맞은 것이고, 당장 적들의 전차가 온 전장을 종횡무진하며 오니처럼 날뛰는 이상 살고 싶어서라도 필사적으로 방안을 모색해야 했다.

"너희들! 황국을 위해 한 몸 바칠 때가 되었다!"

"?!?!"

"자, 이 폭탄을 갖고 조센징들의 전차로 달려가라!"

이가 없으면 잇몸으로, 폭탄을 쏠 수 없으면 폭탄을 배달하면 해결될 문제. 안 가면 군도에 목이 베이거나 총에 맞을 게 뻔했기에, 이래 죽으나 저래 죽으나 그나마 살 가능성이라도 있어 뵈는 돌격 앞으로가 답이었다. 당연한 말이지만 전차를 향해 달려드는 이 부나방들은 대개 살아남지 못했다. 그러나 몇 안 되는 대전차포마저 모조리 날려먹은 뒤, 이제 방법이라곤 야포를 끌고 와 갈겨버리거나 혹은 인해전술로 전차를 제압하는 것뿐.

"적 전차에 접근해 해치를 열고 수류탄을 까라!"

"끼요오오옷!"

"겐스케 군! 그럼 못 써! 죽는다고!"

"이 마귀 자식들! 죽어라아아앗!!"

어느 용맹한 병사 하나는 기적같이 전차 위에 올라타는 데 성공해, 황국에 내려져오는 전설적 비기를 사용했다.

"으랴아아앗!!!"

콰직!

그 이름하여 찬란한 대전차 총검술. 전차의 관측창에 총검을 찔러넣으면 그 창 너머로 바깥을 내다보고 있던 전차병을 죽일 수 있다는 놀라운 기술이었으나.

"어, 어?"

안타깝게도 그들이 익히 경험했던 중국제 전차와 달리, M3 전차의 관측창은 튼튼한 방탄유리였다.

"아이 씨발, 깜짝이야!"

"저 미친 새끼 털어내!"

이 놀라운 용기를 선보인 쪽바리를 향한 대답은 당연히 뜨거운 총알 세례뿐.

"지긋지긋한 새끼들."

"아무리 원수 같은 왜놈들이라지만, 인명을 저따위로 낭비하다니."

대다수의 이 용맹한 자살돌격은 고깃덩이가 되는 데드엔드였으나, 전차의 피해가 0인 것도 아니었다. 운 지지리도 없는 전차 몇 대가 피해를 입고, 궤도가 터져나가고, 기어이 뚜껑을 열고 수류탄을 까 전차 하나가 통째로 관짝이 되어버리고. 각종 부품의 공급이 어려운 만큼, 고장이 난다면 중국 현지에서 제조한 부속품을 써야 하는 탓에 비전투 손실 또한 부담되긴 매한가지였다.

"저 빌어먹을 놈들에게 임진년을 보여주자!"

"뾰족한 못과 가시를 용접해! 절대 올라타지 못하게!"

"없어? 그럼 사람이라도 태워! 거기 왕서방들, 이리 올라타!"

"셰셰!"

일본군의 이 놀라운 육탄 공세에 대한 해답으로 거북선 메타가 제시되었고 처음 검각을 넘던 그 패기는 온데간데없이 일본군은 사상 최악의 졸전을 선보이며 어마어마한 시체만 남기고 있었다.

"요새다."

"조센징들이 바퀴 달린 요새를 만들었다!"

"구아아악!"

게다가 이 전차들은 단독으로만 움직이는 것이 아니었다.

"전차를 지켜라!"

"전차가 터지면 우리도 다 죽는다! 돌격! 돌겨어어억!"

"중화민국 만세!!"

곳곳에서 승전보가 전해지기 시작했다. 처음에는 전차의 화력과 기동력에 힘입어 이겼을지언정, 국부군 병사들 또한 서서히 상대가 밥도 제대로 못 먹고 총알도 없는 놈들이란 사실을 깨닫고 있었다.

* * *

현대 문명이란 실로 위대하다. 다이너마이트 한 무더기면 그 어떤 바위도 콩가루로 만들 수 있으며, 마법의 물질 시멘트는 그야말로 근대식 토목이란 무엇인가를 건방진 대자연에게 똑똑히 알려줄 수 있다. 하늘을 나는 새도 쉬고 간다던 드높은 산맥은 수천 미터 상공을 날아다니는 항공기의 웅혼한 엔진 앞에선 무력하기 짝이 없었고, 발전된 농경 기술은 수천 년 전보다 훨씬 더 많은 인간을 부양하고도 남는다.

따라서, 무적 황군의 검각 돌파는 놀라운 일일지언정 불가능한 일은 아니었다. 이미 인간은 자연을 극복하였으니. 미국인들이 경악한 이유는, 일본군이 고작 저 높은 산을 타서가 아니다. 그 험지를 뚫고 전투와 정복이 가능한 보급을 할 수 있다는 사실에 경악한 것이지. 그런데.

"저놈들 혹시."

"에이 설마."

"하지만 그래도 그렇지."

"보급이라는 개념이… 저놈들에겐 없는 건가?"

무언가 조금 달랐다. 어째서 일본군은 중세 군대도 아닐진대 산에서 내려오자마자 약탈에 매진하는가? 미군의 합리적인 판단이 점점 흔들리는 동안.

"당연히 약탈이지."

"왜놈들이 수만 리를 거쳐 육로로 보급을 해줄 수단이 있었으면 진작에 시베리아를 정복했지 왜 태평양에서 싸우고 있겠습니까?"

"그놈들은 약탈이 생업인데 뭘 새삼스레. 일본군 처음 보나?"

"정식 작전명령으로 학살을 지시한 놈들에게 상식을 기대하다니. 진주만을 처맞고도 학습이 덜 되셨군, 우리 코쟁이 나으리들은."

누구보다 일본군의 생태에 훤한 전직 일본 군인, 현직 광복군 장교들은 확신을 갖고 있었다. 그리고 이 확신이 전염되기까진 그리 오랜 시간이 걸리지 않았다.

"적은 병신입니다."

"그게 무슨 소리야? 최정예라며?"

그리고 결단을 내린 웨드마이어는 곧장 드럼을 설득했다.

"일본군은 제대로 된 보급도, 대전차 전력도, 포병 전력도 없이 그냥 병사들을 일방적으로 밀어넣었습니다. 저건 군대가 아닙니다. 그냥 버러지들이지!"

"…중국에 온 뒤로 내 상식이 멀쩡한 나날이 없긴 하지만, 이번 건 좀 심하군."

상식이 통하지 않는 군대. 유진 킴은 일본군의 이 꼬락서니까지 알고 있던 걸까? 오래됐지만 여전히 감은 죽지 않은, 아니 오히려 훨씬 더 발달되어 버린 드럼의 꿀 탐지 센서. 그 센서가 새로운 꿀 냄새에 맹렬히 번뜩였다.

"장 주석에게 내가 말해 놓지. 일본군을 다시 밀어낼 준비를 갖춰놓으시오."

일본군 역사상 최악의 대패가 확정되는 순간이었다.

* * *

미국에서 남미로. 남미에서 다시 호주로. 호주에서 다시 여러 곳을 경유한 뒤 중립국인 태국으로. 태국은 일본군의 우악스러운 군홧발에 짓밟혔고, 군사통행권을 제공해주긴 하였지만 마지막 순간까지 참전을 선언하지는 않았다. 일본 군부는 이를 매우 우려했고 해군은 방콕 일대에 전함으로 함포 사격을 하는 방안까지 고려했으나, 결국 친일 국가의 타이틀을 달아주는 선에서 마무리되었다.

그리고 지금. 태국은 동남아시아 유일의 중립국가라는 타이틀을 때려치우고 연합군 편에 설까 말까 카드를 만지작거리고 있었다. 이런 오묘한 상황이야말로 박헌영이 입국하기엔 최적의 조건이었다.

"어서 오십시오, 박헌영 동지."

"조선 상황은 좀 어떻소?"

"몽양 여운형이 봉기를 준비하고 있다고 합니다. 모스크바에서는 조선에서의 급격한 정세 변화에 크나큰 우려를 표하고 있지요."

"전위당이 이끌지 않는 봉기는 우익 민족주의에 치우쳐 부르주아지들의 농간에 휘말리기 딱 좋지. 여운형 같은 기회주의자가 민족을 팔아먹기 전에 하루빨리 내가 조선으로 돌아가야겠군."

"몽양 선생이 기회주의자, 란 말씀이십니까?"

박헌영은 상대가 내주는 술잔을 기분 좋게 받아 들다 말고 눈을 부라렸다.

"그자가 어디 공산주의를 제대로 알기는 아나? 그놈 동생만 보아도 미국물을 하도 마셔서 미국인 다 된 김유진의 개 아닌가."

"허, 그렇습니까."

"그래. 여운홍(呂運弘) 그놈. 임정이고 여운형이고 죄다 김유진이 이끄는 미 제국주의의 장기말에 불과해. 없는 나라를 팔아치우는 솜씨로 보면 이 완용도 울고 가겠어."

조바심이 난다. 해방된 조선에는 당연히 인민의, 인민을 위한 공산주의 낙원이 도래해야 하건만 돌아가는 정세가 아무리 보아도 여의치 않아 보였다. 얼마 전까지는.

"혹시 그놈이 죽었다는 이야기가 있나?"

"그놈이라 하시면."

"김유진, 그 매국노 말일세! 조국도 민족도 다 팔아먹은 그 자본가 돼지가 쓰러졌다고 들었는데, 참말인가?"

"소식 들으셨나보군요. 그렇습니다. 장남이 일본군에 맞서 싸우다 전사해 그 충격으로 쓰러졌다던데, 아직 죽었단 말은 없습니다."

이건 기회였다. 그놈이 이대로 죽으면 제법 똘똘 뭉쳐 있던 우익 부르주아들도 자중지란을 일으킬 터. 애시당초 이승만, 안창호, 김규식 같은 인간들이 모여 서로 싸우지 않는 게 더 이상한 일 아닌가. 사업가 나부랭이인 김유신 또한 경계할 만한 인물이긴 하지만, 미국에 제 사업체를 두고 있는 이상 그놈의 움직임엔 한계가 있다. 게다가 그 거대한 회사의 미래를 놓고 가족들끼리 물어뜯고 싸우지 않으면 이상한 일 아니겠나.

"귀신이 있다면 김유진 그놈을 데려가겠지."

"하하. 미신을 배격하는 공산주의자이신 선생님께서도 귀신은 믿으십니까?"

"당연히 믿지 않지. 하지만 그놈에게 원한 가득한 자들이 어디 한둘인가? 그토록 약해진 지금 거사를 일으킬 만한 자 하나쯤은 있으리라 믿네."

그의 말에 상대는 고개를 끄덕였다.

"그렇군요. 이 숙소에서 이틀간 푹 쉬시고, 신분 세탁을 마친 뒤 곧장 일본으로 보내드리겠습니다. 그곳에서 조선으로 가시면 됩니다."

"고맙구만. 조선에 돌아가면 내 잊지 않겠네."

"감사합니다. 그럼 신분 세탁을 위해 잠깐 절차를 좀 진행하겠습니다."

"뭐 필요한 거 있나?"

싱글싱글 박헌영 앞에서 웃던 남자는 주머니에서 자연스럽게 쇳덩이 하나를 꺼냈다.

"그대로 가만히 계시면 됩니다, 선생님. 이 총알만 몇 발 몸에 박아 넣으면 되거든요."

"뭐?!"

"백범 선생이 안부 전해달랍니다. 지옥으로 꺼져버려라, 빨갱이."

그리고 이어지는 총성. 태국의 다 썩어가는 빈민가 구석에서 박헌영은 생에 종지부를 찍었다.

내려갈 나라는 내려간다 3

사천 전역의 혼돈은 사그라들긴커녕 점점 더 커져만 가고 있었다.

"놈들을 다시 검각으로 밀어내!"

"해볼 만하다. 적들은 단순한 거지 떼야!"

반격에 열중하는 중국군과.

"미개한 지나 놈들에게 밀릴 순 없다!"

"전차가 문제라고? 그러면 전차가 투입되지 않은 곳에서 싸우면 될 일 아닌가!"

"덴노 헤이카 반자아아아아잇!"

어떻게 해서든 나아가려는 일본군.

중국 전선의 연합군에겐 결정적인 정예 부대가 없었다. 장개석이 심혈을 기울여 키웠던 중화민국 국부군 정예 부대는 형주대전에서 처참하게 박살 나버려 재편이 시급했지만, 바로 그 형주대전에서 승리를 거둔 일본군이 진격해 오는 것을 막기 위해 투입되었다. 인도 방면에 영국군이 있었지만, 이들 부대는 오히려 급박하게 돌아가는 서부 전선에 투입하기 위해 축소되고 있는 형편이었다.

만에 하나 영국이 중국 전선에 대대적인 개입을 결심한다 하더라도, 인도에서 중국으로 육군을 파병한다는 미치광이 작전을 시행할 만큼 영국군이 일본식 두뇌를 탑재하지는 않았다. 한 줌의 미군 특수부대가 비행기를 통해 파병되기는 했지만, 이 역시 대국을 결정지을 수준까지는 아니었다. 오히려 이들은 직접 전선에 뛰어든 미군 장성들의 신변을 보호하기에도 급급했으니. 따라서 제대로 된 정예 병력이 부족한 연합군과 보급이 부족한 일본군의 사천 전역은 그야말로 눈 뜨고 볼 수 없는 비극적 희극으로 점철되고 있었다.

"전원 착거어엄!! 돌격!!"

"쫄지 마라! 저놈들도 인간이야! 총에 맞든 칼에 베이든 뒈지는 건 똑같아!"

시대를 얼추 백 년쯤 되감은 것처럼 군도와 총검으로 돌격 전술을 펼치는 일본군. 그에 맞서 시대를 삼백 년쯤 되감은 것처럼 월도(月刀)와 방패로 무장한 중국군 돌격대. 이들이 오리엔탈 샐러드처럼 어우러져 길항의 전세를 이루고 있는 사천 전역의 판도를 뒤집을 한 방은⋯ 전혀 엉뚱한 곳에서 준비되고 있었다.

"일본군의 기세가 사그라들고 있습니다."

"흠."

"조선인 임시정부가 보유한 기갑연대는 고작 2개 연대밖에 되지 않지만, 검각을 건넌 일본군은 충분한 대전차 전력이 부족합니다."

"하지만 전차라는 병기는 무척 섬세하지. 과연 중경에서 그 부품과 탄약, 정비 소요를 전부 감당할 수 있을까?"

옛말에 낮말은 새가 듣고 밤말은 쥐가 듣는다는 말이 있다. 하지만 이 20세기에 속담 또한 새로이 써져야 하는 법이니, 그 새와 쥐야말로 바로 붉은 심장을 가진 프롤레타리아 아니겠는가?

중국 공산당. 장개석의 중화민국에 비하면 한 줌 세력에 지나지 않았으나, 무수한 새와 쥐를 거느린 이들의 정보력만큼은 그 누구도 쉽사리 파악하지 못하는 사천 전역을 훤히 꿰뚫고 있을 정도였다. 그 지도자 모택동은 은밀히 일본군과 손을 잡고 한중으로 가는 길을 내줬지만, 이 밀약을 아는 이들은 극히 드물었다. 애초에 모를 수밖에 없었던 것이……

"언제까지 저희가 참아야 합니까?"

"왜놈들의 패악질에 인민들의 비명과 눈물이 온 산천을 메우고 있습니다. 지금이야말로 결단의 순간입니다!"

상식이라는 걸 보유한 이들의 눈으로 볼 때, 도저히 중국 공산당과 일본이 손을 잡은 모양새로는 보이지 않았기 때문이다. 한양 천릿길은 코웃음거리도 되지 않는 기나긴 보급선. 이 실낱같은 보급선에 의지해 작전을 수행 중인 일본군. 그리고 개가 똥을 못 끊고 야구팬이 욕하면서도 야구를 못 끊듯, 일본군이 하루아침에 약탈을 끊고 군기 엄정한 질서 있는 군대로 돌아가는 것도 불가능. 일본군의 보급로 상에 위치한 민간인들은 약탈, 학살, 방화의 풀코스를 겪고 있었다.

"우리가 일본군과 정면충돌해봐야, 장개석에게만 좋은 일이지."

그 결과, 기이하게도 모택동은 어마어마한 이득을 챙기고 있었다. 그는 휘하 군에 '일본군과 교전하지 말 것'을 명령했으나, 눈앞에서 벌어지는 참극에 눈깔이 희번덕 뒤집힌 몇몇 부대가 일본군을 공격했고 당연히 대부분은 패배했다. 이 과정에서 모택동은 마음에 들지 않던 이들 몇몇을 숙청하고 자신의 권력을 더욱 강화했다.

그뿐만이 아니다. 일본군이 저리 발광을 떨자 그들을 피해 무수한 피난민들이 발생했고, 공산당은 이들을 자신들의 입맛에 맞게 새로이 '재배치'하고 아예 마을을 새로 만드는 단계에서부터 개입할 수 있었다. 이를 통해 공산당은 자신들의 해방구에 대한 통제력을 훨씬 강화할 수 있었다. 하지만 이제 이 단꿀은 다 빨아먹었다. 놈들은 많이 급해졌는지 보급로를 유지하는 데 필요한 전력까지 다 끌어모으고 있었고, 점과 선으로만 유지되던 일본의 보급로는 더더욱 가늘어졌다.

"그러나! 인민을 위한 군대인 우리가 인민을 저버릴 수는 없는 노릇이오. 장개석은 인민을 착취하는 극악무도한 대죄인이지만, 침략자에 맞서는 반—파쇼 투쟁을 위해서는 잠시 사감을 접고 대의에 매진해야 할 것이오."

거대한 힘의 공백. 장개석이 일본군의 손에 개털이 되었고, 그 일본군은 미쳐버렸는지 등산하다가 스스로 개털이 되었다. 모택동은 그 기회를 놓칠 정도로 머저리가 아니었다.

"지금이야말로 우리가 나설 시간이오! 동지들, 싸움을 준비합시다!"

애초에 일본군과의 협상에 의리가 어디 있겠는가. 어차피 일본군도 중경 정복에 성공했다면 곧장 태세를 전환해 '공산 비적 토벌'에 나섰을 게 뻔한 일. 상대가 약해졌으면 곧장 물어뜯어야 하는 법이었다.

"그렇다면 당장 전군을 휘몰아 파쇼 놈들에게 본때를……."

"무슨 소릴 하는 게요?"

"모 동지께서 방금 그리 말씀하시지 않았습니까."

"우리가 총공세를 펼치면 일제 파쇼 놈들의 보급로가 끊어지고, 수천 리를 되돌아갈 수도 없으니 지금 사천에 있는 놈들은 죄 항복하겠지."

당연한 결론. 하지만 그렇기에 모택동은 이것을 오답이라고 판단했다.

"서서히, 끓는 물에 개구리를 삶듯 서서히 압박해야 하오."

놈들이 경계심을 갖고 사천에서 물러나 퇴각하도록. 그래야… 제국주의자들 손에 쥐여 있는 막대한 무기가 공산당의 손에 떨어질 것 아닌가. 모택동은 이미 전쟁 그 후를 준비하고 있었다.

* * *

그 이후는 일사천리였다.

"퇴각해야 합니다."

"이래서야 그나마 이어지는 보급마저 끊겨버리는 것은 물론, 무사 귀환조차 어려워집니다."

"이 어리석은 놈들! 중경을 정복하면 보급은 자연히 해결되잖는가!"

무다구치는 길길이 날뛰었지만, 점점 승산이 희박해져 가고 있다는 사실은 무다구치 본인 또한 잘 알고 있었다.

"좋다. 내가 대본영에 직접 출두해 사정을 설명하지!"

"예?"

"참모장이 전투를 잘 지휘하고 있게. 나는 본토에서 최선을 다할 테니."

가슴을 탕탕 두드린 무다구치는 그날부로 비행기에 탑승해 곧장 날아가기 시작했다. 각종 금붙이, 그리고 새로 구한 애첩과 함께. 저 멀리, 멀리멀리. 중국 대륙을 건너 북경을 지나 조선을 넘어서 일본 본토에 있는 대본영으로.

"…무어라 할 말이 있는가, 무다구치 장군?"

"…통석의 념을 금치 않을 수 없습니다."

막상 그렇게 대본영으로 날아간 무다구치는 제대로 된 발언을 하는 대신 한가득 뭉그적대기 시작했다. 승리의 가능성이 있다고 열변을 토하며 더 많은 지원을 요구하지도 않았다. 이 작전의 실패가 눈앞에 있다는 것을 인정하고 퇴각작전 수립을 요청하지도 않았다. 그저 백일 동안 쑥과 마늘만 먹은 끝에 굶어 죽기 직전이 된 곰탱이처럼, 한없이 축 늘어져 그 초롱초롱한 눈망울로 눈빛만 보내며 입을 꾹 다물었다. 대본영은 발칵 뒤집혔다.

'저 횟감의 회충 같은 놈이!'

'빨리 인정해! 네가 말아먹었다고 인정하라고!'

황국의 존망을 건 작전이다. 그런데 그 작전이 쫄딱 망했다는 사실이 점점 수면으로 올라오고 있었다. 그러면 당연히 누군가는… 책임을 져야 한다. 하지만 무다구치는 은근슬쩍 보고서를 제출하며 '적 기갑 전력에 대한 정확한 정보가 없어 크나큰 난관에 처했으나, 일선 장병들의 투혼으로 이를 극복 중.'이라는 애매모호한 스탠스를 취했다.

그래서 적에 대한 정보가 부족해 졌다는 건가? 아니면 그럼에도 불구하고 이기고 있다는 자랑인가? 술에 술 탄 듯, 물에 물 탄 듯 무다구치는 어떠한 명확한 요구도 하지 않았나.

'도대체 저놈은 무슨 의도인 게냐.'

'저 음흉한 새끼. 책임지지 않으려고 대본영에 은근슬쩍 떠넘기는 것 좀 보라지.'

정치질로 가득한 일본군에서도 가장 정치질에 능한 자들로 가득 찬 대본영. 그 대본영 사람들조차 혼란에 빠뜨린 무다구치. 그의 속내는 바로.

'중국으로 돌아가기 싫다.'

'최대한 여기 눌러앉아 있어야지.'

모든 책임을 짬 때린 채, 그저 자신이 비운 사이 하루빨리 아군이 처참하게 박살 나 돌아갈 자리가 사라지기만을 기다리는 장군이, 바로 여기에 있었다.

* * *

중국에서 벌어지는 전쟁이 감히 범부의 상식으로는 짐작조차 할 수 없을 만치 아득한 노스텔지아에서 노닐 무렵. 상식인의 나라 미합중국은 당연히 상식적인 선에서 작전을 준비하고 있었다.

"태평양에서 일본의 영향력을 완전히 뿌리 뽑는다."

"모든 섬을 점령하는 건 불필요다. 핵심 거점만 빠르게 정리하고 대륙으로 나아가야 한다."

이른바 개구리 뜀뛰기 전략. 어니스트 킹을 위시한 미 해군은 광활한 태평양 공해상을 모두 장악한 후 이오시마—오키나와 라인을 확보하고 일본 본토 직공을 원했다. 하지만 차기 대통령에 가장 가까이 다가가 있는 남자는 결코 그걸 용납하지 않았다.

"필리핀."

"이보시오, 전쟁부장관 나리. 지금 우리는……."

"필리핀."

"불필요한 곳이오."

"필리핀."

반대로 맥아더가 보았을 땐, 해군의 주장은 누가 물개 아니랄까 봐 동물 수준의 논리 그 이상도 이하도 아니었다.

"미합중국은 더러운 제국주의의 때가 타지 않은 순수하고 올바른 나라 아닌가. 그런 우리가 필리핀을 계도해 올바른 국제사회의 일원으로 키워주 기로 약속했었는데, 어리석은 정치가들은 결국 그들을 일본의 손아귀에 떨 어지도록 방치했지."

"…예."

"그러니, 미합중국이 제대로 책무를 다하려면 반드시 필리핀을 해방해 야 하네. 앞으로 세계를 다스려야 할 우리가 이 책무를 게을리하면 대체 무 슨 꼴이 나겠나?"

펜타곤에서 아이젠하워와 해후를 나눈 맥아더는 자신과 비슷한 수준의 인재인 옛 부관에겐 자신의 구상을 솔직담백하게 토로했다.

"해군에 그걸 말하면 될 일 아닙니까?"

"물개들은 월레스 대통령 편이야. 논리로 설득할 상대가 아니란 말이지."

아이젠하워는 조용히 원래 준비하고 있던 대만 상륙작전안을 맥아더가 보지 못하도록 캐비닛 구석, 최대한 깊숙이 짱박았다.

"장관님께선 앞으로의 전역에 대해 어찌 보고 계십니까?"

"독일의 패망은 눈앞에 다가왔네. 이르면 올해에 우린 불타는 베를린을 볼 수 있겠지."

영국인들이 자기네 군대를 통째로 독일군에게 갖다 바치지 않는 이상 무슨 일이라도 있겠는가? 비록 유진 킴이 요양에 들어가 일시적으로 지휘봉을 놓긴 했지만, 건강상의 문제가 있는 건 아니다. 오히려 마음의 병이 더 큰 문제지. 그가 필리핀을 생각하는 만큼 유진도 저 작은 반도에 여러모로 많은 관심을 기울이고 있다. 그러니 독일을 무난하게 짓밟고 나면 자연히 녀석도 자리를 털고 일어나 아시아에서의 전쟁에 참여하리라.

"유진이 일본을 상대로 싸우면 저는 실직자가 되는 것 아닙니까? 하하."

"그럴 일은 없을 걸세. 그 점은 분명히 약속하지. 조금만 더 전공을 세우면 원수직도 문제없겠지."

"해군이 그걸 달가워하지 않을 텐데요."

"그 버르장머리 없는 놈들은 좀 짓밟힐 때도 됐지. 지난 수십 년간 물개 놈들이 대체 얼마나 우리 육군을 핍박했나? 독일을 무너뜨리는 순간 물개들은 입이 열 개가 있어도 가만히 아가릴 닥쳐야 할 걸세."

대선 후보 맥아더로서는 오직 자신에게 쏠려야 할 스포트라이트를 갈라먹을 잠재적 '전쟁영웅'을 더 늘리고 싶지 않았지만, 육군을 사랑하는 맥아더와 웨스트포인트 선배 맥아더로서는 이 믿음직한 후배를 실망시키고 싶지 않았다.

"필리핀은 금방이야. 문제는 그다음이지. 앞으로 일본군의 저항이 극심할 테니 준비 잘하고 있게."

"알겠습니다, 장관님."

얼마 후, 맥아더 장관은 진짜 영국이 자기네 군대를 던져버렸단 사실을 깨달았다. 세계 최고 레벨의 전략가 맥아더에게 마켓가든과 같은 광기는 예상 범위 바깥의 사안이었으니까.

7장
수확의 계절

수확의 계절 1

유진 킴이 쓰러지고 마켓가든이라는 대재앙 캠프파이어에 차곡차곡 장작이 쌓이고 있을 무렵. 앨리스 킴은 파리에 있었다. 헨리의 실종 직후 앨리스는 그야말로 맛 좋은 월척 취급을 받았고, 온 사방에서 하이에나들이 몰려들어 그녀를 물어뜯으려 했다.

"이번 사건에 대해 어떻게 생각하십니까?"

"샌—프랑코의 후계 자리를 놓고 알력이 있지 않았습니까?"

"혹시 헨리 킴이 해군항공대 파일럿으로 자원한 과정에서 집안 내외부의 갈등 요소가 있진 않았는지요?"

"오라버니가 실로 영웅적인 최후를 맞이했는데, 그 짐이 무겁진 않습니까?"

"그 장렬한 애국심을 집안의 일원으로서 다시 한번 되풀이하면 훨씬 더 미담이 될 것 같습니다만."

"이제 여성도 사회의 일원으로서 의무를 이행할 수 있는 시대가 되었습니다. 킴 양 같은 고위층 인사가 거룩한 희생을 한다면 훨씬 세상에 경종을 울릴 수……"

헨리는 이딴 놈들에게 시달리고 다녔던 건가? 남의 집 비극에 끼어들어 기어코 제 살코기를 탐하려 드는 이 파리 떼들을 보며, 그녀의 머릿속에 있던 무언가가 뚝 하고 끊어졌다. 일찍이 마셜이 평했듯, 마지막의 마지막까지 몰리면 눈깔 뒤집혀 날뛰게 되는 유진 킴의 핏줄이 갑자기 사라질 리가 없다.

"시대가 어떤 시대인데 후계 타령이신가요?"

"집안 내부요? 혹시 킹 제독님이 사위를 사지로 내몰았냐고 물어보시는 건가요?"

"영웅적 최후라니. 아직 죽은 것도 아닌데 꼭 죽길 바라시는 것 같네요."

"기자님은 어째서 입대하는 대신 여기서 미담이 어쩌고 하고 계시는지? 입대를 원하시면 제가 도와드릴 수 있는데."

"당신 이름 뭐야."

참으로 우습게도, 그녀가 약하게 보일 땐 그토록 사납게 이빨을 드러내던 놈들은 그녀가 작심하고 휠윈드를 돌자마자 언제 그랬냐는 듯 저 멀리멀리 도망쳐버렸다.

'앨리, 너는 애비처럼 맨손으로 시작한 게 아니니 내가 답안지가 될 수 없어.'

어처구니가 없지만 확실히 그녀가 풀어야 할 문제지는 아버지와는 좀 많이 다른 모양이었다. 그동안 보아왔던 부친의 그늘에서 벗어나 처음부터 다시. 과연 내가 어디서, 무엇을, 얼마나 할 수 있는가. 적십자로 복귀? 무의미하다. 물론 세상은 그녀의 활동을 무척 좋게 바라보고 있었다.

[노블레스 오블리주의 표상!]

[어째서 그녀는 전쟁터로 향했는가?]

대대적인 스포트라이트를 받지는 않았지만, 적어도 마이너스가 되진 않았다. 오히려 플러스면 플러스지. 적십자 클럽모빌 서비스에서 황금마차를 타고 도넛을 튀기는 일은 틀림없이 숭고한 일이지만 김가의 장녀만이 할 수 있는 일은 아니잖은가. 온 집안이, 아니 그녀가 보고 자라온 모든 주변 사람들, 주변 사회, 나라 전체가 휘말린 이 전대미문의 싸움에서 자신만이 할 수 있는 무언가를 보태고 싶었다.

"어서 오십시오, 킴 양."

"안녕하세요. 무척 오랜만에 뵙네요."

"오, 절 기억하고 계십니까?"

"그럼요. 물론이죠."

샌—프랑코 프랑스 지사장 조르주 모네는 어렸을 적 그녀와 몇 번 만나기도 했었다. 사실 그녀는 기억나지 않았지만, 인명록을 뒤져보니 얼핏 가물가물하게나마 인상이 남아 있긴 했다.

"헨리 도련님에 대한 이야기는 저도 들었습니다."

"…살아 있을 거예요. 사망이 아니라 실종이니까요."

"그렇… 습니까."

"그 녀석, 오빠는… 어려서부터 원래 명줄이 질겼어요. 3층 다락방 창문에서 뛰어내렸는데 타박상으로 끝나질 않나, 밀러 아저씨가 담가놓은 술통에 빠져도 살아 나오질 않나… 아무튼 오빠는 쉽게 죽을 인간이 아녜요. 어디 무인도에서 원주민들이랑 캉캉춤이라도 추고 있지 않을까요?"

"그렇군요."

모네 지사장이 그녀를 어째 안쓰럽게 보는 것 같았지만, 가타부타 반론을 제기하진 않기로 했다. 그럴수록 저 안쓰러움은 더 깊어질 게 뻔했으니까.

"그나저나 킴 영애의 헌신적인 활동에 대한 이야기는 많이 들었습니다."

"별로 잘 안 풀리긴 했지만요. 혹시나 제가 도와드릴 수 있는 일이 있나요? 저 이제 실업자예요."

"킴 원수님께 언질 들은 건 아무것도 없으십니까?"

"자리 하나 마련해주신다고 하던데… 그냥 제가 걷어차고 나왔어요. 제가 무얼 할 수 있는지부터 알아보고 싶었거든요."

대놓고 말해, 그녀는 일종의 셀럽이다. 태어나면서부터 그냥 그렇게 되었다. 기왕 인간 간판대가 될 수밖에 없는 팔자라면, 적어도 가장 활약할 수 있는 곳에 가야 하지 않겠나.

"제 못난 아들놈은 몇 살은 더 나이를 처먹었으면서도 응애 아빠 자리 좀 꽂아줘, 같은 소리나 해대고 있죠. 여기 오신 건 아주 탁월한 선택이었습니다."

"그런가요?"

"여기, 두 장의 문서가 있습니다."

모네 지사장은 금고를 따고 두 장의 종이 쪼가리를 내밀었다.

"하나는 킴 원수께서 보내주신 겁니다. 원수님께서 보유한 지분의 권리를 임시로 킴 양에게 위임하겠다고 밝히셨죠."

"들은 적 없는데."

"다른 하나는 킴 회장님께서 보내주셨습니다. 개인적인 서한이긴 한데… 핵심만 말씀드리면, 킴 양께서 찾아오시면 저희 지사에서 잘 써먹으라고 하시더군요."

이건 또 무슨 소리야. 유신 삼촌이라는 이야길 듣자마자 갑자기 뭔가 불안해졌다. 당장 헨리를 마른걸레 쥐어짜듯 쪽쪽 쥐어짜던 삼촌 아닌가.

"실은, 지금 이곳 프랑스 지사는 꽤 곤란한 처지입니다."

"프랑스 지사는 딱히 군수산업에 손댄 것도 아니잖아요? 기껏해야 책이나 장난감 판매가 전부였을 텐데."

"그렇지요. 예전엔 그리스 건도 팔고 전차 쪽에 손댄 적도 있지만, 그런 건 다 진작 정리했었지요."

"그런데 왜."

프랑스가 독일에 항복한 이후, 많은 사업체가 나치 놈들의 손에 떨어졌다. 어떤 회사는 기반을 통째로 징발당해 독일 자본가들의 고기 조각으로 소화당하고, 어떤 곳은 총칼 앞에 굴복해 독일을 위한 생산업체로 전락하고. 미국과 독일의 관계를 고려하면 사실 샌—프랑코가 몰수되지 않은 건 참 놀라운 일이었지만.

"독일 놈들의 명령으로 저희 출판사에서 발행한… 게 좀 있습니다."

"뭐길래요?"

"《나의 투쟁》 불어판요."

"…켁."

앨리스는 앞에 놓인 찻잔을 다급히 들이켰고, 모네는 그럴 만하다는 듯 허허로이 미소만 지었다. 그 자신도 대체 왜 이런 걸 하필 샌—프랑코를 콕 집어 맡겼는지 의문이었으니.

"대충 견적 나오시지요? 회사 이미지가 끝장나기 전에 프랑스 시민들에게 어필할 만한 여러 다양한 활동이 필요합니다. 그리고 킴 회장님께선 앨리스 양이 이 일을 해결하는 데 가장 적격인 인선이리라 믿으시더군요."

"그런데 왜 저한텐 아무 언질도……."

"회장님 말씀을 그대로 옮기자면, '제 밥그릇도 못 챙겨 먹는 띨띨이면 어차피 일도 똑바로 못 할 테니 굳이 부를 필요 없다.'라고 하셨습니다. 여기 찾아오신 걸 보니 회장님의 기대가 적중한 듯하군요."

그래. 그런 양반이었지. 제 자식들조차 사자가 절벽에서 새끼를 밀어버리듯 험하게 키우던 사람이 조카는 오죽할까? 물론 그 결과물이 좀… 좀 아니긴 했지만, 아무튼.

"제가 동원할 수 있는 자본력이나, 범위는 어떻게 되지요?"

"전권을 맡기겠습니다. 그… 저희 회사 직원들 대부분은 재판을 기다려야 할 처지거든요. 허허허. 혹시 제가 단두대에 끌려가거들랑 지사장을 겸임하셔도 됩니다!"

머리가 아파져 온다. 앨리스는 며칠간 푸르죽죽해진 샌—프랑코 직원들의 도움을 받아 상황을 파악했고, 결론을 내렸다.

"우선 그 망할 책부터 처리해야겠어요. '그 책'을 우리 회사에 반납하면 통조림으로 바꿔주는 게 어떨까 싶은데……."

"굉장히 괜찮은 아이디어군요. 준비하겠습니다."

"그리고 망가신 브랜드 이미지를 세탁하려면 대대적인 구호 사업을 진행해야 할 듯하고요."

"그게 최선이겠지요. 마침 적십자와도 연이 있으시군요. 캘리포니아의 명물이라던 샌—프랑코 급식소를 지으시렵니까?"

"단순히 하지 말고… 가장 먼저 1차대전 참전 용사분들을 대상으로 시행하죠."

문제지는 다를지라도 거기서 배운 것 중 일부는 겹치는 법이다. 헨리의 생존을 확인하고 탈진해 쓰러지기 전까지, 그녀는 말 그대로 모든 걸 불태웠다. 다행스럽게도 직원 중 단두대로 끌려간 이는 없었다.

* * *

1941년은 전 세계 모든 이들에게 참으로 당혹스러운 해였다. 카이로 회담이 개최될 때만 하더라도, 서방 자유세계의 시민들은 조만간 독일이 패망하지 않을까 희망 섞인 기대를 했었다. 이들의 기대는 엇나가지 않아 미영연합군은 거침없이 프랑스 노르망디 해안에 발을 디뎠고, 노도와 같은 기세로 파리에까지 다다랐다.

"진주만의 원수에게 본때를!"

"사자의 코털을 뽑은 놈들을 죽여라!"

본디 승리만큼 사람을 매혹시키는 일이 또 어디 있겠는가. 연전연승을 거듭하는 미군에 각종 전시 프로파간다를 끼었으니 그 열기는 놀라울 정도로 활활 타올랐다. 물론 이러한 세태를 업신여기는 자칭 깨어 있는 이들이 없는 것도 아니었다.

"문제는 역시 소련이지요."

"모스크바가 위협받았고, 스탈린그라드라는 곳도 아슬아슬하게 지키지 않았습니까. 이 빨갱이들이 분발해줘야 할 텐데."

"중국도 골치입니다."

"땅과 인구는 넘쳐나는 나라들이 다 어째서 이 모양들인지… 쯧쯧. 우리 미합중국이 추축국을 징벌할 때까지 버텨주기만 하면 되는 것을."

그러나 이들 또한 무적미군의 신화에 홀려 있기로는 매한가지. 식자들이 걱정하는 것은 저 무도한 빨갱이들과 무지한 중국인들이 덥석 항복해버려 연합군을 배신하지 않을까 하는 것이었지, 패배를 상정하진 않고 있었다. 그런데 갑자기 마른하늘에 날벼락이 치기 시작했다.

정정해 보이던 FDR이 정말 하루아침에 세상을 뜨고, 채 쉰도 되지 않은 총사령관 또한 그 뒤를 따르려는지 갑자기 쓰러졌다. 중화민국은 어마어마한 패배를 당하고 그 수도가 위협받아 백척간두로 내몰리고 있었고, 대통령 사후 워싱턴 D.C.의 혼란은 절정으로 치달았다. 그리고.

[벨기에의 대참사!]

[포위당한 수십만 영국군, 3년 전으로 되감긴 시간!]

[미 육군 제12군단 전멸.]

[어째서 우리의 아들들은 돌아오지 못하는가?]

참극이 일어났다.

"몇 년 만에 10만에서 수백만으로 부풀린 군대가 저 전쟁기계를 상대한다니, 애초에 무리였던 게 아닐까?"

"히틀러가 인물은 인물이지."

"적당한 선에서 협상을 하는 것도… 어차피 바다 건너 남의 전쟁이잖아?"

"진주만을 일으킨 놈이랑 협상을 하자고? 미쳤어?"

"그거 순 프로파간다 아닌가! 대관절 히틀러가 무슨 수로 일본을 움직인

단 말인가?!"

국내 분위기는 말할 것 없이 흉흉해졌고, 새 행정부는 유례없이 '너 간첩이지?' 철권을 휘두르며 약해져 가는 분위기를 다잡아야 했다. 아들을 잃은 부모의 통곡이 거리를 메우고 정말 싸워야 하는가, 라는 의문이 차마 뱉을 수는 없지만 모두의 뇌리에 각인될 무렵.

그가 돌아왔다.

Q. 존경하는 킴 원수님. 먼저 아드님께 일어난 비극에 대해 심심한 유감의 말씀을 드립니다.

A. 제게 일어난 일은 전 세계 무수한 어버이들에게 일어난 일입니다. 그 무게는 누구에게나 똑같습니다. 우리가 할 수 있는 일은 이 비극이 앞으로 일어나지 않도록 악의 근원을 완전히 적출해내는 것뿐입니다.

Q. 건강은 괜찮으십니까?

A. 소중한 가족들, 그리고 후방에서 의료 임무에 종사하는 많은 분들의 헌신적인 간호와 노력으로 많이 나아졌습니다. 지금은 문제없습니다.

Q. 파리를 사수하겠다고 선언하셨는데.

A. 독일군이 파리로 기어 오는 순간 그들은 1918년을 재탕하게 될 것입니다.

(중략)

Q. 벨기에 전역에서 벌어진 비극에 대해 본국에서 말들이 많습니다. 무언가 승리의 비책이 있으십니까?

A. 제가 없어서 졌습니다.

Q. 네?

A. 제가 돌아와 이 전쟁을 지휘하는 이상 독일 놈들에게 더 이상 살길은

없을 것입니다.

Q. 후방의 시민들에게 공개할 수 있는 작전이나, 웅대한 계획안이 있으시다면?

A. 지금 내 최대 화두는 우리 아들들이 머나먼 타지에 나와서도 추수감사절과 크리스마스를 즐겁게 보낼 방안입니다.

Q. 추수감사절… 중요하긴 하지만 독일군은?

A. 그런 건 내가 잘 때려잡으면 되니 별로 중요하지 않다. 하지만 1941년의 추수감사절은 두 번 다시 돌아오지 않으니 후자가 훨씬 중요하다. 저는 장병들에게 올해 그대들의 입에도 어김없이 칠면조 고기가 들어가리라고 약속했다. 약속을 이행해야 착한 어른이 된다. 이 세상에 약속을 어기는 나쁜 어른은 히틀러 하나로 충분하다.

Q. 혹시 '유진―바'를 알고 계십니까? 거기에 얽힌 괴담도?

A. 빌어처먹을.

Q. 죄송합니다.

A. 내 초상권, 상표권 등을 보유하고 있는 샌―프랑코사와 그 망할 초코바를 제조한 마스사에 가장 엄중한 경고를 보냈다. 그들은 내 경고를 귀담아들었고, 빠른 시일 내에 해당 상품을 단종하기로 결정했다.

Q. 단종이요?

A. 그 대신 신상품 '시클그루―바'가 발매될 예정이다. 이전 제품보다 더욱 당도가 높아 훌륭한 식감과 고소한 맛을 즐길 수 있다던데, 올해 크리스마스에 자녀분들과 함께 경애하는 총통을 찢고 씹으면 최고의 선물이 될 것이다. 가까운 가게에 입고 일정을 물어보시라.

본 인터뷰는 자유를 위해 싸우는 모든 이들의 든든한 버팀목, 샌―프랑코 그룹이 지원하였습니다.

전쟁터의 우리 장병들을 응원하는 법, 바로 '럭키'를 피우는 것입니다.

그리고 유진 킴은 호언장담대로 독일군을 갈아버렸다.

"으아아아!!"

"이겼다!! 이겼다!!!"

"신이시여! 신이시여 감사합니다!!"

그날 자유세계의 교회란 교회가 모조리 종이 다 쪼개지도록 종을 울리고 전 국민이 거리로 뛰쳐나와 환호하는 가운데.

"저, 이제 풀어주시면 안 될까요?"

"안 돼."

헨리 킴은 할머니, 어머니, 부인의 엄중한 감시하에 집에 얌전히 갇혀 있었다.

수확의 계절 2

    헨리 킴은 살아 돌아왔지만, 본인과 유진의 요청에 따라 그 사실이 대대적으로 공개되지는 않았다.

    "지금 제가 살아 있다고 발표해버리면, 그, 저랑 같이 온 그 일본인들이 큰 고초를 겪게 됩니다. 혹시 어떻게 좀 안 되겠습니까?"

    "걔 살아 있는 거 까발려지면 별로 분위기 안 좋을 것 같은데. 병사들 사기에 영향 주지 않을까? 일단 서부 전선 좀 정리하고 나서 공개합시다."

    두 김 씨가 그렇게 말하는데 해군도 구태여 아득바득 당장 오픈을 할 이유는 없었다. 비밀리에 본토로 귀국한 헨리 킴은 그동안 차곡차곡 적립된 휴가를 쓴다는 명목하에 캘리포니아의 자택으로 이송되었고, 사랑하는 가족의 품에서 절대 빠져나올 수 없게 되었다. 그리고 펜타곤의 해군 공보 관계자들은 새로운 대본을 작성하기 시작했다.

    "헨리 킴이 권총과 단도 한 자루로 잽스의 막사에 잠입해서 동양에서 전수되어 오는 암살쿵푸로 1 대 100을 찍어버렸다고 하면 어떨까요?"

    "그게 말이 돼? 그냥 무인도였다고 하면 되잖아. 로빈슨 크루소처럼 섬에서 통나무집 짓고 살다가 구출됐다고 하자고."

"그러면 너무 멋대가리 없잖아요! 암살! 암사아알!"

"해군의 영웅이 암살이라고 하면 너무 없어 보이잖아. 차라리 비행기 기총을 뜯어내 양손으로 들고 갈겨서 단신으로 1개 중대를 싹 죽여버렸다고 하면……."

"그만해, 이 미친놈들아."

결론적으로 말해, 해군 공보 담당 장교들의 머리털이 다 뽑혀 나갈 이 시나리오 스크립트 작성은 아무 의미가 없었다.

[독일군, 다시 프랑스 국경을 넘다!]

[캉브레에 입성한 독일군.]

[양군의 최종 결전지 아미앵으로 예상돼.]

[아미앵의 기적 다시 한번?]

[독일군에 맞서는 최정예 미군, 옛 아미앵 땅에 돌아오다!]

유진 킴이 돌아왔지만, 당장 나아지는 건 아무것도 없었다. 필사적으로 프로파간다를 삘릴리 삘릴리 불어댔지만, 얼어붙은 미국인들의 심장을 녹이기엔 역부족이었다.

"유진 킴이 돌아와도 딱히 나아지는 게 없잖아?"

"입만 살아가지곤."

"원숭이에게 수백만 장병의 목숨을 맡긴 게 비정상이었어! 끽해야 깜둥이 부대 지휘관이나 하는 게 원래 분수에 맞는 일이었고 지금 그냥 거품이 빠진 거라고!"

"그래도 여태까지 하던 가락이 있는데 저렇게 연전연패하는 게 이상하잖아?"

"자식의 부고를 듣는 게 어디 보통 일인가. 충격이 컸을지도."

"아직 회복이 덜 된 사람을 억지로 자리에 앉힌 거 아냐? 우리나라에 인재가 이리도 없었나?"

"유색인종의 한계지 뭐."

"히틀러가 킴을 금은보화로 매수했다던데. 죽인 유대인 금니를 모아서 어마어마한 돈을 줬다더라고."

"사실 진짜 유진 킴은 아들이 죽었을 때 충격으로 죽은 게 아닐까? 지금 나타난 킴은 정부에서 만든 대역인 게 아닐까?"

"시민 여러분! 지금이야말로 결단을 내려야 합니다! 독일과의 무익한 싸움으로 우리 아들들만 피를 흘리고 있습니다!"

혼돈. 입 가진 자면 모두 떠들기에 바빴다. 여기에 독일이 마침내 아미앵을 점령했고, 93사단이 사실상 궤멸되었다는 소식까지 대서양을 건너자 미국 내 분위기는 한껏 흉흉해졌다.

"독일이 프랑스를 정복하고 대서양을 건넌다!"

"아가리만 털 때 알아봤어! 그 무능한 놈을 당장 잘라!"

"이제 끝장이다! 훈족이 서방 문명을 멸망시킨다고!!"

"사랑하는 내 가족을 지켜야 할 시간이 왔습니다, 여러분! 지금 바로 이 멋진 소총을 찬장에 보관해야 하지 않을까요? 지금 구매하시면 탄약 100발을 추가로 증정해드립니다!"

그리고 그다음 순간 기적이 일어났다.

"호외요, 호외! 포위된 영국군 구출! 호외요!!"

"그걸 구했다고?"

"대체 어떻게?"

"대승리! 대승리입니다!!"

비 온 뒤에 땅이 굳는다고 했던가. 다시 한번 전미는 광기의 국뽕 폭풍에 휩쓸렸다.

"이번에 싸웠던 발터 모델이라는 장군은 동부 전선에서 이미 악명이 자자하던 자입니다. '르제프의 고기분쇄기'라는 흉흉한 별명을 달고 있었지요."

"하지만 그자에게도 실수는 있었습니다. 바로 자유세계의 투사들은 어리석은 이반들과 전혀 다른 적수였다는 점이지요! 유진 킴 총사령관이 지휘하는 연합군의 완벽한 전략에 적들은 끝장났습니다!"

"대체 누가! 어떤 독일 간첩들이 감히 킴 장군을 비방했단 말입니까? 믿으십시오! 하나님께서 자유와 정의, 아메리칸드림의 나라를 어여삐 여겨 하사해주신 우리의 총사령관을 믿으셔야 합니다!"

"유진 킴이 칠면조 요리에 관심을 기울인 이유는 간단하다. 칠면조 수송이 독일군을 격퇴하는 것보다 정말 더 어려운 일이기 때문이다."

"그는 신이야!!"

이미 한 차례 왔었던 광풍이지만, 이번 광풍은 더욱 심했다. 상원에서는 압도적인 찬성표로 '유진 킴의 날'이 통과되었다. 영화관이란 영화관은 필름이 너덜너덜해지도록 전쟁부에서 촬영한 선전영화를 틀어대기 시작했고, 영화 〈캉브레〉와 〈아미앵〉이 긴급히 다시 걸렸다.

['문화의 힘을 깨달을 수 있었다. 이 영화가 세상에 빛을 보지 못한다는 건 끔찍한 일이다.']

[유진 킴 원수가 자리에서 벌떡 일어나 기립박수를 칠 수밖에 없었던 명작, 마침내 개봉!]

한 번 엎어졌던 찰리 채플린의 인생작 〈위대한 독재자〉가 마침내 온갖 역경을 딛고 개봉했고, 무시무시한 기세로 연일 만석 행렬을 이어나갔다.

'유진 킴 효과'를 확인한 헐리우드의 비즈니스맨들은 시사회 필름을 싸들고 너 나 할 것 없이 베르사유로 날아가기 시작했다. 뉴욕의 메트로폴리탄 오페라 하우스에서는 전혀 연관은 없지만 아무튼 차이코프스키의 오페라 〈유진 오네긴〉을 공연했다.

김유신의 온갖 회유와 설득, 아양과 사탕발림을 견디지 못한 방정환은 결국 신작 카드게임을 런칭했다. 이 카드게임은 일반적인 가게에서 판매되는 대신 전쟁 채권을 매입하면 사은품으로 증정되었다. 그러자 거리에는 채권을 사기 위한 기나긴 줄이 만들어졌다. 샌—프랑코사는 매출을 걱정할 필요가 없어졌다. 각지의 소매점으로 향하는 트럭마저 미쳐 날뛴 군중들에게 습격당하는 판국이었으니.

유진이 언급한 칠면조는 단숨에 전미 최대 화두가 되었고, 무수한 시민 단체들이 '전선의 장병들에게 칠면조를 보내줍시다!'라며 모금 운동을 벌였다. '전장에서 조리할 수 있는 칠면조 요리 경연대회'가 성황리에 이루어졌다.

단종하겠다고 밝힌 '유진—바'는 순식간에 품귀현상을 빚었고, 마스사는 고심 끝에 '총사령관과의 약속을 깰 수 없다.'라며 다시 한번 단종 방침을 발표했다. 그러자 놀랍게도 온갖 유사품이 판을 치기 시작했다. '캡틴 유진—바', '유지니우스 바', '오리건 유진 바', '유진 더 오리진'. 온갖 업체들이 달라붙어 법의 철퇴를 아슬아슬하게 피하는 수준에서 짝퉁을 팔아치웠지만, 일단 시장에 내놓기만 하면 날개 돋친 듯 팔려나갔다.

"내가 저 녀석을 키웠어! 내가 키웠다고!"

"당연한 말씀 아니십니까."

"진은 나와 생사고락을 함께한 전우 아닌가. 모두가 진에게서 지휘봉을 빼앗아야 한다고 주장했을 때 오직 나만이 그 친구를 든든히 지탱해줬지."

맥아더 코인은 역사상 그 어떤 정치인보다 빠른 속도로 수직 우상향했다.

[전쟁을 모르는 월레스 행정부. 답이 없다!]

[역사상 최고의 명장을 끌어내리려 한 월레스 대통령의 의도는?]

[백악관과 크렘린의 수상쩍은 관계… 좌파의 음모?]

[그리운 위대한 대통령 FDR, 그의 진정한 계승자는 누구인가?]

"맥아더를 후원하는 것이 곧 킴 원수를 지키는 길입니다!"

"등 뒤의 적군을 후원하시겠습니까, 아니면 최고의 조력자를 후원하시겠습니까?!"

"맥아더! 킴! 맥아더! 킴!!"

"장관님, 차기 대선에서 킴 원수를 러닝메이트로 삼는다는 소문이 사실입니까?"

"러닝메이트라. 다소 오해가 있는 말이군요. 저와 진은 어차피 함께 전장을 누비던 소울메이트인데, 구태여 러닝메이트가 될 필요가 뭐가 있겠습니까?"

책임론을 외치며 맥아더를 거꾸러뜨리고 공화당 내 판도를 뒤엎으려던 일부 정치인들은 깨강정 으스러지듯 처참하게 박살 나버렸다. 하지만 그 맥아더에게도 고민이 있었으니.

"민주당 놈들이 유진에게 침을 바를까 봐 걱정이군."

"킴 장군은 당연히 장관님의 편 아닙니까?"

"오. 그야 물론이지. 하지만 이 정치판이라는 게 없는 말도 만들어내는 동네 아닌가."

아쉬운 놈이 떡고물 하나 더 줘야 하고, 지은 죄 있는 놈이 알아서 사려야 하는 법 아니겠나. 극동의 코딱지만 한 땅뙈기 하나쯤 주는 건 어차피 루즈벨트 생전에 끝낸 합의고, 민주당이 머리에 총이라도 맞지 않은 이상 거기서 뭔가 더 할 수 있는 여지는 없다. 아무튼, 유진을 완전하고도 명명백백히 붙잡아둘 끝내주는 선물이 필요했다.

"지금 가만히 생각해봤는데 말이지."

"예, 장관님."

"조만간 미 육군의 숫자가 8백만에 다다르고, 앞으로 원수 계급장을 달 사람도 더 늘어나야겠지. 당장 아이젠하워도 한 전역의 사령관인데 원수 대접은 해줘야 하지 않겠나."

"그렇지요."

"게다가… 그 역겨운 몽고메리와 우리 자유세계의 영웅이 동급이라는 건 좀 웃기는 노릇이지."

"원수 위의 계급을 신설하자는 말씀이십니까? 그런 건 전례가 없습니다."

"뭣보다 퍼싱 장군이 살아 있는 마당에……."

"말이 되게끔 만들어야지."

그는 옆에 놓인 신문을 힐끗 바라보았다. 사설란에서는 [어째서 처칠급 삽질만 해대는 현 대통령이 미군 총사령관인가?]라는 의문, 사실상 공격이 퍼부어지고 있었다.

"이번 서부 전선의 위기는 절대 미군의 문제가 아니었어. 천방지축으로 날뛰는 동맹국 장성과 이를 제어하지 못하고 휘둘려버린 윗대가리들에 있었지."

"그 말씀이 참으로 옳습니다."

"그런 놈들조차 죄다 원수랍시고 동격입네 하고 목이 뻣뻣했으니 그런 참극이 벌어진 것 아닌가. 원수의 상위 계급을 신설하는 일은 어디까지나 군사적인 필요의 문제일세. 정치가 아니라."

이 당이 찬성하면 저 당이 반대하는 건 척수반사적인 자연법칙. 과연 맥아더가 이 카드를 꺼냈을 때 민주당은 반대를 외칠 수 있을까? 반대하면 영웅을 시기하는 옹졸한 것들이라는 프레임으로 매타작. 같이 찬성하더라도 가장 먼저 발의한 그에게 스포트라이트가 쏠리는 건 당연한 이치다. 정치적으로 봤을 때도 무조건 남는 장사. 맥아더는 이 끝내주는 선물을 받은 유진의 모습을 상상하며 슬며시 미소 지었다. 이거라면 안 넘어오고 못 배길 터.

그는 확신했다.

* * *

한편, 응급 수리가 완료된 프랑스 생나제르 항구에 배 한 척이 들어오고 있었다. 저 옛날 1차대전 당시 무수한 미군이 유럽에 첫발을 내딛던 땅. 독일군의 손에 엉망이 되었던 그 항구는 아직 부족했지만 기능을 회복하고 다시금 대서양 건너 '민주주의의 병기창'에서 들어오는 온갖 화물과 사람을 받아들이고 있었다.

"도착했습니다, 어르신. 내릴 준비 하시지요."

"부축은 안 해줘도 괜찮네. 아직 부축받을 나이는 아냐."

조만간 팔순을 맞이하는 노인이라는 사실이 믿어지지 않는 정정함. 팔척 장신의 노인은 허리를 쭉 편 채 천천히 배에서 내렸다.

"미스터 킴! 미스터 킴!!"

"아드님은 파리의 구원자, 손녀는 파리의 성녀가 되었는데 혹시 동양의 특별한 양육법이 있습니까?"

"이번 놀라운 전과에 대해 코멘트 하나 부탁드립니다!"

"이번 유럽 방문이 샌—프랑코의 사업과 어떤 관계가 있으십니까?!"

"이 늙은이 하나 보려고 여기까지 나오다니, 이미 늙어 쇠잔해진 저로서는 여러분들의 힘이 그저 부러울 따름입니다."

김상준은 희미하게 웃으며 말문을 열었고, 기자들은 얼른 펜을 꺼내 정신없이 받아쓰기 시작했다.

"저는 어디까지나 쓰러졌다는 못난 아들놈을 보러 왔을 뿐입니다. 아무리 큰일을 하고, 많은 사람을 돕는 일을 하고 있다 한들 아비가 아들의 발목을 잡아서야 쓰겠습니까? 죽기 전에 애비 얼굴도 한 번 못 봤다는 죄책감을 심어주느니, 얼굴이나 보여줄 겸 해서 온 것뿐입니다."

"동양의 문화라는 말씀이십니까?"

"아비가 자식이 보고 싶어서 왔을 뿐입니다. 기삿거리를 드리지 못해 미안하지만, 제가 여독이 쌓여 힘에 부치니 먼저 가보겠습니다."

"미스터 킴! 미스터 킴!!"

미리 근방에서 대기하고 있던 미군 몇이 다가와 그의 곁을 둘러쌌고, 노인은 곧장 차에 올라타 그대로 사라졌다.

"아들놈이 너무 잘나니 힘들어 죽겠구만."

"그래도 부럽습니다. 훌륭한 아드님을 두셨으니 말입니다."

"말도 말어. 아들놈들이고 손자 손녀들이고 죄 심장에 안 좋은 일만 잔뜩 벌이니 내가 제명에 못 죽지, 못 죽어."

말은 그렇게 하면서도 연신 웃음을 잃지 않는 상준 옹이었다.

"바로 베르사유로 모시면 되겠습니까?"

"부탁드립니다. 허허."

그는 창밖의 풍경을 바라보았다. 전쟁의 참화가 긁고 간 거대한 폐허. 천하의 열강이라 불리던 프랑스조차 세계대전 앞에서는 잿더미로 돌아가는 수밖에 없었다. 그렇다면 그의 고향 산천은 어떤 모양새가 되어 있을까. 그걸 생각하노라면, 숨이 멎는 그 날까지 도무지 앉아 있을 수만은 없었다.

수확의 계절 3

노르망디 상륙. 그 뒤를 이어 곧바로 몰아친 용기병 작전―남프랑스 상륙. 그리고 속전속결의 파리 해방, 마켓가든, 발터 모델의 파리로의 진군, 아미앵 전투, 그리고 삼중 대포위망까지.

미쳤다. 그냥 미쳤다. 전쟁이 원래 극한으로 치달은 환경이라 치더라도, 이건 너무 하드코어하잖은가. 나는 차라리 낫다. 좀 황당하긴 하지만… 아무튼 직책 내려놓고 잠깐이지만 쉬지 않았나? 정신적인 부담이 없진 않았지만, 적어도 하루 3시간 자고 자동차에만 올라타면 3초컷 꿈나라로 날아갈 수 있는 사탄도 울고 갈 근무환경에서 벗어나긴 했었다고. 서부 전선의 연합군은 이제 한계다. 그냥 물리적 한계다.

"수송용 트럭의 정비 상태가 갈수록 불량해지고 있습니다."

"정비에 문제가 있단 뜻입니까?"

"아닙니다, 총사령관님. 아무리 정비를 해도 한계까지 혹사당한 기계장비가 수명을 다하고 있습니다. 폐차율이 급증하고 있습니다."

"사고 발생률 또한 높아졌습니다. 이미 운전병들은 각성제에 의지해버리고 있습니다."

이른바 레드 볼 익스프레스(Red Ball Express). 그 잠 깨는 빨간 황소 음료수는 불이고 얘는 볼. 철도의 힘을 빌릴 수 없는 구간엔 대규모 트럭 수송대가 동원되었고, 동그란 빨간 딱지를 붙인 이 특별 수송대는 헌병들의 교통정리를 받으며 밤이고 낮이고 끝없이 물자를 수송하기 위해 움직였다. 총 대신 핸들을 쥔 이 용감한 병사들 중에서도 죽은 이들이 없잖아 있다. 특히 이런 비전투 보직엔 유색인종의 비중이 또 높기도 했고.

"제3군은 2만 명의 보충병을 필요로 하고 있습니다."

"제7군도 2만 이상이 필요합니다."

"제1군은….

"제길. 압니다, 알아요. 내가 다시 한번 마법의 마셜고둥을 만져볼 테니 그 미어캣 같은 표정들 좀 풀어달라고요."

마법의 마셜고둥님, 보충병 20만 명만 보내주실 수 있을까요?

— 안 돼.

빌어먹을. 대포는 하도 쏴댄 탓에 포신이 낭창낭창 휘어졌고, 헌병들 최대의 과제는 도로상에서 퍼져버린 전차를 치우고 막힌 도로를 뚫는 일이었다. 후방은 비명을 지르며 새 포로수용소를 부랴부랴 짓고 있었고, 곳곳에서 이질과 티푸스 같은 전염병 감염 사례가 보고되자 의무 관련해서도 난리가 났다. 각종 약제의 소요량이 늘면서 보급 압박 또한 가중되고 있다.

"오킨렉 장군."

"예."

지긋지긋한 포위망이 뚫린 후, 영국군 저지대 집단군은 그 역할을 다하고 다시 제21집단군으로 통합되었다. 몽고메리가 싼 거대한 똥에 짓눌려 고통받던 알렉산더는 서리한에서 해방된 영혼처럼 성불해 이탈리아 전선에서 새 일자리를 구했고, 서부 전선의 영국 육군은 모두 오킨렉의 손에 떨어졌다.

"병력 재배치 및 재편은 어떻게 진행되고 있습니까?"

"포위망 안에 있던 구 저지대 집단군 병력 대부분은 후방으로 돌리고 있습니다. 그동안 많은 고초를 겪은 만큼, 순차적으로 휴가를 보내주고 손실한 장비를 다시 지급받기까지 제법 시간이 걸릴 듯합니다."

그야 그렇지.

"그럼, 포위망 안에 없던 부대의 상황은 어떻습니까?"

"독일군과 교전을 하긴 했으나 아직 여력이 있습니다."

"독일 국경을 건너 루르 지방을 타격하는 건 무리가 있겠지만… 네덜란드에 공세를 펴는 방향에 대해 어떻게 생각하시는지요?"

"참모들과 논의를 해봐야겠으나, 독일이 1개 집단군을 송두리째 날려버려 힘의 공백이 생긴 지금이라면 해볼 만한 도전으로 보입니다."

네덜란드 해방. 지금 나로서는 무조건 전 병력에 휴식을 선언하고 신병과 물자 보충, 새로운 훈련, 의료 상황 점검 등을 하고 싶긴 했지만 네덜란드는 조금 예외다. 그 유명한 《안네의 일기》만 떠올려도 대충 견적 나오잖나. 독일 놈들이 정복지에서 무슨 염병을 다 떠는지는 안 봐도 훤하다, 훤해.

당장 사지 멀쩡한 성인 남성은 죄다 군대 아니면 공장으로 보낸 독일이다. 그동안은 프랑스를 핵심 농장으로 삼아 식량을 쪽쪽 빨아먹었지만, 이제 착취할 정복지 중 쓸만한 농경지는 네덜란드밖에 남지 않았다. 이걸 반대로 뒤집으면, 네덜란드를 해방하는 순간 독일은 다시 1918년으로 되돌아가 신나는 순무의 겨울을 보내야 한단 뜻이고.

"무리하지는 마시고, 가능한 선에서만 한번 구상해보시지요."

"알겠습니다. 반드시 고통받는 네덜란드인들을 구출하고 영국의 명예를 되살리도록 하겠습니다."

그래, 너네 나라 명예가 좀 많이 시궁창에 떨어지긴 했어.

우리 위대한 몽고메리 원수께서는 집단군사령관 자리에서 해임당한 후 홈가드, 그러니까 민방위부대사령관으로 좌천되었다. 이 정도면 좌천도 아니고 그냥 '제발 숨만 쉬고 있어줘.'에 가깝지만… 몬티가 정말 숨만 쉬고 있으면 몬티가 아니지.

'이 작전안은 본디 내가 구상하고 있던 작전안이다. 내 완벽한 전략을 저 노란 양키가 갈취했다.'

'조금만 더 본국의 정치인들에게 줏대와 양심이라는 게 남아 있었다면 승리는 영국인의 손으로 일구어냈을 것이다.'

암만 봐도 자살골 같은데, 이미 눈에 뵈는 게 없는 모양이다. 자다가 봉 창 두드리는 소리에 또 처맞은 미스터 갈리폴리께선 대단히 진노했고, 몽고 메리는 홈가드 사령관직조차 빼앗기고 방구석 자택경비원으로 전락했다. 그토록 갈망해 마지않는 명예를 송두리째 날려먹었으니 평생 집구석에서 술이나 처마시다 인생을 마감하겠지.

"이대로 전선을 굳히고, 그동안 크나큰 노고를 해준 우리 장병들에게 충 분한 휴식을 취할 수 있도록 배려해줍시다. 어디까지나 작전에 지장을 주지 않는 선에서."

"알겠습니다."

"추후 보급 소요에 관해서는 사령부 참모들과 논의하시고, 맥네어 장군 이 각종 병기의 운용 결과에 관한 보고서를 요청했습니다. 이것도 준비 해주시기 바랍니다. 오늘은 일단 여기까지."

오늘의 업무를 조기에 종결지은 나는 곧장 내 숙소로 돌아갔다. 난데없 이 귀한 손님이 오셨으니 이런 날쯤은 좀 빠른 퇴근을 해도 되지 않겠나.

"왔냐?"

"아버지, 대관절 이 먼 곳엔 무슨 일로……."

"자식새끼가 혼절해서 오늘내일한다는데 안 달려올 부모가 어딨겠느 냐? 네 어미도 따라온다는 거 뜯어말린다고 내가 욕봤다."

아버지는 천천히 다가오더니, 내 손을 슬쩍 붙잡았다.

"우리 장남 빼빼 마른 것 좀 보라지. 아랫사람들이 밥 안 챙겨주든?"

"어휴, 무슨 말이에요 그게. 평생 못 해본 미식이란 미식은 다 접해보고 있어요."

천날만날 아이스 아메리카노에 이어 햄버거나 샌드위치를 만들어 올리라는 말만 해대는 총사령관을 보며 프랑스 쉐프들이 얼마나 기뻐했을까.

"참 고생이 많다. 네 태몽이 범상찮기는 했다만, 내 핏줄에서 이리 전 세계를 환히 밝히는 걸물이 나올 줄은 꿈에도 몰랐는데."

"걸물은 무슨 걸물입니까. 아버지까지 그러시면 진짜 숨도 못 쉬겠어요. 그나저나 태몽이요? 저한테 그런 것도 있었어요?"

"그래. 네 어미가 뭐랬더라, 별똥별이 지상으로 훅 떨어지더니 저 하늘에 닿을 만치 엄청나게 큰 버섯 모양 구름이 치솟고 온 세상이 활활 불탔다던 데……."

"쿨럭, 쿨럭! 쿨럭!"

못 들은 걸로 치겠습니다.

* * *

"그래서, 이 유럽의 대전쟁은 언제쯤 끝날 것 같으냐?"

"내년 종전을 목표로 두고 있지요."

"그럼 내년이나 내후년엔 왜놈들을 때려잡으러 가는 게냐?"

팔순 영감이라곤 믿을 수 없게도, 아버지는 장난기 어린 미소를 씩 지으면서 양 주먹을 꽉 쥐고 권투 자세를 취했다. 대체 얼마나 신나신 겁니까.

"그, 좀, 체통을……."

"내가 아들 앞에 두고 체통은 무슨 체통이냐. 그런 골치 아픈 건 공적인 자리에서 챙기기도 힘들어 죽겠다."

"집에서 아버지가 그런 모습을 보이니까 우리 장손이 맨날 헤실헤실 웃고 다니는 배알 없는 놈이 되잖습니까. 좀 모범을 보이시면 안 됩니까?"

"얘가 무슨 아닌 밤중에 홍두깨 같은 소릴 하고 있어. 현리는 그냥 누가 봐도 네 아들이야. 학교 보내놨더니 남의 집 애새끼 턱주가리 돌려대는 거랑, 목숨 아까운 줄 모르고 설치는 거랑 전부 누구 보고 배워서 그러겠냐? 응?"

내 나이가 내일모레 쉰인 건 차치하고, 전 세계를 환히 밝히는 걸물이 왜 이렇게 혼나야 하는 거지? 말이 앞뒤가 안 맞는데?

"아직 확정은 아닙니다. 미군이 일본을 공격하는 건 당연한 일이지만, 그걸 제가 맡는다곤 할 수 없지요."

"그러냐. 혹시 기름칠이 좀 필요하다면 말만 해라."

"그런 문제가 아니라니까요."

아이크가 날 쏘냐 마냐의 문제지.

"요즘 국무부나, 뭐시기 위원회라는 곳에서 종종 자문을 구하고 있다. 향후 동아시아 방면에 대해 큰 그림을 그리고 싶어 하더구나."

"그렇겠지요."

"조선을 독립시켜준다는 이야기도 들었으니, 집안에서 이런저런 준비를 하고 있다."

처음 교육 사업의 시작은 유신이 대학 졸업장 좀 쥐여주고, 식민지 조선의 인재들이나 좀 데려오려고 깔짝대던 것이었다. 하지만 시간이 제법 흐르고 사업이 점점 커지면서 일종의 싱크탱크가 형성되었다.

"저 상해, 아니, 지금은 중경으로 갔다지. 임시정부를 무작정 믿을 순 없는 노릇 아니냐."

"임정을 안 믿으면 어딜 믿습니까. 빨갱이들을 믿을 수도 없고."

"임정 인사들 중 이 드넓은 세상을 잘 아는 이가 몇 명이나 있더냐. 게다가 우남 그놈은 네가 어렸을 적 어깃장 놓던 놈이고."

"이 박사는 믿을 만합니다. 그 양반의 기반 대부분이 제 조력으로 이루어졌잖습니까?"

나랑 관계가 파탄 나는 순간 이승만은 나락행이다. 나랑 손잡기 싫으면 정말 친일파들 손이라도 붙잡는 수밖에 없을걸.

"아무튼. 지금 사람들을 은밀히 모아서 향후 독립했을 때 새 나라를 어떻게 굴려야 할지 연구 중이다."

"그, 음, 그냥 연구라고 하면 감이 잘 안 오는데."

"국체를 어떻게 세울 건지 미리 준비를 해놔야 하지 않겠느냐."

내 생각보다 스케일이 더 큰 모양인데.

"이 프랑스도 나라 꼬라지가 이만저만 개판이 아니다. 하물며 말이 좋아 삼천리강산이지 농사지어먹고사는 거 빼곤 뭐 하나 없는 조선이 나라 꼴조차 제대로 못 갖추면 그건 독립이라 할 수 없다. 일제가 국권을 빼앗아 가기 전부터 이미 나라가 망해 없어진 거나 매한가지였듯이."

"그래서 미리 준비를 해두신다구요."

"그래. 정치 제도는 어떻게 해야 할지, 신생 조선은 무슨 수로 경제를 발전시킬지, 가장 시급히 개선해야 할 분야가 무엇인지. 되찾은 나라를 똑바로 굴리려면 전부 고심해 놔야 할 부분 아니더냐."

뭐, 나쁠 건 없다. 솔직히 말해 당연히 우리 집안이 돈 벌 요소도 거기에 포함되어 있으리라 생각이 들지만… 아무렴 어떤가. 2차대전 직후 전 세계의 온갖 식민지들이 순차적으로 독립을 쟁취하지만, 그중 대부분은 해외 원조에 의지하거나 심하면 내전의 혼란에 휩싸인다.

미국에서야 샌―프랑코가 많고 많은 대기업 중 하나지만, 조선에 투자를 한다고 결정하면 순식간에 큰손 오브 큰손으로 떡상하지 않겠나. 기업 입장에서 대대적으로 투자를 하고 산업을 일구려면 당연히 어느 정도의 수익성은 담보되어야 한다. 물론 나라를 바나나 공화국으로 만드는 꼴은 피해야겠지만.

"뭐, 그럼 저는 일단 제 일에 전념하겠습니다. 생각해보니 제가 엮일 문제는 아닐 것 같네요."

"그래. 다 알아서 준비 중이니 염려 말고 왜놈들 족칠 궁리나 더 해다오."

아버진 문득 옛날이야기 보따리를 슬슬 풀기 시작했다.

"내가 이 미국 땅에 와서 가장 익숙해지기 어려웠던 게 그 민주주의다. 시민의 표로 임금을 선출하다니. 아무리 신식 학문을 공부했다지만 그 이전에 공맹의 도리를 공부하던 내겐 무척 충격이었지."

"하긴, 그랬겠네요."

"하지만 이 땅에 뿌리를 내리고 오래 살다보니 또 새로운 부분이 보이더구나. 결국 개개인의 민의보다는 거대한 정치세력들, 가진 자들의 입김이 더 반영될 수밖에 없다고."

"…혹시, 뭐, 최근에 《자본론》이라도 읽으셨습니까?"

"떼!"

아버지는 잠시 날 노려보더니, 안색을 싹 바꿨다.

"조선 왕조 5백 년에 쪽바리들의 노예로 30년. 과연 새로 자주독립한 조선 땅에 민주주의라는 게 가능할까, 라는 이야기가 지금 연구 중인 먹물쟁이들 입에서 나오더구나."

"못 할 게 뭐가 있습니까?"

"그래? 그럼 민주적인 절차로 우리 순박한 조선 농민들이 다 같이 잘 먹고 잘살자는 공산당에 표 던져주면 너는 납득할 테냐?"

훨씬 더 얼굴을 가까이에 붙이고, 아버지가 속삭였다.

"역시 조선 땅에는, 나랏님이 있어야 하지 않겠니?"

수확의 계절 4

"나랏님이요? 조선 왕실 복벽 말씀하십니까?"

"보옥벽? 조선 왕실이 세상에 어디 있다고. 일본제국 이왕가면 또 몰라."

아버진 웃기지도 않는다는 듯 혀를 차곤 시가를 한 대 꺼내 물었다.

"종묘사직이 무너지고 나라가 망할 때면, 망국의 왕족들은 그동안 호의호식하던 대가를 그 목숨으로 치러야 했다. 그런데 실지로 그리된 경우는 생각보다 많지 않다."

"그야……."

"선양(禪讓). 망국의 군주가 무릎 꿇고 옥새를 바침으로써 새 지배자에게 권위와 정당성을 넘겨주고 그 목숨을 건졌지. 구태여 항우가 진나라 황족들을 잡아 죽였듯 설쳐봐야 얻을 게 없잖느냐."

기나긴 한숨에 담배 연기 한 줄이 섞여 사라졌다.

"그런데 이왕가는? 원수 같은 왜놈의 발밑에 무릎 꿇고 왕작을 받다니, 이 무슨 막돼먹은 짓이냐?! 어째서 삼한을 이어받고 황제를 칭하던 이들이 무슨 염치로 왜왕에게 선양해 그 녹봉을 받아먹는 것으로 모자라 왜놈과 피를 섞어 부귀영화를 누리느냔 말이야! 반만년 역사의 민족을 하루아침에

왜국의 노예로 팔아먹은 주제에!"

"자자, 진정 좀 하세요. 그러다 홧병 생기면 연세도 연세인데 큰일 나요."

"내가 이왕가만 생각하면 자다가도 심장이 벌렁벌렁해서 냉수 한 잔 마시고 자야 한다, 이것. 너도 이승만이 몇 번 봐서 알잖느냐. 그놈 얼굴 근육이 맛이 갔지? 그게 다 이명복이한테 하도 고문을 당해서 그래. 그놈이 우리한텐 개자식이지만 가슴에 애국 두 글자가 없는 게 아닌데, 조선 팔도의 애국자를 죄다 족친 주제에 정작 민비년이랑 부부가 쌍쌍이 하던 꼬락서니를 보면… 어휴!"

아버진 잠시 씨근덕거렸고, 나는 냉장고에서 시원한 물이라도 하나 꺼내려고 잠시 일어섰다.

"뭐 하냐?"

"심장 벌렁댈 때 냉수 한 잔 드신다면서요."

"술이나 좀 내다오. 어디 만천하가 칭송하는 연합군 원수님이 마시는 술은 얼마나 다디단 놈인지 궁금하구나."

유리잔 두 개와 얼음 담긴 버킷을 얼른 내어오고, 정성을 다해 술을 따라 올렸다. 어쩌 몸에 걸치고 있는 건 틀림없이 양장인데 아버지의 차림새에서 갓과 두루마기가 보이는 듯하다.

"삼한에서 신라, 신라에서 고려, 고려에서 조선에 이르기까지 우리 민족의 왕통이 끊긴 적이 없었고 민족을 송두리째 이민족에게 내준 적이 없거늘. 이제 그 왕통이 이씨 놈들 손에 결단났으니 그 어떤 자도 감히 왕을 칭할 수 없고 오직 민국(民國)만이 정답이다."

아니, 나랏님 이야긴 아버지가 먼저 꺼냈잖아요! 누가 들으면 내가 제왕병이라도 걸려서 멩스크가 되려는 줄 알겠네. 대한 자치령 황제 같은 거 누가 한다고.

"그렇지만 꼭 임금만이 나랏님이어야 한다는 법은 없다. 반만년의 왕통이 끊기고 왜놈들 손에 금수강산을 착취당해 빼빼 말라버린 지금… 조선에 두 번째 기회가 있겠느냐? 시작이 반이라고 했으니, 첫 코를 잘 꿰어야 하지 않겠냔 말이다 인석아."

"국부(國父) 같은 기 말씀이십니까."

"비슷하지. 이 성질머리 더러운 놈들의 나라 미국이 어째서 민주주의가 매끄럽게 굴러가더냐? 태조 워싱턴 덕분 아니겠느냐."

태조 워싱턴이라니, 이 무슨 끔찍한 혼종이지. 아니, 뭐. 틀린 말은 아닌 것 같은데.

"그래서 임정이 떠드는 민주정에 일말의 불안감이 드는 게다. 카이저를 폐하고 들어선 독일 공화국이 어떤 꼴이 났는지 만천하가 다 알고, 프랑스는 대전쟁이 터지기 전까지 천날만날 의회에서 당파싸움만 하다 결국 나라가 짓밟혀 네가 백만 대군을 이끌고 와야 하지 않았더냐."

"으음……."

"독일도 이탈리아도, 비록 그릇되었지만 강력한 지도자가 나타난 뒤에야 그 혼란상이 멈췄다. 당장 미국만 해도 루즈벨트가 대단한 위인이었기에 그 끔찍한 공황 속에서도 나라를 수습했고, 저 혼란스럽던 중원도 장개석이 나타난 뒤에야 간신히 체면치레를 하지 않더냐."

"무슨 말 하시려는진 잘 알겠습니다."

근데 그거, 독재자가 나라를 살린 게 아니라 애초에 제대로 못 살리고 병신같이 나라를 굴리다보니 남은 수단이 전쟁뿐이었던 게 아닐까요? 나야 한강의 기적도 구경하고, 월드컵 4강도 보고, 아무튼 쓰레기통에 장미가 피고 G20이네 뭐네까지 다 내 눈으로 보고 온 마당이니 사실 동족상잔도 없는 나라가 설마 고꾸라지겠냐 싶겠냐마는… 아니, 아니지. 괜히 여기서 이 말 꺼냈다간 기나긴 100분 토론의 시간이 온다. 이 천금 같은 시간을 그런 거로 허비하기엔 너무 아깝잖아.

"그래서 뭐, 제가 조선으로 가서 대통령 출마라도 하란 말씀이십니까?"

"하고 싶냐?"

"그, 솔직히 말해서, 새 나라의 초대 대통령이라고 하면 민족에 대한 공헌이나 명예 같은 건 당연히 비교가 안 되는 일이겠지만, 솔직히 그럴 바엔 차라리 캘리포니아 주지사라도 출마하는 게……."

"그래. 그건 허황한 소리지. 왜 조선 놈들 좋으라고 내 귀한 아들놈이 군역 지면서 세운 이 명예로운 경력을 조져야 한단 말이냐. 네가 진심으로 원해서 간다면 모를까, 그걸 종용하는 놈들이 있다면 내 손으로 그 대갈통을 다 까부수고 말지."

눈에서 살기 뿜어져 나오는 것 보소. 암만 봐도 진짜 한두 놈 정도 까부수고 온 것 같은데요.

"미국에 있는 친구들이 머리 맞대어 논의해보니, 지금 조선의 신정부를 수립할 방안은 크게 두 개가 나왔었다."

"예."

"첫째로는 중경의 임정을 정식 정부로 인정하고 한양에 다시 도읍하는 방안. 이건 현실성이 너무 떨어진다더구나. 미국은 물론 영국과 쏘련 놈들을 설득해야만 한다는 점에서도 그렇고, 임정에 가담하지 않은 인사들이 고스란히 반정부, 반체제 운동으로 돌아설 가능성도 무척 높으니."

"…틀린 말은 아니지요."

굳이 입에 담진 않았지만, 우리 집안이 임정에 크게 투자한 게 여기선 역으로 걸림돌이 될 가능성도 크다. 당장 빨갱이들이 미국과 김가의 괴뢰정권이라며 깽판을 놓으면 그리스 내전처럼 한국 내전이 폭발할지도 모른다.

"현재 가장 현실적으로 논의되고 있는 방안은 국제연합 신탁통치령이다."

"그거, 예전에 했다가 말아먹은 거 아닙니까."

1차대전이 끝난 후 설립된 국제연맹은 '위임통치령'이라는 걸 만들어 패전국의 식민지를 여러 승전국에 할당했다. 이름은 비록 위임통치였으나, 결국 포장지를 치우고 보자면 패전국의 식민지를 전리품으로 갈라 먹은 것과 마찬가지였다. 당장 일본제국이 독일에게서 뜯어먹은 태평양의 섬들이 지금 죄 쪽바리 군사기지로 바뀌어 있지 않은가.

"이번엔 다르다더구나. D.C.의 고관들은 절대 그 꼴을 용납할 생각이 없다. 최대한 빨리 현지에 신정부를 수립하고 철수하게 만들 작정이지."

"그럼, 명목만 신탁통치로 걸고 임정이 핵심을 차지하면……."

"그게 어렵다."

신탁통치 대상이 될 다른 나라들은 거의 모두 아프리카와 태평양 도서 국가들. 그런데 한반도는?

"연합국의 핵심인 중국과 소련에 인접해 있으니, 국제연합 팻말을 걸게 되면 이들의 지분이 들어가야 할지도 모른다."

"제가 직접 미군을 끌고 입성한다 해도… 그렇지요. 그렇게 되겠군요."

정치는 한 치 앞을 헤아리기 어렵고, 외교는 한 치라도 보이면 감지덕지다. 그리고 원래 참견해서 나아지는 건 어려워도 깽판 놓는 건 일도 아닌 법이고. 감독관이네 자문단이네 하면서 딴 놈들, 특히 빨갱이들이 비비적대면 나라 하나 곱창내는 건 일도 아니지. UN 소련 측 대표단이 공산당 합법화하라고 땡깡부릴 걸 생각하면 벌써부터 정신이 아득해진다.

"그래서 하나만 묻자."

"예. 뭐든 좋으니 빨리빨리 말씀만 하시죠."

"조선을 도울 생각은 있느냐?"

"없을 리가 없지요."

"그럼 딱 하나 남은 방안이 있다. 군정(軍政)."

결국 그렇게 되나.

"국제연합을 배제하고 필리핀과 유사하게 미국 단독으로 군정청을 연후, 나라의 기틀을 다진 다음 신정부를 출범시키는 방안이 지금으로선 최선으로 보인다. 물론 이거라고 잡음이 없는 건 아니겠지만……."

"안 그래도 그 비슷한 방향으로 생각해둔 게 있긴 합니다."

원 역사에서는 신탁통치가 공중분해되고 결국 미국과 소련이 각자 군정을 편 끝에 나라가 두 동강 난다. 지금은 역사가 바뀌긴 했다. 그렇지만 아무리 내가 스탈린이랑 대작을 하고 임정이 중국에서 활약을 한다 한들, 국익을 고려한다면 저들 두 나라는 어떻게 해서든 숟가락 하나쯤 꽂으려 들 테고. 이제 난 아버지가 무슨 말을 하려는지 대강 감을 잡았다.

"어차피 다음 대선 시즌 때는 제가 미국에서 몸을 뺄 작정이었습니다."

"왜? 그때가 몸값이 절정일 텐데?"

"비싼 몸값을 받고 빠져줘야지요."

원 역사의 맥아더는 대선에 나갈랑 말랑 하다가, 결국 새 막부를 열어 일본의 쇼군이 되는 길을 선택했다. 내가 못 할 게 뭐 있나. 나라 하나 더 없지 못할 건 뭐 있고. 하고 싶은 대로 레고놀이 실컷 하다가 대선 후 퇴역하면 아주 만만세겠는데?

* * *

김상준 옹은 유진의 만류에도 불구하고 이틀 만에 베르사유를 떠났다.

"아니, 벌써 가시게요?"

"내가 여기 앉아 있으니 네가 일을 못 하잖느냐."

아주 만족스러운 이틀이었다. 든든한 장남이 저토록 만인에게 우러름받다니, 밥을 먹지 않아도 배가 부르고 평생 타향살이하며 맺힌 체증이 씻은 듯 싹 내려가는 기분이 절로 들었다. 조선 팔도에 이리 복 받은 애비가 얼마나 있겠는가? 다행히 허락받은 명줄이 길어 자식들 입신양명한 모습을 지켜볼 수 있으니 이 얼마나 행복한 일인가?

"일은 다 제때제때 하고 있어요. 그래도 그렇지, 오신 김에 명승지 관광도 좀 하고 제 친구들 얼굴도 좀 더 보고. 아버지 아직 꺽다리 못 보셨죠? 키가 2미터… 그러니까 6.5피트? 십 척? 아무튼 엄청 큰 진귀한 꺽다리가 있는데······."

"그 꺽다리가 남의 나라 대통령이 아니길 비마."

"쩝."

구경시켜주겠다는 게 남의 나라 나랏님이니 미치고 환장하겠다. 아니, 내 아들놈은 이제 그 정도 위치가 된 건가? 그렇게 생각하니 또 실실 웃음이 새어나온다.

"지금 바로 돌아가는 게 아니다. 파리로 가서 손녀 얼굴 좀 보려고 그런다."

"아."

"아? 아는 무슨 아! 니 딸 안 챙기고 뭐 하고 있느냐!"

"저더러 얼굴 비추지 말라고 신신당부합디다. 사춘기가 늦게 왔나."

뻔히 돌아가는 사정 다 알면서도 툴툴대는 녀석.

"잘 지내거라. 밥 잘 챙겨 먹고."

"예에."

"가져다준 젓갈도 좀 해먹거라. 조선 놈은 어딜 가나 밥심이다."

"예. 예에에에."

기자들, 구경꾼들, 그냥 사람들 모여 있으니 또 나온 사람들 등 한가득한 인파를 헤치며 상준 옹을 태운 차는 다시금 출발했다.

"누구 아들이길래 저리 잘 컸을꼬."

"네? 영어로 말씀해주시겠습니까?"

"혼잣말이었습니다. 허허. 제 아들 참 잘나지 않았습니까?"

"물론입니다, 어르신. 합중국의 영웅을 두셔서 참 뿌듯하시겠습니다."

조국으로 돌아갈 날이 얼마 남지 않았다. 그것이 서서히 실감 나고 있었다. 돌아가면 무엇부터 해야 할까?

"엉뚱한 놈들에게 나라를 내줄 수야 없지."

조선 민족 역사를 통틀어 가장 잘난 내 자식새끼건만, 정작 그 귀한 아들을 가장 만만히 보는 것 또한 조선 놈들 아닌가. 아들놈의 전쟁은 그 끝을 향해 달리고 있지만 그의 전쟁은 이제 곧 시작될 예정이었다.

수확의 계절 5

1941년의 가을은 수확의 기쁨과는 거리가 있는 계절이었다. 불행 중 다행으로 유럽의 곡창 프랑스가 가을을 맞이해 다시금 식량을 끝없이 토해내기 시작했고, 적절히 수송력을 동원해 파리 시민들이 기근에 시달리는 최악의 상황은 피할 수 있었다. 독일이 그토록 착취를 했어도 프랑스는 프랑스였다. 하지만 저지대 국가들은?

이들의 농업은 사실상 끝장났다고 봐도 무방했다. 마켓가든과 뒤이은 포위전, 거기에 다시금 이어진 재반격까지 네덜란드—벨기에—룩셈부르크 베네룩스 3국은 전쟁의 주전장이 되어 활활 불타올랐으니, 농사는 당연히 조져버렸다. 게다가 독일군은 갑자기 메뚜기로 종족을 바꾸기라도 했는지 무자비하게 최후의 감자 한 알까지 박박 긁어 제 놈들 본토로 빼돌렸고, 연합군을 막기 위해 곳곳의 제방을 터뜨리기까지 했다. 오킨렉의 제21집단군이 네덜란드 해방작전을 개시하자 네덜란드 곳곳에서는 용기백배한 시민들의 봉기가 잇따랐다.

"침략자를 몰아내자!"

"독일은 이 땅에서 꺼져라!"

"적국에 대한 부역을 멈춥시다! 전면 총파업으로 우리의 자유를 되찾읍시다!"

하지만 불행한 사실 하나는, 오킨렉이 올라오면서 전쟁터가 되어버린 남부 지방은 네덜란드 농업의 핵심이라는 점이었다.

"수단과 방법을 가리지 않고 적의 공세를 막아라!"

"더 이상 같은 게르만족에 대한 자비는 무의미하다. 네덜란드인들에게 불복종의 대가는 오직 고통과 죽음뿐이라는 사실을 각인시켜 줘야 한다."

설상가상으로 나치의 독기는 오히려 더해지면 더해졌지 빠질 리 없었다. 네덜란드 철도 노동자들이 전면 총파업으로 독일군의 작전에 사보타주를 개시하자, 독일 군정당국은 네덜란드 전체에서 식량 운송 금지를 선언했다. 현대 대한민국과 유사하게, 네덜란드는 로테르담—헤이그—위트레흐트—암스테르담으로 이어지는 서부 해안 수도권(Randstad)에 그 인구가 집중되어 있었다. 영국군의 공세와 줄을 잇는 봉기라는 내우외환을 맞이한 독일은 바로 이 대도시권에 식량이 하나도 들어가지 못하게 차단해버렸고, 그 결과 풍요로워야 할 가을에 지옥도가 펼쳐지게 되었다.

"살… 살려주세요."

"아이들이 굶고 있어요. 제발 도와주세요."

"배급표가 여기 있는데 왜 식량이……."

"미안합니다. 내가 먹을 빵도 없어요. 배급표는 아무 도움이 못 됩니다."

이 미치광이 같은 행각에 경악한 연합군은 성명 발표 및 중립국을 경유한 비선 연락 등으로 '미친 짓 작작하고 사람은 살려라.'라는 메시지를 보냈지만, 독일의 태도는 완강했다.

"우린 절대 의도적으로 기아를 일으킬 심산으로 식량 공급을 차단하지 않았다."

"너희 연합군이 네덜란드로 쳐들어오면서 이 일이 벌어졌다. 식량을 수송하려 해도 너희들이 하도 폭격을 해대니 어쩔 수 없는 일 아닌가. 폭탄에 맞아 트럭과 식량이 통째로 잿더미가 되는 일이 비일비재하니 부득이하게 일시적으로 통제했을 뿐이다."

이 답변에 베르사유 곳곳에서는 뒷목 통증을 호소하는 이들이 줄을 이었지만, 독일인들의 의시는 잠으로 굳건했다.

"우리는 인도주의적 차원에서 연합군과 부분적으로 교섭할 의향이 있다. 첫째, 이 불미스러운 상황은 어디까지나 피에 굶주린 연합군의 무차별 폭격으로 인해 벌어진 일이다. 민간인 피해가 다대한 폭격작전을 중단하라. 둘째, 런던에 있는 네덜란드 망명정부는 볼셰비키와 매한가지인 파업과 반란 사주를 멈추고 즉각 본국으로 귀환하여 네덜란드 재건에 힘쓰라. 셋째, 전투로 인해 파괴된 제방과 교각을 수리하여 네덜란드인들의 생활이 안정을 되찾을 때까지 네덜란드 전역에서의 모든 교전을 중단한다. 넷째……"

"대체 이 인간 언저리에도 못 미치는 호로새끼들은 무슨 약을 빨고 이 딴 개소리를 지껄이는 거야?!"

베르사유는 물론 런던 다우닝가 10번지 총리관저와 백악관마저 독일의 이 '교섭안'을 받아들고 눈깔이 반쯤 뒤집혔다. 잠시 세 곳에서 논의가 이루어진 후, 베르사유에서는 즉각 연합군 총사령관 명의로 새로운 제안을 제시했다.

"첫째, 이 사상 초유의 대기근, 고의적 파괴 행각, 유대인 학살, 불법 점령을 자행한 독일군은 즉각 네덜란드 전역에서 철군한다. 둘째, 네덜란드인 친독 부역자의 퇴거 및 이주를 금지한다. 셋째, 연합군의 네덜란드행 식량 수송작전이 진행되는 동안 독일군은 일체의 적대 행위를 금한다. 넷째……"

당연히 독일은 이 역제안을 '좆 까'로 응답했다. 애초에 이런 공갈성 제안에 응할 놈들이었다면 수백만 명의 식량을 끊는다는 발상을 떠올리지도 못했으리라. 이 한 치의 양보도 없는 팽팽한 줄다리기가 이어지는 동안, 네덜란드의 식량난은 갈수록 심화되고 있었다. 결국 먼저 한 수 접어야 하는 것은 연합국이었다.

"독일놈들이 또라이인 건 온 세상이 다 아는 일입니다."

"자존심은 세웠으니 이제 본격적인 협상에 들어가야 하지 않겠습니까."

"네덜란드 망명정부의 발등에 불이 떨어졌습니다. 시민들 분위기도 별로 좋지 않고요."

"이제 제대로 된 제안을 던질 차례인 듯하군요."

다시 런던과 워싱턴이 합을 맞춘 뒤, 베르사유로 새로운 지침이 하달되었다. 그리고 유진 킴의 두 번째 제안이 발송되었다.

"첫째, 네덜란드 서부 대도시 지역을 비무장지대로 선언하고 양군 모두 병력을 보내지 않는다. 둘째, 독일군은 식량을 실은 항공기와 함선을 공격하지 않는다. 대신 연합군 또한 해당 지역에 대한 폭격을 중단한다. 이 제안마저 거절하면 더 이상의 논의는 없다. 너희가 유고슬라비아에서 저질렀던 방식대로, 전쟁이 끝날 때까지 굶어 죽은 네덜란드인 1명당 나치당원 10명을 처형하겠다."

"저게 무슨 소리야? 킴 원수! 마지막 문항은 대체 뭐요?!"

"당연히 공갈포지요."

축지법이라도 익힌 듯 경악해서 런던에서 날아온 외교관들을 보며 킴 원수는 혀를 찼다.

"동양 속담에 붓다 눈엔 붓다만 보이고, 돼지 눈엔 돼지만 보인다 했습니다. 그동안 자신들이 저지른 인간백정짓이 있으니, 놈들에겐 이 공갈이 제법 진담으로 들릴 겁니다."

"그래도 그렇지 이건……."

"정 그러시면 나중에 제가 책임지지요. 하지만 제 개인적인 생각으론 이런 문구조차 없다면 독일 놈들은 자신들의 벼랑 끝 전술이 먹혔다고 잘못된 기대를 할 겁니다."

동공에 지진이 일어난 외교관들이 필사적으로 총사령관을 설득했지만 그는 요지부동이었다.

"애초에 총사령관을 끼우는 게 아니었어. 어째서 외교 당국이 아니라 군바리들에게 이런 일을 맡겼지?"

"그야 그리되면 외교 교섭이 되어버리니까요. 추축국과의 협상은 없다는 카이로 선언 위반입니다."

아무리 서부 전선의 주력이 미국과 영국이라지만, '추축국과의 개별 협상을 금한다.'라는 조항을 완전히 무시할 순 없다. 카이로 회담에서 제외당한 프랑스가 끼어들 자리를 찾아 서성대는 것쯤은 무시할 수 있다. 저 멀리 떨어져 유럽에 관심 없는 중화민국은 딱히 여기에 태클을 걸 생각도 없다.

"개같은 스탈린."

결국 여기에 깊은 관심과 어깃장 놓고픈 마음을 품은 건 크렘린의 콧수염 하나뿐. 아니나 다를까, 소식통에 의하면 유진 킴의 제안서를 접한 스탈린의 반응은 예상 범주 내였다고 한다.

'서방 제국주의자들은 카이로 선언의 잉크가 마르지도 않았는데 벌써 헛짓거리인가? 우리가 왜 침략자와 교섭 따위를 해야 하는가.'

'협박이라기엔 볼품없고 진담이라면 웃긴데. 일단 만 명쯤 총살하고 시작했어야지.'

군사작전의 일환이라는 논지로 얼렁뚱땅 넘기긴 했으나, 그 대신 이 건은 외교관들의 영역에서 확실하게 벗어나버렸다.

"젠장. 저 눈 봤어? 아무리 봐도 공감이 아니야. 장담컨대 킴 원수는 독일을 정복하고 나면 나치 놈들을 유대인들이 들어가던 가스실에 도로 처넣을 거라고!"

"…독일 놈들이 협상에 응하길 기대해 봅시다. 네덜란드인들이 집단 아사하면 전쟁이 끝난 후 외교적 문제가 불거질 테니까요."

우여곡절 끝에, 스위스를 경유한 독일의 답신이 도착했다.

"네덜란드 해안과 항만에 조성한 대규모 기뢰원은 우리라고 한들 어떻게 건드릴 수 없다. 공격 불가 대상을 항공기로 한정하고, 해당 도시권에 딸린 항만지대를 연합군이 군사적 목적으로 사용하지 않는다는 전제하에 이 교섭에 응할 의향이 있다."

작은 승리를 얻었음에도 불구하고 총사령관의 얼굴은 펴지지 않았다. 소집령을 내린 유진 킴은 아이스 아메리카노의 깊은 맛을 음미하며 서두를 뗐다.

"커피 맛있네."

"그게… 맛있습니까?"

"내 동족인 조선 사람들은 본래 밥을 먹고 나면 항상 쌀을 끓인 물로 만든 차를 즐기며 담배 한 대 태웠다네. 이걸 식후땡이라고 하는데, 이 커피 맛이 꼭 그 쌀밥차 느낌이 난단 말이지."

"쌀밥을 먹은 후에 쌀로 차를 끓여 마신다고요? 대체 무슨……."

"우린 이렇게 배불리 밥 먹고 커피와 담배를 즐기고 있는데, 여기서 얼마 떨어져 있지도 않은 네덜란드인은 독일놈들 때문에 끔찍한 배고픔에 시달리고 있습니다. 그걸 생각하노라면 저는 밥을 먹어도 배가 부르지 않고 침대에 누워도 가슴이 미어져 잠을 이룰 수가 없습니다."

중간에 갑자기 진지한 이야길 꺼내자 한순간에 붕 떠버린 하지 장군이 불퉁해졌지만, 금세 표정을 가다듬었다.

"그리고 그 염치도 없는 새끼들은 해상 보급을 곱게 풀어줄 생각이 없는 모양입니다."

"몇몇 해안 요새에 대한 통제권만큼은 유지하려 들고 있습니다. 우리가 기습적으로 군을 주둔시키려 한다고 믿는 듯합니다."

"그럴 만도 하지요. 그동안 그놈들이 얼마나 약속을 휴지조각으로 만들며 승승장구해 왔습니까? 그 업보가 있으니 쫄리는 거지. 개새끼들."

루프트바페나 해안포로 기뢰 소해를 저지하려 들 게 뻔하고, 설사 방해가 없더라도 안정적인 항만 확보까지는 오랜 시간이 걸린다.

"바닷길의 활용은 전문가인 해군 인사들에게 맡기고, 우리는 대대적인 공중 보급작전을 준비해 봅시다."

"네덜란드 식량 수송작전을 결의할 경우, 독일 본토에 대한 전략폭격에 큰 차질이 예상됩니다."

"별수 없지요. 우리는 자유와 정의를 위해 싸우는 연합군 아닙니까? 안심하십쇼. 제리를 태워 죽일 기회는 앞으로도 많을 테니."

연합군 부사령관이자 영국 공군 대장인 테더 대장은 킴의 말에 싱글벙글 미소를 거두지 않았다.

"그럼 작전명 만나(Manna)를 준비해 봅시다. 네덜란드인들에게도 추수감사절의 기쁨을 나눠줘야지요."

* * *

아돌프 히틀러란 인간은 비록 천운이 닿아 한 국가의 지도자가 되었으나, 그 본질은 결국 화가 지망생이며 이를 일컬어 흔히 예술가라 한다. 그리고 예술적인 인간이란 으레 좋게 말하면 번뜩이는 영감과 직관성이 있는 사람이요, 나쁘게 말하면 변덕이 죽 끓듯 하고 장기적 플랜 대신 그때그때의 임기응변이 주가 되는 사람이다. 과거 잘 나갈 시절의 히틀러는 탁월한 영감과 직관성을 가진 위대한 영도자였으나, 지금의 히틀러는 하루에 모렐 박사가 처방하는 약 30종류 가지각색 약을 몸에 처넣기 급급한 변덕쟁이에 불과했다.

"오이겐 킴. 내가 쌓은 위대한 정복의 금자탑을 곱게 넘겨줄 순 없다."

"독일 민족의 위버멘쉬와 신대륙의 위버멘쉬가 맞붙어 볼셰비키로부터 세계를 구원할 진정한 아리아인을 선별한다… 나를 넘어 초인이 되려면 네 모든 능력을 총동원해야 할 것이다……!"

"유대인들, 내부의 적들, 국방군에까지 그 마수를 뻗은 쓰레기들… 하지만 그들의 가장 정교하고 사악한 음모도 내 목숨을 앗아가지는 못했다. 이걸 보고서도 신의 섭리를 느끼지 못하는가?"

낮과 밤이 바뀔 때마다 혹은 밥 한 끼 먹을 때마다.

"제아무리 오이겐 킴의 지략이 뛰어나다 한들, 국제공산주의와 유대—볼셰비키를 상대로 승리를 장담할 수 없지 않겠나. 결국 승산은 독일 민족의 여부에 달렸어. 킴이 잘 훈련되고 복종의 미덕을 아는 게르만인의 손을 잡아야만 진정한 싸움에서 승리할 수 있다고!"

"독일 민족은 버려지야. 이 실패민족은 태생적으로 진정한 지배자로 군림하기엔 결격 사유가 있어. 마지막 기회마저 저 스스로 내다 버린 지금, 이들을 역사에서 영구히 도태시키는 것이야말로 내 사명 아닐까?"

전혀 반대되는 두 주장 사이에서 오락가락하는 것이 최근 히틀러의 대뇌피질 속 뇌내망상이었다. 전자는 주로 참모부 사람들을 상대로 떠든 말이었다면, 후자는 괴벨스나 슈페어 같은 가장 신뢰하는 이들을 대상으로 할 때 나오는 이야기였다. 그런 그에게 영감을 준 것은 네덜란드를 놓고 벌어진 일련의 외교전이었다.

"보았나, 힘러?"

"저는 아둔하여 총통 각하께서 얼마나 멀리까지 내다보셨는지 잘 모르겠습니다. 말씀해주시면 새겨듣겠습니다!"

"킴의 약점을 알았네."

히틀러는 케이크를 입에 넣다 말고, 손에 포크와 나이프를 든 채 또 특유의 웅장한 제스처를 이리저리 취하기 시작했다.

"그자는 사람의 죽음에 민감해. 알겠나? 그깟 네덜란드인 몇을 위해 루르 같은 요충지로 치고 들어올 기회를 놓쳤단 말일세. 나였다면 영국군을 움직여 루르를 공략하고, 동시에 프랑스군으로 라인강을 건널 시도를 보여줬을 거야."

"킴이 각하와 같은 지략이 없어서 참으로 다행인 일입니다."

"알면서도 안 한 거지. 그깟 타국 민간인 몇 때문에. 우리로선 놈들이 네덜란드에 시선이 쏠린 탓에 최후의 일전을 벌일 군세를 모으게 됐군."

이 모든 위기를 극복할 마지막 탈출구. 한 점 빛도 없는 어두컴컴한 터널의 저 끝에서, 희미한 광원이 보이고 있지 않은가?

"동부 전선의 병력을 더 빼서 서부로 배치해야겠어."

"각하, 그러면 저 러시아인들에게서 전선을 유지하기도 버거워집니다!"

"아직 모르겠나? 영국과 미국을 끌어들일 기회가 왔잖아!"

오이겐 킴은 인명에 민감하다. 독일 본토 진공은 연합군에게도 최고의 난관이 될 예정이다.

따라서, 합리적인 전략가인 오이겐 킴은……

"독일 영내로 진입한 서방연합군에게 어마어마한 타격을 줄 수만 있다면, 킴은 전투 대신 협상을 선택할 걸세. 이번처럼!"

한 발짝 전진할 때마다 쏟아지는 전사 통지서. 반면 거침없이 진격해 들어오는 붉은 군대. 독일을 통째로 빨갱이들에게 내어줄 위기에 내몰리는 순간, 연합국은 유대인의 마수에서 벗어나 '독일과 손을 잡고 진정한 적 소련에 맞선다.'라는 이성적 판단을 내릴 수밖에 없으리라.

완벽한 계획이었다.

수확의 계절 6

병참사령관 존 리 장군의 이마 주름은 날이 갈수록 그랜드 캐니언에 비견될 만치 깊어져만 가고 있었다. 당장 방방곡곡에 보급해야 할 품목은 한도 끝도 없다. 연합국 외교관과 수뇌부는 분주히 회동하며 내년 종전을 목표로 서서히 전후 세계 질서에 관해 논의를 개시했고, 이에 따라 연합군 총사령부도 내년 봄을 기해 독일 본토로 진격하겠다는 계획을 수립했다.

당연히 적국의 심장부까지 어떻게 보급을 보낼 수 있을까를 따지는 건 그의 몫이었다. 여기에 더해 탈환한 벨기에 등지에 대규모 기근이 벌어지지 않도록 식량을 운송할 계획을 짜야 했고. 네덜란드에 벌어진 기아 사태를 극복하기 위한 '만나' 작전 또한 공군과 함께 준비해야 할 새로운 숙제가 되었다. 이것으로 끝인가? 그럴 리가.

군대는 거대한 소비 집단이니 가만히 앉아 있는 것만으로도 어마어마한 물자를 소비한다. 먹을 식량, 입을 군복, 타고 다닐 차량, 차량의 기름과 부속품, 총기와 탄약, 야포를 비롯한 중장비… 수천수만 가지의 품목을 제때제때 부족하지 않도록 보내줘야 한다. 이번에 소모가 컸으니 그 공백을 빠르게 메꿔줘야 할 터. 잠시 바깥바람이나 좀 쐴 겸 인근 카페에 나와 향긋한 커피 내음을 음미하던 그는 천천히 다가오는 한 사람을 발견했다.

"리 장군."

"아, 브래들리 사령관. 좋은 아침입니다. 잘 지내고 있습니까?"

"후방에서 많은 편의를 봐주고 있어 저야 무척 잘 지내고 있습니다. 다 선배님과 부하들의 노력 덕택 아니겠습니까."

브래들리는 웃으며 다가와서는 슬쩍 손을 내밀었고, 그가 고개를 끄덕이자 맞은편 의자에 앉았다.

"일은 좀 할 만하시고?"

"한시름 덜었지요. 미친 듯이 달렸으니 이제 숨 좀 돌려야 하고요."

"흠. 그래서 혹시 그 여배우랑……."

"아무 일도 없었습니다. 위문차 왔길래 밥 한 끼 먹은 게 전부예요. 그냥 팬심입니다, 팬심."

"미친개가 하는 말은 좀 다르던데."

"장군님쯤 되는 분이 패튼의 헛소리를 귀담아들으십니까? 애초에 흑심으로 가득 찬 게 저겠습니까, 패튼이겠습니까?"

"상대가 상대니 둘 다 아닐까 싶은데."

"빌어먹을. 담배 좀 피워도 되겠습니까?"

눈살을 찌푸리며 담배에 불을 붙이는 브래들리를 보며 리 장군은 키득댔다.

"마침 저도 제 부하들이 하도 어려움을 호소하고 있어 답답한 마음에 바람 좀 쐬러 나왔습니다."

"저런, 혹시 내가 도와줄 수 있는 부분인가?"

"그렇습니다. 선배님이 아니면 불가능하죠."

"보급 문젠가보군. 처음부터 작정하고 나왔어."

후 하고 연기를 내뱉으며 브래들리는 슬쩍 미소만 지었다. 이래서야 안들을 수가 없는데.

"뭔가?"

"양말이 턱도 없이 부족합니다."

"조금만 더 기다려줄 순 없나? 내가 벨기에까지 양말을 보내려면 산타 클로스를 좀 섭외해야 하거든."

"전방 병사들이 죽은 독일군 군화를 벗겨서 양말을 찾고 있는 판국입니다. 근데 우습게도 그놈들 중 양말 신은 놈이 백 명 중 하나도 없다더군요."

브래들리의 입가에서 미소가 서서히 사라져 갔다. 곤혹스러운 건 잘 이해하겠다만 정말 못 보내는 걸 어쩐단 말인가. 리는 일단 회피 기동에 들어가기로 했다.

"급한 건이니 내가 총사령관에게 이야길 좀 해봄세."

"어제 유진을 붙잡고 2시간쯤 이야기했습니다. 모르긴 몰라도 그놈 꿈에 양말 뒤집어쓴 괴인 하나쯤은 나왔을 겁니다."

"자네 얼굴에 멍이 없는 걸 보니 2시간은 아닌 것 같은데."

"그놈 주먹질 더럽게 못하거든요. 오늘은 자리 비웠으니 내일 총사령부 가시면 옥좌에 앉은 판다 한 마리 볼 수 있으실 겁니다."

"거기 갔다간 빌어먹을 칠면조 문제로 붙잡혀. 못 가."

그렇다. 칠면조. 그 망할 칠면조가 끝도 없이 쏟아지고 있었다.

"아아… 그거, 진짜 1인 1칠면조입니까?"

"장담컨대 그랬다간 한 1주일쯤 뒤 남은 칠면조 좀 그만 먹고 싶다고 반란이 일어날 거야. 히틀러가 좋아하겠군."

"우리 장병들을 너무 고평가하시는군요. 전 사흘 걸겠습니다."

"아무튼, 양말은 최대한 빨리 수배해보겠네."

"급합니다."

양말은 중대 문제다. 원래도 그랬지만, 지난 1차대전의 트라우마가 아직 지워지지 않은 지금 양말은 보급 순위에서도 상위에 들어 있는 물품이었다. 오랜 행군 동안 양말이 없으면 발이 엉망이 되고, 당연히 전투력에 문제가 생겨 전력 외 판정을 받는다.

행군이 없더라도 축축한 참호에 들어가 있으면 발은 젖게 마련이고, 깨끗하고 잘 마른 양말로 계속 갈아신지 않으면 그 망할 참호족이 발병해 남의 집 귀한 아들을 발 없는 병신으로 돌려보내야 한다. 사람 좋은 브래들리가 직접 달려올 만하다.

"저는 그럼 믿고 일어나 보겠습니다. 예하 지휘관들에게도 전파하겠습니다."

"아니, 이 친구야. 내가 아까 당장은 힘들다고……."

"감사합니다 선배님. 점심 맛있게 드십시오."

"야, 야!!"

답을 들은 브래들리는 꽁초의 불을 끄고 벌떡 자리에서 일어나 매우 빠른 걸음으로 스르륵 사라져버렸다.

"제길. 또 어딜 건드려서 트럭을 확보해야 하지?"

탄식이 절로 나왔다. 바람 좀 쐬러 나왔다가 이게 무슨 횡액이란 말인가. 잠시 고민하던 리는 또 무슨 봉변을 겪기 전에 다시 호텔로 돌아가기로 했다. 안타깝게도, 후방근무의 스페셜리스트인 그의 위기감각은 전방 지휘관들에 비해 살짝 부족했다.

"야! 존!"

"…제길."

익숙한 목소리. 별로 뒤를 돌아보고 싶지 않다. 이 목소릴 듣기 전에 빨리 일어났어야 했는데.

"동기 사랑이 나라 사랑 아닌가! 친애하는 병참사령관님 좀 보러 왔지!"

"내가 여기 있는 건 어떻게 알고?"

"브래드가 알려줬네. 아무튼!"

미친개, 조지 패튼은 으르렁 멍멍 입으로 개소리를 늘어놨다.

사탄도 울고 갈 미군 관료제 피라미드의 최상층에 도달한 사람치고 성격이 비범하지 않은 이들은 드물다. 존 리 또한 그 비단결 같은 성품으로 악명이 자자하지 않았던가. 천하의 패튼에게서조차 '리 그 새끼한테 지랄 좀 했다간 보급으로 보복할지 몰라. 그 새낀 그러고도 남을 놈이야.'란 평판을 얻었던 리 장군이었다. 그러나 유진 킴의 마수가 닿은 이후 리는 몸을 사려야 했다.

'이 산 제물이라는 게 말입니다. 원래 아랫사람들의 원망과 미움을 많이 받은 사람의 대가리를 잘라서 제단에 바쳐야 그 효과가 탁월해요.'

아직도 가끔 자다가도 심장이 벌렁거린다. 그놈은 위아래도 없나? 그냥 평범하게 말하면 되잖은가. 질책, 견책, 경고 뭐 그런 것들. 저래서야 연합군 총사령관이 아니라 갱단 두목 아닌가.

'친애하는 연합군 장병 여러분. 추수감사절 칠면조를 먹여주겠다는 약속을 지키지 못해 정말 죄송합니다. 사실은 병참사령관 존 리가 히틀러의 지령을 받고 여러분들의 칠면조를 대서양에 처넣었기 때문입니다. 저는 잘못이 없으니 병참사령관을 매다세요……'

'역시 원수님께서 약속을 어겼을 리가 없어!'

'병참사령관을 죽여라! 칠면조 대신 그놈을 노릇노릇 구워버리자!'

생각만 해도 살이 파들파들 떨린다. 그는 프레덴달처럼 되고 싶진 않았다. 아무튼 존 리는 그날부로 조금 더 유해졌고, 그러자 어떻게 되어먹었는지 짐승 같은 직감센서로 강약약강을 기가 막히게 실천하는 패튼이 다시 미친개의 누런 이빨을 드러내기 시작했다.

"어째서 우리 제7군의 보급 순위가 뒤로 밀렸나?!"

"그야 자네 부대는 후방으로 돌려져 재편 중이기 때문이지."

"그 재편이 늦어지고 있잖아! 보급 달라고 보급! 귀여운 신병들도 2만 명쯤 보내주고!"

"다른 모든 부대가 모두 똑같은 소릴 하고 있어."

"그럼 당연히 최강, 최정예, 최고의 부대인 제7군을 우선시해야지! 독일 놈들의 배때기를 꿰뚫고 베를린으로 달려갈 선봉은 당연히 파리를 해방한 이 위대한 부대가 맡아야 할 역할 아닌가!!"

"총사령관의 명령서를 들고 와. 그럼 우선순위를 앞당겨주지."

"그 빌어먹을 칠면조 때문에 날 만나주지 않는단 말야!"

글쎄. 아마 그건 핑계 아닐까?

패튼은 보급 받아내기 전엔 가지 않겠다는 듯, 조금 전 브래들리가 따 뜻하게 데워 놓은 의자에 퍼질러 앉아 주섬주섬 호주머니를 뒤지기 시작했다.

"뭔가?"

"내가 끝내주는 걸 구했지. 내 성의 표시니 이거 하나 받게나."

"뇌물? 지금 자네 미쳤……!"

패튼의 주머니에서 '샌프랑코의 유진—바' 하나가 그 자태를 드러내자 리는 머리를 감싸 쥐었다.

"그건……."

"서부 전선 최고의 명물 유진—바일세! 소문에 따르면 이거 하나 뜯어먹 으면 독일 놈들이 부나방처럼 달려든다더군!"

"먹으면 뒈지는 게 아니고?"

"제리를 못 이겨서 뒈진 거지. 나약한 놈들. 하나 먹겠나?"

"그렇게 좋으면 너나 많이 먹어, 이 꼴통아."

패튼은 피식 웃으며 포장지를 잡아 뜯었다. 프린팅되어 있던 유진 킴의 목이 두 동강 나며 머리와 몸통이 분리되고, 탐스러운 초콜릿이 그 자태를 드러냈다.

"나잇값 좀 하고 살 수 없나?"

"무슨 나잇값? 총사령관 아버지는 2년 뒤면 80세라더군. 근데도 대서양 을 건너서 이 전쟁터에 온 거야. 나이라는 건 결국 그 정도에 불과한 거지. '오, 나는 늙었으니까 똥폼을 잡아야 해, 늙으면 누워야 해.' 이딴 마인드로

찡찡대면 진짜 늙어버린다고."

반질반질 윤기가 흐르던 초코바가 패튼의 입안으로 들어가 우그적우그적 형체를 잃었고, 그 파편 몇 개가 리의 앞으로 튀었다. 그는 눈살을 찌푸렸다.

"그래서 정말 보급 안 줄 건가?"

"그래. 기다려."

"남은 반쪽 이거라도 먹을래?"

썩 꺼져버리라는 말이 목구멍 끝까지 들끓다가도 도로 내려갔다.

"그래서, 그리 젊게 살고 싶어서 그 여배우한테……."

"벌써 소문이 났나? 허 참. 브래드 그 음흉한 놈이 속내를 숨겨봤자 이 상남자, 조지 스미스 패튼 주니어와 경쟁이 될 리가 없지. 그녀는 내게 뻑 갔네!"

"…내가 전해 들은 말이랑 전혀 다른데."

"분위기도 무척 좋았네. 내가 끝내주는 선물을 주니 그녀도 무척 좋아하더군."

"선물?"

"새로 장만한 권총! 진주로 장식한 놈이었어. 내가 아까 말하지 않나. 이게 다 젊게 사니까 그런 거라고."

이어지는 패튼의 장광설을 들으며, 리는 머릿속 인명록 패튼을 위한 공간에 '비대한 자아… 나이 먹고 더 심해짐. 나이를 엉덩이로 처먹었나?'라 적어 놓은 후 귀를 닫았다.

차라리 칠면조 보급으로 고민하는 게 더 나을 뻔했다. 못 해먹겠네, 정말.

　　　　　* * *

　　같은 시각, 영국 런던.

　　"가장 최악의 순간, 우리 장병들을 도와준 점 잊지 않고 있네. 킴 원수. 영국을 대표해 감사를 표하지."

　　"하하. 저희 사이에 구태여 왜 그러십니까. 다 끝난 일 아닙니까."

　　"네덜란드 정부에서도 이번 일에 크나큰 감사를 표하지 않았나. 나날이 귀하의 명성이 드높아져 가는군."

　　처칠은 옆에 앉아 채신머리없이 럭키 스트라이크를 뻑뻑 빨아대는 유진 킴을 힐끗 쳐다보다 말았다.

　　"몽고메리는 응분의 대가를 치를걸세."

　　"뭐어……."

　　"전쟁이 끝난 뒤의 이야기지만. 그것만큼은 내가 어떻게 할 수 없네."

　　"피해자는 제가 아니니까요. 그에 대해 악감정은 딱히 없습니다."

　　정말일까? 이 음흉한 놈의 속내는 도무지 알 수가 없었다. 패배의 충격이 가신 후, 처칠은 몇 번이고 마켓가든의 흐름을 복기하며 혹시 눈탱이 밤탱이 당한 게 아닌가 몇 번이고 곱씹는 시간을 가졌다. 하지만 그때마다 결과는 NO.

　　마켓가든의 실패 예측이야 상대가 현 지구상 최고의 명장 반열에 있는 이니 그렇다 쳐도, 장남의 실종은 정말 완벽한 우연 아닌가. 쓰러진 뒤 생긴 기회를 최대한 활용한 게 틀림없다, 고 다시금 곱씹으며 처칠은 자신의 앞에 놓여 있던 서류를 툭툭 두들겼다.

　　"그럼 이건?"

　　"선물이지요."

　　"선물이라! 받아먹자니 참 갑작스럽구만."

　　"싫으면 빼면 됩니다. 오는 길에 드골 대통령을 뵈었는데, 그분은 시원하게 동의하셨지요."

그놈이랑 내 사정이 같냐, 이 자식아.

물론 처칠의 속마음과 면상은 180도 다르게 따로 놀았다.

"그럼 기쁜 마음으로 받아들이지. 앞으로 우리의 우호 관계가 영원하길 바라며, 킴 장군의 무운을 빌겠소."

"감사합니다. 총리님께서도 잘 지내시길 바랍니다."

"그럼 현충일 기념식 때 보세나."

"그때 뵙겠습니다."

처칠은 그렇게 영국으로 오는 원조 품목에 칠면조를 추가했다. 도대체 뭐가 뭔진 잘 모르겠지만, 아무튼 스팸이 아닌 고기를 시민들에게 배급할 수 있으니 좋긴 좋았다.

수확의 계절 7

'구대륙에서 싸우는 우리 장병들을 위해 칠면조를 양보합시다!'

'사악한 추축국의 손에 유럽 사람들은 올해 추수감사절을 맹물로 보내게 되었습니다. 그들을 위한 약간의 양보, 우리의 자부심을 더욱 빛낼 수 있습니다.'

'미국인의 선물, 전 세계를 더 웃게 만듭니다!'

이상해요, 이상해. 이런 거 정말 이상하다고. 나는 그저 축산 농가 진흥이라는 대의명분과 독일에 인성질 좀 하려고 칠면조 돌림노래를 좀 불렀을 뿐이다. 그런데 왜, 왜 이렇게 되는 거지?

'저희 캘리포니아 농업인들은 킴 원수님의 숭고한 결단에 동참하기로 결심했습니다.'

'오리건에서도 명예 대추장이시자 유진시의 명예시민이신 킴 원수님을 위해 칠면조 유럽 보내기 운동에……'

아냐! 멈춰! 그만하라고! 이미 칠면조는 차고 넘친다고! 무식한 미국인 새끼들. 아무리 내 나라라지만 좀 심한 거 아닌가. 애시당초 유럽엔 추수감사절이 없어! 없단 말이야! 물론 일반 대중들은 몰라도 음험한 자본가 놈들이 모를 리가 있겠는가. 보나마나 어디 호텔 구석진 곳에서 실크햇과 프록 코트를 차려입고 시가와 위스키를 즐기며 작당을 했겠지.

'걸어 다니는 광고판 킴 원수가 이번엔 칠면조를 화두로 올렸더군요.'

'이번 기회에 미국산 칠면조를 신나게 팔아먹고 시장을 확대해 봅시다.'

'아예 유럽에도 추수감사절을 기념일로 만들 수 있으면 좋겠군요.'

진짜 서류를 잘못 써서 0 하나를 덧붙이기라도 했나? 상상을 초월하는 물량의 칠면조가 입고되면서 내 멘탈 역시 빠그라졌다. 국내의 시민들에게서 칠면조를 '양보'받았는데 이걸 다 먹지도 못하고 버린다고 생각해봐라. 전쟁영웅이고 나발이고 내 지지도가 바닥을 찍지 않겠는가.

이 스스로 불러온 재앙에 짓눌려 짜부가 되기 전에 나는 재고 떨이에 나서야 했다.

"앙리 대왕 이래 일요일에 닭을 먹는 건 프랑스의 전통이자 상징 아니었습니까? 프랑스가 전쟁의 고통에서 벗어나 정상화되었다는 상징으로 닭…은 어렵더라도 칠면조 요리가 제격 아닐까요?"

"영국인들이 피시 앤 칩스조차 못 먹고 스팸 앤 칩스로 생계를 유지한다는 소식을 들으니 영국인의 친구인 제가 너무 마음이 아픕니다. 그런 의미에서 제가 약소하지만 도움을 드리고 싶군요."

내가 연합군 총사령관이냐, 아니면 재고 땡처리하러 돌아다니는 영업맨이냐. 정체성의 혼란이 오지만 어쩌겠는가. 다 내 업보인 것을.

이것과 별개로 해야 할 일도 많았다.

"이게 뭡니까, 병참사령관님?"

"또 문제가 있습니까?"

병참사령관 존 리가 입술을 꿈틀댔다. 마음의 주파수를 맞춰보니 '니가 하란 대로 다 했는데 왜 또 시비야!'라는 소리가 들리는구나. 이 마구니 같으니라고.

"지금 이 작전안이 뭡니까."

"'만나' 작전안 문건이지요. 영국 공군, 우리 육항대와 협의도 다 끝냈습니다. 총사령관님께서 그토록 사랑해 마지않는 칠면조까지 투하 준비 끝냈고요. 네덜란드인들은 푸짐한 밥상을 차릴 수 있어 행복하지 않겠습니까."

아니, 뭐. 내가 좀 갈구긴 했는데 너무 히스테릭한 반응 아닌가?

"작전안 자체는 매우 좋습니다. 문제가 될 만한 부분도 없고, 운송 계획도 좋고. 다 좋습니다."

"…감사합니다."

"다만 투하 예정된 음식에 좀 문제가 있어 보이는군요. 네덜란드인 상당수는 이미 제법 굶주리고 있지 않습니까. 이런 사람들에게 곧장 통조림이며 칠면조 따위를 보내주면……."

"문제가 발생하겠지요."

안 그래도 썩 좋아 보이지 않는 그의 안색이 더더욱 창백해졌다.

"사람 살리려고 준비한 작전인데 사람 잡을 순 없잖습니까. 죄송하지만 다시 기안해주시면 감사하겠습니다."

"지적해주신 덕분에 사고를 피할 수 있었습니다. 감사합니다."

"선배님의 노고는 제가 언제나 잘 유념하고 있습니다."

내가 깍듯이 고개를 숙이자 그가 움찔 놀랬다. 왜 이래. 난 이래 봬도 장유유서에 철저한 유교맨이라고. 리 장군이 들으면 화를 내다 못해 내 머리통에 총알을 심으려고 달려들겠지만, 사실 이 보급 과부하는 반쯤 내가 조장한 감이 없잖아 있다. 모델 삼중 포위망이 완성되기 전, 그러니까 내 화려한 복귀 직전. 나는 리 장군의 눈을 피해 입 무겁고 승진 욕심 있는 영관급 보급 참모 몇을 은밀히 불렀다.

'자네가 전도유망한 미래의 마셜이라지?'

'그렇습니다. 저 또한 마셜 원수님처럼 승승장구하고 싶습니다!'

'패기가 좋아. 정상을 노리려면 그정도 자신감은 있어야지. 그런 의미에서 내가 귀관을 위한 숙제를 내주겠네. 누구에게도 들키면 안 돼. 할 수 있

겠나?'

'물론입니다! 시켜만 주십시오!'

'귀관의 능력을 잘 어필하기만 하면 추후 내가 중용하겠네.'

서부 전선 전역에 걸친 대규모 공세작전을 시행하고, 프랑스에 원조를 보내며, 동시에 벨기에를 탈환한다 가정했을 때 우리 연합군의 보급 역량은 어느 정도 될까? 가정이 꽤 많이 섞인 질문이었지만, 참모들은 충실하게 내 명령에 따라 예상되는 보급 소요를 산출해냈다. 여러 사람에게 맡겼기에 당연히 그 결과물은 들쭉날쭉했지만, 어차피 최종 결론은 동일했다.

'빠듯하긴 하지만 그래도 여유 있을 것 같은데요?'

좋지 않았다. 매우 좋지 않았다. 나는 그날부로 오퍼레이션 칠면조 부리에 돌입, 열심히 온 사방에 그놈의 칠면조 타령을 구성지게 불러제끼기 시작했다.

"우리 장병들에게 1인 1칠면조를 먹여줄 겁니다."

"누가 칠면조를 혼자 처먹어?!"

"아무튼 1인 1칠면조임. 진짜임. 내 이름 검. 참호에서 흙먼지 처먹는 우리 애들한테 추수감사절이랑 크리스마스만큼은 뜨뜻한 고기 좀 먹일 거임."

"아니 씨발, 그럼 보급이 미어터진다니까요."

"못 한다고? 진짜 못 해?"

미안합니다, 리 장군님. 그치만 보급이 원활하면… 독일 본토 진격을 해야 하잖아? 그렇다. 이건 내 거대한 사보타주였다.

"B집단군이 소멸했다!"

"연합군은 무적이고 킴 원수는 신이다!!"

"점심은 뮌헨에서, 저녁은 베를린에서!"

"올해 크리스마스가 끝나기 전에 우리 아들들을 돌려받을 수 있습니다!"

"와아아아!!"

말 그대로 온 자유세계가 뒤집혔다. 그리고 이 승리로 말미암아, 다시 본국에서는 종전 여론이 술렁이기 시작했다. 항상 하는 말이지만, 정치인들은 제 꼴리는 대로 움직일 수 없다. 그들은 표를 쥔 민심을 사기 위해 움직이며, 그 민심의 힘을 바탕으로 총 쥔 군인들을 움직인다.

"총사령관님, 혹시 독일로 쳐들어가 히틀러를 끝장내는 건에 대해서는……."

"불가합니다."

"수십만 적군을 싹 쓸어버리지 않았습니까? 이제 독일은 텅텅 비지 않았습니까?"

"앞으로 우릴 기다리는 적은 훨씬 지독하고 악랄할 겁니다."

나는 처음부터 '추수감사절과 크리스마스엔 뜨끈한 칠면조'라고 공약을 내세웠다. 이 말이 함축하고 있는 의미는, 우리 장병들은 그때 집에 가는 배에 타는 게 아니라 여전히 전쟁터에 있으리란 뜻. 이렇게 대놓고 암시를 깔았는데도 불구하고, 아들들이 무사히 돌아오길 바라는 부모들의 염원이란 너무 무거웠다. 내 플랜에 반대하고 공세를 외쳤다가 마켓가든에서 처절한 패배를 당했음에도 불구하고 결국 정치인들이 군소리를 할 수밖에 없을 정도로.

간을 보던 나는 진짜로 어마어마한 양의 칠면조를 주문했고, 예상했던 대로 보급 역량은 폭발해버렸다. 병참사령부는 야근 지옥이 되었고 리 장군의 몇 남지 않은 머리카락은 마지막 잎새처럼 저물어버렸다. 마셜은 혹시 해먹은 거 있냐고 나를 청문회에 세울 기세로 으르렁댔지만 대충 눈치를 챘는지 입으로만 으르렁대고 행동은 하지 않았다. 그리고… 이 유진 킴의 야바위 계산서를 꿰뚫어 볼 수 있는 사람이 D.C.에 없는 건 아니었다.

* * *

"재미있는 일을 했더군, 진."

"뭐 말씀이십니까?"

내가 시치미를 뚝 떼고 모른 체하자, 맥아더 장관은 파이프를 꺼내 입에 물었다.

"칠면조."

"장병들의 사기 유지가 얼마나 중요한 일인지 잘 아시잖습니까?"

"고작 그런 일이라면 분대당 1마리로도 넘쳐나지. 그 허무맹랑한 물량."

"동맹국 장병들과 시민들에게도 나눠줘야지요. 혹시 보고 따로 받으셨는지 모르겠지만, 지금 민간인들 분위기가 영 좋지 않습니다. 드골을 만날 때마다 화가 늘어나 있어요. 애들 관리 좀 똑바로 시키라고……."

"그건 헌병을 시켜야지. 그깟 고기가 아니라."

맥 장관님은 테이블을 톡톡 두드리며 말했다.

"왜 국경을 건너지 않았나?"

"병력 재정비해야지요. 천하의 발터 모델을 상대로 수백만 대군을 기동시켰는데 그게 어디 하루 이틀 걸릴 일입니까."

"후방에 온존한 병력이 있지 않았나. 루르 방면 공세는 절대 불가능한 일이 아니었어."

"어… 저는 좀 힘들어 보였거든요."

"정말 힘들었으면 네덜란드 방면 공세는 어떻게 했나."

"그 공세, 결국 막히지 않았습니까."

그는 잠시 나를 뚫어지게 응시했다. 나는 시선을 돌리려다 말고 그 눈빛을 마주했다.

"…그렇게나 독일 본토 진공이 어려운가?"

"가슴에 손을 대고 스스로에게 물어보세요, 좀."

"나는 진심으로, 정말 몰라서 묻는 걸세. B집단군을 통째로 갈아먹었으니 거대한 힘의 공백이 발생하지 않았나?"

"저도 그런 줄 알고 네덜란드라도 챙기려 했는데, 그조차 여의치 않잖습니까. 꿈 깨십쇼. 독일은 여전히 전쟁기계입니다."

"우리 애들이 병신이란 말은 빠져서 다행이군."

"여전히 병신 맞습니다. 여기서 베를린까지 가려면 독일 전 국토를 짓밟아야 하는데… 대충 50만쯤 죽지 않을까요?"

나만이 아는 원 역사와의 차이. 물론 여태 잘해오기는 했다. 아슬아슬 외줄 타듯, 용케 다 말아먹고 원균이 되는 꼴은 피할 수 있었다. 하지만 원 역사와 달리, 동부 전선이 1년 더 짧다. 사람 목숨이 파리 목숨처럼 아무렇지도 않게 소모되던 그 광기의 전장이 1년 더 줄어든 만큼, 아직 독일의 역량은 완전히 바닥을 찍진 않았으리라. 그런데 독일 본토 진공이 그렇게 가치가 있느냐. 내 숨겨진 물음에 맥아더는 입을 다물고 담배만 연신 피워댔다.

"진."

"예, 장관님."

"제길. 그 장관님 소리 집어치우고, 그냥 선후배이자 전우로서 이야기 좀 하자고. 애초에 그 빌어먹을 의회로 날 보낸 게 누군가? 왜 이제 와서 벌레 보듯 하냐고."

"그렇게까지 본 적은 없습니다. 혹시 마음속 양심이 찔리기라도 하셨습니까?"

맥아더의 마음속 삼각형이 빙글빙글…….

"아니! 나는 적어도 내 사리사욕을 위해 움직인 적은 없어. 젠장. 니가 날 망쳤어. 그때 그 망할 제안에 응하는 게 아니라 필리핀으로 가야 했다고."

"여태 잘하셨으면서 왜 갑자기 그러십니까. 갱년기 오셨습니까? 악!"

한 대 맞았다. 아프다.

"나를 무슨 숫제 피에 굶주린 전쟁광 취급하는데……."

"그런 적 없다니까요."

필리핀성애자로 생각하면 했지.

"나는 지금 현역으로 군문에 종사하고 있는 자네의 식견을 전적으로 신뢰하고 있네. 그리고 자네가 그렇게 말한 이상, 독일 진공이 어마어마한 난관으로 가득하리라는 점 또한 전적으로 수용하고."

"감사합니다."

"그래서 자네는, 우리가 가만히 팔짱 끼고 독일이 망하는 모습을 구경하는 게 최선이라고 여기나?"

"그게 최선이지만 그러긴 어려울 테니, 내년 봄에 진격을 시작하려 합니다."

독일 본토에 들어가지도 않고 종전이 되면 당장 국내 불만이 폭발할 게 뻔하다. 가긴 가야지.

마찬가지로, 소련이 독일 국경을 넘지 않은 채 전쟁이 끝나면 소련에서 난리가 나도 날 것이다.

"내년 봄. 내년 봄이라."

"문제 있습니까?"

"내년 봄에 시작하면, 독일을 끝장낼 수 있나?"

"무조건 내년엔 히틀러 대가리를 썰 겁니다."

"정치권은 내가 커버하지. 필리핀 진공이면 충분히 대중의 시선도 사로잡을 수 있을 테고."

그는 파이프의 불을 껐다.

"올해 말에서 내년 초쯤, 소련의 얄타라는 곳에서 다시 한번 정상회담이 있을 예정이네."

"그렇군요."

"거기서 독일의 시체를 누가 얼마나 가져갈지로 흥정을 하겠지. 우리가 독일 영내에 진입하는 편이 훨씬 더 많은 걸 쥘 수 있지 않겠나 싶었네만…
어쩔 수 없지."

　우리의 시선은 자연스럽게 드넓은 유럽의 지도로 향했다.

　"저 빨갱이들이 거둘 전과가 적기만을 기도해야겠군."

　동유럽에 깔릴 거대한 철의 장막과 남의 집 귀한 자식들의 목숨. 둘 중
하나는 포기해야만 했다.

수확의 계절 8

1941년 11월.

'만나' 작전이 시행되었다.

"밥이다!"

"먹을 거다!!"

누가 독일 놈들 아니랄까 봐, 약속을 순순히 완벽하게 이행하는 법이 없다. 독일군은 네덜란드 도심 구역에서 퇴거해야 했지만, 어처구니없게도 거기 눌러앉아선 우리 항공기들이 투하해주는 식량을 닌자하기 시작했다. 식량 닌자만 하면 그러려니 한다. 하지만 이 참신하게 미쳐버린 놈들은 마지막 순간까지 단 한 명의 유대인이라도 더 색출해 수용소행 열차에 태우려고 발버둥 쳤다. 니들… 그렇게 살고 싶냐?

"독일은 같은 인류로서의 최소한의 염치를 보전하길 바란다. 즉각 퇴거하라."

이 혼란은 결국 중립국 스웨덴에서 감시단이 파견되면서 종식되었다. 그리고 이곳의 참상은 기자들을 통해 보도되었고, 스웨덴 측에선 우리가 아무 말도 하지 않았는데 알아서 네덜란드인들을 위해 별도로 식량 공급에 나섰다. 피에 굶주린 제국주의자 처칠의 쇠빠따에 노르웨이처럼 처맞기 싫다는 의지의 표명인가. 중립국 감시단이 보는 앞에서까지 그 만행을 꿋꿋하게 고집하기엔 약간 무리가 있었는지, 독일군은 얼마 지나지 않아 철수했고.

그들이 빠져나가는 순간 네덜란드는 아수라장이 되었다.

"신이시여, 감사합니다!!"

"우린 이제 살았어!"

숨죽이며 살던 민간인들이 일제히 우루루 뛰쳐나와 만세를 불렀고.

"이제… 나와도 된다."

"정말요?"

"독일군이 갔어. 우린 살았다."

곳곳에 숨어 있던 유대인들은 비틀거리며 거리로 나와 몇 년 만에 대낮의 햇빛을 만끽했다. 네덜란드 곳곳에 설치된 로켓 발사대에서는 여전히 저 저주받을 V—2 로켓이 솟아오르며 불꽃을 내뿜었지만, 이제 네덜란드 전역이 전쟁에 휘말린 만큼 조만간 로켓 보급이 끊기리라. 이만하면 유럽의 정치인들도 엣헴거리며 제 공적을 내세울 수 있겠지.

나는 이 축제 분위기를 최대한 유럽 전체에 퍼뜨리려고 노력했다.

"안녕하세요, 자유를 위해 싸우는 장병 여러분. 마를레네 디트리히입니다."

"와아아아아아!!"

본국에서 조직된 미국위문협회(United Service Organizations, USO)는 YMCA, YWCA, 구세군 등 굵직굵직한 단체들이 함께 모여 장병들의 케어를 목적으로 발 빠르게 움직이기 시작했고, 이 케어에는 종교활동, 영화 상영, 커피와 도넛 등 그리운 간식거리, 직업군인 자녀 돌보미 등등… 아무튼 많은 것들이 포함되어 있었다. 그리고 이 피 끓는 남정네들을 반쯤 미치게 하는, 연예인 위문 공연 또한 대개 USO 소관, 혹은 그와 유사한 영국단체들에 의해 이루어졌다.

"이번에 누가 오셨는지 아십니까?"

"또 누구? 내가 연예인 좀 왔다고 헐레벌떡 뛰어가서 '헥헥, 만나서 반갑습니다. 저는 유진 킴이에요. 당신의 팬입니다.' 이래야 하나?"

"아니, 뭐. 그런 건 아니고요."

"어깨며 마빡에 번쩍이는 별을 몇 개씩 붙인 놈들이 죄 무슨 불알 안 깐 동물마냥 그러고 있는데, 나마저 그리 체통 없이 굴면 민간인들이 뭐라고 생각하겠나. 됐네."

나는 USO에 칠면조를 쑤셔넣기 위해 안간힘을 써야 해서 그런 소소한 일에 개입할 수 없단 말이다.

"혹시 스캔들 걱정하십니까?"

"여배우도 좀 만나고 그러셔야 인간미가 살지 않겠습니까. 이러다 연합군 총사령관이 호모란 소문이 퍼지면 어쩝니까."

"세상 어느 동성애자가 자식을 넷이나 낳고 살아? 내 딸이 저 코앞 파리에 있는데 니들 그러다 총 맞는다."

"그래도……."

이놈들 봐라?

"이미 나도 유명하기로 치면 한 유명 하지 않나. 인기 스타? 그중 몇 명이나 수십, 수백 년 뒤에까지 대대손손 회자되겠냐고 이것들아. 지금 만나서 하하호호하고 사진 찍을 때야 몰라도, 훗날 가면 '킴 원수와 만난 배우 A 씨' 수준이 될 거라고."

내가 지금 명예뽕이 너무 가득해져 돌아버린 게 아니다. 지극히 이성적인 판단이지. 고전 영화, 음악 마니아가 아닌 이상 누가 옛날 옛적 스타를 다 꿰고 있겠나. 그에 비해 이 유진 킴의 명성은 하늘을 뚫고 스푸트니크를 지나쳐 보이저 2호에 맞닿지 않겠는가. 아쉬운 건 내가 아니다. 정 만나려면 헐리우드랑 내가 연이 없는 것도 아니고. 내가 이렇게까지 말했지만, 부관을 위시한 이 참모 놈들의 시선이 영 이상하다.

"12군단, 그리고 저지대 집단군 전몰장병 추모식이나 잡아 놓게. 추모식은 내가 직접 참여해야겠지만, 그 뒤 레크레이션 같은 건 스타님들이 활약해 줘야겠지. 부사령관에게도 말해 놓고, 정치인들 참석 여부도 확인해."

"예에."

"이 자식들아, 일 안 할 거야? 대관절 누가 오는데 그렇게 입이 부루퉁해 있어?"

"게리 쿠퍼랑 험프리 보가트요."

"비비안 리요."

"당장 일정 픽스해 놔. 그리고 일들 해! 썩 꺼져!"

순식간에 얼굴들이 풀려서는 빵긋빵긋 웃으며 사라진다. 망할 놈들.

* * *

병참사령부 곳곳에 유서와 발 받침대가 생겨났다 사라지길 반복할 무렵. 마침내 온 서부 전선에 지글지글 칠면조 내음이 가득 퍼지기 시작했다.

"대서양 건너에서도 추수감사절은 계속됩니다. 장병 여러분들, 비록 가족의 품을 떠났지만 여러분은 여전히 나라의 품 안에 있습니다. 앞으로도 그대들을 국가가, 사회가, 역사가, 전우가 보듬을 것입니다! 이제 먹고 즐깁시다!"

칠면조는 까놓고 말해 그리 맛있는 요리 재료라곤 할 수 없다. 하지만 아무리 21세기 한국인 입맛이 양키 음식에 침략당했다 한들 명절 음식상마저 다 밀어내고 국밥 대신 햄버거, 김치 대신 코울슬로를 먹던가? 고향과 전통의 맛은 단순한 맛을 뛰어넘은 그리운 그 무언가가 있기 마련이다. 그치만 사실 내 취향은 딱히 칠면조가 아니거든.

"저는 늘 먹던 거로……."

"그럴 순 없습니다."

내가 이번에도 어김없이 햄버거로 끼니를 때우려 하는 순간, 저 주방에서 요리사 모자를 쓴 셰프가 살기를 머금고 달려나왔다. 뭐지? 나치에 금괴로 매수된 건가?

"늘 먹던 거라면 그 끔찍한 햄버거 아니십니까."

"끔찍하다뇨. 빵, 고기, 야채와 소스가 어우러진 완전식품을⋯⋯."

"그럴 순 없습니다!!"

아, 안 돼. 쫄아버렸어. 무협지에 나오는 무공 고수가 "갈!!" 하면서 사자후를 내뿜듯 하자 나는 숨이 턱 막혔다. 이게 그 기세 싸움인가?

"이미 총사령관님께선 한 번 쓰러지지 않으셨습니까. 매일같이 위장에 그 저주받을 시궁창 검은물과 술을 집어넣고 있는 판국에 그럴 순 없습니다."

"아니, 뭐어⋯⋯."

"더 이상 좌시할 수 없습니다. 본국에 돌아가셔서 프랑스 요리가 어쩌고 하는 소릴 떠드실 것 아닙니까! 절대! 절대 그 꼴은 용납 못 합니다!!"

나는 결국 메뉴 선택권을 박탈당하고 이 무시무시한 불량배들에게 연행되어 고급진 음식을 강제로 입에 밀어넣을 팔자가 되었다.

"혹시 너희⋯⋯."

"아닙니다."

"내가 뭔 말을 할 줄 알고 아니래? 니들이지? 니들이 짰지?"

내가 미안하게 됐구만. 재들도 밥 좀 제대로 먹고 싶을 텐데 저 구름 너머 꼭대기에 있는 분이 맨날 아아를 물처럼 마시고 삼시 세끼를 햄버거로 때우니 점심시간을 제대로 보냈겠나.

"내일, 내일부터! 오늘은 급한 일이 있어서 어쩔 수 없습니다."

"하지만⋯⋯."

"절 걱정하시는 마음은 잘 알겠습니다만, 제가 1시간 덜 일할 때마다 누군가가 눈을 감는다 생각하니 마음이 아파 도무지 포크를 들 수 없습니다. 오늘만 좀 평소처럼 부탁드립니다."

"…알겠습니다."

나는 또다시 뜨끈뜨끈한 호텔 특식 햄버거, 감자튀김, 그리고 냉장고에서 꺼낸 코카콜라를 쥐고 내 자리에 착석했다. 당연한 말이지만, 내일도 모레도 글피도 계속 바쁠 예정이다. 내 일이 그런 걸 어쩌겠어. 가을, 겨울 기간 동안 놀 수만은 없다. 이 수확의 계절을 맞이해, 그동안 부지런히 곳곳에 뿌린 씨앗들이 하나둘 열매를 맺고 있었다.

영국과 소련이 부지런히 영향력을 행사하고 있던 발칸반도가 대표적인 사례. 동맹이었던 헝가리를 짓밟아버리자 발칸 각국은 경악했다. 독일과 손잡고 신나는 살육극을 벌이는 괴뢰 크로아티아를 제외하면 모두가. 영국은 겨우내 그리스 출병을 준비하고 있었고, 루마니아와 불가리아의 외교관들은 분주히 런던과 모스크바를 왕복하며 종전 및 참전에 관해 논의하기 시작했다.

티토의 유고 파르티잔은 연합군의 보급을 받을 수 있는 해안지대를 점령했고, 이제 옛 유고슬라비아의 수도 베오그라드 진격을 앞두고 있었다. 그곳을 점령한다면 티토는 단순한 게릴라 지도자에서 새로운 나라의 국부가 되겠지. 오랫동안 연합국의 압력에 시달린 터키는 마침내 독일과의 모든 무역을 단절하겠노라 선언했고, 참전은 시간문제로 보였다.

핀란드 또한 국내의 파시스트들을 싹 숙청하고 태세를 전환할 준비를 갖추고 있었지만, 독일의 압력이 거세 아직 결정을 내리진 못한 상태. 동서남북에 걸친 독일 포위망이 마침내 수면으로 부상할 만반의 준비를 끝냈다. 내가 말하지 않았나. 독일 때려잡는 것보다 칠면조가 더 어려운 문제라고.

* * *

　콘라드 슈미트. 프란츠 슈미트와 잉게 슈미트의 부친이자, 에바 슈미트
의 남편이자, 한 집안의 가장인 그는 옷장 문을 열어젖혔다. 두 번 다시 입
을 일 없으리라 생각했던 군복은 정성 어린 부인의 손길 덕택인지 아직도
그 태가 살아 있었지만, 배가 나온 탓에 다소 입기 버거웠다. 그는 잠시 옷
아래에 있던 상자를 열고 그 안에 들어 있는 철십자 훈장을 만지작거렸다.
이걸 패용해야 하나. 고민은 그리 길지 않았다. 뭐 얼마나 정의로운 전쟁이
라고 이 자랑스러운 훈장을 차고 나가는가. 집에 놔두면 최소한 감자 몇 알
과 바꿔 먹을 수는 있으리라.

　"빌어먹을 나치 놈들."

　그는 무심결에 한마디를 내뱉다 말고 잠시 주변을 둘러보았다. 제집의
방 안, 아무도 없는 곳에서 내뱉은 말이었지만 조심해야 했다. 게슈타포의
눈이 대관절 어디 얼마나 깔려 있을지 누가 아는가. 총통 암살 음모 이후,
이에 대해 분노, 욕설, 혹은 감사의 기도 대신 괜히 쓸데없는 말을 떠든 놈
들은 십중팔구가 쥐도 새도 모르게 끌려가거나, 혹은 모두가 보는 앞에서
처형당했다.

　나치는 더더욱 폭압적으로 변했다. 정권과 총통에 대해 아주 약간의 의
구심 어린 언사를 하기만 해도, 그들은 예외 없이 처형이라는 하나의 방법
론으로 시민들을 다스렸다. 군복을 차려입은 슈미트 씨는 텅 빈 배낭 하나
를 들고 부엌으로 나갔다.

　"여기 좀 담아주면 되오."

　"별일 없겠죠?"

　"배가 좀 나오고 총보다 펜이 더 익숙하긴 하지만, 뭐 별일이야 있겠소?
날 위해 기도할 시간이 있으면 프란츠 녀석이나 잘 챙기시구려."

　친위대로 달려가버린 몹쓸 아들놈. 금이야 옥이야 아들을 키웠지만, 아

들의 머리통에 나치의 시꺼먼 독이 스며드는 것만은 막지 못했다. 제발 전쟁터의 그 참상이 그 아이의 눈을 틔워주고 다시 옳고 그름을 구분할 이성을 돌려주면 좋으련만. 살림살이가 부엌 어디에 얼마나 들어 있는지 모르는 그는 잠자코 부인이 냄비와 식기 도구 따위를 꺼내는 것을 지켜봐야 했다. 아니지, 침낭이나 부싯돌은 그가 챙겨야 했다.

"프란츠가 갈 땐 이런 거 챙겨주지 않아도 됐는데."

"…입조심하시오."

국민돌격대. 대체 어떻게 되어먹은 꼬락서니인지, 당연히 나라에서 줘야 할 필수 물품조차 지급하는 대신 '알아서 챙겨올 것'이라는 통지를 받아야만 했다. 이래서야 총이나 제대로 줄지 의문이었다.

"아빠?"

"잉게. 들어가 있거라."

"아빠도 이제 싸우러 가는 거예요? 오빠처럼?"

"그래. 건강히 지내고 있거라. 별일 없을 게다."

"…우리가 지면, 볼셰비키 러시아인들의 노예가 되잖아요."

슈미트 씨의 눈이 화등잔만 해졌다.

"그런 일은 없다."

"학교에서도, 총통께서도 그러셨어요. 지면 우리 민족은 영원히 사라지는 거라고. 패배는 곧 죽음이라고."

"패배가 꼭 죽음을 의미하진 않는단다. 우린 이미 한 번 패배를 극복하고 다시 일어섰어."

"러시아인의 노예가 되어서도 일어설 수 있을까요?"

"그들은 우릴 노예로 만들지 못해! 서방연합군이 생각이 있다면 우릴 볼셰비키들에게 넘기진 않을 거야. 행여나 밖에 나가서 허튼소리 하지 말고, 얌전히 있거라."

콘라드 슈미트는 묵직한 군장을 들쳐메고 문을 열었다.

"갔다 올게."

그 빌어먹을 폭탄이 히틀러 놈을 토막 냈어야 했다. 아들에 이어 딸마저 이상하게 만든 나치를 저주하며, 그는 신성한 병역의 의무를 이행하기 위해 집을 나섰다. 배가 고팠다.

고증입니다

히틀러는 권력을 잡은 후 총 스물다섯 번 암살 시도를 당했습니다.
영화로도 제작됐던 클라우스 폰 슈타우펜베르크의 암살 시도가 가장 유명합니다.
군 간부였던 그는 전시 최고회의에 참석해 폭발물이 든 서류 가방을 히틀러 가까이에 두고 회의실을 떠났습니다. 폭탄은 터졌고 네 명이 죽었지만 누군가 서류 가방을 책상 밑으로 치워버리는 바람에 히틀러는 살아남았습니다.
1939년에 일어난 게오르크 엘저의 암살 시도도 재밌습니다. 목수였던 그는 1년 동안 폭탄을 만들어 뮌헨 폭동이 일어났던 맥주집에 잠입했습니다. 히틀러가 거기서 연설을 할 예정이었죠. 그는 폭탄이 연설 중간쯤에 터지도록 설정했습니다. 폭탄은 제시간에 터졌지만 히틀러는 죽지 않았습니다. 전쟁 때문에 연설 일정이 변경되어 원래 계획보다 일찍 연설을 마쳤기 때문이었죠. 엘저는 체포되었고 종전을 얼마 남기지 않고 처형되었습니다.

8장
케이크 가르기

케이크 가르기 1

소련, 모스크바. 최고중앙지휘사령부, 스타브카(STAVKA).

"독일 파쇼들이 퇴각하고 있습니다."

"예비군의 교대가 이루어지고 있으나, 그 충원이 예상했던 것보다 더욱 더딘 것으로 보입니다."

"전 우크라이나의 해방이 눈앞에 있습니다."

"세바스토폴과 크림반도를 탈환했으니 보급에도 큰 도움이 되리라 기대하고 있습니다."

스탈린은 끝없이 이어지는 승전보를 들으며 잠시 상념에 잠겼다. 처음 독소 전쟁이 시작되었을 당시의 그 절망감. 자신의 대에서 사회주의 조국이 끝장나는 게 아닌가 하던 그 숨 막히는 시간은 어느덧 머나먼 과거처럼 느껴지고, 마침내 복수의 시간이 도래했다.

제국주의 국가들에게 둘러싸인 신생 소련은 너무나 취약했다. 개국한 지 얼마 되지도 않았던 나라는 정권을 잡자마자 백군 반란군, 일본제국, 영미 등등의 침략을 받아야 했고 이 혼란상 속에서 꾸역꾸역 나라를 키우나 싶었더니 이제 독일이 쳐들어왔다. 나라를 지키긴 지켰다. 어마어마한 인민의 피와 시체로 적을 깔아뭉개면서.

팔다리 멀쩡한 남자란 남자는 죄 전쟁터 아니면 군수공장으로 갔고, 나중엔 군수공장의 남자까지 끌어다 전쟁터로 보내고 그 자리에 여성 노동자를 채웠다. 이러고도 병력이 모자란 탓에 소련군은 그 빈자리를 차량화와 기계화로 메꿔야 했다. 랜드리스로 쏟아진 그 막대한 물자가 아니었다면 붉은 군대는 독일과 공멸할 수 있을지언정 반격을 가하진 못했으리라. 물론 스탈린을 비롯한 소련 수뇌부는 랜드리스를 딱히 거대한 빚이라고 생각하진 않고 있었다.

어차피 자본가 놈들은 소련 인민을 돈으로 구매한 것 아닌가. 여기서 소련이 '우린 이제 여력 없음. 이제 좀 쉬런다.'라고 선언하는 순간 서방연합군에겐 날벼락도 이런 날벼락이 없으리라. 미국인들도 그 사실을 누구보다 잘알고 있었기에 더더욱 물자를 퍼부으며 '너네 못 간다는 말은 안 하겠지? 계속 진격할 거지?'라고 무언의 압박을 넣고 있었고, 스탈린 또한 베를린을 불태우기 전 전쟁을 끝낼 생각은 추호도 없었다.

복수. 인민의 복수. 사회주의의 복수.

2천만, 3천만 명이 죽었는데 '아무튼 나라는 지켰으니 다행' 같은 현상유지로 결론이 나는 순간 그날로 소련이란 나라는 종말을 맞이한다. 이 전쟁은 단순히 국토를 수비했다는 데 의의가 있어서는 안 된다. 무수한 제국주의자, 파시스트들과 싸워 결국 공산주의가 승리했다는 거대한 프로파간다의 장이 되어야만 한다. 최소한 독일 국경을 넘어 베를린을 불바다로 만들어야 한다. 최소한 러시아인의 유구한 원수, 폴란드만큼은 짓밟아 소비에트에 두 번 다시 고개를 못 들게 만들어야 한다. 최소한 영국인들에게 슬라브인의 땅인 발칸반도를 맥없이 내줘서는 안 된다. 최소한, 최소한, 최소한……

이미 호랑이 등에 탄 채 질주하는 형국. 소련이 충분한 전과를 거두고 서방연합국 앞에서 큰소리 떵떵 칠 수 있는 우월한 포지션에 있지 않은 한,

랜드리스라는 거대한 빚에 깔려 자본주의자들 손에 천천히 피식자로 전락하는 미래가 다가올 수밖에 없다. 하지만 스탈린이 판단했을 때, 그 미래는 매우 가까이에 있었다.

"극동군구의 상황은 어떤가?"

"서기장 동지께서 명을 내리신다면 언제든 간악한 일본 제국주의자들에게 분노의 철퇴를 선보일 수 있습니다."

스탈린은 대답 대신 총참모장 바실레프스키를 물끄러미 바라보았고, 그 시선의 뜻을 해석한 그는 얼른 다시 말을 바꿨다.

"독일 파쇼들에게 맞서기 위해 극동의 정예병력 상당수를 차출하긴 하였습니다. 하지만 일본군은 이번에 중국을 완전 병탄하기 위한 대규모 공세를 벌이다 자멸하고 말았습니다. 우리가 약해진 그 이상으로 만주의 일본군은 훨씬 허약해졌습니다."

"그건 좋군. 우리가 공세를 펼친다면 만주 전체를 확보할 수 있겠나?"

"싸워 이길 수는 있으나 영역을 확보하는 건 별개의 문제입니다. 영구적 점령을 노린다면 더 많은 병력이 필요합니다."

스탈린의 시야는 잠시 극동으로 향했다.

중국의 공산주의자들이 큰 성공을 거두었지만, 그들은 믿을 수 없다. 모스크바의 지령도 나 몰라라 하는 자들. 정통 마르크스—레닌주의를 따르지 않고 저들 식대로 멋대로 뜯어고친 희한한 사상… 그걸 과연 공산주의라고 불러줘야 하나? 결론은 명확하다. 어디서든 따서 갚아야 한다. 그리고 1순위는 반드시 동유럽이어야만 한다. 극동 따위에 관심을 기울이는 건 옛 차르 니콜라이 같은 머저리나 할 짓이고.

"주코프 동무."

"예."

"얼마나 시간을 주면 독일 놈들을 격파하고 진격할 수 있겠나?"

"루마니아까지 진격하는 것이라면 충분히 이번 동계작전의 목표로 삼을 만합니다."

"지금 이대로는 전과가 부족하네. 얄타에서 서방 정치가들과 만났을 때 우리의 권리를 보장받으려면……."

"힘듭니다. 루마니아 진격만 하더라도 막대한 피를 흘려야 합니……."

"더욱 심층적으로 논의해 서방이 우릴 업신여기지 않도록 만들겠습니다."

성질머리 하나는 인상적인 주코프가 막 대거리를 하려던 찰나 바실레프스키가 끼어들었다. 스탈린은 뭐라 한마디 할까 말까를 잠시 망설이다 고개만 까닥이며 자리에서 일어났고, 장내엔 군부 인사들만이 남았다.

"…할 수 있겠소? 난 못 할 것 같은데."

"까라는데 어쩌겠나, 까야지. 굴라그 가고 싶나?"

주코프는 슬며시 힙플라스크를 꺼내 입에 가져다 댔다. 대부분의 러시아인이라면 으레 보드카이려니 짐작하겠지만, 사악한 미제 자본주의자의 상징인 콜라를 군부의 핵심 인사가 빨아대려면 충분한 위장 전술이 필요하지 않겠나.

"루마니아? 루우마니아? 멋대로 대뜸 질러놓고 이제 와서 이러면 어쩌라는 게요?"

"이보쇼, 그럼 당신네들이 거기서 불가능하다고 말하든가 했어야지. 자기들도 쫄아서 아무 말도 못 해 놓고 나보고 어쩌란 말야."

"총참모장 동무는 서기장 동지의 총애를 받는 몸 아니오."

"내가 거기서 그렇게 말하는 놈이니까 총애를 받는 거 아뇨. 우리 다 아는 사람들끼리 순서 바꿔서 말하지 맙시다. 주코프 동지, 방금 좆될 뻔한 거 내가 구해준 거요."

"어차피 짤려도 금방 돌아오더만. 저번엔 잘 쉬었수다."

누가 뭐라 할 것도 없이 잡담이 끝나고, 이들의 눈빛은 다시금 맹수의 그것으로 돌아왔다.

"동계 전역을 개시한다고 치면."

"미제 친구들 랜드리스가 원활해진 덕에 훨씬 더 많은 물자가 하역되고 있지. 얼어 죽는 친구들은 좀 줄어들 게요. 기갑 전력도 제법 확충되었고."

"퍼싱 전차는 좀 어땠소?"

"끝내주지. 파쇼 놈들이 기갑 전력으로 일발역전을 노렸다간 그놈들의 뚝배기를 다 터뜨려 줄 수 있을 거라 믿소."

최악의 시간. 앞에는 전쟁기계 독일군, 뒤에는 숙청의 칼날을 번뜩이는 스탈린. 여기 있는 이들은 하나같이 그 험준한 시간을 오직 일신의 실력만으로 헤치고 올라온 소련 최고의 재능들.

무엇 때문인지는 모르겠지만 독일군이 훨씬 멍청해진 지금이라면. 그걸 물어뜯지 못할 바보는 이 자리에 없었다.

* * *

같은 시각, 지구 반대편, 필리핀. 수천 개의 섬으로 이루어진 이 섬나라는 동남아시아 자원지대와 일본 본토를 잇는 항로상에 있어 핵심 요충지 중 요충지라 할 수 있었다. 하지만 과달카날 전투의 패배와 뒤이은 일본의 대전략 변경으로, 동남아시아 각국은 독립을 선언하고 각자도생에 나서게 되었다. 일본이 바라던 바는 식민지 독립운동가들을 후원해주고 이들이 옛 주인인 영국, 미국, 프랑스, 네덜란드 등에 맞서 최후의 한 사람까지 싸우는 것이었으나.

"우리는 여러분의 독립을 인정할 용의가 있습니다."

"일본이 여러분을 후원한 건 단순히 여러분이 우리와 싸우다 죽길 바라서일 뿐입니다. 그 짧은 시간 점령군으로 진주했던 일본군이 어떤 패악질을 부렸는지, 여러분도 잘 알잖습니까?"

버마를 위시한 영국령 동남아 식민지들은 어차피 태평양 전쟁의 주전장이라 할 수 없으니 과감히 제외. 나약한 네덜란드 따위의 의견을 과감히 무시한 미국은 적극적으로 동남아 각국의 포섭에 나섰고, 제법 성과를 거두었다. 하지만 필리핀은 다소 상황이 달랐다.

"이 땅의 현지인들 상당수는 기존 식민 지배자인 미국인들과 유착되어 있다. 이들의 씨를 말려야 한다."

"우리가 떠나기 무섭게 등에 비수를 찌를지도 모른다. 철저히 박멸해 그 역량을 제거해야 한다."

필리핀 자치령 정부는 일본에 투항하였으나, 일본제국은 이들을 포섭하는 대신 무자비한 철권통치를 개시했다. 일본 군정 당국은 점령 시점에서 이미 필리핀을 조선, 대만과 같은 영구적인 제국의 식민령으로 굴리기로 결심했고, 그러려면 우선 이들이 제국의 통치에 순종하도록 조련해야만 했다. 사방에 필리핀인들의 시체가 줄을 이었고, 필리핀의 행정체계는 산산이 조각났다.

얼마 되지도 않는 필리핀 점령 기간 동안 일본군은 그 와중에도 혼신의 힘을 다해 천황 숭배를 필리핀인들에게 주입하려 했고, 당연히 이는 현지인의 저항의식만 더욱 자극했다. 과달카날 전투 이후 필리핀에 주둔 중이던 일본군 상당수는 철수하여 중국으로 떠났고, 허울만 좋은 독립을 얻은 필리핀 괴뢰정부는 당연히 어마어마한 저항에 직면했다.

"미군이 돌아온다!"

"새로운 시대를 쟁취하자!"

"잽스를 죽여 자유를 얻자!!"

1차대전의 전쟁영웅, 유진 킴의 오른팔로 불리며 필리핀에서 크나큰 명성을 떨치고 있던 아나스타시오 퀘베도 베르는 너무나 당연히 일본군의 척살 명단 가장 꼭대기에 그 이름이 올라 있었다. 그는 저항군을 이끌고 밀림 깊숙한 곳으로 숨어들었고, 일본군과 필리핀 괴뢰군은 몇 차례 토벌작전을 수행했으나 결국 그의 목을 얻는 덴 실패하고 말았다. 그도 그럴 것이.

"이보시오, 림 장군."

"무슨 일이십니까?"

"필리핀군의 역량이 이 정도밖에 안 되오? 어째서 제대로 된 포위망을 구성하지 않냔 말이야!!"

"죄송하게 되었습니다. 지금 필리핀군이라고 해봐야, 미개한 놈들이 밥이나 좀 얻어먹으려고 군문에 들어온 놈들이 태반이라 상관의 말도 제대로 못 듣습니다."

"상관 명령을 안 듣는 것도 아니고 못 듣는다고? 통역 제대로 되는 것 맞나? 지금 농담하시오?"

"이놈들이 영어도, 스페인어도, 타갈로그어도 모르니 어쩌겠습니까. 진짜 못 알아듣는 겁니다."

필리핀 자치령군을 대표해 항복한 비센테 림 장군은 일본군의 압력과 협박에도 요지부동이었다.

"비센테 림 저자를 당장 처형하고 우리 말을 잘 듣는 놈으로 새로 앉혀야 합니다."

"내버려 둬. 그걸 누가 모르는 줄 아나?"

"하지만……."

"재수가 없어 1차대전에 참전 못 했다 뿐이지, 킨 장군의 1년 선배 아닌가. 미 육군사관학교의 몇 안 되는 유색인종이라 아주 절친한 사이였다더군."

"그놈의 킨 장군, 킨 장군. 어차피 미국 장성이면 죄다 선후배 관계일 텐데 무얼 그리 두려워하십니까?!"

"정 죽이고 싶거든 대본영의 승인이나 받고 오시게. 아, 내 이름은 좀 빼주고. 근데 후임으로 앉힐 인사가 있긴 있나?"

몇 번씩 실제로 살해당하기 직전까지 간 적도 있었지만, 림은 끝까지 살아남아 성공적으로 필리핀군의 보존 및 태업을 이어나갈 수 있었다. 물론 그의 이름에 친일 부역자라는 오명이 완전히 씻겨나가지는 못했지만, 그는 전혀 그 사실에도 개의치 않았다. 누군가는 해야 할 일이라고 여겼을 뿐. 그리고 일본군의 힘이 약해진 순간.

"때가 되었다. 이제 인내의 시간이 끝났다. 가자!"

"자유 필리핀 만세!!"

좌익 공산 게릴라와 우익 저항군, 아나스타시오가 이끌던 별도의 부대 등 거의 모든 필리핀 내 반일 저항세력이 일제히 들고일어났다.

"최우선 목표는 미군이 상륙할 교두보를 마련하는 일입니다."

"미국의 개 같으니라고. 그런 일이라면 우린 빠지고 마닐라를 치겠소."

"그러시든지."

물론 매끄러운 협조는 얼마 가지 못했다. 공동의 적을 두었을 뿐, 같은 길을 걷고자 하는 이들이 아니었으니. 하지만 확실한 점 하나는.

"빌어먹을 아이크. 언제 오나 내가 진짜 죽을 뻔… 어?"

"반갑네, 후배님."

"…이 전쟁터엔 무슨 일로 오셨습니까?"

"더글라스 맥아더가 가지 못할 곳이 이 세상 어디에도 없다네. 자, 나랑 팔짱 끼고. 치이즈."

팡!

무수한 카메라맨들을 바라보며, 맥아더 장관은 아나스타시오를 꽉 끌어안았다.

"우리의 모든 적, 그리고 모든 아군에게 알리시오. 더글라스 맥아더가 돌아왔다고."

세찬 파도에 바짓자락을 적시며 맥아더는 콘파이프 담배에 불을 붙였다.

케이크 가르기 2

필리핀 해방전은 속전속결로 진행되었다. 이미 일본 육군은 원 역사와 달리 '한 치의 후퇴도 없는 사수! 오직 옥쇄뿐!' 같은 소리를 고이 접고 '할 수 있는 한에서 최대한의 착취!'라는 더욱 생산적인 전략을 채택했고, 쳐들어온 미군은 그야말로 만반의 준비를 갖춘 상태로 들어왔기 때문이다.

턱없이 부족하긴 했지만, 미군은 잠수함을 동원해 지속적으로 필리핀 내 현지 게릴라와 교류하며 최소한의 존재감만큼은 내세우고 있었고 일본 군의 패악질은 여기에 기름을 부었다. 미군의 동시다발적 상륙을 막으려면 해군을 동원해야 하는 것이 너무나 당연한 이치지만.

"우리 해군은 나서지 않는다."

이미 해군조차 필리핀을 마음에서 반쯤 떼어 놓은 상태였다.

"과달카날에서 패배한 시점에서 이미 승산은 희박해졌다. 하지만 미 해 군을 깊숙이 끌어들여 함대결전을 다시 한번 시도한다면……."

"과달카날 해전의 패인 중 가장 중차대한 문제점은 적 무스탕이었습 니다."

"이번엔 그 반대여야만 한다. 적은 육상기지의 지원을 받지 못하고, 반대로 우리가 육상기지의 엄호를 받으며 싸울 수 있어야만 승산이 있다."

야마모토 이소로쿠는 다행히도 경질되지 않았다. 과달카날 해전의 여러 패인 중엔 본인의 실수도 있었지만 이것은 철저히 언급 금지되었고, 그중 가장 두드러지는 적 육상 비행대의 존재가 핵심 패인으로 지목되었다. 해군이 다음 결전장으로 생각하고 있던 곳은 괌과 사이판. 하지만 육군은 이 두 섬을 지킬 수 있는가에 대해 대단히 회의적이었다.

"제국의 방위에 있어서 괌과 사이판은 가장 막중한 요지입니다. 육군은 이곳들의 방위에 대해 어떤 복안이 있는지?"

"없소."

"너무 당당한 것 아니오?"

"보급을 유지하지 못하는데 대관절 본토에서 한참 떨어진 그곳들을 어찌 수비할 수 있겠소? 사이판을 지킬 능력이 있었으면 필리핀을 지켰겠지."

너희가 져서 그런 거 아니냐는 비아냥에 해군의 입은 조가비처럼 꽉 닫힐 수밖에 없었다. 물론 육군이라고 딱히 올바른 정신머리를 갖춘 것은 아니다.

[중국 전선에서의 완전한 승리 쟁취!]

[중경 함락! 장개석을 포로로 붙잡아 동경으로 끌고 오고 전범 재판을 진행!]

[중화민국, 친일 국가로 재편!]

이라는 망상. 꿈과 희망을 가득 담아 정성껏 쓴 학부생의 어설픈 답안지가 교수의 손에 갈기갈기 찢어지고 F 학점을 선고받듯, 일본 육군의 망상 또한 사천 전역에서의 처참한 패배로 말미암아 완벽하게 찢어지고 말았다.

필리핀은 어쩔 수 없다 쳐도, 이대로라면 황국의 확고한 강역인 대만마저 상실할지도 모른다. 대본영은 황급히 '절대국방선'이라는 새로운 대전략을 발표했고, 이에 따르면 중국 해안 지방—대만—오키나와—이오지마의 라인을 철통같이 지켜 본토의 안전과 황국의 국익을 사수한다는 것이 앞으로의 주된 작전 목표였다.

이 절대국방선 바깥에 있는 필리핀에선 얌전히 철수했느냐. 그렇다면 일본군이 아니다.

"우리가 데리고 있는 미군 포로들에게 일절 위해를 가하지 않고 모두 석방하리. 대신 안전한 퇴각을 보장해주시오."

"포로를 먼저 석방하고 즉각 떠나시오."

몇몇 부대 지휘관들은 합리적으로 행동했다. 하지만 퇴각할 때 타고 갈 배가 없는 대다수 일본군은 지극히 일본군스러운 방식을 취했다.

"전부 죽여라!!"

"황국의 은혜를 배반한 배은망덕한 미개인들을 모두 베어라!!"

"언젠가 배신할 줄 알았다, 이 토인놈들! 죽어라!"

"꺄아아악!"

필리핀의 수도 마닐라는 순식간에 피바다가 되었다. 미군이 채 공격해 오기도 전, 좌익 저항군이 마닐라 인근으로 진격해 오자 일본군은 곳곳에서 민간인을 무차별적으로 대검으로 난자하고 목을 베는 등 시내 곳곳에서 비이성적인 학살을 자행했다.

"이 미친 새끼들! 무슨 짓 하는 거야!"

"아니, 대체 왜 이 지랄인데? 곰팡이 핀 밥이라도 처먹은 거야? 귀축영미로부터 필리핀인을 지키려던 거 아니었냐고 이 미치광이들아!"

같은 일본군조차 경악할 만큼 이 학살은 뜬금없이 벌어진 일이었다. 하지만 그렇다고 물리력을 동원해 이 학살을 말리지는 않았다. 나중에 또 무슨 희한한 내통이니 반역이니 소릴 들을지 누가 아는가?

"현 시간부로 일본군은 즉각 마닐라에서 퇴거하라. 다 쏴 죽여버리기 전에."

"지금 동맹군을 협박하는 게냐?"

"남의 나라 수도에서 학살이나 해대는 새끼들이 무슨 동맹이야! 꺼져!"

비센테 림이 이끄는 필리핀군은 이미 반쯤 와해된 필리핀 괴뢰정부의 명령을 기다리지 않고 곧장 일본군과 교전에 들어갔으나, 이 학살을 완벽하게 저지하기에는 힘이 부족했다. 미군이 마닐라에 들어선 뒤에야 비로소 이 광기는 끝났고, 기나긴 일제의 철권통치는 최후의 최후까지 피를 흩뿌리며 그 막을 내렸다.

* * *

마침내 영원히 오지 않을 것만 같던 1941년의 크리스마스가 찾아왔다. 겨울이 되자 나치 놈들의 손에 모든 걸 잃은 서유럽 사람들은 이제 난방이라는 새로운 위협에 시달리게 되었다. 사람들은 도끼를 들고 삼삼오오 동네 숲으로 가 나무를 베어 땔감을 마련하려 했고, 근처에 숲이 없는 도시 시민들은 기름을 마련하기 위해 가진 것들을 내다 팔아야 했다.

프랑스 땅 곳곳에 지어진 포로수용소 또한 겨울에 애꿎은 포로를 얼어 죽게 하는 일은 피하려고 나름대로 월동 준비를 갖춰야만 했고, 수백만 장병들 동상 안 걸리게 겨울용 아이템 바리바리 실어나르는 일 또한 만만찮은 대역사였다. 그리고 나는 오랜만에 본국으로 돌아가 얄타 회담에 참석할 준비를 하나둘 갖춰나갔다.

"소련군이 빠른 속도로 옛 국경선을 회복하고 있네."

"우리에겐 나쁜 일은 아니군요. 독일이 그만큼 쥐어터지고 있단 뜻이니."

속았다. 마셜이 밥이나 한 끼 하자고 해서 쫄레쫄레 오는 게 아니었다. 아니, 여기서는 그냥 서로 건강은 어떻습니까? 아이들은 어떻고? 하하 저는 잘 지내고 있습니다. 아임 파인 땡큐 앤드유 하는 거 아니었나? 왜 또 일 얘기 해야 해?

"그렇게 밥이 먹고 싶나?"

"밥 먹자고 불렀잖습니까. 제가 무슨 걸신들린 놈이라 이러는 게 아니라 부른 용건을 물어보는 거죠."

"거참. 그래, 저 먼 타지에 나가서도 햄버거에 콜라로 끼니를 때운다고 명성이 자자하더만."

"그 햄버거, 프랑스 최고의 쉐프들이 빵 반죽부터 소스까지 전부 수제로 만든 물건이거든요?"

대체 뭐 어떻게 되어먹은 세상인지.

[장병들을 염려하는 마음 가득! 킴 원수의 식탁은 항상 햄버거?]

['가장 미국적인 식단이 곧 가장 세계적.' 프랑스 요리 게 섰거라! 이것이 아메리칸 소울이다!]

나는 저딴 인터뷰 한 적 없어! 이건 날조잖아, 이 기레기들아. 상도덕은 어디 갔다 팔아먹었냐. 결국 마셜이 날 부른 이유가 이 램프의 요정 유진 킴을 문지르기 위한 목적이었단 사실이 명확해진 지금, 나는 잡담이나 떠들 생각을 고이 접어 나빌레라하고 다시 지도를 바라봤다.

"독일의 동맹국들이 모조리 떨어져나가고 있으니, 그 반사이익을 거두었다고 볼 수 있겠지요."

"그렇긴 하지. 그래도 이렇게 빠르다니……."

스노우볼의 첫 시작은 유고슬라비아였다. 체트니크가 독일의 손에 짓밟히고 사실상 유고의 유일한 저항단체로 부상한 파르티잔은 연합국의 적극적인 군수지원을 받아먹자 순식간에 한 줌 독일군을 격파하고 수도 베오그라드에 입성했다. 드넓은 유고슬라비아에 많은 인력을 주둔시킬 수 없었던 독일은 현지 친독 민병대와 더불어 동부 전선 참여에 부정적이던 불가리아군을 대거 끌어들였는데, 이들 불가리아군은 유고에서 학살이 벌어지는 시점부터 서서히 파르티잔과의 교전을 꺼리고 있었다. 거기다 연합국의 혓바닥이 붙어버리니 어떻게 되었겠나.

'님들 지금이라도 독일 손절하쉴?'

불가리아의 친독 정권에 반대하는 빨갱이들은 무장단체를 만들어 산기

숲으로 도망쳐 저항 활동을 펼치고 있었는데, 여기에 같은 빨갱이 동지인 티토를 경유해 연합국이 힘을 보태주기 시작했다. 마침내 불가리아 내에서 쿠데타가 일어나 저 빨갱이들이 정권을 탈취했고, 하루아침에 불가리아는 편을 갈아탔다.

"우리 불가리아는 인류의 적 독일과 모든 외교관계를 단절하며, 즉시 선전포고하는 바이다."

"이 배신자들이!!"

짝불알 콧수염이 길길이 날뛰든 말든 그놈이 발칸에 투사할 힘이 어디 있겠는가. 유고와 불가리아가 빨갛게 물들자 궁지에 몰린 루마니아 또한 결단을 내려야 했다. 루마니아의 허수아비 국왕 미하이 1세는 불가리아군이 루마니아 국경을 건너기 무섭게 친위쿠데타를 일으켜 친독파 정권을 무너뜨렸고, 당연히 가장 먼저 한 일은 연합국에 합류하는 것.

모두가 어어 하는 순간. 한 달도 되지 않는 짧은 시간 동안 단숨에 발칸반도에서 독일은 모든 영향력을 잃어버리며 발칸전선은 완전히 붕괴되었다. 이와 같은 타이밍에 핀란드에서는 기존 대통령이 퇴임하고 저 유명한 만네르하임이 대통령직을 승계, 곧바로 독일과의 모든 관계를 청산하였다.

"처칠 총리가 또 D.C.를 뻔질나게 들락거리고 있네. 발칸이 빨갱이들 손에 떨어지면 어떤 대재앙이 일어나는지 연일 성경에 나오는 선지자들처럼 떠들어대고 있지."

"뭐… 어쩌겠습니까. 이제 와서."

진짜 그 인간은 소련 상대로 선전포고할까 봐 무섭다. 슬슬 처칠도 유통기한 다 된 것 같은데.

"하지만 일각에선 우려의 목소리도 없진 않네. 발칸 각국의 군대를 끌어들인 소련군이 헝가리, 오스트리아를 거쳐 독일 본토로 진격하면 훨씬 더 빠르게 독일에 입성하지 않겠나?"

"그러면 제가 크리스마스 잔칫상 다 뒤엎고 지금 당장 라인강을 향해 달려야겠습니까. 그냥 남의 나라 놈들끼리 서로 부둥켜안고 죽고 죽이는 거 구경만 하면 안 될까요?"

"내 말이 무슨 뜻인지 다 알면서 또 이러는군."

오히려 나로서는 사실 그 험준한 발칸에 소련이 군대를 욱여넣을 역량이 있을까 싶긴 한데… 생각해보니 그 역량 마련해주려고 우리가 랜드리스로 트럭을 바리바리 보내주지 않았나. 어쩌면 다행일지도 모른다.

"이제 결정을 해야 하네."

"네? 갑자기 무슨 놈의 결정 말씀이십니까."

"정치."

제일 듣고 싶지 않은 말을 들어버렸다. 나는 슬그머니 고개를 돌리려 했지만, 마셜의 눈빛에 붙들려 채 돌리지도 못했다.

"대통령과 전쟁부장관 사이의 이견이 좁혀지지 않고 있어. 아니, 대놓고 말하지. 그냥 그 둘의 의견 중 일치하는 게 있기나 한지 의문이군."

"그야 정당이 다르니 당연한 일 아닙니까. 그러라고 있는 게 의회고 민주주의니까요."

"그렇지. 그렇게 민주주의 정치에 대해 깊이 이해하고 있는 자네라면 대통령과 차기 대선 후보가 전부 자네 입만 바라보고 있단 사실도 누구보다 잘 알고 있겠구만. 걱정할 거 없겠어."

뭐라고요? 왜? 갑자기 어째서 날 걸고넘겨?

"…전 또 왜요. 전 그냥 야전군인이고, 지들끼리 찌그락째그락 싸우든 협상을 하든 카드게임으로 결판을 내든 아무튼 윗선에서 내린 결정을 이행하는 게 제 일입니다."

"프랑스 놈들이 빠게트를 잘못 구워줬나, 제정신이 아니군."

마셜은 다시 그 끔찍한 햄버거를 먹는 위대한 킴 원수 어쩌고 하는 헤드라인이 박힌 신문을 내게 들이밀었다.

"이거 보이나?"

"제 눈이 멀었으면 좋겠네요."

"이게 자네 입지야. 자네가 누구 편을 들어주냐에 따라 여론이 결판난다고."

우리는 알지만 대중은 모르는 사실. 맥아더는 누구보다 빠른 독일 진공을 희망하고 소련의 밥그릇에 들어갈 먹거리를 줄이고 싶어하지만, 나는 한사코 반대하고 있는 입장. 그리고 정작 나 자신은 평가절하했지만, 지금의 유럽 정세는 FDR이 죽기 전 꿈꾸던 바로 그 모습과 무척 흡사해지고 있다. 민주당 입장에선 충분히 내가 자기들 편이라고 여길 수 있단 건가?

"민주당과 백악관은 그거로 막판 뒤집기를 노리고 있어."

"……"

"맥아더 장관의 인기 요인 중 하나가 자네 아닌가. 둘을 찢어 놓으면 해볼 만하단 거지."

"총장님께서 이토록 정치에 심취하셨을 줄이야. 혹시 전쟁 끝나고 출마하십니까?"

"말 돌리지 말게. 나는 그냥 빨리 네놈이 둘 중 하나 손 좀 들어주고 이 모든 정쟁에 종지부를 찍어주길 바랄 뿐이라고. 백악관과 장관 사이에 끼어서 짜증이 치솟고 있단 말일세."

조지 마셜은 재판장이라도 된 것처럼 내게 선고했다.

"얄타로 가기 전에, 결정해야 하네."

누구와 손잡을지.

케이크 가르기 3

화기애애한 아기 돼지 삼형제 상봉의 현장.

"마셜 그 사람. 누가 군바리 아니랄까 봐 정치는 잘 모르는구만."

"그러냐. 난 좀 고민되는데."

"고민을 한다고?"

"엉."

"왜?"

첫째 김유진은 추축군의 피와 시체로 집을 쌓았어요. 둘째 김유신은 달러와 금으로 탑을 쌓았어요. 셋째 김유인은 따뜻한 대학원에 갔어요. 아, 슬퍼. 유신이 놈은 날이 갈수록 무슨 구미호에게 정기라도 빨렸는지 고목나무처럼 말라비틀어지고 있었다. 예쁜 구미호에게 빨린 거라면 차라리 행복하기라도 하지, 안타깝게도 유신이를 빨아먹고 있는 건 더 많은 군수물자에 미쳐버린 엉클 샘이다. 가엾어라. 캘리포니아에서 D.C.로 날아오기가 꽤 피곤했는지 구두와 정장 윗도리를 대강 휙휙 벗어 던지고 소파에 철푸덕 드러누워 있던 녀석.

유신이는 고개만 슬쩍 들어올린 채 황당하다는 듯 되물었다.

"고민을 왜 해. 당연히 맥아더 장관 편에 붙는 거 아녔어?"

"왜 그리 생각하느냐, 어리석은 우리 아빠 아들놈아."

"아니, 여태껏 그렇게 수십 년 지기로 지내면서 밑천 다 대주고 서포터 노릇을 했는데 이제 와서 고오오오민? 왜? 우리가 그 양반한테 매년 얼마씩 대줬는데?"

"…돈 대줬냐?"

"당연하지! 맥아더 그 사람이 돈이 어디 있다고 정치를 해?"

"니가 맥 선배를 뭘 안다고 돈을 대줘?"

"니가 대주라며 이 미친 인간아!!"

유신이는 어이가 없다는 듯 고함을 버럭 질렀다.

"나한테 그 사람 잘 좀 부탁한다며? 그럼 당연히 총알 든든히 대주라는 뜻으로 알아먹지!"

"아니, 난, 거 뭐시냐. 그냥 거. 알잖아? 정치인과 기업인이 서로 국익을 위해 상부상조할 구석이 없잖아 있으니……."

"그 상부상조할 건덕지가 돈 말고 뭐야! 아오 씨. 내가 칠면조 건으로 한 몫 땡기지만 않았어도 진짜 저 인간 머리카락 다 쥐어뜯었다. 가끔 다 아는 것 같은 놈이 저런 멍청한 소릴 해요. 이래서 군바리들은 안 돼. 자기들이 쏴대는 총알이 무슨 땅에서 솟아나는지 아나봐."

"혹시 유인이 머리카락도 다 쥐어뜯었니?"

"와. 이걸 가만히 있던 나를 때리네."

비싼 돈 주고 산, 윤기가 탐스럽게 좔좔 흐르는 일명 회장님 의자에 허리를 기대고 앉아 있던 유인이가 날 노려본다. 가엾고 딱하게도, 삼형제 중 가장 고생 덜했을 유인이의 이마가 빠른 속도로 후퇴하고 있다. 대충 5년에서 10년쯤 지나면 풍성하던 모발 대부분이 압류당해 헤이하치 컷이 되고 말 미래가 보이고 있다. 내일모레 여든인 우리 아빠도 풍성한데 쟤는 대체 왜?

"너는 형처럼 전쟁터에서 뒹구는 것도 아니고, 나처럼 월화수목금금금을 보내는 것도 아니면서 대관절 왜……?"

"몰라서 물어 씨발? 왜 갑자기 나한테 그래. 아빠는 고향 돌아간다고 신났는데 가서 뭐 할지 준비는 내가 다 하고 있는 거 몰라서 물어?"

"그 정도야 나랑 유신이는 맨날 하던 업무량이니까 그렇지."

"그럼 먼저 태어난 인간 언저리 둘이서 엄마 배 속에서 영양분을 다 훔쳐 가서 내 머리가 별로 안 나나보지. 생각해보니 열받네."

조금 전까지 서로 고함 지르던 김유진과 김유신은 어디로 가고, 어느새 우리는 순식간에 풍성연합군을 결성해 민머리추축군 김유인을 놀리고 있었다. 한동안 유인이를 골리던 유신이는 어느새 또 타깃을 나로 바꿨는지 갑자기 북괴식 로켓 발사를 감행했다.

"아무튼 무조건 남겨 먹어야 해. 무조건. 아주 쪽쪽. 원금 회수하려면 무조건 그 양반 백악관 보내야지. 갑자기 여기서 또 자다가 봉창 두드리는 소리 하면 진짜 내 손에 죽어! 히틀러가 형을 살려줘도 내가 안 살려준다고!"

"아이고 무서워라."

바닥 카펫에 누워 먼지를 연신 흡입하고 있던 나는 대강 몸을 일으켜 세웠다. 수십 년이 지났지만 집안에서 신발 신고 돌아다니는 이 아메리칸 라이프스타일은 적응이 안 된단 말이지.

"그래, 우리 집에서 젤 똑똑한 유신이."

"알면 됐네."

"왜 갑자기 나 갖고 이 지랄들인지 해설 좀 해볼래?"

단순히 독일로 진격하냐 마냐의 문제라면 고민할 것도 사실 별로 없다. 원래 나는 봄까지 준비 빵빵하게 갖추고 독일 본토로 진격해도 된다고 판단했었는데, 소련의 공세 속도가 가팔라지면서 반공 전사 맥가놈의 빨갱이 혐오가 다시 도질 우려가 생겼다.

얄타로 가기 전에 맥아더 선배랑 술 한잔하면서 허심탄회하게 논의 좀 하고, 괜히 유럽에서 빨갱이한테는 고기 한 점 못 준다고 부들댈 선배 적당히 다독이고 나면 다 끝날 일 아닌가. 마셜의 호들갑이야 뭐… 너무 고통을 많이 받아서 그러려니 하고 넘어가면 되고. 하지만 그러기엔 만렙 배금주의 자, 자본주의가 낳은 괴물 김유신의 반응이 영 예사롭지가 않다.

"다 아는 거 아녔어? 알고 고민하는 거 아녔냐고."

"모르니까 한 곡 좀 뽑아보라고."

"허."

마켓가든 작전에 뒤이은 내 충무공 메타가 대성공을 거두면서, 맥아더는 명실상부한 공화당의 두목으로 부상했다. 내년, 즉 42년 상하원 선거도 이쯤 되면 따 놓은 당상이라 볼 수 있겠지. 하지만 문제는 결국 대선이고, 미국식 대선 투표는 단순히 득표 많이 하면 장땡이 아니라 각 주별 선거인단을 확보해야 하는 싸움.

"그런데 맥아더의 텃밭 중 하나인 유색인종은 이 대선에선 영향력이 미미해."

"그거야… 그렇지."

전국 각지에 골고루 깔려 있는 흑인, 인디언, 아시아인, 히스패닉 등 피부 하얗지 않은 모든 사람들이 전원 맥아더에게 투표한다 하더라도, 하나의 주 내에서 과반수를 득점하지 못하면 저 사람들의 표는 모두 휴지통으로 가버린다. 이게 바로 맥아더를 대선 후보로 내세울 공화당의 가장 큰 약점. 반면 민주당은 이러니저러니 해도 여전히 현직 대통령 프리미엄을 갖고 있으며, 곧 죽어도 민주당 아니면 안 뽑는다는 콘크리트 남부 딕시 계층을 갖고 있다.

'미워도 다시 한번.'

'증조할아버지도 할아버지도 아버지도 민주당 찍었는데 내가 어떻게 공화당을 찍어.'

'공화당? 남부에 쳐들어와서 총질하고 사람 죽여대던 새끼들, 링컨의 후손을 내 손으로 뽑으라고? 그냥 내 손모가지를 커팅하고 말지.'

이 남부의 철밥통 민주당 지지 세력이 얼마나 막강하냐면, 공화당이 민주당을 멸망시킬 기세였던 28년 선거… 그러니까 우유 약탈자 후버가 당선된 그 선거에서조차 조지아, 앨라배마, 아칸소 같은 남부 동네는 민주당을 뽑아줬다. 텍사스가 공화당으로 갈아탄 게 신기할 정도로.

게다가 맥아더의 강력한 텃밭 중 하나인 중부 농촌조차 하필 대적할 상대가 농업의 프로페셔널 월레스라면 다소 빛이 바랜다. 농촌 특유의 보수성과 결합되면 맥아더가 마냥 무조건 승리하리란 장담을 못 하는 셈.

"루즈벨트는 죽었지만 여전히 루즈벨트가 남긴 텃밭은 잘 돌아가고 있어. 맥아더가 백악관으로 무난히 가고 싶다면 결단을 내려야 해."

"무슨 결단."

"글쎄. 난 정치인이 아니라 모르겠네. 남부 딕시들에게 최면이라도 걸어서 갑자기 공화당을 찍게 만들면 또 모를까… 왜 그래? 진짜 최면 걸 방법 있어?"

"아냐아냐. 계속해봐."

공화당 입장에선 전쟁영웅 유진 킴과 손을 마주 잡고 전국적 유세 및 민주당에 대한 맹공격을 해야 '간신히' 이겨봄 직한 상황. 반대로 민주당은 여전히 역대급 내전 상태. FDR의 후계자인 월레스는 복날 개 두들겨 맞듯 맥아더에게 얻어터지고 있었고, 반—FDR 세력들은 10년간 참았던 설움을 풀려고 꼼지락대고 있다.

"여기서 월레스와 FDR 파벌이 꺼낼 수 있는 최고의 무기가 있어."

"뭔데?"

"형을 대선 후보로 추대하는 거지."

"콜록, 콜록!!"

아 씨, 침 삼키다 사레들렸네.

"이거면 완벽하지. 원래 FDR은 진보적 성향이 셌으니까……."

"아니. 인종 페널티는 어쩌고."

"형은 예외니까. 다른 때라면 몰라도 44년 다음 선거 때까진 프리미엄이 제법 남아 있을걸?"

백악관이라. 백악관.

"아무리 민주당의 분란이 크다 해도 형을 대선 후보로 세우자고 하는 순간 그 분란은 끝날 거야. 맥아더의 지지 세력 중 절반쯤은 훔쳐 오면서 남부 콘크리트들도 자연스레 잡을 수 있으니 무조건 승리. 축하합니다, 대통령 각하. 당선된 소감이 어떠십니까?"

"……니 형수님이 날 살려둘 것 같냐?"

민주당으로 출마하겠다고 하는 순간 도로시 커티스 킴 여사님께서 내 밥그릇을 뽀삐 밥그릇으로 교체하지 않을까? 하지만 내 말에 유신이는 어이가 없다는 듯 웃었다.

"무슨 소리야. 그 커티스의 동맹이었던 월레스가 민주당 간 마당에. 애당초 그 어르신 평생의 소원이 유색인종 대통령 내보는 거였구만."

"니가 도로시를 몰라서 그런데……."

"형보단 내가 더 잘 알걸? 내가 장담하건대 형이 출마한다고 하는 순간 형 밥상에 윤기가 자르르해진다. 진짜로. 형수님이 형 뜻을 존중해서 출마 얘기를 안 하는 거지, 마음이 전혀 없는 게 아냐 이 화상아. 형수님 뛰고 있는 시민단체 개수를 한번 세어보고 말해."

"지금 가서 물어보고 온다. 딱 대라."

"아니, 그러진 말고. 내가 펌프질했다고 하면 그건 그거대로 화내실 텐데 뭘. 난 사슴 대신 박제로 걸리긴 싫어."

아. 머리 아프게 하네. 백악관? 어째 내가 왕이 될 상이란 말인가? 고향에 돌아가 심시티나 할까 했던 내가 미합중국 황상? 아서라, 아서. 내가 뒤가 구린 게 없는 게 아닌데 그런 거 했다간 너덜너덜해진다.

"유신아. 그건 순전히 니 뇌피셜인 거지?"

"뇌피셜은 또 뭔데. 희한한 단어 혼자 만들지 말고."

"니 머리통에서만 나온 발상 아니냐고. 누가 대선 후보 시켜준대?"

"당연히 말이 나오니까 하는 말이지!"

이놈은 수그러들긴커녕 오히려 벌떡 일어나서 나한테 대뜸 삿대질을 해 대지 않는가. 어디서 감히 김씨 가문의 가부장인 이 몸에게 대드느뇨? 짬밥 365그릇이나 더 먹고 와라.

"형한테는 아무 연락 없었어?"

"없었지."

"나랑 아버지, 어머니, 형수님까지 다 알음알음 이야기 들었어. 유인이 너 도 들었지?"

"들었지."

"거봐. 민주당에서 러브콜이 아주 쏟아지고 있다니까? 좋으시겠어요."

머리 아파 죽겠네. 당장 내일 백악관 들어가서 대통령 만나야 하는데.

"그래서, 누구랑 이야기하면 되는데. 대통령?"

"월레스 대통령이야 형 온다 하면 아이고 어서 오십쇼 하면서 자리 비켜 줘야 하니까 별로 중요하지 않아. 오히려 반—FDR 파벌 쪽과 먼저 접촉해 야지. 그쪽에서 어깃장 놔버리면 다 꼬이니까."

"그럼 누구."

"나랑 몇 번 밥 먹고 골프 좀 친 의원 나리 하나가 있어. 회사 매출 반토 막 낸 피도 눈물도 없는 새낀데… 그래도 한번 만나보라고."

던져 놓은 자기 윗도리를 잡으려고 애써 소파에서 애벌레처럼 꿈틀대던 유신이는 결국 완전히 일어나 명함집을 뒤적대더니 한 장을 꺼냈다.

[해리 S. 트루먼. 미주리주 상원의원. 국방 프로그램 조사 상원 특별위원 회(Senate Special Committee to Investigate the National Defense Program) 위원장.]

"…만나만 보면 되냐?"

"대통령 하든 말든 그건 상관없는데, 그래도 민주당이랑 친목 좀 다져 서 나쁠 건 없잖아. 그 인간이랑 좀 친해져서 납품 단가 좀 살살 후려치라고 해봐."

나는 명함을 품에 넣었다. 투자해서 손해는 안 볼 것 같은 이름이시네. 우리 친하게 지내요.

* * *

같은 시각. 워싱턴 D.C.

"…따라서, 내년 선거에선 대승을 거둘 가능성이 높지만 다음 대선의 향방은 미지수라고 보입니다."

"월레스가 이렇게 개판을 치고 있는데도 미지수라?"

맥아더 장관은 어이가 없다는 듯 고개를 흔들며 파이프에 담배를 채워 넣었다.

"단순한 현상 분석이라면 지겹게도 들었소. 이제 슬슬 해법을 알려줬으면 하는데."

"장관님께서는 대선 승리를 위해서라면 무엇이든 하실 수 있겠습니까?"

"서두가 길군. 말부터 해보시오."

"우리의 승리를 위해선 남부를 끌어들여야 할 필요성이 있습니다."

천하에 둘도 없을 원수 같은 남부 딕시들? 내가 끌어안는다 쳐도, 그놈들이 얌전히 품에 안기겠나? 맥아더의 기나긴 상념은 단 한 줄로 압축되어 튀어나왔다.

"가능한 소릴 해야지."

"충분히 가능합니다."

후버 전 대통령 이후 처절한 패배의 시간을 보낸 공화당. 정치를 위해 태어난 괴물 루즈벨트에게 시종일관 농락당한 공화당 전략가들은, 승리를 위해서라면 무슨 짓이든 할 수 있었다.

"FDR 이후 민주당은 전통적인 우리의 지지자였던 도시 노동자 계층, 유색인종들을 흡수하면서도 기존 지지자였던 보수주의자들의 관성적 지지를 얻고 있습니다."

"저들이 우리의 텃밭을 뺏었으니, 우리도 놈들의 텃밭을 뺏어야 합니다. 그래야 승리할 수 있습니다."

"뉴딜 같은 빨갱이놀음을 10년씩 했는데도 보수파의 표를 받는 게 이상한 겁니다. 게다가 월레스는 그야말로 시뻘건 놈 아닙니까. 그 불안감을 자극하면 됩니다."

맥아더는 묵묵부답이었지만, 주변 인사들은 그의 결단을 재촉했다.

"과감해지셔야 합니다. 장관님이야말로 미국 역사상 최고의 명장 중 한 분 아니십니까."

"유색인종들의 표는 월레스에게 줘버리고, 반공이라는 키워드로 남부를 공화당 지지로 돌려세우면 낙승입니다."

"비록 남부와 장관님이 그리 원만한 사이는 아니었다지만, 나라를 바로 잡기 위해선 원수와도 손을 잡아야 합니다."

"…고민 좀 해보겠소."

밖으로 나온 맥아더는 저 멀리, 어둠에 뒤덮여 보이지 않는 백악관이 있는 방향을 바라보았다. 바람을 좀 쐬니 마음이 정리되는 듯했다.

"굳이."

그래, 굳이. 굳이 그렇게까지 하지 않아도, 이 더글라스 맥아더는 승리할 수 있다. 저 딕시 놈들을 역사 속으로 파묻긴커녕 그놈들의 표를 받아 대통령이 된다? 대체 왜? 월레스가 미쳐서 빨갱이들에게 나라를 팔아먹기라도 하면 모를까. 아직 맥아더는 그 정도로 급하진 않았다.

고증입니다

남부 보수주의적 민주당 골수 지지층을 일명 '딕시크랫(남부를 통칭하는 딕시 +
민주당원의 영어 발음 데모크랫)'이라고 불렀습니다. 1948년 민주당의 흑인 인권
개선에 반대하는 세력이 떨어져나와 주권민주당을 창당했고 딕시크랫은 원래 이
당의 당원들을 부르는 용어였습니다. 대부분 남부 지주 계층이었고 주 자치권 강
화, 인종 분리 정책 유지, 뉴딜 정책 반대 등을 정치적 입장으로 내세웠습니다. 이
후에는 남부 보수적 민주당 지지자들을 통칭하는 단어로 쓰였습니다. 이들이 완전
히 사라진 것은 1990년대 들어서입니다.

케이크 가르기 4

워싱턴 D.C., 우보크.

해리 트루먼이라는 사람은 대한민국 역사에 아주 굵직한 획을 남겼다. 일명 6.25 전쟁, 한국전쟁이 바로 그의 재임 기간 중 일어난 전쟁이니까. 하지만 누누이 말하지만 부통령이란 자리는 원래 장식용 토템만도 못한 위치고, 그 토템 자리에서 대통령을 계승한 트루먼 또한 민주당 내에서 어마어마한 입지를 차지한 것은 아니었다.

"이야. 제가 여기에 다 와보는군요."

"별로 대단한 곳은 아닙니다. 원래 이곳은 장례식장이었고, 상주와 관계가 있는 사람만이 들어올 수 있는 별도의 공간이 있었을 뿐이지요."

"그렇군요. 그러고 보니 그런 설정이었지요."

설정이라고 하지 마! 진짜로 장례식장이었다고! 트루먼은 주변을 슥 둘러보더니 자신이 앉은 의자를 툭툭 두드렸다.

"이 자리가 그 선량한 하딩이 자기 갱들과 함께 포커와 딱지를 치던 자리다 이거지요?"

"그건 그렇지요. 무척 재밌는 분이었습니다."

"백악관에서 일하는 사람들 사이엔 하딩 유령에 대한 이야기가 있지요. 한밤중에 홀로 백악관 안을 돌아다니다보면 하딩의 혼령이 나타나 '자, 듀얼이다!' 하면서 배틀을 신청한다더군요."

그게 뭐야. 무서워. 그 양반은 왜 성불 안 하고 거기 있어?

"진짭니까?"

"작고한 루즈벨트 대통령도 하딩 유령을 만났다더군요. 그분도 똘기 하나는 대단하던 분답게 유령과 한 게임 했다던데… 소감으론 게임 더럽게 못한답디다."

어… 갑자기 신뢰도가 급상승한다. 하딩은 전형적인 지갑 전사 스타일이었거든. 아직도 카드 내놓으라고 다짜고짜 편지 보내던 생각만 하면 내가 살이 파들파들 떨린다고.

"FDR이 죽은 후 신기하게도 하딩 유령이 자취를 감췄답니다. 공화당 친구들은 천하의 하딩조차 배신자가 백악관 집주인이 된 꼬락서니는 못 참아서 사라졌다고 주장하고, 우리는 루즈벨트의 영혼과 즐겁게 게임을 하고 있을 거라고 말하고 있죠."

"속에 은근히 뼈가 들어 있는 듯하군요."

"정치하는 사람들이 다 그렇지요. 순살을 못 봐줍니다."

트루먼은 음… 굳이 따지자면 재미없는 친구에 가까워 보였다. 아직 덜 친해져서 그런가, 아니면 내가 만난 정치인들이 전부 악마의 혓바닥 하나씩 장착한 괴물들이어서 너무 눈이 높아진 걸까.

"어떻습니까. 저희 민주당과 함께 백악관에 도전해 볼 의향이 있으십니까?"

잠시 벽에 걸린 하딩 초상화를 구경하던 트루먼은 꼭 방금 먹었던 저녁 메뉴를 논하듯 툭 말을 던졌다.

"몸쪽 꽉 찬 직구가 너무 예리한데요."

"없는 거 다 아는데 괜히 돌려 말해 무엇합니까. 늙어서 사리 판단이 떨어지는 당내 원로들이야 그런 장밋빛 미래를 꿈꾸지만, 제가 봤을 땐 헛물 켜는 것 같거든요."

"뭐어… 부정은 못 하겠습니다."

"그렇군요. 하지만 이런 자리를 마련해주신 걸 보면 공화당과 손잡고 저흴 조져버릴 생각도 아니신 것 같습니다만."

"조진다니요. 저는 어디까지나 군인일 뿐입니다. 정치와는 되도록 좀 거리를 두고 싶네요."

거참 시원시원하네. 시원하다 못해 날아가버릴 것 같아. 정신 나갈 거 같애!

"사람들은 공화당을 진보, 민주당을 보수라고 생각하지요. 하지만 그건 착각입니다. 공화당이 내세운 마지막 진보적 정책은 하딩 대통령 시절 US MILK가 끝이니까요."

나는 괜히 이상한 소리 들을까봐 입을 다물었다.

"공화당은 거의 수십 년에 걸쳐 천천히 보수적으로 변했습니다. 진보를 바라던 이들은 미국 정계에서 철저히 소외당했고, 그걸 캐치한 사람이 바로 FDR입니다."

"그렇군요."

그래서 뭐지? 사실 너는 우리 편이야! 뭐 이런 뜻인가?

"저는 세간에서 말하는 딕시크랫입니다. 보수적이고, 돈과 권력을 좋아합니다."

"그럼 공화당 가셔야 하는 거 아닙니까?"

"하하. 그럴 순 없지요. 저는 윌레스 같은 꼴은 사절입니다. 의원 생활 오래오래 유지하고 싶거든요."

그는 내 말을 반 농담 반 진담으로 응수하며 말했다.

"그리고 우리는 표를 가장 사랑합니다. 윌슨 이후 10년이 넘게 패배만 반복하던 당에게, FDR은 승리의 공식을 알려줬습니다. 공화당에서 버려진 자들을 주워 담으라고. 그러면 우리가 이기리라고."

"……"

"아직도 남북 전쟁 시절인 줄 아는 노인네들을 빼면 모두가 그 사실을 압니다. 그러니 이제 민주당은 진보의 길로 나아갈 겁니다. 가난한 자, 농민과 노동자, 유색인종을 품고 천년만년 정권 좀 해먹어야지요."

"굉장히 빨간 맛 느껴지는데, 그… 조심 안 하셔도 됩니까?"

"그건 지지층 내다 버린 공화당 잘못이지 우리 잘못이 아니지요?"

트루먼은 안경을 슬쩍 매만지며 참으로 뻔뻔스럽게 말했다. 언변은 딸려도 얼굴가죽이 두꺼우니 확실히 의원직은 오래오래 하시겠어.

"민주당의 문은 언제든 열려 있습니다. 공화당이 싫어지면 언제든 오시지요."

"정말 당당하시군요."

"오지 말라고 할 순 없잖습니까?"

"이렇게 정직하신 걸 보니 대통령 한 번쯤 하시겠어요."

"나라가 망하지 않고서야 제가 무슨 수로 대통령을 하겠습니까. 군인은 다 이런 농담을 합니까?"

어… 음… 그러게. 대체 원 역사는 어떤 세계였을까.

* * *

정치 따위 엿이나 먹으라지. 이놈의 정치랑 엮여서 내 인생이 행복해진 적이 없다. 트루먼을 만난 뒤엔 대통령도 만났고, 맥아더도 만났다. 월레스 대통령과 웰즈 국무 차관은 이번 얄타 회담에 기대가 큰 모양이었다.

"이번 회담에서 미합중국은 그 입지를 다지고, 새로운 세계 질서를 창출할 수 있으리라 보고 있습니다."

"킴 원수의 눈부신 전공으로 여기까지 왔습니다. 감사드립니다."

"저는 제 직무를 다했을 뿐입니다."

"총사령관께서 하신 그 직무가 얼마나 많은 사람을 살리는 일이었습니까. 누구나 쉽게 할 수 있는 일이 아닙니다. 하하! 다시 한번 감사의 말씀 드립니다."

이런 말 하면 참으로 실례가 되겠지만. 이들은 무척이나 낙관적으로 현 상황을 바라보고 있는 듯했다. 무척.

"루즈벨트 전 대통령이 바라마지 않았던 환경이 조성되고 있습니다. 저는 대통령으로서 총사령관이 바라보고 있는 향후 국면이 매우 정확하다 여기고 있습니다."

"그 말씀은?"

"어째서 우리가 독일 본토로 쳐들어가 소중한 미 국민의 피를 흘려야 합니까. 맥아더 장관은 공은 자신의 몫으로, 책임은 저에게 떠넘기려 하고 있지만 거기에 넘어가 줄 순 없지요."

"그러면… 소련의 지분을 인정하시겠단 말씀이시군요."

"당연한 일입니다. 소련은 우리의 동맹입니다. 그들이야 수백, 수천만 명의 러시아인이 목숨을 잃은 마당이니 거기에 피 몇 방울 좀 더해진다고 해서 독일 진공을 망설이진 않겠지요. 피와 돈의 교환이라면 우리가 이익입니다."

원 역사에서는 전쟁이 끝난 뒤 매카시즘, 빨갱이 공포의 시대가 강림했다. 역알못인 나도 그 정도는 알고 있다. 하지만 월레스는 FDR과 마찬가지로 소련과 파트너가 될 수 있으리란 희망을 품고 있었다. 아니, 본인이 그렇게 만들겠단 의지가 만만했다.

"대통령 각하의 의중이 그러시다면, 저는 구태여 본토로 진격할 필요는 없겠군요."

"물론 가기는 가야 합니다. 소련에게 전적으로 떠넘겨서는 안 되지요. 너무 무리하지만 마십시오."

"아시아 전선에 관해서는 혹시 어떤 계획을 갖고 계신지 여쭤봐도 되겠습니까?"

"아아. 무엇이 궁금한지 잘 알고 있습니다. 약속은 지킵니다. 장군께서도 그리운 고향 땅을 한번 밟아 보셔야지요."

그래. 이거면 됐지 뭐. 두 거대 정당과 D.C.에서 푹 숙성된 요괴들이 치고받고 복싱 챔피언십을 하든 말든 그건 내 알 바 아니니까. 중요한 건 내 곗돈을 돌려받을 수 있다는 약속을 받았단 거다.

"내년엔 독일이 끝장날 예정이라 들었습니다."

"그렇습니다."

"그다음 해에 일본을 박살 낸다면, 44년 대선 즈음엔 전쟁이라는 특수 상황도 끝난 지 얼추 1년입니다. 당연히 지금과 같은 연립 정권도 필요 없어지고, 맥아더 장관은 다시 제자리로 돌아가겠지요. 시민들을 설득할 시간은 충분합니다."

자신만만하구만.

한편, 맥아더는 상태가 영 메롱했다.

"정치란 참 몹쓸 물건이야."

"왜 또 갑자기 이러십니까? 저 만나기 전에 한잔 빨았어요?"

"나날이 내 의지가 시험받고 있네."

저렇게 멘탈이 흔들리는 와중에도 포크와 나이프는 그야말로 완벽하게 반듯이, 기계 팔이라도 달아 놓은 듯 움직이고 있다. 나는 각 잡고 먹는 게 아니면 저렇게는 안 되던데.

"민주당이야 원래부터 정신머리에 문제가 많은 놈들이라지만, 같은 당에 조차 글러 먹은 놈들이 많으니 참 문제일세."

"아… 그렇군요. 정치는 잘 몰라서."

"그래도 다행이야. 이렇게 든든한 후배가 나를 지탱해주고 있으니 말일세. 장님으로만 가득한 세상에 혼자 눈을 뜨고 있는 줄 알았는데, 같은 눈

뜬 이를 만났으니 이 얼마나 다행한 일인가?"

"밥 사준다고 그렇게 고평가해주시면 곤란한데요."

"이 장님들로 가득한 나라를 이끌고 나가자니 답답해 죽겠네. 심지어 그 장님들은 더 큰 대의를 위해 소인배들과도 타협해야 한다고 떠들어대고 있어."

"가끔 드는 생각이지만, 정말 정치 안 해서 다행이다 싶습니다."

"나쁜 자식."

이 오묘한 균형 사이에서 줄타기를 하며. 마침내 1941년이 끝나고 42년 새해가 다가왔다.

* * *

크림반도의 휴양도시, 얄타. 한때는 이곳 또한 독일군의 군홧발에 짓밟혔지만, 소련은 짧은 시간 안에 기어이 때 빼고 광내고 온갖 수리를 진행한 끝에 얄타를 사람 사는 동네로 다시금 수리했다. 처칠과 월레스는 얼마 전까지 전쟁터였던 얄타를 회담 장소로 잡는 것에 관해 부정적인 입장이었지만, 스탈린은 정말 완강했다.

'처음엔 카사블랑카, 그다음은 카이로. 왜 항상 서방연합국 방면에서만 회담을 하는가? 우리가 우스워?'

'얄타가 아니면 테헤란. 둘 중 하나다. 타협은 없다.'

이 이야기를 들었을 때까지만 해도 그냥 불곰 자존심에 스크래치가 꽤 많이 났구나, 정도였지만 나는 생각을 바꿔먹게 되었다.

"반갑소, 예브게니 킴 동무. 나치 파쇼들을 때려잡고 인민의 원수 발터 모델을 죽여버리다니. 그자의 손에 죽어나간 인민들을 대신해 내 친히 감사를 표하리다."

"제가 죽이진 않았습니다만……."

"B집단군을 통째로 포위해 죄 쥐새끼처럼 밟아버렸으니 그게 죽인 게 아니고 뭐요? 어떻소. 지금이라도 두 번째 조국, 사회주의 조국에서 여생을 보내겠노라면 인민 영웅의 칭호와 함께 러시아 미녀 30명과 미동 30명을……."

"자꾸 뒤에 이상한 걸 덧붙이면 더 가기 싫어집니다."

"흐하핫핫!"

스탈린은 뭐가 그리 기분이 좋은지 내 어깨를 사정없이 퍽퍽 두들겨댔다. 아파! 이 인간아! 진짜 아파! 당신은 냥냥 펀치가 아니라 불곰 펀치라고! 하지만 그 스탈린은 1년 사이에 놀랍도록 늙어 있었다. 환하게 불타던 루즈벨트조차 과로사하게 만든 전쟁이니, 강철의 대원수라 할지라도 그 앞에서 노쇠해지지 않을 리가 없었다.

"내 하나 궁금한 게 있어서 이렇게 자리를 마련했소."

"대답할 수 있는 사안이라면 당연히 대답해 드리겠습니다."

"별건 아니고, 동무가 수십 년간 투자했던 조선은 이제 누가 경영할 예정이오? 대리인을 두어 원격 조종할 생각이신가?"

별거 맞잖아. 나는 보랏빛 색상이 참으로 인상적인 보르시치의 맛을 음미하며 고개를 저었다.

"제가 직접 갈 겁니다."

"뭐?"

"저도 고향 산천 구경은 좀 해봐야죠. 한 몇 년간은 거기서 봉건 영주 노릇하고 살 겁니다."

콧수염 대마왕의 심기가 매우 불편해 보인다. 내가 가겠다는데 왜? 떫냐?

"봉건 영주라니. 비유가 너무 고약하군."

"조선에 남은 건 돌과 바위, 폐허뿐입니다. 뭐 착취하고 자시고 할 것도 없어요. 저 같은 맘씨 좋은 영주님이 가서 사람들 밥 굶지나 않게 그냥 자선

활동 좀 하는 겁니다."

이건 진짜다. 막말로 캘리포니아보다 조선이 나은 게 대체 뭐가 있다고? 이 불타는 민족애와 효심 빼고 나면 도무지 투자 채산성이라곤 맞지가 않잖아.

"착취당해 가진 것 없는 후진국을 개발하는 일이라면 당연히 우리 소비에트의 장기 중 장기지. 내 특별히 동무와의 관계를 생각해 조선 인민들이 가난과 기근에서 벗어날 수 있도록 우리의 교훈을 좀 알려주고 싶소만."

"그 집단 농장 같은 거 말씀이십니까? 아니면 굴라그?"

불편해 보이던 콧수염 대마왕이 이젠 진짜 찢어 죽일 기세로 노려본다. 뭐 어쩌라고. 내가 입찰한 반도 상회입찰하지 마라, 이 날강도 자식아. 뒈질려고 그냥.

케이크 가르기 5

"소비에트 연방에 굴라그? 감히 우리에게 이런 모욕을 주다니! 여봐라, 당장 이 싸가지없는 놈을 붙잡아다 굴라그에 처박아라!"

"레닌재림 만마앙복!"

천하의 인간백정 스탈린이 권력을 쥔 후로 언제 이런 쌍욕을 먹어봤겠나. 그가 길길이 날뛰며 명령을 내리기 무섭게 곧장 병풍 뒤, 천장 위, 바닥 지하에서 NKVD 살수들이 튀어나와 내 목에 칼을 들이밀었다… 같은 일은 다행히도 없었다.

"굴라그? 그런 건 없네. 우습지도 않은 악의적 소문이지. 그리고 동무가 주목해야 할 부분은 그 생지옥 같던 차르의 나라를 나치에 맞설 정도로 강건하게 만든 사회주의 대업의 결실이오."

"하하하."

후. 그냥 무난무난하게 넘어가네. 자꾸 내 밥그릇에 그 시뻘건 촉수를 뻗으려 하니 척수반사적으로 성질이 나와버렸어. 참아야 한다. 참아야 한다.

"내가 우려하는 건 동무의 애향심과 별개로 신생 조선이 우리 턱밑의 비수로 바뀌는 것이오. 그리되면 내 심사가 굉장히 불편해지오만."

"그게 무슨 소리십니까. 미합중국과 소비에트 연방은 저 인간이길 포기한 파시스트들에 맞서 손잡고 함께 피 흘린 전우 아닙니까. 비수라고 못 박아버리시면 제가 너무 슬퍼집니다."

"적백 내전 당시 그 잘난 미군이 멋대로 쳐들어오지 않았소? 우리가 눈물을 머금고 산업화와 군비 증강에 몰두한 것 또한 그때의 상처가 너무 커서요."

"아… 그거."

이걸 여기서 또 구구절절 추레한 과거를 떠들고 있네. 쫌팽이 같으니.

"그건 다 트로츠키 때문 아닙니까."

"그러니 우리 연방으로서는 경계의… 뭐?"

"나쁜 트로츠키가 자꾸 더러운 자본주의 국가들을 모조리 멸망시키자고 떠들고 다니니 빨갱이라고 하면 안 그래도 학을 떼던 정치인들이 화들짝 놀라버린 거 아닙니까. 서기장 동지 같은 믿을 수 있는 전우가 있는데 대관절 양국의 관계가 나빠질 일이 무에 있겠습니까?"

"Cyka Blyat."

내가 러시아어는 잘 모르지만 저 쑤까불럇 어쩌고가 욕인 건 잘 안다. 칭찬을 해줬는데 화를 내고 그래. 나쁜 가정환경에서 자라서 그런가.

"킴 동무 자본가 아니었소? 아니 그보다, 혹시 공산주의에 관심 있소?"

"모두 함께 잘 먹고 잘살자는 말에 관심이 없으면 그게 더 이상한 놈 아니겠습니까. 그리고 저는 기업인 아닙니다. 동생이 욕심쟁이 스크루지긴 하지만."

"장난감 회사 사장인 걸 온 세상이 다 아는데 뻔뻔스럽군."

"광고 효과 때문에 그냥 대외적으로 사장이라고 하는 거지, 전문경영인은 따로 있습니다. 아무튼 전 사장 아닙니다."

그럼그럼. 카드게임을 위시한 각종 장난감을 찍어내는 샌—프랑코 출판사가 내게 저작권료와 특허료, 로열티, 자문료, 광고 모델료 등등을 지급할 뿐 아무튼 내가 회사 사장은 아니다. 사실 나야 이 험악한 1940년대에 살다보니 앵무새처럼 결코 다시 반공! 때려잡자 공산당! 할 뿐이지 공산주의 자체가 사탄의 경전이라고 생각하진 않는다.

이 시대가 어디 보통 시대인가. 사장이 너 나가 하면 짐 싸서 나가야 하고, 큰 병 걸리면 의료보험 없으니 그냥 죽어야 하고, 이러다 죽겠다 싶어서 살려만 달라고 외치려 하면 최루탄과 실탄 중 하나를 맞는 시대다. 빨갱이가 자연발생하는 덴 다 그럴 만한 이유가 있는 법.

그렇지만 마르크스—레닌주의는 좀 쫄리지. 그냥 더 나은 세상으로 가기 위한 밑거름으로만 쓰고, 총알과 폭탄을 통한 인민 혁명 같은 건 잊어버리기로 해요 우리. 그런 거 터지면 나도 같이 대롱대롱 매달린단 말야.

"…내가 《자본론》 하나 선물로 준비해줄 테니 꼭 챙겨 가시오."

"오, 좋습니다. 혹시 서기장님 친필 서명도 해주십니까?"

이건 어떠냐 하며 밉살맞은 면상을 하고 있던 콧수염이 이젠 진심으로 질린다는 듯한 표정을 짓고 있다. 아니, 주는 걸 받겠다는데 왜 그래. 상처받았어 흑흑. 어이가 없다는 듯 혼자서 보드카를 물처럼 쭉쭉 마셔대던 스탈린은 갑자기 내게 삿대질을 해댔다.

"그러면 대관절 왜 우리의 호의를 거절하겠단 게요?"

"그야 제가 결정할 문제가 아니니까요. 당장 고향에 뭔가 직함 하나 들고 갈지, 아니면 휴가 때 개인 자격으로 갈지……."

"지랄도 정도껏 하시오. 동무가 고향에 가고 싶다고 하면 미국 정치가들이 단체로 아편이라도 피운 게 아닌 이상 감히 누가 막겠소? 가서 한 10년쯤 푹 썩다 오라고 짐가방이라도 대신 싸줄 텐데."

예리한 것 보소. D.C.에 스파이라도 박아두셨나. 하긴 스탈린이 이 정도도 예측 못 하면 오히려 가짜 아닐까 의심해야겠지.

"내가 지금 동무의 고향에서 혁명을 일으키겠다는 게 아니잖소. 누가 봐도 명백히 우리 턱끝에 칼을 들이미는 이 형국에 약간의 사소한 양보를 요청하는 게지."

"아니지요. 제 고향이 핀란드입니까, 아니면 발트 3국입니까? 나무만 한 가득한 저 끝없는 시베리아 끄트머리에 달라붙은 조선이 무슨 턱끝입니까? 굳이 표현하자면 거, 항문쯤 되겠네요."

"똥구멍에 칼을 들이대고 있어도 찝찝한 건 매한가지요."

"치질이 무서운 병이긴 하죠."

"서기장 동지, 죄송하지만 처칠 총리가 기다리고 있습니다."

"그 늙은이를 좀 더 방치해 놓으면 재밌지 않겠나?"

"도, 동지."

비서로 짐작되는 이가 잔뜩 초조한 모습으로 조용히 속삭이자, 강철의 치질 대원수는 잠시 고민하다 결국 자리에서 일어났다. 《자본론》을 선물로 받으면 나는 답례로 그… 도넛 방석이라도 하나 선물로 보내줘야겠어.

* * *

얄타에는 여전히 제정 러시아 시절 차르와 황족, 무수한 귀족들이 머물던 별궁과 저택들이 즐비했고 우리 미국 대표단 또한 궁전 중 하나를 배정받았다. 그 궁전의 한가운데에서 나는,

"빨갱이 두목과 이리 친밀한 사람이 있다니, 미합중국의 복이라 할 수 있겠습니다."

"왜 그러십니까 사돈 양반. 혹시 볼셰비즘에 눈을 뜨셔서 막 부러우신 겁니까? 원한다면 소개를 해드리지요."

"오. 부럽진 않소. 그냥 좀 신기할 뿐이지. 어째서 각 군 참모총장도 아닌 야전사령관을 매번 빨갱이 두목이 콕 집어서 데려오라고 하는지."

또 틱틱대며 시비를 거는 악당 킹을 상대하고 있었다. 미친놈아, 대통령 앞에서 뭐 하는 짓이냐. 착한 도로시는 이런 인간도 사돈이랍시고 매년 따

박따박 선물을 보내주고 있는데, 이런 놈에겐 쌀이 아깝다. 올해 선물로는 타이거 마스크나 보내주라지. 전쟁 끝나면 그거 뒤집어쓰고 복싱 대회나 나가.

"하하. 육군과 해군의 거물들이 이리 친근하니 마음이 놓이는군요."

대통령 각하, 이게 친근한 거로 보이십니까? 혹시 비행기에서 그 잠깐 사이에 눈알을 유리 눈알로 갈아 끼우셨습니까?

"나 역시 스탈린과 서로 마음을 열고 적극적으로 대화에 임하겠지만, 이미 사적인 연이 있는 킴 원수가 저 속을 알기 어려운 사람의 마음을 잘 파악해주셨으면 하는 바람입니다."

"최선을… 다하겠습니다."

내가 무슨 수로 그 인간 속을 압니까. 매번 만날 때마다 장난감처럼 갖고 논다니까? 나는 장난감 파는 사람이지 장난감이 아닌데. 혹시 그건가? 자기 주변의 장난감은 전부 숙청놀이하다가 다 고장 내서 이제 외제 수입 장난감을 갖고 놀며 동심의 세계로 떠나려는 건가? 킹리적 갓심이 막 피어오르는데.

"오늘 삼자 회담에서는 향후의 전쟁 전개에 대한 큰 틀에서의 합의가 있었습니다."

소련군은 어마어마한 기세로 동부 전선 전역에서 대규모 공세를 벌이고 있었다. 독일과 단교를 선언한 핀란드는 얼마 지나지 않아 독일에 선전포고했고, 소련군은 이에 호응하여 포위되어 있던 레닌그라드를 해방하고 발트 3국으로 쏟아져 들어갔다.

독일은 여전히 폴란드와 벨라루스, 우크라이나 일대의 광대한 점령지를 쥐고 있었지만, 리투아니아와 루마니아의 붉은 군대가 거대한 집게 모양이 되어 독일군을 으깨버린다면 그대로 동부 전선의 종말. 그게 아니더라도 리투아니아에서 한 발자국만 더 움직이면 독일의 불알이라 볼 수 있는 동프로이센. 이곳을 찔리는 순간 융커들은 고간을 붙잡고 발작할 테니 그곳으로 소련군이 향하는 것 자체가 어마어마한 압력.

루마니아 전선도 마찬가지. 헝가리가 무너진다면 그 뒤는 오스트리아와 체코슬로바키아다. 그다음은 드넓은 독일 남부가 기다리고 있으니 역시 파멸뿐. 소련이 제시하는 이 광대한 청사진이 실제 실현 가능한 물건인지 아니면 순 희망사항으로 가득한 뻥카인지는 내가 알 수 없는 노릇이지만, 어차피 우리는 우리 할 일만 똑바로 하면 된다.

"내년 봄이 되면 곧장 진격을 개시해 라인강 서안을 점령하고, 뒤이어 강을 건너 루르 공업지대를 장악하고 독일의 전쟁 수행 역량을 제거하기로 하였습니다."

대통령의 말에 마셜이 고개를 끄덕였다. 여기까진 당연히 육군이 합의한 바다.

"서부 전선의 영국군 또한 이 공세에 참여하며, 이와 별개로 이탈리아 전선에서도 대대적인 공세를 펴는 것과 동시에 그리스 해방도 개시할 겁니다."

독일의 패망. 이걸 버텨낼 수 있으면 그건 그거대로 대단하다고 박수 좀 쳐줘야지.

"외교에 대한 건 군인 여러분들이 있으니 일단 나중에 이야기하기로 하고, 제가 약속드릴 수 있는 것은 우리 미군은 2년에서 3년 내로 유럽에서 영구히 철수하리라는 사실입니다. 우리는 소중한 합중국 시민들을 빌린 입장이고, 채무자로서 최대한 빠르고 신속하게 가족의 품으로 돌려보낼 준비를 해야 합니다."

"알겠습니다."

"유럽 땅에 들어올 소련군의 철군 일정을 따로 들으셨습니까?"

영 좋지 않은 표정으로 앉아 있던 맥아더가 툭 내뱉듯 말하자, 월레스는 포커페이스를 유지하기 위해 약간의 노력을 기울여야 했다.

"소련군 철군 일정이라니, 그게 무슨 말씀이시오, 장관."

"소련이 자신들의 점령지에 그대로 눌러앉아 제국주의적 행보를 보일 가능성을 말씀드린 겁니다, 대통령 각하. 만약 소련군이 그대로 주둔한 상태에서 우리가 철군한다면, 이는 유럽 각국에 잘못된 메시지를 전달하게 될지도 모릅니다. 미군 철수는 반드시 소련군과 연계해 동시에 이루어져야 합니다."

"이보시오, 장관. 귀하의 빨갱이 혐오는 잘 알고 있지만 귀하는 전쟁부장관이에요. 국무부장관이 아니라."

"그리고 저는 각하의 전쟁 수행을 물심양면으로 돕고 있는 야당 지도자이기도 합니다. 각하께서는 지금 정말로 유럽을 빨갱이들 손에 던져줄 작정이십니까?"

"이보시오, 장관. 그러면 어디 장관께서 카메라 앞에 서서 말씀해보시오. '8백만 장병과 가족 여러분. 죄송합니다. 빨갱이들이 집에 돌아가질 않아 여러분의 전역이 연기되었습니다. 1년만 더 군대에 있어주시겠습니까?' 라고 말해 보란 말이오! 전쟁부장관이시니 당연히 뒷감당도 할 줄 아시겠지!"

아, 안 돼. 싸운다. 제대로 싸운다. 그것도 남의 집에서 싸우고 있어.

"대체 왜 우리가 스탈린에게 약한 모습을 보여야 합니까? 미군은 최강이고 붉은 군대는 진흙 쿠키처럼 연약한 놈들입니다. 대통령 각하. 귀하는 세계 최강국의 대통령이십니다. 스탈린에게 함께 집으로 돌아가자는 말조차 못 하십니까?"

"정 그걸 원한다면 그리하겠소. 대신 선을 넘는 행동은 이게 마지막이오, 전쟁부장관. 귀하가 머릿속에서 3차대전을 꿈꾸건 말건 내 알 바는 아니지만, 내가 여기 얄타에 온 이유는 바로 그 '3차'를 영원히 존재하지 않도록 만들기 위해서요."

"저는 평화를 사랑합니다. 근데 빨갱이들도 그럴진 모르겠군요."

맥아더는 화가 머리끝까지 치솟았는지 고개를 숙이는 둥 마는 둥 하며 자리에서 일어나 밖으로 휘적휘적 나가버렸다.

"…잠시 비켜주겠소? 이제 외교 관련 논의를 좀 해야겠소."

"알겠습니다."

합참의장 리히, 각 군 참모총장들인 마셜, 아놀드, 킹, 그리고 나도 얼른 이 끔찍한 자리에서 벗어나고 싶어 경례를 올리고 총알같이 방을 나왔다. 차라리 스탈린이 더 편하네.

케이크 가르기 6

얄타는 후끈후끈 달아오르고 있었다.

"역시 여기서는 영국군이 이탈리아 동쪽 아드리아 해안으로 진격해 옛 오스트리아 땅으로 입성하는 것이 가장 적절한 안건으로 보입니다."

"……."

"……."

"…서방연합군의 놀라운 투혼에 대해 소련을 대표해 감사의 말씀을 드리오. 이제 루르와 자르지방을 장악하면 독일의 군사력보다 경제력이 더 버티지 못할 테지요."

"그렇습니다, 서기장님."

"물론 우리 붉은 군대는 서방연합군이 상대한 약 백만 가량의 독일군보다 훨씬 많은 수의 적을 상대하고 있소. 우리가 그들을 상대로 싸우지 않았다면."

"수백만 독일군을 상대하는 소련 인민의 놀라운 인내력에 경의를 표합니다. 미합중국은 결코 여러분의 헌신을 저버리지 않을 것입니다."

처칠은 프리패스 당했다. 본래 처칠이 준비한 회담 전략은 미국과 손잡고 소련을 압박해 충분한 '양보'를 받아내고, 발칸과 동유럽에 시뻘건 촉수가 뻗어나오지 못하도록 억제하는 것. 하지만 불행하게도 처칠의 전략은 진작에 훤히 간파당했다. 그들은 상상도 못 했지만 영국 밀실의 핵심엔 훗날 '케임브리지 5인조'로 불릴 자발적 공산주의자들이 박혀 있었고, 처칠의 책상 위에 올라가는 외교 전략 문건들은 고스란히 이 간첩들의 눈과 귀를 통해 크렘린을 향해 배송되고 있었다.

한편 첩보전에서 승리를 따낸 소련의 회담 전략 또한 간단했다.

'영국과 미국은 결국 같은 앵글로색슨계의 자본주의 국가. 저들이 손잡고 2:1이 되는 형국을 반드시 피해야 한다.'

'서방의 전공 대부분은 미국이 세웠다. 그리고 미국과는 협상이 가능하지만 영국이 원하는 바는 우리가 들어줄 수 없다. 그러니……'

미국을 올려치고 영국을 내려친다. 스탈린은 이 전략에 아주 충실했다.

"벌써부터 루즈벨트 대통령이 그립습니다. 몇 번 만나진 못했지만, 그는 실로 한 시대의 거인이었습니다. 진심 대 진심으로 통하던 벗을 잃으니 가슴이 아리는군요."

"사람은 바뀌었을지언정 우정은 영원할 겁니다. 여기 미합중국의 마음이 담긴 선물이 있습니다."

월레스는 미국 각지의 어린이들이 '스탈린 할아버지'를 위해 적어준 편지 한 묶음을 전달했다.

"지금 미국에서는 '엉클 조(Uncle Joe)'의 인기가 하늘을 찌르고 있습니다. 나치 독일을 상대로 최전방에서 용맹하게 싸우는 서기장님의 모습이 미국 시민들에게도 너무나 인상적이었거든요."

"엉클 조라니. 듬직한 삼촌 소릴 듣고도 가만히 있으면 소련의 명예가 깎이겠습니다그려."

스탈린은 편지 묶음을 받은 바로 다음 날, 자신의 고향인 조지아에서 크고 아름다운 올리브나무 한 그루를 뿌리째 통째로 얄타로 가져왔다.

"이 나무가 앞으로 영원할 미국과 소련 두 나라의 우애와 평화를 상징하길 바랍니다."

"통이 무척 크시군요. D.C.에 심어 놓고 길이길이 보존토록 하겠습니다."

"저는 미합중국과의 우호 관계에는 한 치의 의심도 없지만, 세상이 어디 우리 뜻대로만 돌아갑니까? 우리의 갈등을 원하는 이들이 너무 많으니 참으로 걱정입니다."

"걱정 마십시오, 서기장. 다 잘될 겁니다."

얄타 회담에 임하는 월레스 대통령의 전략 또한 이와 궤를 같이하고 있었다.

"늙고 병든 사자가 욕심은 아주 턱 끝까지 차 있군. 동남아시아, 북아프리카부터 마켓가든까지. 항상 삽질이나 해대서 그 똥을 우리가 다 치워줬는데 어째서 저놈들이 더 날뛰고 있지?"

"영국은 옛 제국주의 질서가 존속하기를 원하고 있습니다. 솔직히 말씀드려서, 그들은 자신들의 이권 중 무엇 하나 포기하려 하지 않습니다."

"영국 놈들이 다 그렇지. 기껏 케이크를 사 왔더니 칼질도, 촛불 끄기도, 먹는 것도 전부 제 놈들이 다 하려고 해."

"처칠은 항상 적이 있어야만 권력을 유지할 수 있는 인물입니다. 독일이 망해 가니 다음 표적을 빨갱이로 잡은 모양입니다."

1942년 1월. '냉전'이라는 개념은 아직 그 누구의 머릿속에도 존재하지 않았다. 미—소 관계는 그 어느 때보다 끈끈해 보였고, 국제공산주의 프롤레타리아 혁명 위협을 외치는 반공무새들은 눈치 없는 놈 소리를 듣기 십상이었다. 오히려 미국 시민들의 심기를 긁는 존재는, 굳이 따지자면 대영제국이었다.

"무슨 수를 써서라도 12군단의 핏값을 톡톡히 받아내야 하오. 더 이상 무임승차하는 꼴을 내버려둘 순 없지."

대놓고 미국이 영국을 윽박질러 삥을 뜯을 순 없다. 그러니 그 역할을 소련에 떠넘기고, 미국은 선의의 중재자 포지션을 잡아 늙은 사자가 가진 보물을 두둑이 챙긴다.

식민제국의 해체와 구질서의 종말을 원한다는 점에서 미국과 소련은 이해관계가 일치했고, 처칠은 어느 순간 2 대 1의 양상에서 자신이 1이 되어 있다는 사실을 눈치챘다.

"이보시오, 장관. 어째서 귀국 행정부는 저 빨갱이의 위협을 느끼지 못하는 것이오?"

"…실로 어리석은 일입니다."

처칠은 시시때때로 반공 정서에서 의견의 일치를 보는 맥아더와 만나 미국과의 협의를 보려 시도했으나, 그조차 썩 여의치는 않았다.

'소련을 견제하자고 영국의 숨통을 남겨줘? 미친 소리.'

몽고메리만 생각하면 자다가도 벌떡 일어나 허공에 대고 주먹을 휘두르고픈 맥아더 입장에서, 자꾸 들러붙어 징징대는 처칠은 골치 아프기 짝이 없었다. 친영(親英) 타이틀이 붙는 순간 선거는 물 건너가는 일 아닌가. 본격적으로 유럽 분할안에 대한 논의가 진행되기 시작하면서, 영국 외교의 파멸은 서서히 그 모습을 선명히 드러내 갔다.

"현 점령지, 그리고 앞으로의 점령지에서는 각국 국민들이 민족자결의 원칙에 근거해 민주적인 정부를 수립할 수 있도록 우리가 적극 지원해줘야 합니다."

"처칠 총리. 근래에 들은 말 중 가장 재밌는 말을 들은 것 같소만."

"…또 무엇이 그리 재밌으십니까?"

"우리는 몇 년 전부터 서로 의견을 교환하면서 합의했었소. 점령지는 소련—미국—영국이 공동으로 관리하자고."

스탈린은 먹이를 물어뜯는 불곰의 기세 그대로 처칠을 난자했다.

"그 원칙대로라면 이탈리아에서 당연히 우리 소련 인사들이 입국해 현지를 답사할 권리가 있었소. 하지만 당신네들은 대충 통보만 하고 얼렁뚱땅

넘겼지. 프랑스에선? 그 나치 부역자 놈들을 멋대로 용서하고 신정부를 설립했소."

"드골 장군의 자유 프랑스는 개전 이래 줄곧 정통 프랑스 정부였소!"

"그럼 동부 전선에서 싸운 프랑스군은 혹시 영국군 소속이었소? 그동안 실컷 당신네들끼리 다 해 처먹은 주제에, 이제 동유럽에 소련군이 입성하려 하니 갑자기 '우리'가 도와줘야 한다 그러면… 조금 화가 나는구려."

'동유럽에 침을 바르고 싶으면 그에 준하는 만큼 이탈리아와 프랑스에서 소련의 권리를 보장하라.'

처칠은 궁지에 몰렸고, 월레스는 웃음을 참으며 수수방관했다. 동유럽과 발칸은 단 한 번도 미합중국의 관심 대상이었던 적이 없었고, 가치가 있는 시장도 아니었던 데다가, 복수에 돌아버린 소련의 발작 버튼만 눌릴 뿐. 게다가 저 '공동관리' 원칙이 파괴되면, 태평양에서 미국의 국익을 극대화할 수 있다.

제 본토 하나 건사하기 힘든 중국을 제외하면 태평양 전쟁은 사실상 미국의 독무대. 소련이 갑자기 얼음으로 수송선을 만들어 일본에 상륙하지 않는 이상, '각자의 점령지를 알아서 관리'하는 것으로 방침이 수정된다면 일본 본토는 사실상 미국이 100% 그 권리를 취득하는 셈 아닌가.

"자자. 우리는 앞으로 후손들에게 평화가 깃들 세계를 넘겨줘야 할 성스러운 임무를 갖고 여기에 왔습니다. 다들 조금만 감정을 누르고, 모두가 만족할 수 있는 협의점을 찾아봅시다."

"월레스 대통령께서 원하신다면 기꺼이."

"…좋소."

하나 확실한 게 있다면. 이 자리에서 미합중국이 엣헴 하는데 눈치를 안 볼 사람은 그 누구도 없었다.

$$* * *$$

"괜히 왔군."

"왜 거기서 대뜸 대통령과 싸우고 그러십니까. 남의 집에 손님으로 왔으면서."

"나는 저 빨갱이들과 친구가 될 수 있다는 순진한 발상이 도무지 이해가 안 되는군. 자네도 스탈린과 몇 번씩 대면했으니 잘 알지 않나?"

미… 미안합니다. 사실 제 서랍에 스탈린이 사인해준 천마신공이 있걸랑요? 이걸 들키면 맥아더가 내 멱살을 붙들려나? 월레스와 맥아더 모두 나름대로의 논리가 있고, 여기에 여당과 야당의 대립이 끼어 있으며, 심지어 향후 선거에 써먹을 정치공학까지 곁들여져 있다. 정치인 맥아더는 괜히 한 번 찔러보며 대립각을 조성해 손해볼 게 없었고, 대통령 월레스는 어차피 철군 관련으론 다 협상할 거면서 무슨 크게 인심 쓰는 것처럼 말해 놓고 맥아더의 행동반경을 좁혀버렸다. 솔직히 이 이매망량의 소굴을 보고 있노라면 내 머리가 절로 어지러워진다.

그래서 잘못한 사람은 누구인가? 내 생각에 잘못한 사람은 바로… 멋대로 죽은 FDR이다. 그래. 이건 모두 성불도 못 하고 하딩이랑 딱지치고 있는 루즈벨트 잘못이다. 어차피 죽은 사람이니 까놓고 말하자면, FDR은 정도(正道)보다 꼼수를 사랑하는 유형의 인간이었다.

사법부가 자신의 길을 가로막으니 사법부를 무력화시킨다. 3선이 빠듯해 보이니 거국내각으로 구렁이 담 넘듯 넘겨버린다. 그냥 정정당당하게 맥아더와 대선에서 겨루고 이겼어야 했다. 그랬으면 애초에 이리 치열하게 물어뜯고 싸울 일도 없었다. 이 맥아더라는 적토마를 루즈벨트 본인이야 능구렁이처럼 잘만 몰고 다녔지만, 갑자기 덜컥 죽어버리면서 이 난장판이 열린 게 아닌가. 꼼수만 부린 대가를 남은 이들이 치르고 있는 셈이다.

"하나만 물어볼 수 있을까."

"뭡니까?"

"고향에 돌아가는 대신, 남아서 전후 정리를 도와주는 건 정말 생각이 없나? 굳이 공화당으로 올 필요도 없네."

"글쎄요. 지금으로서는 구태여 제가 필요한가 싶은데……."

"알겠네. 기다리고 있지."

우리는 한동안 말없이 담배만 태웠다.

* * *

이즈음, 소련의 주요 야전사령관들은 곳곳에서 올라오는 공통적인 보고를 받아보고 있었다.

"독일군이 독일군이 아닌 것 같다니?"

"이렇게 약하다고? 대체 그게 무슨 소리인가."

"새로 전방에 출몰한 미상의 적 부대는 제대로 된 군복조차 지급받지 못했습니다. 20여 년 전 대전쟁 시절 군복을 입은 이들이며, 심지어 그냥 외투쪼가리를 걸친 이들도 있습니다."

독일 파쇼 놈들이 이제 군복조차 보급하지 못할 형편이 되었는가?

"NKVD가 일부 포로를 심문하고 있습니다만, 이들 상당수는 40대 중후반에서 50대의 전투요원으로 부적합한 이들이거나 혹은 15세가량의 소년들입니다."

"그러면? 원래 우리와 마주하고 있던 부대는 대관절 어디로 갔단 말인가?"

논리적으로 말이 앞뒤가 안 맞지 않는가. 적의 규모가 줄어든 건 그럴 수 있다. 당장 서방연합군이 어마어마한 승리를 거두었으니, 그리로 병력을 빼야겠지. 하지만 고작 백만에도 미치지 못하는 병력으로 싸우던 서부 전선에 비해 이곳 동부 전선의 규모는 그 몇 배를 웃돌고 있지 않은가.

"이 '국민돌격대'라는 이름으로 편성된 민병대는 기존에 우리가 상대하던 독일군과는 질적으로 훨씬 열등하며……."

"그러니까 독일 놈들이 미쳐서 늙은이와 어린애를 전쟁터에 내몰았다면, 원래 그 자리에 있던 정예 부대는 빼돌렸다는 뜻 아닌가. 그 부대들을 예비군으로 후방에 두고 있다면 당연히 강력한 반격이 가해질 테고, 우리도 이쯤에서 멈추고 그 반격에 대비해야 하지 않겠나?"

"모, 모르겠습니다."

"예비군을 그토록 많이 확보했다면 어떤 조짐이 있어야 하는데, 적어도 NKVD는 찾아내지 못한 듯합니다."

일선 야전부대에서 쏟아지는 비슷한 유형의 보고들은 상급부대로 올라가면 올라갈수록 점차 중첩되었고, 붉은 군대 수뇌부는 점차 보이지 않는 유령 같은 적에 촉각을 곤두세우기 시작했다.

"다소 오차가 있겠으나 저희의 추정으로는… 이 국민돌격대 병력이 최소한 백만 명은 넘는 것으로 보입니다."

"그럼 단순히 2:1 비율로만 따져도 독일 놈들이 대강 오십만 명의 병력을 빼돌렸단 뜻 아닌가. 대관절 어디에 투입하려고?"

"헝가리 아니겠습니까. 발칸이 무너지면 본토가 코앞이니……."

"어쩌면 중부집단군의 힘을 강화했을지도 모릅니다."

붉은 군대의 그 누구도 정답을 알지 못했다.

케이크 가르기 7

후끈후끈했던 얄타는 이제 이글이글 타오르고 있었다. 바깥 기온이 30도라고 하면 '와 미쳤다. 엄청 더워. 이게 나라냐?' 하면서 욕을 하겠지만, 바깥 기온이 40도라고 하면 욕을 할 의지조차 사라지고 얌전히 에어컨교(敎)를 믿고 신앙인으로 다시 태어나는 법이다. 내가 바로 지금 그 케이스였다.

"더 나은 미래를 위해서는 이번에야말로 반드시 국제연합, 즉 UN의 창설에 못을 박아야 합니다."

"다 좋은 말이기도 하고 그 대의를 부정하지도 않소. 다만 세세한 사항에서 약간의 이견을 보이고 있구려."

"제 생각에도 조금 더 신중한 판단이 필요하지 않나 싶습니다."

미국 대표단의 제1목표였던 UN 창설은 꼬이고 있었다. 영국인들은 '그래서 장개석이 UN에 홍콩 내놓으라고 하면 우리 어떻게 돼? 빨리 안 된다고 확언 좀 해봐.'라고 확답을 듣고 싶어 했다. 소련인들은 '영국은 캐나다, 호주, 뉴질랜드, 남아공, 인도를 죄다 회원국으로 가입시키면서 왜 우리는 우크라이나 공화국 가입 안 시켜줌?' 하며 뿔이 났다. UN 문제가 공회전하는 사이, 프랑스에 대한 논의는 생각보다 빠르게 마무리되었다.

"프랑스?"

"우리는 프랑스에게도 어느 정도 지분이 주어져야 한다고 생각합니다."

"프랑스는 대체 얼마나 이 전쟁에 공헌했소? 프랑스의 공헌을 따지기에 앞서 프랑스제 총알과 전차가 소련 인민을 얼마나 죽였는지부터 따져야 하지 않겠소?"

"예브게니 킴 연합군 총사령관께 질문드립니다. 현재 프랑스군의 규모는 어떻게 됩니까?"

"아? 저, 저 말씀이십니까, 몰로토프 장관님?"

왜 이게 유탄이 나한테 튀는 거야. 인간 화염병맨 몰로토프 외무장관은 참으로 밉살스럽게 미소를 지으며 내게도 그 불꽃을 던졌다. 빵바구니로 때려주고 싶네 진짜.

"그렇습니다, 원수. 원수께선 그 프랑스군을 지휘하는 입장 아니십니까."

"드골 대통령은 혼란에 빠진 프랑스를 성공적으로 수습하였으며, 우리에게 백만 대군을 약속하였습니다. 그들의 전투력은 무척이나 고무적이며……."

"그렇군요. 다시 한번 여쭙겠습니다. 현재 독일군과 총을 맞대고 실제로 배치되어 전투를 수행 중인 병력은 어떻게 됩니까?"

"…25만쯤 되리라 추산합니다. 그렇지만 프랑스군은 빠르게 재무장하고 있으며……."

"하! 25만이라. 그러면 이제 독일군을 밀어내고 승리를 거둔 유고슬라비아 파르티잔들도 승전국으로 취급해줘야겠습니다."

기어이 원하는 답변을 들은 몰로토프는 의기양양해졌고, 나는 무어라 말을 좀 덧붙이려다 그냥 다물었다. 소련은 감히 프랑스가 밥그릇을 들고 오려는 모양새를 굉장히 불쾌하게 여겼지만, 이 건에서는 영국과 미국이 손을 잡고 공조를 취했다.

"프랑스가 관할할 점령지는 미국과 영국 점령지에서 떼서 드리리다. 소련의 이익을 침해하지 않도록 유의하겠소."

"전쟁이 끝나면 누군가는 독일에 주둔해 있어야 하는데, 우리는 프랑스가 그 역할을 기꺼이 자임하리라 기대하고 있습니다."

향후 철군 문제가 엮이자, 소련도 기존의 공식을 포기하고 새롭게 접근해야만 했다.

'소련군이 강대하긴 하다지만, 그 엄청난 인명 피해를 입고도 멀쩡할 순 없다.'

'나라가 걸레짝이 되었는데 천년만년 남의 나라에 군대를 주둔시킬 순 없지. 어차피 우리 삼국 중에서 병력 여유가 남는 나라는 없어.'

영국과 미국 모두 종전하자마자 허겁지겁 병력을 해산하고 개판이 난 적자를 메꾸기 위해 눈이 시뻘게져도 모자랄 판에, 하물며 여자들까지 군대로 끌고 가서 싸우는 판인 소련에 인력 여유가 어디 있겠는가? 현실적으로 보았을 때 독일에 군대를 주둔시키고 그 막대한 주둔 비용을 부담할 나라는 누구보다 가오에 미친 딱 한 나라뿐이었다.

"소련은 결코 프랑스를 대독 전쟁에서의 4번째 승전국으로 인정하지 않겠소. 그러나 서방연합국이 프랑스에게 지분을 나눠준다면 이를 인정하도록 하리다."

프랑스 문제, 아무튼 해결. 아무튼.

영국의 처칠은 이번 회담에서 그리스에 대한 영향력을 인정받고자 몸부림쳤다.

"존경하는 월레스 대통령님과 스탈린 서기장님. 우리 대영제국에게 있어서 지중해의 안전은 그 어떠한 것보다 소중한 생명선입니다. 당장 이번 전쟁에서 추축군이 일시적으로 지중해 제해권을 장악하면서 어떤 일이 벌어졌는지는 여러분도 잘 아시리라 믿습니다."

인도, 호주, 동남아시아에서 출항한 배가 수에즈 운하를 통과하면 바로 마주하게 되는 곳이 그리스. 유럽인들 특유의 그리스 애호를 제외하고서라도, 현실적인 이유에 따라 영국은 그리스와 터키에서만큼은 자신들의 영향력을 확고히 굳혀야 했다.

처칠이 그리스 문제에선 절대로 물러나지 않으리란 걸 모두가 다 알고 있었고, 그리스 또한 무난무난하게 영국이 원하는 대로 친영 정권의 성립을 모두 못 본 척하기로 결정되었다. 대중들에게 공개될 문건엔 '그리스에 자유를 되찾아주기'로 합의했다고 적히겠지. 그리고 미─영─소 3국의 이해관계가 모조리 충돌하는 곳이 기다리고 있었으니.

"폴란드는 절대 양보 못 합니다."

"폴란드는 반드시 우리 소련에게 보장되어야 합니다."

"자자. 다들 진정하고……."

폴란드 세 글자가 언급되는 순간, 얄타는 초열지옥으로 바뀌었다.

* * *

회의 4일째. 아이젠하워가 은밀히 얄타에 도착했다.

"어서 오시오, 장군."

"필리핀의 해방자께서 오셨구만."

"아나스타시오가 안부 전해달라는군. 꼭 자기 대신 총을 쏴달라고 간곡히 부탁하던데."

"하하. 농담도 참."

"농담 아닌데."

"……."

무서운 놈들. 필리핀과 엮인 사람치고 안 무서운 사람이 없어. 이제 아이크도 무서워졌구나… 두렵도다, 필리핀! 태평양 전쟁을 놓고, 미국은 이제 결단을 내려야만 했다. 아이크와 짧은 대화를 나눈 뒤 우리는 곧장 대통령이 기다리고 있는 회의실로 향했다.

"소련에게 아시아를 양보할 순 없습니다."

"이미 우리는 일본제국을 혼자서 상대했습니다. 이제 고난이 끝나고 만찬을 즐길 일만 남았는데, 여기에 스탈린을 끼워줄 필요가 있을까요?"

무척 뜻밖이겠지만 월레스 대통령에게 이렇게 말한 이들은 전혀 군인들이 아니었다. 이들은 바로 국무부 사람들이었다.

"중국을 파트너로 맞이한 까닭이 무엇입니까. 저 거대한 극동 시장을 우리의 것으로 삼기 위해서였습니다. 소련을 끌어들였다간 더 많은 걸 잃을 수 있습니다."

"아직 만찬이 기다리고 있다고 하기엔 너무 섣부른 말씀이십니다. 향후 작전에서 일본군을 상대하려면 너무나 큰 희생이 예정되어 있습니다."

마셜은 일본 본토 진공작전에 약 35만 명의 사상자가 발생하리라 추측한다고 덧붙였고, 월레스의 눈살은 그 말을 듣기 무섭게 찌푸려졌다.

"35만이라."

"무엇보다도, 우리가 일본군을 정면으로 상대하면 그들이 약해지길 기다리던 스탈린이 제멋대로 참전할 수도 있습니다. 차라리 그들이 일본군과 제대로 싸우도록 일찌감치 말을 해 놓는 편이 나을지도 모릅니다."

마셜과 아이크는 소련 참전을 강력하게 요구했다. 웰즈를 비롯한 국무부는 소련을 배제해야 한다고 주장했다. 웰즈와 아이크가 언쟁을 벌이는 사이, 맥아더는 슬그머니 고개를 돌렸다.

"자네는 어떻게 생각하나?"

"왜 갑자기 저한테 물어보십니까. 제 머릿속엔 독일군만 가득한데."

"여기서 잽스와 스탈린을 가장 잘 아는 사람은 진 자네지 않나."

"글쎄요. 저는 서류로만 아시아 상황을 접해서 잘은 모릅니다. 하지만 일본군은 자기네 거대한 함대와 수백만 병력을 유지할 경제적 근간을 상실했고, 이번 중국에서의 대규모 공세 역시 좌절되었습니다. 의외로 일본군이 속 빈 강정일 수도 있지 않을까, 하고 긍정적인 회로를 좀 돌려봅니다."

맥아더는 의아해하며 다시 내게 말을 걸었다. 귀찮게시리.

"일본군이 약하다고 하기엔 그들의 초반 기세는 누가 봐도 매서웠네."

"중국군은 총알도 부족해 고통받는 군대였고, 개전 초기의 남방 작전 역시 영국의 3선급 식민지 후방 병력을 상대로 자신들이 내세울 수 있는 최정예 병력을 동원했었습니다. 이기지 못하면 그게 더 문제였지요. 문제는 그들이 동원할 만한 최정예라면 당연히 만주 주둔 관동군이고, 야금야금 그 정예를 중국, 동남아, 태평양 오지에서 소모했다는 점입니다."

"우리의 예상보다 일본군의 전력이 더 현저히 약해졌으리란 뜻인가?"

"특히 관동군이야말로 알맹이 다 빠진 상태일 거라 추측해보는 거죠. 우리도 온몸으로 경험해 봤잖습니까. 잘 조련된 정예병은 어디서 찍어낼 수 있는 게 아니라는 걸. 일본도 마찬가지겠죠."

물론 이건 내가 원 역사를 알고 있어서 거침없이 지르는 말이다. 실제로 전쟁 말기 관동군은 개판이었으니까. 기왕 입을 연 거, 나는 그냥 하고픈 말 다 하기로 했다. 어차피 내가 아시아 전선에서 무슨 감투를 쓴 것도 아닌데 뭘.

"스탈린 또한 극동에 침을 바르고픈 마음은 굴뚝 같겠지만, 아마 유럽에서의 이익이 핵심이고 극동은 부차적이지 않을까 추측해 봅니다. 만약 소련이 대일전 참전에 적극적이라면, 첩보를 통해 만주 방면 일본군이 제법 만만하다는 사실을 파악했을지도 모릅니다."

"……."

"……."

"…혹시, 제가 뭔가 실수라도?"

어느새 마셜과 웰즈, 아이크는 물론 모두가 입을 다문 채 나와 맥아더의 대화를 가만히 듣고 있었다. 뭐야. 이 시선 뭐냐고.

"킴 원수."

"예."

마셜이 날 바라보는 시선이 꼭 '어이쿠, 갑자기 목화를 딸 노예가 하늘에서 솟아났네?' 하는 뉘앙스 같다. 불길하다.

　"귀관은 노르망디를 비롯해 여러 곳에서 상륙작전을 지휘해 보지 않았나. 일본 본토 상륙 또한 보통 일은 아닐 텐데?"

　"저는 본토 상륙은 급하지 않다고 생각합니다. 일본은 영국과 마찬가지로 해상 물류에 그 생명줄이 달려 있고, 반대로 대륙으로 나와 있는 수백만 일본군 또한 본토에서 보내주는 군수물자가 있어야만 연명할 수 있습니다. 이걸 커트해주기만 하면 일본과 일본군 모두 말라 죽습니다."

　"상륙은 불필요하다?"

　"그렇습니다."

　기왕 돗자리 깔린 김에 아예 끝까지 설쳐야지. 나는 지도로 다가갔다.

　"만주는 스탈린에게 인심 써도 됩니다. 만주를 처먹었다간 장개석과 원수 사이가 되고, 이걸 넙죽 먹을 정도로 스탈린이 명청하진 않을 테니까요."

　"제 생각도 같습니다."

　"감사합니다, 국무차관님. 따라서 대만과 조선 반도를 장악하면 일본은 자멸하리라는 게 제 개인적인 의견입니다."

　"일본 본토를 봉쇄하는 데 저 반도가 굳이 필요하진 않소만? 필리핀을 탈환한 이상 대만도 불필요하지. 오키나와와 이오지마 정도만 장악하면 되는 문제요."

　끝까지 태클을 거는 저 추한 킹의 얼굴을 보라. 못마땅함과 아니꼬움이 얼굴에 켜켜이 묻어나는구만.

　"만주를 점령해봐야 장개석에게 돌려줘야 할 가능성이 높은 현 상황에서, 반도 전체를 장악하고 점령자로서의 권리를 행사하는 건 소련에게 있어 꽤 매력적인 선택지가 될 겁니다. 괜히 소련에게 쓸데없는 욕심을 불러일으키게 하느니, 약간의 힘을 쓰는 편이 덜 시끄러울 듯합니다."

　"잘 들었소."

월레스가 손뼉을 두드리며 말하자 다시 모든 이들이 제자리로 돌아와 그의 말을 경청했다.

"저녁을 먹은 뒤 스탈린 서기장과 잠깐 만나기로 하였소. 극동 문제는 그때 논의하고 다시 말해주겠소."

"알겠습니다."

"전쟁부와 해군부는 상호 협조해 일본을 끝장낼 계획을 다시 검토해주시오."

잠시 후 맛 좋은 저녁 식사 시간이 돌아왔고, 월레스는 러시아식 요리를 즐긴 뒤 스탈린과의 담배 타임을 가졌다. 딱 30분.

"우리 붉은 군대는 기꺼이 대일전에 동참하리다."

"하하. 고맙습니다. 다른 이들은 몰라도 나는 귀국의 신의를 믿고 있었소."

"대신 사할린과 쿠릴열도를 보장해주고, 몽골 사회주의 공화국의 독립 또한 보장해주시오."

"우리의 친구 장개석과 그 부분을 잘 논의해보겠습니다."

마치 '5달러 빌려줄 수 있니?', '응, 있어봐' 수준의 간단한 대화.

"일본의 제국주의에 시달린 조선인들은 어찌하실 계획이오?"

"당연히 독립시켜야지요. 미합중국은 필리핀에서와 마찬가지로 억압받고 착취당한 이들을 보살필 준비가 되어 있습니다."

"듣자 하니 킴 원수가 그리로 간다던데, 사실입니까?"

"아. 들으셨나보군요. 그렇습니다. 그만하면 참모총장 하기 전에 소일거리로 삼기 딱 적당한 일 아니겠습니까."

"그건 그렇지요. 대통령께선 우리 소련이 귀국과 더욱 원활히 무역할 수 있도록 대련(大連, 다롄)을 조차하는 방안은 어떻게 생각하시는지요?"

"그 또한 장개석에게 물어봐야 할 듯합니다. 제가 결정할 수 있는 일이 아니군요."

30초. 한반도의 운명은 30분간의 담배 타임 중 30초 만에 결정되었다.

케이크 가르기 8

아시아의 운명을 가른 30분에서 처칠은 또다시 배제당했다. 월레스와 스탈린, 미합중국과 소비에트 연방 그 누구도 둘만의 만찬에 불청객이 끼어들길 원하지 않았다. 처칠은 물론 드골과 장개석까지 모두.

"동남아시아에 대해선 어찌 생각하십니까?"

"저는 FDR 전 대통령의 입장을 그대로 계승할 예정입니다. 인도차이나의 여러 민족들은 이미 유럽 국가들에게 충분히 착취당했고, 이제 그들에게 자유가 주어져야 합니다."

"약소 민족의 해방은 저희 공산당 입장에서도 숙원 사업입니다. 아무쪼록 귀국의 숭고한 임무가 완수되길 바랍니다."

프랑스령 인도차이나, 즉 베트남. 영국령 버마와 해협식민지. 네덜란드령 동인도, 훗날 인도네시아로 불릴 곳. 그 외 제국주의와 추축군의 손아귀 양쪽 모두에게 고통받은 동남아의 모든 땅. 미국은 이들 모두가 필리핀과 함께 해방되어 새로운 원료 공급처와 자유로운 시장으로서 국제 사회에 합류하길 바랐으며, 소련 또한 유럽에서 양보를 받아낼 목적으로 미국의 이 주장을 전적으로 지지했다. 새로이 설립될 국제연합의 감시 아래 신탁통치가 개시되고, 이들은 점진적으로 자신들의 국가를 건설하고 새로운 미래를 향해 나아가리라.

두 지도자는 다가올 내일을 털끝만큼도 의심하지 않았다.

* * *

나는 무시무시한 러시아인들을 피해 도망쳤다.

"후. 죽겠네, 죽겠어."

이 술고래의 민족들 같으니. 저놈들은 혈관에 피 대신 보드카가 흐르나? 연회 도중 외무부 관료 한 명이 내게 조용히 다가와 꼬깃꼬깃 접힌 작은 메모지 한 장을 손바닥에 슬쩍 찔러주었고, 나는 바깥으로 나와 주변을 슬쩍 돌아본 뒤 그 종이를 펼쳤다.

[협상 타결.]

단 두 단어. 그걸 보자 그동안 팽팽하게 조여져 있던 고무줄이 풀리듯 몸에서 힘이 탁 빠졌고, 나는 대충 벤치에 주저앉듯 쓰러졌다. 1911년, 웨스트포인트 입학을 준비하며 이승만과 박용만 앞에서 내세웠던 그 막연한 주장.

'미국과 일본은 언젠가 싸울 수밖에 없다.'

그리고 지금, 1942년. 마침내 나는… 해냈다.

계란으로 바위를 치는 것 같던 이 험난한 여정에서 마침내 결승점이 그 모습을 드러냈다. 나는 딱히 조국 독립을 위해 이 한 몸 불사르겠다고 결의한 독립운동가도 아니고, 국가와 민족에 충성을 다하겠노라 맹세하지도 않았다. 맹세를 했다면 그건 미국이란 나라에 대고 했지.

하지만 그래도 앓던 이가 빠지듯, 치질이 쏙 들어가고 인중에 솟아오른 여드름을 짜내듯. 언제나 한구석에서 못내 불편함을 느끼던 그 거대한 응어리가 마침내 사그라들고 있었다. 물론 정말로 모든 게 끝난 건 아니다. 히틀러 콧수염도 부드럽게 삼중날 면도기로 밀어줘야 하고, 일본제국도 노릇 노릇 웰던으로 구워줘야 한다. 추축군을 다 조져버리면 끝나는가? 그것도 아니지. 빌려다 쓴 남의 집 아들들 다 무사히 돌려보내는 것도 막중한 일이 니까.

군인으로서의 커리어는 어차피 연합군 총사령관이라는 무시무시한 감 투를 썼으니 정점을 찍었다. 육군참모총장? 그런 거 해서 뭐 하나. 맥아더와 마셜의 사례를 참조하자면 그건 절대 피하고 싶다. 종전 후 참모총장 했다 간 무시무시한 군축의 망나니가 되어 간부들 옷 벗기는 피도 눈물도 없는 놈 소리나 들어야 할 테니, 그냥 소박하게 일본에 새 막부를 열고 주지육림 에 휩싸여 잘 놀다 정리 다 끝나면 귀국해서 전역 신고하면 끝. 와! 완벽해!

명예? 명예가 뭐 더 이상 얼마나 필요한가. 물론 그 명예에서 우러나오는 뽕맛이라는 게 진짜 사람을 미치게 하긴 하는데, 대충 서울이랑 동경에 크 고 아름다운 내 동상 하나씩만 세워주면 되지 않을까? 매일 정오에 땡 하 고 종이 치면 전 일본인들이 내 동상이 있는 자리를 향해 모자를 벗고 절 을 올리… 안 되지, 안 돼. 벌써 마구니가 씌고 있다. 긴장 풀려서 이래. 소련 인들이 보드카에 뭔가 이상한 걸 탄 게 틀림없다. 스탈린 네 이놈!

돈. 돈. 돈은 좀 중요하지. 돈은 거짓말을 하지 않고 금은 언제나 옳은 법 이니까. 전쟁이 끝나면 샌-프랑코 그룹은 이제 해체. 동생들이랑 예쁘게 카와이한 ☆ 모양으로 잘라다가 각자 필요한 만큼 가져가면 된다. 술기운이 올라와 몸이 뜨끈뜨끈해진다. 벤치에서 일어나 좀 걸어야겠어.

유신이는 중화학과 군수산업 위주로 떼주면 된다. 내가 대놓고 군수사 업 하는 건 모양새가 굉장히 구리구리하고, 당장 후방에서 전시 군수물자 생산은 유신이가 죄 도맡았으니. 갈라 먹는다고 내가 뒤에서 안 도와줄 것 도 아니고.

유인이는 회사 일에 적극적으로 참여한 건 아니지만, 원래 조선인의 혈 관에 도는 유교 DNA에 따르면 연로하신 부모님 봉양하는 자식이 선산 같은 거 물려받고 다른 자식들은 제사비다 뭐다 좀 챙겨주는 법. 이건 고구려 수박도에도 나와 있는 한국인 전통이다. 게다가 저 허허벌판 조선 땅으로 돌아가야 하니 주머니라도 가득 채워줘야 하지 않겠나. 막말로 지금 거기서 딱지를 팔아먹겠어, 전투기를 팔아먹겠어?

다들 각자 자기 자식들한테 잘 물려줄 준비도 해야 하고, 나는 뭐… 머릿속에 좀 남아 있는 거로 끼적대봐야지. 당장 온 세상이 날 장난감 회사 사장으로 알고 있는 마당에 어쩌겠나. 영화나 만화 같은 미디어 산업 위주로 투자도 좀 하고, 나중엔 전자제품 방면으로나 키워볼까.

머릿속 희망의 꽃밭이 만개해 꽃봉오리가 활짝활짝 피어오를 무렵.

"스탑!!"

정처 없이 궁전 일대를 거닐던 나는 어설픈 영어 소리에 자리에 그대로 멈췄다.

"어, 신분증. 신분증 플리즈."

"신분증? 잠시만요."

이 일대는 누가 스탈린 아니랄까봐, 거의 편집증 수준으로 철통 경비가 깔려 있었다. 단순히 경비만 한다면 또 모르겠는데, 아무리 봐도 돌아가는 모양새가 외부로부터의 경계보다는 내부인이 바깥으로 튀어나가지 못하게 막는 모양새였다. 하여간 철의 장막은 씨앗부터 벌써 모양새가 요상꼬롬해요. 어디 좀 움직일라치면 매번 이 경비들이 신분증을 요구하는 통에, 우리는 항상 주머니에 신분증을 지참하고 그때그때 보여줘야만 했는… 데…….

"어. 놔두고 온 모양인데."

"정지. 가만히. 정지."

시발. 날 멈춰 세운 경비가 호루라기를 삑삑 불었고, 주변에 흩어져 있던 경비 몇 명이 소총을 걸친 채 얼른 뛰어왔다.

"…소련이 인력이 부족하긴 한가보네."

"뭐라고요?"

"아니, 경비분들이 여군이 꽤 많으시길래."

자기들끼리 러시아어로 뭐라 떠들어대는데, 딱 봐도 정말 고등학생이나 대학생쯤 되어 보이는 여자애들이다보니 무섭다기보단 좀… 안쓰럽다.

"이름. 무엇?"

"유진 킴. 연합군 총사령관."

"유진 킴?"

또 자기네들끼리 뭐라 쑥덕거리더니, 나를 양쪽에서 붙잡고 불빛이 환한 곳으로 데려갔다.

"예브게니 킴!"

"제냐 킴!"

순식간에 남자고 여자고 할 거 없이 내게 달라붙어선 아우성들. 이 시끌 벅적한 모습에 또 주변의 경비 몇이 다가오더니 순식간에 난 뜨거운 경비들의 파도 한가운데 태풍의 눈이 되고 말았다. 내가 무슨 피리 부는 사나이냐. 후, 이놈의 인기란.

* * *

회담은 속행되었다. 우여곡절 끝에 UN 창설 건은 협의가 끝났다. 영국은 그리스에서 지배적인 영향력을 확보하는 데 성공했다. 그리스는 여느 발칸 국가와 마찬가지로 반독 공산주의 저항 세력이 대세를 차지하고 있었으나, 유고나 불가리아와 달리 그들은 영국인들에게 결코 용납할 수 없는 존재들. 스탈린은 영국이 그리스에서 그들 공산주의자들을 죄 죽여버리든 말든 눈을 감을 것이라는 암시를 보냈고, 처칠은 기쁜 마음으로 이를 수용했다.

스탈린이 그리스를 내놓는 대가로 처칠은 거스름돈을 지급해야 했고, 그 거스름의 대상은 바로 유고슬라비아였다. 옛 유고 국왕 페타르 2세는 독일군의 침공 이후 런던에 망명 정부를 설립했고, 이들의 존재 자체가 티토가 장악한 신정권의 정통성을 떨어트리고 있었다. 처칠과 스탈린은 유고슬라비아에 '티토—페타르 연립 정권'을 성립시키기로 약속했고, 즉각 페타르 2세를 본국으로 귀국시키기로 합의하였다. 두 사람 모두 티토가 도망자 임금을 잡아먹으리란 사실을 전혀 의심하지 않았다.

한편, 서방연합국은 독일을 분할할 때 프랑스의 몫을 확보해주기로 소련의 양보를 받아냈지만, 그 정도로 드골을 만족시킬 순 없었다. 프랑스는 독일을 '관리'할 권한을 얻지는 못했으며, 영토를 늘리지도 못했다. 알자스—로렌은 당연히 프랑스의 영토로 다시금 확정되었지만.

"이거 먹고 떨어지라고? 자르 지방을 독일 놈들에게서 뜯어내도 모자랄 판에 고작 점령 구역? 우리더러 군축하지 말고 계속 독일에 군을 주둔시키란 뜻 아닌가!"

그다음은 독일을 어떻게 토막 낼 것인가, 그리고 독일에게서 전쟁 배상금을 어떻게 얼마나 뜯을 것인가. 처칠은 독일의 생명줄이 붙어 있길 바랐다. 독일이 쫄딱 망하는 날엔 굶어 죽어가는 그 난민들을 죄 누가 떠안겠는가. 소련이?

반면 소련은 독일의 공장과 산업시설을 모조리 뜯어다 자국으로 옮기길 원했고, 미국은 독일의 숨통이 온전하길 원하는 이들과 독일을 밀 키우고 양 치는 농업국가로 개조해버리길 원하는 이들 사이 의견 합치를 이루지 못했다.

"베르사유 조약 때 실컷 뜯어먹어본 분들이 왜 이러십니까?"

"그때 뜯어먹었더니 웬 미친 전쟁광이 튀어나오지 않았습니까. 우리가 그때 해봐서 아는데, 그거 할 짓이 못 됩니다."

"이제 통합된 독일이란 나라가 지도상에 없을 텐데 걱정이 지나치시구려, 총리."

하지만 이들 삼국이 명확히 합의한 바가 있었으니. 두 번 다시 통일 독일이란 나라는 존재하지 않으리라. 세 토막이든, 네 토막이든, 일곱 토막이든.

그리고 마침내 폴란드 안건이 다시금 불타올랐다.

"우리는 절대 폴란드를 양보할 수 없습니다. 애초에 대영제국은 폴란드를 지키기 위해 이 전쟁에 뛰어들었어요. 그 폴란드가 보존되지 못한다면 우리의 전쟁은 무의미한 일이 되어버립니다!"

"미합중국 또한 6백만 폴란드계 미국인들의 염원에 보답해야 할 의무가 있습니다."

"폴란드는 어엿한 독립 국가로 남을 것입니다. 지금 여러분들이야말로 너무 과도한 요구를 하는 게 아닌가 싶습니다만."

소련은 이 문제에서만큼은 결코 물러서지 않았고, 이미 그리스를 호주머니에 넣은 처칠과 아시아를 챙긴 월레스는 결국 더 이상의 양보를 끌어낼 수 없었다.

'폴란드의 독립을 보장하며, 해방되는 즉시 총선거를 치른다.'

'과거 폴란드의 영토 중 소련에 병합된 부분 상당 부분을 소련의 영토로 인정하며, 대신 독일의 영토를 폴란드에 보상으로 넘겨준다.'

"월레스 대통령. 우린 앞으로 두고두고 폴란드를 팔아넘긴 자들이라는 후세의 비난을 받게 될 거요."

"우리는 할 수 있는 모든 일을 다 했습니다."

처칠과 월레스 모두 저 '폴란드 총선거'의 결과가 어떻게 될 것인지 안 봐도 훤히 알 수 있었다. 소련의 지원을 받는 공산주의자들이 승리하고, 새로운 사회주의 폴란드가 그 모습을 드러내리라. 하지만, 적어도 다음 선거 때까지는 별일 없지 않겠는가?

* * *

마침내 전 세계를 대상으로 한 지상 최대의 줄 긋기가 끝나고, 얄타 회담이 그 장대한 막을 내렸다. 남은 일은 오직 하나. 추축국을 지워버리고 미리 그어 놓은 줄을 지도에 구현하는 일뿐. 따끈따끈한 전쟁터가 다시 나를 기다리고 있었다.

9장
케이크는 거짓말이야

케이크는 거짓말이야 1

"유진, 이 나쁜 자식!"

"죄송합니다."

나는 오늘따라 더더욱 반짝이는 아이크의 머리를 차마 볼 낯이 없어 고개를 숙였다.

"날 태평양에 짱박아 놨으면서 이제 그 태평양 전역마저 훔쳐 가려고!"

"미안합니다. 미안합니다. 제가 다 잘못했습니다아아……."

"농담이야."

아이크는 씩 웃으며 내 등을 툭툭 두들겼다.

"네가 무슨 생각인진 잘 알고 있지. 친구가 고향에 돌아간다는데 거기다 대고 뭐라 할 수 있나."

역시 백악관에 입성할 수 있는 능력자는 달라도 뭔가 다르구만.

"핵심은 결국 중국 본토 상륙이 될 테고. 그게 홍콩일지 상해일지 아니면 남경일진 모르겠지만 그것마저 뺏어 가진 않겠지?"

"물론이지."

"그래. 그거면 됐어. 일본 본토도?"

"당연하지. 만약 내가 간다면 반도 공략에만 약간 참여하고 거의 병풍 노릇만 할 거야."

내 확답에 그제서야 아이크의 입엔 진실된 미소가 피어났다. 이 야박한 놈… 이라고 하기엔 내가 대놓고 남의 전공 훔쳐먹는 모양새긴 하다. 다시 한번 나는 고개를 숙였다. 수행원들은 한참 부지런히 짐을 싸고 있었지만, 나는 내가 직접 챙겨야 할 개인 짐보따리 약간만 빼면 특별히 챙길 게 없었다. 역시 높은 사람이 되고 봐야 해. 안 그랬으면 아이크와 잡담할 시간도 없었을 거 아닌가. 옆에서 노닥거리는 아이크를 힐끗 곁눈질하며 러시아인들이 잘 세탁해준 옷가지를 하나씩 챙겨 넣었다.

"그래도 소련인들이 말이 잘 통하는 거 같아서 다행이야. 이렇게 순순히 대일전 참전을 오케이해줄 줄은 몰랐는데."

"마지막에 한 입 숟가락질하고 싶으면 와서 거들어주긴 해야지."

"그래도 전쟁이 어디 쉬운 일은 아니잖아? 확실히 스탈린이 온건파라는 말이 사실이긴 하나 봐."

음… 그 말도 딱히, 틀린 건 아니지?

이 시대의 공산주의자라고 하면 마르크스가 예언한 자본주의 국가의 멸망과 공산주의 낙원 도래라는 휴거론 신봉자들이 대부분이다. 종말론을 설파하는 사이비 종교쟁이들이야 자기네 종교 본진에 모여 기도 올리고 불신지옥을 외치는 게 전부지만, 이 빨갱이들이란 놈들은 진지하게 목숨 바쳐 '자본주의 국가를 멸망시킬 최후의 성전'을 외치고 있다.

그런 점에서 스탈린은 서방연합국이 갑자기 여리고 성처럼 무너진다는 망상도 하지 않고, 오히려 자기네 소련이 복날 개처럼 처맞고 망하지 않을까를 걱정하고 있으니 굳이 따지자면 온건파라고 할 수 있으리라.

"이 전쟁 끝나면 정말 당분간은 큰일 없을 텐데, 종전 이후의 미래 플랜은 세워놨어?"

"물론이지."

"역시! 그래서, 어느 당이야? 공화당?"

"공화당은 여기서 왜 나오는데?"

"왜 나오냐니."

옷을 다 집어넣은 나는 아이크에게 이 새끼 무슨 헛소리 하냐는 텔레파시를 쏴 보냈지만, 이놈은 도리어 뻔뻔스럽게 되물었다. 헛소리하는 건 너면서 왜 이래.

"공화당이 대관절 왜……."

"전쟁 끝나면 참모총장 잠깐 앉았다가 의원 출마할 거 아냐."

얘가 못 본 사이에 말라리아에 걸렸나. 왜 입으로 똥을 싸고 있어.

"아니야? 그럼 역시 전쟁부장관인가?"

"야, 야야."

"군인이 장관 하는 게 좀 잡음이 있을 수도 있겠지만, 너라면 어느 당에서든 해주겠지. 해야 할 일이 워낙 산더미니 의회에서 거절할 것 같지도 않고. 아니면 혹시 다른 자리?"

"아니, 의원이고 장관이고 나는 관심이 없다니까!"

"그래?"

아이크는 주변에 누가 있나 슬쩍 빠르게 체크하고는 한 발짝 더 파고들며 낮게 속삭였다.

"역시."

"그래. 나는 유유자적……."

"다음 대선이구나."

"식중독 걸렸냐? 왜 밥 잘 처먹고 헛소리야?"

"이제 웨스트포인트 출신 대통령 한 번쯤 나올 때가 왔어. 당장 루즈벨트만 해도 얼마나 해군만 싸고돌았냐고. 맥아더 장관도 괜찮지만 네가 출마한다면 육군 내에서도 거국적으로 밀어줄 거야."

"꺼져 이 자식아. 나는 이 세상의 모든 굴레와 속박을 벗어던지고 내 행복을 찾아 떠날 거라고."

빨갱이들이 보드카에 메탄올을 타서 아이크에게 준 게 틀림없다. 역시 세상의 흉악한 짓거리는 다 공산주의자들이 벌이지. 역시 스탈린의 음모다. 벌써부터 미래의 미국 대통령 머리에 최첨단 칩을 심어서 맛이 가게 해 놓은 거야. 세계정복의 음모를 꾸미는 천마다운 짓이다.

나는 뭐 마려운 강아지처럼 내 주변을 맴돌며 자기 참모부에 전쟁 끝나고 바로 전역하려는 똑똑한 애들 있는데 선거 캠프에 보내면 어떻겠냐는 둥 헛소리를 해대는 놈을 밀치고 서랍장을 있는 힘껏 열었다.

탁!

툭!

"······."

"···이거 뭐냐?"

포커페이스에 쩍쩍 금이 간 아이크가 내 천마신공 비급을 주워 들며 물어봤다. 뭔지 다 알면서 왜 또 굳이 물어보고 그래. 표지에 대문짝만하게 적혀 있잖아.

"서기장 동지의 선물."

"···그, 그, 아무리 너라고 해도 공산당 출마는 좀."

"아니라니까, 이 대머리야."

* * *

"내가 뭐라고 했소? 스탈린은 사람 잡아먹는 괴물이 아니라니까?"

"대통령 각하께서 먼저 다가갔기 때문에 그도 협상할 마음이 생긴 것 아니겠습니까."

"하하. 그런가?"

미국인들은 얄타에서 본 스탈린의 모습에 굉장히 후한 점수를 매겼다.

스탈린은 아주 가끔 감정이 격해질 때를 제외하면 차분하고 이성적이었으며, 사석에서는 소탈한 면모를 보여주었다. 최소한 화장실 문 앞에서 앞사람이 나오길 기다리는 빨갱이 두목의 모습을 본 사람들은 스탈린이 뿔 달린 사탄이라는 생각이 싹 사라져버렸다. 물론 이는 의도적인 스탈린의 처세술이기도 했다. 그는 긍정적이고 좋은 말은 모두 자신의 입으로 직접 꺼냈고, 부정적이거나 안 좋은 말들은 거의 대부분 부하들에게 떠넘겼다. 일종의 이미지메이킹이자 '굿 캅 배드 캅' 전략인 셈이다.

"아무리 독재자라 한들 제멋대로 모든 걸 결정할 순 없지. 스탈린도 예외는 아닐 거야."

"모스크바의 강경파들을 스탈린이 억제하고 있는 게 틀림없습니다."

미지의 나라 소련에 대한 정보 부족 또한 이를 부채질했다. 감히 그 누구도 스탈린에게 대적할 수 없으며 옛날의 차르보다 더욱 압도적인 권력으로 거대한 나라를 완벽하게 휘두르고 있다는 발상은, 싫은데 에베벱의 나라 미합중국 시민에게는 거의 불가능한 일이나 마찬가지.

그들은 합리적인 추론을 통해 '소련 공산주의자들 중 급진적이며 폭력적인 이들이 있는 건 확실하지만 스탈린은 그래도 말이 통하는 억제기다.'라는 결론에 도달했다. 미국인들은 붉은 군대가 크림반도를 탈환한 뒤 그곳의 원주민이던 소수민족 20만여 명을 중앙아시아로 강제 이주시켰다는 걸 전혀 몰랐다. 미국인들은 NKVD가 얄타와 그 주변 거주민 8만여 명을 모조리 신원조사해 약 1천 명을 의심분자로 체포했다는 사실 또한 꿈에도 상상할 수 없었다.

마찬가지로, 유진 킴과 '적법한 절차를 지키지 않은 사적 접촉'을 한 경비병들이 굴라그로 끌려갈 운명이라는 사실 역시 지금 이 시점에선 그들이 알 도리가 없었다. 그 누구보다 소련을 바짝 경계하던 이는 영국의 처칠이었으나, 유감스럽게도 그는 빨갱이 경계론 같은 이야기를 풀 수 있을 만큼 썩 행복한 처지가 못 되었다.

"총리! 당장 해명하시오!"

"동맹국 폴란드를 팔아먹다니!"

"자자, 진정들 하시고. 스탈린 서기장은 폴란드에서의 자유 선거와 비밀 선거를 보장했습니다."

돌아온 그는 얄타 회담의 성과를 자랑스럽게 전시했지만, 썩은물 중의 썩은물 영국 의회의 의원들은 처칠의 위크 포인트를 능수능란하게 공략했다.

"우리는 자유로운 폴란드를 수호하기 위해 저 나치 독일과의 기나긴 전쟁을 시작했습니다. 그런데, 정작 그 폴란드를 우리 영국인들이 포기하다뇨? 총리는 대체 무슨 생각으로 얄타에 간 겁니까?"

"나는 스탈린의 선의를 믿습니다."

"당신이 체임벌린과 다른 게 뭐가 있소? '우리 시대의 평화'를 자랑스럽게 들고 와 우리 앞에서 자랑하던 그 모습이 쏙 빼닮았는데?"

"지금 발언하신 당신이야말로 체임벌린을 지지한다고 박수 치고 있었잖소! 내가 히틀러에게 본때를 보여줘야 한다고 옳은 말을 할 때 멸시의 눈빛으로 보던 작자들이 지금 어디서 큰소리들 치고 있소!!"

전시 총리 처칠의 지도력은 빠른 속도로 사그라들고 있었다.

'이제 처칠도 끝이다.'

'다음 선거에서 이기려면……'

전쟁이 곧 끝나리라는 사실을 그 누구도 의심하지 않는 만큼, 대전이 끝나자마자 저 싸움닭 총리를 자리에서 끌어내리기 위한 총성 없는 전쟁이 시작되었다. 물론 천하의 처칠이 곱게 죽어줄 리 없었으므로, 그는 그 누구보다 열렬히 스탈린에 대한 호감을 표현했다.

"히틀러와 스탈린을 동급으로 놓다니. 여러분들은 동맹국 지도자에 대한 최소한의 예의조차 지키지 않는 겝니까?"

"결국 둘 모두 폴란드를 탐내는 승냥이들 아닙니까!"

"스탈린은 명예를 아는 사람입니다. 결코 뮌헨에서의 배신은 일어나지 않을 겁니다."

그렇게 처칠이 마음에도 없이 스탈린을 위한 용비어천가를 불러제끼는 동안, 소련에서는 승리의 축하연이 열리고 있었다.

"이것으로 우리는 위대한 승리를 거두었소."

"모두 서기장 동지의 혜안 덕분입니다."

"영국은 몰라도 최소한 미국인들과는 교섭의 여지가 있다는 사실을 알았소. 이것만으로도 우리에겐 크나큰 성과요."

본국으로 돌아간 월레스가 '스탈린의 위대한 양보'에 대해 떠드는 동안, 소련은 미국에게 동유럽에서의 지배적인 입지를 보장받았다고 얄타 회담을 평가했다. 이제 남은 것은 침략자 독일을 몰아내고 보장받은 권리를 행사하는 일뿐.

그러나 세상은 항상 거꾸로 돌아가는 것이 이치. 시작은 베를린이었다.

* * *

베르사유로 돌아온 나를 기다리는 것은 무수한 보고서가 자아낸 마천루들이었다. 그립다. 전자 문서가 그립다. 그 끔찍한 전자결재시스템이 그립다. 대한민국 국방을 책임지던 마법의 철자 1q2w3e가 그립다. 특수문자는 제일 뒤 느낌표가 국룰이었는데. 나는 곧장 자리에서 일어나 전방 주요 부대를 순시할 일정을 잡기로 했다.

"도망치려는 속셈 다 알고 있습니다!"

"도망이라니. 장병들은 그 누구보다 최전방에 나서는 지휘관을 사랑한다네. 내가 가서 그들을 어루만져야 진정 믿음과 신뢰로 이루어진 군대가 완성되지 않겠나?"

"그럼 이거! 이거 마저 다 수습하고 가시란 말입니다!"

"하하. 가는 귀가 먹어서 그런가 잘 안 들리네."

약간의 잡음이 있긴 했지만, 하늘 같은 연합군 총사령관이 행차하신다는데 감히 누가 그 길을 가로막겠는가. 순식간에 일정이 뚝딱뚝딱 잡히고, 갑자기 일선 군단장과 사단장들은 5스타 영내 방문 소식을 접해 무한한 행복을 느끼게 되고… 뭐, 다 그런 거지.

"저희 부대에 방문해주셔서 영광입니다, 총사령관님!"

"뭘 영광까지야."

이 추운 겨울. 틀림없이 눈이 펑펑 내렸을 텐데 도로에 물기 하나 없는 것 좀 보소. 도대체 얼마나 병사들을 쪼아댔으면 위병소 입구에 광이 번쩍번쩍한담? 에잉.

"와아아아아아!!"

"유진 킴! 유진 킴!!"

"총사령관님께서 저희 부대를 시찰하신다는 말을 듣고 전 장병이 휴가와 외박을 반납하고 원수님께서 오시기만을 기다리고 있었습니다!"

"보이십니까, 원수님을 향한 저 흠모의 눈빛이!"

그만해, 이 새끼들아. 내가 지금 미군을 보고 있는 거야, 아니면 조선인 민군을 보고 있는 거야?

"거기 이병. 관등성명이 어떻게 되나?"

"이, 이병 토미 존스! 캘리포니아에서 왔습니다!"

"오. 우리 동향이구만. 그래, 이 먼 곳까지 와서 독일 놈들에 맞서 싸운다고 참 고생이 많아요."

내가 직접 끌어안아주며 격려를 해주자 이등병의 눈망울에 감동의 쓰나미가 휘몰아친다.

"혹시 불편한 사항은 뭐 없나?"

"칠면조가 너무 많이 나오… 억!!"

"응? 칠면조?"

"아닙니다! 원수님께서 명절에 칠면조를 제공해주셔서 너무 행복했습니다! 감사합니다!!"

불편한 걸 말해 달랬더니 왜 감사하단 말이 나오고 있어. 꼭 말하다 옆의 누가 발이라도 밟은 것처럼 그러네. 이렇게 수백만 장병들의 열렬한 환호를 받으며 전방 부대를 순시하길 며칠. 독일 국경을 코앞에 두고 잠을 청하던 중, 기묘한 손님을 맞이하게 되었다.

"날 아는 사람이라더니, 정말 기억에 남은 사람이었구만."

"저, 저, 저를 기억하시는지요?"

"물론이지."

발터 라우프 SS 대령. 북아프리카에서 붙잡혀 내게 친히 코렁탕을 대접받은 분. 유대인 학살의 프로페셔널. 라인하르트 하이드리히를 꼬드겨보라고 풀어줬던 놈. 그놈이 내게 제 발로 나타났다.

"교수대가 그리웠다면 빨리빨리 보내줄 수 있는데."

"제가 하이드리히를 설득했었습니다!!"

"그놈 죽었잖아. 그럼 무효지."

"그, 그리고! 더 엄청난 분의 전언을 들고 왔습니다!"

"누구. 히틀러가 항복한다던가?"

그러면 좀 이해해줄 수 있지. 하지만 내 귀에 들린 건 좀 엉뚱한 인물이었다.

"친위대 총사령관이자 내무장관이신 하인리히 힘러 님의 전언입니다."

나는 대답 대신 담배를 입에 물었다.

"친위대 전 장병과 함께 투항할 의향이 있습니다."

케이크는 거짓말이야 2

하하. 하하하하. 웃음보가 폭발하다 못해 내 억장이 폭발할 것 같네. 투우우항? 치이인위대? 요즘 뭔가 잘못 먹고 뇌가 맛이 가는 게 시대의 흐름인가, 아니면 그냥 뇌를 파먹는 새가 온 유럽에 퍼져버린 건가. 당장 이번 얄타 회담에서도 이야기가 나왔었지만, 세계를 다스리는 세 정상과 그 졸개들은 그 어떠한 타협도 없이 반드시 죽여버려야 할 4명의 핵심 오브 핵심 전범을 선정했다.

아돌프 히틀러, 헤르만 괴링, 요제프 괴벨스. 그리고 대망의 하인리히 힘러.

이놈들은 잡히면 무조건 사형이다. 지금 당장 발가벗고 원산폭격을 박은 뒤 살려만 줍쇼 하고 말춤을 추는 한이 있더라도 감형 그딴 거 없이 신속하게 염라대왕께 배달 확정이다. 굳이 저런 사실을 언급하지 않더라도, 나치 친위대 자체가 걸어 다니는 전쟁범죄들. 포로 학살을 밥 먹듯이 하는 놈들도 친위대, 유대인을 열차에 쑤셔넣어 가스실로 보내는 놈들도 친위대. 저런 놈들과 협상을 한다? 웃기고 있네.

나는 그 무엇보다 장병들이 사지 멀쩡하게 집에 돌아가길 바라지만, 정작 누군가가 생명을 바친 이 전쟁의 명분이 희미해져버리면 그게 대체 무슨 촌극인가. 지금 상대하기 힘들다고 놈들의 투항 제안을 덥석 받아 무는 건 최악의 짓거리. 무슨 일이 있더라도 최소한 친위대만큼은 지옥 아니면 감옥으로 보내야만 한다… 라는 건 어디까지나 내 사견.

"내가 결정할 문제가 아니군. 결정권자에게 보내줄 테니 잘 얘기해보시든가."

"킴 총사령관은 총사령관이잖습니까? 이런 문제에 대한 결정권 하나 없다고 하시면 저로서는 너무 당황스러워서……."

"안 믿으면 어쩔 건데, 이 새끼가."

무어라 주절주절 지껄이던 라우프는 내가 으르렁대기 무섭게 아가리를 봉했다. 당장 닷지 트럭 5대에 사지와 모가지를 묶어서 오체분시해도 모자랄 새끼가 어딜 감히. 나한테 이런 막중한 사안을 결정할 권한이 있을 거라고 진심으로 믿고 있는 모양인데, 꼬락서니를 보니 절로 머리가 아파 온다. 이 양반도 제법 먹물깨나 먹은 놈팽이일 텐데 이 지랄이면, 정말 독일인은 민주주의라는 개념이 탑재가 덜된 걸까? 융커 새끼들이 하도 날뛰어서 문민통제라는 단어가 혹시 독일어엔 없나?

나는 골머리를 싸매며 최대한 은밀하게 이 인간백정 새끼를 배송할 채비를 마쳤고, 처음엔 국무부에 토스하면 되나 싶었던 문제는 워싱턴 D.C.의 여러 복잡한 사정이 엮인 끝에 OSS, 그러니까 훗날 CIA라는 새로운 이름을 얻을 곳에 배당되었다.

보내고 나니 살짝 저놈으로 수작질을 부려봤으면 어땠을까 하는 생각이 떠오르긴 했다. 저놈을 런던 빅벤에 묶어 놓고 방송으로 '힘러의 투항 신청! 나치, 이제 정말 끝물인가?'로 특집 120분 다큐멘터리를 틀어주는 거지. 하지만 거론할 가치도 없어 내 머릿속에서조차 자체 폐기했다. 힘러 대신 더 유능한 놈이 권력을 잡으면 오히려 더 그게 손해니까. 나는 금방 그놈을 잊어버리고 다시 다가올 봄을 맞이할 준비에 매진했다.

* * *

히틀러 암살 음모 이후, 하인리히 힘러의 권력은 정점을 찍었었다. 경쟁자들이 줄줄이 몰락하고 히틀러의 국방군에 대한 불신이 깊어지면 깊어질수록 반사이익을 얻는 것이 힘러와 SS임은 너무나 당연한 사실. 하지만 슬프게도 힘러에겐 그 반사이익을 공고히 할 만한 스킬이 부족했다.

"힘러. 독일 민족이 이 전쟁에서 승리하려면 비밀 병기의 힘이 필요하네."

"이미 오래전부터 저 또한 각하께서 품은 큰 뜻을 받들 준비가 되어 있었습니다!"

"그래? 친위대에서 준비 중인 게 있었다는 말은 못 들었는데."

"친위대에서도 엄선된 인재들을 티베트로 보내 아리아인의 잊혀진 진실, 샴발라를 찾도록 명령을 내려놓았습니다. 또한 게르만족의 위대한 영웅, 지크프리트가 썼던 명검을 찾기 위한 탐사대 역시 곧 성과를 내놓을 겁니다."

"그따위 망상은 자네나 관심이 있지! 제트 폭격기! 더 강한 로켓! 압도적 성능의 전차나 우라늄 폭탄 같은 거!"

남들이 보았을 땐 히틀러나 힘러나 둘 다 병신과 머저리요, 비슷한 망상증 환자였지만, 유감스럽게도 힘러의 오컬트 취향은 히틀러의 경기만 불러일으킬 뿐이었다. 하지만 히틀러로서는 힘러를 쓰지 않고서는 배기지 못할 판국.

"하인리히 힘러를 집단군사령관으로 임명한다. 발트 3국으로 진격해 오는 소련군을 저지하고 반격을⋯⋯."

"각하. 힘러는 군사적 재능이 현격히 떨어집니다."

"또 누가 붉은 군대의 편에 붙을지 어찌 알고?"

구데리안을 위시한 군부의 맹렬한 반대에도 불구하고 힘러는 결국 친위대뿐만 아니라 국방군 병력까지 총괄하여 동부 전선의 사령관 자리 중 하나를 꿰찼다. 그리고 1달도 되지 않아.

"졌다고?"

"그렇습니다."

"아주 전멸을 했다고?"

"…그렇습니다, 각하."

"이, 이, 이 빌어먹을 놈들. 믿을 놈들이 하나도 없다니. 너희 군부 놈들이 힘러를 따돌려 물 먹인 거 아닌가?!"

역사에 길이 남을 대참패를 달성하고 순식간에 강판당했다. 애초에 힘러의 인생에 제대로 된 전투 경험이나 교육이란 존재하지 않았단 점을 고려하면 너무나도 뻔하디뻔한 결말이었지만, 그가 싼 똥을 닦기엔 독일이 이미 너무 급한 상황이었다.

"각하! 제게 한 번만 더 기회를 주십시오! 총통 각하!"

"총통 각하. 참으로 송구하오나, 힘러는 도저히 군사적 재능이 없습니다."

하지만 히틀러는 포기하지 않았다. 그리고 힘러 또한 곱게 포기하진 않았다. 히틀러는 여전히 국방군에 대한 뿌리 깊은 불신과 경멸을 갖고 있었고, 힘러는 한 번 거하게 사고를 쳤음에도 불구하고 어떻게 해서든 국방군에 제 영향력을 뿌리내리고 권력을 더욱 강고히 굳히고 싶었다. 그 결과, 히틀러는 놀라운 결정을 내렸다.

"그러면… 힘러를 서부 전선에 보내도록 하지."

"각하!"

"감사합니다! 반드시 적을 물리치겠습니다!"

"네덜란드 방면의 영국군을 상대하면 적당하지 않겠나. 훗날 반격의 시금석이 되어야 할 지역이니 건투를 빌겠소."

패배의 충격으로 다소 의기소침해지긴 했지만, 총통이 여전히 그를 믿는

단 사실에 다시 의기양양해진 힘러. 하지만 그는 발령받은 지 얼마 되지 않아 몇 가지 새로운 사실을 깨달았다.

첫째, 영국군은 허접쓰레기들이 아니라는 사실.

"어째서 저 무능한 영국군조차 제대로 이기지 못하는 겐가?!"

"현재 전선을 유지하는 것만으로도 이미 아군은 충분히 제 역할을 다하고 있습니다, 사령관님."

"당장 저 건방진 해적 놈들을 싹 쓸어버려도 모자랄 판에 이리 감투정신이 부족해졌다니! 이러고도 정녕 독일의 장군들이라 할 수 있나!"

"그러면 어디 존경하는 사령관님께서 묘책을 제시해주시지요."

당연하지만 힘러는 뾰족한 수를 내지 못했다.

둘째, 영국군을 만약 격파한다고 치더라도 그 뒤엔 재앙이 일어나리란 사실.

"만약 내가 이겨버리면."

"예."

"오이겐 킴을 상대해야 하는 건가……?"

지옥에서 올라온 유대 자본가들의 맹견. 그 누구보다 악랄한 인간 믹서기, 피도 눈물도 없는 전쟁기계, 경애하는 위버멘쉬 총통 각하와 군략 대결을 펼쳐 승리하는 언터처블의 존재.

단순히 패배로 끝이 아니다. 오이겐 킴은 그 비열한 인성에 걸맞게, 자신이 상대한 적장들을 줄줄이 파멸로 몰고 갔다. 자택에 연금되어 반강제로 예비역으로 편입되어버린 롬멜은 이미 그전부터 '부하들을 모두 버리고 탈출한 졸장부'라는 평판이 박혀 사회적으로 사실상 죽어버렸다. 저 미개한 슬라브인들을 집에서 밥 해먹듯 손쉽게 때려잡던 발터 모델은 철저하게 킴의 사악한 마수에 농락당한 끝에 자살로 비참하게 생을 마감하고 말았다.

아무리 힘러 그 자신이 괴링이나 괴벨스 같은 나치 고관들에 비교하자면 한 급수 낮은 존재라지만, 그렇다고 저 악랄한 인간이 그에게만 호의를 베풀어줄까? 거기에까지 생각이 닿자 힘러의 지휘는 원래도 개판이었지만 이제 고의적인 태업에까지 이르렀다.

"사령관님. 캐나다군이 진격해 오고 있습니다. 지원이 필요합니다!"

"아니. 적이 쳐들어올 리가 없다. 연합군은 대규모 동계 공세를 펴지 않을 거야. 소소하고 지엽적인 싸움에 일희일비하지 마라!"

"무슨 소리십니까. 누가 봐도 이건 대규모 공세를 위한 사전 작업입니다!"

일선 장성들의 불만은 하늘 끝까지 닿았고, 결국 힘러는 이번에도 또 짤렸다. 서부 전선엔 다시 균형이 찾아왔다. 하지만 이 두 번의 짧은 전선 나들이는 연약한 인간 하인리히 힘러의 멘탈에 심각한 후유증을 남기고 말았다.

'이 나라에 미래가 있나? 나는 살 수 있나?'

누구보다 유대인 절멸을 주장했지만, 정작 유대인 절멸수용소를 시찰 나가서는 학살 현장을 제대로 보지도 못하고 밥도 못 먹는 인간. 요컨대 아가리만 산 인간의 표본이 전쟁터의 화약 냄새를 맡자마자 정신이 번쩍 든 셈이다. 얼마간의 심각한 내적 갈등 후 그는 결론을 내렸다.

'친위대를 들고 연합군과 협상하자.'

'오이겐 킴은 장병 목숨을 끔찍이도 아낀다니 군대를 들어쥐고 협상하면 살아남을 수 있을 것이다.'

'소련과 싸우는 선봉이 된다고 하면 영미도 틀림없이 관심을 보이지 않을까?'

살생부 1페이지에 본인의 이름이 적혀 있으리라고는 꿈에도 생각하지 못한 그였다.

* * *

"미친 새끼 아닌가 이거?"

"고민할 가치도 없습니다."

독일은 반드시 멸망해야 한다. 하물며 친위대와의 타협? 그거야말로 정치적 자살 아닌가.

해방된 독일 점령지 주민들의 증언. 모델에게 패배했다가 살아남은 패잔병들의 증언. 친위대의 민간인 학살, 포로 학살, 유대인 학살, 학살, 학살, 학살. 이 모든 증언과 물증은 훗날 있을 전범 재판을 위해 켜켜이 누적되고 있었고, 국방군이라 해서 전혀 깨끗한 건 아니었지만 그렇다고 해서 친위대의 비중이 더욱 높다는 걸 부정할 수도 없었다. 백악관에서 결론이 도출되기까진 그리 오랜 시간이 걸리지도 않았다.

"적당히 정보나 뜯어내고 버리시오."

"알겠습니다."

하지만 미국의 계획은 전혀 엉뚱한 곳에서부터 어긋나기 시작했다.

"미국이 독일과 비밀리에 협상을 하고 있다는 정보를 취득했습니다."

"역시!"

"비열한 자본가들이 벌써부터 그 이빨을 드러내고 있습니다!"

모름지기 배운 놈들일수록 빨간 물이 들기 쉽다는 것은 마르크스—엥겔스 이래로 불변의 진리. '사상의 조국' 소련을 위해 정보를 제공해주는 이들은 당연히 워싱턴 D.C.에도 존재했고, 이들이 보낸 긴급 첩보는 곧장 크렘린에 당도했다.

"당장 엄중히 항의하시오. 이건 얄타 선언 위반이니."

"알겠습니다, 서기장 동지."

"회담이 끝난 지 얼마나 됐다고 벌써……."

"그리스와 이탈리아는 자신들이 통제해야 하지만 폴란드는 넘겨줄 수 없다는 낯짝 두꺼운 작자들입니다. 놈들은 언제든지 독일과 손잡고 우리를 칠 준비가 되어 있습니다."

소련 수뇌부는 패닉과 발작으로 집단 공황 상태에 빠졌다. 제정 러시아 시절 영국의 끝없는 봉쇄와 그레이트 게임. 소련 건국 직후 이어졌던 제국주의 국가들의 침략. 영원한 러시아의 숙적이던 폴란드를 자신들이 차지하고 다시금 소련을 위협할지도 모른다는 두려움. 이 모든 의심에 '힘러 투항'이라는 기름을 끼얹자 불길은 순식간에 모든 걸 불살라 버릴 듯 맹렬히 타오르기 시작했다.

"생각해보면 수상쩍기 그지없었습니다."

"어째서 우리 붉은 군대가 무리한 동계 공세를 속행하는 동안 서방연합군은 가만히 앉아 쉬고 있답니까? 군사적으로 보았을 때도 양쪽에서 동시에 치고 들어가야 훨씬 유리합니다."

"우리의 전력을 깎아먹으려는 수작일지도 모릅니다."

한번 스탈린의 머릿속에 의심암귀가 들어차자, 그의 주변엔 그 의심에 동조하는 목소리만 잔뜩 솟아났다. 스탈린의 심기에 거스르는 말을 했다간 살아남을 수 없는 독재 체제였기에 생기는 자연스러운 현상이었지만, 이 끝없는 동조의 목소리가 커질수록 스탈린의 의심은 점점 더 불어만 갔다. 히틀러가 오매불망 바라 왔지만 결코 성공하지 못했던 연합군의 분열. 아무 생각도 없던 힘러는 단 한 번에 성공했다.

물론 그런다고 독일이 살아날 리는 없었다.

케이크는 거짓말이야 3

한번 연합군에 의심이 퍼지기 시작하자 상황은 영 매끄럽게 흘러가지가 않았다. 의심무새 스탈린은 그 콧수염을 파들파들 떨면서 '내가 믿었는데! 얼마나 믿었는데! 너희가 날 속였어!' 하고 빼액댔다.

국무부는 처음엔 다 오해다, 진짜다, 믿어 달라 눈물의 읍소를 했지만, 점차 시간이 지나며 나중엔 '이 새끼들이 기회 하나 잡았다고 성질내네? 너네 일부러 지랄하는 거지!' 하고 역정을 내기 시작했다. 그래도 힘러 항복 교섭의 여파가 어느 정도 진정되고 서로가 이성을 되찾을 무렵. 새로운 폭탄이 폭발했다.

"살려주세요."

"도와주십쇼! 제발 문 좀 열어주세요!"

"누구십니까?"

1942년 2월. 누가 봐도 영락없는 거지 꼬락서니를 한 두 명의 남자가 모스크바에 있는 주소련 미국 대사관 문을 마구 두들겼다. 이들의 정체는 바로 미군 폭격기 파일럿들. 폭격 임무를 수행하다 추락한 이들은 독일의 포로가 되었고, 머나먼 동쪽에 있는 서방연합군 포로수용소로 끌려가던 중

필사의 탈출을 감행했다. 폴란드, 벨라루스를 지나 모스크바까지.

한겨울에 독일 점령지와 소련 영토를 가로지르는 목숨을 건 대여정을 하며 아득바득 성조기가 휘날리는 건물 문 앞까지 당도한 이들의 증언은 다시 한번 D.C.를 패닉에 휩싸이게 만들기에 충분했다.

"소련군을 발견하고 도움을 요청했지만 갖고 있던 소지품을 약탈당했습니다."

"그들은 우리를 신경 쓰지 않았습니다!"

"이 개자식들이!"

D.C.에서 분노에 찬 전문이 모스크바로 긴급 송신되었다.

[소련군이 확보한 서방연합군 포로를 다시 한번 확인해주고 즉시 송환해주기 바람.]

[미안하다. 어렵다.]

[그게 말이나 되는가?]

[사실 우린 우리 군대가 정확히 몇 명인지도 잘 모르겠다. 진짜다. 제발 우리도 그만한 행정력이 있었으면 좋겠다.]

[지금 그걸 믿으라는 거냐?]

이게… 나라? 유사 국가가 아니라 진짜 나라 맞나? 대륙의 기상이란 게 중화의 특징이 아니었다고? 전쟁부와 국무부는 다시 한번 새로운 요청을 했다.

[서방연합군 포로를 우리가 자체적으로 수색할 테니 이들의 입국을 승인해 달라.]

[불가. 절대 불가.]

'니들이 못 찾는다고 해서 우리가 찾겠다는데 왜!'를 외치는 미국. '걔들이 진짜 수색만 할지 간첩일지 어떻게 알아?'라는 속내를 숨기는 소련. 얄타 선언문의 잉크가 채 마르기도 전에, 벌써 삼국의 끈끈하던 우정은 아주 그냥 시궁창으로 쏙쏙 빨려들어 가고 있었다. 어쩌면 처음부터 우정 그런 거 없었을지도 모르고. 이 끔찍한 난장판을 해결하는 방법은 몇 가지 없었고 결국 백악관 특명이 내게 떨어졌다.

* * *

1942년 2월 말.

"높으신 분들이 독일 본토 침공을 검토하라는군."

그래. 원래 항상 정답은 독일을 공격하는 거다. 공자님께서도 선택하기 난감할 땐 독일을 공격하라고 하지 않았나. 어디 나와 있냐고? 나도 몰라. 명령을 내리는 내 면상은 순 다 먹고 남은 식은 짬밥 비벼 먹듯 엉망진창이 되어 있었지만, 유감스럽게도 이런 표정인 건 나밖에 없었다.

"드디어!"

"드디어 때가 되었습니다."

"예하 부대 모두 만반의 준비를 갖췄습니다."

이 망할 놈들. 내 편… 아무도 없어? 정말?

내 뜻을 받들어야 할 참모들은 영관급부터 참모장에 이르기까지 모조리 희희낙락하고 있다. 누가 보면 히틀러 모가지라도 벌써 자른 줄 알겠어. 자랑이다, 자랑. 나는 오랜만에 베르사유로 얼굴을 내비친 오킨렉 장군을 살짝 바라보았다. 장군께선 그동안 네덜란드에서 고생 많이 하셨으니 반대하시겠죠?

"영국군은 이때만을 기다리고 있었습니다. 부디 독일 국경을 넘는 경사를 저희에게 주신다면 감사하겠습니다."

"…네덜란드는 어찌하시고요?"

"네덜란드 북쪽의 독일군을 밀어내기 위한 양동이 필요합니다."

젠장. 눈깔에 유전이라도 박혀 있나. 화르륵 불붙은 것 좀 보소.

"폴란드군은 어찌 되었습니까?"

"그들은 후방으로 재배치하였습니다."

이탈리아 전선과 네덜란드 전선에 투입되어 있던 폴란드군은 당연히 이번 얄타 회담 결과를 듣고 난리도 이런 난리가 없었다. 당장 배신이네 뭐네 목에 핏대가 올라 있는 친구들을 이제 남의 전쟁이 된 전쟁터에 내보낼 수 있겠나. 우리는 조용히 그들을 후방으로 보내야만 했다.

"오마르?"

"우리 군은 오랫동안 휴식을 취했고, 동절기 월동 대책 또한 충분히 강구했습니다."

이 사람 좋은 친구가 당장이라도 장병들의 건강과 동계작전의 어려움을 열거해주길 바랐건만, 녀석은 칼각을 잡은 채 아주 공적인 태도를 좔좔 풍기고 있었다.

"독일군의 신형 보병용 대전차 로켓에 대한 대비가 미흡……."

"맥네어 장군과 그 부분에 대해 심층적으로 논의했고, 일선 부대가 자체적으로 속칭 '점보'로 불리는 장갑 강화 개조를 시행했습니다."

"동계작전의 어려움에 관해서는……."

"동복은 물론 장갑과 목도리, 겨울용 군화 등을 지급했습니다."

아니, 뭐 빠뜨린 거 없어? 이래도 돼? 깔깔이라든가, 핫팩이라든가, 야밤에 짱박혀서 몰래 먹을 육개장 사발면이라든가, 탄창 있어야 할 자리에 바꿔 넣은 맛다시라거나 아무튼 뭐 빠진 거 없냐고! 나는 브래들리에게서 부정적인 답변을 듣는 것을 포기하고 살포시 옆으로 고개를 돌리려다… 말았다.

"총사령관님."

안 들려. 나한테 말 걸지 마.

"미합중국 육군 제7군은 총사령관님께서 그토록 오매불망 찾으시던 최강, 최흉, 최악의 살인기계이자 폭주 전차, 눈빛만으로도 제리 놈들이 오줌에 설사까지 질질 지리며 도망치게 만들 흉폭한 광전사들입니다."

찾은 적 없어. 돌아가. 돌아가라고. 네가 있던 심연으로 돌아가라, 이 외계 괴물아.

"7군사령관의 말엔 다소 어폐가 있는 듯합니다."

오, 하지! 믿고 있었다구! 그래. 우리가 남이냐. 우린 저 아미앵 평야에서 함께 차에 타고 총탄을 나눈 전우 아니냐. 역시 동기 사랑이니 선후배니 다 부질없다. 최고의 듀오는 바로…….

"제리 잡아먹는 살인기계로 검증된 것은 바로 저희 제3군이니까요."

망할 놈.

"뭐라고? 말 다 했나 지금?"

"제7군이 거둔 전과라 해봐야 텅텅 빈 프랑스 남부에 상륙해서 파리까지 날로 먹은 것 아닙니까. 그에 반해 적의 심장부 깊숙이 파고들어 무수한 반격을 물리치고 포위망을 완성한 제3군이야말로 진정 전과로 보았을 때 최고의 군 아니겠습니까."

"당장 바깥으로 나와! 결투다!"

"하하하. 제가 이긴 건데 왜 결투를 합니까, 촌스럽게."

아. 빌어먹을. 이 도움이라곤 안 되는 놈들 진짜. 나는 잠시 밴플리트를 향해 시선을 옮겼다가… 눈을 감았다. 입은 다물고 있어도 당장 비글처럼 '나지? 이번엔 나지? 나 잘할 수 있어!' 하고 달려들고 싶어 안달 난 모습이 참 보기 좋다. 그런 나의 시야에 묵묵부답으로 이 촌극을 바라보고 있는 이가 하나 보였다. 그래. 저 사람이야말로 내가 바라는 말을 해줄 거야!

"병참사령관님."

"예, 총사령관님."

존 리 장군은 자신이 호명될 줄은 몰랐다는 듯 당혹스러운 기색이 엿보인다. 역시. 저것이 바로 후방지원의 스페셜리스트. 이제 당신의 스페셜한 능력을 선보일 차례입니다! 들립니까… 당신의 마음에… 말을 걸고 있습니다……. 우리, 깐부잖아? 깐부끼리는 다 이심전심으로 원하는 말 척척 해주는 거야……. 나는 최대한 시선을 그에게 집중하고, 그와 눈을 마주치며 또렷하게 말했다.

"작전을 수행함에 있어 미흡한 사항이 없겠습니까?"

"……."

침묵. 모든 사령관들의 눈빛이 그에게 와닿았고, 그는 이 뜨거운 열기에 정신을 못 차리는 듯했다.

"저는 항상 총사령관님께서 지시한 바를 달성하기 위해 최선을 다했습니다."

왜 면피성 발언이 나오지? 아, 이게 바로 그 짬에서 우러나오는 바이브로구나. 그럼에도 불구하고 다소 완비되지 못한 부분이 있다, 이 말을 하기 위한 서두가 틀림없으렷다.

"장병들의 모든 요구사항을 만족시킬 순 없습니다. 하지만 매뉴얼상으로 필요한 모든 것들을 완비하였으며, 작전이 시행되는 즉시 완벽한 보급을 제공할 수 있습니다. 그 어떤 군대가 얼마나 움직인다 하더라도, 병참사령부는 그 임무를 완수할 준비가 되어 있습니다."

배신자. 배신자 주제에 '이 말 바란 거 맞지?' 같은 표정 짓고 있지 말라고! 뿌듯해하지 마! 혹시 내가 칠면조 고기 남은 거로 피카츄 돈까스 좀 만들어보자고 해서 일부러 이러는 거야? 그거 없던 일로 해주면 지금이라도 내 편 좀 들어줄래요? 어째서 이 지경이 됐단 말인가.

"브래들리 장군."

"예."

"아헨(Aachen) 공격을 시작하십시오."

시발. 씨발씨발씨발.

어째서 내 마음을 알아주는 이가 단 한 명도 없단 말인가. 내가 인생 헛살았단 걸 이런 식으로 알긴 싫었는데. 하지만 이 혼란을 수습하는 가장 빠른 방법이 독일을 향한 공세라는 것만큼은 확실했기에, 나는 괜히 툴툴대는 대신 얌전히 명을 받들었다. 서방연합군은 마침내 독일 본토에 진입했다.

* * *

아헨 침공 소식을 접한 아돌프 히틀러는 자리에서 벌떡 일어났다.

"마침내 때가 되었군."

게르만 천년제국의 영광을 달성할 수 있느냐 없느냐의 시간. 서방연합군의 첫 목표가 아헨이라는 점 또한 히틀러에게 뭐라 형용하기 힘든 감정을 불러일으켰다. 위대한 게르만족의 발자취가 남은 곳. 카롤루스 대제, 오토 1세와 같은 위대한 인물들이 도읍했으며 온 유럽을 지배하던 신성 로마제국의 대관식이 이루어지던 장엄한 곳.

이제 그곳의 폐허를 배경으로, 진정 세계를 다스릴 초인이 솟아나지 않겠는가. 동부 전선에서 야금야금 빼돌린 정예 병력. 제국의 영광을 위해 기꺼이 제 목숨을 바칠 무수한 국민돌격대. 오이겐 킴에게 처절한 타격을 줄 수만 있다면, 그는 빨갱이들의 손에 시뻘겋게 물드는 유럽을 외면하지 않고 주저 없이 자신의 손을 잡으리라.

"이탈리아는 슬슬 포기하지."

"알겠습니다, 총통 각하!"

"케셀링 장군은 그동안 잘해주었소. 이제 그를 서부 전선에서 중히 써야겠으니 속히 올라오라 하시오."

슬라브 볼셰비키들이 무적의 독일군을 그리 쉽사리 꺾을 순 없다. 이미 그들은 몇 번이고 쓴맛을 봤으니 쉽게 진격해 오진 못하겠지. 하지만 바로 그 머뭇거림이야말로 그들의 가장 큰 패배 원인이 되리라. 히틀러는 드물게도 신바람이 든 것처럼 온갖 명령을 척척 하달했다.

"영국군은 더 북상해 네덜란드 북부 해안지대를 점령하고, 최종 공세 목표는 함부르크가 되겠지."

"그렇습니다, 각하."

"후베라면 영국인들을 잘 틀어막을 거야. 거기서 병력을 조금 더 차출할 여유가 있겠지."

"프랑스군 또한 대비해야 합니다."

"그 열등한 놈들이 라인강을 건넌다고? 웃기는군."

몇 달 동안 오직 이날만을 꿈꾸어 왔다. 제국의 강역을 하나둘 포기하면서까지 이 회심의 대반격만을 준비해 왔다. 동부 전선이 무너지고 이반들이 쏟아져 들어오는 순간 나라가 망한다. 헝가리가 무너지고 부다페스트에 붉은 물결이 가득 차는 순간에도 나라가 망한다.

하지만 두고 보라. 위대한 하켄크로이츠의 기치를 높이 든 독일군이 서방연합군과 어깨를 나란히 하는 그 순간, 그 모든 땅은 다시 진정한 주인인 독일에게로 돌아올 것이오 레벤스라움이 실현되리니!! 이제 승리를 위한 마지막 한 조각을 끼울 차례였다.

서부 전선을 총괄할 총사령관. 구데리안, 만슈타인, 케셀링, 클라이스트, 보크… 결국 모두 무능한 융커 아니면 충성심이 의심되는 놈들투성이. 이런 놈들이 과연 오이겐 킴을 상대로 얼마나 오래 버틸 수 있을까? 결국 위버멘쉬에 맞설 이는 오직 같은 급이 되어야 하는 법이거늘.

"이 내가 직접 서부 전선 총사령관이 되어 적을 격퇴하겠소."

자리에 있던 모든 장교들의 안색이 시퍼레졌지만, 히틀러는 코웃음도 치지 않았다. 역시, 믿을 놈 하나 없었다.

케이크는 거짓말이야 4

　객관적으로 모든 걸 내려놓고 자아성찰이란 걸 좀 해봤을 때, 유감스럽게도 미래 지식을 빼놓으면 과연 내가 이 찬란한 갈락티코 군단에 끼일 만한 레벨은 아니다. 이 시대를 살아가던 사람들은 알 수 없었던 온갖 문서와 자료가 까발려진 후대를 엿보고 왔다. 어마어마한 피를 흘린 끝에 깨달은 전훈의 편린을 맛보고 왔다. 추후 흘러갈 역사의 흐름, 인물들의 내면, 실패했던 점과 성공했던 부분들까지.

　이 모든 걸 알고서야 간신히 이 자리에 앉을 수 있었다. 정말 치트키 만만세다. 그런 점에서 내가 레토나에 치여 이승 하직하기 직전의 세계는 혹시 나 같은 회귀자나 환생자를 위한 튜토리얼이 아닐까 싶을 정도로 따끈따끈한 학습환경을 제공해주었다. 세계 각지 구석구석엔 내전과 테러, 전쟁이 판을 쳤고 수많은 사람들을 죽인 전염병은 3차대전이란 뜨끈뜨끈한 대위기 일촉즉발의 상황을 연출했다.

　휴전선으로 나뉘어 반도의 절반만 챙긴 대한민국은 짝퉁 히틀러와 괴벨스의 후예들이 판치며 바이마르 공화국 저리 가라 할 만한 혼란상을 보여줬고, 군인연금이나 받아 챙기고 어떻게 하면 인사고과 무탈하게 받을 수 있을까만 머릿속에 가득하던 군 간부들은 전면 핵전쟁의 공포 앞에서 '구국의 결단' 같은 헛생각에 빠져 단체로 정신줄을 놓아버렸다. 그런 훌륭한 환경에서 보고 듣고 배운 게 있는데, 써먹지 않으면 좀 곤란하지 않겠나.

21세기 초의 핵심 트렌드는 쌍방향 통신이었다. 인터넷과 스마트폰의 등장으로 전 세계 사람들은 SNS를 통해 소통할 수 있게 되었고, 인류가 탄생한 이래 처음으로 정보의 부족이 아니라 정보의 과잉을 고민해야 하는 시대가 열렸다. 반대로 서기 1942년 지금은 어떨까?

민족주의의 시대이자 사상의 시대. 21세기도 극단주의다 종교다 뭐다 해서 사상전으론 결코 꿀리지 않았지만, 빨간 맛과 검은 맛이 판치는 이 시대에 비하면 한 수 접어줘야 하지 않겠나. 적어도 2020년 사람들은 민주주의가 틀린 사상이란 말은 거의 하지 않았으니.

반면 통신 수단은 철저한 일방향 통신. 라디오가 대세를 이루고 있고 바보상자로 매도당하는 텔레비전이 이제 본격적으로 성장하려는 시대. 아직 대중은 정보를 얌전히 수용하는 입장이지, 자신들이 정보를 생산하고 퍼뜨릴 물리적 능력이 부족하다. 이 말인즉슨, 일단 정보를 왕창 때려박아주면 된다는 소리렷다.

"삐라 뿌려."

이것이 5스타의… 권능? 산이 마음에 들지 않으면 산을 지울 수 있고, 듣지 못하는 이들을 강제로 듣게 만들 수 있는 이 압도적인 권능. 크으, 원수뿅에 취한다.

[연합군 총사령관 유진 킴이 독일 국민들에게 알리는 바입니다. 우리는 인간으로서의 마지막 선을 넘은 나치 수뇌부, 그리고 그 나치의 손과 발이 되어 야만적 학살을 자행한 독일 군부를 물리치기 위해 진군을 개시했습니다. 우리의 목표는 독일을 파괴하는 것이 아닙니다. 우리는 독일에 다시 자유와 정의를 가져다준 후 신속히 이 땅을 떠날 것입니다. 우리는 나치와 달리 그 어떠한 영토적 야심도, 정복에 대한 욕망도 없습니다. 여러분을 억압

하고 있는 나치에 맞서십시오. 지금이라도 가슴 속 양심에 따라 연합군을 환영해주시기 바랍니다.]

물론 이런 거 좀 뿌린대봐야 뭐 얼마나 듣겠냐마는, 할 수도 있겠지만. 적어도 폭격기 떼가 도심 한가운데 삐라를 뿌리고 유유히 돌아가는 모습을 매일같이 구경하다보면 언젠가 폭탄이 떨어질 그날이 절로 상상되지 않을까? 하지만 이것으론 조금 모자랐다.

— 독일, 그리고 전 세계 자유를 사랑하는 시민 여러분과 함께하는 〈미국의 소리〉 특집방송. 유진 킴과 함께하는 시간입니다. 얼마 전까지 연합군은 네덜란드에서 독일군과 치열한 교전을 벌였습니다. 독일군은 네덜란드 민간인들을 인질로 잡았고, 그들의 마지막 감자 한 알까지 모조리 빼앗아 가버렸습니다. 뭐, 그럴 수 있다고 칩시다. 전쟁은 비정하니까요. 그런데 네덜란드에서 출발한 마지막 열차에 뭐가 실려 있는지 아십니까? 거기 계시는 여러분, 한번 맞혀 보시겠어요? 식량? 틀렸습니다. 군인? 틀렸습니다. 정답은 바로… 두구두구… 유대인입니다! 그렇습니다. 마지막 열차에 꽉꽉 네덜란드에 살던 유대인을 잡아다 실어 보냈습니다. 참으로 다행스럽게도 이 기차는 독일 국경을 건너기 직전 연합군의 손에 떨어졌고, 종착역이 가스실이었다는 사실을 확인했습니다.

방송국 직원들까지 뭐라 말을 못 하고 얼어붙었다. 이 친구들에겐 대본 안 보여줬으니 그럴 만도 하지.

— 독일을 위해 싸우던 장병들을 태웠다면 납득했을 겁니다. 빼앗은 식량을 실었다면 독한 새끼들이라고 욕 좀 했을 겁니다. 근데 유대인이에요, 유대인. 독일 시민 여러분에게 보낼 감자 한 포대보다 유대인 죽이는 게 더 우선순위가 높은 나라. 이게 바로 나치스의 실체입니다. 유대인이 밉다? 유대인 부자들이 증오스럽다? 막말로 남의 나라 일인데 그건 제가 뭐라 입을 댈 바가 아니지요. 미합중국은 자유의 나라니까요. 그런데 독일 국민 여러분, 남의 나라 쳐들어가서 유대인이란 유대인은 죄다 죽여버리는 일이 그

렇게 급합니까? 여러분이 굶주리는 한이 있더라도 유대인을 죽이고 싶습니까? 어쩌면 정말정말 유대인이 미운 사람들이라면 내 아들딸이 굶어 죽는 한이 있더라도 유대인을 죽이고 싶을 수도 있을 거예요. 당장 우리 시클그루버 씨만 봐도 유대인이라면 치를 떨잖아요. 그런데 말입니다, 여러분의 경애하는 총통께선 사실 자기랑 친한 유대인은 또 봐주는 사람이에요. 여기서 오늘의 특별 게스트, 블로흐 박사님을 소개하겠습니다. 이분이 누구시냐면, 히틀러 어머니의 주치의셨던 분입니다!

나 이런 거 정말 좋아해. 인성질. 미국에서 베르사유로 특별 초빙한 블로흐 씨는 참으로 감사하게도 그 먼 거리를 오직 이 방송 한 꼭지를 채워주기 위해 오셨다.

— 반갑습니다, 박사님. 자기소개 좀 부탁드립니다.

— 에두아르트 블로흐입니다. 유대인이고, 오스트리아 린츠에서 의사 일을 했었습니다. 히틀러 일가, 특히 클라라 히틀러 여사 또한 제 환자 중 한 명이었지요. 그녀의 임종 때까지 제가 함께했습니다.

— 그렇군요… 그럼 우리 아돌프 군이 어렸을 때부터 계속 지켜보셨겠군요?"

— 그렇습니다. 어머니와 참 사이가 좋던 아이였는데…….

블로흐 박사는 히틀러의 어린 시절 이야기, 우스꽝스러운 일화, 무한한 자신감으로 빈에 상경해 미대 입시를 치렀다 꼬라박은 썰 등을 열심히 풀어주었다. 이게 정신공격이지.

— 미국으로 오신 과정에 대해 이야기를 듣고 싶습니다.

— 아돌프 군은 저를 배려해 게슈타포 요원들을 배치해주고, 독일인과 같은 권리를 보장해주었습니다. 하지만 주변의 멸시 어린 시선도 시선이었고, 의사로서 어떠한 일도 할 수 없었기 때문에 미국 이민을 결단해야 했습니다. 이때도 아돌프 군이 편의를 봐주었습니다.

— 그렇군요. 수백만 명을 가스실로 집어넣었지만 은인은 챙기는 모습.

어찌 보면 미담입니다. 하지만 여러분 이웃에 살던 유대인 중 정말 '죽을죄'를 지은 건 아니었던 사람이 단 한 명도 없었을까요?

이 끝내주는 방송 이후, 반응은 아주 폭발적이었다. 오스트리아 의학 박사 학위를 인정받지 못해 미국에서 궁핍하게 살던 블로흐 씨는 이제 프랑스와 영국 전역에서 온갖 인터뷰 요청을 받는 슈퍼스타로 등극했다. 나는 오랜만에 딸내미에게 연락해 이분을 토스했고, 우리 똑똑한 앨리스는 블로흐 박사와 전속 계약을 맺었다. 앉아만 있어도 돈이 복사가 되네. 깔깔.

하지만 황금 보기를 돌같이 하는 이 유진 킴이 고작 이런 몇 푼 안 되는 푼돈 좀 벌자고 이런 짓을 할 리는 없다. 저 멀리 베를린에 있을 콧수염이 발작을 하건 말건, 내 다음 코너는 쭉쭉 진행되고 있었다.

— 저번 방송 재밌게 들으셨습니까? 오늘도 샌—프랑코의 재미있는 장난감 아저씨, 유진 킴과 함께하는 시간이 돌아왔습니다. 다들 아시겠지만, 샌—프랑코의 각종 장난감과 카드게임은 독일을 포함한 유럽의 어린이들에게도 꿈과 희망을 가져다주었습니다. 하지만 저는 이 과정에서 무척 놀라운 사실을 알게 되었습니다. 바로 독일이 한창 성장하던 30년대부터, 이 나라는 이미 망조가 들었었다는 사실이죠!

'메포 채권'. 모두가 대공황 앞에서 신음할 때. 미국의 루즈벨트는 뉴딜 정책을 시행해 대대적인 공공사업을 벌였다. 식민지를 가진 제국주의자들은 식민지를 쥐어짰다. 소련은… 소련이니까 넘어가자. 걔들은 원래부터 자력갱생하던 애들이니까. 그런데 독일의 콧수염은?

— 그래서, 여러분이 '히틀러 각하께서 경제를 살리셨어! 그분은 신이야!'를 외칠 때 이미 독일이란 나라엔 빚이 수백억 마르크어치가 쌓여 있었던 겁니다. 뭐 때문에? 그토록 여러분이 증오하던 자본가들 배 불려준다고! 콧수염 총통이 경제를 살려서 여러분이 일자리를 얻은 게 아니에요. 그거 전부 순 빚투성이였고, 전쟁을 일으켜서 남의 나라를 약탈해야 파산을 면할 수 있었던 게 바로 나치가 숨기는 진실입니다. 우리 괴벨스 씨가 맨날 '힝힝,

우리는 싸우기 싫은데 우리가 잘나가니까 외국인들이 싫어해.' 하고 떠들었 잖아요? 좆 까는 소립니다. 여러분은 다 속았어요. 세상에, 한 나라의 수장 이란 인간이 나라 막 굴려 놓고 따서 갚으면 되겠단 마인드로 살았다니까? 그래서 지금 여러분 아들들이 전쟁터에 나가 있는 거예요. 배불뚝이 자본 가들한테 진 빚 갚으려고."

어우. 속에 맺힌 게 싹 사라지네. 얼큰한 국밥 한 사발 들이켜도 이거보 다 시원하진 않겠어.

— 다음 주엔 더욱 재미있는 이야기로 찾아뵙고 싶지만, 이제 독일 출장 일정이 잡혀 있어 특집방송은 여기까지입니다. 독일인 여러분, 특히 아헨에 거주하시는 여러분. 조만간 직접 찾아뵙겠습니다! 어린이 여러분, 안녕!

짝불알 새끼가 쌓아 올린 위대한 업적의 거탑. 지금의 이 시련을 참고 견 디기만 하면 총통께서 달달한 레벤스라움 케이크를 하사해주시리라는 그 막연한 믿음. 대의를 위해 개인을 희생하는 전체주의 국가에서 혼자서만 예 외로 노는 '위버멘쉬 지도자'의 민낯을 까발린다. 망한 나라의 경제를 살렸 다는 위대한 업적이 사실 기만투성이 거품에 불과했다는 사실을 폭로한다.

모름지기 선동과 날조에 맞서는 최선책은 바로 정론직필. 히틀러 신화의 뿌리를 파헤치고, 대가리가 깨져버린 골수 나치들의 머리를 다시 봉합한다. 케이크 같은 건 처음부터 없었다는 진실이 매트릭스 빨간약처럼 뿌려지면, 언제까지 네놈이 독일이란 나라를 통제할 수 있을까? 21세기의 맛이 어떻 습니까, 히틀러 선생님. 당신이랑 괴벨스에게서 참 많이도 배웠는데.

* * *

프랑크푸르트에서 북쪽으로 약 30킬로미터. 총통 본부, '독수리 둥지'. 유럽 각지에 설치된 총통 본부 중 가장 히틀러가 오래 머물렀던 곳은 동프 로이센에 설치된 일명 '늑대굴'. 하지만 이제 그 동프로이센 코앞까지 붉은 군대가 진격하자 히틀러는 더 이상 그곳에 머무를 수 없었다. 가장 이상적인 곳은 당연히 베를린이겠지만, 히틀러는 한사코 베를린 총통 관저에 머무르는 것을 거부했다. 서부 전선 총사령관이라는 타이틀은 그의 도피행에 그럴듯한 사유를 부여해주었고, 이곳 독수리 둥지가 그의 새로운 아지트가 되었다. 그리고 지금.

"빌어먹을! 빌어먹을! 빌어처먹을!!"

쾅! 쾅! 쾅!!

처참하게 박살 난 라디오는 이제 잡음조차 내뱉지 못하고 완전히 죽어버리고 말았다. 아돌프 히틀러는 사방에 흩어진 라디오 파편을 물끄러미 바라보다, 이내 힘이 쭉 빠져 제 의자에 털썩 주저앉았다. 나치당이 동요하고 있다. 그 어떤 때보다, 정권을 잡는 과정에서 몇 번이고 부침을 거듭했지만 결국엔 항상 그를 든든하게 지지해주던 바로 그 당이 흔들리고 있다.

"오이겐 킴. 대체."

어째서 이런 수를 둔단 말인가. 게르만 정예병들을 온전히 흡수하고 볼셰비키에 맞서기 위해선 나치당이 존속해야 한다는 사실을 그 누구보다 잘 알고 있을 그가 왜? 나치당은 독일의 모든 것을 제공해줄 수 있다. 이론적 기반, 신념으로 가득 찬 듬직한 당원들, 탄탄한 풀뿌리 조직에서 기반한 지방 행정력. 하지만 당이 무너진다면, 이 모든 것들을 무에서부터 다시금 만들어야 하지 않는가. 원인은 자명했다. 다 유대인 때문이다. 유대인을 지키기 위해서 나치당을 포기한 것이다. 어리석은지고!

"밖에 누구 없나?"

"찾으셨습니까, 총통 각하?"

"당장 아헨 주둔군에 연락을 취해, 거기 있는 모든 민간인을 소개(疏開)하라고 해."

"알겠습니다!"

이유를 묻는 어리석은 이들은 결코 총통의 곁에 있을 수 없다. 언제 배신할지 모른다. 연합군의 품에 쪼르르 달려가 매국조차 서슴지 않을 놈들이 얼마나 넘쳐날지 모른다.

"연합군의 삐라를 줍는 자들, 전쟁에 불평불만을 늘어놓는 자들, 적의 라디오 방송을 몰래 듣는 자들 모두 우리 등 뒤에 칼을 찌르려는 변절자 간첩들이야."

"모두 체포하겠습니다!"

"아냐!! 모두 죽여! 단 한 명도 살려두지 말고 목을 매달아버려!"

이럴 때일수록 더 엄해져야 한다. 게르만 민족은 결단코 그런 저질 선동에 휘둘리지 않는다는 모습을 보여야만 이 민족과 민족, 사상과 사상의 대결에서 승리할 수 있다. 독일 민족의 가치를 입증할 수 있다.

"…독일 민족은 내게 충성을 다하고 있는가?"

"물론입니다, 각하!"

그의 혼잣말에도 척수반사적으로 튀어나오는 우렁찬 외침. 그의 손에 남은 패는 이것뿐이다. 입증해야만 한다. 이것조차 허깨비가 되었을 때, 무엇이 남을지는 굳이 상상하고 싶지 않았다.

(8권에 계속)

검은머리 미군 대원수 7

1판 1쇄 인쇄 2023년 3월 22일
1판 1쇄 발행 2023년 4월 12일

지은이 명원(命元)
매니지먼트 스튜디오JHS
펴낸이 김영곤 **펴낸곳** (주)북이십일 레드리버

책임편집 유현기 배성원 서진교 강혜인
디자인 (주)여백커뮤니케이션
출판마케팅영업본부장 민안기
마케팅1팀 배상현 한경화 김신우 강효원
출판영업팀 최명열 김다운
제작팀 이영민 권경민

출판등록 2000년 5월 6일 제406-2003-061호
주소 (10881) 경기도 파주시 회동길 201(문발동)
대표전화 031-955-2100 **이메일** book21@book21.co.kr
내용문의 031-955-2403

ISBN 978-89-509-2730-1
        978-89-509-3624-2(세트)

책값은 뒤표지에 있습니다.

잘못 만들어진 책은 본사에서 교환해 드립니다.